Tous Continents

De la même auteure

La Saga des Papineau, Éditions Québec Amérique, 2013.

SÉRIE LES FILLES TOMBÉES

Les Filles tombées, Tome 2 – Les Fantômes de mon père, Éditions Québec Amérique, 2010.
Les Filles tombées, Tome 1 – Les Silences de ma mère, Éditions Québec Amérique, 2008.
Les Filles tombées, Tomes 1 et Tome 2, Guy Saint-Jean Éditeur, coll. Focus (édition en grands caractères), 2015.
L'Enfant du poison, City Editions (édition française), 2013.

Lady Cartier, Éditions Québec Amérique, 2005.
Lady Cartier, Guy Saint-Jean Éditeur, coll. Focus (édition en grands caractères), 2015.

SÉRIE LE ROMAN DE JULIE PAPINEAU

Le Roman de Julie Papineau, Tome 2 – L'Exil, Éditions Québec Amérique, coll. Compact, 2002. Réédition dans la collection Tous Continents, 2012.
Le Roman de Julie Papineau, Tome 1 – La Tourmente, Éditions Québec Amérique, coll. Compact, 2001. Réédition dans la collection Tous Continents, 2012.
Le Roman de Julie Papineau, Litté poche, coll. Les grands classiques de la littérature du Québec, ViaMedias Éditions de langue française pour l'Europe francophone, 2016.

« Catiche et son vieux mari », nouvelle publiée dans *Récits de la fête*, Éditions Québec Amérique, 2000.
Rosalie Jetté et les filles tombées au XIXe siècle, Leméac Éditeur, 2010.
Le Frère André (édition mise à jour et augmentée), Les Éditions de l'Homme, 2010.
Le Dernier Voyage (le cardinal Léger en Afrique), Les Éditions de l'Homme, 2000.
Le Prince de l'Église et *Dans la tempête*, édition condensée, Les Éditions de l'Homme, 2000.
Dans la tempête. Le cardinal Léger et la Révolution tranquille (biographie, tome II), Les Éditions de l'Homme, 1986.
Un bon exemple de charité. Paul-Émile Léger raconté aux enfants, Grolier, 1983.
Le Prince de l'Église (biographie du cardinal Paul-Émile Léger, tome I), Les Éditions de l'Homme, 1982.
Le Frère André (biographie), Les Éditions de l'Homme, 1980.
Jardins d'intérieurs et serres domestiques, Les Éditions de l'Homme, 1979.
Les Enfants du divorce, Les Éditions de l'Homme, 1979.
Les Serres domestiques, Éditions Quinze, 1978.

Rue des Remparts

Projet dirigé par Martine Podesto, directrice des éditions

Conception graphique : Nathalie Caron
Mise en pages : Pige communication
Révision linguistique : Diane Martin
En couverture : Marie-Denise Villers, *Charlotte du Val d'Ognes*,
   huile sur toile, 161,3 x 128,6 cm, 1801.
Carte géographique en page 12 : Anouk Noël, illustration adaptée du
   Plan de la ville de Québec, auteur inconnu, 1750. Récupéré
   à la Bibliothèque du Congrès, https://www.loc.gov/item/74694519/.
   (Consulté le 1ᵉʳ novembre 2016.)

Québec Amérique
7240, rue Saint-Hubert
Montréal (Québec) Canada H2R 2N1
Téléphone : 514 499-3000, télécopieur : 514 499-3010

Nous reconnaissons l'aide financière du gouvernement du Canada par
l'entremise du Fonds du livre du Canada pour nos activités d'édition.

Nous remercions le Conseil des arts du Canada de son soutien. L'an dernier, le Conseil a investi 157 millions de dollars pour mettre de l'art dans
la vie des Canadiennes et des Canadiens de tout le pays.

Nous tenons également à remercier la SODEC pour son appui financier.
Gouvernement du Québec – Programme de crédit d'impôt pour l'édition
de livres – Gestion SODEC.

L'auteure tient à remercier le Conseil des arts du Canada pour son aide
financière.

**Catalogage avant publication de Bibliothèque et Archives nationales
du Québec et Bibliothèque et Archives Canada**

Lachance, Micheline
Rue des remparts
(Tous continents)
ISBN 978-2-7644-3246-4 (Version imprimée)
ISBN 978-2-7644-3274-7 (PDF)
ISBN 978-2-7644-3275-4 (ePub)
I. Titre. II. Collection : Tous continents.
PS8573.A277R83 2017   C843'.54   C2016-942070-1
PS9573.A277R83 2017

Dépôt légal, Bibliothèque et Archives nationales du Québec, 2017
Dépôt légal, Bibliothèque et Archives du Canada, 2017

MICHELINE LACHANCE

Rue des Remparts

QuébecAmérique

À ma sœur Danielle,
Dans mes plus lointains souvenirs,
je ne la vois jamais sans un livre à la main.

À la mémoire de mon frère Robert,
disparu peu après un séjour en Acadie
dont il avait rapporté des images saisissantes.

En parlant du Canada et de la Louisiane, en regardant sur de vieilles cartes l'étendue des anciennes colonies françaises en Amérique, je me demandais comment le gouvernement de mon pays avait pu laisser périr ces colonies, qui seraient aujourd'hui une source inépuisable de prospérité.

Chateaubriand, *Mémoires d'outre-tombe*

Liste des principaux personnages

Beaubassin, Catherine de (1731-1795), née Jarret de Verchères ; narratrice.

Beaubassin, Pierre Hertel de (1715-1780) ; époux de Catherine, interprète des langues indiennes.

Berryer, Nicolas-René (1703-1762) ; secrétaire d'État de la Marine.

Bigot, François (1703-1778) ; intendant de la Nouvelle-France.

Bougainville, Louis-Antoine de (1729-1811), comte ; aide de camp de Montcalm, puis aide-maréchal général des logis et colonel.

Bourlamaque, François-Charles de (1716-1764) ; commandant en troisième de Montcalm.

Coulon de Villiers de Jumonville, Joseph (1718-1754) ; officier dans les troupes de la Marine ; tué par George Washington.

Coulon de Villiers, Nicolas-Antoine (1708-1750), dit « Monsieur Coulon » ; officier dans les troupes de la Marine, deuxième époux de Marie-Anne La Pérade.

D'Ailleboust, Madeleine-Françoise (1703-1782) ; mère de Catherine.

De Ramezay, Charlotte (1697-1767), dite « mère de Saint-Claude de la Croix », en religion ; tante de Geneviève, supérieure de l'Hôpital général par intérim.

De Ramezay, Jean-Baptiste-Roch (1708-1777) ; lieutenant du roi à Québec, oncle de Geneviève.

De Ramezay, Louise (1706-1791) ; épouse de Roch, tante de Geneviève.

Deschamps de Boishébert, Charles (1727-1797) ; frère de Geneviève, lieutenant dans les armées en Nouvelle-France.

Deschamps de Boishébert, Marie-Geneviève (1699-1769), dite « Madame-mère », née de Ramezay ; mère de Geneviève et de Charles.

Donoma ; fille adoptive de Catherine (seul personnage fictif du roman).

Dubreil de Pontbriand, Henri-Marie (1708-1760), dit « monseigneur de Pontbriand » ; évêque de Québec.

Gaultier, Jean-François (1708-1756) ; médecin du roi, troisième époux de Marie-Anne La Pérade.

Lacorne de Saint-Luc (1711-1784), dit « Saint-Luc » ; capitaine dans les troupes de la Marine, interprète, marchand.

Lanaudière, Geneviève de (1725-1762), née Deschamps de Boishébert; épouse de Tarieu de Lanaudière et mère de Louis, dit Petit Louis.

La Pérade, Madeleine (1678-1747), dite « Madeleine de Verchères », née Jarret de Verchères; épouse de Pierre-Thomas de La Pérade et mère de Tarieu et de Marie-Anne La Pérade.

La Pérade, Marie-Anne (1707-1776); fille de Madeleine de Verchères, sœur de Tarieu, belle-sœur de Geneviève.

Lévis, François-Gaston de (1719-1787); commandant en second de Montcalm, puis général en chef des troupes françaises.

Marcel, Pierre; troisième aide de camp et secrétaire de Montcalm.

Montcalm, Louis-Joseph de (1712-1759), marquis de Saint-Véran; lieutenant général des armées en Nouvelle-France.

Murray, James (1721-1794); officier de l'armée britannique et gouverneur de la province de Québec.

Péan, Angélique (1722-1792), dite « la Pompadour du Canada », « la sultane » ou « Lélie », née Renaud d'Avène des Méloizes; maîtresse de l'intendant Bigot.

Péan, Michel-Jean-Hugues (1723-1782); époux d'Angélique, aide-major et homme de confiance de l'intendant Bigot.

Poissant, Jeanne-Antoinette (1721-1764), dite « Madame de Pompadour »; favorite de Louis XV.

Rigaud de Vaudreuil, Pierre de (1698-1778), marquis; gouverneur de la Nouvelle-France.

Rigaud de Vaudreuil, Jeanne-Charlotte (1683-1763), née Fleury-Deschambault; épouse de Pierre de Rigaud de Vaudreuil.

Tarieu de Lanaudière, Charles-François (1710-1776), dit « Tarieu »; fils de Madeleine de Verchères et de Pierre-Thomas de La Pérade, époux de Geneviève et père de Charles-Louis, seigneur de Sainte-Anne-de-la Pérade et capitaine dans les troupes de la Marine.

Tarieu de Lanaudière, Charles-Louis (1743-1811), dit « Petit Louis »; fils de Geneviève et de Tarieu de Lanaudière.

Tarieu de Lanaudière, Élisabeth (1777-1823); petite-fille de Geneviève, correspondante de Catherine.

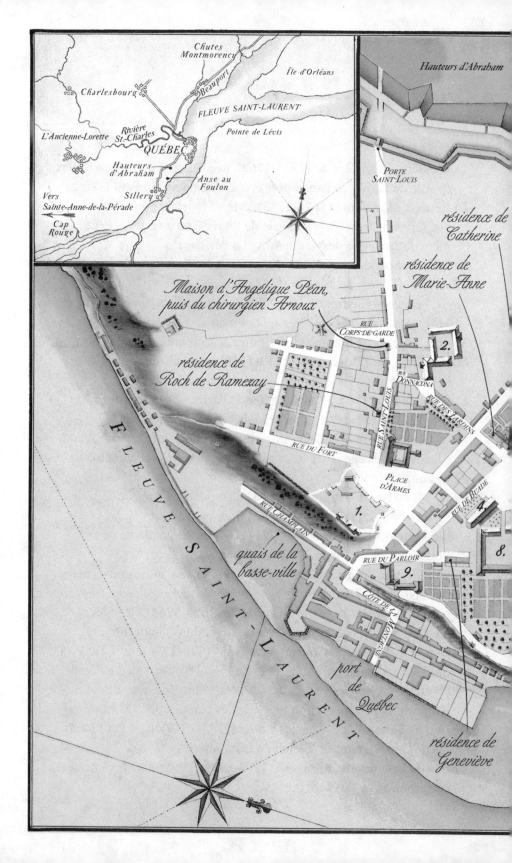

Inset map (upper left):

Chutes
Montmorency

Île d'Orléans

Charlesbourg

Beauport

FLEUVE SAINT-LAURENT

L'Ancienne-Lorette

Rivière
St-Charles

QUÉBEC

Pointe de Lévis

Hauteurs
d'Abraham

Anse au
Foulon

Vers
Sainte-Anne-de-la-Pérade

Sillery

Cap
Rouge

Main map:

Hauteurs d'Abraham

PORTE
SAINT-LOUIS

résidence de
Catherine

résidence de
Marie-Anne

Maison d'Angélique Péan,
puis du chirurgien Arnoux

RUE
CORPS-DE-GARDE

2.

résidence de
Roch de Ramezay

RUE
DONNACONA

RUE SAINT-LOUIS

RUE DES JARDINS

RUE DU FORT

PLACE
D'ARMES

RUE DE BUADE

4.

FLEUVE SAINT-LAURENT

RUE CHAMPLAIN

1.

8.

quais de la
basse-ville

RUE DU PARLOIR

9.

CÔTE DE LA MONTAGNE

port
de
Québec

résidence de
Geneviève

Vers le faubourg Saint-Vallier
et l'Hôpital général

PORTE
SAINT-JEAN

RUE SAINT-VALLIER

7.

6.

RUE DES PAUVRES

résidence
d'Élisabeth

3.

CÔTE DE LA
FABRIQUE

RUE DES REMPARTS

résidence
de Montcalm

LÉGENDE

1. Château Saint-Louis
   Résidence du gouverneur Vaudreuil

2. Couvent et chapelle des Ursulines

3. Hôtel-Dieu de Québec

4. Basilique Notre-Dame-de-Québec

5. Collège des Jésuites

6. Magasins du roi

7. Palais de l'intendant Bigot

8. Séminaire

9. Palais épiscopal

Québec, 5 mai 1795

Chère Élisabeth de Lanaudière,

Vous serez surprise de recevoir cette lettre de la vieille dame qui vous a accueillie chez elle, il y a quelque temps. Vous souhaitiez me rencontrer afin que je vous parle de votre grand-mère, Geneviève de Lanaudière. Vous ne l'aviez pas connue, puisqu'elle nous avait quittés pour l'au-delà bien avant votre naissance, mais vous saviez qu'elle avait eu un destin peu commun. Comme nous avions été, elle et moi, d'inséparables amies, vous m'avez demandé de vous relater mes souvenirs.

Vous ne devinerez jamais l'émotion qui m'habitait ce jour-là. Depuis la fenêtre de ma chambre, je vous ai observée, cependant que vous descendiez de votre calèche. Vous l'avouerais-je ? Mon cœur s'est mis à battre très vite lorsque j'ai vu s'approcher cette belle jeune femme longue et mince à la chevelure noire comme l'ébène. Votre jolie robe de soie blanche garnie de dentelle flottait au vent. La magie aidant, ce n'était pas vous, Élisabeth, qui avanciez vers moi, mais Geneviève, ma Geneviève tant aimée. La timidité colorait vos pommettes. Les siennes rougissaient aussi pour un rien, le saviez-vous ? Comme elle le faisait jadis, vous avez replacé sous votre capeline la mèche bouclée qui s'en détachait et vous m'avez souri. De ce sourire qui illuminait son visage.

Vous et moi devisions gentiment en prenant le thé, quand je remarquai à votre cou la petite clé d'or dont Geneviève ne se séparait jamais. Vous la manipuliez nerveusement, comme si vous hésitiez à me confier ce qui vous préoccupait. Vous aviez hérité du coffret en bois d'ébène dans lequel elle cachait ses trésors, réalisai-je alors. Puis, vous avez tiré de votre sac une lettre écrite de sa main, datée de novembre 1756, qu'elle ne m'avait jamais envoyée et vous me l'avez tendue. J'ai ressenti une vive émotion en la lisant. Geneviève parlait de l'indéfectible amitié qu'elle me portait et avouait ne pas comprendre pourquoi je m'étais montrée si cruelle envers elle. Je savais que ce passage faisait allusion à mon impardonnable trahison, mais je ne vous ai rien divulgué.

Au fil de la conversation, mon appréhension ne vous aura pas échappé. J'aurais dû m'en expliquer sans façon. Après votre départ, je m'en suis voulu de n'avoir débité sur le compte de Geneviève que de désolantes banalités. Comme si je ne pouvais vous la révéler sans la trahir. Je regrette amèrement cette lâcheté. Essayez de me comprendre. Je ne me reconnaissais pas le droit de confier à sa petite-fille de dix-huit ans que, lorsqu'elle était dans la fleur de l'âge, mon amie s'était compromise. Comment aurais-je pu deviner qu'une bonne âme avait ébruité l'affaire dans l'un des salons que vous fréquentez où l'on se délecte d'échos, surtout s'ils portent sur la vertu des dames ?

Votre père, Louis de Lanaudière, à qui vous vous étiez d'abord adressée, avait refusé de réveiller les vieux fantômes du passé. Trop de temps s'était écoulé, avait-il prétexté en vous conseillant de faire appel à moi. À mon tour, j'ai prétendu que ma mémoire vacillait. J'ai lu la déception sur votre beau visage. Avant de prendre congé, vous êtes revenue à la charge : « Dites-moi au moins ce qui s'est passé ce fameux 20 octobre 1760. Papa affirme que, ce jour-là, le monde de sa mère s'est écroulé comme un château de cartes. »

Alors, après avoir mûrement réfléchi, j'ai décidé de rétablir la vérité, toute la vérité à propos de cette funeste journée qui a démoli Geneviève. Et si Dieu me prête vie encore un peu, je vous la présenterai à son meilleur, au temps de ses années de bonheur. Mes raisons ne sont ni frivoles ni innocentes. D'abord, je ne supporte pas l'idée que vous la jugiez simplement d'après des ragots de salon. De plus, la perspective de renouer avec mon passé pour faire revivre ma complice d'antan — et moi avec elle — m'est douce.

Ma chère Élisabeth, ce sont quinze ans de ma vie et de la sienne qui défileront sous vos yeux. Nous avons eu le bonheur de naître sous le drapeau français, mais à l'âge de l'innocence, nous avons été bernées. Si je le mentionne, ce n'est pas pour attirer votre compassion, ni pour justifier nos années de folies qui auraient accéléré la chute du régime français, comme on nous le reprocha par la suite. Notre génération, je l'avoue, n'a pas su vaincre son égoïsme. Mais vous comprendrez en feuilletant ces pages que de graves événements nous ont façonnées, en plus d'influencer le cours de nos vies. Vous me pardonnerez de laisser flotter un parfum de nostalgie sur mes souvenirs. Quand vous me lirez, il vous viendra à l'esprit mille questions. N'hésitez pas à m'écrire pour me les poser.

J'espère qu'après avoir parcouru mes mémoires, vous partagerez l'affection qui me lie à votre grand-mère Geneviève de Lanaudière. Je l'aimais comme une sœur. Elle me manque encore. Me manquera toujours.

Avec toute ma tendresse,
Catherine de Beaubassin,
Rue des Jardins, Québec

Premier cahier

20 octobre 1760

Les grands départs

Au moment d'ouvrir ce cahier, la rue du Parloir surgit dans ma mémoire. Je revois la maison de Geneviève comme elle était à l'automne de 1760. À moitié dévastée pendant le siège de Québec, un an plus tôt, elle n'avait pas été complètement restaurée. Un boulet avait percé le toit de l'aile gauche du bâtiment et une partie du mur s'était écroulée, creusant un trou béant. Le corps du logis était moins endommagé, mais le bel escalier tournant n'avait pas retrouvé sa splendeur. Seuls les carreaux éclatés en mille miettes avaient été remplacés.

Mon amie chérissait cette maison de pierres que son époux, Charles-François Tarieu de Lanaudière, avait acquise quelques années après leur mariage. Elle était située à l'extrémité d'une impasse menant au séminaire. De la fenêtre du salon, le point de vue embrassait l'horizon au-delà du fleuve Saint-Laurent, laissant deviner au loin les montagnes sans Nom. Le jardin dont Geneviève tirait fierté avait grise mine. Au fil des mois, la nature avait repris ses droits, si bien que les mauvaises herbes recouvraient les gravats et les amas de débris à demi calcinés. De grosses tales de marguerites jaunes à cœur brun et des bouquets de campanules envahissaient la cour. Des vignes sauvages tapissaient l'écurie. Une palissade de pieux construite pour protéger la ville des attaques anglaises bloquait la vue de la Pointe-Lévy. Plus bas, l'*Union Flag* s'agitait sur les remparts, pour rappeler aux habitants de la capitale que leur nouveau maître les avait à l'œil.

La vie de Geneviève tombait aussi en lambeaux. Tout s'écroulait lamentablement. En société, elle faisait bonne figure, mais son âme se fissurait.

Élisabeth, vous voulez savoir ce qu'elle a vécu de si effrayant ce 20 octobre? Son mari, votre grand-père, et son fils unique, votre père, que nous appelions affectueusement Petit Louis, s'embarquaient pour les vieux pays sur ordre des Anglais, nos conquérants. Sur le coup de huit heures, Petit Louis avait quitté la maison, pressé de se rapporter à son régiment de La Sarre. La veille, ce grand garçon à l'allure dégingandée qui venait tout juste de fêter ses dix-sept ans avait rassemblé ses effets à la hâte et les avait entassés pêle-mêle dans un baluchon, avant d'aller retrouver ses frères d'armes à la taverne. Malgré le couvre-feu, il avait festoyé jusqu'aux petites heures, au lieu de rester chez lui pour réconforter sa mère dévorée d'inquiétude à l'idée de le voir partir au loin.

Petit Louis avait à peine tourné le coin de la rue que le mari de Geneviève, Tarieu – Charles-François de Lanaudière répondait à ce diminutif –, montait à son tour en calèche. Il avait des courses à faire avant de quitter la Nouvelle-France. Bien qu'il fût né au pays, il était condamné à l'exil. Le commandant en chef britannique Jeffery Amherst avait ordonné le départ de tous les hommes ayant servi sous les drapeaux français : *All of the Regulars, either French or others, whether settled or not in Canada, Must, by Virtue of the Capitulation, be sent to Old France...* L'odieux placard tapissait la ville. Le gouverneur Vaudreuil, l'intendant Bigot, le chevalier de Lévis et les officiers, tous devaient regagner la mère patrie, qu'ils soient français ou canadiens.

Tarieu aurait pu amener Geneviève avec lui dans la Vieille Europe, mais il préférait la laisser à Québec afin qu'elle gère ses affaires jusqu'à son retour. L'excuse cousue de fil blanc ne leurra pas nos proches, car le malaise entre eux faisait jaser depuis un moment déjà. Quoi qu'il en soit, le sieur de Lanaudière clamait que tout rentrerait bientôt dans l'ordre. Sous peu, un traité serait signé en vertu duquel l'Angleterre remettrait le Canada à la France et la vie reprendrait son cours comme avant la conquête. Son ami, le gouverneur Vaudreuil, le pensait lui aussi. Jamais le bon roi Louis XV n'abandonnerait la colonie, crânait-il.

Geneviève se montrait plus pessimiste. Les Anglais s'incrusteraient. Ne se comportaient-ils pas déjà en maîtres après Dieu ? Neuf mois plus tôt, sur la place de l'église, elle avait comme nous tous prêté le serment de fidélité à leur roi. À contrecœur, bien entendu.

« Levez la main droite et identifiez-vous.

— Moi, Geneviève de Lanaudière, je jure solennellement que je ne prendrai pas les armes contre George le deuxième, roi de la Grande-Bretagne…»

Comme l'exigeait le nouveau décret, Tarieu avait remis son fusil de chasse au grenadier qui occupait le poste de garde le plus près de chez lui. Par chance, sa maison était en si mauvais état qu'on l'avait exempté de l'obligation d'héberger des militaires anglais, contrairement à ses voisins forcés de nourrir et de loger des pensionnaires arrogants et prétentieux, en échange d'un dédommagement dérisoire. Sa femme et lui se pliaient au couvre-feu, sans quoi même les honnêtes citoyens s'exposaient à être fouettés sur la place publique.

Geneviève redoutait le moment des adieux. Je lui avais proposé de l'accompagner au port. Elle avait acquiescé, soulagée de ne pas avoir à affronter seule l'épreuve. Nous étions amies depuis une douzaine d'années. À cette époque, on nous voyait rarement l'une sans l'autre. Pourtant, nous étions aussi différentes que le jour et la nuit. J'étais légère et frivole; elle, sage et éclairée. Je raffolais des tenues affriolantes, elle respirait l'élégance raffinée. Je ne manquais pas d'audace, et si je l'entraînais parfois dans mes petites manigances, j'étais loin de tirer toutes les ficelles. Son assurance tranquille m'a souvent ramenée à la raison. J'ai beau chercher, je ne comprends toujours pas comment une femme aussi accomplie a pu s'attacher à moi. Une chose est certaine, la complicité affectueuse qui nous liait a survécu à mille tempêtes.

Un peu avant dix heures, en ce sombre jour d'automne, Geneviève arriva chez moi vêtue de noir de la tête aux pieds. Ses magnifiques yeux verts étaient voilés de tristesse. Nul doute, elle avait pleuré. Ses traits paraissaient rembrunis après une nuit blanche et je la sentais à fleur de peau. Son cocher m'aida à grimper à côté d'elle. La voiture s'ébranla dans un bruit sourd. À l'ordinaire, nous empruntions la rue des Jardins jusqu'à la côte de la Fabrique, mais elle s'y opposa. Depuis que les soldats anglais étaient cantonnés au collège des Jésuites, elle faisait un détour pour les éviter. De même, elle ne circulait ni à pied ni en carrosse devant la maison du chirurgien Arnoux, rue Saint-Louis, où le général Montcalm, blessé mortellement au combat, avait poussé son dernier soupir. Je l'approuvais, et pour cause: l'indécent gouverneur britannique James Murray y avait déménagé ses pénates avant même que le cadavre de notre héros fût refroidi. Aussi mal inspirés, ses lieutenants avaient investi la résidence de Montcalm, rue des Remparts.

Tout au long de la course vers la basse-ville, un silence lugubre régna dans la calèche, qui roula cahin-caha dans les rues encombrées jusqu'à la côte de la Montagne menant aux quais. Triste spectacle que Québec en ruine! Du cap Diamant au palais de l'évêque, tant de toits éventrés, de cheminées branlantes, de murs lézardés. Aucun édifice n'avait résisté, pas même notre belle cathédrale dont les pierres de six pieds d'épaisseur avaient cédé. Seul le beffroi avait survécu. Dans le cimetière horriblement profané, les pilleurs avaient saccagé les rares tombes que les canons avaient épargnées.

Au coin des rues, des Habits rouges montaient la garde. Notre voiture s'arrêta brusquement pour éviter des fantassins. Une femme en quête de pain et traînant des enfants dépenaillés en profita pour nous tendre la main. Je tirai quelques pièces de mon sac et les lui remis. Le regard impénétrable, Geneviève ne broncha pas, elle dont le cœur chavirait à la vue des miséreux. Elle ne sursauta pas davantage lorsqu'une charrette déboucha devant notre attelage, forçant le cocher à ralentir l'allure de ses chevaux. Je l'observais du coin de l'œil. On aurait dit une veuve de guerre pétrifiée quittant Sodome dévastée. J'ai pensé à la femme de Loth changée en statue de sel après s'être retournée sur son passé. Moi, dont le mari, Pierre de Beaubassin, avait été déporté *manu militari* par les Anglais un mois plus tôt, sans même un adieu, je comprenais son désarroi. Je glissai mon bras autour de ses épaules:

« Je suis là, Geneviève. Vous n'êtes pas seule. »

Elle se dégagea doucement et plaqua ses mains sur son visage pour sangloter à son aise.

« Vous ne pouvez pas comprendre, articula-t-elle, la voix étranglée. Tarieu a eu des mots très durs, hier soir. Il m'a dit des choses horribles.

— Allons donc, vous prenez tout au tragique. Ce matin, il aura déjà oublié, j'en suis sûre.

— Ce matin? Il n'a pas desserré les dents.

— Que s'est-il passé de si épouvantable? » risquai-je.

Tout avait commencé la veille, au moment de se mettre au lit. Entre eux, l'atmosphère n'était plus propice à la tendresse depuis quelques mois, mais Geneviève avait espéré qu'à leur dernière nuit ensemble, ils enterreraient leurs différends. Tarieu s'était attardé au salon. Lorsqu'il était entré dans la chambre, elle avait déjà passé son peignoir de cachemire et chaussé ses mules. Elle se brossait les cheveux devant son miroir. Ignorant sa présence, il s'était assis au pied du lit pour retirer ses bottes. Son indifférence lui était coutumière – il ne la touchait plus depuis des semaines –, mais, ce soir-là, elle lui causait une douleur insoutenable.

Sans savoir où cela la mènerait, elle avait lancé la conversation sur le premier sujet venu. Rien de prémédité. Certes, c'était maladroit d'éreinter le gouverneur Rigaud de Vaudreuil qu'elle tenait pour responsable de la perte de la Nouvelle-France, mais il avait si mal conduit les affaires du pays qu'elle ne put s'en empêcher. Peut-être aurait-il un jour à rendre des comptes?

«En attendant, avait-elle ajouté, la gorge nouée, mon mari et mon fils me sont enlevés. Une séparation à laquelle tu te résignes d'assez bonne grâce», avait-elle insinué pour le provoquer.

Il ne s'était même pas donné la peine de lui répliquer. Elle avait poussé l'audace jusqu'à lui reprocher de ne pas avoir fait jouer ses contacts pour éviter la déportation:

«Cette soumission ne te ressemble pas, avait-elle martelé, je t'ai connu plus pugnace.»

Toujours aucune réaction de sa part. Le malaise avait monté d'un cran. Oscillant entre l'irritation et le désespoir, elle avait terminé sa tirade en se disant bouleversée de le sentir insensible à sa douleur.

«Ma pauvre Geneviève! avait-il lâché ô combien sèchement. Votre chagrin de me voir partir au loin ne m'émeut pas.» Il s'était levé, avait buté contre une chaise et repris en articulant de façon très distincte. «Quant à la chose politique, vous n'y entendez rien.»

Geneviève n'avait pas relevé son injuste remarque à propos de sa peine, de peur de s'exposer à une volée de réprimandes. Elle ne s'était pas davantage attardée à son vouvoiement inhabituel, c'était sa façon de maintenir la distance entre eux. Elle avait cependant précisé sa pensée en insistant sur le malheur d'être conquis :

«Vaudreuil a livré la Nouvelle-France aux Anglais sur un plateau d'argent, voilà ce que je comprends. Au lieu de hisser le drapeau blanc, il aurait dû lancer ses troupes à l'assaut.

— Épargnez-moi vos tirades de bonne femme, avait lâché Tarieu en grimaçant. Le marquis de Vaudreuil a évité un bain de sang. Il ne disposait plus que d'une poignée de soldats épuisés et les miliciens désertaient le front les uns après les autres.»

Plus il parlait, plus il s'emportait. Ah! sa dureté implacable! Ses yeux bleu acier qui l'avaient conquise dès le départ s'étaient animés. Geneviève se préparait à lui répliquer, mais déjà il revenait à la charge, une moue dédaigneuse aux lèvres :

«Cette guerre était perdue d'avance. Si Vaudreuil l'avait poursuivie, comme vous dites, des centaines de Canadiens seraient morts inutilement et Montréal, alors presque sans défense, aurait été réduite en cendres.

— Votre objection m'étonne», lui avait-elle fait remarquer, soulagée tout de même de le voir réagir. «Vous n'avez pas toujours été aussi tendre envers notre cher gouverneur.»

Elle avait prononcé le mot «cher» de manière dérisoire, car elle savait que Tarieu éprouvait une rancune personnelle contre le marquis de Vaudreuil.

«Sans doute, avait-il reconnu sans lever les yeux sur elle. Mais ne me demandez pas de condamner un homme qui a refusé de sacrifier les siens pour satisfaire une mère patrie qui les avait lâchés. S'il vous faut un coupable, chapitrez plutôt la France.»

Au fond d'elle-même, Geneviève lui donnait raison. Elle n'en était pas moins revenue à la charge :

«Le chevalier de Lévis ne partage pas votre avis. Il aurait volontiers repris les armes pour nous sauver du joug anglais.

— Ah bon! Le général Lévis voulait se battre, peu importe les conséquences funestes pour notre peuple, avait-il rétorqué en ricanant. Du moment que cela l'amenait à gagner quelques galons.

— Vous êtes injuste.

— Et vous, comme d'habitude, vous choisissez le camp des généraux, avait-il persiflé. Ma chère, l'attrait de l'uniforme agit sur vous comme un aimant. La cuissarde, devrais-je dire. À moins qu'il ne s'agisse de la culotte ? »

L'attaque était méprisante et le coup avait laissé Geneviève effondrée. La gorge serrée, incapable d'ajouter un mot, elle s'était mise au lit, la tête contre le mur. Tarieu avait quitté la pièce en claquant la porte. Dans le silence de la nuit, la dernière avant son départ, elle avait remué les cendres de sa misérable existence. Sa petite histoire à elle, imbriquée dans la grande, avait des allures de cauchemar. Il avait suffi d'un an pour que sa vie basculât.

« Voilà où j'en suis, conclut-elle en séchant ses pleurs. Mon pays est perdu, mon mariage chancelle, mon époux me méprise. » Elle soupira. « La vie reprend tout ce qu'elle m'a donné… »

À présent, la peur la glaçait. Je le devinai à la voir froisser nerveusement son mouchoir. Où déporterait-on Tarieu, cet homme avec qui elle partageait le meilleur et le pire depuis bientôt dix-huit ans ? Elle l'ignorait. Un halo de brume planait sur sa destination. Les premiers navires emportant les bannis avaient mis le cap sur Saint-Malo. Depuis, des rumeurs contradictoires circulaient. L'une envoyait les prochains exilés en Nouvelle-Orléans, l'autre à La Rochelle. Son mari et son fils ne voyageraient pas sur le même voilier et cela redoublait ses craintes.

Notre calèche avançait lentement dans le port qui émergeait du brouillard matinal. Le cocher se faufilait entre les fourgons chargés de vivres et les chariots tirés par des hommes musclés. En rade, le *Brotherhood*, l'*Aventure*, le *Jenny* et d'autres encore. Jamais je n'avais vu autant de grands mâts se balancer au vent, autant de pavillons anglais flotter en poupe.

La place était noire de monde. Des centaines de militaires en veste marine sur un justaucorps gris, coiffés d'un tricorne noir et armés de bagages, s'agglutinaient aux abords des vaisseaux. Notre ami le colonel Louis-Antoine de Bougainville organisait rondement les départs des soldats. Les malades et les estropiés embarquaient les premiers dans les chaloupes, suivis du reste des «*prisoners of war*». Le régiment de Languedoc se frayait un chemin jusqu'à l'*Isabella*; celui de Guyenne défilait devant le capitaine de l'*Isaac* qui vérifiait leurs passeports.

Le *Jenny* lèverait l'ancre dans moins d'une heure avec à son bord le régiment de La Sarre. Geneviève dévorait son fils des yeux. Petit Louis avait fière allure dans son costume de lieutenant. Il se vantait de raisonner et d'argumenter comme un adulte, mais pour sa maman il demeurait son méchant garnement. Elle passa sa main dans ses cheveux bruns trop aplatis et ajusta sa veste à boutons dorés, comme autrefois elle redressait son frac de matelot. Il ne tenait pas en place. Chaussé de hautes guêtres, il boitait légèrement de la jambe gauche. Six mois plus tôt, lors de la bataille de Sainte-Foy, un éclat d'obus lui avait percé l'os. À l'Hôpital général, ses grand-tantes religieuses avaient pesté contre cet enfant gâté qui leur donnait plus de fil à retordre que tous les blessés réunis, français et anglais. Élisabeth, vous savez comment sont les bonnes sœurs? Sévères même envers les jeunes imberbes enrégimentés trop tôt comme notre cher Petit Louis. Geneviève n'aurait gourmandé son fils pour rien au monde. Elle lui avait passé tous ses caprices jusqu'à ce qu'il soit hors de danger. À l'heure de la séparation, elle lui prodiguait de judicieux conseils dont il n'avait cure. Sa déportation, aussi cruelle semblait-elle à sa mère, l'excitait. À l'âge des grandes aventures, comment aurait-il pu en être autrement?

«Ne vous tourmentez pas, maman, fanfaronnait-il, les mains enfouies dans ses poches, j'en ai vu d'autres. Après avoir connu les champs de bataille, plus rien ne m'effraie.»

Ici et là, dans le port, des gaillards aux chemises tachées de sueur sous les aisselles terminaient le chargement de l'eau douce, des caisses de biscuits de mer et des sacs de farine. Il ne manquait plus que les poches de courrier. Le vaste hangar aménagé pour accueillir les gentilshommes et leurs familles ne désemplissait pas. Nous y fîmes les cent pas, guettant et redoutant tout à la fois le coup de partance. Plus le temps passait, plus le tohu-bohu s'amplifiait.

Dans cette cacophonie, on distinguait entre toutes la voix puissante de l'intendant François Bigot. Selon sa bonne habitude, il ronchonnait devant sa cour béate d'admiration. Apparemment, les Anglais le nourrissaient trop chichement. Oh! messire Bigot n'avait rien à craindre. Le commandant en chef Amherst lui réserverait un traitement princier à bord du voilier. Outre ses papiers personnels, il l'avait autorisé à emporter sa vaisselle et son argenterie dans des caisses numérotées. Avec la bénédiction des Anglais, il emmenait aussi ses serviteurs. Personne n'en doutait, l'intendant quittait le pays les goussets bourrés d'or. Le bruit courait qu'il avait occupé ses dernières journées de liberté à vider les magasins du roi et à vendre à son profit la marchandise confisquée. À côté de lui, sa favorite, la belle Angélique Péan, rechignait, comme pour attirer l'attention sur sa capricieuse personne.

«Tiens donc! la Pompadour du Canada fait des siennes», glosa Petit Louis.

Il soupira bruyamment en me faisant un clin d'œil. J'avais toujours été sa complice et il comptait sur ma gaieté insolente pour consoler Geneviève après son départ.

«Pauvres de nous!» lâcha-t-il en se moquant des dames du sérail qui papotaient autour de Bigot. «Il va falloir endurer leur caquetage pendant toute la traversée.»

Il m'adressa un sourire espiègle qui m'incita à rivaliser d'insinuations avec lui à propos de notre Pompadour:

«Petit Louis, tâchez de baisser les yeux quand Angélique se pavanera sur le pont, serrée dans un corsage échancré. Laissez ce privilège aux messieurs d'âge mûr. C'est tout ce qui leur reste.»

Au signal, Bigot se dirigea vers le *Jenny*, suivi de son prétentieux cortège. On aurait dit une procession de la Fête-Dieu. Les badauds regardaient l'intendant retors et débauché décamper avec sa clique. Sur son passage, certains le conspuèrent:

«Voleur! Profiteur!»

La plupart lui manifestèrent une morne indifférence. Les Canadiens seraient débarrassés de cet encombrant personnage coiffé d'une perruque exagérément poudrée, c'est tout ce qui leur importait. Ce triste spectacle nous embarrassa, Geneviève et moi. Certes, nous n'ignorions pas que l'intendant avait détroussé les petites gens pendant son règne. Mais, comme tant d'autres, nous avions si longtemps, si souvent fermé les yeux.

Lorsqu'elle vit les matelots hisser les voiles, le cœur de Geneviève palpita. Attendri, Petit Louis prit son mouchoir pour éponger les larmes de sa mère qui ne cherchait même pas à les retenir.

«Tout ira bien, maman. Je vous écrirai.»

Il se tourna ensuite vers son père qui nous avait rejoints au quai d'embarquement, une fois ses corvées accomplies. Jamais Tarieu de Lanaudière ne m'avait semblé aussi distant. Le visage impassible, il tendit la main à son fils qu'il aimait profondément, mais dont le comportement à la fois dissipé et dissolu l'avait souvent déçu.

«Conduisez-vous comme un homme, Louis. Je ne veux pas avoir à rougir de vous. Nous nous reverrons en France, si Dieu le veut.

— Je vous ferai honneur, père», promit Petit Louis, avant de ramasser son baluchon et d'aller rejoindre son corps de milice.

Pour rien au monde, il n'aurait consenti à prendre son rang avec les estropiés et les invalides, même s'il claudiquait. Au roulement du tambour, le voilier se détacha du quai, puis s'éloigna de la rade. Commença alors sa lente descente vers le chenal sud de l'île d'Orléans. Le vent s'annonçait favorable, le *Jenny* aurait bonne mer.

Le hangar vitré, un bâtiment trapu et mal aéré, était le théâtre de scènes invraisemblables. Geneviève et moi repérâmes nos amis les plus chers parmi ces nobles en costume de voyage. Hier encore, nous sablions le champagne ensemble chez la Pompadour du Canada et nous fréquentions assidûment les tables de jeu de l'intendant Bigot. Aujourd'hui, ils avaient perdu leur superbe. Pour un peu, on se serait cru au milieu d'une veillée funèbre, de celles qui dégénèrent en parties de plaisir. Car, en dépit des mouchoirs humides et chiffonnés, ça riait nerveusement au moment le plus inopiné.

Dans un coin reculé, le dernier gouverneur de la Nouvelle-France, Rigaud de Vaudreuil, donnait libre cours à sa mauvaise humeur. Sa mésaventure de la veille l'avait mis sur les nerfs. En effet, le *Molineux* à bord duquel il rentrait en France s'était échoué à petite distance de Québec. Il avait fallu ramener ses passagers en chaloupe et leur trouver des places sur l'*Aventure*. Ce contretemps l'ennuyait joliment. Si seulement il avait pu épargner cette pénible épreuve à sa chère Jeanne! La marquise de Vaudreuil n'était plus dans sa prime jeunesse et les émotions fortes la troublaient. De quinze ans son aînée, elle était l'amour de sa vie. Assoyez-vous, Jeanne, vous allez vous fatiguer... Couvrez-vous, Jeanne, sinon vous prendrez froid. Il ne la quittait pas des yeux et ses attentions empressées relevaient de la galanterie chevaleresque. Je le vis s'approcher de Geneviève, à qui il avait toujours manifesté de l'affection, même si un malencontreux incident l'opposant à Tarieu avait récemment gâché leurs relations jusque-là cordiales. J'ai pensé : pourvu qu'elle n'étale pas ses griefs un jour pareil! Elle n'osa pas.

Nous assistâmes discrètement aux adieux du colonel de Bougainville à ma cousine Marie-Anne, sa maîtresse et notre amie à toutes les deux. Nous avions pensé qu'il l'emmènerait en France, comme le chevalier de Lévis qui partait avec la séduisante Marguerite Pénissault. Il n'en fit rien. Son tour venu, François de Bourlamaque, commandant en second, me présenta ses respects sans une allusion à ses sentiments passés pour moi.

« Vous partez aujourd'hui? m'étonnai-je, car je pensais que Bougainville et lui seraient les derniers à s'en aller, puisqu'ils étaient responsables de l'embarquement.

— Non. Nous monterons à bord du *Joanna* dans quelques jours seulement, me dit-il. Mais comme je ne vous reverrai pas, je tenais à vous présenter mes respects. »

Il restait moins d'une demi-heure avant le départ de l'*Aventure* et Geneviève cherchait à entraîner son mari à l'écart de cette foule bigarrée. L'apparente indifférence de celui-ci ne trompait pas. Il avait eu son lot de scènes affligeantes, ces derniers mois, et il redoutait le moment de la séparation finale. Livide, le regard effrayé, sa femme se planta devant lui. D'un geste qui manquait d'assurance, elle l'escorta à l'extérieur.

Il parut ne pas remarquer sa main tendue, mais la suivit. Combien de temps s'écoula-t-il ? J'étais là, les yeux braqués sur eux, cependant qu'ils marchaient côte à côte jusqu'à la passerelle de l'*Aventure*, lui insondable, défait, presque hagard ; elle, comme une âme blessée, le visage ruisselant de pleurs, une mèche de cheveux collée à la joue, mais plus déterminée que jamais à sauver ce qui pouvait encore l'être.

Geneviève lui remit la lettre qu'elle lui avait écrite comme on lance une bouteille à la mer. Deux paragraphes pour lui dire combien il lui était cher. Elle aurait tout donné pour reculer l'horloge de la vie, lui avouait-elle dans des phrases toutes simples, avec sa franchise habituelle, mais sans grand espoir de toucher ses sentiments. Il se contraignit à sourire, avant d'esquisser un geste d'impuissance. Après une hésitation, il l'enveloppa de ses longs bras et s'écria sous l'effet d'une inspiration :

« Tu ne sauras jamais comme je t'aimais. » D'un mouvement brusque, il se redressa aussitôt, honteux de ce moment de faiblesse. « Quittez Québec, Geneviève, ne restez pas seule dans notre maison en ruine. Allez vivre à notre manoir de Sainte-Anne-de-la-Pérade, je vous en prie. Vous semblez oublier que, depuis la mort de mon père, j'en suis le seigneur et que vous en êtes la seigneuresse. Nos gens ont besoin de vous pour restaurer les lieux. »

Émue, elle chercha son regard bleu pour y poser le sien, mais ne le trouva pas. Ses longs bras qui la retenaient contre lui retombèrent. Il recula et, sur un ton neutre, l'implora de faire confiance au temps.

« Pour l'instant, la colère m'étouffe, vous devez me comprendre. J'espère qu'un jour mon amertume s'apaisera et, alors, je vous ferai venir en France. »

Elle crut en sa sincérité, s'accrocha à cette promesse, si ténue fût-elle, tandis qu'il gagnait l'*Aventure*. Au son du tambour, le bâtiment se détacha du quai. Longtemps, Geneviève resta les yeux rivés sur la silhouette de son mari. Accoudé au bastingage, celui-ci captait une dernière vision à emporter du cap Diamant. Jamais Geneviève ne s'était sentie aussi désemparée.

Chère madame de Beaubassin,

Merci, merci, merci, vous êtes très généreuse de vos souvenirs. J'ai pleuré en parcourant votre récit des grands départs. Comme Geneviève a dû souffrir ! Et quelle chance elle a eue de pouvoir compter sur votre affection pour épancher son chagrin ! Me parlerez-vous de sa faute ? Elle fut bien grave, sinon son mari Tarieu ne lui aurait pas infligé un aussi cruel châtiment. Je n'ai pas connu mon grand-père, mais on a souvent déploré devant moi son bouillant caractère.

Auparavant, dites-moi comment est née cette belle amitié entre Geneviève et vous. Racontez-moi vos années de jeunesse et de folie, au temps de la Nouvelle-France. Vous mentionnez qu'on vous a reproché votre insouciance qui aurait accéléré la chute du régime français. N'êtes-vous pas un peu sévère à l'égard des vôtres ?

Je me pose aussi des questions à propos de cette guerre de Sept Ans, ruineuse et sanglante, qui a mis fin au règne de frivolités tous azimuts. Mon père ne l'évoque jamais sans ressusciter un être cher emporté dans la tourmente. Je l'ai interrogé tant et plus, mais il n'a pas votre talent de conteuse. Vous allez croire que je vous flatte pour vous inciter à reprendre la plume. Ce n'est qu'à moitié vrai.

Votre dévouée,

Élisabeth de Lanaudière
9, rue des Pauvres
Québec

Post-scriptum : J'ai souri en découvrant les frasques de jeunesse de mon père. Vous ne serez pas surprise d'apprendre que votre Petit Louis n'a pas changé. Grâce à vos confidences, je peux maintenant l'asticoter.

Deuxième cahier
Été 1747 — automne 1755

Requiem pour tante Madeleine

Comment est née notre belle amitié ? J'ai fait la connaissance de votre grand-mère, Geneviève Deschamps de Boishébert, treize ans avant ce funeste jour des grands départs. À l'époque, le pays nous appartenait encore. C'était en août 1747, en l'église de Sainte-Anne-de-la-Pérade. J'assistais aux funérailles de ma tante Madeleine, seigneuresse de La Pérade, morte à soixante-neuf ans bien sonnés. Son fils, mon cousin Tarieu de Lanaudière, avait épousé Geneviève quatre ans plus tôt.

Ma chère Élisabeth, on vous a sûrement parlé de Madeleine Jarret de Verchères, votre aïeule et la mienne. Quel personnage ! Le courage dont elle avait fait preuve à seize ans face aux Iroquois avait suscité l'admiration jusqu'en France. Hélas ! avec le temps, son étoile avait pâli. Son goût pour la bagarre et ses coups de langue n'avaient pas leur pareil en Nouvelle-France, ce qui lui avait valu des rancunes tenaces.

J'entends encore tinter le glas, cependant que l'église se remplissait. La noblesse du pays se partageait les premiers rangs avec une pléiade de curés. La belle Geneviève de Lanaudière endeuillée avait pris place dans le banc seigneurial. Du haut de mes seize ans, il me semblait n'avoir jamais vu une femme aussi éblouissante. Des yeux remarquablement verts, un port de tête altier, des cheveux très noirs effleurant l'oreille, une bouche sensuelle. Un voile de mystère l'enveloppait, si bien que je n'arrêtais pas de la dévisager. Comme j'aurais voulu lui ressembler ! On me disait jolie. J'avais des yeux gris pétillants de malice, de beaux cheveux châtain clair et un sourire taquin qui, lorsqu'il s'épanouissait, dévoilait mes dents blanches bien alignées. J'étais mince, mais moins élancée que Geneviève. Pour tout dire, comparée à elle, je passais inaperçue.

Agenouillé à côté d'elle, Tarieu dissimulait son chagrin derrière un masque de marbre. S'il avait hérité de la pâleur anémique de son père, côté tempérament, mon cousin était tout le portrait de sa mère. Même caractère intempestif, même fâcheuse propension à prendre la mouche au moindre désagrément. Au risque de manquer à la charité chrétienne, j'avais l'intuition qu'avec une telle hérédité, Tarieu n'était pas commode. Sa belle épouse devait en passer par là.

Dans les allées latérales s'entassaient les censitaires sur lesquels ma tante Madeleine avait régné en tyran. Ces hommes à la peau rêche et au teint cuivré et des femmes sans âge en toilette du dimanche s'adressaient des regards obliques en écoutant le prêtre vanter le grand cœur de la défunte. Aimable, madame de La Pérade ? Je n'aurais pas été étonnée de les entendre pousser la chanson grivoise de feu le curé Gervais Lefebvre de Batiscan que tout le village fredonnait dans son dos :

Kyrie eleison, Christe eleison
Sancta la grosse vache rouge…
Ora pro nobis
Sancta madame avec ses deux petites citrouilles
Ora pro nobis
Sancte le Barret à Beausic
Sous le chenet du lit à Mme de la Pérade…

Je ne savais pas trop à quoi rimait cette allusion aux citrouilles de tante Madeleine, ni pourquoi le curé la qualifiait de « grosse vache ». Mais je connaissais la rengaine par cœur à force de l'entendre. Elle me trottait dans la tête lorsque je sortis de l'église. Je me retrouvai nez à nez avec Geneviève, laquelle ne m'avait jamais été présentée. Elle me céda gentiment le passage et me sourit, comme si elle devinait mes pensées, si bien que, pendant un instant, j'eus l'impression de trahir ma vieille tante qui disait pis que pendre de sa bru.

Le manoir La Pérade voisinait avec l'église. Il occupait l'emplacement situé à la pointe formée par la rivière Sainte-Anne et le fleuve Saint-Laurent, en face de la paroisse de Saint-Pierre-les-Becquets. Nous nous y rendîmes à pied. J'étais alors une jeune fille insolente et, sans penser à mal, j'entrepris de turluter d'une voix à peine audible le reste de la chanson libertine du curé Lefebvre.

Sancta la femme à portail,
Je te baiserai entre les deux jambes,
Ora pro nobis...

Tarieu me fusilla du regard. À son bras, Geneviève se pinça les lèvres pour ne pas rire. Enhardie, je poussai un autre couplet. C'était de mauvais goût, j'en conviens. Rien là pour démentir ma réputation d'écervelée. Ma mère, qui n'oubliait jamais son rang social – elle était la seigneuresse de Verchères –, m'attrapa par le col et me gronda. En arrivant au manoir, tous nos parents se regroupèrent au salon, car la pluie s'était invitée à la réception. Le vin coulait comme aux noces de Cana. Je me débrouillai pour m'asseoir à côté de Geneviève sur le canapé.

« Vous êtes Catherine, la fille du seigneur de Verchères, dit-elle en me gratifiant d'un sourire narquois. Si j'en crois ce que j'ai entendu, vous avez un réel talent de chanteuse. »

Je rougis. Comment avais-je pu oser me moquer de ma tante Madeleine dans un moment pareil ? Au sein de notre famille, elle continuait à faire figure d'héroïne malgré sa mauvaise réputation. Ma gêne amusa Geneviève. Elle en profita pour me taquiner :

« Je me demande ce qu'aurait pensé ma belle-mère en vous entendant pousser cette chanson.

— Tante Madeleine et vous n'aviez pas d'atomes crochus, si je me rappelle bien, rétorquai-je pour lui donner le change. Dites-moi, qu'est-ce qui n'allait pas entre vous ?

— Bien honnêtement, je la trouvais cruelle envers ses domestiques et je ne me gênais pas pour le lui reprocher. Je l'ai déjà vue frapper une de ses esclaves. La petite saignait du nez.

— Je reconnais qu'elle piquait des colères, mais de là à molester ses gens..., protestai-je.

— Comme vous la défendez ! s'exclama-t-elle.

— Accordez-moi que tante Madeleine a fait montre d'un courage admirable, lorsque, jeune fille, elle a réussi à échapper à la meute d'Iroquois à ses trousses.»

Geneviève leva les yeux au ciel:

«Une meute? Oh! là, là, vous n'y allez pas de main morte.»

Les faits d'armes de Madeleine ne l'impressionnaient pas. Pour un peu, je l'aurais crue platement jalouse. Comme si elle lisait en moi, elle répliqua:

«L'ennui, c'est que chaque fois que Madeleine relatait son exploit, elle rajoutait des détails invraisemblables. Un jour, elle prétendait que quarante-cinq Iroquois avaient tiré sur elle. Le lendemain, ils étaient deux fois plus nombreux. Les balles lui sifflaient aux oreilles et pourtant, aucune ne l'avait effleurée. Elle avait beau jeu d'embellir les faits, puisqu'elle était l'unique survivante. Ainsi naissent les légendes.»

Devant son peu d'empathie, j'esquissai une moue dépitée.

«Vous avez raison, je manque de tact, se reprocha-t-elle. Je ne devrais pas noircir ma belle-mère devant sa si charmante admiratrice.

— Le fait est que Madeleine tirait du fusil mieux que la plupart des hommes de la famille, ajoutai-je pour avoir le dernier mot.

— Vous êtes une vraie Jarret de Verchères! s'exclama-t-elle. Il faudra prévenir votre futur époux qu'il s'aventurera en eaux troubles.

— Mon futur époux? répétai-je en poussant un soupir. Je vais bientôt souffler mes seize bougies et aucun prétendant ne me courtise. À la seigneurie de Verchères, les bons partis se comptent sur les doigts de la main, tandis qu'à Montréal, il y a plus de sauvages que de gentilshommes. Je suis sage comme une image et ma vie ressemble à un jour de pluie.»

Je jouais les saintes-nitouches, mais elle ne s'y laissa pas prendre:

«Pauvre petite fille abandonnée à son sort!

— Quel âge aviez-vous lorsque vous avez rencontré mon cousin Tarieu?»

Elle replaça la mèche de cheveux qui avait glissé de son chignon, consciente de se confier à une lointaine parente à peine sortie de l'enfance.

« Dix-sept ans, dit-elle. Je soupçonne maman d'avoir concocté notre rencontre. Entre vous et moi, elle n'a pas eu grand mérite, puisque nous sommes tombés amoureux au premier regard. Un an après, Tarieu m'a demandée en mariage.

— Vous aviez donc dix-huit ans le jour de vos noces.

— Et j'en ai vingt-deux aujourd'hui. Vous voyez, rien ne vous presse. »

J'étais flattée de l'intérêt qu'une dame de six ans mon aînée me portait. Je l'enviai de vivre à Québec. Il me semblait qu'en matière de fiancé, j'y aurais l'embarras du choix. Elle promit de m'inviter. Tarieu projetait d'acquérir une maison dans la haute-ville. Ses yeux pétillaient, cependant qu'elle me la décrivait. Notre conversation prenait un tournant intime. Elle avança sa main gauche et j'admirai l'anneau d'or à son doigt. Après, elle ramena ma tante Madeleine sur le tapis, comme pour remuer le couteau dans la plaie :

« Imaginez-vous que ma belle-mère a poussé l'outrecuidance jusqu'à bouder notre mariage célébré en grandes pompes à la cathédrale de Québec ?

— Tarieu a dû en être profondément meurtri, et vous, de même, risquai-je.

— La seigneuresse de La Pérade a prétexté l'abominable tempête de neige de l'Épiphanie. Nous savions tous que les éléments déchaînés ne l'avaient pourtant pas empêchée de traverser l'Atlantique pour aller en France laver sa réputation malmenée par le curé du village.

— Il ne suffisait pas de descendre de la cuisse de Jupiter pour être dans ses bonnes grâces. Même une Deschamps de Boishébert comme vous devait faire des courbettes devant elle. »

À l'extrémité du salon, Tarieu éclata d'un rire franc. Geneviève et moi tournâmes la tête en même temps. J'avais trouvé mon cousin taciturne à l'église. À présent, il semblait volubile.

« Il faut croire que le vin réchauffe son cœur meurtri…, dis-je impertinemment.

— Je crois plutôt que l'affection dont l'entoure sa famille le réconforte. »

Je poussai alors l'audace jusqu'à évoquer son mauvais caractère légendaire hérité de sa défunte mère. Je le trouvais beau avec ses yeux bleu acier et sa tignasse châtain foncé, mais ô combien acariâtre !

« Qu'allez-vous inventer là ? protesta-t-elle. Mon mari possède un tempérament impétueux, je le reconnais, mais il est sans malice. »

J'allais m'excuser de cette indiscrétion quand une femme dodue comme du bon pain s'approcha d'elle, un nouveau-né dans les bras.

« Voilà notre petit Roch », m'annonça Geneviève en tendant les mains vers le nourrisson qui se blottit contre sa poitrine.

Son visage s'illumina, cependant qu'elle repoussait délicatement le châle qui enveloppait le poupon pour me laisser voir son joli minois. C'était un bel enfant à la peau satinée.

« Il a six semaines », ajouta-t-elle en lui caressant la joue de ses longs doigts. Un amour de chérubin. Tarieu et moi avons aussi un autre fils. Petit Louis aura quatre ans au mois d'octobre. »

Comme s'il avait entendu son nom, l'enfant atterrit devant nous dans son froc de matelot.

« Viens, mon chéri. Mademoiselle Catherine aimerait te voir faire le petit soldat. »

Le bambin se mit au garde-à-vous et exécuta le salut militaire. Puis, sans attendre mes compliments, il poursuivit sa course et grimpa sur les genoux de son papa, sans doute jaloux du poupon qui dormait à poings serrés contre la poitrine de Geneviève.

Le majordome nous invita à passer à table. Geneviève confia l'enfant à sa nourrice, avant d'aller rejoindre son mari. Ma mère s'avança vers moi et me glissa à l'oreille :

« Tâchez de ne pas oublier vos bonnes manières, Catherine.

— C'est promis, maman. Je ne mettrai pas mes coudes sur la table, je ne tiendrai pas mon couteau comme les paysans, je ne flairerai pas la viande… Et si je vois un cheveu dans ma soupe, je ne broncherai pas… »

Dans la salle à manger du manoir La Pérade, le lieutenant Roch de Ramezay pontifiait. Étant l'officier le plus galonné parmi les invités, il occupait une place de choix à table. Cet oncle de Geneviève, un homme assez imbu de sa personne, avait du panache. Depuis sa victoire contre l'armée anglaise en Acadie, Versailles ne tarissait pas d'éloges à son sujet. Pour un Canadien d'à peine trente-neuf ans, c'était impressionnant. Je le trouvais assommant et vantard, mais voyant l'intérêt de Geneviève pour ses propos, je me forçai à l'écouter relater ses derniers exploits.

« J'ai repris Grand-Pré aux Anglais », commença-t-il en parcourant la tablée du regard.

La funeste déportation des Acadiens n'avait pas encore eu lieu, mais l'Acadie était le théâtre de toutes les convoitises depuis belle lurette. Deux ans plus tôt, Louisbourg était tombé, ce qui avait affaibli la France. Depuis, Louis XV avait lancé trois expéditions pour reprendre cette forteresse, porte d'entrée en Nouvelle-France. Que de désagréments dans cette aventure ! Une crise d'apoplexie avait foudroyé le commandant de la première armada. Son successeur, un homme à l'esprit instable, s'était passé l'épée au travers du corps. Et le troisième, aussi infortuné que les deux autres, avait été fait prisonnier au large des côtes espagnoles.

« C'est là que j'entre en scène, annonça Ramezay pompeusement. Puisque je ne pouvais pas reprendre Louisbourg sans les secours des troupes françaises, j'ai livré un combat acharné à Grand-Pré jusqu'à ce que les Anglais hissent le drapeau blanc. »

Assise en face de lui, la sœur de Tarieu, ma cousine Marie-Anne de La Pérade, paraissait contrariée. Dotée d'une nature enjouée, voire ricaneuse, elle prenait rarement la mouche. Cette fois, je la sentis prête à exploser. Ça ne prenait pas la science infuse pour deviner l'objet de son mécontentement. Elle trouvait que le lieutenant de Ramezay avait le triomphe égoïste. À croire qu'il avait écrasé les Anglais à lui seul ! Nicolas-Antoine Coulon de Villiers, le mari de ma cousine, était le véritable artisan de la victoire de Grand-Pré et Roch de Ramezay avait commodément omis de le mentionner. Marie-Anne rabaissa le caquet de ce fieffé prétentieux.

«Lieutenant, corrigez-moi si je me trompe, mais vous n'avez pas participé à ce combat. »

Les doigts de ma cousine tambourinaient sur la table.

«C'est-à-dire que… », balbutia Roch, en notant l'irritation croissante de Marie-Anne.

Sans lui laisser le temps de terminer, elle précisa sa pensée :

«N'est-ce pas Nicolas-Antoine qui dirigeait l'attaque ? Dommage qu'il soit trop mal en point pour avoir pu se joindre à nous aujourd'hui. Il le confirmerait. »

Il y eut un silence gênant pour Roch de Ramezay. Je ne m'attendais pas à voir Geneviève jeter de l'huile sur le feu. Elle le fit pourtant avec une certaine élégance :

«Mais où donc vous cachiez-vous, mon oncle ? » lui demanda-t-elle candidement.

Ses beaux yeux verts pétillaient de malice. Ramezay s'efforça de dissimuler son malaise.

«Une vilaine chute de cheval m'avait laissé mal en point, expliqua-t-il. Aussi, ai-je remis le commandement à Nicolas-Antoine, qui a forcé les Anglais à capituler. Naturellement, je lui avais donné la marche à suivre. N'empêche, il s'agissait d'une mission périlleuse et je me félicite de la lui avoir confiée. Sans sa blessure, je serais tout à fait satisfait. »

Coulon de Villiers avait reçu une décharge de mousquet dans le bras gauche. La balle avait coupé des tendons et des nerfs, provoquant une paralysie partielle. La plaie s'était infectée et le médecin du roi recommandait l'amputation. Le pauvre ne s'y résignait pas. Ma cousine non plus.

J'aimais beaucoup Marie-Anne, une belle brune à la peau hâlée par les vents fluviaux de Sainte-Anne où elle passait le plus clair de son temps. De vingt-quatre ans mon aînée – elle courait sur ses quarante ans –, elle m'avait toujours manifesté beaucoup d'affection. Quand ma mère ne supportait plus la petite fille espiègle que j'étais, elle m'expédiait au manoir où ma plantureuse cousine me couvait comme un poussin. Après la mort de son premier époux, un capitaine de bateau qui avait eu la bonne idée de passer l'arme à gauche, alors qu'elle était encore jeune et attirante, elle épousa Nicolas-Antoine, son cousin germain et le mien. J'étais ravie. Depuis le temps que cet éternel célibataire la reluquait!

En ce jour des funérailles, je compatissais avec elle. Non seulement elle pleurait sa mère, mais elle s'inquiétait de la blessure de son mari. Roch de Ramezay manquait assurément de tact. Pour en finir avec les allusions à son omission, il se permit une plaisanterie:

«Comme vous voyez, mesdames, vous dînez avec une bande d'éclopés.»

Il se tourna alors vers son neveu, Charles Deschamps de Boishébert, le frère de Geneviève, blessé, lui aussi, à Grand-Pré.

«Oh! très légèrement, protesta ce dernier. Ça ne vaut pas la peine de le mentionner.»

Oserai-je l'admettre? Ce troisième éclopé me faisait de l'œil depuis le début du repas et cela me désola d'apprendre que, le lendemain, il mettrait le cap sur Gaspé où le gouverneur l'envoyait en mission. Roch de Ramezay laissa entendre qu'il avait tiré des ficelles pour que son neveu obtienne cette affectation. Il était en effet très rare qu'un milicien d'à peine vingt ans gagne aussi rapidement la confiance de ses supérieurs.

Geneviève sourit tendrement à son frère. À bien des égards, Charles ressemblait à l'oncle Roch. Très grands, l'un et l'autre avaient le front précocement dégarni. Tous deux préféraient l'épée aux affaires, même s'ils ne levaient pas le nez sur les espèces sonnantes et trébuchantes. Comme la plupart des officiers expédiés dans les régions éloignées, Charles s'adonnait au lucratif commerce des fourrures. Dans notre monde, l'argent et les armes faisaient bon ménage.

À trois heures, nous sortîmes de table. Ce n'était pas trop tôt, j'avais des fourmis dans les jambes. Les hommes passèrent au fumoir, où les trois estropiés – même le très sérieux Roch de Ramezay – se dilatèrent la rate comme un jour de fête. Je les grondai vertement:

«Vous n'avez pas honte? Tante Madeleine doit se retourner dans sa tombe.

— Espérons qu'elle trouvera là-haut la sérénité qui lui a fait défaut ici-bas », osa la belle Geneviève, provoquant la risée générale.

Ainsi s'acheva cette journée de deuil à Sainte-Anne-de-la-Pérade. Je venais de faire la connaissance de votre grand-mère, une femme qui ne cesserait jamais de m'éblouir. Le lendemain matin, elle regagna Québec, et moi, Verchères. J'attendis en vain son invitation. Je ne m'en offusquai pas, car j'avais appris que son petit Roch était mort peu après l'enterrement de sa grand-mère paternelle, la célèbre Madeleine de Verchères.

L'intendant Bigot débarque

Il s'écoula plusieurs mois avant que je revoie Geneviève. L'occasion se présenta à la fin de l'automne 1747. Je m'en souviens, c'était le jour de mon arrivée à Québec, où ma mère m'avait envoyée tenir compagnie à Marie-Anne.

Ma pauvre cousine! Nicolas-Antoine s'était résigné à aller faire soigner sa blessure au bras dans les Pyrénées françaises. On lui avait vanté la station d'eau de Barèges, réputée pour ses traitements miracles. Il avait profité du dernier départ de l'année 1747 pour s'embarquer. Convaincue que ma gaieté aiderait Marie-Anne à supporter la séparation, ma mère m'avait donné sa bénédiction. L'idée de fréquenter la belle société de la capitale me rendait folle de joie.

Le cocher me déposa chez elle un jeudi ensoleillé, au début de l'après-midi. À mon grand étonnement, je trouvai la maison vide. Flûte! Marie-Anne m'avait pourtant écrit qu'elle m'attendait impatiemment. La servante m'expliqua que sa patronne s'était précipitée auprès de madame de Lanaudière dont la grossesse, trop rapprochée de son dernier accouchement, ne se déroulait pas normalement.

«Vous pensez bien que madame Coulon de Villiers restera au chevet de sa belle-sœur le temps qu'il faudra», me précisa-t-elle.

Je poireautai une heure dans la chambre d'invité où la bonne avait monté mes bagages. Toutes mes pensées allaient à Geneviève, à quelques encâblures de là. Je gardais en mémoire l'adorable minois de son petit Roch endormi dans ses bras au manoir seigneurial. Quatre jours après, il s'était envolé au ciel. Je regrettais de ne pas avoir envoyé un mot de sympathie à sa maman. Au bout d'un moment, n'y tenant plus, je réclamai le chemin pour me rendre chez elle, rue du Parloir. Ce n'était pas sorcier, j'en avais pour à peine quelques minutes de marche. J'y allai précipitamment. Le valet de pied me pria d'attendre au salon et disparut après en avoir refermé la porte. Des cris plaintifs traversaient les murs. Ils provenaient de l'étage, où je devinai une agitation fébrile. Je songeais à décamper, de crainte que ma présence soit inconvenante dans un moment pareil, quand Marie-Anne descendit l'escalier.

« Vous tombez bien, Catherine, me lança-t-elle avant même de m'embrasser. J'ai besoin de votre aide. Ne dites pas non, je vous en supplie. »

Ma cousine me résuma la situation : la veille, Geneviève avait ressenti des maux au bas du dos. Dans son état, cela n'annonçait rien d'inquiétant et Marie-Anne s'était contentée de la mettre au lit en lui prodiguant ses encouragements. Au matin, sa belle-sœur l'avait de nouveau mandée. Cette fois, elle éprouvait des spasmes au bas-ventre, comme pendant l'écoulement menstruel. Marie-Anne avait envoyé le cocher quérir l'accoucheuse, mais il ne l'avait pas trouvée.

« Geneviève risque de perdre l'enfant, me dit-elle. À ce stade de sa gestation, c'est inquiétant. Suivez-moi. J'espère que vous avez le cœur et l'estomac solides. »

Je montai, sans trop savoir à quoi m'attendre. La porte de la chambre était ouverte. Je vis Geneviève couchée dans son lit, baignant dans une mare de sang, le front et les cheveux détrempés. Elle gémissait faiblement, mais de façon incessante, ça en faisait pitié. Je pense qu'elle ne remarqua pas tout de suite ma présence.

« En attendant la matrone, tâchons de lui offrir un certain confort », me dit Marie-Anne.

Comme ma cousine n'était pas sage-femme, elle faisait de son mieux pour soulager sa belle-sœur. Je l'aidai donc à changer les draps souillés. La bonne aurait dû s'en charger, mais, voyant les grosses taches brunâtres et les caillots sur l'édredon, elle était tombée en pâmoison. Il avait fallu la sortir de la pièce. J'enlevai l'alaise sale, cependant que Marie-Anne soulevait délicatement Geneviève, et je m'empressai d'en glisser une nouvelle. Elle remarqua alors ma présence et m'adressa un pâle sourire. J'empilai des oreillers au milieu de son dos. Elle s'abandonna sans défiance à nos mains inexpérimentées et, pendant un moment, elle respira moins péniblement. Puis, les crampes revinrent, plus faibles, cette fois, et Marie-Anne lui frictionna les jambes et les cuisses.

« Je vais chercher de l'eau, me dit Marie-Anne en quittant la pièce. Pouvez-vous approcher la bassine et des serviettes ? »

Je m'exécutai en tâchant d'avoir l'air naturel, mais j'étais terrifiée à l'idée de me trouver seule avec Geneviève, dont les contractions revenaient à intervalles réguliers. La vue du sang m'affolait. Je priai pour qu'elle n'évacue pas le fœtus en l'absence de ma cousine. Ses cris de détresse s'élevaient à chaque nouvelle crampe, j'en eus la chair de poule ! De grâce, mon Dieu ! faites qu'elle ne meure pas sous mes yeux ! Marie-Anne réapparut enfin.

« Ça ira, ma belle, dit-elle doucement à la malade. Détendez-vous, vous aurez moins mal. »

J'admirai le savoir-faire de ma cousine, tandis qu'elle épongeait le visage crispé de Geneviève avec de l'eau fraîche, ce qui parut lui procurer du bien-être. Combien de temps avons-nous passé dans cette chambre surchauffée qui dégageait une odeur de renfermé ? Je ne saurais le dire. À un moment donné, l'hémorragie diminua et Marie-Anne nettoya alors le corps de sa belle-sœur avec un chiffon de coton tiède et lui mit une chemise propre. La fièvre tomba, mais Geneviève se plaignait toujours de maux de ventre, comme des coups de fléchette.

« Passez-moi mon laudanum », demanda-t-elle d'un ton implorant.

Ma cousine en délaya quelques gouttes dans du lait. Le médicament, recommandé par l'apothicaire et qu'elle avalait habituellement pour soulager ses douleurs menstruelles, lui accorda un répit. Avant de s'endormir, elle prit ma main dans la sienne et la serra très fort.

« J'aurais préféré vous revoir dans des circonstances moins troubles, Catherine, mais je suis contente que vous soyez là. »

Je demeurai à son chevet jusqu'à l'arrivée de la sage-femme. Puis je me retirai au boudoir, où Marie-Anne me rejoignit. Épuisée de fatigue, elle se laissa tomber dans le premier fauteuil.

« Pourvu que j'aie fait ce qu'il fallait », répétait-elle.

Geneviève, m'apprit-elle, avait déjà perdu trois enfants. Les médecins ne s'expliquaient pas ces morts subites.

« Trois ? m'exclamai-je, incrédule.

— Oui. Aucun n'a vécu plus de cinquante jours. Imaginez le courage qu'il lui a fallu pour les porter en terre.

— Comme elle a dû pleurer !

— Son désespoir la poussait à s'isoler. Combien de fois l'ai-je vue monter dans la chambre d'enfant et ouvrir le tiroir de sa commode où elle garde dans du papier de soie trois paires de bas blancs tricotées de ses mains et étiquetées Nicolas, Thomas et Roch ?

— Mais où donc est Tarieu ? demandai-je. Ne devrait-il pas être auprès d'elle ?

— Il est parti à Detroit hier. Le gouverneur La Galissonnière l'a envoyé dans la tribu des Miamis. » Elle hésita avant de poursuivre : « On ne peut jamais compter sur mon frère. »

Sa remarque me sembla teintée de rancune et je pris la défense de Tarieu.

« Ce n'est pas sa faute. Il obéit aux ordres.

— Il aurait pu retarder son départ d'un jour ou deux. »

Marie-Anne ne me cacha pas son amertume. Son frère ne refusait jamais une mission, même si sa femme était en couches. Que ses fonctions militaires en Illinois ou ailleurs l'éloignent de son foyer, elle pouvait comprendre. Toutefois, depuis qu'il exploitait un commerce de fourrures, il ne restait à la maison que le temps de l'embrasser, enfilait son justaucorps gris-blanc à poches à rabat et repartait aussitôt. Marie-Anne le jugeait sévèrement :

« S'il ne la laissait pas si souvent seule, Geneviève n'aurait pas recours au laudanum pour soulager ses douleurs morales.

— Ne me dites pas qu'elle abuse des opiacés ?

— Le docteur lui a recommandé d'en mélanger quelques gouttes à du liquide. Or, quand on souffre, il est tentant d'augmenter la dose », ajouta-t-elle tristement.

La matrone réclama Marie-Anne. Je restai seule au boudoir. Je l'ignorais alors, mais cette pièce deviendrait notre havre de confidences. Je bondis en entendant Geneviève l'implorer :

« Je vous en supplie, je ne veux pas mourir. »

La sage-femme réclama un seau d'eau bouillante pour stériliser ses instruments. Après, tout se passa rondement. Geneviève évacua le fœtus mort. Elle avait perdu beaucoup de sang, d'où son extrême faiblesse. Dieu soit loué ! elle allait s'en sortir, nous assura la matrone. En fin d'après-midi, sa mère, madame de Boishébert, nous relaya à son chevet. Marie-Anne et moi rentrâmes à pied chez elle. Il n'y a rien comme le grand air pour détendre les nerfs à vif.

« Dès que Geneviève sera rétablie, je lui rendrai sa joie de vivre », m'annonça-t-elle.

Ma joviale cousine, une belle femme bien en chair, ne tarda pas à mettre son plan à exécution. Friande de chocolat et de sucreries, elle attribuait des vertus médicinales aux pâtisseries, particulièrement efficaces pour remonter le moral à plat. Elle n'était jamais à court de recettes gourmandes : beignes au brandy, biscuits à la corne de cerf ou à la noix de coco importée des îles, macarons aux pistaches... Geneviève se régala surtout de ses pets de nonne, sorte de croquignoles faites de pâte brisée roulée avec du beurre, de la cannelle et de la cassonade. Elle retrouva bientôt ses belles couleurs, à notre grand soulagement.

Surprenante Marie-Anne ! Elle jouait les femmes fortes, mais je voyais bien qu'elle se tourmentait pour Nicolas-Antoine, dont elle attendait le retour comme on attend le Messie. Quand la navigation reprit au printemps, elle se rendit chaque jour au quai animée d'un espoir obstiné.

« Pourquoi ne revient-il pas ? » soupirait-elle en rentrant bredouille.

Dès qu'elle se sentait observée, elle secouait la tête pour chasser ses sombres pensées. Geneviève, qui s'y connaissait en gros chagrins, savait s'y prendre pour la consoler. Elle l'enveloppait de ses bras et la serrait contre sa poitrine :

« Allons, ne vous laissez pas abattre. Il reviendra, votre bel amour.

— Vous avez raison. Je suis trop pleurnicharde », se reprochait Marie-Anne, un peu honteuse, comme si ses inquiétudes ne pesaient pas lourd à côté des malheurs de sa belle-sœur.

Et alors, nous redevenions le centre de son univers. Marie-Anne se creusait la tête pour distraire Geneviève et me dénicher un mari. Chaque matin, elle nous proposait un programme auquel nous nous prêtions volontiers : séances de lecture à haute voix, concerts, pique-niques... De mon côté, je tâchai d'égayer le quotidien de mes deux amies à coups de charades et de calembours, des jeux dans lesquels j'excellais. Les mois passant, je fus promue demoiselle de compagnie des deux âmes esseulées qui ne demandaient qu'à s'étourdir. Bientôt, la vie mondaine de Québec n'eut plus de secrets pour moi. Comme disait Geneviève, j'étais piquée de la tarentule.

⁓⟊⟊⟊⁓

À l'été de 1748, notre société se mit sur son trente et un. Nous attendions l'arrivée du nouvel intendant dépêché en Nouvelle-France par Louis XV. François Bigot – c'était son nom – voyageait à bord du *Zéphyr*. Naturellement, la petite noblesse ne tenait plus en place.

Sa réputation de fripon l'avait précédé. Du temps qu'il occupait le poste de commissaire ordonnateur à Louisbourg, on l'avait soupçonné de s'être livré à des détournements de fonds. Ses manigances commerciales l'avaient, paraît-il, outrageusement enrichi. Quoi qu'il en soit, nous étions disposés à lui donner sa chance et nous comptions lui réserver une réception princière. Québec devait se surpasser, car le sieur Bigot avait prévu se rendre à Montréal peu après. La nouvelle avait attisé la rivalité entre les deux villes. Moi, qui avais vécu parmi les loups de la métropole – on appelait ainsi les Montréalistes –, je savais que la bourgeoisie locale lui préparait un joyeux carnaval. Elle avait même organisé une répétition pour que tout un chacun s'accoutume aux grandes façons. Chez les « moutons » de Québec – c'était le surnom des citoyens de la capitale –, la fête s'annonçait plus sage. L'élite comptait néanmoins émerveiller l'intendant et, pour y arriver, elle avait quelques cartes dans sa manche…

Le port était noir de monde lorsque le sieur Bigot débarqua avec armes et bagages à la fin du mois d'août. Au même moment, une salve d'artillerie résonna dans tout Québec. Perdues dans la foule, mes amies et moi distinguâmes à peine sa tignasse poil-de-carotte. Une semaine plus tard, le gouverneur La Galissonnière organisa un bal en son honneur. Tout fut mis en œuvre pour que son invité retrouve chez lui l'ambiance d'un salon parisien. Nous ignorions que les goûts de Bigot le poussaient davantage vers le libertinage et les saouleries, autant de dépravations tolérées dans la métropole, tandis qu'à Québec on savait se tenir. Montréal n'avait pas encore contaminé la capitale.

Élisabeth, vous pensez que je calomnie injustement l'intendant ? C'est pourtant lui qui a transplanté à Québec les mœurs dévoyées des Montréalistes. Je dis les choses comme elles sont. Tant pis si cela heurte vos chastes oreilles ! Toujours est-il qu'il y avait de la fébrilité dans l'air. Ni Marie-Anne ni Geneviève n'avaient d'escorte, leurs maris étant l'un en France, l'autre en Ohio. Quant à moi, je soupirais après un amoureux.

« C'est au bal que vous croiserez l'élu de votre cœur », prédisait Marie-Anne.

Geneviève commença par faire du chichi. Elle hésitait à sortir en société sans Tarieu. Or, celui-ci ne risquait pas de lui en tenir rigueur, comme je m'évertuai à le lui répéter. Il avait amplement de quoi s'occuper. Le gouverneur l'avait chargé d'élucider le meurtre de trois Français à Ouabache, au pays de l'Ohio. On soupçonnait les Miamis du chef La Demoiselle d'avoir trempé dans ces crimes. Tarieu n'allait pas revenir de sitôt, car une fois les coupables retrouvés, il devrait les traduire en justice. Une tâche d'autant plus délicate que cette tribu était l'alliée des Français. J'insistai :

« À quoi bon vous cloîtrer ? Seule à la maison, vous sècherez comme une fleur fanée. »

Marie-Anne ajouta son grain de sel :

« Puisque je suis là, moi, la propre sœur de Tarieu, pour vous chaperonner ? »

Geneviève se faisait prier pour la forme. Comme nous, elle mourait d'envie d'être présentée au nouvel intendant, qu'on disait galant homme. Ainsi, pendant que ce pauvre Tarieu remplissait sa mission au loin, sa douce moitié mettait son placard à l'envers afin de dénicher la toilette appropriée à la circonstance. Elle jeta son dévolu sur une tenue de satin cramoisi à fleurs d'or. Elle la porterait avec, nouée au cou, une rivière de diamants. Une pure merveille, ce bijou de famille hérité de sa grand-mère Charlotte de Ramezay. Je profitai de tout ce brouhaha dans sa chambre pour lui emprunter une adorable petite robe de mousseline blanche qui laissait mes épaules dénudées. J'étais très excitée, car un léger frou-frou accompagnait chacun de mes pas.

Érigé sur la pointe du cap Diamant, le château Saint-Louis surplombait la basse-ville. Notre attelage s'immobilisa au sommet de la falaise avec quelques minutes de retard, comme le voulait le protocole. Un laquais en livrée nous aida à descendre de voiture. Un va-et-vient bruyant animait les abords de la résidence officielle du gouverneur La Galissonnière, si bien que nous dûmes nous faufiler jusqu'à l'élégant hall éclairé par d'innombrables lustres de cristal. N'allez pas croire que ce fut aisé. C'était au temps des robes à paniers couvertes de falbalas et celles qui comptaient trois ou quatre cerceaux avaient la vogue.

Au fond du premier salon, sous un dais coiffé d'un écusson aux armes royales, notre savant gouverneur était installé dans le fauteuil vice-royal, cependant que défilait devant lui la belle société au grand complet. Bossu de naissance, il donnait l'impression d'un nain recroquevillé sur son siège. Mais il était si fin causeur qu'on en oubliait son physique ingrat. À sa droite, le portrait de Louis XV me sembla réel et j'exécutai une révérence. Marie-Anne me tira par la manche.

« Vous nous faites honte avec vos pitreries », me dit-elle dans un fou rire.

Nous passâmes au salon suivant en distribuant les salutations d'usage aux élégants invités. Soudain, Geneviève esquissa un geste de la main. Je tournai la tête pour vérifier à qui le geste s'adressait. Mon regard se posa au milieu d'un tapis turc multicolore. Angélique Péan, connue pour sa beauté, lui souriait. Entourée de ses soupirants, elle brillait dans une robe jaune canari un peu trop voyante à mon goût, mais qui, je dois le reconnaître, produisait son effet. Elle exhibait fièrement sa cour devant Geneviève, son ancienne camarade au couvent des Ursulines.

Comme les trois fleurs d'un même bouquet, mes amies et moi nous déplacions d'un groupe à l'autre en nous tenant loin de la rangée de chaises occupées. Des dames enrubannées de la tête aux pieds, dont certaines n'avaient plus l'âge de se laisser conter fleurette, causaient. Inutile de tenter le sort, rien ne nous obligeait à faire tapisserie avec elles. Nous nous arrêtâmes plutôt devant un petit cercle animé. Au centre, le sieur Bigot évoquait avec force détails sa tumultueuse traversée. Parti en retard de Rochefort, le *Zéphyr* lui avait réservé des sensations fortes.

« Imaginez mon appréhension ! lança-t-il d'une voix puissante. Des corsaires cachés dans les caps préparaient un enlèvement. Le capitaine avait reçu l'ordre de retenir notre navire en rade.

— Des corsaires, répéta comme un perroquet l'un des officiers de son entourage.

— Oui, et le danger était bien réel », confirma l'intendant.

Ses bras s'agitaient, tandis qu'il se remémorait son interminable odyssée, dont l'épisode des pirates n'avait été que le prélude. Après une traversée mouvementée, des vents contraires avaient immobilisé sa frégate pendant près d'un mois dans le golfe Saint-Laurent. Je profitai de ce long monologue pour l'examiner de pied en cap. De taille imposante, je le trouvai assez bien de sa personne. Un peu trop corpulent, peut-être. Ses souliers à talons le faisaient paraître plus grand qu'il ne l'était en réalité. Il portait un justaucorps de satin à revers liserés d'or sur une chemise de dentelle. Je lui donnais quarante-cinq ans. Ses cheveux roux frisés et abondamment poudrés lui conféraient un certain charme auquel plusieurs femmes de ma connaissance n'étaient pas insensibles, comme j'allais m'en rendre compte.

Au beau milieu d'une phrase, il s'arrêta net en remarquant notre présence. D'un geste auguste, il nous invita à nous joindre à son cercle. Les officiers s'écartèrent pour laisser passer Geneviève, éblouissante. Elle s'avança jusqu'à l'intendant, à qui elle se présenta avec un naturel désarmant. Était-ce le décolleté généreux de son dos, sa silhouette éthérée ou tout simplement sa grâce exquise ? Saisi par tant de beauté, François Bigot n'avait d'yeux que pour elle. C'est à peine s'il s'inclina devant moi. Quant à Marie-Anne, une fort jolie femme au demeurant, il l'ignora. Un mauvais point pour l'intendant. Les hommes discourtois me déplaisaient.

« Veuillez vous asseoir, chère madame », dit-il avec emphase à Geneviève, en lui offrant le siège inoccupé à côté du sien.

La conversation s'amorça. Geneviève s'intéressa à son intendance en Acadie. À sa demande, il lui en relata quelques épisodes. Lorsqu'il évoqua l'échec des armadas françaises chargées de reprendre Louisbourg, elle l'étonna par sa connaissance des faits. Je reconnus dans les propos de mon amie les détails que nous en avait fournis son oncle Roch de Ramezay après les funérailles de tante Madeleine. J'étais franchement épatée d'entendre mon amie discuter d'affaires militaires comme une experte. Jamais je n'aurais osé m'aventurer dans cette chasse gardée masculine. Elle voulut enchaîner sur le triste sort des Acadiens, mais le sieur Bigot la ramena sur un terrain plus intime. S'il sembla déçu qu'elle soit mariée, il parut soulagé d'apprendre que Tarieu frayait avec les nations indiennes à des milliers de lieues de Québec.

Geneviève dansa le menuet avec lui jusqu'à minuit. Toute cette attention sur sa personne la flattait, bien entendu. Marie-Anne n'en revenait pas, moi non plus.

« Ça saute aux yeux, Angélique Péan l'envie », dis-je sans presque bouger les lèvres.

Marie-Anne acquiesça. Nul doute, cette dame Péan que je ne connaissais pas encore bouillait intérieurement en regardant Geneviève virevolter dans les bras du sieur Bigot. Quelque chose clochait pourtant, comme me le confia ma cousine *in petto* :

« Avez-vous remarqué comme Geneviève a le corps raide ?

— Elle joue la prude pour exciter son cavalier, dis-je, sûre d'avoir raison.

— Vous n'y êtes pas du tout, répliqua Marie-Anne. Ce sont les paniers de sa robe qui empêchent l'intendant de la serrer de trop près.

— Comme vous êtes naïve! lui reprochai-je.

— Et vous, Catherine, vous avez l'esprit mal tourné!» protesta-t-elle sur le même ton.

Imaginez notre stupéfaction lorsque Geneviève nous expliqua pourquoi elle avait gardé son chevalier servant à distance :

«Figurez-vous que le cher homme ne sent pas les roses. Dit crûment, François Bigot empeste. Même l'eau de Cologne dont il s'asperge n'arrive pas à vaincre l'odeur rance qui se dégage de son auguste personne. »

⁓❦⁓

Le bal tirait à sa fin et j'avais dansé avec tous les cavaliers, sauf un, ce qui n'avait pas échappé aux yeux de lynx de la fouineuse de Marie-Anne :

«Ne vous retournez pas, Catherine, mais le bel officier que vous avez zieuté au buffet tout à l'heure vous observe. »

Naturellement, je ne résistai pas à la tentation de tourner la tête et me trouvai nez à nez avec un séduisant gentilhomme qui s'inclina devant moi. S'il avait franchi le cap de la trentaine, cela ne devait pas faire longtemps. Plus grand que la moyenne des hommes, le corps élancé, il portait l'uniforme cintré aisément reconnaissable à cause des boutons scintillants. Comme il me l'apprendrait plus tard, il venait d'être promu enseigne de pied, un grade assez élevé puisqu'il répondait directement au capitaine de sa compagnie.

«Pierre Hertel de Beaubassin, pour vous servir », dit-il en s'inclinant devant Marie-Anne.

Puis, se tournant vers moi, il ajouta: «Et mademoiselle Jarret de Verchères, je crois? »

Je rougis comme une belle dinde, incapable de trouver une réponse un tant soit peu subtile.

«Beaubassin? Vous ne seriez pas le fils de Joseph? l'interrogea Marie-Anne.

— Oui, madame. Je suis son second fils.

— Alors…» Marie-Anne hésita. «Ne me dites pas que vous êtes le jeune Pierre qui folâtrait dans la prairie avec les Abénaquis de Saint-François-du-Lac!»

Il acquiesça d'un signe de tête. Ma cousine entreprit de me décrire le grand efflanqué d'une douzaine d'années qui courait sur les terres de la seigneurie de La Pérade, son arc en bandoulière, en criant des mots que le commun des mortels ne comprenait pas.

«Pitié, madame, la supplia-t-il. C'est grâce à ces jeux d'enfants avec les petits sauvages si j'ai pu apprendre les langues indiennes. Aujourd'hui, je suis interprète au fort Saint-Frédéric.»

Il était grand temps que je m'immisce dans la conversation.

«Les Abénaquis, si je ne m'abuse, sont des sauvages incontrôlables, avançai-je avec assurance. On m'a raconté que, lorsqu'ils ont bu de l'eau-de-vie, ils détroussent même leurs amis.

— Ah! mais ils font pire encore, poussa-t-il le plus sérieusement du monde. Ce sont les plus grands collectionneurs de scalps que je connaisse. Lorsque je dors à la belle étoile avec eux, j'ai toujours peur de me réveiller au matin le crâne nu.»

Comment un homme civilisé pouvait-il fréquenter des êtres aussi cruels? Ses manières, son éducation, tout chez le sieur de Beaubassin reflétait pourtant le savoir-vivre d'un gentleman, comme disent les Anglais. Je m'en passais la réflexion quand il éclata d'un grand rire.

«Je vous taquine, mademoiselle Jarret. Mes amis abénaquis ne sont pas méchants. Ils valent bien des bourgeois de Québec. Je vous en présenterai quelques-uns si vous le souhaitez.»

Flûte! Il eût mieux valu que je me taise plutôt que de débiter des sornettes. Je tâchai de lui dissimuler ma gêne, tout en admirant ses yeux marron, sous d'épais sourcils, et ses lèvres gourmandes… J'étais subjuguée. Que pouvais-je dire pour l'empêcher de tourner les talons?

«Allez danser, vous deux», nous enjoignit Marie-Anne, à qui rien n'échappait.

J'aurais dû protester, mais cela ne m'effleura pas l'esprit, tant l'envie de suivre Pierre Hertel de Beaubassin me dévorait. Il salua respectueusement Marie-Anne et m'offrit son bras. Je l'accompagnai sur la piste avec la certitude d'avoir trouvé l'homme de ma vie.

La saison des couches

Nicolas-Antoine Coulon de Villiers rentra de France au printemps de 1749, le bras toujours en écharpe. Les traitements aux eaux avaient échoué. En désespoir de cause, et après avoir tergiversé pendant toute une année, il se résigna à l'amputation. S'il supporta courageusement l'opération, des complications graves survinrent après. Les tissus se gangrenèrent irrémédiablement. Il souffrait terriblement et il fallait le bourrer de calmants. Appelé à son chevet, le docteur Jean-François Gaultier s'avéra impuissant à enrayer l'infection. Marie-Anne ne savait plus à quel saint faire brûler des lampions. J'obtins de rester avec elle pour l'aider à s'occuper de son cher malade.

Hélas! le grand amour de sa vie s'éteignit dans ses bras le 4 avril 1750. En poussant son dernier soupir, il prononça le nom de sa bien-aimée. J'ouvris la fenêtre pour laisser partir son âme et forçai Marie-Anne à quitter la chambre pendant que son domestique procédait à la toilette mortuaire. Nous veillâmes au corps, Marie-Anne, les yeux fixés sur le visage cireux de son cher Nicolas-Antoine, moi luttant contre le sommeil. Au milieu de la nuit, elle m'envoya me coucher :

«Ce sera notre dernier tête-à-tête. J'ai encore tant de choses à lui dire.»

Elle se reprochait d'avoir fait semblant de croire qu'il guérirait, alors qu'ils savaient tous deux que la fin approchait.

Élisabeth, vous n'avez pas idée comme le soleil printanier brillait insolemment le jour des obsèques de Nicolas-Antoine. Comment enterrer un être cher par un temps pareil? La détresse de Marie-Anne me perturba. Sa capacité de contenir ses larmes m'avait toujours impressionnée, moi qui pleurais comme une Madeleine pour tout et pour rien. Jamais je n'avais vu l'émotion la submerger ainsi et je ne savais trop comment la consoler. Geneviève, moins démunie que moi, trouva les mots pour la réconforter. Elle avait cette faculté de garder le cap quand tout s'écroulait autour de nous.

Le lendemain nous accompagnâmes Marie-Anne chez le notaire pour la lecture des dernières volontés du défunt. L'officier public nous fit passer dans son cabinet, une pièce austère qui convenait parfaitement aux circonstances. Ses lunettes perchées sur le nez, il lut à haute voix le testament de Nicolas-Antoine. En clair, Marie-Anne héritait d'une somme dérisoire. Elle s'y attendait. Son mari avait trop guerroyé pour s'enrichir. Moi qui ne roulais pas sur l'or, je m'en inquiétai :

« Vous n'allez pas prendre le voile », lui dis-je en quittant le bureau du notaire.

À l'époque, c'était assez courant de voir des veuves sans ressources entrer en religion pour ne pas vivre aux crochets de leurs parents. Geneviève protesta vivement :

« Catherine, vous n'y pensez pas sérieusement ? Marie-Anne pourra toujours compter sur son père. Le seigneur de La Pérade ne lui a jamais rien refusé. Et Tarieu et moi sommes là.

— L'argent est le cadet de mes soucis, confirma Marie-Anne. J'ai surtout besoin de votre chaude amitié. »

Au cours des semaines suivantes, je m'attendais à la voir sombrer dans le pessimisme. À toute heure du jour, ses pensées se tournaient vers Nicolas-Antoine. Elle dessinait dans sa tête le contour de son visage, elle entendait son rire, elle l'imaginait ouvrant la porte en demandant : « Tu es là, ma chérie ? » Cet exercice eut du bon, puisqu'il l'aida à chasser les souvenirs de sa longue agonie pour ne conserver que leurs moments merveilleux. Tout doucement, sa joie de vivre revint. Geneviève et moi étions d'accord : jamais nous n'avions rencontré une femme aussi douée pour le bonheur.

Le malheur des uns faisant le délice des autres, ma mère consentit à me laisser encore quelque temps à Québec. Ce répit, je le dus à Geneviève, qui fit valoir à l'auteure de mes jours que Marie-Anne affronterait plus courageusement son deuxième veuvage en ma divertissante compagnie. À ma courte honte, je vous avoue ne pas avoir été d'un grand secours à ma cousine. J'avais l'esprit ailleurs. Je me laissais courtiser par Pierre de Beaubassin et je rêvais qu'il me passe l'anneau au doigt, ce que, bien candidement, j'avouai à ma mère. Elle se pointa à Québec pour me faire la morale. J'attendais sa bénédiction, je reçus plutôt une volée de bois vert.

« Catherine, avez-vous perdu la tête ? hurla-t-elle en mettant le pied chez Marie-Anne. Cet homme ne semble pas destiné à un brillant avenir. »

Marie-Anne plaida la cause de Pierre. Elle connaissait les Hertel de longue date et elle répondait d'eux. Ma mère ne se laissa pas convaincre. Balayant les considérations de ma cousine, elle me servit ses arguments bien affûtés :

« Vous oubliez vos origines, mon enfant. Votre aïeul, le sieur de Coulonge, a été le premier médecin du roi Henri IV, et votre grand-père, Nicolas d'Ailleboust, capitaine sous le gouverneur Frontenac, s'est illustré en Nouvelle-Angleterre.

— Et alors ? répliquai-je impertinemment.

— Vous devriez prendre exemple sur moi, votre mère. Descendante d'un aussi pur lignage, j'ai fait honneur à mes ancêtres en épousant le seigneur de Verchères. »

Elle me vanta les avantages pécuniaires que je tirerais à suivre ses traces. Je m'obstinai, ce qui la mit en rogne. La vie lui avait appris la justesse du vieux proverbe : *Marie-toi devant ta porte avec quelqu'un de ta sorte.*

« La fille du seigneur de Verchères ne peut pas s'unir à un homme de basse extraction, se fâcha-t-elle. Un simple enseigne de pied sans titre de noblesse ni héritage à venir. »

La moutarde me monta au nez et je lui lançai la vérité à la figure :

« Vous prônez les mariages d'intérêt ? Nous savons, vous et moi, où cela vous a menée. »

Décontenancée, elle changea de tactique :

« Jamais votre amie Geneviève n'aurait renié ses origines.

— Ah non ! protestai-je, vous n'allez pas me casser les oreilles avec l'illustre père de Geneviève, seigneur de je ne sais pas quoi.

— De la Bouteillerie. Fût-il encore de ce monde, le cher homme ne rougirait pas de sa fille. Geneviève a pris une décision sage en épousant le fils du seigneur de La Pérade. Une union avantageuse pour elle comme pour les siens. Elle devrait vous servir de modèle. »

Alors là, j'explosai. Par chance, Marie-Anne avait quitté la pièce :

« Geneviève, un modèle ? Je ne connais pas de couple plus mal assorti que le sien. »

J'exagérais, bien entendu, mais ma mère m'avait fait sortir de mes gonds.

« Reprenez-vous, Catherine. Le sieur de Lanaudière lui passe tous ses caprices.

— Vous oubliez l'amour. Tarieu est froid comme un bloc de glace. Elle me l'a dit ! »

C'était faux, jamais Geneviève n'aurait admis une chose pareille, mais enfin, il fallait bien que je cloue le bec de ma mère.

« Je vous le concède, son mari a un vilain caractère. Mais il l'adore, sinon il la répudierait.

— Pourquoi la renverrait-il ? Elle n'a rien fait de répréhensible.

— Parce qu'elle ne remplit pas tous ses devoirs d'épouse. Peut-on reprocher à un homme de souhaiter plus d'un héritier ?

— Qui vous dit que c'est la faute de Geneviève si ses enfants meurent à la naissance ? Une mère éplorée comme elle n'a que faire d'un mari insensible. Si Tarieu l'aime, il le cache bien. »

Cette fois, je l'avais touchée. Elle rentra ses griffes.

« Ah ! chère enfant, comme vous raisonnez ! Les jeunes femmes d'aujourd'hui, vous n'avez que le mot "amour" à la bouche. »

Pierre m'attirait comme un aimant. De peur qu'il ne regarde ailleurs, je n'hésitai pas à fêter Pâques avant le carême. Soit dit entre nous, je n'étais pas sûre d'être grosse quand je lui ai annoncé que j'attendais un enfant. Sa réaction ne traîna pas.

« Marions-nous », me proposa-t-il, comme si cela allait de soi.

Naturellement, ma mère monta sur ses grands chevaux en apprenant ma faute.

« Un bâtard ? Vous mériteriez d'être enfermée dans un couvent. »

Son cri strident résonna dans toute la maison. Je crus qu'elle se noierait dans ses pleurs. En désespoir de cause, j'implorai Geneviève d'intercéder en ma faveur. Elle n'approuvait pas ma façon sournoise de prendre mon amoureux au collet, mais, comme elle respectait Pierre, elle accepta de faire son éloge. Là encore, j'admirai sa finesse et son doigté :

« Madame Jarret, vous savez combien j'aime votre fille. Elle serait ma petite sœur que je ne veillerais pas mieux sur elle.

— Raison de plus pour lui faire entendre raison, martela ma mère.

— Écoutez-moi, je vous en prie. Catherine a une bonne tête sur les épaules et sa décision est mûrement réfléchie. De plus, Pierre Hertel de Beaubassin est un parti impeccable. »

L'assurance de Geneviève sembla ébranler ma mère, qui la trouvait très intelligente.

« Vous croyez ? Pourtant, sa famille n'appartient pas à la noblesse.

— Les origines bourgeoises du sieur de Beaubassin se perdent dans la nuit des temps, affirma Geneviève. Le roi de France a anobli son grand-père. Ses fils ont fondé de prestigieuses lignées de Hertel : les Cournoyer, Rouville, La Frenière… Sans oublier sa mère, la fille aînée du premier seigneur de Pierreville. »

À demi convaincue, ma mère consentit à rencontrer son futur gendre.

De toute manière, quel choix avait-elle, sinon de m'autoriser à épouser le père de mon enfant ? Je devais une fière chandelle à Geneviève. Nous nous transportâmes toutes les deux à Montréal où, le 19 avril 1751, alors que les bourgeons se préparaient à éclore, je devins madame de Beaubassin dans la magnifique église Notre-Dame.

Je n'étais pas enceinte, bien entendu. Mon amoureux ne me tint pas rigueur de ce mensonge que je lui confessai avant la noce. J'avais dix-neuf ans et lui, presque deux fois plus. En me liant à un homme d'âge mûr, plus heureux en forêt que dans un salon, je m'exposais à une vie solitaire qui ne convenait pas à mon caractère exubérant. Je l'apprendrais à la dure. À peine avions-nous uni nos destinées qu'il me demanda de le suivre au fort Saint-Frédéric, sur les rives du lac Champlain.

« Moi, dormir dans un wigwam ? Tu n'y penses pas, lui objectai-je.

— Où as-tu pêché ça ? Penses-tu que je pique des plumes dans mes cheveux et que je mange ma viande crue ? »

Geneviève désapprouvait ce plongeon vertigineux dans l'inconnu et se présenta à la pension pour m'en dissuader. Pierre et moi logions alors au deuxième étage d'une maison bourgeoise de la haute-ville. À peine arrivée, elle passa à l'attaque :

« Épouser le beau Pierre, soit. Je vous ai approuvée. Je trouve de belles qualités à votre mari. En revanche, vivre dans une forteresse exposée aux bombes, c'est insensé. »

Nous étions dans mon cabinet de toilette. J'appliquais de la poudre de nacre sur ma gorge, tout en écoutant son boniment. Assise sur la chaise à côté de la coiffeuse, elle essayait de me raisonner en énumérant les obstacles, voire en les exagérant :

« La forêt profonde est infestée d'ours. Or, même en ville, vous avez peur de votre ombre.

— Si je sors me promener, Pierre me protégera. On le dit excellent chasseur.

— Avez-vous pensé aux attaques des Anglais ?

— Les murs du fort sont élevés et très épais.

— Que ferez-vous quand les obus pleuvront dans l'enceinte ?

— Je me cacherai dans la chapelle. »

J'avais réponse à tout. Elle ne se découragea pas pour autant :

« Vous avez l'estomac capricieux, vous raffolez de la vie mondaine et des robes à falbalas… Ah ! Catherine. Je n'arrive pas à vous imaginer loin de Québec et de ses salons. »

Sa sollicitude me laissa sans voix. Interprétant mon silence comme de l'indifférence, elle poursuivit, touchante de sincérité :

« Loin de moi, aussi. Y avez-vous pensé ? »

Elle s'empara de ma brosse à manche d'ivoire et me lissa les cheveux. Elle aimait leur couleur châtain clair et les trouvait si soyeux. Le soin qu'elle mit à me coiffer m'émut. Comme elle me connaît bien ! pensai-je. J'aurais flanché, si je n'avais craint de décevoir Pierre.

« Vous vous faites du mauvais sang inutilement, l'assurai-je. Si je suis malheureuse, mon mari a promis de ne pas me retenir contre mon gré. »

Il n'empêche, j'étais à cent lieues d'imaginer ce qui m'attendait à la Pointe à la Chevelure. Je nous revois, Geneviève et moi, le jour de mon départ. Faute de porteurs, je devais laisser derrière moi tous mes garde-manteaux. Je me résignai à choisir trois robes surannées, par crainte d'abîmer les plus récentes au fond des bois. Cela me creva le cœur d'enfouir mes précieux effets dans un sac de toile rude. Cet impossible sacrifice me fit regretter ma décision. Nous étions sur le pas de la porte. Sensible à mes doléances, mais sans grand espoir de me convaincre, Geneviève me supplia pour la énième fois d'annuler cet exil insensé.

« Soyez raisonnable, Catherine, je serai terriblement inquiète. »

Les larmes me montèrent au visage. Cette fois, je ne lui cachai pas la vérité :

« Pierre ne me pardonnerait pas de le laisser tomber à la première occasion. »

Je l'embrassai et m'avançai vers mon destin. À défaut de me déplacer en litière, comme une dame, j'enfourchai un beau cheval gris. Caprice de coquette, je l'avais choisi de la couleur de ma mante, une espèce de

capote de soldat inélégante mais doublée de peau de mouton. J'entrepris le périple le plus éreintant de ma courte vie. En fouillant dans mes
papiers, j'ai retrouvé le brouillon de mon unique lettre à Geneviève.
Jugez-en par vous-même :

*Ma chère, quel périple ! Je galopai sans trop
rechigner de Longueuil à Saint-Jean, où nous
passâmes la première nuit dans une modeste auberge.
À l'aurore, toute courbaturée, je sautai dans le canot
et n'en débarquai qu'à la tombée du jour. Pour tuer le
temps, je fredonnai avec l'équipage la complainte des
voyageurs : « Derrière chez nous, y a-t-un étang /
En roulant ma boule. / Trois beaux canards s'en vont
baignant / Rouli, roulant, ma boule roulant. »
J'avais les jambes en compote. Sous la tente, Pierre
les frictionna avec une pommade malodorante.
Je dormis comme un loir sans penser aux voleurs qui
pullulent dans les bois. Le lendemain, nouvelle journée
de navigation sur l'interminable lac Champlain.*

*Au soir du troisième jour, j'aperçus la Pointe à la
Chevelure et, perchée sur le roc, le fort Saint-Frédéric,
avec ses hauts murs de calcaire noir et sa tour de guet à
l'épreuve des bombes. Les officiers vivent dans de petites
maisons de pierres sobrement meublées. La nôtre est
bien rudimentaire. Jamais je n'aurais pu y ranger
les robes que j'ai sacrifiées. Vous aviez raison, elles me*

*manquent déjà, tout comme le blabla mondain qui,
jusqu'à ce jour, remplissait mes journées.*

*Ma chère Geneviève, je m'ennuie terriblement de
vous et vous embrasse de tout mon cœur,*

Votre amie Catherine

Je me gardai de lui annoncer que j'étais enceinte pour ne pas l'inquiéter inutilement. Il n'empêche, la nourriture du camp ne convenait pas à mon état. Midi et soir, on nous servait de la soupe aux pois trop claire, du pain de froment, un bouilli fadasse ou de la viande salée. Au bout de quelques mois, me voyant fondre – j'étais maigre comme un chicot –, Pierre se fit concéder une terre où je pourrais cultiver des légumes. Un guerrier abénaquis portant le mousquet m'accompagna à l'emplacement. Au retour, je m'aventurai en dehors du sentier pour aller cueillir des marguerites dans la clairière. Malheur ! Je piétinai de l'herbe à puce. Le venin se répandit sur la peau de ma cheville. J'eus une poussée de fièvre et d'insupportables démangeaisons qu'on soigna en me forçant à avaler des racines. Ma jambe enfla et la lanière de ma chaussure s'imprima dans la chair. Ce fut la goutte qui fit déborder le vase. Mon mari se laissa convaincre de me renvoyer chez mes parents jusqu'à la naissance de l'enfant. Je crois que mon départ le soulagea.

J'arrivai à Montréal à temps pour accoucher d'une petite fille bien légitime qui hélas ! mourut le 31 mai 1752, le lendemain de sa naissance. Élisabeth, je ne m'attarderai pas sur ce douloureux souvenir qui m'arrache le cœur même après tant d'années. Je vous dirai simplement que la sage-femme appliqua trop vigoureusement les cuillères d'accouchement pour extraire l'enfant coincé dans l'étroit passage. Le bébé eut le crâne écrasé et moi, la chair déchirée.

Malgré son gros ventre – elle était de nouveau enceinte –, Geneviève accourut de Québec pour prendre soin de moi, car maman en avait plein les bras avec la maladie de mon père, lequel devait s'éteindre soixante jours plus tard. Ma chère amie me soigna le corps et l'âme. Nous rentrâmes à Québec, soudées l'une à l'autre. Notre affection s'en trouva renforcée.

Un mois après, elle mettait au monde un garçon qu'elle prénomma Roch, comme le précédent. Ne me demandez pas où était Tarieu, je ne m'en souviens plus. Je sais seulement que son épouse serrait ma main quand la sage-femme attrapa au vol la petite boule de chair visqueuse toute plissée qui s'était frayé un chemin entre ses jambes écartées. Le chérubin vécut à peine plus longtemps que les autres. La perte d'un quatrième fils atteignit Geneviève cruellement et sa langueur persista longtemps. Cela n'avait aucun sens de survivre à un enfant, après l'avoir porté pendant neuf mois, l'avoir caressé, allaité… Le matin, je la trouvais au lit, la tête contre le mur. Je tirais d'un coup le drap qui la couvrait:

«Debout, paresseuse. Il fait un temps superbe.»

Elle se traînait jusqu'à son bassin d'eau, se débarbouillait à peine. Je lui choisissais une robe et l'aidais à l'enfiler, sinon elle serait descendue à moitié habillée. Elle ne se coiffait plus. Sans mon concours, elle aurait passé la journée la tignasse en broussaille. Il lui arrivait de tenir des propos incohérents. Je réalisai alors qu'elle avalait du laudanum, mais je n'osai pas le lui reprocher. Elle en voulait tantôt à un Dieu assez cruel pour laisser mourir des innocents, tantôt à la science impuissante à leur conserver la vie. Combien de fois l'ai-je aperçue errant dans la maison, languissante, les bras ballants, le visage ravagé? Elle ne savait pas quel jour nous étions et dépérissait. J'hésitais à l'emmener en promenade, car elle ne supportait pas la vue des enfants. Pourquoi vivaient-ils, alors que son petit ne respirait plus? Ah! les beaux yeux bleus aux longs cils de Roch qui découvraient le monde autour de lui. Les mêmes que ceux de Tarieu et de Louis.

Elle frémissait en l'imaginant enfoui sous terre.

«Cessez de vous déchirer, Geneviève. Vous vous faites du mal pour rien.

— Pour rien? Vous ne pouvez pas comprendre.»

Oui, je comprenais. J'eus envie de lui rappeler qu'à vingt-sept ans elle pouvait encore espérer des enfants. Moi, non, et je n'avais même pas vingt et un ans. Mon unique accouchement m'avait rendue stérile. L'espace d'un instant, je la trouvai égoïste.

« Si j'avais comme vous un Petit Louis pour me combler d'amour et me faire des câlins, je remercierais le Ciel. »

Sitôt lancé, mon commentaire me sembla déplacé. Certes, cela me blessait qu'elle ignore ma peine, mais j'avais eu tort de l'accabler de reproches. Elle ployait déjà sous un lourd fardeau.

« Pardonnez-moi, Catherine, je n'aurais pas dû dire cela. Mon propre chagrin me rend folle et j'en oublie le vôtre. Je ne dors plus, j'ai les nerfs à fleur de peau. »

Pendant son deuil, sa mère qui habitait la rue de Buade, juste à côté, ne lui fut d'aucun secours. Madame de Boishébert – que j'appelais Madame-mère – était une personne charmante et de commerce agréable. Née au tournant du siècle, elle avait eu son lot d'épreuves, à commencer par la mort précoce de son mari. Incapable de faire face à l'affliction de Geneviève, elle se déclara malade le jour de l'enterrement du deuxième petit Roch. Elle ne se montra pas davantage les mois suivants, si bien que Geneviève ne put compter que sur moi. Je résolus de ne plus la quitter. Je fis porter mon coffre à vêtements chez elle. Je l'accompagnais partout, même au cimetière. Par chance, Pierre annula son retour annoncé. J'aurais été embêtée d'avoir à choisir entre elle et lui.

Marie-Anne ne resta pas longtemps sur le carreau. À quarante-cinq ans, et après tout juste vingt-trois mois de veuvage, elle convola en justes noces pour la troisième fois à l'église de Sainte-Anne-de-la-Pérade. Ce n'est pas tant son empressement à se remettre en ménage qui me surprit, que l'élu de son cœur. Je vous le donne en mille : le docteur Jean-François Gaultier, celui-là même qui, mandé au chevet de Nicolas-Antoine, lui avait recommandé l'amputation de son bras. Nous croisions souvent ce chirurgien un peu terne chez l'intendant Bigot, dont il était l'ami intime. Geneviève avait remarqué qu'il avait un faible pour ma cousine, moi pas.

« Marie-Anne, ne me dites pas que vous le reluquiez déjà du temps de Nicolas-Antoine ? lui demandai-je effrontément.

— Jamais de la vie, fit-elle offensée. Vous avez du front tout le tour de la tête.

— Ne vous fâchez pas, la pria Geneviève. Catherine vous taquine. »

Jean-François Gaultier était un bon parti. Originaire de La Croix-Avranchin, une commune de la Manche, il était médecin du roi en Nouvelle-France, en plus de siéger au conseil supérieur. J'en conviens, c'était un homme exceptionnel, mais il ne me revenait pas. Les vieux garçons ne m'attirent pas. Je le soupçonnais d'avoir jeté son dévolu sur Marie-Anne parce qu'elle avait du bien à espérer de son père malade. Le fortuné seigneur de La Pérade déclinait à vue d'œil et sa fille unique serait bientôt cousue d'or. Geneviève me gronda, lorsque, seule avec elle, je lui fis part de mes craintes.

« Jurez-moi que vous ne chercherez pas à éveiller la méfiance de Marie-Anne. »

Je promis. C'eût été inutile, car ce savant naturaliste à l'allure austère la subjuguait. Le docteur Gaultier pouvait épiloguer sur les bienfaits de la tisane de chiendent ou le thé des bois dont il connaissait par cœur les cent cinquante espèces. Il savait laquelle convenait aux infirmes et laquelle se révélerait néfaste aux sédentaires. Personnellement, ses exposés m'endormaient, mais Marie-Anne ne se lassait pas de l'écouter pérorer. Elle passait des heures avec lui dans son laboratoire à étudier les plantes et à noter ses observations. Elle adhéra à la théorie d'Hippocrate selon laquelle les variations rapides en hiver provoquaient des maladies de poitrine.

L'intérêt de Marie-Anne pour les sciences ne nous surprit guère. Sa soif de connaître nous avait souvent frappées et sa mémoire nous épatait. Elle pouvait décliner par cœur les répliques de *L'école des femmes* après deux ou trois lectures. À présent, elle négligeait le théâtre pour se concentrer sur les effets bénéfiques des eaux minérales et sulfureuses de Baie-Saint-Paul, dont elle nous entretenait comme une experte. Lorsque j'eus le malheur d'insinuer que Marie-Anne apportait en dot au docteur un bel emplacement, rue des Jardins, Geneviève me réprimanda.

« Catherine, vous m'avez promis de ne pas étaler vos soupçons. »

Je l'admets, c'était mesquin. En réalité, les sentiments du docteur pour Marie-Anne se révélèrent désintéressés. La petite futée que je pensais être se trompait.

Réglée comme une horloge, Geneviève retomba enceinte quelques mois après la mort du deuxième Roch. J'en vins à croire que Tarieu ne s'absentait pas si souvent ! L'événement aurait dû la réjouir et, pourtant, elle vivait des jours d'angoisse.

« Je ne pourrai jamais supporter un autre mauvais coup du destin », répétait-elle.

Pendant ses grossesses précédentes, sa taille avait à peine épaissi. Cette fois, son ventre s'arrondissait.

« Vous marchez comme un canard », lui dis-je en mimant sa démarche pour la faire rire.

Jamais je ne lui avais vu une poitrine aussi généreuse. Nous n'en doutions pas, le bébé serait costaud. Je voulais tellement me convaincre qu'il lui apporterait le bonheur que je m'astreignis à lui tricoter un bonnet, moi qui détestais manier les broches. Geneviève rangea les siennes, de peur de tenter le sort. Elle espérait qu'après avoir mis au monde une flopée de garçons, l'arrivée d'une petite Catherine changerait le cours des choses. Je la gavai de potions censées favoriser la conception d'une fille. Deux semaines avant le jour prévu, je la trouvai étendue sur son récamier dans son boudoir. Nous eûmes une prise de bec que je regrette encore. Je m'attendais à être la marraine du bébé. Or, à ma stupéfaction, je ne faisais pas partie de ses plans.

« J'ai choisi Louise, la femme de mon oncle Roch, m'annonça-t-elle.

Je savais Geneviève proche des Ramezay, qui avaient perdu cinq de leurs six enfants à la naissance. Mais je protestai néanmoins :

« Louise ne fut-elle pas la marraine de votre deuxième Roch ?

— Puisque le petit n'a pas vécu… »

Je n'étais pas simplement déçue, j'étais blessée et je le lui signifiai :

« Moi qui prends soin de vous, je croyais mériter votre reconnaissance. Vous n'êtes qu'une ingrate. Jamais je ne vous pardonnerai. »

Je sortis en claquant la porte.

Ma bouderie porta. Quelques jours après, je reçus un mot d'elle : *Chère Catherine, si vous le souhaitez toujours, vous serez la marraine de la petite. J'espère que vous lui porterez chance.*

À la fin de juillet, elle me fit mander. Tarieu devait se rendre sur la côte du Labrador afin de s'occuper de ses actions liées à la chasse aux phoques et elle ne voulait pas rester seule. J'enfouis quelques articles de toilette, un déshabillé et des mules dans un sac et me précipitai rue du Parloir. Cela devenait une habitude. Je grimpai à sa chambre. Tarieu se trouvait à son chevet. Sur le coup, je crus qu'il avait remis son départ. Erreur. Il venait simplement lui réitérer ses recommandations avant de détaler. Geneviève tenta de le retenir.

« Tarieu, restez, ma délivrance approche…

— Allons, Geneviève, ne faites pas l'enfant, la sermonna-t-il. Mes affaires pâtiraient du moindre retard. » Puis, se tournant vers moi, il ajouta : « Je vous laisse entre bonnes mains. »

Après s'être assuré que la sage-femme se tenait prête à accourir, il plia bagage et disparut. Geneviève se referma comme une huître. Vous n'avez pas idée du mal que je me donnai pour l'amener à se vider le cœur. Mais alors, les oreilles de Tarieu ont dû bourdonner. Entre vous et moi, il ne l'avait pas volé ! Profitant d'un moment de répit – les contractions étaient très espacées –, elle m'avoua douter des sentiments de son mari. Je protestai pour la forme :

« Allons donc ! Vous dramatisez.

— S'il m'aimait, il ne prendrait pas ses jambes à son cou chaque fois que j'accouche. Quand son commerce de fourrures lui donne un peu de répit, il s'improvise importateur de sucre, de vin et d'eau-de-vie. Et il disparaît. »

Je lui rappelai que les activités de son mari se révélaient très lucratives, puisqu'il vendait aux magasins du roi ces marchandises expédiées de France et des Antilles.

«Mine de rien, il amasse une fortune dont vous bénéficiez», lui objectai-je.

C'était maigre comme explication. Je la laissai poursuivre sans l'interrompre.

«Dès que je suis grosse, il montre de l'humeur parce qu'il sait que l'enfant ne vivra pas.»

Elle avait probablement raison. Tarieu avait perdu espoir d'avoir un nouvel héritier. Plutôt que d'étaler sa déception, il prenait le large.

«Même quand il est là, je n'existe pas pour lui, reprit-elle après un silence. Il n'écoute pas quand je parle Tout ce que je dis ou fais lui passe par-dessus la tête. En un mot, je l'indiffère.»

J'aurais été malvenue de prendre la défense de Tarieu. Dans mon for intérieur, je le blâmais. Il avait épousé la plus belle femme de Québec, la plus intelligente et il la négligeait. Mon mari s'absentait souvent, lui aussi, mais lorsqu'il revenait au bercail, il n'avait d'yeux que pour moi.

«Attendez d'être remise, nous le rendrons jaloux, votre Tarieu, lui promis-je. Il ne vous ignorera plus, vous pouvez m'en croire.»

Elle me jeta un regard affectueux empreint de surprise :

«J'ai tellement de chance de vous avoir comme amie, chère Catherine.»

Pauvre Geneviève! À l'aube du lendemain, elle perdit les eaux. Pour son plus grand malheur, elle accoucha d'un garçon mort-né. Sans baptême, son petit ange irait flotter dans les limbes pour l'éternité. Et moi, je ne serais pas marraine. Elle reporta tout son amour sur Petit Louis. Étouffé par ce trop-plein d'affection maternelle, l'enfant ne songeait qu'à cogner du poing. Sa mère le réprimandait gentiment, alors qu'il eût fallu le chapitrer. Quand il prit le chemin du Petit séminaire pour y poursuivre ses études, elle balaya les chagrins qui la tuaient à petit feu et recommença à fréquenter les salons sans que j'eusse à l'y traîner.

Je profitai de ses bonnes dispositions pour remplir ma promesse. Je lui appris l'art d'ensorceler les gentilshommes. Soit dit entre nous, elle aurait pu se passer de mes conseils, car elle savait intuitivement comment s'y prendre avec les beaux officiers. Malgré ses grossesses à répétition, elle avait conservé sa taille de jeune fille. Sa beauté alliée à son élégance suscitaient l'admiration des hommes et la jalousie des femmes. Moi la première, puisqu'il faut tout vous avouer… Était-ce sa façon d'agencer les couleurs de ses toilettes ? de coiffer sa chevelure noire ? Elle choisissait avec le même art la broche en or à épingler à son corsage ou la fleur à piquer dans son chignon. Je l'appelais la magicienne. Mes compliments la faisaient rougir.

Son changement d'attitude nous fut salutaire à toutes les deux. Aussi désœuvrées l'une que l'autre, en l'absence de nos maris, nous étions avides de sensations sans cesse renouvelées. La décennie s'y prêtait. Elle fut fastueuse et marquée par les excès. Peu de gens de notre monde ignoraient les plaisirs et leur douce volupté. Cela peut surprendre aujourd'hui, mais nous réalisâmes notre démesure seulement après coup. Je ne cherche pas à étouffer mes remords, chère Élisabeth. Certes, il n'y a pas de quoi pavoiser, mais j'ai promis de ne rien vous cacher.

Je me souviens avec émotion du boudoir de Geneviève, voisin de la chambre conjugale. Cette pièce tendue d'étoffe satinée et éclairée par un lustre à pendeloques devint le témoin de nos confidences intimes. Que d'heures nous y passâmes, Geneviève, Marie-Anne et moi ! La fenêtre garnie de mousseline indienne blanche donnait sur le jardin. Les jours doux, Geneviève l'entrebâillait et un vent d'été soufflait délicieusement. Au mur, le tableau suspendu représentait une scène de la bataille de Fontenoy, pendant la guerre de succession d'Autriche. Sitôt arrivée, je me jetais sur son canapé et je déballais mes secrets intimes. Marie-Anne me traitait comme une enfant capricieuse assoiffée de sensations grisantes. Son ton de mère supérieure m'agaçait, mais je n'aurais pas pu trouver meilleure consolatrice des peines de cœur. Geneviève, elle, ne s'offusquait pas de mes minauderies, tout en me mettant en garde contre mon exubérance. Si elle ne me jugeait pas, elle me prodiguait de sages conseils fondés sur son bon jugement. Sans elle, plus d'une fois, j'aurais dépassé la mesure.

La Pompadour du Canada

Les Mardis gras de l'intendant faisaient courir notre cour provinciale. Son bal masqué de l'année 1754 marqua les annales. Une fête étourdissante qui attira la belle société de Québec à son palais de la rue Saint-Vallier, dans la ville basse. Geneviève m'avait donné rendez-vous à midi devant la porte, sous le clocheton qui abritait une girouette. Au gré du vent, celle-ci s'agitait bruyamment. J'eus à peine le temps d'admirer la rivière Saint-Charles que sa calèche se garait à côté de la mienne. Je la rejoignis au pied de l'escalier.

« Eh bien ! le sieur Bigot ne se prive de rien », s'extasia Geneviève en examinant les lieux.

L'intendant avait loué à frais exorbitants ce pavillon de deux étages, doté d'un perron à double rampe. Tel que le bâtiment se présentait au moment de la transaction, il nécessitait d'urgentes réparations. À l'évidence, son nouveau locataire n'avait pas lésiné sur la dépense.

« Ç'a dû lui coûter les yeux de la tête, approuvai-je en baissant la voix.

— Il traite la France comme sa vache à lait. Peu lui importe. Il est protégé par la marquise de Pompadour, paraît-il.

— La vraie Pompadour, celle qui mène Louis XV par le bout du nez, pas la nôtre. »

J'adorais quand nous étions méchantes. Geneviève, toujours si parfaite, se laissait rarement aller à dénigrer les autres et je me réjouissais de la voir casser du sucre sur le dos du sieur Bigot, une de nos cibles préférées. Nous fréquentions son salon aux mœurs calquées sur celles des roturiers de Versailles et, à chacune de nos visites, le palais de l'intendance nous semblait plus grandiose. Certes, tout le monde s'accordait à reconnaître en Bigot un infatigable travailleur, mais ce bon vivant n'hésitait pas à contenter ses caprices au point de sombrer dans les excès. Malgré ses vices, nous ne refusions jamais ses invitations.

Nous montâmes l'escalier en même temps qu'un groupe d'officiers passablement éméchés. À l'évidence, ces joyeux fêtards avaient débouché le champagne avant de se présenter chez l'intendant. Le sieur Bigot les expédia rapidement pour venir nous accueillir dans le vestibule du rez-de-chaussée de sa magnifique demeure.

«Ah! chère madame de Beaubassin, bienvenue chez moi», dit-il en me tendant les bras.

Il posait comme un bellâtre. Sous un justaucorps satiné de bonne coupe, il portait une veste blanche et une cravate de mousseline. J'admirai son élégance et il me retourna le compliment. Seyante à souhait, ma robe de velours aux reflets moirés me moulait le corps et l'échancrure du corsage ne manquait pas d'audace. Les années passant, je devenais de moins en moins vertueuse. Après s'être bien rincé l'œil, il se tourna vers Geneviève, qu'il avait ignorée jusque-là, et la salua fraîchement. Depuis qu'elle l'avait repoussé, il lui infligeait ce traitement cavalier.

Cela ne faisait ni chaud ni froid à mon amie, soulagée d'être débarrassée de cet encombrant chevalier servant à l'odeur rance qui, malgré son indifférence, avait continué à lui faire des mamours. Pour s'en délivrer, elle avait finalement prétexté la jalousie de son mari. Une demi-vérité fort commode. Le fait est que Tarieu commençait à trouver étrange de se voir expédier dans les coins reculés de la Nouvelle-France par le gouverneur, grand ami de Bigot. Pendant qu'il s'acquittait de ses missions, l'intendant reluquait sa femme avec un sans-gêne incroyable. À présent, Tarieu pouvait dormir sur ses deux oreilles, son rival avait jeté son dévolu sur Angélique Péan, sa nouvelle muse.

«Eh bien! monsieur l'intendant, votre modeste chaumière ressemble de plus en plus à un palais princier, lui dit Geneviève, un soupçon de moquerie dans la voix.

— Madame, un homme de mon rang et de ma condition doit se loger convenablement», répliqua-t-il en nous guidant jusqu'au grand hall illuminé de mille feux qui s'ouvrait sur plusieurs salons tout aussi vivement éclairés.

Il s'arrêta pour énumérer les dépenses que lui avait occasionnées son installation :

« J'ai dû commander des milliers d'ardoises pour couvrir le toit. En exécutant les travaux, les ouvriers se sont aperçus que les gouttières avaient pourri la charpente à divers endroits. Il a donc fallu la soutenir. Après, j'ai fait changer les tapisseries, habiller les boiseries et j'en passe. Tout cela m'a coûté pas moins de 20 000 livres. »

Je profitai d'un moment d'inattention de notre hôte pour me pincer le nez avec mon index replié en feignant de dissiper les odeurs désagréables qu'il dégageait. Ce geste, c'était ma douce vengeance pour son impolitesse à l'égard de Geneviève. Ayant remarqué ma simagrée, celle-ci réprima à grand-peine la tentation de m'imiter. Notre complicité s'installait.

Sur les entrefaites, Angélique Péan – Lélie pour les intimes, la Pompadour du Canada pour les envieuses – s'avança vers nous. Couverte de bijoux et aussi richement vêtue que la maîtresse de Louis XV dont elle avait hérité dérisoirement du surnom, la belle nous divertit de son babillage. Pour un peu, nous nous serions crus dans un salon versaillais.

« Chers amis, passons à table », nous invita-t-elle d'une voix chantante, en glissant son bras sous celui de l'intendant.

Nous la suivîmes dans la somptueuse salle à manger dont les lustres de cristal scintillaient comme les étoiles au firmament. Geneviève, toujours à cheval sur le décorum, jugea l'aménagement intérieur de mauvais goût. Les pièces en vieille argenterie massive voisinaient avec des colifichets sans valeur. Quant aux meubles d'acajou, ils étaient surchargés de reliefs. Dans ce clinquant tapageur, seuls les tapis de Turquie trouvaient crédit à ses yeux.

« Le sieur Bigot a de l'esprit, toutefois il manque de raffinement », me glissa-t-elle à l'oreille, avant d'aller prendre sa place.

Le dîner commença dans une tranquille sérénité. Autour de la table principale, nous débitâmes des banalités jusqu'à ce que notre hôte monopolise l'attention à propos des sœurs de la Charité. Il nourrissait une profonde antipathie à l'égard de leur fondatrice, la veuve d'Youville :

«Son hôpital accueille les filles de mauvaise vie, imaginez-vous ça! Je veux bien tolérer les prostituées et profiter de leurs caresses, mais de là à dépenser l'argent public pour elles.»

Il ponctua sa plaisanterie grasse d'un rire vulgaire qui nous mit à la gêne. Ce n'était pas matière à badinage. Pour dissiper le malaise, je posai la première question qui me vint à l'esprit:

«Pourquoi les appelle-t-on sœurs grises?

— Parce qu'en ce pays les calomnies se propagent comme le chiendent, rétorqua Geneviève. Des gens mal intentionnés ont répandu le bruit que les religieuses s'enivrent.

— Il n'y pas de fumée sans feu, madame, la corrigea l'intendant. Mais laissons cela. Nous sommes ici pour nous amuser, non pour parler des vertus d'une religieuse, aussi sainte soit-elle.»

Là-dessus, d'un signe, il réclama à boire pour toute la tablée. Après ce crêpage de chignon vite oublié, nous festoyâmes sans retenue. Quel Mardi gras ce fut! En cette veille du carême, les privations n'étaient pas au menu. Bisque d'écrevisses, filets de poularde à la crème, côtelettes d'agneau en robe de chambre, cerf rôti à la bourguignonne, oies aux pruneaux… Gênée par cette abondance, Geneviève laissa échapper tout bas un commentaire bien senti:

«Qui croirait que la disette menace la Nouvelle-France?»

Je ne trouvai rien à répondre. Bigot avait des talents pour nous remplir la panse quand le peuple ne mangeait pas à sa faim. À ma courte honte, je l'avoue, j'en profitai joliment. L'horloge indiquait quatre heures lorsque la table se dégarnit. Nous nous étions empiffrés comme des goinfres. Après le vin, les laquais nous servirent des eaux-de-vie. Comme si nous n'étions pas déjà assez gris! Les langues s'étant déliées, nous laissions courir les derniers cancans. Les masques tombaient, au propre comme au figuré. Les loups de satin noir avaient complètement disparu. Avec ou sans, nous reconnaissions nos amis comme nos rivaux.

Le bal s'ouvrit. Mon carnet était rempli à l'envi. Celui de Geneviève aussi, si bien que nous nous perdîmes de vue. Je m'amusais trop pour me soucier d'elle. De séduisants lieutenants tournaient autour de moi.

L'un me sérénadait, l'autre voulait frotter mes adorables petits pieds endoloris. Je ne me rappelle pas le lui avoir permis, mais j'étais si émoustillée que je pourrais même l'avoir laissé m'embrasser. À bout de souffle – je n'avais raté aucune danse –, je retrouvai Geneviève dans l'espace où l'on servait des rafraîchissements. Affalé dans un fauteuil, les mains croisées sur son ventre repu, l'intendant Bigot observait d'un air blasé les dames qui évoluaient sur la piste au son d'un menuet.

« Il s'ennuie mortellement, dis-je tout bas. Ou alors, sa digestion est laborieuse. »

Geneviève croyait plutôt qu'il s'inquiétait de l'avenir. Nous avions appris entre les branches que la mère patrie enquêtait sur le régime corrompu qui prévalait en Nouvelle-France.

« Versailles mettra le holà à sa vie de pacha, me glissa-t-elle, sûre de son fait.

— Mais non, objecta Marie-Anne, qui nous avait rejointes. Il joue les voyeurs. »

S'il luttait, ce devait être contre le sommeil, car il avait abusé des vignes du Seigneur. En tout cas, il n'était plus en état de se trémousser sur la piste où sa maîtresse virevoltait dans sa robe à dos flottant, les épaules nues et la gorge découverte. Il se contentait d'apprécier le spectacle en rotant copieusement. Les bonnes manières me commandent de ne pas m'étendre sur le sujet.

« Mesdames, dit Geneviève, je vous ferai remarquer que, nous aussi, nous écorniflons. »

Elle avait raison. Chez l'intendant, les belles saouleries attiraient les grosses têtes de la colonie et nous prenions un malin plaisir à observer leurs manœuvres hypocrites. À présent, nous avions les yeux rivés sur un distingué gentilhomme lancé aux trousses d'une catin qui l'aguichait dans l'escalier menant aux chambres. Comment cette indésirable s'était-elle glissée dans la fête ? Mystère. Nous étions blasées et plus rien ne nous scandalisait, pas même la vue de femmes mariées qui s'éclipsaient au bras d'un officier portant l'uniforme chamarré. Pour ajouter au spectacle dégradant qui se déroulait sous notre nez, un vieux beau dont je tairai charitablement le nom tituba sous l'effet de l'alcool. Sa perruque atterrit sur ma jupe, cependant qu'il culbutait en essayant de la rattraper.

« Bon ! j'en ai assez, lâcha Geneviève, dégoûtée.

— Moi aussi, l'approuva Marie-Anne en bâillant comme une carpe. Vous venez, toutes les deux, je vous ramène ? »

Je refusai de partir. Geneviève profita de la voiture de ma cousine, non sans manifester son mécontentement :

« Vous devriez rentrer avec nous, Catherine. Ne restez pas seule avec tous ces libertins. »

Je la traitai de froussarde et retournai sur la piste. Au point du jour, je valsais encore. Les violons se turent juste à temps pour permettre aux derniers fêtards d'aller recevoir les Cendres. Monseigneur de Pontbriand eut vent de notre nuit d'orgie. Vous dire comme il était courroucé ! Il réprimanda vertement son vicaire qui, soit dit en passant, avait quitté le bal comme moi au petit matin. L'évêque lui interdit de célébrer la première messe du carême. Dans son diocèse, personne ne passerait des tables de jeu à la table de communion. Pas question non plus de confesser les noceurs. Les pécheurs ne méritaient pas l'absolution mais l'excommunication.

Les quarante jours d'abstinence nous parurent désespérément longs. Les boucheries ayant fermé la veille du mercredi des Cendres, nous n'avions pas fait gras depuis une éternité. Marie-Anne soupirait après les fameuses brioches aux raisins secs du Vendredi saint – le « pain bénit », comme elle disait. Pâques arriva enfin et notre vie mondaine reprit de plus belle. Nos semaines étaient réglées comme du papier à musique. Geneviève recevait les jeudis et je me réservais les mardis. Les autres soirs, nous veillions au palais de l'intendant, rue Saint-Vallier, ou à l'hôtel Péan, rue Saint-Louis, où Angélique rivalisait d'élégance dans sa maison cossue.

Chère Élisabeth, le moment me semble venu de parler plus longuement de notre Pompadour. Tant pis si je donne l'impression de colporter des ragots ! Après tout, elle a été la reine de ces années de réjouissances. On aura beau penser du mal d'elle, Angélique était d'un commerce agréable. Enjouée et douée d'une redoutable vivacité d'esprit. Peut-être manquait-elle un peu de fini, mais au cap de la trentaine, la pureté de ses traits causait des ravages. Un menton volontaire, le nez effilé et des lèvres sensuelles, elle avait tout pour séduire les galants qui se bousculaient sur son passage. Et quelle généreuse hôtesse ! Toujours prête à recueillir les doléances de ses amis qu'elle refilait ensuite discrètement à son amant. Une demande d'avancement ou un emprunt que Bigot accordait de bon gré. Son mari, Jean-Hugues Péan, fermait les yeux devant leurs amours coupables. Cet officier des troupes de la Marine de peu d'envergure, ambitieux et laid à faire peur aux enfants, secondait l'intendant dont il était l'homme de confiance. Et son entremetteur, pour ainsi dire, car Péan le laissait partager la couche de sa femme. Échange de bons procédés, Bigot lui permettait d'amasser une fortune.

L'hôtel Péan, comme je m'en souviens, s'élevait sur trois étages à l'angle des rues Saint-Louis et Corps-de-Garde, dans la haute-ville. L'été, le lierre s'enroulait autour des fenêtres à carreaux, assombrissant l'intérieur, tout en gardant la fraîcheur. Le reste de l'année, la lumière du jour éclairait les tapisseries qui représentaient des paysages peuplés de laboureurs et de bergères enrubannées, sous le soleil couchant. Le rez-de-chaussée, que j'ai fréquenté régulièrement, était d'un luxe suffocant : lustres de cristal, tapis moelleux aux coloris criards, table Louis XIII et surenchère d'armoires à pointes de diamant. Dans chaque pièce, un immense miroir vous renvoyait votre image. Tout ce clinquant pour éblouir les pédants. Même l'horloge agrémentée d'une figurine dorée faisait parvenu. On se serait attendu à plus de raffinement de la part d'Angélique, qui descendait de deux honorables familles d'épée de la Nouvelle-France, les Renaud d'Avène des Méloizes et les Chartier de Lotbinière. Sous son masque de riche bourgeoise couvait la vulgarité. Ça y est, je redeviens méchante.

À la fin de l'été 1754, Angélique nous convia à un banquet gargantuesque. Les calèches s'étiraient jusqu'en bas de la rue Sainte-Ursule.

La fête s'annonçait d'autant plus étourdissante que nous avions été privés de grands dîners à cause d'une épidémie de variole. En cette rare occasion, nos trois maris nous accompagnaient. Le mien avait remisé ses mocassins et chaussait des souliers retenus à son pied par des boucles d'or. Je trouvais Pierre fort élégant dans son habit de satin. Geneviève resplendissait de bonheur au bras de Tarieu, pour une fois attentionné. Ils formaient un couple merveilleusement assorti. Marie-Anne, en revanche, ronchonnait contre Jean-François Gaultier. Et pour cause! Le docteur était accroché aux basques de l'insupportable François Bigot.

Les invités ayant pris leurs places autour de la table, les entrées froides firent leur apparition: concombres au vinaigre, terrine de saumon, asperges à l'huile, assiette de poisson fumé et j'en oublie. Angélique s'était surpassée. Malgré les restrictions alimentaires, elle nous offrit un festin. C'était assez gênant, car l'intendant avait recommandé aux petites gens de Québec et de Montréal de se serrer la ceinture. Même dans les campagnes, les vivres s'épuisaient.

«Je pars en France», nous lança notre hôtesse entre deux services. «J'accompagne mon mari qui ira soigner son rhumatisme à Paris.»

J'ai sursauté tant le mensonge était fallacieux. Nous savions que Versailles soupçonnait l'intendant de s'enrichir frauduleusement en mettant ses pions à la tête de toutes les sociétés. Bigot comptait sur le Petit Péan pour laver sa réputation auprès des ministres français. Geneviève me jeta un regard entendu. Notre hôtesse ne s'en tirerait pas aussi facilement.

«Monsieur Bigot sera-t-il du voyage? s'informa-t-elle d'un air faussement innocent, tout en fixant le principal intéressé.

— Bien entendu, rétorqua ce dernier. La froidure de ce pays ne convient pas à ma santé.

— Ah! bon. Vous avez besoin de soins, vous aussi», le nargua Geneviève.

L'intendant s'efforça de garder son calme, mais on sentait qu'il bouillait intérieurement. Sans doute redoutait-il que Geneviève évoque la véritable raison de sa convocation en France? Angélique la rappela à l'ordre:

« N'allez pas vous forger des chimères, l'avertit-elle. Nous n'avons rien à cacher. Ce séjour sera salutaire au sieur Bigot extrêmement fatigué à cause d'un surcroît de travail.

— Sur quel voilier vous embarquerez-vous ? demandai-je.

— Nous avons réservé nos places sur *La Parfaite Union*. »

Geneviève explosa d'un rire cassant à l'audition de l'expression. Sans être blessante, sa réaction me parut déplacée, même si cela m'amusa de voir l'intendant s'énerver. Témoin de la scène, le chirurgien Gaultier, qui considérait Bigot comme son meilleur ami, se tortilla sur son siège. Il avait, comme je l'ai déjà mentionné, un côté vieux garçon agaçant. Selon lui, une dame ne devait pas traiter avec désinvolture un homme promu à des fonctions supérieures par le roi. Il rongea son frein, tandis que les mets défilaient sous les dômes d'argent. En se levant de table, à l'issue du repas, il apostropha Geneviève.

« Ma chère belle-sœur, je vous trouve bien impertinente.

— J'ai ri tout bonnement parce que c'était drôle, lui répliqua-t-elle. "La parfaite union", ça ne s'invente pas. Je ne vois pas pourquoi vous en faites tout un plat.

— Les grands hommes méritent le respect. Nous sommes choyés d'avoir un administrateur aussi équitable et zélé que le sieur Bigot. »

Pareil éloge d'un intendant dont la réputation sulfureuse se répandait comme une traînée de poudre choqua Geneviève. Bigot faisait des affaires d'or en exploitant les petites gens, et les preuves de ses malversations s'accumulaient. Jean-François Gaultier ne pouvait pas l'ignorer.

« Zélé ? Équitable ? répéta-t-elle en regardant son beau-frère droit dans les yeux, mais sans se départir de son sourire. Docteur Gaultier, je vous croyais plus clairvoyant. Pour un esprit scientifique, votre sens de l'observation n'est pas très aigu. »

Geneviève se tourna vers Tarieu, plutôt fière de sa réplique. Il lui sourit en toute complicité.

« Je n'aurais pas mieux répondu », l'approuva-t-il en passant affectueusement son bras autour des épaules de son beau-frère, pour se faire pardonner d'avoir applaudi à la remarque sarcastique de sa femme.

Geneviève était particulièrement radieuse, ce soir-là. Les traits de son visage reflétaient un bien-être intérieur inattendu. Tarieu ? Métamorphosé, lui aussi. Imaginez ma surprise quand je le vis glisser sa main dans celle de sa douce moitié pour l'entraîner dans les jardins. Elle rougit, à la fois ravie et gênée par cet élan de tendresse inhabituel chez lui. Ils s'éloignèrent, serrés l'un contre l'autre, en se murmurant des mots affectueux dans le creux de l'oreille. Ces deux-là roucoulaient comme des colombes. J'en fus remuée, cependant que je les observais depuis la fenêtre du salon d'Angélique. Assis sur un banc vermoulu, ils me jouaient, sans le savoir, une scène d'amour. Enfin ! songeai-je, le beau Tarieu s'occupe d'elle.

Je m'attribuai le mérite de cette métamorphose. J'avais guidé les pas de Geneviève dans la reconquête de son mari. À l'évidence, elle avait bien assimilé mes conseils.

Repus, les invités les plus argentés s'approchèrent des tables de jeu. À l'exception d'Angélique, qui ne demandait pas mieux que d'exhiber son corsage échancré au-dessus du tapis vert, les dames s'installèrent au salon. Nous gardions l'œil ouvert, car ça jouait gros. Des sommes faramineuses passaient d'une main à l'autre. L'intendant Bigot tambourinait nerveusement du pied. Il perdait beaucoup d'or sans toutefois se départir de sa bonne humeur. Au fur et à mesure qu'ils déclaraient forfait, les moins chanceux nous rejoignaient.

Les Lanaudière réapparurent au bout d'une demi-heure, Geneviève s'installa au piano et moi, à côté d'elle, je tournai les pages de son cahier de musique. Marie-Anne nous chanta une pastourelle, c'était divin. Soudain, au milieu de sa complainte, alors que le preux chevalier sérénadait sa bergère, une voix tonitruante provenant de l'entrée enterra la sienne. Cette voix, je l'aurais reconnue entre mille.

« Lacorne de Saint-Luc ? » murmurai-je à l'oreille de Geneviève, qui quitta son siège avec empressement pour aller accueillir notre ami.

Je ne vous ai pas encore parlé de ce Montréaliste mi-sauvage mi-gentilhomme policé, que Petit Louis appelait tonton. Saint-Luc, qui possédait un don exceptionnel pour les langues, lui apprenait un jour l'algonquin, le lendemain, l'iroquois. En vérité, Petit Louis répétait les syllabes sans savoir ce qu'il disait. Des mots honteux, probablement, car sa maman morigénait son tonton.

Moi aussi, j'appréciais sa faconde, mais c'est sa force herculéenne qui m'impressionnait le plus. Ce géant pagayait comme les sauvages et pouvait parcourir une vingtaine de lieues en canot d'écorce en une journée. Il en tirait d'ailleurs une fierté légitime. Aucun homme, rouge ou blanc, n'arrivait à le suivre sur les eaux houleuses. Cela me surprit de le voir débarquer dans le salon d'Angélique, lui qui, lorsqu'il ne guerroyait pas avec sa bande d'Indiens du côté du lac Ontario, redevenait marchand général, à Montréal. Geneviève lui plaqua un baiser sur les deux joues.

« Quel bon vent vous amène à Québec ? » lui demanda-t-elle.

Il avait sa trogne des mauvais jours. À mon tour, je le sondai :

« Que vous arrive-t-il, Saint-Luc ? Vous n'avez pas l'air dans votre assiette.

— J'ai une bien triste nouvelle à vous apprendre. Notre ami Joseph de Jumonville est mort. Il a reçu une balle en plein front. Un meurtre crapuleux. »

L'effroi nous glaça. Marie-Anne réagit la première. Joseph était le frère de son défunt mari, Nicolas-Antoine Coulon de Villiers. Elle réclama des précisions à Saint-Luc :

« Que voulez-vous dire ? Qu'il est mort en combattant ?

— Non, non, il a été assassiné. Les Virginiens l'ont attiré dans un infâme guet-apens. »

Nous étions tous suspendus à ses lèvres. Saint-Luc tombait facilement dans l'exagération. Connaissant son sens du tragique et de la démesure, Tarieu l'arrêta :

« Attendez, mon ami. Vous allez trop vite. Quel guet-apens ? Qui l'a tué ? »

Sans perdre son calme, Saint-Luc reprit du début. Des éclaireurs français avaient vu les soldats virginiens rôder dans la vallée de l'Ohio et Jumonville avait reçu l'ordre de les sommer de quitter les territoires français.

« Il s'avançait, un mouchoir blanc au-dessus de sa tête, lorsque George Washington lui a tiré une balle en visant la tête.

— George Washington, répéta Tarieu. N'est-ce pas cet officier d'une vingtaine d'années issu d'une famille de planteurs des rives du fleuve Potomac dont on vante les exploits ? »

Saint-Luc confirma. Il débita d'un trait ce qu'il savait du Virginien : arpenteur de métier, il faisait carrière dans l'armée depuis trois ans. On le reconnaissait à sa haute taille, à son allure martiale et aux marques de variole imprimées sur son visage, séquelles d'un séjour à la Barbade.

« On dit aussi qu'il a un faible pour la dive bouteille », conclut-il.

La consternation se répandit parmi nous. La disparition de notre cher Joseph nous bouleversait, mais d'apprendre qu'un militaire bien en vue dans les troupes coloniales l'avait assassiné de sang-froid nous pétrifia. Le geste paraissait si insensé que Tarieu refusa d'y croire :

« Un officier n'aurait pas tiré sur le messager, cela va à l'encontre des lois de la guerre. »

Tout un chacun poussait son commentaire. Le temps de le dire, les joueurs de cartes refluaient de la salle de jeu et la cacophonie régnait au salon, si bien qu'on ne s'entendait plus parler. Marie-Anne resta un moment anéantie. Je la rejoignis sur le canapé et lui pris la main.

« Ce Washington a visé Joseph comme on tire un lapin, dit-elle. C'est trop injuste de mourir ainsi à trente-six ans. »

Saint-Luc nous apprit que neuf des hommes de Joseph avaient aussi été abattus. Les Virginiens avaient abandonné leurs dépouilles aux loups et aux corneilles. Vaine consolation, l'expédition de vengeance menée par le frère de Joseph, Louis de Villiers, avait réussi.

« Lorsque Louis est arrivé sur les lieux, il n'a trouvé que des membres mutilés, des crânes sans cuir chevelu, des corps dévêtus… »

Angélique Péan n'allait pas laisser cette scène macabre gâcher sa soirée. Elle fit déboucher le champagne et ordonna à ses domestiques de nous servir généreusement pour nous remonter le moral. Plusieurs s'en trouvèrent réconfortés. Saint-Luc devint intarissable :

« Louis et son détachement ont poursuivi les Virginiens jusqu'en Pennyslvanie. Ils les ont écrasés à fort Necessity. Croyez-le ou non, Washington a signé des aveux complets. » Voyant nos airs incrédules, il se fâcha : « Puisque je vous dis qu'il a reconnu avoir assassiné Joseph. »

Ma chère Élisabeth, vous pensez que j'affabule ? Vous ne voulez pas croire que George Washington, aujourd'hui président des États-Unis, se soit conduit aussi lâchement ? Pourtant, c'est la pure vérité. Avant d'être acclamé comme le héros de la guerre de l'Indépendance américaine, il a exécuté de sang-froid un émissaire canadien arborant le drapeau blanc. Ce n'est pas parce que ce triste sire a pris du galon que l'on doit réécrire l'Histoire et effacer son crime.

Ça y est, je m'emporte. Vous me permettrez d'aller me reposer un peu. Sachez cependant que le guet-apens qui a coûté la vie à Joseph a été le déclencheur de la guerre de Sept Ans, dont vous me parliez dans votre lettre. Nous l'ignorions alors, mais d'épouvantables malheurs se profilaient à l'horizon.

Vous voulez connaître les causes de cet interminable conflit qui débuta dans l'Ohio. C'est tout simple : la domination de l'Amérique du Nord. La France et l'Angleterre ambitionnaient de se rendre maîtres du commerce. Les fourrures, la pêche et les terres étaient l'objet de toutes les convoitises. Bien avant moi, Geneviève avait compris que les deux puissances se disputaient la suprématie absolue de l'empire colonial et que nous en ferions les frais.

« Vous verrez, le perdant deviendra le porteur d'eau du gagnant », prédisait-elle.

J'aurais tant voulu qu'elle se trompe ! Cela m'attriste de l'admettre, mais nous servîmes bel et bien de cobayes. Combien des nôtres périrent sous les drapeaux ? Pas une famille ne fut épargnée. D'après Geneviève, l'assassinat de Joseph Coulon de Jumonville avait brisé un ressort en nous. Après cette tragédie, nous vécûmes dans la hantise d'une invasion. Ce furent aussi des années de prodigieuse exaltation, comme si nos jours étaient comptés.

La marquise de Vaudreuil

Preuve que nos divertissements n'étaient pas tous condamnables, mes amies et moi tâtions du théâtre. Deux ou trois après-midi par semaine, nous répétions, rue du Parloir, dans le salon double de la jeune madame de Lanaudière.

Jamais nous n'aurions osé monter *Tartuffe*, pièce fort décriée dans la colonie, en particulier par monseigneur l'évêque, mais nous nous amusions joliment en compagnie des personnages de *Médecin malgré lui* et, plus encore, avec ceux de *Mariage forcé*. Du Molière à son meilleur! Naturellement, je jouais Dorimène, la petite coquette prête à tout pour se libérer du joug paternel. Geneviève avait hérité du rôle de son futur époux Sganarelle. Elle excellait dans le cabotinage, surtout lorsqu'elle déclamait en poussant sa voix pour lui donner la gravité du baryton: «Je veux imiter mon père et tous ceux de ma race, qui n'ont jamais voulu se marier.» Marie-Anne, quant à elle, avait la taille pour incarner l'amant de Dorimène.

Madame de Boishébert avait pris l'habitude d'assister à nos répétitions. J'entends encore son rire communicatif. Elle avait refait surface dans la vie de Geneviève, de moins en moins taciturne depuis que Tarieu se montrait plus attentionné.

«Pourquoi ne jouez-vous pas devant de vrais spectateurs?» nous suggéra-t-elle un jour.

L'occasion se présenta à l'été de 1755 et c'est elle qui nous en souffla l'idée. Pour souligner le retour au pays de son amie Jeanne-Charlotte Fleury Deschambault, promue marquise par suite de son mariage avec le marquis Rigaud de Vaudreuil, Madame-mère l'invita à prendre une collation, chez elle, rue de Buade, en compagnie de plusieurs de leurs anciennes compagnes.

«Jeanne appréciera votre interprétation de *Mariage forcé*, nous assura-t-elle. Vous ferez sa connaissance et vous vous attirerez ses bonnes grâces.»

C'était tentant. Pierre Rigaud de Vaudreuil venait d'être nommé gouverneur de la Nouvelle-France et la perspective de nous faire valoir devant sa distinguée épouse nous enchanta. Après des semaines de répétition, nous nous sentions prêtes. Ne manquait plus que le décor.

«Je m'en charge, décida Geneviève, enthousiaste. Rien de bien compliqué, vous verrez.»

Fort ingénieuse, elle transforma le fond du salon de madame de Bois-hébert en une scène de théâtre au milieu de laquelle trônait Dorimène.

«Approchez la table et mettez-la devant la chaise à dossier droit», m'ordonna-t-elle.

Dans le rôle de tâcheron, j'excellais. Geneviève n'avait qu'à réclamer un vase de fleurs ou une chandelle et j'accourais avec l'objet de ses désirs. Quand elle se déclara satisfaite, je m'exclamai, ma foi plutôt contente de la prendre en défaut, c'était si rare :

«Vous avez oublié le rideau? Au théâtre, il faut un rideau qu'on lève et qu'on baisse.

— Ce ne sera pas nécessaire, trancha-t-elle sans hésiter. Avant la représentation, vous, Dorimène, vous n'aurez qu'à vous asseoir sur le bout de la chaise et ferez mine d'écrire une lettre en attendant que les invitées de maman prennent leurs places. Marie-Anne entrera par la porte au fond de la pièce.»

Le grand jour arriva enfin. Avant la représentation, je dessinai une moustache à Geneviève pour faire plus vrai. Elle enfila un frac à col rabattu repêché au fond du placard de Tarieu, dont elle avait raccourci les manches. Son jeu s'avéra impeccable, le mien aussi, à ce qu'on nous a rapporté. Mais c'est Marie-Anne qui fit crouler de rire les distinguées invitées de Madame-mère avec son impayable Lucaste, l'amant ô combien coloré de Dorimène. Encore aujourd'hui, il me prend l'envie de turluter l'air de la gavotte qui clôturait notre spectacle.

Assise dans la première rangée, la marquise de Vaudreuil, une dame d'une élégance aristocratique, suivit la pièce avec attention. Son sourire empreint d'une prudente réserve nous laissa deviner son appréciation. Elle se déclara enchantée de ces quelques heures passées en notre compagnie et eut un bon mot pour chacune d'entre nous avant de s'éclipser discrètement.

Après cet après-midi théâtral, nous ne revîmes pas la marquise avant un certain temps. La peur des infections nous avait condamnées à la réclusion. Les bateaux venus d'Europe charriaient les fièvres et les médecins s'épuisaient à soigner la petite vérole, une maladie affreuse à cause des boutons purulents qui se propageaient sur tout le corps. Le fléau atteignit des proportions épidémiques au moment même où un terrible incendie détruisait l'Hôtel-Dieu de Québec.

Une coïncidence bête à pleurer! Deux anciens patients de l'établissement fâchés contre les Augustines avaient délibérément mis le feu au bâtiment en enduisant de soufre l'un des toits. Ce jour-là, le vent du nord-est soufflait rageusement, faisant courir les flammes à vive allure. En peu de temps, les plafonds s'étaient écroulés. Bientôt, il ne resta plus qu'un amas de cendres et des murailles calcinées. Privée de son hôpital, la Ville ne savait pas où soigner les pestiférés qui mouraient comme des mouches, ni que faire des dizaines d'orphelins. C'était embêtant, car les personnes intéressées à les adopter hésitaient à emmener chez eux un enfant condamné à porter des cicatrices au visage.

Quand l'alerte fut levée, la marquise de Vaudreuil nous retourna la politesse en nous invitant au Château Saint-Louis. Ce devait être l'automne avancé, car le temps était frisquet et j'avais revêtu mon mantelet de laine. Je n'avais jamais mis les pieds en France, mais j'aurais parié que notre hôtesse avait fréquenté la cour du roi, tant je la trouvai raffinée. Elle portait une élégante robe de brocart bleu ciel. Nul doute, elle commandait ses toilettes à Paris. Son bonnet blanc entrelacé de rubans donnait à son visage la forme d'un cœur, en plus de cacher ses cheveux gris lissés sur le front. Pour tout bijou, une magnifique parure de perle pendait à son cou. Rien de hautain, pourtant, chez cette femme peu bavarde qui avait pour chacune de ses invitées des attentions particulières. Son amabilité à mon égard créa entre nous une connivence qui se gâcherait par la suite. Mais n'anticipons pas.

Croyant Geneviève paralysée par la timidité, alors qu'elle était simplement réservée, la marquise la prit par le bras pour l'entraîner à la fenêtre où se tenait son mari. Pierre Rigaud de Vaudreuil fixait au loin la ville de Lévis, de l'autre côté du fleuve. Comme la plupart des bourgeois de la Nouvelle-France, nous avions accueilli avec joie sa nomination au poste de gouverneur général. Pour la première fois, Versailles avait choisi un Canadien plutôt qu'un Français pour occuper les plus hautes fonctions!

« Comment trouvez-vous le pays après une si longue absence? lui demanda Geneviève.

— Ah! notre patrie est rongée par la misère, soupira Vaudreuil. L'agriculture ne nourrit pas la population. Au lieu de cultiver leurs terres, les Canadiens défendent leur pays. L'année n'est pas encore terminée et nous avons déjà commencé à manger le blé de la dernière récolte. Avec quoi fabriquerons-nous la farine cet hiver? »

Vaudreuil inspira d'emblée confiance à Geneviève. Ce qui la frappa surtout? Son abord facile et sa simplicité. De haute taille, la cinquantaine bien en chair, il avait un double menton qu'il caressait en réfléchissant. Moins enthousiaste qu'elle, je lui trouvai l'allure bonasse et le classai parmi les grands naïfs. Comment expliquer autrement l'inébranlable optimisme qu'il afficha devant nous, alors même que la Nouvelle-France était menacée de toutes parts? Geneviève le soupçonnait plutôt de nous dissimuler les troubles qui l'agitaient intérieurement. Nous n'avions entièrement raison ni l'une ni l'autre, comme nous le constaterions bientôt.

La complicité entre Pierre Rigaud de Vaudreuil et sa chère Jeanne, beaucoup plus âgée, nous fit sourire. À quarante-quatre ans, le gouverneur avait épousé une femme de quinze ans son aînée. Il l'avait connue en France, mais avait patienté trois longues années avant de lui mettre la bague au doigt. Madame-mère nous avait appris qu'au moment de son mariage, Jeanne ne possédait aucune fortune personnelle. À présent, elle accusait ses soixante-douze ans. Cela ne semblait pas contrarier son époux. Les yeux rivés sur elle, il veillait à ce qu'elle ne manquât de rien. Elle portait la même attention affectueuse à ses propos. Je les trouvais attendrissants. Au fil de la conversation, elle évoqua la mort de Joseph de Jumonville.

« Saviez-vous que ce meurtre a fait scandale jusqu'en France ? Monsieur Voltaire a été fort ébranlé par cet acte inexcusable. Mes amis français m'ont rapporté qu'il aurait dit : "J'étais bien disposé envers les Anglais. Je ne le suis plus depuis qu'ils assassinent nos officiers en Amérique." »

Le gouverneur enchaîna :

« Que pensera le grand homme en apprenant que Washington est revenu sur ses aveux ?

— Washington est revenu sur ses aveux ! » répéta Geneviève en s'avançant sur son siège.

L'affaire venait en effet de connaître un rebondissement imprévu. Comme l'affirmait Vaudreuil, à présent Washington niait tout en bloc. Il prétendait ne pas avoir compris l'Acte de capitulation rédigé en français qu'on lui avait fait signer.

« Il affirme avoir confondu les mots "assassin" et "mort", reprit-il. En plus, il dit que le sieur de Jumonville était déguisé en sauvage. D'où sa conviction d'avoir eu affaire à un espion.

— Washington prétend avoir exercé son droit de légitime défense », précisa la marquise.

Ce changement de cap n'augurait rien de bon. Un domestique réchauffa notre chocolat et nous offrit des brioches. L'après-midi se poursuivit à parler de notre avenir menacé. D'après Vaudreuil, l'Angleterre était sur le point de déclarer la guerre à la France. De ce côté-ci de l'Atlantique, tout allait à vau-l'eau.

« J'imagine que les frontières vous préoccupent, avança Geneviève.

— Et comment ! Mon prédécesseur m'avait assuré que nous n'avions rien à craindre des Anglais ! En réalité, le fort Duquesne, en Pennsylvanie, est menacé, celui de Niagara aussi.

— L'Acadie est ravagée par la famine, déplora Geneviève, fort animée. Bannis de leurs foyers, les Acadiens errent dans les bois. Ils mangent de la vache marine et du cuir bouilli. »

Où diable ! se renseignait-elle ? me demandai-je. Nous fréquentions la même société. Or, là où je passais pour ignorante, elle éblouissait par ses connaissances. Le gouverneur se posait aussi la question, puisqu'il voulut savoir qui l'avait si bien informée.

« Mon frère, le lieutenant Charles Deschamps de Boishébert, est en poste sur la côte acadienne, fit-elle. Dans ses lettres, il m'a décrit la tragédie qui se joue là-bas. »

Vaudreuil la félicita. Peu de femmes s'intéressaient à la chose publique. À part sa chère Jeanne, bien entendu. À tort ou à raison, je me sentis tenue à l'écart et cela m'offusqua. Geneviève savait mieux que moi se mettre en valeur. Je la trouvais parfois prétentieuse. De fil en aiguille, la conversation roula sur l'arrivée prochaine du marquis Louis-Joseph de Montcalm, nommé général des armées françaises de l'Amérique septentrionale. En le désignant, Versailles avait fait valoir sa feuille de route impressionnante.

« N'est-ce pas la preuve que le roi a à cœur de défendre la Nouvelle-France ? commenta Geneviève. Moi, en tout cas, cela me redonne confiance en l'avenir. »

Reconnaissant du bout des lèvres les bons états de service de Montcalm, le marquis de Vaudreuil la mit cependant en garde contre tout excès d'optimisme.

« À ce jour, cet officier supérieur n'a commandé qu'un bataillon », précisa-t-il.

En vérité, cette nomination mécontentait notre nouveau gouverneur. D'ailleurs, nous allions bientôt découvrir qu'il avait discrètement intrigué pour convaincre Versailles de le laisser seul à la barre de la Nouvelle-France. Je suspectai sa Jeanne, friande de pouvoir, de le conforter dans cette illusion. Devinant l'agacement de son mari, elle lui tapota affectueusement le bras :

«Mon ami, vous êtes le gouverneur. Le général Montcalm exécutera ce que vous lui ordonnerez. Il sera entièrement sous votre autorité.»

Geneviève me jeta un regard entendu. Nous venions de découvrir une autre facette de la complicité de ce singulier couple. Je songeai : la marquise n'est pas aussi fragile qu'elle s'en donne l'air. L'avenir me donnerait raison.

En revanche, ma chère Élisabeth, je n'imaginais pas à quel point l'arrivée du général Montcalm transformerait la vie de Geneviève et la mienne, en plus d'influencer le cours des événements en Nouvelle-France. Lui parmi nous, rien ne serait plus jamais pareil ! Vous le constaterez lorsque je vous enverrai la suite de mon histoire.

Très chère madame de Beaubassin,

Entre les lignes, j'ai senti naître une légère frustration de votre part à l'égard de votre amie, la trop parfaite Geneviève. Dois-je y voir le signe que vos relations commencèrent alors à se gâter ? Me direz-vous enfin quel fut ce grand chagrin que vous lui avez causé ? Elle l'évoque à demi-mot dans la lettre qu'elle vous avait écrite, mais n'a pas jugé bon de vous remettre.

J'ai une autre faveur à vous demander. Comme je suis l'unique descendante de Geneviève, j'ai hérité de son nécessaire de toilette en ivoire, cadeau de sa grand-mère Charlotte de Ramezay, et de son éventail paré de jolies pagodes. Je garde tout aussi précieusement son coffret orné de motifs peints à la main. Ce n'est jamais sans émotion que j'en soulève le couvercle bombé pour apprivoiser les objets qui lui appartenaient. Ils sont là étalés sur ma courtepointe, feuillets jaunis et babioles hétéroclites. Le petit tomahawk enveloppé dans du papier de soie m'intrigue particulièrement. C'est assez curieux de tomber sur un tel fétiche parmi les trésors d'une dame de sa condition. Ne trouvez-vous pas ?

Si nous commencions par le carton invitant monsieur de Lanaudière et son épouse à une réception en l'honneur de Louis-Joseph de Montcalm, nouvellement nommé général en chef des armées françaises d'Amérique ? Je l'ai trouvé au fond du coffret de Geneviève. A-t-elle assisté à cet événement ? Je n'arrive pas à croire que je vais enfin faire la connaissance du dernier héros de la Nouvelle-France ! Cela m'impressionne de savoir qu'il a été l'un de vos amis. Comme vous traîniez déjà une réputation d'irrésistible séductrice, mon petit doigt me dit que le beau Louis-Joseph de Montcalm n'est pas étranger à votre fâcherie.

Je vous l'accorde, je fais preuve d'une insatiable curiosité. Douce consolation, vous semblez prendre plaisir à dérouler le fil de votre passé. Je sens que vous en avez encore long à raconter et je vous cède la plume.

Votre Élisabeth affectionnée

Troisième cahier

Printemps 1756 — automne 1757

Le charme irrésistible
du général Montcalm

L'éventail paré de jolies pagodes, si je m'en souviens ! Geneviève l'agitait certains soirs, quand la nervosité ou la colère s'emparait d'elle. À l'époque, nous nous chamaillions souvent comme des couventines sans que cela dénature notre affection mutuelle. Néanmoins, Élisabeth, vous avez bien lu entre les lignes : notre amitié serait bientôt mise à rude épreuve. Par ma faute, ma très grande faute...

Par où commencer ce nouveau rendez-vous avec la page blanche ? Prenons ce carton d'invitation qui vous intrigue. Hasard ou calcul délibéré, le 13 mai, quand Louis-Joseph de Montcalm débarqua à Québec, le gouverneur Vaudreuil brillait par son absence. Une affaire soi-disant urgente l'avait retenu à Montréal. C'est donc l'intendant Bigot qui offrit le dîner en l'honneur du nouveau général en chef des armées françaises d'Amérique. En l'absence de mon mari, au loin avec ses amis indiens, j'accompagnai Geneviève et Tarieu au palais de la rue Saint-Vallier. Nous étions une quarantaine de convives venus souhaiter la bienvenue au général français. Chez Bigot, je l'ai déjà mentionné, l'œil se laissait éblouir par ses tapisseries luxueuses tissées en France et les hautes glaces dans lesquelles le cher homme, son épée de parade à pommeau d'ivoire bien en vue, n'en finissait plus de se mirer.

Dérogeant aux règles de la bienséance, son amante, la très séduisante Angélique Péan, faisait office d'hôtesse, puisque le maître des lieux n'avait pas d'épouse. Cela arrivait si souvent que nous ne nous demandions même plus où se cachait son mari surnommé le petit Péan. Après les salutations d'usage, Angélique débita des banalités en m'entraînant dans la verrière pour me présenter le marquis de Montcalm, cependant que l'intendant accaparait Geneviève et Tarieu. Je m'attendais à rencontrer un homme de taille élancée. Il était plutôt carré. Sans être beau, je le trouvai séduisant. Ses grands yeux noirs comme du charbon illuminaient son regard. Le nez mince, un peu trop busqué à mon goût, se faisait oublier par le sourire engageant. C'était écrit dans le ciel, je me lancerais à sa conquête. Par chance, son épouse ne l'avait pas accompagné en Nouvelle-France.

« Votre traversée vous a-t-elle fatigué ? lui demandai-je en lui tendant ma main qu'il porta à ses lèvres.

— Si l'on peut dire, admit-il, ses yeux perçants plongés dans les miens. Belle mer et petit vent frais, du moins au début. À mi-chemin, une espèce de tempête a agité la *Licorne* du Jeudi saint au dimanche de Pâques. Comme quoi la superstition recommandant aux marins d'éviter de naviguer le vendredi treize a du bon.

— Seriez-vous superstitieux, général ?

— À l'occasion. Surtout si une croyance délie la langue des jolies dames. »

Tiens donc ! j'ai affaire à un beau parleur, songeai-je, tandis qu'il évoquait les vents qui avaient fini par mollir. Mais alors, les « maudites brumes » avaient camouflé les bancs de glace que le navire avait évités de justesse. Cela me fit sourire de l'entendre prononcer un vilain mot et je notai qu'il m'observait du coin de l'œil. À l'évidence, cet homme aimait provoquer une réaction. Il ponctuait aussi son récit de traits d'humour, comme si les intempéries étaient des incidents sans importance. On aurait pu croire qu'il revenait d'une partie de plaisir. À défaut de craindre l'océan, ne s'était-il jamais senti menacé par les Anglais ? Je l'interrogeai à ce sujet :

« N'avez-vous pas croisé de navires ennemis ? Vous n'ignorez pas que des corsaires anglais s'emparent des bateaux français.

— Nous avons aperçu de petites embarcations que nous aurions volontiers arraisonnées sans l'ordre formel que j'avais reçu de n'engager aucun combat contre des bâtiments inférieurs.

— Comme cela a dû être frustrant pour un haut gradé tel que vous !

— Pas vraiment ! Ma mission ici s'annonce trop importante pour que je m'en écarte. »

Il s'étonna d'avoir été accueilli à Québec par des tirs de canon à sa descente de bateau. En France, même un militaire de son rang n'aurait pas eu droit à pareil honneur. Notre dialogue prit fin abruptement quand l'intendant Bigot m'arracha son invité pour le conduire auprès du sieur de Lanaudière et de son épouse. Fort heureusement, nous nous retrouvâmes à table. Comme je n'étais pas accompagnée, on m'avait placée à côté de lui. Était-ce à sa demande? Je voulus le croire. Geneviève, dans une superbe robe en taffetas vert amande, et Tarieu occupaient les chaises à haut dossier en face des nôtres. Le marquis de Montcalm reprit ses propos où il les avait laissés, c'est-à-dire à sa description détaillée des grandes tortues et des baleines qu'il avait aperçues dans le fleuve. À Kamouraska, on lui avait appris que leur capture rapportait gros aux pêcheurs.

«Et pour cause, lui précisa Geneviève en se joignant à la conversation. Ils revendent les fanons des baleines pour la fabrication des paniers ornant les toilettes des dames.

— Ah! les caprices des femmes! Comme ils font souffrir les mammifères marins!» s'exclama-t-il en souriant, ses yeux noirs posés sur elle.

Des carcans féminins, nous passâmes à la bonne chère. En remontant le Saint-Laurent, le général avait dévoré de la morue pêchée le jour même.

«J'ignorais que la langue et le foie avaient ce goût exquis, dit-il. Le cuisinier de la *Licorne* nous a aussi servi une excellente soupe faite à partir de têtes de morue.

— Vous ne les apprêtez pas en France? s'enquit Geneviève qui, me sembla-t-il, cherchait à accaparer l'attention de notre invité.

— Non, chère madame, il faudrait des quantités considérables de sel pour les conserver durant toute la traversée. Imaginez ce qu'il en coûterait!»

Les bougies fondaient lentement devant nous. À présent, la discussion tournait autour des plaisirs de la table dans le sud de la France. En particulier, les pruneaux et les olives de Saint-Véran, son hameau natal. Montcalm nous chanta les louanges de la Provence! Je me régalai de la chair tendre des perdrix rôties, sans perdre un mot de son récit. Je surpris Geneviève chuchotant à l'oreille de Tarieu. Je pensai : elle suppute mes chances de tourner la tête du général. Ce dernier poursuivait sur sa lancée sans s'apercevoir qu'on nous observait.

« J'ai amené un chef français pour tenir ma cuisine. J'espère qu'il saura apprêter les poissons d'ici. Comme on dit en Bretagne, *A fluctibus opes*.

— Plaît-il ? fit Geneviève.

— Alors, je traduis : "La richesse vient de la mer."

— Je vois que vous êtes un fin gourmet doublé d'un grand lettré, avançai-je à mon tour.

— Dites plutôt que je suis un fieffé gourmand. Quant au latin, j'ai été initié par un helléniste qui le parlait couramment. Depuis, j'ai une réelle passion pour les langues anciennes. »

Il riait d'un rire franc qui me charma. Assis très droit au fond de sa chaise, il n'affichait aucune vanité. Cependant, on le devinait fier. Nerveux et intarissable aussi, car il parlait vite en gesticulant. Il portait bien sa mi-quarantaine et me parut soigné de sa personne. Je notai qu'il se parfumait à la lavande.

« Vous connaissez donc aussi le grec ? » répliquai-je en soulevant les paupières.

Il fit signe que oui. Geneviève fronça les sourcils, avant de me gronder comme une enfant :

« Voyons, Catherine, il faut partager notre invité d'honneur avec les autres convives. »

C'était le comble ! Depuis le début du dîner, elle monopolisait Montcalm à son profit. J'avais à peine réussi à glisser deux phrases. Pourquoi me parlait-elle sur ce ton condescendant ? Je méditai ma réponse le temps d'un bref silence, dont elle profita pour relancer le marquis :

« Je meurs d'envie de connaître vos premières impressions du pays… »

Montcalm se plia de bonne grâce à sa demande. Pendant la traversée, il avait lu *L'histoire du Canada français* du père François-Xavier Charlevoix.

« J'ai appris qu'au siècle dernier un tremblement de terre avait provoqué un éboulement.

— Ainsi est née l'île aux Coudres, précisa Geneviève, toujours pressée d'étaler son savoir.

— Je me suis débrouillé pour me trouver sur le pont lorsque le navire est passé à sa hauteur.

— À quelques encablures de là, vous avez sûrement remarqué le cap Tourmente, ainsi baptisé à cause de ses grands vents, ajouta la savante Geneviève.

— C'est certainement l'une des merveilles du monde. Quant au sault Montmorency grossi par la fonte des neiges, il m'a rempli d'admiration.

— Alors marquis, vous vous plairez parmi nous », fit-elle, un sourire accroché aux lèvres.

Jamais je n'avais vu Geneviève faire étalage de ses connaissances aussi ouvertement. Quel besoin avait-elle de s'exhiber ainsi ? En y repensant aujourd'hui, je réalise qu'elle cherchait simplement à montrer au nouveau général en chef des armées françaises d'Amérique qu'il n'était pas tombé au milieu d'une société inculte. Peut-être espérait-elle, par la même occasion, aiguiser la jalousie de Tarieu ? Après quelques semaines de bonheur tranquille, il recommençait à s'éloigner d'elle et je lui avais moi-même recommandé de prendre les grands moyens pour attiser sa flamme. « Portez votre robe vert amande et vous l'éblouirez », lui avais-je promis. Je ne me doutais pas que son petit jeu de séduction me desservirait. Le repas s'acheva et ma rancune s'apaisa. En se levant de table, Montcalm s'empressa de reculer ma chaise et me donna le bras pour quitter la pièce. D'ores et déjà, je savais que nous serions amis et, pourquoi pas, plus encore. Comme pour me conforter dans mon intuition, il me glissa à l'oreille.

« Si toutes les Canadiennes sont aussi charmantes que vous, je vais me plaire à Québec. »

Nul doute dans mon esprit, ce bouillant Méridional doublé d'un érudit avait aussi subjugué Geneviève. Amer désappointement, elle ne lui était pas indifférente non plus. J'en eus la confirmation après le dîner, quand je les aperçus marchant côte à côte dans les jardins de l'intendant. Le temps était délicieux et les premiers bourgeons de mai semblaient pressés d'éclore. J'en voulus à Tarieu de s'être laissé attirer par les tables de jeu, au lieu de s'occuper de sa femme. Elle n'avait rien de l'épouse volage et je n'avais aucune raison de la soupçonner de minauderie. N'empêche, l'attention particulière qu'elle portait au général m'agaça. Je rongeai mon frein jusqu'au lendemain et alors, poussée par la curiosité, je ramenai le sujet sur le tapis, tandis que nous nous rendions à l'église :

« De quoi avez-vous discuté durant votre promenade avec le marquis ? l'interrogeai-je.

— Du château de Saint-Véran qui l'a vu grandir, non loin de Nîmes, où vit son illustre famille. De sa mère, la marquise de Montcalm de Saint-Véran, à qui il semble très attaché. De sa femme aussi, Angélique-Louise. Saviez-vous qu'elle est la nièce de l'intendant Talon ?

— Notre Jean Talon ?

— Oui, confirma-t-elle. Mon père admirait cet homme.

— Quoi d'autre ?

— Eh bien ! le marquis s'ennuie de ses enfants. En fait, il en a eu dix, mais il ne lui en reste que cinq. Ses fils apprennent le métier des armes et il est très fier de leur avancement. L'aîné est colonel et le cadet, aide de camp. »

Une question me brûlait et je la lui posai, au risque de me dévoiler.

« A-t-il semblé s'intéresser à vous ?

— Naturellement, fit-elle, comme si cela allait de soi. Je lui ai parlé de Petit Louis qui vient d'entrer à l'école militaire. Voyant que cela m'effraie qu'un petit garçon de treize ans apprenne le maniement du fusil, il m'a promis de garder un œil sur lui. D'ailleurs, lui-même n'avait pas dix ans lorsqu'on l'a séparé de sa mère.

— Ah ! bon. »

Sans doute cachai-je mal mon désappointement, puisqu'elle me relança, un brin moqueuse :

« Curieuse Catherine ! Pensez-vous vraiment que je vais vous livrer mes petits secrets ? »

Elle jouait à la femme mystérieuse et cela me contraria. J'eus beau feindre l'indifférence, elle lisait en moi comme dans un grand livre. Plus je forçais ses confidences, plus je comprenais que Montcalm s'était livré à elle plus qu'à moi. Il avait même poussé l'intimité jusqu'à évoquer les blessures au ventre qu'il avait subies à Prague pendant la guerre de succession de la Pologne.

« Encore un peu, il vous aurait montré ses cicatrices ! fis-je, dépitée.

— N'exagérez pas. Il a reçu plusieurs coups de sabre et perdu beaucoup de sang. Son armée a été anéantie, ce qui n'a pas empêché Louis XV de lui accorder une promotion. »

La conversation se poursuivit jusqu'à notre arrivée à l'église. Geneviève avait cette faculté qui me faisait défaut de jauger les gens dès la première rencontre. Durant leur tête-à-tête, elle l'avait trouvé gai mais pas d'une gaieté surfaite. Même s'il était conscient de sa valeur, il ne cherchait pas à en tirer orgueil ni à se piquer d'érudition. Autre aspect de sa personnalité qui m'avait échappé, la nature avait doué le marquis d'un caractère impétueux. Là encore, elle avait vu juste. Nous serions rapidement exposés à ses jugements intempestifs sur tout un chacun.

En entrant dans l'église, je ruminais ma déception. La veille, Montcalm m'avait inondée de compliments simplement pour chatouiller ma vanité. Une vilaine envieuse comme moi trouvait la pilule dure à avaler. Pendant la messe à laquelle je ne prêtai aucune attention, je cherchai dans ma tête les moyens de prendre dans mes filets l'irrésistible général. Je rentrai chez moi, déterminée à livrer bataille. Tant pis s'il me fallait rivaliser avec ma meilleure amie ! Il ne me vint pas à l'esprit que notre affection mutuelle pourrait en souffrir. J'y voyais simplement un jeu dans lequel la courtisane libertine que j'étais en passe de devenir excellait.

Louis-Joseph de Montcalm, me dis-je, tôt ou tard, je vous aurai à mes trousses.

❧

À l'été, le typhus déjoua mes plans. Arrivée sur l'un des navires de l'escadre du marquis de Montcalm – le *Léopard*, je crois –, l'épidémie balaya toute la ville. Après l'épisode de la petite vérole, cela donnait froid dans le dos. Le conseil supérieur avait trop attendu pour imposer des normes d'hygiène et de salubrité susceptibles de bannir les miasmes de l'air. Le docteur Gaultier avait prêché dans le désert. En vain, il avait répété que les déchets de table et les excréments des animaux transmettaient la peste. Les autorités ne l'avaient pas écouté. Personne ne jetait plus ses ordures par les fenêtres comme dans le passé, mais la propreté des rues laissait à désirer et, ce qui n'arrangeait rien, de nombreuses maisons n'étaient pas dotées de latrines privées.

L'Hôtel-Dieu étant parti en fumée l'année précédente, il fallut aménager des salles chez les Ursulines et à l'Hôpital général pour accueillir les victimes. Les religieuses entassèrent des centaines de pestiférés – des soldats et des marins pour la plupart – dans des locaux délabrés des environs. Avec la permission de monseigneur de Pontbriand, elles en casèrent même dans la chapelle. L'eau était si corrompue que la contagion se répandit parmi les sœurs. Il en mourut dix.

Confinées dans le boudoir de Geneviève, elle et moi lisions la vie de sainte Catherine de Sienne, une mystique ennuyeuse comme la pluie, quand Marie-Anne surgit dans la pièce. Depuis son mariage, elle nous faisait souvent faux bond. Sa visite au milieu de la pandémie nous surprit.

« Vous ici ? s'étonna Geneviève. Nous ne vous attendions pas. »

À mon tour, je levai les yeux de mon livre. Ma cousine me parut angoissée.

« Je n'ai pas dormi de la nuit, dit-elle en retirant son châle, qu'elle déposa sur le bras d'un fauteuil.

— Calmez-vous et expliquez-nous ce qui vous met dans cet état, lui enjoignit Geneviève.

— Jean-Francois m'inquiète, il est constamment à bout de souffle. Oh ! il ne se plaint pas, mais je le sens épuisé. Cela se comprend, il passe ses jours et ses nuits au chevet des malades. S'il réussit à se ménager deux heures par-ci par-là pour se reposer, c'est beau. »

La veille, en penchant le broc d'eau au-dessus du bassin de cuivre pour s'éponger le front avec son mouchoir, il avait failli l'échapper tant il tremblait. Elle l'avait supplié de rester à la maison, le temps de recouvrer ses forces. Mais il avait regagné son poste à l'hôpital.

Je m'efforçai de la rassurer :

« Votre mari est robuste. Un homme prudent comme lui ne mettrait pas sa santé en péril. »

Geneviève n'en était pas convaincue. Elle obligea Marie-Anne à nous décrire en détail les changements qu'elle avait remarqués dans le comportement de Jean-François.

« Il a souvent mal à la tête et l'odeur de la nourriture lui donne la nausée. Il se plaint de douleurs abdominales aussi. Parfois, il se réveille dans un état d'hébétude qui m'effraie. »

Nos doutes se confirmaient : le typhus. Marie-Anne le redoutait aussi, puisque la tension se lisait sur son visage. Geneviève lui dit alors sans chercher de faux-fuyant :

« Écoutez-moi, Marie-Anne, vous venez de nous décrire les symptômes du typhus. Votre mari est probablement contagieux. Il faut absolument prendre des précautions. »

Dès les premiers malaises, le docteur Gaultier se savait perdu. Quand sa condition se détériora, il se fit ramener chez lui. Marie-Anne s'éreinta à le soigner, refusant obstinément d'accepter l'inéluctable. Dieu ne pouvait pas lui enlever son troisième époux, c'était trop injuste, trop cruel. N'avait-elle pas droit à sa part de bonheur comme tout le monde ?

Après dix jours d'agonie, la tête de Jean-François roula sur l'oreiller et il rendit l'âme. Quelle tristesse de voir une belle histoire de tendresse finir aussi brutalement ! J'avais cru à tort que Jean-François Gaultier avait épousé ma cousine dans l'espoir d'hériter de la fortune du seigneur de La Pérade. À ma courte honte, je dois admettre aujourd'hui que j'avais sous-estimé cet homme bon et érudit. Avec les biens qu'il avait acquis dans sa profession, il laissait à sa veuve de quoi pourvoir largement à ses besoins.

Elle accueillit comme une consolation les louanges posthumes qu'il reçut. Figurez-vous que le docteur Gaultier avait aidé une communauté religieuse à démarrer une manufacture de volailles. Grâce à lui, nous mangeâmes du poulet frais en février. Du jamais-vu en Nouvelle-France. Sa réputation dépasserait bientôt nos frontières.

Malgré le mot d'ordre des autorités sommant les habitants de s'encabaner, Geneviève et moi accompagnâmes Marie-Anne à l'église et au cimetière. Nous enterrâmes Jean-François dans la plus stricte intimité. Le reste de l'été se déroula dans un climat de deuil et de terreur. Pas de mondanités ni de pique-niques. Personne n'osait mettre le nez dehors, tant l'épouvante nous paralysait. Jamais nous ne jouâmes autant au whist. Je battais Geneviève à plate couture. Marie-Anne se joignait parfois à nous, mais la plupart du temps elle préférait étudier les plantes médicinales, comme Jean-François le lui avait enseigné. C'était sa façon de le garder en vie. Elle ne le pleura pas comme elle avait pleuré Nicolas-Antoine. Toutefois, on voyait qu'il lui manquait.

Sur les entrefaites, Pierre de Beaubassin rappliqua. Folle de joie, j'en oubliai ma stratégie pour séduire le général Montcalm. Mon beau lieutenant de mari arrivait du lac Supérieur où il avait remplacé le fils du célèbre découvreur de La Vérendrye à titre de commandant au poste de la pointe de Chagouamigon. Sitôt descendu de cheval, il se jeta sur moi avec fougue. Je répondis à ses délicieuses caresses par des baisers ardents. (Élisabeth, je sens que je vous scandalise et cela me fait sourire. Permettez à une vieille dame indigne de se rappeler les plaisirs à jamais perdus!)

« Ton amie Geneviève file-t-elle toujours le bonheur parfait avec son colérique de mari? me demanda-t-il en replaçant la couverture qui avait glissé par terre.

— Si tu veux tout savoir, Tarieu n'aime pas la voir lorgner le général Montcalm », répondis-je avec l'air d'en savoir long sur le sujet.

Pierre se montra perplexe :

«Allons donc! Madame de Lanaudière n'est pas le genre de femme à se compromettre avec un homme qui n'est pas son mari.

— En es-tu bien sûr?»

J'eus honte de semer le doute dans l'esprit de mon mari, mais ç'avait été plus fort que moi.

«Tandis que toi, mon amour, tu es la fidélité incarnée, n'est-ce pas?» Il me chatouilla les orteils, avant d'ajouter: «Parlant de Tarieu, j'ai eu vent d'une rumeur dont tu te délecteras.»

Apparemment, le sieur de Lanaudière fréquentait la famille de feu le gouverneur LeMoyne de Longueuil, pendant ses séjours à Montréal. Du vivant de ce dernier, cela n'avait guère attiré l'attention. Lui mort et enterré, ses visites à répétition faisaient jaser.

«Ne le répète à personne, mais il paraît qu'il reluque la fille de LeMoyne.

— Marie-Catherine? Elle n'a pas vingt-deux ans, m'étonnai-je. Si Geneviève savait ça!»

Il me fit promettre de ne pas répéter sa confidence. De toute manière, nous avions mieux à faire… Ah! Mon Pierre! Nous ne mîmes pas le nez dehors pendant une semaine. Un beau matin, au soleil levant, il chaussa ses mocassins, noua ses cheveux sur sa nuque et regagna les grands espaces. Par la fenêtre, je le regardai se hisser sur sa monture et filer à vive allure, comme s'il avait une horde de cannibales à ses trousses. Était-ce la peau cuivrée de son visage ou la violence de ses caresses? Cet homme assoiffé de liberté me rendait folle.

Ma vie avec ses robes à falbalas reprit bientôt, comme avant l'épidémie de typhus. Jamais Québec n'avait été aussi endiablée. Nul doute, Geneviève avait profité de ma réclusion pour faire son numéro de charme à Montcalm. Savait-elle que Tarieu regardait ailleurs? Je pris subitement conscience qu'elle ne se plaignait plus des absences de son mari. Avait-elle mis mes précieuses leçons à profit sur Montcalm plutôt que sur Tarieu? Cela me traversa l'esprit. J'imaginai ma belle amie posant sa main gantée sur le bras du général en exerçant une légère pression, comme je le lui avais enseigné; lui jetant un regard envoûtant de part et d'autre de la table ou, encore, lui lançant discrètement une invitation à se promener en amoureux au jardin. Si, comme je le redoutais, elle avait pratiqué son art sur le séduisant général, je serais bien mal récompensée de mes efforts. Étais-je en train de me faire damer le pion par ma confidente ?

Jaloux, Tarieu ?

Le 17 mai 1756, l'Angleterre déclara officiellement la guerre à la France. Pour nous, cela ne changea pas grand-chose. Depuis l'assassinat de Joseph de Jumonville, nous avions le sentiment d'être au cœur des affrontements entre les deux puissances, déterminées l'une comme l'autre à emporter l'Amérique. Le marquis de Vaudreuil n'avait pas attendu que la nouvelle traverse l'Atlantique pour faire installer à Québec des batteries équipées de canons.

« Dieu merci ! Montcalm va nous délivrer des Anglais », se rassura Geneviève.

Et comment ! Au début d'août, le général avait remporté une glorieuse victoire à Chouagan. Il avait réduit en cendres ce poste stratégique construit au sud du lac Ontario et baptisé Oswego par les Anglais. Leurs invincibles généraux avaient mordu la poussière.

Montréal était en liesse et moi, je rongeais mon frein à Québec. Tarieu et Geneviève avaient pris la route de la métropole pour aller célébrer le triomphe de Montcalm. J'étais verte de jalousie, car ni l'un ni l'autre n'avaient songé à m'inviter à me joindre à eux. Que vaut l'amitié si vos amis vous laissent tomber à la première occasion ? Pis, Geneviève m'avait caché son déplacement. Nul doute, elle comptait profiter de mon absence pour enjôler le général. Je passai des heures à ruminer ma vengeance. Le hasard me servit. Avant la fin de la journée, le sieur Bigot, désireux lui aussi de lever son chapeau au grand vainqueur, me proposa de faire le voyage à Montréal avec sa cour composée de dames de Québec triées sur le volet. Je n'avais pas particulièrement le goût de papoter avec la Pompadour, mais je ne résistai pas à l'envie de me déplacer aux frais du roi. L'équipage partait le lendemain et je préparai mes bagages en vitesse.

Tout au long du trajet, l'intendant s'émerveilla du formidable butin de guerre dont Montcalm s'était emparé à Chouagan : une centaine de canons, des obusiers, des bombes, des grenades...

« L'armée française a mis la main sur les 18 000 francs de la caisse des Britanniques », se gargarisait Bigot.

Le mérite en revenait au général. Sans sa vigilance et sa fermeté, Chouagan serait encore anglaise. Même les dames qui trouvaient assommant le compte-rendu des exploits militaires voulaient tout connaître des prouesses du marquis de Montcalm, qu'elles côtoyaient désormais dans les salons. Mes sources – j'avais à mes trousses deux ou trois lieutenants bien renseignés – m'avaient affirmé qu'il menait rondement son état-major et se livrait à des emportements violents. D'entrée de jeu, il avait mis ses régiments au pas. Je me posai en experte :

« Au Canada, la liberté dont jouissent les soldats favorise le relâchement. Le général doit casser cet esprit d'indépendance.

— On m'a rapporté qu'il se montrait parfois d'une sévérité implacable, fit remarquer Angélique. Est-il vrai qu'il a fait passer un milicien canadien devant le conseil de guerre ?

— Cet homme a été reconnu coupable de mutinerie, répliquai-je pour excuser le général.

— Fallait-il pour autant le faire exécuter sur-le-champ ? »

Cela pouvait sembler excessif et je le reconnus du bout des lèvres. Mais les militaires de haut rang comme Montcalm faisaient rarement preuve d'indulgence. C'est pourquoi je l'appelais « mon général » pour le taquiner. Au risque de passer pour une vantarde, je confiai à mes compagnons de voyage que nous avions tissé de chaleureux liens d'affection, lui et moi.

« Ah oui ? s'étonna Angélique Péan en écarquillant les yeux. J'avais l'impression que le général avait un faible pour madame de Lanaudière, ajouta-t-elle sournoisement.

— Louis-Joseph la trouve intéressante, admis-je. Mais il s'attache à moi. Comment dirais-je ? Nous sommes beaucoup plus intimes. »

Je ne poussai pas plus loin la confidence, tout à ma satisfaction de me présenter comme la flamme du général. Nous arrivâmes à Montréal à temps pour assister au *Te Deum* solennel chanté à l'église Notre-Dame. À l'unisson, nous remerciâmes Dieu des retombées pour la Nouvelle-France de l'éclatant succès du marquis de Montcalm. Après nous avoir fait languir, notre nouveau héros débarqua dans la métropole le 10 septembre. J'étais aux premières loges quand les Montréalistes le portèrent en triomphe dans les rues en scandant : *De notre Nouvelle-France / Général plein de vaillance / Dans ces jours où Chouagan / Vient de tomber dans ta main / Je te fais la révérence.* Malgré sa fatigue, il se plia de bonnes grâces aux festivités organisées pour lui.

La marquise de Vaudreuil nous convia à un fastueux « dîner de la victoire » à son château de Montréal. Cela peut surprendre, étant donné l'antagonisme qui se dessinait déjà entre son mari et Montcalm. Il n'empêche, elle servit en son honneur un festin d'apparat dont on parla longtemps. En pénétrant dans son salon orné de tableaux de peintres célèbres, je tombai nez à nez avec les Lanaudière, tout étonnés de me voir apparaître, tel un fantôme, dans une robe outrageusement rouge. En l'absence de mon Pierre, je donnais le bras au capitaine Lacorne de Saint-Luc. D'emblée, sa verve intarissable fit de lui le point d'attraction. Il revenait, lui aussi, de Chouagan, tout fier des prouesses guerrières de son détachement de sauvages. Foi de charbonnier, jamais il n'avait observé autant de terreur dans le regard des Anglais.

« Je ne vous mens pas, ils fuyaient comme s'ils avaient eu le diable aux trousses », dit-il en se tapant sur les cuisses, une vieille habitude qu'il conserverait sa vie durant.

Notre chère Jeanne nous retint au salon jusqu'à l'arrivée des retardataires. Saint-Luc profita de l'attente pour nous parler de l'étrange cadeau d'un chef indien à Montcalm :

« Figurez-vous que Machina s'est présenté au général en compagnie d'une famille anglaise capturée lors d'un raid et lui a offert la fille aînée, qu'il exhibait comme un trésor de guerre.

— Cela m'a franchement embêté, avoua candidement Montcalm. Moi qui n'avais jamais vu l'ombre d'un Indien avant d'arriver en Nouvelle-France, je ne savais pas comment me tirer de cette situation délicate.

— Impossible de refuser un aussi généreux présent sans insulter Machina, précisa Saint-Luc. La coutume veut que l'on remette quarante écus au donateur. Ce fut ma recommandation.

— Machina est reparti enchanté, fit Montcalm, soulagé de ne pas avoir commis un impair.

— Et l'Anglaise, qu'est-il advenu d'elle? » m'enquis-je d'un air taquin.

Saint-Luc éclata d'un rire homérique :

« Madame de Beaubassin, ne comptez pas sur moi pour vous dévoiler les cachotteries de mon général. »

Tout le monde s'amusa de nos sous-entendus, y compris Montcalm, qui supplia Saint-Luc de ne pas forger de légende. Geneviève, elle, jugea ma remarque blessante. Je le vis dans ses yeux. Tout au long du dîner, elle se montra hautaine. En sortant de table, nous jouâmes aux cartes. Indifférent à l'idée de gagner ou de perdre, Montcalm se vanta d'avoir apprivoisé les Indiens. Lui, un Méridional, il n'en revenait pas d'avoir fumé le calumet de paix sous le toit d'écorce d'une hutte, autour du feu, avec des hommes ni plus ni moins descendus d'une lointaine planète.

Geneviève s'empressa de lui décrire leurs coutumes, même si elle n'y connaissait rien.

« Ne les trouvez-vous pas exotiques? » lui demanda-t-elle.

Il acquiesça. La longue pipe qu'ils avaient allumée en son honneur l'avait impressionnée. Elle était ornée de mèches de scalp, de plumes d'aigle royal et de piquants de porc-épic. Faisant le pitre, il mima les Indiens en train de se barbouiller le visage de toutes les couleurs.

« Saviez-vous qu'ils ne se séparent jamais de leur petit miroir? » ajouta-t-il.

Moi, dont le mari vivait chez les Abénaquis, j'aurais pu lui répondre, mais je ne voulus pas gâcher son plaisir. Geneviève, au contraire, montra une curiosité exagérée.

« À quoi cela peut-il bien leur servir ? Je vous en prie, dites-le-nous, général.

— À se mirer quand ils se peinturent le visage. Ils vérifient aussi si leur plumet orne correctement leur chevelure et si leurs pendeloques sont bien suspendues à leurs oreilles ou accrochées à leurs narines. On dirait des diables habillés pour la mascarade.

— C'est leur accoutrement de guerre », précisa Saint-Luc, bien au fait des rituels indigènes.

Montcalm reconnut qu'il ne savait pas toujours comment les maîtriser :

« Il faut une patience d'ange pour arriver à se faire obéir. »

Son premier aide de camp, le comte de Bougainville, l'approuva d'un signe de tête. Il n'appréciait guère leur façon de pratiquer la guerre, c'est-à-dire à coup d'attaques-surprises et d'embuscades, plutôt qu'en rangs serrés, à l'européenne. Toutefois, en Nouvelle-France, leur méthode donnait des résultats :

« Les Indiens connaissent parfaitement le terrain, admit Bougainville, franchement épaté. Ils savent combien de gens sont passés par tel sentier, s'il s'agit d'Indiens ou d'Européens, si la piste est fraîche ou non, si les marcheurs sont en bonne santé ou malades, s'ils se traînent les pieds ou s'ils sont pressés, s'ils se servent d'une canne pour avancer. Ils se trompent rarement.

— Comte, si je vous comprends bien, ce sont des alliés indispensables, fit remarquer Marie-Anne à Bougainville.

— Disons plutôt qu'ils sont un mal nécessaire, nuança celui-ci.

— Un mal nécessaire ! répéta Montcalm. Voyez comme ce jeune lieutenant est plein d'esprit. Il a la tête et le cœur chauds. Il mûrira et fera un grand général. »

L'aide de camp savoura cette prédiction. De bonne taille, plutôt robuste, Bougainville alliait élégance et solidité. Il avait grandi à Paris, où il avait étudié les mathématiques et le droit. Ambitieux, un tantinet prétentieux, il faisait preuve d'une curiosité intelligente. Et quel séducteur! Malgré sa quarantaine avancée, ma cousine Marie-Anne reluquait ce beau célibataire de vingt-sept ans. Outre la différence d'âge qui constituait un sérieux obstacle, cette amourette me semblait prématurée, car nous venions à peine d'enterrer son troisième mari.

«Comme c'est bien dit! monsieur le comte», minauda-t-elle pour le flatter.

Montcalm approuva d'un geste de la main. Cependant, il redoutait les excès des sauvages qu'il avait découverts sur le champ de bataille.

«Pour les modérer, j'ai interdit aux miliciens de leur vendre de l'eau-de-vie», précisa-t-il.

Une sage décision, car, lorsque les Indiens s'enivraient, ils ne se contrôlaient plus. Saint-Luc déplorait, lui aussi, ce problème récurrent qui empoisonnait l'armée depuis des décennies, mais il ne cacha pas au général que ce nouveau règlement l'embêtait.

«Si on les prive d'alcool, j'aurai un mal de chien à recruter des combattants.

— Ah! ce sont d'insupportables enfants qui n'en font qu'à leur tête», lui concéda Montcalm. Affichant l'air triomphant de l'homme satisfait de lui-même, il ajouta: «Vous serez peut-être surpris d'apprendre que j'ai fait leur conquête.

— En si peu de temps? s'exclama Geneviève, de plus en plus insistante.

— Ils m'adorent. J'ai dû leur promettre de revenir à Chouagan.»

Le général avait eu droit à une cérémonie d'adieux empreinte d'affection. Ses alliés parés de plumes lui avaient offert un tomahawk pour le protéger pendant son voyage. Ce qui m'amène, Élisabeth, à vous parler de ce fétiche que Geneviève conservait dans son coffre. Nous terminions une partie de whist lorsque Montcalm le sortit de sa poche. D'un geste vif, Geneviève s'en empara tandis qu'il brassait le jeu. Il avança le bras pour le récupérer. Elle refusa de le lui rendre:

«En cas de besoin, je m'en servirai pour me défendre contre vous», dit-elle avant d'ajouter, le visage impassible, malgré l'ironie de sa remarque. «Votre fascination pour les Peaux-Rouges me fait craindre le pire. S'il vous prenait l'envie de les imiter, vous n'hésiteriez pas à m'arracher la chevelure et à me rôtir dans un chaudron avant de me manger tout rond.

— Moi, assaillir une si adorable partenaire? fit-il. J'en serais incapable. Vous manger? Alors là, c'est une autre histoire.»

Il tendit la main pour reprendre le fétiche, elle recula la sienne. On aurait dit deux gamins en train de se chamailler. Ce petit jeu dura deux minutes, après quoi, le marquis s'avoua vaincu.

«Gardez-le, chère madame de Lanaudière, si cela vous fait plaisir.» Il hésita, puis reprit en baissant la voix: «Vous permettez que je vous appelle Geneviève?»

Cet enfantillage ridicule acheva de m'exaspérer et je cherchai Tarieu du regard. Où était-il passé? Au lieu de traîner à la table des gros joueurs, il aurait dû garder un œil sur sa femme. Sur le coup de onze heures, alors qu'elle et moi faisions quelques pas dans le jardin, mon cousin réapparut. Il remarqua la petite hache de guerre dans les mains de sa tendre moitié. Il l'interrogea comme on tire du fusil. À qui appartenait ce fétiche? D'où venait-il? Pourquoi était-il en sa possession? Sans attendre ses explications, mais devinant l'identité de son propriétaire, il s'offusqua du manque de savoir-vivre d'un haut gradé de la stature de Montcalm. Un général, tout médaillé fût-il, ne devait pas offrir de présents à la femme d'un autre.

Tarieu jaloux! Cela m'arrangeait joliment. Plus il fulminait, plus Geneviève s'empourprait. Incapable de brandir les bons arguments pour se justifier devant son soupçonneux de mari, elle m'implora du regard. Cela me remua de la voir dans de vilains draps et je volai à sa rescousse. Obéissant à je ne sais quelle impulsion, je coupai la parole à mon cousin:

«Alors là, Tarieu, vous vous trompez, avançai-je d'une voix assurée. C'est à moi que Louis-Joseph a offert ce fétiche. Je l'ai prêté à Geneviève pour qu'elle le montre à Petit Louis.

— Louis-Joseph? répéta-t-il, comme si cette intimité l'offensait. Vous en êtes aux prénoms. Je ne serais pas surpris d'apprendre que vous le tutoyez. Ce serait le comble!»

Les mains derrière le dos, il arpenta l'allée bordée de fleurs, les mâchoires serrées. Réalisant sans doute que ma répartie visait à porter le blâme à la place de Geneviève, il se cabra:

«N'avez-vous aucun respect des convenances?»

Sa diatribe s'adressait à Geneviève autant qu'à moi.

«Les convenances, mon cher, sont tout à fait respectées, lui répliquai-je sèchement. Nous sommes très proches, lui et moi.»

En détournant les attentions de Montcalm de Geneviève à moi, j'espérais faire peser ses soupçons sur ma personne et j'y prenais un plaisir pervers. L'idée de passer pour la galante de Montcalm m'excitait. Mon pieux mensonge priva Tarieu des clarifications qu'il était en droit d'exiger de sa femme. Il ne me déplaisait pas non plus que Geneviève me soit obligée. J'aspirais à sa reconnaissance. Bien au contraire, l'incident engendra un malaise entre nous. En vérité, elle cachait mal son béguin pour le marquis. Me voir m'afficher comme sa préférée la contraria.

Mon séjour à Montréal avait tourné au fiasco. À la toute fin de la soirée de la marquise de Vaudreuil, peu après mon échange de tirs avec Tarieu, j'avais réussi à me ménager un tête-à-tête avec Montcalm dans les jardins du gouverneur. Or Geneviève s'était débrouillée pour venir nous y retrouver. Elle ne voulait pas me laisser seule avec lui. Je détestais sa manie de me suivre comme un petit chien. J'étais d'autant plus fâchée qu'elle connaissait mon penchant pour le général. Le lendemain, je devais l'accompagner chez Montcalm pour lui rapporter le tomahawk, objet de la querelle. Or, elle avait mystérieusement disparu pendant quelques heures. Au milieu de l'après-midi, Tarieu avait pris la route de Sainte-Anne-de-la-Pérade en m'annonçant que Geneviève rentrerait à Québec avec moi et l'équipage de Bigot. Elle s'était pointée au moment de notre départ, alors que je ne l'attendais plus. Muette comme une carpe quant à ses allées et venues de la journée, elle avait conservé un étrange sourire tout au long du trajet. Depuis, je n'arrivais pas à chasser ce sourire triomphant de mon esprit.

L'automne s'installa sans m'apporter le moindre réconfort. Retenue chez moi par la pluie, je marchais comme un lion en cage, impuissante à apaiser ma colère. Dans mon entourage, il se trouvait toujours une bonne âme pour me rapporter que Montcalm ne quittait plus mon amie des yeux. Entre elle et moi, tout avait commencé par un jeu innocent. Maintenant, cette rivalité faisait sortir le pire de moi-même. Il était temps de coiffer ma rivale au poteau. L'épisode du tomahawk avait indisposé Tarieu. Ne me restait plus qu'à l'amener à douter de sa femme. L'opération s'annonçait compliquée. Tout le monde s'accordait pour dire que Geneviève menait une conduite exemplaire. Infiniment belle et désirable, elle incarnait la fidélité conjugale, en dépit des sautes d'humeur et du caractère en dents de scie de son mari. En treize ans de vie commune, jamais il n'avait eu à se plaindre d'elle. Sa merveilleuse épouse faisait l'envie de tous leurs proches. Les jeudis, elle recevait leur cercle d'amis et tous se précipitaient à sa résidence considérée comme le rendez-vous des gens cultivés. Si l'on voulait abuser des vignes du Seigneur, on allait chez la Pompadour ou à l'intendance. Pour rire à s'en tenir les côtes, on venait chez moi. Mais pour échanger des idées, on fréquentait la maison des Lanaudière. Combien de fois avais-je entendu la marquise de Vaudreuil vanter son bel esprit?

Comment vaincre son adversaire sans se compromettre? Il eût été infiniment plus sage de lui assener mes quatre vérités en la regardant dans les yeux. Au lieu de quoi, je jonglai avec le projet perfide de provoquer une secousse susceptible d'ébranler son couple. Mon salut viendrait de Tarieu. Il fallait l'amener à resserrer son emprise sur Geneviève. Un plan fit insidieusement son chemin dans mon esprit et, libérée de mes scrupules, je le mis à exécution. Vous dire, Élisabeth, ce qu'il m'en coûte de vous confesser ma faute! Je commis une infamie que je regrettai toute ma vie. À ma défense, j'avoue n'avoir pas soupçonné les répercussions de mon geste irréfléchi, mais cela ne change rien à la dure réalité : j'ai fait le malheur de Geneviève.

Sur une feuille de papier, je traçai en déformant mon écriture trois mots odieux : SURVEILLEZ VOTRE FEMME. Je savais qu'au milieu de la journée Tarieu emprunterait la rue de Buade pour rentrer chez lui. Il faisait un froid sibérien. Novembre commençait à peine et nous nous déplacions déjà en carriole ! Je l'imaginais, son foulard bien noué autour du cou, déambulant distraitement. J'avais prévu la suite. Au coin de la côte de la Montagne, un gamin surgirait de nulle part :

« Monsieur, monsieur, j'ai un billet pour vous », lui dirait-il.

Tarieu sortirait une pièce et la remettrait au petit livreur, puis s'emparerait du billet sans savoir qu'il venait de moi. Le froid l'inciterait à l'enfoncer dans sa poche. Le connaissant comme je le connaissais, sa curiosité l'emporterait. Il déplierait la feuille et lirait les trois mots écrits en caractère gras : SURVEILLEZ VOTRE FEMME. Le premier choc passé, il replierait le papier en se demandant si ce message anonyme était l'œuvre d'une créature perverse déterminée à semer le doute dans son esprit. Ou le fait d'une personne bien intentionnée, qui espérait lui ouvrir les yeux. Et alors, il se poserait la question : se peut-il que Geneviève me trompe ?

Tout en se dirigeant vers la rue du Parloir, il remuerait sa vie conjugale dans tous les sens, chercherait un indice pouvant le rassurer ou, au contraire, confirmer ses soupçons. Il était fier de Geneviève, dont la beauté attirait le regard des hommes. N'y avait-il pas lui-même succombé ? De toutes les Canadiennes, c'est sur elle que l'intendant Bigot avait jeté son dévolu en débarquant à Québec, mais elle l'avait repoussé sans ménagement. Le marquis de Montcalm semblait l'estimer, lui aussi. De là à croire qu'elle l'encourageait, il y avait un pas qu'il hésitait à franchir. Certes, l'affaire du tomahawk l'avait irrité, mais il regrettait sa réaction absurde et disproportionnée.

Je n'en finissais plus de me représenter la scène qui se déroulait sur le trottoir, à quelques encablures de chez moi. Le gamin dont j'avais retenu les services revint enfin de sa course pour réclamer son dû : il avait rempli sa mission. Jusque-là, mon plan fonctionnait comme prévu. Il ne me restait plus qu'à me rendre rue du Parloir afin de constater les dégâts et, le cas échéant, d'éponger les larmes de Geneviève, à l'issue de la dispute que Tarieu lui aurait infligée. Comme il ne faisait jamais les choses à moitié, je m'attendais à la trouver dans tous ses états. J'entrai chez elle sans sonner, selon mon habitude. Occupé ailleurs dans la maison, le majordome ne m'entendit pas. Dans le hall, je déposai mes gants à côté du bouquet de fleurs artificielles plantées dans un vase d'albâtre et retirai sans me presser mon manteau. Je montai lentement l'escalier pour aller rejoindre Geneviève dans son boudoir. Quand j'arrivai à l'étage, je reconnus la silhouette de Tarieu et j'entendis la voix douce, presque chaude de mon amie :

« Ah ! vous êtes là, Tarieu ! Je ne vous ai pas entendu venir. »

J'avançai sur le bout des pieds, de peur que le plancher ne craque sous mes pas, et me glissai dans la chambre voisine. De mon point d'observation, je le vis déposer un baiser sur son front.

« Vos affaires avancent-elles comme vous le souhaitez ? » lui demanda-t-elle gentiment.

Je réalisai alors que l'affrontement n'avait pas eu lieu. Tarieu avait probablement traîné en bas avant de monter la rejoindre. Il me semblait étonnamment calme dans les circonstances. Se pouvait-il que le mot anonyme ne l'ait pas inquiété ?

« Je ne veux pas vous ennuyer avec mes soucis, répondit-il un peu froidement, sans plus. Dites-moi plutôt ce que vous lisez.

— *La vie de Marianne*. Un roman de Marivaux que le marquis de Montcalm m'a prêté. »

Sa réponse déclencha chez Tarieu une réaction d'hostilité qu'il contint à grand-peine. En dépit des apparences, il n'avait pas remisé ses soupçons. À le voir faire les cent pas, je compris qu'un sentiment douloureux l'envahissait. Comme un doute irrépressible, exactement ce que je souhaitais. Geneviève le pria de s'asseoir, mais il refusa. Debout, il se tint à contre-jour, dos à la fenêtre, le regard sévère posé sur elle.

« Voyez ce qu'un messager m'a remis dans la rue. »

Il lui tendit le billet plié en quatre. Elle, le dos tourné à la porte, le parcourut.

«Ne me dites pas que vous prêtez foi aux ragots, protesta-t-elle en lui rendant le papier.

— Avouez que c'est bizarre. Reconnaissez-vous l'écriture?»

La question dans sa bouche sonnait comme une accusation. Elle surmonta sa frayeur.

«Vous pensez bien que l'auteur de ce genre de méfait ne laisse pas d'indices.»

Tarieu déplia la feuille et lut à haute voix les trois mots en se ménageant un temps d'arrêt entre chacun. Voyant qu'elle ne réagissait pas, il froissa le papier dans un élan de rage. Au même moment, la fenêtre claqua au vent.

«Vous voulez bien la fermer? dit Geneviève en remontant son châle sur ses épaules. On dirait que l'hiver est arrivé pour de bon.»

Il obéit et revint se placer devant elle, déterminé à ne pas se laisser distraire par un banal courant d'air. Il s'arrêta pour desserrer son col.

D'une voix pleine d'appréhension, Geneviève en profita pour le ramener à la raison :

«Vous n'allez pas me faire une scène pour un motif aussi futile?»

L'échange qui suivit fut brutal. Tarieu l'attaqua de front.

«Qu'avez-vous à me reprocher? lâcha-t-il froidement.

— Calmez-vous, voyons. Ne soyez pas ridicule.

— Pensiez-vous m'humilier encore longtemps avant que je découvre le pot aux roses? Au fait, depuis combien de temps me trompez-vous?»

Geneviève n'avait jamais su se défendre contre les attaques directes de son mari. Il poursuivit sa litanie :

«J'imagine que votre petite cour est au courant. Naturellement votre amie Catherine encourage vos écarts de conduite, elle qui ne s'en prive pas.

— Au courant de quoi, grands dieux! Vous dépassez les bornes», protesta-t-elle enfin.

Il se préparait à l'assommer, j'en aurais mis ma main au feu.

« Je ne vous ai rien refusé, même si… »

Il ne se maîtrisait plus. Geneviève l'obligea à poursuivre sur sa lancée :

« Même si quoi ?

— Même si vous êtes incapable de me donner d'autres enfants, lâcha-t-il méchamment. Aucun homme ne peut se satisfaire d'un seul fils. »

Tarieu n'aurait pas pu lui faire plus mal. Il s'était pourtant juré de ne jamais l'accabler de cette malédiction. Il était convaincu que le problème venait d'elle, pas de lui. La nature en avait décidé ainsi. Le coup venimeux qu'il venait de lui assener la toucha au cœur. Les yeux de Geneviève se remplirent d'eau. Elle se fichait pas mal de la jalousie de Tarieu. Mais il la blâmait pour la mort de ses tout-petits. Comment pouvait-elle se disculper d'une accusation aussi malveillante ? Elle s'effondra complètement. À peine l'entendis-je murmurer :

« Vous n'avez pas le droit… »

La tournure inattendue de la dispute m'atterra. Je me sentais terriblement responsable du chagrin de Geneviève. Tarieu aurait dû se contenter de lui reprocher sa trahison.

« Ah bon ! Je n'ai pas le droit d'exiger que ma femme remplisse ses devoirs d'épouse ?

— Je ne vous ai jamais repoussé. Votre méchanceté est indigne de vous. Je n'ai rien d'autre à vous dire. Laissez-moi. »

Cette fois, Tarieu savait qu'elle venait de gagner un point. Mécontent de lui-même, il ramena la querelle sur la question qui lui tenait à cœur : son infidélité. Conscient que ses doutes reposaient sur trois misérables mots anonymes griffonnés sur un bout de papier, mais impuissant à les dissiper, il plaqua ses deux mains sur la table devant lui et hurla :

« Vous ne tournerez pas la situation à votre avantage. Je ne suis pas aussi naïf que vous voulez le croire. »

D'où je me tenais, je vis Geneviève se couvrir le visage des deux mains. Elle savait qu'il ne lâcherait pas prise. Qu'il pousserait son interrogatoire.

« Avouez que vous avez un amant.

— Vous êtes ridicule, mon ami », murmura-t-elle dans un cri étouffé.

Il ignora le blâme, se contentant d'émettre un ricanement muet.

« Bon sang ! Comment ai-je pu ne rien voir ? Vous suivez l'exemple de la Pompadour ? »

Sa référence à Angélique Péan n'avait d'autre but que de la blesser. Geneviève n'eut pas la force de réagir. C'en était trop pour moi. Redoutant un nouvel emportement de Tarieu, je frappai à la porte restée entrouverte.

« Je… Je ne voudrais pas vous déranger, dis-je sans rien laisser paraître au-dehors.

— Tiens ! Vous voilà ! » fit Tarieu. Ses traits se contractèrent. Puis, se tournant vers Geneviève, il martela : « Nous verrons bien si, cette fois encore, votre amie se sacrifiera pour assurer votre défense. »

Je regrettai de ne pas avoir déguerpi alors qu'il en était encore temps. Loin d'apaiser l'indignation de Tarieu, quand cela ne serait que pour sauver les apparences, mon irruption au milieu de leur dispute alimenta son ressentiment. Je le remarquai au frémissement de ses narines. Geneviève, elle, demeura affaissée dans son fauteuil, son livre ouvert sur les genoux. Je la vis se tamponner le visage avec son mouchoir. Ah ! la dureté de son mari, comme elle lui meurtrissait le cœur ! Dans ces moments-là, j'avais l'habitude de voler à son secours, mais le malaise qui m'envahissait me paralysa. J'en bégayai :

« Je… je passais voir si vous m'accompagnerez demain chez les petites sœurs des pauvres », dis-je à Geneviève pour justifier mon intrusion.

Elle fit signe que oui de la tête.

« À demain alors. Ne vous dérangez pas, je connais le chemin. »

Mes yeux rencontrèrent les siens. Elle m'implorait comme on s'accroche à une bouée de sauvetage. Je pivotai malgré tout sur mes talons et filai comme une flèche, avant que Tarieu ait le temps de lui donner le coup de grâce. En dévalant l'escalier, je m'en voulais de l'avoir laissée seule avec un homme qui écumait de rage. Ce faisant, j'avais commis un impardonnable impair, le second de la journée, car je la savais démunie devant les colères de son mari.

Sur le chemin du retour, je me maudissais. Mon plan avait réussi au-delà de mes espoirs, mais je n'en retirai aucune satisfaction. Je pris rapidement la mesure de mon geste. Geneviève guérirait-elle du mal que je lui avais infligé? Un cuisant remords me saisit et ne me lâcha plus. Je courus comme un coupable en fuite, tremblant de tous mes membres. Haletante, je m'adossai au mur de l'église pour reprendre mon souffle. J'entendais une voix intérieure me chuchoter: infâme traîtresse! Tu seras démasquée! Ma conscience me tourmenta sans répit tout le reste de la journée. Je reculai le moment où, ma lampe éteinte, je me glissai sous l'édredon, appréhendant une nuit d'insomnie.

Le lendemain, Geneviève se décommanda. Moi aussi, je laissai tomber les petites sœurs des pauvres. Je pris mon courage à deux mains et passai chez elle, mais elle me fit répondre qu'elle était absente. Ayant remarqué la lumière à la fenêtre de son boudoir, je compris qu'elle m'évitait. Sur le coup, je pensai: elle m'en veut de ne pas l'avoir défendue devant son mari. Il ne m'était pas venu à l'esprit qu'elle me soupçonnerait d'être l'auteure du mot anonyme. Des semaines s'écoulèrent sans qu'elle consente à me recevoir. Je me fis persistante, je réclamai en vain je ne sais combien d'explications afin d'en finir avec cette histoire qui me dévorait de l'intérieur.

Au bout du compte, je forçai sa porte. Son majordome avait l'ordre de me barrer la route. J'ignorai son avertissement et grimpai les marches deux à deux. Je trouvai Geneviève étendue sur son récamier, perdue dans ses pensées. Elle bondit en m'apercevant:

«Que faites-vous ici? Sortez ou j'appelle! Vous n'avez pas d'affaire chez moi.

— Écoutez-moi, Geneviève. Je viens vous demander pardon, je n'aurais pas dû vous laisser seule avec Tarieu. J'ai honte de ma lâcheté!

— Ne vous donnez pas tout ce mal. Vos regrets me laissent indifférente.»

Son attitude froide, voire hautaine, me désarçonna. Je bredouillai deux ou trois excuses pitoyables en mettant de l'ordre dans mes cheveux pour cacher mon malaise. Elle m'arrêta:

« La décence vous commande de vous abstenir de me faire votre théâtre. Vous et moi savons que vous êtes l'auteure du mot anonyme qu'un gamin a remis à Tarieu. »

Je reçus son accusation comme un coup de massue et protestai avec véhémence.

« Non, non, vous vous trompez, je vous jure… »

Elle ne m'écoutait pas, pressée d'en finir avec moi :

« Pour conquérir le marquis de Montcalm, vous avez sacrifié notre amitié. Jamais je ne vous le pardonnerai.

— Pourquoi vous aurais-je discréditée aux yeux de votre mari ? repris-je, plus désespérée encore. Vous me connaissez assez pour savoir que je suis incapable d'un geste aussi ignoble. »

Elle ricana méchamment. Je l'implorai de me croire, espérant à tout le moins soulever un doute dans son esprit. Elle demeura implacable.

« Vous êtes pathétique, Catherine. Partez », m'ordonna-t-elle, le visage fermé.

Je me retirai la tête basse. Malgré l'affreuse culpabilité qui me minait, je ne me résignai pas à tomber à genoux devant elle pour lui confesser ma faute. Pendant un instant, je songeai même à lui reprocher ses torts à mon endroit. Après tout, elle portait une part de responsabilité dans mon égarement, puisque je ne lui avais jamais caché mes sentiments pour Montcalm. Pareille explication eût été au-dessus de mes forces. La honte m'aurait étouffée. Contre tout bon sens, je gardais encore espoir de sauver notre amitié.

Je ne me manifestai plus. Au bout de quelques semaines, lasse d'être rejetée comme une vieille chaussette, j'abdiquai. Il m'arriva de la croiser en société. Elle se montra polie, mais évita de se trouver seule avec moi et je respectai son souhait. Ainsi était Geneviève, même écorchée à vif, elle demeurait digne. Vint le tristounet mois de décembre. J'avais fait une croix sur son affection, lorsque, ô surprise, elle m'invita chez elle. C'était inattendu et, ma foi, plutôt intrigant.

Les Acadiens errants

Un matin de décembre, je reçus de Geneviève ce mot qui me combla de joie : *Catherine, venez chez moi cet après-midi, à deux heures. Mon frère Charles est de passage à Québec. Il aurait plaisir à vous revoir.*

Élisabeth, vous comprendrez que j'avais deux bonnes raisons de me réjouir. D'abord, mon amie la plus chère renouait avec moi, signe qu'elle m'avait pardonné. Ensuite, Charles serait des nôtres. J'avais un faible pour lui. Même si sa sœur désapprouvait nos innocents jeux de séduction, nous ressentions une attirance réciproque. Le seul portrait que j'ai conservé de lui date de 1750. Sur la toile, il arbore ce sourire enjôleur qui m'envoûtait. Sa fossette au milieu du menton me faisait fondre. Pour la pose, il avait endossé une étincelante armure de chevalier. Par chance, il avait consenti à se laisser portraiturer par un artiste de talent dont j'oublie le nom. Sinon je n'aurais rien pour me remémorer son beau visage, lequel n'était pas sans rappeler celui de Geneviève.

J'étais tombée sous son charme aux funérailles de ma tante Madeleine, à Sainte-Anne-de-la-Pérade. Neuf ans s'étaient écoulés et son regard m'ensorcelait toujours. Parfois, de longs mois passaient sans que je le croise dans l'un des salons de la capitale. Quand le gouverneur l'envoya porter des dépêches officielles en France, il disparut pendant une année complète. Il n'était pas sitôt revenu qu'il repartait guerroyer en Pennsylvanie. À l'été, il s'était pointé chez sa mère, rue de Buade, tout fier d'avoir repoussé les Britanniques dans la vallée de l'Ohio. Mais déjà, il remplissait son baluchon pour aller Dieu sait où. Les envieux insinuaient qu'il décrochait les postes les plus convoités grâce à son oncle Roch de Ramezay. Par suite de sa victoire à Grand-Pré, ce dernier avait été promu commandant en second du lieutenant du roi, en plus d'avoir reçu la croix de Saint-Louis. Je n'étais cependant pas prête à lui attribuer tout le mérite. Charles, j'en étais convaincue, grimpait les échelons à cause de sa bravoure sur les champs de bataille. Il n'était jamais comblé comme lorsque ses ordres l'appelaient en Acadie. Je m'étais laissé dire que les Acadiens l'aimaient comme un père. Je me souviens de ses lettres à Geneviève, poignantes et captivantes, tandis que s'organisait leur infâme déportation.

L'invitation de Geneviève m'arriva donc comme un cadeau du Ciel. J'avais eu tout l'automne mon lot de désagréments, à commencer par le remariage de ma mère. Mon père avait rendu son dernier soupir quatre ans plus tôt, et maman ne voulait pas vieillir seule. Cela, je le concevais volontiers et je l'encourageais à se remettre en ménage. Je déchantai cependant quand elle m'annonça dans une missive joliment tournée qu'elle avait arrêté son choix sur son neveu Jean-Baptiste Levrault de Langis. Je m'opposais farouchement à cette union, car je considérais l'élu de son cœur comme mon frère, puisque mes parents l'avaient recueilli à dix-sept ans. En quelque sorte, ma mère épousait son fils adoptif.

Mon futur beau-père avait vingt ans de moins qu'elle, ce que, par retour du courrier, je m'étais empressée de lui mettre sous le nez. Cette différence d'âge, pire encore que celle qui séparait la marquise de Vaudreuil du gouverneur, ferait jaser, avais-je martelé pour la dissuader d'aller de l'avant. Peine perdue, ma semonce arriva trop tard. Ma chère mère n'avait pas attendu ma bénédiction pour unir sa destinée à celle de mon grand frère. Leur mariage avait eu lieu sans flonflons à Montréal. En mon absence, par-dessus le marché! J'avalai difficilement la couleuvre.

En froid avec l'auteure de mes jours et piquée au vif par l'indifférence de Geneviève, je me sentais terriblement seule. Pierre, mon excentrique moitié, me manquait aussi. Je comptais sur ma visite, rue du Parloir, pour dissiper mon humeur chagrine. Je mis un temps infini à me préparer. Je me coiffai à la dernière mode et passai une robe bleu nuit. Moins encombrante que mes toilettes à la française, celle-ci dite « à la polonaise » avait des manches légèrement évasées et garnies d'un brassard ruché d'où pendaient des manchettes de dentelle. Comment Charles me trouverait-il? Avant de sortir de chez moi, je me mirai dans la glace. Zut! Zut! Zut! J'étais pâle comme un drap. Pour donner à ma peau une blancheur parfaite, j'avais abusé de la poudre. Je me pinçai les joues afin de les colorer et me promit de sourire pour faire oublier ma fadeur.

J'arrivai chez Geneviève en même temps que Madame-mère, qui me fit un bel accueil. Pour elle, je serais toujours la fidèle amie de sa fille, la seule capable de la tirer de sa mélancolie.

« Que devenez-vous, Catherine ? s'enquit-elle en posant un baiser sur mon front.

— Bof, je suis blasée, dis-je. La vie à Québec manque d'éclat. »

Une parfaite mondaine ! J'entrai sans rien ajouter. Charles se précipita à ma rencontre. Un large sourire illuminait son visage. La petite fossette creusée dans son menton avait disparu derrière une épaisse barbe noire qui couvrait le plastron de sa chemise. Je ne pus m'empêcher de commenter le changement de sa physionomie.

« Eh bien ! mon cher, vous voilà un autre homme ! On vous reconnaît à peine.

— J'espère que vous n'êtes pas trop déçue, ma belle Catherine. J'habite des contrées où l'on manque de temps pour le rituel du rasage. »

À son tour, Geneviève s'avança vers nous dans une robe de velours. Elle avait tordu ses cheveux à la nuque et portait un joli bijou à son chignon. Je la trouvai exagérément enjouée :

« Madame de Beaubassin, s'écria-t-elle avec une intonation un peu trop théâtrale. Comme vous êtes pâlotte ! Vous vous surmenez, je pense. Il faut vous ménager. »

Je restai sans voix. Son commentaire me froissa. Quiconque connaît les femmes sait que toute observation portant sur leur apparence sème le trouble, surtout si elle laisse entendre que vous n'êtes pas à votre mieux. Un doute s'immisça dans mon esprit : Geneviève m'avait-elle invitée pour m'humilier ? Mille pensées m'assaillirent, tandis que nous prenions nos places sur le canapé de damas et dans les fauteuils garnis de coussins. Charles réclama des nouvelles de Tarieu.

« Il bourlingue, répondit Geneviève. En ce moment, son commerce du sucre l'accapare. Qui sait si demain il n'ira pas sur la côte du Labrador, où il produit de l'huile de loup-marin ? »

Ainsi, Tarieu s'attirait, lui aussi, les sarcasmes de sa bien-aimée, pensai-je. Madame-mère, agacée par le dépit maladroitement déguisé de sa fille, lui servit à l'oreille une remontrance :

« De grâce ! reprenez-vous. Votre mari se démène pour vous offrir une situation enviable. Vous devriez vous en montrer reconnaissante, au lieu de vous moquer de lui. »

J'approuvai madame de Boishébert. J'enviais Geneviève, dont le mari s'enrichissait par le négoce, tandis que les revenus du mien se réduisaient comme peau de chagrin. Le sieur de Beaubassin n'éprouvait nul besoin de grossir son pécule. Sa vie au milieu des Abénaquis le comblait sans lui coûter un sou. Je gardai ma réflexion pour moi-même, de peur d'indisposer notre hôtesse. Je me contentai de passer le plateau de petits gâteaux au miel que la bonne venait de déposer sur le bahut bas. Charles gronda doucement sa sœur :

« Ne dites pas de bêtises, Geneviève. Tarieu a passé des mois avec moi en Acadie à distribuer des vivres aux familles bannies de leurs fermes. Il obéit aux ordres.

— Quand il ne court pas la galipote, bien entendu », dit-elle en me défiant.

Comment devais-je interpréter ce regard ? Savait-elle que son mari faisait la cour à une jeune Montréalaise ? Elle me fixait comme si elle se demandait si j'étais au courant. Devant mon absence de réaction, sa remarque tomba à plat. Tout doucement, je me détendis, sans pour autant baisser la garde. La bonne servit le thé. C'était bien vu d'offrir cette boisson parfumée, la préférée des Anglais, mais dont Geneviève détestait le goût âcre. Elle préférait une infusion de camomille. Nous échangeâmes un regard qui me donna à croire qu'elle me portait de l'affection. La minute d'après, elle m'adressa une pointe à double sens :

« Chère madame de Beaubassin, je suis désolée de vous avoir infligé un billet d'invitation aussi mal écrit. »

Je ne sus que répondre, incertaine du sens à donner à sa question. Elle enchaîna :

« Moi et mes insupportables hiéroglyphes! J'aimerais tant avoir une belle main d'écriture comme la vôtre! Même sans signature, je reconnais un mot venant de vous. Votre façon de former vos *e* et vos *m* vous trahit. »

Je soupirai. Encore cette affaire de lettre anonyme qu'elle ne digérait pas! Je fus la seule dans la pièce à saisir qu'elle me cherchait noise. J'eus le sentiment d'être tombée dans son piège. Un coup d'œil jeté discrètement dans le miroir m'indiqua que mon trouble était apparent. Que se passait-il? Depuis mon arrivée, je me comportais comme une enfant repentante, quêtant du regard un geste de sympathie, une main tendue, un sourire d'approbation. Elle, au contraire, consciente de ma fébrilité, venait vers moi pour ensuite me repousser. Ce jeu du chat et de la souris dura jusqu'à ce que Charles nous tienne en haleine avec son récit du Grand Dérangement.

« Six mille Acadiens déportés! s'exclama Geneviève.

— Peut-être davantage, confirma Charles. Au début, on les envoyait dans les colonies américaines. Mais en Pennsylvanie, on les tenait pour responsables des épidémies. La Virginie les refoulait aussi, les traitant de bigots papistes susceptibles de débaucher leurs nègres. À présent, l'armée anglaise les jette à bord de voiliers si délabrés que la mer les avale parfois. C'est un miracle s'ils débarquent en France.

— Comment peut-on se montrer aussi inhumain? dis-je.

— Il y a pire encore, poursuivit-il. Le gouverneur Lawrence a enfermé des centaines d'hommes dans un fort aux portes verrouillées de l'extérieur pour leur annoncer que la Couronne confisquait leurs biens. Après, il les a entassés dans des bateaux négriers.

— Et les femmes? s'enquit Geneviève. Que sont-elles devenues?

— J'ai vu des soldats anglais battre à mort une mère sous les yeux de ses enfants.

— Arrêtez! le suppliai-je, car les larmes me montaient aux yeux.

— Non, poursuivez, ordonna Geneviève. Il ne faut rien cacher de ces horreurs.»

Charles hésita, nous regarda l'une après l'autre, et ajouta :

«Un père de famille a imploré la pitié. J'ai vu un soldat anglais lui fendre le crâne.»

C'était abominable. Non contents de confisquer leurs terres, les hommes de Lawrence brûlaient les granges, les maisons et les moulins. Ils massacraient le bétail, détruisaient les digues et les aboiteaux. Geneviève, d'une curiosité toujours si intelligente, réclama des explications.

«Pourquoi nourrir autant de hargne contre un peuple vaincu ?

— Parce que les Acadiens ont refusé de prêter le serment d'allégeance au roi anglais. Lawrence les considère comme une des plaies d'Égypte. Selon lui, l'extermination de cette vermine sera le plus grand exploit des Anglais en Amérique.»

Charles nous parla ensuite de ses efforts pour sauver du bannissement les Acadiens qui se cachaient dans les bois. Toute son énergie passait à les ramener dans l'est.

«J'ai envoyé des dizaines de familles à la baie des Chaleurs.

— Trouvez-vous sage de les faire venir au Canada ?» demanda madame de Boishébert.

Charles faillit s'emporter. Sa mère répétait platement l'argument avancé par Versailles : cette migration occasionnait trop de dépenses. On ne voulait pas avoir les Acadiens sur les bras.

«Maman, je vous en prie, protesta-t-il. Faudrait-il abandonner ces braves gens à leur sort ?

— Je comprends, mon fils. Mais la disette règne aussi sur la Côte-du-Sud et à Québec. Les habitants se sentent menacés. N'y voyez pas de méchanceté, juste de la peur.»

Charles se contenta de serrer les dents.

«Je suis venu à Québec pour réclamer l'aide du gouverneur», nous annonça-t-il.

Geneviève suggéra plutôt à son frère de solliciter un rendez-vous auprès du général Montcalm. Il pesait lourd à Versailles, là où se prenaient les décisions.

« Je ne sais pas s'il est sensible au sort des Acadiens, répliqua Charles.

— Ah! mais il faut demander à madame de Beaubassin d'intervenir en votre nom, dit Geneviève. Elle obtient du général tout ce qu'elle désire. »

Cette fois encore, sa répartie avait jailli, cinglante. Geneviève n'en avait pas fini avec moi. Je perdais espoir de voir renaître notre connivence. Le jour tomba. Madame-mère prit congé la première. Charles me proposa de me raccompagner, ce qui sembla plaire à Geneviève. Sur le coup, cela me surprit, car elle n'avait jamais aimé nous savoir ensemble. M'avait-elle invitée pour me jeter dans les bras de son frère afin de m'éloigner de Montcalm?

Je dévalai l'escalier, suspendue au bras de Charles. Le temps était délicieusement doux pour décembre et je me réjouissais de rentrer chez moi à pied. Toute ma tension retomba comme par magie. Nous parcourûmes le trajet à pas d'âne, ni l'un ni l'autre n'étant pressé d'arriver. Charles paraissait songeur. Geneviève le préoccupait. Il l'avait observée attentivement et soupçonnait une mésentente conjugale.

« Tarieu lui fait-il des misères?

— Elle m'a semblé plutôt gaie, lui répondis-je pour gagner du temps.

— Justement, je trouve son entrain artificiel, m'objecta-t-il. Sa bonne humeur sonne faux. Cela m'a étonné de la voir si peu chaleureuse avec vous. Peut-être même un peu narquoise.

— Si vous voulez tout savoir, Geneviève m'a écartée de sa vie. »

Sans entrer dans les détails, je lui relatai la scène de jalousie de Tarieu à laquelle, mentis-je, j'avais assisté malgré moi. J'attribuai le mot anonyme à un inconnu sans scrupules. Il fut navré d'apprendre que j'écopais injustement. Sa sœur traversait une mauvaise passe.

« Serait-elle enceinte? se demanda-t-il tout haut. Cela la rend extrêmement nerveuse. » Posant ses yeux sur moi, il ajouta: « Essayez de savoir si elle est grosse.

— Je ne demande qu'à reconquérir son amitié. Encore faut-il qu'elle y consente !

— Catherine, exigez une explication, insista-t-il.

— Je veux bien, mais elle me blâme pour un méfait que je n'ai pas commis. »

Il me promit de plaider en ma faveur auprès de Geneviève, ce qui me toucha. Nous fîmes une pause pendant laquelle il célébra les beautés de l'Acadie. Des bancs de poissons à faire rêver. Les moules, les homards et les crabes abondaient sous les pierres.

« La France a toujours sous-estimé cette richesse », dit-il. Ne vous demandez pas pourquoi les Anglais veulent remplacer les colons français catholiques par des protestants.

— Avouez que Samuel de Champlain aurait pu établir sa colonie sous des cieux plus cléments, avançai-je en pensant au long hiver à nos portes.

— Peut-être a-t-il eu l'impression d'entrer au paradis terrestre en apercevant l'Acadie ?

— Vous êtes si attaché à ce coin de pays ! dis-je. Vous me donnez envie de le connaître.

— Ne comptez pas sur moi pour vous y emmener. Je vous aime trop pour vous faire courir le moindre danger. »

Une fine neige tombait, ce qui rendit notre promenade plus romantique encore. Une diligence nous dépassa. Le tintement des grelots attachés à l'attelage me ramena à la réalité. Si Geneviève me voyait, songeai-je, elle me planterait des aiguilles dans le corps comme font les nègres des Antilles. Pour la narguer, je glissai ma main dans celle de Charles.

« Vous savez qu'il n'y aura jamais rien entre nous, n'est-ce pas ? le prévins-je tristement.

— Je sais. Mais cela me plaît de penser à vous lorsque je risque ma vie à des lieues d'ici.

— Alors, une fois de retour dans votre merveilleuse Acadie, écrivez-moi, et je vous répondrai. Nous aurons, comme on dit, une liaison épistolaire. »

Il me promit des lettres si enflammées que je n'oserais pas les montrer à Geneviève sans rougir. Ni à mon mari, naturellement.

« Gare à vous si monsieur de Beaubassin met la main sur mes missives ! »

Je n'en crus rien. De fait, je ne reçus pas le moindre mot de lui. Je ne lui en tins pas rigueur, car j'avais conscience de ses lourdes responsabilités sur le front acadien. Nous arrivions chez moi. Il déposa sur mes lèvres un baiser si brûlant, si passionné que j'en ai encore des frissons.

« Quand partez-vous ? lui demandai-je au moment des adieux.

— Après-demain. Je m'en retourne aux fourches de la Miramichi où j'ai regroupé des familles acadiennes bannies de leurs foyers. Je fonde de grands espoirs sur ce lieu justement nommé camp d'Espérance. »

Des mois après, Charles me confierait être reparti de Québec avec la promesse du gouverneur d'obtenir de l'aide. Toutefois, il avait vite déchanté. Le ravitaillement annoncé n'était jamais arrivé. Au bord de la rivière Miramichi, l'hiver avait été abominable. Privés de pêche à cause des glaces, les réfugiés du camp d'Espérance mouraient de faim.

« Ils m'en veulent, m'avouerait-il. Je leur ai tendu une bouée de sauvetage et ils se retrouvent en enfer. J'aurais dû lancer mon cri d'alarme au général Montcalm plutôt qu'au gouverneur Vaudreuil, comme Geneviève me l'avait conseillé. »

Le pow-wow

À quoi bon me repaître d'illusions? Ma chère Élisabeth, vous l'avez compris comme moi, Geneviève n'avait l'intention de me rouvrir ni sa porte ni son cœur. Elle m'avait tout bonnement invitée chez elle pour me jeter dans les bras de Charles. Façon peu commune de se débarrasser d'une rivale. J'eus beau la relancer le lendemain et les jours suivants, comme son frère me l'avait recommandé, rien n'y fit.

Je ne la revis pas de l'hiver de 1757. Le printemps s'étira, morne et tristounet. Mon Pierre, récemment nommé lieutenant, commandait un poste au sud-ouest du lac Supérieur et je m'ennuyais prodigieusement de lui. Marie-Anne aussi me manquait. Elle avait quitté la capitale au début de janvier. J'avais d'abord cru qu'elle prenait ses distances pour ne pas s'immiscer dans la bisbille entre Geneviève et moi. Un mot d'elle m'apprit qu'elle séjournait au manoir La Pérade pour adoucir les derniers jours de son père. Il s'était éteint peu après son arrivée, mais elle avait préféré rester à Sainte-Anne sous prétexte d'y vivre son deuil. Rien ne me retenant plus à Québec, je décidai d'aller passer quelques semaines à Montréal. À vingt-cinq ans, on ne perd pas son temps à ruminer ses vieux péchés. Je bouclai mes malles et me mis en route. Ma mère était remariée depuis un an et nous étions mûres pour enterrer la hache de guerre.

Rue Saint-Gabriel, je trouvai l'auteure de mes jours assoupie sur le canapé du salon. Elle émergea des brumes, enchantée de me voir arriver avec mon portemanteau. Nous nous réconciliâmes dans les larmes. Il ne nous restait plus qu'à sceller nos retrouvailles en renouvelant notre garde-robe. Nous quittâmes la maison bras dessus bras dessous avec une furieuse envie de faire des achats chez notre ami Lacorne de Saint-Luc, qui tenait magasin rue Saint-Paul quand l'armée lui laissait un peu de répit.

Comme pour souligner mon arrivée dans la métropole, un millier de Peaux-Rouges en costume bariolé de couleurs vives déferlaient sur la ville. Ils s'adonnaient à leur traditionnel pow-wow avant l'expédition militaire annoncée par le gouverneur Vaudreuil. La scène revêtait un caractère diabolique et féerique tout à la fois. Ma mère et moi déambulâmes dans les rues en contemplant ce spectacle inusité. Le torse nu, les épaules barbouillées de rouge, les Sauteux, les Poutéouatamis, les Puants et les Folles-Avoines dansaient au son de chants rythmés à coups de tam-tam. Leurs colliers décorés de griffes d'ours s'entrechoquaient, tandis que les guerriers bondissaient gracieusement comme le chat sur sa proie. Soudain, un Outaouais – je le reconnus à son tatouage – surgit devant nous sans crier gare. Il avait la tête rasée, à l'exception d'une touffe de cheveux piquée de plumes au milieu du crâne.

« Oh mon Dieu ! » s'exclama ma mère, plus saisie qu'apeurée.

Rue Saint-Paul, un autre colosse à la mine patibulaire descendit de sa monture et attacha son cheval noir au poteau. Il s'engouffra dans une taverne en baragouinant son patois. Des cris stridents s'élevèrent à l'intérieur, ce qui déclencha le jappement d'un chien errant.

« Votre amie Geneviève ne vous a pas accompagnée à Montréal ? me demanda ma mère en haussant la voix pour enterrer le bruit. Quel dommage ! Elle est de commerce si agréable.

— Je ne l'ai pas prévenue que je m'absentais.

— Là, vous me surprenez. On ne vous voit jamais sans elle. Que se passe-t-il ? »

Je n'avais pas envie d'évoquer l'épisode de la lettre anonyme devant elle, ni d'avouer le rôle que j'avais joué dans l'affaire. Je fis mine de ne pas avoir entendu à cause du vacarme.

« Catherine, je vous parle.

— Nous sommes en froid, dis-je. Geneviève ne m'adresse plus la parole depuis six mois.

— Mais pourquoi donc ? Qu'avez-vous fait pour l'indisposer ? »

Pour ma mère, s'il y avait un malaise, j'en étais forcément responsable. Même si, cette fois, j'étais réellement coupable, je lui jurai être innocente de la faute que Geneviève me reprochait.

« Elle est bêtement jalouse de moi parce que Montcalm me fait la cour. Elle me soupçonne d'intriguer pour l'éloigner d'elle. Des enfantillages ridicules, en somme.

— Je ne l'imaginais pas aussi ombrageuse. Vous êtes sûre de ne pas l'avoir provoquée ? Qu'attendez-vous pour faire les premiers pas ? Des amies comme elle ne courent pas les rues.

— La dernière fois que j'ai essayé de m'expliquer, elle m'a fermé la porte au nez. »

Une musique assourdissante résonnait dans tout le faubourg. Plus nous nous rapprochions du château du gouverneur, plus les sons retentissaient. Et quel déluge de couleurs ! Des centaines de sauvages adressaient leurs salutations à Son Excellence. Certains lui offraient des présents, d'autres exécutaient une danse endiablée pour le remercier de ses bontés. Assis bien droit sur une estrade – j'ai envie de dire « perché » sur son trône –, le marquis de Vaudreuil s'exerçait à la patience sous une chaleur accablante. Place du marché, les étalages regorgeaient de marchandises. Des peaux s'échangeaient contre de la poudre ou du whisky, ce qui augurait mal pour la suite de la journée. Nul doute, la bagarre éclaterait avant la tombée du jour.

« Ne traînons pas, ordonna ma mère. Ces barbares n'ont ni foi ni loi. »

Je la grondai gentiment. Elle devait s'ouvrir aux mœurs indiennes et respecter nos alliés à plumes, comme mon mari me le chantait sur tous les tons. Je ne lui avais pas sitôt adressé cette remarque qu'à deux pas de nous, un Peau-Rouge ivre dégaina son couteau de scalp en mugissant. Il traça une ligne imaginaire autour du crâne de ma mère en réclamant du « bouillon ». Vous aurez compris qu'il voulait du sang. Je faillis m'évanouir.

L'hôtel Saint-Luc, une imposante habitation de pierres de trois étages, avait pignon en face du Vieux-Marché, tout près du pilori. Nous nous dirigeâmes vers la réserve voûtée qui longeait la maison. Notre ami y entreposait ses marchandises d'usage courant. Ma mère m'attrapa le bras et nous zigzaguâmes entre les corps cuivrés et peinturlurés endormis à même le sol. Dans le hangar adossé aux jardins des Sulpiciens, d'autres sauvages fumaient, affaissés dans les calèches de Saint-Luc. Près de l'entrée, appuyés contre les volets de fer, des ballots de peaux de renards et d'orignaux s'empilaient. Saint-Luc remisait la poudre derrière son comptoir. Malheur à qui pénétrait dans son arsenal! Nous ayant aperçues de la fenêtre, il vint à notre rencontre :

« Chères amies, quel plaisir de vous recevoir! Vous êtes toutes deux en beauté. »

Saint-Luc s'extasiait volontiers devant les dames et l'on ne savait jamais si ses compliments étaient sincères ou s'il se montrait galant. Cet homme qui, la moitié de l'année, s'accoutrait à l'indienne pour servir d'interprète dans les contrées éloignées était toujours tiré à quatre épingles une fois de retour dans la métropole. Ce jour-là, sa culotte de velours noir de coupe anglaise me plut particulièrement et j'en commandai une pour mon cher Beaubassin. Nous suivîmes Saint-Luc jusqu'à son hôtel en prenant soin de ne pas écraser un pied ou un bras.

« Que font tous ces Peaux-Rouges chez vous? s'enquit ma mère.

— Ce sont mes amis, dit-il. Avec eux dans les parages, ma maison est sous bonne garde. »

Cela étant, il leur en voulait de lui avoir joué un vilain tour. La veille, ils étaient débarqués avec sept chevreuils tués durant le voyage et avaient fait ripaille toute la nuit.

« Sur ordre du gouverneur, nous devions prendre la route de Carillon ce matin. À l'aube, quand j'ai sonné le départ, les Indiens ronflaient si bruyamment qu'ils n'ont pas entendu l'appel. Voilà pourquoi, chères dames, j'ai le bonheur de passer un moment en votre aimable compagnie.

— Vous nous en voyez ravies, fit ma mère, qui savait tourner un compliment.

— Madame de Lanaudière n'est pas avec vous ? s'informa Saint-Luc.

Décidément, mon amie perdue était en demande. Je dus l'excuser encore une fois, tandis qu'il nous ouvrait galamment la porte. Il recula d'un pas pour nous laisser entrer dans son salon qui servait aussi de salle d'attente. Des rouleaux de tissu s'empilaient au fond de la pièce : dentelle, satin, velours, taffetas… À la vue d'autant de luxe, je me pâmai.

« Mettez-vous à votre aise, lança-t-il gaiement en faisant signe à son vieil esclave de nous avancer des chaises. Je vous reviens dans quelques minutes. »

Il retourna à son cabinet en prenant soin de laisser la porte ouverte. Nous le vîmes poser six belles queues de martre sur une toile de lin écrue. Comme nous admirions les peaux soyeuses, il nous révéla qu'il les destinait à la marquise de Montcalm.

« Le général a promis un manchon de fourrure à sa femme avant l'hiver. Je dois lui expédier ces peaux à Paris par le prochain bateau. »

La clochette sonna. Saint-Luc se précipita à la porte pour ouvrir. En reconnaissant Jeanne de Vaudreuil, il se courba devant elle et lui baisa la main. Son geste, un peu pompeux dans les circonstances, créa une ambiance de convivialité.

« Mes hommages, marquise, fit-il. Permettez que je vous confie aux bons soins de vos amies, mesdames Levrault de Langis et Beaubassin, le temps que je termine une commande ? »

La marquise de Vaudreuil se joignit à nous. Je ne l'avais pas vue depuis des mois et j'étais contente de passer un moment en sa compagnie.

« Votre mari a-t-il guéri sa pleurésie ? lui demandai-je en l'embrassant sur les deux joues.

— Le marquis va beaucoup mieux, je vous remercie. Mais les soucis l'épuisent. Si seulement le général Montcalm ne lui mettait pas toujours des bâtons dans les roues ! »

Le ton cassant de sa remarque me surprit. Je la connaissais moins pète-sec. Ma mère et moi échangeâmes un regard, cependant que la marquise marchait jusqu'à la table où Saint-Luc rangeait ses ciseaux.

À la vue des martres, elle s'extasia. Puis, apprenant qu'elles étaient destinées à la femme du général, elle s'amusa à égratigner celui-ci. Elle ne cherchait même pas à nous cacher son animosité à l'égard du vis-à-vis de son cher époux.

« Quel homme dur, ce marquis ! lança-t-elle en revenant vers nous. Saviez-vous qu'il brutalise les Indiens ?

— Qui colporte une fausseté pareille ? répliquai-je vivement, car j'aurais eu mauvaise grâce à la laisser s'en prendre à un ami aussi cher.

— Mon mari est bien placé pour savoir ce qui se passe dans l'armée, m'objecta-t-elle aussi sèchement. Chaque jour, il recueille les doléances de tout un chacun. Même les Abénaquis et les Algonquins se plaignent de sa vivacité.

— Marquise, vous n'ignorez pas que les sauvages désobéissent souvent aux ordres. Si le général Montcalm desserrait sa poigne, il s'exposerait à les voir se dissiper. »

La marquise de Vaudreuil esquissa un sourire condescendant.

« Vous déplacez le problème, ma chère. En vérité, la nature du général le porte à la brusquerie. Il traite les miliciens aussi durement. Pourquoi ? Parce qu'ils sont canadiens. »

Je voulais l'étriper, mais les yeux sévères de ma mère posés sur moi m'en dissuadèrent. La marquise continua à écharper le général.

« Très chère Catherine, les officiers français obligent nos miliciens canadiens à les porter sur leurs épaules pour traverser les ruisseaux glacés. S'ils trébuchent, ils reçoivent des coups de bâton. L'ordre vient d'en haut, naturellement. »

Je n'osai pas lui servir à mon tour un « très chère Jeanne » devant ma mère, mais j'en avais joliment envie.

« Vous avez beaucoup d'imagination, marquise, fis-je, de plus en plus piquée au vif.

— Ah ! vous croyez ? Pourtant, le général lui-même les frappe.

— Le général est un gentleman. Jamais il ne se porterait à ces extrémités. »

Elle ignora ma réplique, trop occupée à répandre son fiel. J'aurais voulu avoir le talent de Geneviève pour lui clouer le bec, tandis que moi, je manquais de mordant devant cette pimbêche à la langue de vipère. Continuant sur sa lancée, elle affirma que Montcalm forçait les miliciens canadiens à manger des mets gâtés et réservait les meilleurs pour les troupes françaises. La moutarde me monta au nez.

« Mais laissons cela, voulez-vous », dit-elle simplement pour mettre fin à la discussion.

D'un geste discret, ma mère me supplia de ne pas insister. Non pas qu'elle gobât les racontars de la marquise – elle estimait trop Montcalm pour cela –, mais la tournure que prenait notre dispute l'indisposait. Quiconque contrariait l'épouse du gouverneur le faisait à ses risques et périls. Je disposais de quelques appuis dans notre société et je les perdrais en me la mettant à dos. Dieu merci ! Saint-Luc, enfin libéré de ses tâches, revenait vers nous. Conscient du malaise, il s'efforça de nous dérider avec ses histoires à dormir debout. Même la marquise gloussa. Il nous entraîna ensuite dans la réserve voûtée adjacente.

« J'ai reçu de belles étoffes françaises, mesdames. Vous ne pourrez pas résister. »

Tout en bavardant, il déroula un coupon de soie reçu d'un drapier parisien que je reluquais. Pour m'induire en tentation, il proposa de me tailler une robe sur-le-champ. Je succombai. D'un signe de la main, il ordonna à l'une de ses esclaves de s'occuper de moi. La négresse plaça l'étoffe bien à plat sur la table. Ensuite, elle m'examina de la tête aux pieds, comme si elle découpait ma silhouette dans son esprit. Armée de ses ciseaux, elle s'attaqua au tissu sans même prendre mes mesures avec un galon. Sa dextérité m'émerveilla.

Saint-Luc profita du moment pour nous communiquer les dernières nouvelles :

« Louis XV a échappé à un attentat. »

Il exhiba la lettre de France qu'il venait de recevoir de son frère Joseph-Marie.

«Vous en êtes sûr ? s'écria la marquise. A-t-on prévenu le gouverneur ? »

Le roi sortait du Grand Trianon et se dirigeait vers son carrosse en compagnie du dauphin. Il faisait nuit noire dans la salle des Gardes du corps. Surgissant devant Louis XV, l'assaillant, un domestique du nom de Damiens, lui avait planté son couteau dans les côtes.

« Son procès pour régicide s'est instruit rapidement, dit Saint-Luc. La cour l'a condamné à être écartelé et brûlé. »

Son récit terminé, Saint-Luc promena son regard autour de lui, souleva un très joli bonnet à papillons brodés qu'il remit sur la tablette après l'avoir exhibé à bout de bras. Il nous montra ensuite un rasoir à manche en écaille, puis une paire de manchettes brodées.

« Prenez le temps de tout voir, Mesdames. J'ai aussi reçu des jarretières de soir, des souliers de chamoisine brodée d'or, des chapeaux...

— Mais vous voulez nous ruiner, mon cher ami », protesta ma mère.

Nous avons effectivement dévalisé son magasin. Outre ma robe, je commandai trois verges d'étoffe des Indes, des mouchoirs de Barcelone et des bas de soie, en plus de culottes de velours noir pour mon mari. La nouvelle madame Levrault de Langis réclama une coiffe de dentelle et demanda à l'habile esclave de lui tailler une robe semblable à la mienne dans une fine mousseline. Nous avions les bras si chargés que Saint-Luc refusa de nous laisser partir à pied. Son cocher nous ramènerait chez ma mère.

En sortant de l'arrière-boutique, la marquise de Vaudreuil m'interpela :

« Madame de Beaubassin, donnez-moi des nouvelles de votre amie Geneviève de Lanaudière. Il y a si longtemps que je ne l'ai vue ! Se cache-t-elle ? »

Encore ! À croire que tout le monde s'était donné le mot ! Sans attendre ma réponse, elle me glissa à l'oreille.

« J'ai ouï dire que le marquis de Montcalm lui chante la sérénade. Moi qui pensais que vous étiez sa muse...

— Qui vous dit que je ne le suis pas ? fis-je en la défiant. Chère marquise, c'est mal de faire courir des bruits sur madame de Lanaudière. Elle vous en voudra.

— Un bon conseil, ajouta-t-elle perfidement. Ne vous laissez pas embobiner par cet habile séducteur. » Elle pivota sur ses talons et poursuivit à l'intention de Saint-Luc. « Allons, cher ami, montrez-moi votre étoffe d'or. Le gouverneur souhaite une veste pour les grands jours. »

La maison de ma mère avait pignon sur la rue Saint-Gabriel, tout près de la résidence de Montcalm, ce qui m'arrangeait drôlement. J'avais balayé mes scrupules. Geneviève m'avait chassée de sa vie, tant pis pour elle. J'avais certes remarqué qu'elle plaisait au général, mais je refusais d'admettre que ma cause était perdue. Un gentilhomme pouvait apprécier la conversation d'une femme intelligente sans en être amoureux. Cela sautait aux yeux, Montcalm recherchait ma compagnie. Je ne dirais pas qu'il me contait fleurette, mais il s'exerçait à l'art subtil de la séduction. Je possédais un je ne sais quoi qui faisait fondre les galants et j'avais l'intention de sortir mon arsenal pour le prendre au collet. L'indiscrétion pernicieuse de la marquise de Vaudreuil me stimulait. Je croyais avoir d'excellentes cartes dans mon jeu.

La saison des guerres approchait. Dans une ville de garnison comme Montréal, les divertissements nocturnes se multiplieraient. Je me promis d'être de toutes les fêtes. À table, je m'arrangerais pour qu'on me plaçât à côté de lui. Les soirs de bal, je mettrais mes plus beaux atours et lui réserverais tout mon carnet. La nuit venue, je lui demanderais de me raccompagner.

En passant, je n'étais pas la seule à me montrer coquette avec lui. Pourquoi se le cacher ? Notre cher ami adorait les femmes et celles-ci le lui rendaient bien. Cela peut sembler étrange qu'un général à la tête de l'armée coloniale française occupe son temps libre à conter fleurette à tous les jupons de la belle société. Et pourtant, en présence du sexe faible, il se métamorphosait. Il faisait de l'esprit – Dieu sait qu'il n'en manquait pas ! –, citait les poètes et écrivait des billets doux qui, hélas ! ne m'étaient pas destinés. Cela allait bientôt changer ! me persuadai-je.

Je demandai à un domestique de le prévenir de ma présence rue Saint-Gabriel. Peu après le souper, alors que ma mère et moi faisions des patiences au salon, il s'y présenta, tout sourire.

« Belle dame, je viens d'apprendre votre arrivée, me dit-il. J'ai pensé vous rendre visite. »

Je l'invitai à s'asseoir, sous l'œil intrigué de ma mère, titillée par cette apparition imprévue. Prétextant la fatigue, elle se retira en prenant soin de fermer la porte double en sortant. Sans doute aurait-elle été déçue de savoir que nous enchaînions simplement les parties de trictrac. J'avais tiré les rideaux à cause de l'interdit décrété par le gouverneur de s'adonner aux jeux de hasard. Nous discutâmes en roulant les dés. Je ne m'ennuyais jamais en compagnie de cet homme imprégné d'une vaste culture. Une fois le jeu rangé dans son boîtier, il me tint en haleine en me racontant la guerre des Gaules. On aurait pu croire qu'il avait lui-même participé aux opérations militaires de Jules César. Sans même consulter un ouvrage, il m'expliqua pourquoi l'empereur romain avait choisi tel corps d'armée pour défendre le flanc droit de la montagne.

J'appréciais son humour caustique et la vilaine fouineuse que j'étais s'entendait à merveille avec cet insatiable cancanier. Vous n'avez pas idée comme il déchirait des réputations. Ce soir-là, il s'adonna à son penchant naturel. Notre entourage ne trouva guère crédit à ses yeux. Même ses meilleurs amis essuyèrent ses sarcasmes. À commencer par le taciturne commandant des troupes d'assaut, François de Bourlamaque, dont Montcalm se gaussait des déboires amoureux. Il tourna aussi en dérision la passion adultère d'Angélique Péan, qu'il appelait « la grande sultane », avec l'intendant Bigot. Seule exception, il observa avec sympathie la cour assidue de son officier en second, le chevalier de Lévis, à Marguerite Pénissault, une Montréalaise assez quelconque. Ce traitement de faveur ne l'empêcha pas de railler le mari cocu de Marguerite, le sieur Pénissault. L'époque, je vous l'accorde, se prêtait aux liaisons clandestines et rien ne m'émoustillait plus que d'en suivre les péripéties. Les potinages de Montcalm, jamais mensongers mais férocement méchants, occupèrent le reste de notre soirée. Son impertinence ne me gêna pas. En revanche, je ressentis un malaise en le voyant livrer ses commentaires désobligeants en présence du domestique venu nous servir un rafraîchissement. Je trouvai particulièrement inconvenant de l'entendre dénigrer le marquis de Vaudreuil devant lui.

« N'ayons pas peur des mots, le gouverneur est irrésolu, incompétent, vaniteux…, dit-il.

— Calmez-vous, mon général, on va vous entendre. »

Il ne digérait pas qu'un général galonné comme lui soit forcé d'obéir aux ordres d'un commandant médiocre, imbu de sa supériorité. Dans son esprit, Vaudreuil ne lui allait pas à la cheville. Il était lancé et je n'arrivais pas à modérer son tempérament méridional, cependant qu'il ridiculisait pour la énième fois le gouverneur qui se prétendait spécialiste des mœurs indiennes.

« Cela me choque de le voir se poser en expert dans l'art de la guerre, alors qu'il n'a jamais mis le pied sur le théâtre des opérations militaires. Je donnerais cher pour le voir aux commandes d'une meute de sauvages qui n'en font qu'à leur tête. »

J'essayai en vain de le raisonner, tout en l'implorant de baisser le ton. Sans succès :

« Je suis une espèce de général subordonné au gouverneur. Je suis estimé, respecté, jalousé, mais la voix décisive et prépondérante lui revient. Ah ! si j'exerçais ses fonctions…

— Autant vous résigner, mon général, lui dis-je. Le marquis de Vaudreuil est votre supérieur. Consolez-vous ! Au moins, vous êtes le seul maître sur les champs de bataille. »

Sachez, Élisabeth, que Vaudreuil éprouvait à l'égard du général Montcalm la même antipathie. C'était de notoriété publique, le gouverneur tenait des propos acerbes à son endroit. Pour ne pas attiser l'animosité de mon ami, je m'étais promis de ne pas lui révéler les mesquineries colportées par la marquise chez Saint-Luc. Incapable de retenir ma langue, je lui rapportai notre conversation. Comme je le redoutais, il tira à boulets rouges sur elle :

«La marquise se fait le perroquet de son mari jaloux», lâcha-t-il d'un ton méprisant.»

Il vida d'un trait son sac de griefs. À bout de ressources, je lui suggérai de se détacher du monde et de se tourner vers Dieu.

«Cela me serait assurément plus facile à Montréal qu'à Québec...»

Je saisis l'allusion. Là-bas, il verrait Geneviève tous les jours, alors qu'ici, il se languissait d'elle. Je l'entends encore soupirer après «la belle dame de la rue du Parloir». Il m'avoua lui avoir fait la cour avec un certain succès, tandis que je boudais dans mon coin. Il connaissait tous ses faits et gestes, grâce à Bourlamaque, retenu dans la capitale pour soigner sa poitrine malade.

«Je lui avais confié la mission de veiller sur elle et de tout me rapporter, m'avoua-t-il. Malheureusement, j'ai dû le rappeler à Montréal. À présent, je n'ai plus personne à Québec pour parler de moi à votre amie, à qui je trouve trop d'esprit et trop de charme pour ma tranquillité.»

Ainsi, l'homme qui monopolisait mes rêveries en avait choisi une autre. Il s'avoua le premier surpris de la tendresse qu'elle éveillait en lui. Il excellait dans l'art d'embobiner les dames et avait rusé avec elle comme avec les autres. À son corps défendant, il s'était laissé prendre au piège. Elle l'avait envoûté. Je n'étais pas préparée à l'entendre célébrer les louanges de Geneviève et j'en ressentis une indicible jalousie. Ç'en fut trop. Je lui recommandai d'aller se coucher, car il partait en campagne à l'aube. Avant de prendre congé, il me glissa à l'oreille :

«Vous savez, n'est-ce pas, que madame de Lanaudière a accouché d'un enfant mort? C'est heureux, elle s'en tirera.»

Geneviève avait perdu un enfant? J'ignorais qu'elle avait été enceinte. D'où tenait-il cet écho? De Bourlamaque? Et pourquoi Marie-Anne ne m'en avait-elle pas informée?

«Apparemment, depuis sa couche, elle est plus belle que jamais», ajouta-t-il sans réaliser qu'il tournait le fer dans la plaie.

Un soupçon m'effleura et j'eus hâte de me retrouver seule. Après son départ, je notai notre conversation dans mon journal afin de n'oublier aucun détail. Que de questions sans réponses! Je m'expliquais mal que

Geneviève ait pu donner naissance à un enfant sans que personne le sache. Si Tarieu avait engendré ce petit être, elle n'aurait pas accouché dans la clandestinité. Cent fois, je refis le calcul dans ma tête. Neuf mois plus tôt, cela nous ramenait à l'automne précédent. Je repensai à la disparition mystérieuse de Geneviève, le lendemain du mémorable dîner de la marquise de Vaudreuil. Elle et moi devions aller ensemble rapporter au général le tomahawk qui avait déclenché la colère de Tarieu, mais elle m'avait fait faux bond. S'était-elle éclipsée pour rejoindre Montcalm? Étaient-ils devenus amants cet après-midi-là? Devais-je croire qu'elle avait mis au monde un enfant du péché?

L'enfant de Louis-Joseph de Montcalm?

Horreur et épouvante !

Montcalm quitta Montréal le lendemain, me laissant seule avec ma déception et mes interrogations. Bougainville, son aide de camp, l'accompagnait. Ils débarquèrent à Carillon à la mi-juillet 1757. Érigée par les Anglais à la jonction des lacs Champlain et Saint-Sacrement, la forteresse paraissait juchée sur un promontoire. Elle servirait de point de ralliement des opérations contre le fort William-Henry.

Élisabeth, je ne crois pas vous avoir correctement présenté Louis-Antoine de Bougainville, sinon pour dire qu'il possédait un charme irrésistible. Peut-être vous ai-je aussi mentionné que ma cousine Marie-Anne lorgnait ce jeune lettré parisien féru de mathématiques ? Sous des dehors superficiels, il rivalisait de sérieux et de raffinement avec tous les gentilshommes de notre entourage. La facilité avec laquelle, à vingt-huit ans, il apprivoisait l'art militaire ravissait Montcalm. Nous étions très proches de lui, Marie-Anne et moi. À son retour de campagne, il nous fit le récit des événements que je vous livre à présent. J'en ai gardé un souvenir glaçant.

Tout allait sur des roulettes à leur arrivée au lac Champlain. Le chevalier de Lévis, commandant en second, terminait les préparatifs en prévision de l'attaque prévue à l'extrémité du lac Saint-Sacrement. Ses bataillons avaient ouvert la route qui permettait à l'artillerie de traverser la forêt en contournant les rochers. Montcalm se montra satisfait de l'avancement des travaux. En dépit de la pluie, la plus grande partie de l'équipement, des munitions et des provisions de bouche était rendue à bon port. Il achevait de confier le commandement de ses détachements à ses officiers quand Bougainville entra dans sa tente plantée au milieu d'un champ, un message du gouverneur à la main.

« Que me veut-il encore ? » s'impatienta Montcalm.

Grosso modo, le marquis de Vaudreuil lui réitérait ses instructions :

«Mon général, advenant la prise du fort William-Henry, il vous ordonne de poursuivre et d'enlever aussi le fort Lydius, dit Bougainville. À la fin d'août, vous renverrez les Canadiens chez eux afin qu'ils s'occupent de leur récolte.»

Les deux hommes échangèrent un regard de connivence. À l'évidence, ils partageaient la même hostilité à l'égard de Vaudreuil. L'aide de camp évitait de répandre de l'huile sur le feu. Toutefois, il se permettait à l'occasion une parole imprudente à son sujet.

«Le gouverneur compte sur vous pour écraser l'ennemi, bien que l'armée anglaise soit deux fois plus nombreuse que la vôtre, précisa Bougainville sur un ton railleur.

— Répondez-lui que, forts ou faibles, les Anglais seront vaincus», fit Montcalm avant d'ajouter, cynique : «De toute façon, même si cela s'avérait impossible, il n'en croirait rien.»

Le général faisait allusion aux ordres irréalistes qu'il recevait du gouverneur. Assis derrière son bureau, ce dernier élaborait des plans sans rien connaître du terrain. Il n'avait aucune idée des maux de tête que les Indiens lui causaient. Du matin au soir, ceux-ci rôdaient dans le camp en quémandant de l'eau-de-vie. On leur donnait leur ration de nourriture pour huit jours ? Ils avaient tout englouti le lendemain. La veille, leur vacarme avait forcé Montcalm à sortir du lit pour aller les apaiser. Un sorcier leur avait jeté un sort et ils poussaient des cris à réveiller les morts.

«Comment être sûrs qu'ils ne disparaîtront pas au milieu de l'assaut du fort William-Henry, terrorisés par une croyance païenne ? se demanda-t-il à haute voix. Le gouverneur pense qu'il suffit de fumer le calumet avec eux pendant une heure pour apprendre à les connaître.

— Cette fois encore, j'en ai bien peur, ils ont dépassé les bornes, lui annonça son aide de camp. Le capitaine Lacorne de Saint-Luc voudrait s'entretenir avec vous à ce sujet.»

Quelle nouvelle tuile lui tombait sur la tête ? En prévision du siège à William-Henry, il avait confié aux Indiens la mission d'observer les lacs et les rivières afin de repérer les barques anglaises qui s'approchaient de la rive. Or, ce rôle de simples éclaireurs les avait mis en rogne.

« Faites-le entrer, ordonna Montcalm. Nous verrons ce qu'il a à dire. »

Montcalm ne tenait pas Saint-Luc en haute estime, car il le jugeait trop vantard et bavard. Mais il ne pouvait pas se passer de ce robuste gaillard capable de recruter les Indiens par centaines et de les amener à frapper l'Anglais. Habituellement fanfaron, Saint-Luc avait le caquet bas. Il livra d'un trait l'abominable récit des événements. Les Français avaient tendu une embuscade à une flottille anglaise d'environ trois cents soldats. Plusieurs navires avaient sombré. Voyant les autres faire demi-tour, les Indiens avaient sauté dans leurs canots en poussant des cris de guerre.

« Épouvantés, les Anglais se sont jetés dans la rivière, dit-il. Nos sauvages les ont harponnés comme des poissons. En une heure, leurs cadavres flottaient dans les eaux rougies par le sang. Au cou, ils avaient accroché le cœur de leurs victimes et à la ceinture pendillaient leurs mains.

« Cela suffit ! » ordonna Montcalm, qui en avait assez entendu et se demandait comment les empêcher de poursuivre leur massacre.

Le plus urgent : forcer ses alliés à plumes à lui remettre leurs prisonniers. Le gouverneur Vaudreuil les rachèterait à un bon prix, les rassura-t-il. Les Indiens consentirent à ce marché, mais réclamèrent la permission d'aller caresser les otages avant leur départ. Montcalm les y autorisa. Comment aurait-il pu deviner que ces monstres en plongeraient un dans une chaudière d'eau brûlante et le mangeraient ? Montcalm ignorait ce que signifiait dans leur bouche le mot « caresser ». Glacé jusqu'aux entrailles, il songea à les expulser de son armée. Cependant, il dut admettre qu'il ne pourrait pas s'emparer du fort William-Henry sans eux. Le lendemain, il s'adressa aux deux mille Algonquins, Hurons, Abénaquis, Iroquois, Renards et Loups réunis pour le grand conseil. Tous s'assirent par terre en demi-cercle autour de lui. Sans revenir sur les atrocités de la veille, il s'engagea à les consulter à l'avenir. Les Indiens promirent d'obéir.

Rassuré, Montcalm organisa l'assaut. Au matin du 30 juillet, les détachements de Lévis partirent les premiers par voie de terre, suivis des corps commandés par Bourlamaque. Puis, il fit monter les derniers bataillons à bord des deux cents bateaux. L'hôpital ambulant et les vivres fermèrent le convoi. Il attendit la nuit pour lancer ses Indiens dans leurs canots d'écorce. Lui-même profita de l'obscurité pour s'approcher du fort. Avant d'attaquer, il demanda à Bougainville de rédiger une sommation à l'intention du lieutenant-colonel George Munro.

«Dites-lui que j'ai investi la place avec des forces imposantes et que les Indiens des pays d'en haut, connus pour leur cruauté, sont du nombre», lui ordonna-t-il.

Comme il maîtrisait l'anglais, Bougainville fut chargé d'aller remettre l'ultimatum à Munro. Au pied du glacis, les Anglais lui bandèrent les yeux pour le conduire au fort. Sa tâche accomplie, on le ramena à son camp, où il fit rapport à son chef:

«Mon général, le colonel Munro vous remercie, mais il ne peut accepter. Il m'a prié de vous dire qu'il craint peu la barbarie et que ses soldats sont déterminés à périr ou à vaincre.»

Le sort en était jeté. On approcha les canons. À l'aube, les bombes plurent sur le fort. L'armée anglaise riposta en désordre. Après deux jours de siège, à sept heures du matin, le 9 août, les Français aperçurent le drapeau blanc. Encerclés, les Anglais capitulaient. Le marquis de Montcalm dépêcha Bougainville à Montréal pour annoncer la victoire de William-Henry au gouverneur. Toute la ville manifesta son allégresse. Notre héros avait écrasé les Britanniques pour la seconde fois en un an. Notre joie se teintait cependant de stupeur. Une rumeur sinistre enflait. Des témoins affirmaient que des actes d'une cruauté inouïe perpétrés par les Indiens assombrissaient la gloire des nôtres.

Ma mère avait invité Marie-Anne à passer la semaine avec nous. Après un long séjour au manoir La Pérade, ma cousine débarqua à Montréal fraîche comme une rose. L'air frais de la campagne lui avait donné de jolies couleurs. Je la soupçonnai d'avoir reçu un mot du comte de Bougainville l'avisant de son retour de campagne. Moi qui raffolais des idylles naissantes, je jubilai. Elle s'en défendit, affirmant qu'elle venait se rassurer sur le sort de son frère Tarieu, qui avait participé au siège du fort William-Henry. Avait-il été blessé ? Marie-Anne avait promis d'écrire à Geneviève dès qu'elle serait fixée.

« Vous n'ignorez pas qu'elle m'a complètement rayée de sa vie, dis-je.

— Je sais, reconnut Marie-Anne. Vous l'avez un peu cherché, avouez-le.

— Vous aussi, vous me pensez capable d'avoir écrit ce mot anonyme ?

— Franchement, j'ignore qui a commis ce geste ignoble, mais j'ose croire que ce n'est pas vous, Catherine. Je sais par contre que Geneviève est profondément malheureuse. Espérons que les choses s'arrangeront entre vous avant l'automne.

— Au fait, comment va-t-elle ? lui demandai-je.

— Assez bien. Elle est venue se reposer à Sainte-Anne pendant quelque temps.

— Après ses couches ?

— Quelles couches ? répéta-t-elle, après un moment d'hésitation qui ne m'échappa pas.

— Je croyais qu'elle avait perdu un autre fils.

— Qui vous a dit cela ?

— Je ne m'en souviens plus. Montcalm, je pense.

— Geneviève n'a pas eu d'enfant ce printemps. Elle a été indisposée, c'est vrai, mais à présent, elle est parfaitement rétablie. »

Marie-Anne se lança dans une explication peu convaincante. De passage à Québec, elle avait trouvé Geneviève mal en point. Les cernes foncés sous ses yeux trahissaient une grande fatigue. La voyant au bord de l'épuisement, ma cousine l'avait ramenée au manoir pour qu'elle s'y repose. Je ne gobai pas cette histoire. À mon avis, Geneviève s'était cachée à Sainte-Anne pour mettre son enfant au monde discrètement. Elles étaient toutes deux de mèche pour me dissimuler la vérité. Dur coup pour l'amie loyale que j'étais, malgré un moment d'égarement.

« Vous pouvez tout me dire, insistai-je en la regardant avec une expression de blâme.

— Vous vous trompez, je vous l'assure.

— Excusez ma franchise, mais vous mentez comme un arracheur de dents. Montcalm, lui, ne ment jamais. Il m'a d'ailleurs semblé très préoccupé par cet enfant mort.

— Qu'entendez-vous par là ? »

Je détournai les yeux, honteuse de ce manque de discrétion. Après tout, si cette histoire d'amour s'avérait, le mari cocu était le frère de Marie-Anne. Je marchai sur des œufs.

« Je ne voulais pas vous froisser, bafouillai-je en faisant la lippe.

— Vous soupçonnez Geneviève d'avoir eu un enfant de Montcalm ! » s'écria-t-elle, ahurie.

Elle me regarda comme si cela n'avait aucun sens de reprocher une telle infidélité à sa belle-sœur. J'eus envie de lui rapporter l'étrange confidence de Montcalm. En visite chez ma mère au printemps dernier, il m'avait annoncé à brûle-pourpoint que Geneviève venait d'accoucher d'un enfant mort-né. Or, à part lui, personne ne semblait au courant de cette naissance. Curieux, non ?

« Eh ! bien oui, j'ai des doutes. Tant pis si ça vous choque ! confirmai-je, avant de m'excuser d'avoir abordé la question. Je n'aurais pas dû. Tarieu est votre frère…

— J'aime beaucoup Tarieu, me coupa-t-elle sans élever la voix. Je sais, il a un caractère exécrable et Geneviève en voit de toutes les couleurs avec lui. Je la comprendrais de se lasser de ses rebuffades. Cependant, je ne souhaite pas de malheur à mon frère. Il se montre dur parfois, mais ce n'est pas un méchant bougre.

— Moi aussi, j'ai beaucoup d'affection pour lui, acquiesçai-je.

— Au fond, Tarieu ressemble à notre mère, reprit-elle après un bref silence. Comme lui, votre tante Madeleine piquait de saintes colères et ses emportements heurtaient ses proches. Elle les regrettait après coup, souvent trop tard. »

Un pli se creusa entre ses yeux et sa lèvre trembla. Je crus qu'elle allait perdre son aplomb. J'avais poussé l'audace au-delà des limites.

« N'en parlons plus, dis-je en posant ma main sur la sienne.

— Non, je vous en prie, laissez-moi aller au bout de ma pensée, insista-t-elle en retirant sa main. Vous vous demandez si Geneviève est amoureuse du marquis. Peut-être. Je ne suis pas dans le secret de son cœur. Toutefois, je la crois trop sage pour mettre son ménage en péril à cause d'un coureur de jupons venu d'outre-Atlantique et destiné à y retourner. Au fond, c'est probablement parce qu'elle ne lui a pas cédé que le marquis la poursuit de ses assiduités.

— Mais l'enfant…

— Je vous le répète : il n'y a pas eu d'enfant, m'affirma-t-elle si obstinément que j'en vins presque à la croire. Cessez de me harceler, sinon je vais me fâcher. »

Marie-Anne patienta deux jours, mais le comte de Bougainville ne se manifesta pas. À qui la faute ? Aux Indiens. Mécontents d'avoir été privés de récompense, à William-Henry, ils traînaient à Montréal en menaçant de trucider leurs prisonniers anglais. Le gouverneur avait rappelé tous les officiers en permission.

Sur les entrefaites, ma mère rencontra la marquise de Vaudreuil, laquelle lui rapporta les horribles méfaits des Peaux-Rouges des pays d'en haut pendant la dernière expédition. Je me souviens d'avoir oscillé entre le dégoût et l'incrédulité. Pour en avoir le cœur net, Marie-Anne décida de se rendre chez Bougainville, même si les bonnes manières lui commandaient d'attendre qu'il lui donnât signe de vie. Elle me proposa de l'accompagner à sa garçonnière. Comme j'étais, moi aussi, imperméable aux convenances, nous nous présentâmes chez lui à la tombée du jour.

Le fiacre nous déposa devant un édifice sans prétention, près du marché. Le comte habitait au rez-de-chaussée. Le crépuscule conférait au ciel un air sombre qui nous conforta. À cette heure, personne ne nous remarquerait. Marie-Anne sonna. Louis-Antoine, fort élégant dans sa tenue militaire, s'apprêtait à sortir. Il parut surpris de notre visite. Surpris mais ravi. Les yeux posés sur Marie-Anne, il la contemplait, comme s'il ne pouvait croire que c'était bien elle. Dans sa robe blanche boutonnée jusqu'au cou, ma cousine ressemblait aux vestales qui ornent les gravures.

« Vous partiez ? s'enquit-elle, un peu gênée d'être ainsi dévisagée.

— J'allais rejoindre mes camarades officiers, répondit-il, un large sourire aux lèvres. Ils attendront. Entrez, je vous en prie. »

Il sembla un peu intimidé au moment d'accueillir deux dames dans son réduit, mais sa joie de revoir Marie-Anne l'emporta. Nous prîmes place au salon, une pièce austère comme seuls les militaires peuvent s'en accommoder. D'entrée de jeu, il la rassura à propos de son frère Tarieu.

« Soyez tranquille, le capitaine de Lanaudière n'a pas été touché. »

Le comte fut pris d'une toux rauque. Il s'épongea la bouche avec son mouchoir.

« Mais vous crachez du sang… », s'écria Marie-Anne en se levant d'un bond.

Affolée, elle se précipita jusqu'au cordon de sonnette.

« Vous avez l'air mal en point. J'envoie chercher de l'aide. »

Il l'arrêta.

« C'est inutile, ma chère. J'ai consulté l'apothicaire. Un coup de fatigue. D'ailleurs, je ne sortirai pas ce soir, ce ne serait pas sage.

— Nous pouvons partir, si vous préférez rester seul pour vous reposer. »

Elle lui témoignait une tendresse toute maternelle. J'admirai son adresse. Sa sollicitude envoûtait littéralement le jeune officier.

« Surtout pas. Voyez, je ne saigne plus. Votre présence a des effets bénéfiques sur mes poumons. » Il lui sourit. « Il faudrait un corps de fer pour ne pas tomber d'épuisement. Depuis mon arrivée en Canada, j'ai parcouru cinq cents lieues, mangé la mauvaise nourriture des camps, couru à travers bois, dormi à la belle étoile… J'ai passé vingt nuits tout habillé. »

Il s'amusait à ses propres dépens, comme pour s'excuser d'être l'objet de tant d'attention. Tout compte fait, il se dit satisfait d'avoir subi les désagréments sans se décourager :

« Mon général est content de moi. Quelquefois, il me gronde, mais cela forme le caractère.

— Le marquis vous estime, dis-je, car j'adorais me poser en amie intime de Montcalm.

— Et moi, renchérit Marie-Anne, sans le quitter des yeux, je vous admire. »

Je commençais à me sentir de trop. Je songeai à m'éclipser, mais je ne pouvais pas laisser ma cousine seule dans l'appartement d'un officier sans que cela éveillât les soupçons. Je profitai du silence pour poser la question qui me brûlait les lèvres :

« Monsieur de Bougainville, les sauvages se sont-ils aussi mal conduits qu'on le prétend ?

— En effet. Le capitaine Saint-Luc a eu du fil à retordre avec eux. »

Il se prit la tête dans les mains.

« Vous ne pouvez pas imaginer ce que nous avons vécu. » Il leva les yeux au ciel. « Il faut avoir assisté au massacre pour le croire. Cela dépasse l'entendement. »

Nous le bombardions de questions. Il commença par se dire fier de la victoire française. Les belligérants des deux camps s'étaient manifesté un respect réciproque.

« Ce sont les conditions de la capitulation qui ont déclenché la furie des Indiens. »

Bon prince, Montcalm avait accordé les honneurs de la guerre aux vaincus. Autrement dit, il les avait autorisés à quitter les lieux avec leurs armes.

« Le vainqueur n'a-t-il pas l'habitude de ramener des prisonniers ? demanda Marie-Anne.

— Nous n'avions pas assez de vivres pour nourrir autant d'hommes », répondit-il.

Les chefs indiens s'étaient engagés à ne causer aucun désordre. Or, en apprenant qu'ils étaient privés de trésors de guerre, les Peaux-Rouges des pays d'en haut avaient tout saccagé.

— N'ont-ils aucun respect de la parole donnée ? protestai-je à mon tour.

— Sous l'effet de l'alcool, ils perdent la raison. J'avais prévenu les officiers anglais de jeter le vin et l'eau-de-vie avant de quitter leur camp. Ils n'ont pas pris cette précaution. Pensant les amadouer, ils leur ont distribué à boire. Cette erreur a causé leur perte. »

Le lieutenant s'arrêta de nouveau. Je sentis qu'il hésitait à poursuivre son récit.

« Mes yeux sont encore effarouchés des spectacles horribles qu'ils ont vus. Tout ce que la cruauté peut imaginer de plus abominable, ces monstres nous en ont rendus les témoins. »

Il s'efforçait de surmonter sa répulsion. Plus que tout, les scènes de cannibalisme pratiqué sur les prisonniers de guerre le remplissaient d'abomination.

« Leur infamie souille notre gloire, dit-il d'une voix blanche.

— Pauvre Montcalm ! fis-je. Comme il a dû se sentir trahi !

— Ils se sont quittés en mauvais termes, admit-il. Cela augure mal pour l'avenir. »

En dépit de son impressionnante victoire, Montcalm nous revint grognon à la fin d'août. Il passa les premiers jours en conciliabule avec le gouverneur et les premières soirées à casser du sucre sur son dos. Jamais je ne l'avais vu aussi renfrogné. Il en voulait aux sauvages d'avoir entaché son honneur. Rien n'arrivait à le distraire. S'il m'était reconnaissant de remuer ciel et terre pour lui changer les idées, il préférait s'isoler, quitte à sécher sur pied. Le soir, il dévorait le *Dictionnaire encyclopédique*, quand il ne lisait pas Plutarque dans le texte.

« Ah ! si seulement votre belle amie de Québec était parmi nous ! » dit-il en soupirant.

À ma grande surprise, ma chère Élisabeth, son vœu le plus cher serait bientôt exaucé.

Les couteaux volent bas

L'été 1757 tirait à sa fin quand le chevalier de Lévis organisa une soirée dont je garde un souvenir affligeant. Plutôt que de convier le tout-Montréal, il avait réuni chez lui des nobles triés sur le volet. Sa résidence montréalaise, que je foulais pour la première fois, respirait le bon goût et la sobriété. Rien à voir avec le luxe tapageur auquel plusieurs de nos amis nous avaient habitués.

Vous ai-je mentionné que François-Gaston de Lévis était bien de sa personne ? Très grand, un large front intelligent accentué par un début de calvitie, un menton volontaire et des lèvres vermeilles qui se contractaient lorsqu'on le contrariait. Dieu sait comme, ce soir-là, un vilain rictus lui déforma la bouche à plus d'une reprise ! Certains le considéraient comme un homme froid et calculateur. Il est vrai que sa puissante carrure lui conférait un air hautain qui tranchait avec sa nature et ses origines modestes. Cependant, tous – moi la première – saluaient son savoir-vivre. J'admirais particulièrement son habileté à se tenir loin des querelles intestines. Il laissait le général et le gouverneur se regarder en chiens de faïence, ne se mêlait pas de leurs fâcheries et réussissait à s'entendre avec l'un sans indisposer l'autre. Tout un exploit !

Le marquis de Montcalm l'honorait de son amitié. Il n'empêche, je dus le supplier d'assister à ce dîner organisé peu après sa victoire à William-Henry.

« De grâce, mon ami, lâchez Plutarque et venez. Sans vous, nos soirées manquent d'entrain », insistai-je.

Le général prétexta la pluie diluvienne qui s'abattait sur nous depuis deux semaines, son estomac dérangé et son moral à plat, mais finit par céder à ma requête sans grand enthousiasme. Avoir su que le gouverneur et lui se crêperaient le chignon, je l'aurais laissé se morfondre dans son coin. Lui, en revanche, me remercia chaudement de l'avoir forcé à faire acte de présence. Et pour cause ! À cinq heures précises, le majordome du chevalier de Lévis annonça l'arrivée du sieur Tarieu de Lanaudière et de sa dame. Je lus l'ébahissement sur la figure de Montcalm. Pas plus que moi, il ne les attendait. Je déployai mon éventail peint à la main pour me donner une contenance en la voyant s'avancer dans le hall, éblouissante comme toujours. Un sourire un peu crispé illuminait son visage. Appuyé contre la cheminée, Montcalm n'arrivait pas à détacher les yeux de cette soudaine apparition. Après avoir présenté ses hommages à notre hôte, Geneviève traversa le salon jusqu'à lui. Il baisa sa main gantée et salua chaleureusement Tarieu.

Lorsque, peu après, son regard croisa le mien, je fus soulagée de n'y percevoir aucune animosité. Je redoutais néanmoins sa froideur, à laquelle je ne m'habituais pas et qui, voyons les choses comme elles étaient, me rappelait un souvenir gênant. Au cours des huit derniers mois, à peine l'avais-je entrevue deux ou trois fois et rien n'indiquait qu'elle se montrerait plus affable.

Je m'aperçois en écrivant ces lignes que je donne l'impression d'avoir été intimidée par l'entrée de Geneviève dans la pièce. En vérité, sa présence m'agaça plus qu'elle ne m'incommoda. Je n'avais pas encore accepté ma défaite. Me restait l'espoir qu'elle ne réponde pas à l'amour de Montcalm. Je connaissais sa droiture et je pouvais raisonnablement croire qu'obligée de choisir, sa loyauté irait à Tarieu. C'était ma dernière chance, car Montcalm m'avait bien fait comprendre que je n'étais pas l'élue de son cœur. Quelques jours avant le dîner de Lévis, il avait accordé une permission à un officier du régiment de Béard, afin qu'il vienne me faire sa cour. Un homme amoureux ne donne pas carte blanche à son rival. Son geste aurait dû m'ouvrir les yeux : j'étais sa bonne amie et sa confidente, rien de plus.

En voyant Jeanne de Vaudreuil se diriger vers moi, j'implorai le Ciel de recouvrer mon naturel. La marquise se pâma devant les chandeliers d'argent du chevalier posés sur une table d'acajou. Ils mettaient en valeur un tableau représentant un paysage crépusculaire. Notre hôte avait tiré les rideaux à demi et tamisé l'éclairage au goût du jour. Je m'emparai des mouchettes et les manipulai pour masquer ma nervosité.

Tout en jacassant, je remarquai que Jeanne suivait Geneviève des yeux, tandis que cette dernière s'éloignait de Montcalm pour aller vers Marguerite Pélissier, la maîtresse de François de Lévis.

Nous en étions là quand les valets servirent le coup d'appétit. Montcalm commença par asticoter le gouverneur en attribuant à la Vierge Marie sa récente guérison. Cela avait été dit sans malice et le marquis de Vaudreuil ne s'en formalisa pas. Il relevait d'une pleurésie et n'avait pas l'énergie d'en découdre. Le général continua de s'amuser à ses dépens et c'était franchement drôle :

« Vous avez recouvré la santé grâce aux prières des fidèles, insinua-t-il. Vous savez que l'évêque de Québec a mis toutes ses ouailles à genoux afin de prier pour votre rétablissement. »

L'insolence tomba sur Vaudreuil comme l'eau sur le dos d'un canard. Jusque-là, nous pouvions espérer une soirée détendue. Le chevalier de Lévis nous pria de passer dans la salle à manger, une pièce élégante mais dépouillée. Le plan de table me servit. J'étais assez éloignée des Lanaudière pour les observer sans attirer leur attention. Montcalm aurait préféré occuper le siège à côté de Geneviève, mais notre hôte l'avait placé à un bout de la grande table, l'autre étant réservé au gouverneur. Habile Lévis ! Il voulait ménager la susceptibilité de nos deux coqs.

Le rôt-de-bif d'agneau aux fines herbes était tendre et le vin corsé. Cette manne inespérée réussirait-elle à endormir les instincts bagarreurs de Montcalm ? Je le crus en le voyant échanger des regards croisés avec Geneviève, jeu dans lequel ils excellaient tous les deux. S'il lançait une pique au gouverneur, elle l'approuvait d'un petit rire nerveux. Il en faisait trop ? Elle baissait les yeux en rougissant, comme pour lui montrer son appréciation sans froisser Vaudreuil. Par moments, ils se dévisageaient avec un sans-gêne audacieux, au vu et au su de Tarieu qui ne semblait pas remarquer leur manège.

La situation se corsa quand la conversation roula sur la défaite des Anglais à William-Henry. Le mérite en revenait à Montcalm, mais, au lieu de l'encenser, Vaudreuil lui reprocha son insubordination. Le général avait passé outre à son ordre de poursuivre son offensive et de s'emparer du fort Lydius, quelques lieues plus loin. La remontrance du gouverneur me parut totalement déplacée au milieu d'un dîner entre amis. Geneviève se tourna vers Montcalm avec anxiété. De fait, il sembla contrarié :

« Les circonstances ne le permettaient pas, trancha-t-il, espérant clore le débat, sans quoi il ne répondait pas de lui.

— Allons donc ! Vous teniez Albany et la Nouvelle York à votre merci, insista Vaudreuil, subitement animé. Les Anglais avaient le moral à plat et vous vous trouviez à moins d'une journée de marche du fort Lydius. Vous les auriez anéantis. Ils peuvent se compter chanceux que vous ayez ordonné à vos troupes de se replier. »

Sans perdre son calme, mais avec une pointe de sarcasme, Montcalm justifia sa décision :

« Le portage était impossible. Étant donné le mauvais état de la route, l'artillerie n'aurait pas pu suivre. En plus, la plupart des tribus avaient regagné les pays d'en haut. Mais peut-être l'ignorez-vous ? Après tout, vous étiez à des milliers de lieues de William-Henry. »

Au lieu de repousser l'insinuation, le gouverneur réitéra son accusation :

« Je vous ai transmis mes ordres à deux reprises et vous avez désobéi », martela-t-il.

Cette fois, Montcalm le rabroua vivement.

« Des ordres contradictoires. Après m'avoir affirmé que les vivres manquaient, vous m'avez assuré qu'il y en avait assez. Allez comprendre !

— Vous connaissiez l'importance stratégique du fort Lydius pour la colonie, enchaîna Vaudreuil sans prendre la peine de se justifier.

— Et vous, auriez-vous oublié que vous m'aviez ordonné de renvoyer les miliciens chez eux pour les récoltes ? »

Un brin malicieux, le marquis de Vaudreuil jeta de l'huile sur le feu en comparant Montcalm au chevalier de Lévis :

« Si votre second avait été aux commandes, il n'aurait pas hésité à pousser jusqu'au fort Lydius. »

Tous les regards se tournèrent vers notre hôte. Dans son for intérieur, Lévis donnait probablement raison au gouverneur. À William-Henry, il aurait volontiers lancé ses hommes à l'assaut du fort, si son supérieur le lui avait ordonné. Toutefois, il se garda bien de se ranger à l'avis de Vaudreuil en présence du général.

« Nos troupes étaient à bout de force, monsieur le gouverneur. »

Je souris intérieurement devant le souci de Lévis de rétablir l'harmonie. Cela s'annonçait toutefois malaisé. Nous étions sur le qui-vive. Pressentant que Montcalm allait sortir de ses gonds, Geneviève se porta à sa défense. Jusque-là, pas une seconde, elle ne l'avait quitté des yeux :

« Le marquis de Montcalm craignait sûrement que les sauvages ne poursuivent leur carnage au fort Lydius », dit-elle d'une voix douce qui tranchait avec le ton enflammé autour de la table. « Je frémis encore en pensant aux atrocités commises à l'issue de la victoire.

— Je vous assure, madame de Lanaudière, que les Anglais ont été les artisans de leur malheur, précisa Lévis. Ils ont donné de l'eau-de-vie aux sauvages malgré notre recommandation contraire. Les officiers français et canadiens ont exposé leur vie afin de permettre aux Anglais d'échapper à la fureur des Peaux-Rouges.

— Il y a eu néanmoins un nombre regrettable de morts inutiles, se désola Geneviève.

— Vous avez raison, acquiesça Lévis. Cela dit, je ne comprends pas comment deux mille Anglais armés de baïonnettes et munis de cartouchières bien garnies ont pu se laisser déshabiller par des sauvages qui n'avaient que des lances et des casse-têtes. »

Parmi les invités, plusieurs officiers opinèrent du bonnet. Les Anglais s'étaient laissé prendre comme des moutons. La discussion s'étira sur les mœurs indiennes. Un lieutenant dont j'oublie le nom avait vu des Indiens lever la chevelure d'hommes encore vivants. Les nègres et les mulâtres alliés aux Britanniques avaient été massacrés au couteau. Il nous relata comment les assaillants ivres coupaient la gorge des femmes et leur ouvraient le ventre. Rien ne nous fut épargné, pas même la description des petits enfants dont on fracassait la tête contre les pierres…

Geneviève pâlissait à vue d'œil, cependant que la marquise de Vaudreuil, blanche comme la cire, s'exclamait d'une voix terrifiée :

« Seigneur ! »

Je pensai : elles vont tomber en syncope. Moi-même, je me sentis défaillir. De grâce, qu'ils se taisent ! À ce moment précis, les choses commencèrent à se gâter irrémédiablement.

« Je m'étonne que le carnage n'ait pas scandalisé les miliciens canadiens, lâcha Montcalm. Trouvent-ils normal qu'on massacre des êtres humains ? »

Sa remarque heurta toute la tablée. Je fixai Geneviève, convaincue qu'elle ne laisserait pas passer l'insulte.

« Qu'entendez-vous par là ? lui demanda-t-elle en s'efforçant de réprimer le tremblement nerveux de ses lèvres. Pourquoi blâmez-vous les miliciens ?

— Lors de ce bain de sang, les sauvages étaient dirigés par des Canadiens », précisa-t-il en soutenant son regard.

Sans le nommer, Montcalm visait le capitaine Saint-Luc. Où était-il quand la meute ivre de rhum avait attaqué les Anglais en déroute ? Que faisait-il pendant qu'on égorgeait les femmes ? Vaudreuil prit la défense des Canadiens et, cette fois, Geneviève l'approuva d'un signe de tête. Lorsque les yeux de Montcalm cherchèrent les siens, ils ne les trouvèrent pas. Toutefois, elle avala de travers la réplique du gouverneur.

« Je ne connais pas de meilleure manière de répandre la terreur chez l'ennemi que de lancer nos sauvages à ses trousses, cingla-t-il. Cela nous est toujours hautement profitable. »

Le comte de Bougainville chercha à tempérer les ardeurs des deux belligérants. Comme Montcalm, il rejetait la guerre à l'indienne pratiquée en Canada, mais il admettait que les Peaux-Rouges ne savaient pas se battre autrement. Or, les miliciens canadiens avaient appris d'eux l'art d'attirer l'ennemi dans des embuscades, ce qui jouait en faveur de l'armée du roi.

« Les Canadiens sont tout aussi indisciplinés que les sauvages », avança Montcalm.

Geneviève trouva son affirmation profondément injuste. Elle en échappa sa fourchette couverte de haricots blancs.

« Vous dépassez la mesure », lui reprocha-t-elle, amèrement déçue par sa mauvaise foi.

Elle espérait l'amener à faire amende honorable. Il se contenta de baisser la tête sous la réprimande. Autour de la table, les officiers canadiens encaissèrent sans broncher, sauf Tarieu.

« Général, le défia-t-il, votre victoire à William-Henry, vous la devez aux miliciens canadiens.

— Monsieur de Lanaudière a raison, les Canadiens risquent leur vie, tandis que les vôtres attendent au coin du feu », renchérit Vaudreuil.

Geneviève n'approuva pas davantage l'accusation du gouverneur. Pour elle, le courage des Français ne faisait aucun doute. Cependant, elle était trop montée contre Montcalm pour condamner l'écart de langage de Vaudreuil. Vif comme la poudre, Lévis ne laissa pas passer l'affront. Fût-il son supérieur, Vaudreuil ne traiterait pas les Français de lâches en sa présence.

« Monsieur, vos propos m'offensent. À vous entendre, on pourrait croire que Chouagan et William-Henry ont été pris par l'opération du Saint-Esprit. »

La table se couvrait de mets délicieux que nous avalions sans appétit, étant donné la fébrilité ambiante. Je chipotai dans mon assiette, alors que Geneviève, tendue comme une corde de violon, chercha Tarieu du regard, en espérant sans doute qu'il intervienne pour calmer le jeu. À chaque nouveau service, la nervosité s'intensifiait. D'un côté comme de l'autre, les convives se sentaient visés. Une impression d'étouffement s'installa. L'incorrigible Montcalm n'en continua pas moins à tomber à bras raccourcis sur Vaudreuil, plus vicieusement encore. Ce faisant, il nous dévoilait un aspect de sa nature que je ne connaissais pas : la méchanceté. Je le savais sujet aux emportements, en particulier devant sa tête de Turc préférée, mais jamais je ne l'avais vu manquer autant d'égards envers son supérieur. À ses yeux, Vaudreuil avait l'impardonnable défaut d'être canadien. Le gouverneur réprima une grimace. La main de son épouse posée sur son bras le décrispa.

« Vos préjugés et votre mépris envers les Canadiens vous aveuglent, général », lui reprocha la marquise.

Montcalm ignora son ton arrogant. Déjà, il enchaînait avec sa condescendance habituelle envers les gens d'ici. Cela devenait pénible. Geneviève était au supplice. Dans un sursaut d'énergie, Vaudreuil aborda la question des rapports entre supérieurs et subalternes :

« Je pense qu'on obtient de meilleurs résultats en traitant nos soldats avec ménagement.

— Laissez-moi vos Canadiens pendant six mois et j'en ferai des grenadiers, crâna Montcalm.

— Surtout pas ! protesta Vaudreuil. Vous les brutaliseriez. Je vous ai souvent prié de rappeler vos officiers à l'ordre. Comment le pourriez-vous ? Vous-même êtes incapable de modérer vos transports ! »

Jusque-là, j'estimais le marquis de Vaudreuil, un homme doux et débonnaire, un peu terne sans doute, mais circonspect. Son optimisme à toute épreuve le faisait parfois passer pour niais, mais je le croyais sans malice. Puisqu'il avait lancé imprudemment les hostilités au beau milieu d'un repas entre amis, je m'attendais à le voir y mettre fin. Bien au contraire, il attisa le feu. Montcalm ne se montra pas plus raisonnable. Il débita ses couplets avec une volubilité excessive sans donner la chance à quiconque de l'interrompre. Après avoir monté en épingle la lenteur et la faiblesse du gouverneur, il lui reprocha de faire passer son amour du Canada avant le service du roi. C'était insultant. Je priai pour qu'il se taise.

Vaudreuil se redressa sur son siège. La gifle portait atteinte à sa dignité. Contre-attaquerait-il ? Si personne ne les arrêtait, ils se battraient comme des chiffonniers. Tarieu et sa femme ne voulurent pas en entendre davantage. D'un accord tacite, ils se levèrent de table et, prétextant une obligation familiale, se retirèrent. J'avais les yeux rivés sur Geneviève. Elle quitta la pièce sans même un regard pour Montcalm. Les valets nous débarrassèrent des assiettes à dessert. Presque personne n'avait fait honneur aux choux glacés au beurre d'érable. Je profitai du brouhaha pour annoncer mon intention d'aller humer l'air doux. Je me levai de table. Ma capeline bien enfoncée sur la tête, j'attachai les rubans sous le menton et sortis me promener dans le jardin.

C'était une soirée étoilée, de celles qui vous donnent envie de chanter un hymne à la vie. Un parfum de fin d'été flottait dans l'atmosphère. Il dut s'écouler une demi-heure avant que le marquis de Montcalm me rejoignît dans la balancelle.

« Vous en avez fini avec le gouverneur ? lui dis-je impertinemment.

— Je le trouve insupportable.

— Vous le provoquez inutilement. Et vous ne souffrez pas la contradiction.

— On ne peut rien attendre d'un homme jaloux, médiocre et imbu de lui-même.

— Vous, mon cher, n'êtes-vous pas un peu envieux ?

— Peut-être. Une chose est certaine, il n'a pas la compétence requise pour exercer ses fonctions. Si j'étais gouverneur, je ferais tellement mieux que lui.

— Vaniteux avec ça !

— Cela m'humilie de recevoir mes ordres d'un homme que je méprise. »

Nous marchâmes côte à côte dans la fraîcheur du soir. Je savais que je pouvais tout lui dire. S'il se montrait parfois ombrageux, il n'était pas rancunier. Il s'emportait facilement, mais éclatait de rire sitôt après. Comme s'il lisait en moi, il lâcha :

« *Beatus homo qui invenit sapientiam.*

— Vous dites ?

— Heureux l'homme qui a trouvé la sagesse. C'est tiré de la Bible.

— Ça ne risque pas de vous arriver.

— Vous croyez? Tenez, voici une maxime qui rejoint parfaitement ma pensée: *Absit reverentia vero*. Ne craignons pas de dire la vérité. C'est d'Ovide.

— Vous n'avez pas entièrement tort. Simplement, toute vérité n'est pas bonne à dire, surtout en société. N'aurait-il pas mieux valu régler votre différend en tête-à-tête?

— Sachez que Vaudreuil me dénigre à Versailles depuis des mois. »

Comment? En attribuant le mérite de ses victoires à d'autres et en donnant à entendre que lui, Montcalm, n'avait été qu'un figurant sur les champs de bataille. Cela me surprit de la part du marquis de Vaudreuil. L'homme que je pensais connaître ne frappait pas ses adversaires dans le dos, me semblait-il. J'apprendrais plus tard que le général disait vrai.

« J'ai l'intention de solliciter mon rappel, m'annonça-t-il. Je ne détesterais pas être nommé maréchal de France.

— Vous voulez rentrer chez vous? Quelle raison donnerez-vous?

— L'ennui. J'ai presque fini de lire le dictionnaire.

— Avouez-le, vous sautez des mots.

— Seulement ceux qui ne m'intéressent pas. Comme je suis curieux, je lis presque tout.

— Pour combattre le vide, vous seriez plus avisé de rechercher la compagnie des jolies dames. Votre tableau de chasse est encore incomplet, si j'ose dire.

— Ma chère amie, sachez que je songe plus à la guerre qu'à la galanterie, répliqua-t-il.

— Évidemment, si vous vous comportez toujours comme ce soir, les dames prendront leurs jambes à leur cou. » Naturellement, je pensais à Geneviève en lui servant cette tirade. « Au fait, ajoutai-je, un tantinet moqueuse, madame de Lanaudière vous a-t-elle trouvé irrespectueux?

— Probablement. Elle a tiré sa révérence avant la fin du dîner sans me saluer. »

Nous fîmes quelques pas en silence. Le temps commençait à se refroidir et j'allais rentrer quand il me retint pour me parler de Geneviève :

« Je n'ai même pas pu me ménager un tête-à-tête avec elle, se désola-t-il.

— Vous la croiserez sûrement demain.

— Je ne crois pas. Monsieur de Lanaudière nous a annoncé qu'ils rentraient à Québec. »

Montcalm me concéda qu'il aurait dû modérer son emportement. Puis, il haussa les épaules. Ç'avait été plus fort que lui. Ma main au feu, il ne ressentait pas le moindre remords. Cependant, Geneviève l'avait trouvé désagréable et il aurait voulu se faire pardonner.

« Ne comptez pas sur moi pour jouer les médiatrices, l'avertis-je.

— Depuis ses couches, votre amie Geneviève est plus belle que jamais, dit-il.

— Vous êtes sûr qu'elle a accouché récemment ?

— Vous ai-je déjà menti ? » Il glissa son bras sous le mien. « Elle est tellement belle. »

Cette fois, je sentis qu'il l'aimait vraiment. Je n'irais pas jusqu'à affirmer qu'il souhaitait la voir quitter son mari, mais elle occupait certainement toutes ses pensées.

« Vous vous répétez, mon cher », dis-je en l'entraînant à l'intérieur.

Le fils naturel de Geneviève

Ah! Québec! Ses hauteurs impressionnantes qui se fendent pour révéler un coin de ciel bleu, ses rochers escarpés, son cap Diamant... Des merveilles qui surgissent à chaque détour. Un parfum de vendanges embaumait l'air. Quel bonheur de rentrer chez soi! J'avais passé la fin du printemps et tout l'été de 1757 à Montréal, et j'avais hâte de me retrouver dans mes affaires. Ces quatre jours et demi pour franchir les soixante lieues séparant la métropole de la capitale m'avaient semblé interminables.

Ma calèche dépassa les grands vergers et gagna la porte fortifiée. La magie du lieu m'envoûta. Comme elle était unique, cette ville qui s'animait chaque automne! Au coin de la rue Corps-de-Garde, l'hôtel Péan, si droit, si fier, paraissait sommeiller au soleil. Pas pour longtemps, songeai-je, car la saison des guerres étant terminée, les officiers regagneraient leurs quartiers d'hiver. Ils demeureraient dans la capitale jusqu'au carême. Cette année encore, la vie mondaine s'annonçait pétillante. Je brûlais d'envie d'exhiber ma nouvelle robe de soie dans le salon de la Pompadour ou, comme la désignait joliment mon ami Montcalm, chez «la grande sultane».

Les voitures se suivaient dans les rues étroites et sinueuses de la haute-ville. Malgré les promesses de l'administration, elles n'étaient ni pavées ni dallées. Devant le couvent des Ursulines, j'envoyai symboliquement la main aux religieuses. «Bien le bonjour, les bonnes sœurs...», murmurai-je sans apercevoir une seule cornette. Une fois passés les jardins superbement aménagés du collège des Jésuites, ma maison apparut, avec son toit d'ardoises et ses épais murs de pierre tapissés de lierres grimpants aux feuilles jaunies précocement.

Je contenais mal ma fébrilité en descendant de la calèche. Je désirais que Pierre fût là pour m'accueillir. Dans sa dernière lettre adressée chez ma mère, il m'avait annoncé qu'il solliciterait une permission avant sa prochaine assignation. Rien de sûr, mais il se croisait les doigts. J'aurais donné cher pour voir ses grands bras tendus vers moi, pour sentir la chaleur de son corps contre le mien, pour caresser la peau cuivrée de son visage. Au lieu de quoi, un mot m'attendait. Je le découvris en entrant, posé sur le guéridon. Mon espoir s'évanouit : *Ma chérie, quand tu liras ces lignes, je serai en route pour l'Acadie. Ma nouvelle mission me retiendra loin de toi encore quelque temps. Sois patiente, ma douce. Patiente et sage.*

Je connaissais le refrain. Tout à ma déception, je repliai la feuille en poussant un soupir. Attendre ! Cela ne convenait guère à mon tempérament. Devais-je me résigner à laisser le sieur de Bourlamaque me faire sa cour ? Montcalm l'encourageait à me poursuivre de ses assiduités, ce à quoi ce dernier occupait désormais ses loisirs. S'il m'ennuyait prodigieusement, force est d'admettre qu'il rompait la monotonie de ma vie. Parisien dans l'âme, il n'arrivait pas à faire oublier ses origines italiennes que trahissait son teint naturellement basané. La mélancolie imprégnait sa physionomie, ce qui pouvait surprendre chez un gentilhomme à la feuille de route aussi impressionnante. J'entends encore sa voix mélodieuse me raconter la victoire des Français à Fontenoy à laquelle il avait participé pendant la guerre de succession d'Autriche. Sans enthousiasme, mais curieuse de casser sa statue pour voir quel homme se cachait dedans, je me résignai à le laisser m'approcher. Tant pis pour Pierre ! Il n'aurait pas dû s'absenter si longtemps.

Je montai à l'étage, ravie de retrouver ma chambre. À peine en avais-je franchi le seuil que j'en oubliai mon désappointement. Je me jetai sur mon lit garni de plumes d'oie. Nulle part ailleurs, je ne dormais aussi bien. Chez ma mère, j'avais l'impression d'être étendue sur une paillasse éventrée. J'enlevai ma coiffe empesée et retirai une à une les longues épingles qui traversaient mon chignon. Mes cheveux retombèrent sur mes épaules et j'en ressentis du bien-être. J'allais ouvrir mon placard afin de choisir parmi mes toilettes celle que je mettrais pour dîner, quand j'entendis des pas dans l'escalier, puis trois petits coups à la porte.

Je m'attendais à voir entrer ma femme de chambre à qui je dis, sans prendre la peine de me retourner :

« Venez m'aider, Agathe, je ne m'y retrouve plus dans ce fouillis.

— Ce n'est pas Agathe, c'est moi, votre vilaine amie.

— Geneviève ? Vous ici ? Je rêve.

— Mais non, Catherine, vous ne rêvez pas. Agathe m'a laissée monter. »

Je restai interloquée, voire tétanisée, par cette apparition si subite, si imprévue. Me voyant incapable de manifester le moindre signe de joie, elle recula d'un pas.

« Je n'aurais peut-être pas dû venir… »

Je bondis sur mes pieds et lui sautai au cou avec effusion.

« Vous savez bien que oui, m'exclamai-je. Vous me manquez terriblement. »

Un trop-plein d'émotion longtemps refoulé m'envahit. Impuissante à l'épancher, je ne cherchai pas à lui cacher mes larmes. Elle me passa son mouchoir pour les sécher. Je la sentais aussi remuée que moi. De vilains hoquets me secouèrent et cela la fit rire.

« La vie sans vous n'est qu'une série de jours de pluie », lançai-je pour détendre l'atmosphère.

Nous avions toutes les deux hâte que se relâche cette tension. Je crois même qu'aucune ne souhaitait provoquer une explication.

« Ah bon ! fit-elle un rien moqueuse. On m'a pourtant raconté que vous batifoliez à Montréal. Monsieur de Bourlamaque vous tourne autour, paraît-il ?

— Je vois, dis-je, Marie-Anne vous a livré mes petits secrets. Quelle commère !

— Rassurez-vous, Marie-Anne ne vous a pas trahie, fit-elle. C'est le marquis de Montcalm.

— Montcalm ? Je croyais que vous n'aviez pas conversé seule à seul.

— Vous avez raison, mais il m'a écrit. Dans sa lettre, il m'a raconté vos efforts pour le distraire de l'ennui. Il paraît qu'au lieu de se montrer reconnaissant, il vous a fait honte devant nos amis. À moi aussi, d'ailleurs. Chez le chevalier de Lévis, je l'ai trouvé insupportable.

— Admettez que le gouverneur Vaudreuil le cherchait. »

Nous étions désolées pour Lévis, dont la fête avait tourné à la foire d'empoigne.

« Montcalm arrivera bientôt à Québec, dit-elle. Mais je ne vous l'apprends pas.

— Ah ! Geneviève, à Montréal, cent fois par jour, il réclamait de vos nouvelles, mais je n'en avais aucune à lui donner. »

J'exagérais, naturellement. J'avais dit cela avec une pointe de reproche. Geneviève l'ignora.

« Il m'a mentionné que sa santé se dégrade. Nous l'obligerons à se reposer », ajouta-t-elle.

L'une et l'autre, nous étions conscientes de babiller comme des pies pour éviter de vider notre carquois. Elle prit mes mains dans les siennes. Ça y est, pensai-je, elle revient sur les raisons de notre dispute.

« Je vous demande pardon, Catherine. Je vous ai mal jugée. Je n'avais pas le droit de douter de votre affection ni de votre franchise. »

Ouf ! Je soupçonnai Marie-Anne de l'avoir convaincue de mon innocence. Plus sûrement, Geneviève souhaitait tirer un trait sur cette brouille, quitte à porter le blâme. Quoi qu'il en soit, j'avais une occasion en or de lui faire une confession entière. Élisabeth, me jugerez-vous lâche si je vous dis que je n'essayai même pas de corriger sa méprise ?

« N'y pensons plus, me contentai-je de lui répondre, sinon nous fondrons en larmes. Je suis au comble du bonheur de vous retrouver. »

Elle eut la candeur de ne pas insister. Nous nous assîmes sur mon lit, comme deux fillettes en mal de confidences. Je repris :

« Marie-Anne vous a-t-elle confié que Bougainville se meurt d'amour pour elle ?

— Elle trouve en effet beaucoup de charme au comte. Mais je crois que leur différence d'âge la gêne.

— Vous pensez? répliquai-je. Il est fort séduisant et je la comprendrais de tenter sa chance.

— Ne me dites pas, Catherine, que vous avez un œil sur lui…

— Vous me connaissez mal, protestai-je. Jamais je ne me mettrai en travers du chemin de Marie-Anne. Ou du vôtre. Pour moi, l'amitié est sacrée. »

J'affichai l'assurance tranquille de celle qui n'a rien à se reprocher. En tout autre temps, Geneviève aurait mentionné que ma loyauté se révélait parfois élastique, mais à l'heure de la réconciliation, elle n'osa pas. Je me levai d'un bond pour aller tirer le cordon et réclamer du chocolat chaud à ma bonne. Après avoir arrangé le monceau de coussins et d'oreillers derrière Geneviève, je m'installai à côté d'elle.

«Avez-vous des potins mondains à m'apprendre? s'enquit-elle. Il a dû s'en passer des choses à Montréal. J'y suis restée trop peu de temps pour confesser nos amis. »

Je lui racontai le remariage de Lacorne de Saint-Luc. À quarante-sept ans, il avait épousé la veuve d'un camarade mort au combat. Une femme exquise qu'il connaissait depuis belle lurette.

«Notre ami a l'air au septième ciel!

— Il le mérite, dit Geneviève. Depuis la mort en couches de sa femme, il y aura bientôt cinq ans, il a élevé seul ses huit enfants. »

Je passais du coq à l'âne, sautant d'un sujet triste à un sujet gai.

«Vous ai-je parlé des amours du chevalier de Lévis et de madame Pénissault?

— Je n'ai rien remarqué de particulier au dîner du chevalier. Ils ont gardé leurs distances.

— Figurez-vous que notre galant officier passe toutes ses soirées chez elle. Cela fait jaser, bien entendu, car elle est mariée. La réputation de Lévis en pâtit, mais il n'en a cure.

— Qui a dit… *que celui qui n'a jamais péché jette la première pierre*? »

Difficile de deviner si Geneviève songeait à elle ou à moi en citant cette parole de l'Évangile, mais je n'osai pas m'aventurer sur ce terrain, alors que nous venions à peine de nous rabibocher. Elle voulut savoir comment je trouvais Bourlamaque.

« Ce cher François-Charles, lançai-je en imitant le ton élevé des courtisanes. C'est un homme ab-so-lu-ment charmant. Ni prétentieux ni vantard.

— Montcalm pense le plus grand bien de lui. D'après ce qu'il m'a raconté, il s'est illustré à William-Henry.

— Pourtant, jamais il ne se vante de ses exploits.

— Ne le trouvez-vous pas tristounet ? Durant sa convalescence à Québec, il broyait du noir. Était-ce à cause de vous ? Trop souvent, j'ai eu droit à sa face de carême.

— Une fois de retour à Montréal, il m'a suivie comme un petit chien. Montcalm m'a suppliée de ne pas l'éconduire brutalement, car il redoutait sa morne mélancolie dont il ne voulait pas faire les frais. »

Au début, j'avais mis des gants blancs pour avouer à cet amoureux transi que je nourrissais des sentiments ailleurs. Sa tristesse avait alors décuplé, si bien que le général lui avait laissé croire que, fort heureusement pour lui, je n'étais pas aimée de retour. Ce n'était pas exact. Je me plaisais joliment en compagnie de Charles de Boishébert et lui de même. Je fis une moue désabusée et réclamai à mon tour de ses nouvelles :

« Assez parlé de moi. Dites-moi plutôt ce qui s'est passé dans votre vie ces derniers temps.

— Rien de bien intéressant.

— Vous avez perdu un enfant… J'ai appris qu'il était mort à la naissance. Quel malheur !

— Un enfant ? Quel enfant ? Je n'ai ni accouché ni perdu un enfant cette année.

— Ah bon ! je croyais… on m'avait dit…

— Qui vous a dit cela ?

— Montcalm, si je me souviens bien.

— Alors, il se sera trompé. »

Elle nia avec aplomb. Je scrutai son visage sans pouvoir saisir ses pensées cachées. Je n'insistai pas. Je trouverais bien une occasion de résoudre cette curieuse énigme.

Peu après notre réconciliation, je revis Geneviève au baptême du dernier-né d'André Arnoux. Le chirurgien-major des troupes de terre et de marine avait demandé à Montcalm, originaire comme lui du Midi, d'en être le parrain. Le général s'était fait prier, car il ne comptait plus ses filleuls. Mais comment dire non à son dévoué compatriote ? Depuis des mois, Arnoux s'échinait à soigner les dysenteries, le scorbut et les blessures de guerre sans jamais renâcler. Son hôpital ambulant ne désemplissait pas. Montcalm avait donc consenti à porter son fils sur les fonts baptismaux, mais avait imposé une condition : Geneviève de Lanaudière agirait comme marraine.

La nouvelle cloche de la basilique Notre-Dame de Québec tintait au moment de mon arrivée. Tout juste installée dans le campanile, elle serait bénite en grandes pompes prochainement sous le parrainage de l'irréligieux intendant Bigot. Le soleil tapait fort pour un 30 septembre. Quel changement brutal, après une semaine de grisaille et de temps frisquet ! J'avais rejoint quelques amis sur le parvis de l'église, quand la calèche des Lanaudière s'arrêta sur la Grande Place. Aidée de Tarieu, Geneviève en descendit. Elle parcourut du regard les environs. Même de loin, l'éclat de son visage me frappa. Elle portait une robe bleu ciel qu'on devinait légère sous sa cape avec capuchon. Mince comme un fil, elle affichait une forme si splendide que je doutai de sa récente maternité, même si j'avais tendance à croire Montcalm sur parole. Pourtant, cette fois-ci, l'affaire clochait à plusieurs égards. Je traversai la nef en compagnie de Marie-Anne et de Bougainville. Nous nous dirigeâmes vers l'autel secondaire, à droite du sanctuaire, où se tenait Montcalm, à deux pas des fonts baptismaux.

« Vous voilà enfin, lâcha-t-il. Je commençais à me sentir seul. »

Son regard se posa alors sur Geneviève qui traversait l'allée centrale pour venir jusqu'à nous. Montcalm s'arrêta net au milieu d'une phrase et son visage s'illumina. Sans même s'excuser, il se précipita au-devant d'elle. Je n'existais plus, nos amis non plus. Il ne la lâcha pas des yeux tout au long du baptême. Après avoir prononcé les prières d'usage, le curé traça le signe de la croix sur le front du tout-petit, l'oignit et versa l'eau bénite en répétant trois fois :

« Louis-Joseph, je te baptise au nom du Père, du Fils et du Saint-Esprit. »

Geneviève tressaillit à ces mots. Ignorait-elle que le bébé répondrait au prénom de son célèbre parrain ? C'était pourtant l'usage. Je pensai à son mystérieux enfant mort. Quelle douleur ce devait être pour elle de serrer sur sa poitrine un petit Louis-Joseph ! Par chance, Tarieu s'était laissé accaparer par un invité près du sanctuaire. Il ne remarqua pas son trouble.

Le cortège traversa ensuite le chœur pour atteindre la sacristie. Les registres baptismaux s'y alignaient sur une table recouverte d'une nappe blanche. Montcalm apposa sa signature, après quoi il remit la plume à Geneviève, qui écrivit Boishébert de Lanaudière. À titre de témoin, je couchai mon nom sur le papier : V (pour Verchères) Beaubassin. Puis, le parrain glissa son bras sous celui de la marraine et ils effectuèrent une sortie remarquée, suivis de tous les participants.

Cela me gêne de vous l'avouer, Élisabeth, mais je restai derrière pour commettre une indiscrétion. Une fois seule, je rouvris le cahier des naissances afin de vérifier si le nom des Lanaudière avait été inscrit à une date antérieure. Je tremblais en tournant les pages. Pourvu qu'on ne me prenne pas en train d'écornifler ! Bien entendu, j'éprouvais de la gêne, mais c'était plus fort que moi, je voulais tirer cette affaire au clair. La phrase de Montcalm me trottait dans la tête : « Madame de Lanaudière a accouché d'un enfant mort. » La veille, j'étais passée chez Geneviève sous un prétexte futile. J'avais attendu qu'elle descende au rez-de-chaussée pour donner des directives à son majordome avant de me précipiter dans la chambre d'enfant. Dans le tiroir de la commode, les bas étiquetés Nicolas, Antoine et Roch y étaient toujours soigneusement rangés. Pas de nouvelle paire.

Je feuilletai le registre en reculant jusqu'au mois de mars précédent. Toutefois, je n'y trouvai ni baptistaire ni acte de sépulture pouvant confirmer mon hypothèse. Je relevai bel et bien le nom de quelques nouveau-nés décédés, mais leurs parents s'appelaient Vincent, Pélissier et Raimbault. Aucune mention d'un marmot né de père inconnu. Et si Montcalm avait reconnu son bâtard ? Non, sa griffe n'apparaissait nulle part. Bizarre ! Il m'avait pourtant affirmé à deux reprises que Geneviève avait accouché au printemps. Comment aurait-il pu se tromper sur une question pareille ? Marie-Anne, que j'avais sondée, m'aurait-elle menti pour cacher la venue d'un enfant né hors des liens sacrés du mariage ? Ces derniers temps, elle m'évitait, de peur que je ne l'entraîne dans une conversation à propos de Geneviève.

Les minutes filaient. Je rejoignis les autres avant que mon absence fût remarquée. À la fois déçue et soulagée, je me mêlai aux invités du chirurgien Arnoux. La réception débuta sous d'heureux auspices. Durant la première heure, Montcalm devisa avec Tarieu, qu'il présenta à des Français de passage comme l'un de ses meilleurs amis. Ils échangeaient leurs impressions à propos de l'aménagement intérieur de la basilique sans cesse retardé quand, soudain, une dame dont le nom m'échappe se glissa dans le groupe. Elle insinua en badinant que Tarieu manquait de prudence en prêtant sa femme au général Montcalm, ne serait-ce que le temps d'un baptême :

« Ne craignez-vous pas qu'il l'ensorcelle ? Je me suis laissé dire qu'en sa galante compagnie, même les épouses les plus sages perdent l'esprit. »

Montcalm n'apprécia pas la remarque. Il tourna le dos à l'intruse et entraîna Tarieu à l'écart pour lui faire une confidence.

« Au quartier général de l'armée, je suis entouré d'espions, lui annonça-t-il. J'ai des raisons de croire qu'un membre de ma garde rapprochée rapporte mes faits et gestes au marquis de Vaudreuil. Je ne serais pas étonné d'apprendre qu'il a recours à des délateurs. »

Mis à part ses fidèles collaborateurs, il se méfiait de tout le monde. C'était embêtant, car il préparait un document secret pour Versailles. Tarieu s'empressa de mettre son cabinet d'étude à sa disposition pour y travailler dans la quiétude d'un foyer ami. Cette surprenante proposition venant de mon cousin m'amusa. Ratoureux Montcalm! Il avait bien manœuvré. Désormais, il ferait une cour quotidienne à Geneviève, quasiment avec la bénédiction de son mari. Sa trouvaille consacrait mon échec amoureux. Ne me restait plus qu'à me résigner au rôle de second violon, si je voulais conserver une petite place dans la vie de Montcalm.

◦◦◦

L'enfant fantôme de Geneviève m'obsédait. Je guettais l'occasion de revenir à la charge auprès de Geneviève quand la mort de sa sœur Angélique-Joseph compromit mes plans. À vingt-neuf ans, la religieuse soignante avait succombé à l'Hôpital général de Québec. Toujours ce foutu mal des navires! Les autorités auraient dû se méfier en voyant accoster ces tombeaux remplis de cadavres ambulants. Pas étonnant que le typhus se soit propagé dans toute la ville.

La religieuse n'était pas sitôt enterrée que l'aigle noir frappa de nouveau. Notre ami Saint-Luc perdit deux de ses fils dans des circonstances épouvantables. Il les avait envoyés en France étudier à l'école militaire. Or, *Le Diamant* à bord duquel les jeunes voyageaient n'était jamais arrivé à La Rochelle. Attaqué par une frégate anglaise, il avait explosé au milieu de l'Atlantique et ses passagers avaient tous été brûlés vifs. Cette tragédie, ajoutée au blâme retombé sur Saint-Luc pour n'avoir pas su contenir les Indiens à William-Henry, devait l'atteindre cruellement. Je me promis de lui envoyer mon compliment de condoléances le jour même.

Jamais le mois des morts n'avait si bien porté son nom. L'épidémie gagnait du terrain et des pluies torrentielles s'abattaient sur nous, comme pour rendre la quarantaine encore plus triste.

« Qu'est-ce qu'on fait? » demandais-je à mes amies à toute heure du jour.

« De la musique », suggéra Marie-Anne un jeudi particulièrement gris.

Geneviève s'installa au piano, ses doigts effilés posés à plat sur le clavier. Elle jouait si bien lorsque la langueur s'emparait d'elle. Ses mains glissaient sur les touches, sans écorcher une note, tandis que je tournais les pages de son cahier de musique. Marie-Anne chanta divinement l'amour volage. Quel plaisir de l'entendre pousser *Vive la rose!* On aurait cru qu'elle crevait de jalousie, comme la jeune femme de la mélopée, qui rêvait de vengeance en usant ses cordes vocales. Après tant d'années, je l'entends encore:

Mon amant me délaisse / O gué, vive la rose
Je ne sais pas pourquoi / Vive la rose et le lilas
Il va-t-en voir une autre / O gué, vive la rose
Bien plus riche que moi / Vive la rose et le lilas
On dit qu'elle est fort belle / O gué, vive la rose
Je n'en disconviens pas / Vive la rose et le lilas
On dit qu'elle est malade / O gué, vive la rose
Peut-être qu'elle en mourra / Vive la rose et le lilas

Ah! l'amour! comme il nous occupa, en ces temps de ténébreuses intrigues galantes! La nouvelle idylle de ma cousine avec Bougainville nous passionnait particulièrement.

«Marie-Anne, vous n'oserez pas vous mettre la corde au cou une quatrième fois? insinuai-je. La vie ne vous a donc rien appris?»

Elle s'esclaffa.

«La vie, justement, est fort bien faite. Chez Bougainville, je retrouve le meilleur de mes trois maris. Un habile navigateur comme le premier, un officier courageux comme le second et un scientifique comme le troisième.»

Cette fois encore, c'est la botanique qui la rapprocha de son nouveau soupirant. Grâce à feu le docteur Gaultier, Marie-Anne connaissait les herbes médicinales, notamment le ginseng et le cassis, ce qui ne manquait pas d'impressionner Bougainville. Elle lui prêtait les savants ouvrages de son défunt mari et lui empruntait les romans que nous dévorions à longueur d'après-midi. Sans la lecture, l'ennui nous aurait consumées. Je me souviens avec quelle volupté nous tournions les pages à tranches dorées des nouveautés littéraires expédiées de France par le frère aîné de Bougainville, membre de l'Académie française. Nous adorions les fabuleux récits de voyage et plus encore les livres comme *Le siècle de Louis XIV* de Voltaire. Que d'émotions en découvrant la liaison du Roi-Soleil avec Marie Mancini! D'après Voltaire, Louis XIV songea à épouser son amante, mais il s'en sépara finalement.

« Le roi a fait passer la raison d'État avant ses sentiments, constata Marie-Anne. Cette alliance aurait nui à la France. Il a eu raison d'épouser une princesse espagnole.

— Moi, leur rupture me déçoit, protestai-je. Je n'ai rien contre l'infante d'Espagne et Louis XIV pouvait se marier avec elle, tout en gardant Marie comme maîtresse. Qu'en pensez-vous, Geneviève ? »

Je la sentis hésitante à approuver la liaison adultère que je préconisais, mais trop intelligente pour tomber dans mon piège.

« Je ne me reconnais pas le droit de juger la conduite d'autrui », répondit-elle finement, avant de faire dévier la conversation sur monseigneur de Pontbriand. « Pensez-vous qu'il sait à quoi nous occupons nos loisirs ? »

Le dimanche précédent, à la grand-messe, l'évêque nous avait sermonnés du haut de la chaire à propos des ouvrages impies qui circulaient dans la capitale. Je vous cite de mémoire son prêche : « Ces vices, autrefois si rares dans la colonie – la licence dans les discours, la hardiesse à lire les livres les plus dangereux et à écouter le langage de l'impiété et de l'irréligion, le libertinage –, ne marchent-ils pas la tête levée parmi nous ? »

« Le saint homme a des yeux tout le tour de la tête », badina Marie-Anne.

À présent, Élisabeth, permettez-moi d'aller me reposer. Je crois l'avoir bien mérité. Je vous en prie, continuez à me faire part de vos échos. Ils m'obligent à creuser davantage et à retrouver des épisodes oubliés.

Chère madame de Beaubassin,

Geneviève a gagné, vous avez perdu… Quelle idée saugrenue de vous disputer les faveurs d'un général galonné, marié par-dessus le marché ! Je ne m'attendais pas à autant de frivolité de la part de ma grand-mère. Quant à vous, sans vouloir vous offenser, vos méthodes pour remporter ce duel m'ont scandalisée. Mais je ne vous sermonnerai pas, puisque, comme vous me l'avouez ingénument, vous fûtes bien punie. Cela dit, j'admire la générosité de Geneviève qui vous a rouvert son cœur — et son boudoir — malgré votre trahison.

Ironie du sort, j'ai récemment rencontré chez des amis une dame qui vous connut jadis. Elle dénigrait « cette chère Catherine », sans savoir que vous et moi étions proches. D'après elle, la rumeur a longtemps couru que le beau général Montcalm avait une aventure galante avec madame de Beaubassin et non pas avec madame de Lanaudière. Est-ce aussi ce que mon grand-père Tarieu croyait ? Cela expliquerait pourquoi il a pris la chose à la légère au point de prêter son cabinet de travail à Montcalm.

Mais revenons à Geneviève, avec qui vous avez finalement fait la paix. Cette réconciliation simplifia assurément votre vie mondaine. Pardonnez-moi ce jeu de mots facile, mais votre description des soirées gourmandes et trop arrosées m'a laissée sur ma faim. Soit, elles furent frivoles et dissipées, puisque monseigneur de Pontbriand vous menaça des feux de l'enfer. Si j'en crois mon père, Bigot s'adonnait à la débauche au vu et au su de tous, en plus de se livrer à des manœuvres frauduleuses qui auraient dû lui mériter les travaux forcés. Dès lors, pourquoi persistiez-vous à fréquenter son salon ? Aidez-moi à comprendre ce qui poussait des personnes distinguées comme vous à mettre en péril leur réputation de manière aussi irréfléchie.

Je vous rends la plume en espérant que vous voudrez bien approfondir ce délicat sujet. Comptez pour la vie sur ma reconnaissance.

Votre affectionnée Élisabeth

Quatrième cahier
Hiver 1758 — hiver 1759

Une maison de fous!

Eh! bien, dites donc, vous ne faites pas dans la dentelle, mademoiselle de Lanaudière! En lisant vos impressions un tantinet irrévérencieuses, je reconnus l'influence de Petit Louis. Nul doute, vous êtes la digne fille de ce provocateur-né. Dois-je vous rappeler qu'il est hasardeux de juger le comportement d'autrui à des décennies de distance? Eussiez-vous vécu en Nouvelle-France, votre conduite aurait-elle été plus respectable que la nôtre? Allez savoir! Votre réaction ne me surprend pas. Votre génération imprégnée de la morale puritaine propre à cette tristounette fin du XVIIIe siècle a l'habitude de vouer la mienne à l'anathème.

Quoi qu'il en soit, vous me parlez avec tant de franchise que je ne vous en tiendrai pas rigueur. Vous êtes trop jeune pour avoir souffert du désordre émotif qu'engendre la passion. Moi, à votre âge, j'avais déjà trempé mes lèvres dans l'élixir magique de l'amour. Je vous souhaite d'en faire l'expérience. Après, vous ne verrez plus la vie sous le même jour.

Vous désirez connaître les raisons profondes de notre conduite libertine? Soit, mais vous devrez patienter jusqu'à la seconde partie de ce quatrième cahier. Auparavant, pour respecter la chronologie des événements, je vous raconterai un incident moins émoustillant, mais qui marqua vivement votre grand-mère. Cela se passa à l'hiver 1758, le plus rigoureux de mémoire d'homme. Je la revois, emmitouflée jusqu'aux oreilles, courant dans la rue du Parloir comme si le diable voulait l'étrangler. Le hasard m'avait conduite chez elle à la même heure.

« Grands dieux! d'où sortez-vous? l'apostrophai-je en fixant sa jupe tachée de boue.

— Je suis tombée », m'annonça-t-elle.

Elle avait terminé ses emplettes et marchait dans la rue balayée par le vent du nord. La tête dans les nuages, comme disait sa mère, elle avait buté contre le corps d'une mendiante recroquevillée à même le trottoir. Elle avait réussi à ne pas s'étendre de tout son long, mais s'était retrouvée malgré elle au milieu d'une longue file d'attente devant la boulangerie. Une vingtaine de femmes patientaient à la porte en maugréant. Sur ordre de l'intendant, le pain avait été réquisitionné pour l'armée. Le boulanger avait écoulé presque toutes ses provisions et les clientes exaspérées se bousculaient. Une inconnue avait poussé Geneviève méchamment :

« Eh ! vous, la bourgeoise, faites la queue comme tout le monde. Pas de passe-droit pour ceux qui mangent à leur faim. »

Geneviève était allée choir dans une flaque d'eau à moitié gelée. Effrayée, elle s'était relevée, avait empoigné les plis de sa robe et pris ses jambes à son cou.

« Vous êtes à bout de souffle, constatai-je. Prenez le temps de vous remettre.

— Pourvu que Montcalm ne me voie pas dans cet état !

— Votre jupe est fichue, ajoutai-je en lui montrant les taches de boue.

— Ma bonne va la nettoyer. Si elle n'y arrive pas, j'en mettrai une autre. »

Nous entrâmes. En passant devant le cabinet de Tarieu, elle porta l'index à sa bouche.

« Chut ! » me glissa-t-elle à voix basse.

La porte était grande ouverte et j'entrevis la silhouette de Montcalm. Assis derrière la table de travail, il noircissait des pages de son écriture en pattes de mouche. L'imprudente suggestion de Tarieu n'était pas tombée dans l'oreille d'un sourd. Au lendemain du baptême, le général s'était présenté rue du Parloir, son porte-document sous le bras, et les jours suivants de même. La tête penchée sur sa copie, il ne remarqua pas notre présence et n'entendit pas nos chuchotements.

« Il termine un rapport secret destiné à Versailles », me dit-elle tout bas.

Je suivis Geneviève sur la pointe des pieds. Nous montâmes à l'étage et bavardâmes dans son boudoir pendant que sa domestique réparait le beau gâchis de sa jupe. Quand elle put enfin la passer, nous descendîmes pour la collation servie au salon. Montcalm se prêtait volontiers à ce rituel qui lui permettait de profiter de la présence de Geneviève.

« Comment vous portez-vous, mon général ? lui lançai-je en me laissant choir à côté de lui sur le canapé de damas.

— L'écriture m'absorbe, m'annonça-t-il. Côté santé, ça ne va pas fort, j'en ai bien peur. J'ai des clous à la joue et la pituite me suffoque. »

J'avais remarqué qu'il se mouchait bruyamment et se raclait souvent la gorge.

« Ne cherchez pas, vous brûlez la chandelle par les deux bouts.

— Mon aide de camp n'a pas meilleure mine. L'asthme est en train de tuer ce pauvre de Bougainville. » Se tournant vers Geneviève, il demanda : « Et vous, ma chère ?

— Vous n'imaginerez jamais ce qui vient de m'arriver, lui répondit-elle. J'ai été bousculée par une colonne de femmes affamées prêtes à se battre pour un bout de pain. »

La mésaventure de Geneviève ne surprit guère Montcalm.

« Depuis que Bigot a mis tout le monde à la pesée, les pauvres traînent à la porte des boulangeries, dit-il. La plupart du temps, ils repartent bredouilles.

— Deux onces de pain par jour, cela me paraît nettement insuffisant, estima Geneviève. La récolte de blé a donc été si désastreuse ?

— Normal, il a plu presque sans discontinuer depuis le début de l'automne, acquiesçai-je.

— Vous avez tort d'imputer la disette aux aléas de la température, me corrigea Montcalm.

— Pourtant, monsieur Bigot me faisait remarquer hier que les blés sont rouillés et échaudés, dis-je. Il pense que la famine sera encore plus affreuse l'an prochain.

— Évidemment, si monsieur Bigot vous l'affirme ! »

Montcalm leva les yeux au ciel. Flûte! J'avais eu tort de prendre l'intendant à témoin. Ces derniers temps, il le descendait en flammes.

« Toujours cette humeur grincheuse, mon général? Quelle mouche vous pique? »

Ma remarque impertinente tomba à plat. Désabusé, il répliqua sentencieusement :

« Chère madame de Beaubassin, sachez que la France nous a envoyé des navires remplis de farine, de céréales, de lard, de jambon… Il n'y a jamais eu de pénurie et nous avons été convenablement ravitaillés. Pourtant, nos provisions sont épuisées. Où sont passées ces victuailles? Certainement pas dans l'assiette des citoyens. La farine française a pris le chemin des îles. Voilà comment votre intendant s'enrichit!

— Vous n'y allez pas de main morte! » lui fit remarquer Geneviève, surprise de le voir si sévère à l'égard de Bigot.

Il lui répliqua par une série de questions :

« N'est-ce pas lui qui fixe le prix des denrées? Cela ne vous choque pas de voir sa table toujours bien garnie, alors que le peuple mendie, comme vous l'avez vu ce matin?

— Monsieur Bigot m'a certifié que les Anglais ont arraisonné plusieurs de nos navires de ravitaillement en mer », précisai-je, soucieuse de rétablir la vérité. J'ajoutai pour donner du poids à mon affirmation : « Le lard commandé en France a été volé.

— Ne me faites pas rire. Bigot l'a détourné vers les Antilles », trancha-t-il, sûr de son fait.

Empruntant le ton du parfait pédagogue, il énuméra les conséquences dramatiques découlant des manœuvres frauduleuses de l'intendant et de ses pairs. La scène à laquelle Geneviève avait assisté à la porte de la boulangerie se répétait tous les jours, nous assura-t-il. Avec pour résultat que, privés de nourriture, les ouvriers se sentaient trop faibles pour travailler sur les chantiers. Au régiment, les soldats ne mangeaient pas davantage à leur faim.

« Érigée en système, la corruption sévit dans toute la colonie, conclut-il en s'emportant. Le vin, les viandes, enfin toutes les marchandises sont offertes à un coût exorbitant. À commencer par le blé qui se vend au poids de l'or. »

Montcalm nous apprit qu'une compagnie créée par l'intendant et opérant sous le nom de « Grande Société » régnait sur l'ensemble du commerce.

« Sa clique fait fortune particulièrement avec les alcools, un commerce qui rapporte gros. La colonie ne risque pas d'en manquer, affirma-t-il. D'ailleurs, Bigot prétend que les cargaisons de boisson sont les seules à ne pas avoir été interceptées en mer ! »

Le stratagème de l'intendant était ingénieux. Les émissaires de sa Grande Société allaient à la rencontre des vaisseaux attendus à Québec. Ils achetaient leurs chargements en mer et fixaient eux-mêmes le prix des produits qu'ils revendaient à profit.

« Un jeu d'enfant pour ces insatiables sangsues !

— Incroyable ! s'indigna Geneviève.

— Vous voulez un autre exemple ? Le Canada tout entier est une gigantesque forêt. Alors, expliquez-moi pourquoi à Québec et à Montréal la corde de bois se vend plus chère qu'à Paris… »

Geneviève risqua un proverbe : « *Bien mal acquis ne profite pas.*

— Pas sûr, fit-il. Preuve qu'il amasse une fortune, Bigot vient d'acquérir une terre à Versailles.

— Dire qu'il est censé nourrir le Canada ! » fis-je remarquer.

Plus que l'injustice, la malhonnêteté faisait sortir Montcalm de ses gonds.

« Bigot nous ravirait l'air que nous respirons s'il pouvait le taxer, dit-il. Sa clique est un ennemi mille fois plus dangereux que les Anglais. »

Geneviève s'enfonça sur sa chaise. Jamais elle n'avait soupçonné pareilles rapines.

« Je n'ose imaginer ce que les gens affamés pensent de nos festins, s'inquiéta-t-elle.

— Ils nous associent à un despote assez retors pour arracher le blé aux cultivateurs, sous prétexte qu'il doit nourrir l'armée, grommela-t-il. Péan, ce Verrès de Sicile, s'adonne aux pires tricheries, lui aussi.

— Verrès, bégayai-je. Qui est ce Verrès ?

— Le prêteur romain que Cicéron traitait de fraudeur et d'usurpateur », répondit Geneviève, toujours contente d'exhiber son savoir devant son maître à penser.

La vieille pendule des Ramezay suspendue au mur sonna.

« Mes hommages, mesdames, dit Montcalm en prenant congé. Je suis attendu chez votre intendant bien-aimé. Il nous a convoqués, le gouverneur et moi, pour examiner la situation.

— Bien entendu, vous nous ferez votre rapport », dit Geneviève en le raccompagnant.

꧁ஒ꧂

Malgré leurs désaccords récurrents, le marquis de Vaudreuil, l'intendant Bigot et le général Montcalm s'entendirent sur un point : la misère accablait les citoyens et les secours de France s'épuisaient. Même les réserves de farine étaient à sec.

« On ne peut pas décemment rationner le pain davantage, déclara le gouverneur.

— Si nous mêlions de la bonne farine à la farine inférieure ? suggéra Montcalm. On pourrait y incorporer du gruau et du son. La mie serait moins blanche, je vous l'accorde, mais tout le monde mangerait du pain de qualité moyenne. »

Le sieur Bigot rejeta énergiquement cette proposition sous prétexte que l'armée avait droit à des aliments de la meilleure qualité.

« J'exige la fleur de farine pour les officiers, s'entêta-t-il.

— Quitte à jeter aux pauvres gens un pain immangeable qui les rendra malades ? » l'interrogea Montcalm.

L'intendant s'abstint de répliquer et le gouverneur enchaîna :

« J'ai peur qu'il faille aussi limiter la distribution de viande. »

Bigot grimaça, en signe de désapprobation, avant d'avancer sa solution :

« Je suggère d'augmenter le prix du bœuf. Ainsi, seuls les riches pourront s'en procurer. »

Montcalm jugea sa suggestion perfide, voire amorale. Le gouverneur trouva un compromis : on s'en tiendrait à six livres de bœuf et deux livres de morue pour huit jours.

« Et puisque le rationnement touche durement la population, l'armée ne sera pas épargnée.

— Les soldats et les officiers protesteront, argua l'intendant.

— Je vous certifie que les troupes de terre donneront l'exemple, l'assura Montcalm. Ne pourrait-on pas distribuer une once d'huile par livre de morue ?

— C'est impossible, général, déplora Bigot. La colonie n'en a pas assez.

— Et le lard ? demanda Montcalm. J'ai ouï dire que les corsaires l'ont pris en mer. »

Son ton soupçonneux n'ébranla pas l'intendant.

« C'est exact, confirma-t-il.

— N'a-t-il pas plutôt été détourné vers les Antilles ? »

L'insinuation fut jugée mensongère. Montcalm en avait une autre en réserve.

« Les Anglais ont décidément le dos large ! »

Aucun des trois ne fournit de solution miraculeuse. Le gouverneur lança un pavé dans la mare :

« Autant se résigner à faire manger du cheval à la population. »

La mesure serait mal reçue, tous en convinrent, même Bigot. Montcalm répéta après Corneille : *Il faut ne craindre rien quand on a tout à craindre.*

« D'ici là, conclut-il, notre devoir nous commande de donner l'exemple de la frugalité et de retrancher certains mets de nos tables.

— Vous n'y pensez pas sérieusement ? » répliqua l'intendant d'un air offusqué.

⸎

« Alors ? s'enquit Geneviève, quand nous revîmes Montcalm au concert, ce soir-là.

— Notre réunion a failli virer à la fête foraine », répondit-il.

Alors, ma chère Élisabeth, il nous raconta dans le détail la scène, telle que je viens de vous la présenter, mais en nous ménageant une surprise de taille.

« Mes chères amies, soyez prévenues : nous allons, vous et moi, subir les effets de la pénurie. Puisque les citoyens sont rationnés, j'ai convaincu le gouverneur et l'intendant que nous devions prêcher d'exemple. »

Je levai la tête, incrédule :

« C'est vous qui avez eu cette brillante idée ?

— Pourquoi pas ? Les temps sont durs et les vivres rares. J'ai aussi suggéré qu'il n'y ait ni bals, ni violons, ni fêtes, cet hiver. Le gouverneur m'a approuvé. L'intendant, pas trop. »

Geneviève était prête à consentir aux sacrifices annoncés. Moi, non. La Providence ne m'avait pas dotée d'un esprit de renoncement à tout casser. Ayant remarqué ma moue boudeuse, Montcalm, satisfait de son effet, en rajouta :

« Donc, mesdames, sachez que je donnerai, demain soir, mon dernier grand repas.

— Nous suggérez-vous de nous sustenter avant de nous présenter chez vous ? dis-je effrontément.

— Ce ne sera pas nécessaire. Cependant, à partir d'après-demain, nous mangerons du cheval.

— Oh ! fit Geneviève en grimaçant.

— Vous voulez nous rendre malades », enchaînai-je, dépitée.

Cette fois, ni elle ni moi ne pûmes réprimer notre répugnance.

« Oui, mes chères amies. Vous verrez, c'est bien meilleur que l'orignal ou le caribou.

— Meilleur que le castor aussi, je suppose ? insinuai-je. Le cœur me lève déjà. »

Notre bouillant Méridional énuméra les recettes qui, promit-il, nous feraient saliver :

« Ignorez-vous qu'on peut apprêter le cheval de mille façons ? Petits pâtés à l'espagnole, escalope de cheval, filet à la broche avec une poivrade bien liée, langue de cheval boucanée... »

Le marquis de Montcalm tint parole. Chez lui, nous mangeâmes un plat de cheval différent à chaque repas. Venant d'un homme qui considérait les plaisirs de la table comme le péché mignon de l'âge mûr, c'était cocasse. Nous pouvions toujours compter sur un bon muscat pour accompagner sa semelle de cheval au gratin, car sa femme lui en avait expédié deux cents bouteilles du sud de la France. Il avait aussi reçu des figues, des anchois, du saucisson et ses fameuses olives de Saint-Véran, qu'il partagea volontiers avec ses invités.

Plus glouton, le sieur Bigot continua de s'empiffrer à ventre déboutonné. À peine daigna-t-il supprimer de temps à autre la pâtisserie de ses menus pour donner l'impression d'économiser la farine. La consigne du gouverneur de manger du cheval ? Il l'enfreignit sans état d'âme, tout comme il ignora l'ordonnance royale de Versailles interdisant les jeux de hasard. Tous les soirs, il s'exerçait à la roulette, au tope ou au pharaon. S'il jetait les dés, sa préférence allait au passe dix.

La Saint-Nicolas approchait et le tout-Québec mourait de faim, mais sa table demeura scandaleusement garnie. Je garde en mémoire le dîner d'apparat d'une somptuosité indécente qu'il donna à la mi-décembre. Au menu : un miroton de bœuf aux échalotes cuit avec du lard fondu et aromatisé de truffes noires du Périgord. Où diable s'approvisionnait-il ?

Marie-Anne, qui s'y connaissait dans l'art du bien-manger, soupçonnait Bigot d'avoir piqué la recette de Montcalm dont le miroton, désormais cuisiné avec du cheval bouilli, flattait moins le palais. Nous étions quatre-vingts convives en appétit, mais Bigot nous fit poireauter jusqu'à minuit. La raison ? Il voulait terminer sa partie de lansquenet avant de passer à table. Devinez à quelle heure nous dégustâmes les madeleines et le gâteau aux noix préparés par son traiteur-pâtissier ?

Malgré sa grossièreté, nous retournâmes à l'intendance le soir du 25 pour assister à son dernier banquet de l'année. Élisabeth, n'ayons pas peur des mots, nous nous comportâmes en véritables pique-assiettes ! Cette fois encore, l'argent roula jusqu'à l'aube. Même Tarieu tenta sa chance. Des fortunes passèrent d'une main à l'autre, tandis que, dans les pièces voisines, on se dévergondait. Montcalm s'en indigna :

« Quelle maison de fous ! »

Il avait raison. Toute sorte de monde s'invitait désormais à la table de l'intendant. Son salon avait des relents de taverne, pour reprendre l'expression du général. Des coquettes embaumaient la place de leurs parfums dégoûtants. Certains officiers adoptaient des mœurs relâchées qui ne faisaient pas honneur à l'armée. Par charité chrétienne, je m'abstiendrai de citer leurs noms.

« Versailles se donne des airs de lupanar, mais Québec n'a rien à lui envier », ronchonna Montcalm.

Cela devenait en effet gênant de fréquenter ce salon autrefois respectable mais indécent depuis que des gens peu recommandables l'envahissaient. Même moi, qui n'ai rien de la grenouille de bénitier, je ne pouvais plus regarder sans rougir ces catins outrageusement fardées se glisser parmi les invités. Le jabot de travers et la démarche titubante, des officiers supérieurs s'adonnaient au vice avec fureur. Me croirez-vous ? J'en vis un pisser contre un mur.

« Je ne resterai pas ici une minute de plus », lâcha Montcalm avant de claquer la porte.

Élisabeth, vous me demandez pourquoi un homme respectable comme le marquis de Montcalm fréquentait ce lieu de perdition. Cabotin comme il pouvait l'être, il vous aurait répondu qu'il y recherchait la compagnie du beau sexe. Étrange, tout de même, de l'entendre répéter comme un leitmotiv «ni violons, ni bals, ni fêtes», alors qu'il finissait toujours par retontir chez Bigot ou chez Angélique, quitte à négliger le salon guindé de l'évêque. Ce qui ne l'empêchait pas de dénigrer l'intendant et sa clique qui, martelait-il, volaient le roi et saignaient le peuple.

Un beau jour, il nous annonça son intention de se tenir dorénavant loin des tentations. Comme par hasard, cela coïncida avec la fin du carnaval, juste après les trois derniers bals offerts par le sieur Bigot. Entre vous et moi, Montcalm avait une autre excellente raison de tempérer soudain ses excès:

«Je mange trop, je digère mal, je ne fais aucun exercice», m'avoua-t-il.

Je me moquai copieusement de lui:

«Vos petits pâtés de cheval vous restent sur l'estomac, mon général?»

Et Geneviève? me demanderez-vous, comment expliquer qu'une dame digne comme elle traînât dans ce salon si peu recommandable? Au moment d'écrire ces lignes, les détails de ses confidences me reviennent avec une précision surprenante. La décadence de notre société lui causait un mal à l'âme et sa conscience lui dictait de fuir la mauvaise compagnie. Combien de fois m'annonça-t-elle son intention de bouder un dîner? Je crois qu'elle s'y rendait pour y retrouver son cher Montcalm, qui ne pouvait plus passer la soirée chez elle, rue du Parloir, sans prêter flanc aux cancans. Tous deux usaient de subterfuges pour se voler des instants d'intimité. À l'hôtel Péan, et à l'intendance, la disposition des pièces leur permettait de s'éclipser discrètement d'une maison remplie de beau monde pour s'offrir un tête-à-tête amoureux au jardin.

De mon côté, je menais sciemment une vie de libertine et je fréquentais cette meute par choix. Tant pis si je m'exposais à brûler en enfer! Monsieur de Bourlamaque s'était lassé de soupirer après moi. Un autre avait tenté sa chance, mais je l'avais écarté pour passer au suivant. Pourquoi me laissais-je entraîner dans cette dépravation? Je ne puis justifier ma conduite sinon en invoquant mon jeune âge et les trop longues absences de Pierre, qui préférait la compagnie des sauvages – ou, plus sûrement, celle des squaws – à la mienne. Mon caractère frivole me poussait aux douces folies.

À vingt-six ans, j'étais devenue une pécheresse adultère sans m'en apercevoir. Quand j'essaie de me représenter la sensualité diffuse de nos soirées galantes, j'éprouve plus de nostalgie que de honte. J'ai renoncé depuis belle lurette à juger ma conduite.

Je ne jouais ni à la roulette ni au pharaon. Si, parfois, je battais les cartes, jamais je ne gageais. N'allez pas croire que je m'en abstenais à cause de mes principes. Ma bourse ne me permettait pas de tenter le hasard. Par chance, le jeu n'excitait ni ma cupidité, ni celle de Geneviève. Nous nous approchions du tapis vert simplement pour scruter le visage impassible des parieurs. Prenez le comte de Bougainville, un moyen flambeur. Nous ne nous lassions pas d'observer ses mimiques. Les dents serrées, feignant l'indifférence, il s'efforçait de calmer l'appréhension qui s'emparait de lui quand la boule roulait sur le plateau tournant, avant de s'arrêter devant la bonne ou la mauvaise case. Ses mains jointes le trahissaient. Elles se frottaient de contentement, si le hasard le favorisait. Ou retombaient à plat sur la table, s'il jouait de malchance. Dans les moments les plus intenses, les doigts de Marie-Anne caressaient son épaule pendant l'insupportable attente! Il était tout en nage, s'épongeait le front et réclamait qu'on cessât d'ajouter des bûches dans la cheminée.

Après avoir essuyé des pertes tout l'automne, l'intendant Bigot entama la nouvelle année en jurant ses grands dieux qu'on ne le reprendrait plus à la table de jeu. Promesse d'ivrogne, bien entendu, car la tentation l'emporta. Février commençait à peine quand le bruit se répandit qu'il avait dilapidé deux cent mille francs en un mois. À ce rythme, il y laisserait sa chemise. Il ne jeta pas la serviette pour autant. Bien au contraire, pour simplifier la vie des joueurs en mal d'argent frais, il ouvrit sa propre banque dans une pièce fermée de son palais.

Pendant ce temps, m'objecterez-vous à juste titre, les pauvres gens crevaient de faim. Au printemps, monseigneur de Pontbriand exhorta ses brebis à prier: «Seigneur, donnez-nous notre pain quotidien.» Bougainville envisagea une solution plus prosaïque: cultiver la patate, un aliment inconnu en Nouvelle-France mais populaire dans les colonies anglaises. Du temps de sa mission à Londres, il avait goûté à ce légume à tubercules qu'on appelait aussi la pomme de terre.

Apparemment, l'heure n'était ni aux invocations pieuses, ni aux expériences culinaires, mais à la rébellion. Vaudreuil l'avait appris à ses dépens, comme nous le raconta Montcalm en arrivant de Montréal. Convaincues que la clique à Bigot s'en mettait plein la panse sous l'œil indulgent du gouverneur, des centaines « d'excitées » avaient fait irruption devant son château de la rue Saint-Paul. Leur manque de savoir-vivre l'avait indisposé. Il était sorti sur le perron et, empoignant son porte-voix, avait tonné :

« Que voulez-vous ?

— Du pain pour nos enfants.

— Je n'en ai pas à vous donner, dispersez-vous », leur avait-il ordonné cavalièrement.

Son ton tranchant avait heurté les manifestantes, qui lui avaient répliqué du tac au tac.

« Il y en a bien assez pour vos soldats ! »

Vaudreuil n'allait pas se laisser intimider. Sans se départir de son flegme, il avait rétorqué :

« Les troupes sont soumises au même régime que la population. »

Son affirmation déclencha des commentaires acerbes de tous côtés :

« La viande de cheval nous répugne.

— Le cheval est l'ami de l'homme. La religion nous défend de le tuer.

— Nous aimerions mieux mourir que d'en manger. »

Les cris fusaient de partout. Excédé, le gouverneur avait lancé :

« Silence ! Allez-vous-en ! Si vous causez une émeute, je sévirai. »

Montcalm, à qui Vaudreuil avait raconté ses déboires, comprenait l'emportement de ces femmes. On leur distribuait un cheval de mauvaise qualité. Les officiers majors avaient reçu l'ordre d'examiner la viande sur pied, mais on leur passait de vieilles picouilles maigres.

« Monsieurs le gouverneur, vous n'allez pas fourrer en prison ces mères désespérées, s'était-il indigné.

— Pourquoi pas ? » l'avait défié celui-ci, avant d'ajouter cyniquement, comme pour le narguer : « Je leur ai promis d'en faire pendre la moitié, advenant une nouvelle rébellion. »

Vaudreuil était franchement embêté. Le froid anormal et les pluies glaciales avaient empêché les habitants de semer. La prochaine récolte s'annonçait médiocre.

« L'ennemi que j'ai le plus à craindre, c'est la continuation de la disette, avait-il conclu. La population croit qu'elle est artificielle. »

Montcalm, ayant réprimé une réplique cinglante, se contenta de lui demander poliment si Bigot, en réduisant la ration quotidienne de pain à un quarteron, n'avait pas attisé la révolte.

Déjeuner champêtre

La guerre franco-anglaise s'intensifia à l'été de 1758. Geneviève et moi passions nos journées à guetter le courrier. Les lettres du front nous rapportaient les grandeurs et misères des combats qui se déroulaient du côté du lac Champlain. Imaginez notre soulagement lorsque nous apprîmes, au milieu de l'été, que Montcalm avait infligé une défaite mortifiante aux troupes anglaises au fort Carillon situé à l'embouchure du lac Saint-Sacrement. Nous criâmes au miracle, tellement cette action d'éclat avait été accomplie à armes inégales – vingt mille Anglais contre trois mille Français. Comment notre glorieux vainqueur avait-il réussi à arracher cette improbable victoire au général James Abercromby, commandant des forces britanniques en Amérique du Nord ?

Tarieu s'était distingué de belle façon sur le champ de bataille. Dans son rapport rédigé après le combat, Montcalm se louait d'avoir pu compter sur le capitaine Lanaudière. Le marquis de Vaudreuil confia *in petto* à Geneviève qu'il avait recommandé à Versailles d'accorder à son mari la croix de Saint-Louis en reconnaissance de sa bravoure. Il en recevrait bientôt la confirmation dans une lettre à cachet volant de Sa Majesté.

Tarieu, un héros ! Vous pensez bien, Élisabeth, que j'ai tout de suite pensé à ma tante Madeleine, son intrépide mère. Comme elle aurait été fière d'avoir engendré un fils qui ne reculait pas devant le danger. Grand-Pré, Detroit et, maintenant, fort Carillon.

« Si nous organisions une partie de campagne pour souligner son mérite ? » suggérai-je.

La prudence recommandait d'attendre la confirmation de sa décoration militaire, la plus importante en Nouvelle-France, mais cette sortie en plein air me faisait trop envie pour que je consente à la retarder.

Je voulais profiter de l'occasion pour célébrer le grand responsable du triomphe de l'armée française, Montcalm.

« Bonne idée ! » s'enthousiasma Marie-Anne.

Elle et moi nourrissions l'espoir de dissiper le chagrin de Geneviève, qui venait de perdre son sixième enfant à la naissance – ou son septième, si je compte celui présumé de Montcalm. Nous étions convaincues qu'une escapade champêtre la tirerait de sa morosité. Mine de rien, je tâtai le terrain, alors que nous bavardions dans son boudoir. Juchée sur un tabouret, je tenais un écheveau de laine et Geneviève, assise dans sa berceuse, en faisait un peloton. Je fis mine de chercher une idée pour donner du piquant à nos vies.

« Pourquoi n'irions-nous pas déjeuner au sault Montmorency ? proposai-je. Je n'y ai jamais mis les pieds.

— Pour de vrai ? se surprit Geneviève. Comment une Québécoise d'adoption comme vous a-t-elle pu se priver aussi longtemps de cette merveille du monde si près de la capitale ? »

Elle me vanta la magnificence du sault qui plongeait dans le Saint-Laurent en face de l'île d'Orléans et devint lyrique en songeant au bruit du courant qu'on percevait avant de voir l'eau débouler le long de la falaise et se jeter dans le gouffre sans fond. L'idée de fêter le succès de Tarieu et de Montcalm l'emballa et elle se porta volontaire pour organiser le pique-nique.

« Nous pourrions profiter de l'occasion pour souligner la promotion de Petit Louis, suggéra-t-elle. Figurez-vous qu'il vient d'être nommé lieutenant dans le régiment de La Sarre. À quatorze ans, c'est remarquable. »

En fait, c'était assez banal, mais loin de moi l'idée de la contredire. Elle était si fière de son Louis. Pour un garçon à qui sa mère passait tous ses caprices depuis sa tendre enfance, ce petit diable indiscipliné grimpait les échelons sans traîner de la patte.

« D'accord, fis-je. Il sera l'un des héros de notre fête. »

Là-dessus, un contretemps nous força à revoir nos plans. Un mot de Bougainville à Marie-Anne nous apprit que Montcalm resterait à Carillon tout l'automne. Redoutant une nouvelle offensive des Anglais, le général maintenait ses troupes en alerte. Il ferait cependant un bref séjour à Montréal, du 9 au 13 septembre, pour conférer avec le gouverneur. À titre d'aide de camp, Bougainville l'accompagnerait. Si Marie-Anne en profitait pour rendre visite à quelque parente dans la métropole, il serait, l'assura-t-il, au comble du bonheur.

Ma cousine nous proposa de déplacer notre pique-nique aux alentours de Montréal. Je suggérai la seigneurie de Verchères où j'avais grandi. Geneviève jugea plus sage de nous rapprocher de la ville. Nous eûmes tout le temps voulu pour débattre du lieu pendant le trajet que nous fîmes en bateau plutôt qu'en calèche. Même si le Chemin du Roi était pratiquement terminé et moins cahoteux que naguère, les trop nombreuses rivières à traverser en bac à péage auraient ajouté à notre fatigue. Nous débarquâmes au quai du bout de l'île. Le hameau de Longue-Pointe, niché le long du fleuve, en face de Boucherville, nous charma. Nous nous mîmes d'accord pour demander aux Sulpiciens, propriétaires du domaine, la permission de venir passer un après-midi sur ce site pastoral d'où l'on pouvait admirer les îles Percées.

Une fois nos violons accordés, Geneviève se chargea des invitations et Marie-Anne s'occupa du menu. Elle comptait sur la cuisinière de ma mère, chez qui nous logions, pour apprêter les mets d'après ses instructions. Il y aurait des légumes de saison assurément, mais aussi des viandes froides en gelée et des gâteaux. Elle promit d'éveiller notre gourmandise grâce à des pâtés à la croûte feuilletée qu'elle appelait ses « petits cochons ».

Arrivés du lac Champlain l'avant-veille, nos héros se montrèrent enchantés de faire la fête avec nous. Montcalm venait de s'acheter une voiture. Il invita les Lanaudière à faire la route avec lui. L'arrangement convenait à Petit Louis, tout fier de voyager avec le vainqueur de Carillon. J'avais espéré que mon Pierre serait des nôtres, mais la permission lui avait été refusée. J'empruntai la calèche de ma mère et Marie-Anne monta avec moi. Bougainville compléterait notre équipage. Nous lui donnâmes rendez-vous à la place d'Armes sur le coup de midi. À onze heures, ma cousine avait déjà enfilé ses gants de coton et moi, je courais toujours en jupon dans la maison. Elle consentit à tirer sur les lacets de mon corset, tout en me soupçonnant de me traîner les savates délibérément. Je me hâtai afin de m'épargner un chapelet de récriminations.

L'angélus sonna comme nous nous arrêtions devant l'église. Bougainville y faisait les cent pas. Tout sourire, il grimpa dans la voiture. Un pansement lui mangeait le front. Marie-Anne faillit s'évanouir.

« Louis-Antoine, vous êtes blessé?

— Eh oui! ma première blessure au combat!» confirma-t-il en soulevant le bandage.

Voyant les grands yeux de Marie-Anne fixés sur la lésion, il s'empressa de la rassurer: la balle anglaise l'avait à peine effleuré.

«Ma plaie commence à se fermer, je la nettoie avec la pierre infernale», dit-il avant d'ajouter, faussement gêné: «Je devrai peut-être me résigner à porter une perruque.»

Marie-Anne l'imagina avec une moumoute poudrée sur la tête.

«Pourquoi pas? fit-elle, pince-sans-rire. Cela vous donnerait quelques années de plus.»

Ainsi, Geneviève avait vu juste: la différence d'âge contrariait ma cousine. Les fils d'argent qui se mêlaient désormais à sa chevelure brune relevée en chignon lui conféraient un charme certain, mais elle se désespérait de les voir apparaître de plus en plus nombreux. Bougainville prit sa main et la garda dans la sienne tout au long du trajet. Je me retrouvai à les chaperonner, moi qui n'avais aucune vocation pour jouer les gardes-chiourme. Tandis que nous filions vers le bout de l'île, il nous relata sa mésaventure. En soi, l'incident survenu à Carillon était plutôt choquant, mais, tel qu'il nous le raconta, il nous amusa. Le 8 juillet, alors qu'ils essuyaient des tirs d'artillerie de tous côtés, une balle l'avait frappé à la tête.

«Je me suis écroulé. Me voyant étendu de tout mon long, le chevalier de Lévis, qui commandait le détachement, a lancé: "Nous ensevelirons son cadavre sous les décombres avec les autres!"»

Bougainville s'arrêta pour épier la réaction de Marie-Anne, qui ne tarda pas.

« Quel cœur de pierre ! s'indigna-t-elle.

— À qui le dites-vous ! acquiesça-t-il. Vexé, je me suis redressé et j'ai protesté : "Mon commandant, vous vous consolez bien rapidement. Je ne voudrais pas vous désappointer, mais vous devrez patienter encore, car vous ne m'enterrerez pas cette fois-ci."

— Bien dit, fit Marie-Anne. Lévis a-t-il semblé soulagé de vous savoir en vie ?

— En constatant ma résurrection d'entre les morts, il s'est défendu âprement de s'être montré indifférent à mon sort. Un chef, m'a-t-il sermonné, doit s'interdire de s'apitoyer sur la mauvaise fortune de ses amis morts, alors que tant d'autres soldats sont tués au champ d'honneur.

— Il était peut-être sincère, avançai-je, car j'estimais Lévis.

— Je le pense aussi, concéda-t-il. Depuis, je le taquine à propos de son manque de compassion. »

En fait, Lévis avait eu beaucoup de chance. Deux balles avaient traversé son chapeau sans le blesser. Montcalm s'en était tiré sans une égratignure, lui aussi, même s'il était demeuré en première ligne, tête nue et en chemise, jusqu'à ce que l'armée d'Abercromby batte en retraite après sept heures de combat. Seul Bourlamaque avait reçu un projectile assez puissant pour lui briser l'omoplate. Je m'en inquiétai. Bougainville m'assura que mon soupirant éconduit ne courait aucun danger.

Nous atteignîmes le bout de l'île en même temps que Montcalm et son équipage. Petit Louis sauta lestement de voiture. Je le trouvai beau dans son costume militaire d'été ! Veste de drap rouge, guêtres blanches et bottes cirées. Il n'y avait pas si longtemps, il m'arrivait à la taille. Il rêvait déjà d'être soldat à cause du casque. À présent, il se tenait le corps bien droit, lui qui, la plupart du temps, adoptait une posture insouciante. Nul doute, il voulait impressionner ses supérieurs. Il s'approcha de moi pour m'embrasser sur les deux joues. À mon tour, je m'exclamai.

« Petit Louis, que vous arrive-t-il ? »

Il avait le visage picoté comme un lézard.

«Les maringouins m'ont pris en affection. Les bois autour du lac Champlain en sont infestés.» Il rit coquinement. «Je trouve ces moustiques plus détestables que les Anglais.»

Geneviève lui avait interdit de se gratter avec ses ongles, sinon il resterait marqué à vie. Le médecin du camp lui avait donné une pommade et il en appliquait matin et soir sur ses piqûres. Tout compte fait, il prenait la chose philosophiquement. Sa démangeaison n'était rien à côté des dangers auxquels les volées de canons l'avaient exposé. Il ignorait combien de ses frères d'armes étaient tombés au champ d'honneur. Bougainville avança le chiffre de deux cent cinquante-quatre tués, pour le seul régiment de La Sarre.

Blanche comme un drap, Geneviève porta sa main à sa bouche. Elle jugeait inhumain d'envoyer de si jeunes garçons à la boucherie. S'il fallait qu'un malheur frappât Petit Louis, elle ne s'en remettrait jamais. Montcalm se fit rassurant.

«À son âge, on est agile et nos réflexes sont en éveil», dit-il.

⁓⊷♋⊶⁓

Quel déjeuner champêtre ce fut! Le soleil anormalement chaud pour la mi-septembre plombait. Pour nous en préserver, nous nous réfugiâmes sous un orme géant. La brise nous apporta une douce fraîcheur. J'avais choisi une robe vaporeuse qui rivalisait d'élégance avec celle, plus classique, de Geneviève. Mais, comme d'habitude, elle m'éclipsait complètement. Il n'empêche, mon chapeau de paille à large bord tressé de roses fit grand effet sur nos amis.

«Le Midi me manque!» nous confia Montcalm, soudainement empreint de nostalgie. Il fit une pause théâtrale avant d'ajouter: «Ah! revoir mon château de Candiac, mes plantations, mon moulin à l'huile, ma châtaigneraie...»

Il évoqua longuement sa vie de gentilhomme de province sous le ciel du Languedoc et son domaine peuplé de pins parasols, de pins de Jérusalem, de pins maritimes...

«Cela ne m'avait jamais autant frappé comme vous avez gardé l'accent chantant du sud de la France», avança Geneviève.

Elle le dévorait des yeux. Je pensai : se peut-il que Tarieu ne le remarque pas ?

«Saviez-vous que je cultive des mûriers et des oliviers sur mes terres ? s'écria le général en lui souriant. Que mon romarin pousse dans les broussailles ? Mon thym, dans les cailloux ?»

Il ne cherchait pas à nous impressionner. Ses évocations le transportaient littéralement. Geneviève capta son regard. Je souris en l'entendant lui murmurer :

«Vos yeux pétillent comme si vous songiez au pays de cocagne.»

D'humeur joyeuse, Tarieu, croyant sans doute que sa femme rêvait de visiter la Vieille Europe, promit de l'y emmener un jour. Qui sait, peut-être iraient-ils cueillir des mûres à Saint-Véran chez Montcalm ?»

Geneviève secoua la tête. Jamais elle ne traverserait l'Atlantique :

«J'ai une peur maladive de l'océan.»

Le visage de Montcalm s'assombrit.

«Vous refuseriez mon invitation ?» s'étonna-t-il. Puis, se tournant vers Tarieu, il ajouta : «Alors, vous viendrez seul, mon cher, et je vous amènerai visiter mon château du XIe siècle. Tant pis pour madame de Lanaudière !

— J'aurai grand plaisir à vous rendre visite, l'assura Tarieu. Et ma femme m'accompagnera.»

J'étendis la grande nappe sur la pelouse sans perdre un mot de cette conversation ponctuée de non-dits. Geneviève se leva pour m'aider. Dans un panier tapissé d'un linge blanc, elle disposa les bâtonnets de carottes, de céleri et de piments. Je distribuai les serviettes de toile et Montcalm déboucha une bouteille de champagne de son cellier. Il l'avait gardée au frais dans le ruisseau qui serpentait à deux pas de nous. Petit Louis tournait autour de lui en mâchonnant une brindille.

«Quel âge aviez-vous, général, quand vous avez reçu votre commission d'enseigne ?

— Neuf ans, dit Montcalm. À douze ans, je suis entré dans le régiment de Hainaut où mon père était lieutenant-colonel. Auparavant, j'avais étudié les lettres antiques auprès d'un précepteur. D'après lui, j'étais un élève opiniâtre et entêté.

— Entêté comme vous, Louis! répéta Tarieu pour le taquiner.

— Voyez où cela a conduit le général, père», riposta finement Petit Louis.

À cet âge, Élisabeth, votre père avait déjà la répartie spirituelle. Montcalm se plia de bonne grâce à son interrogatoire. Sans doute songeait-il à son fils aîné, dont il ne pouvait suivre les progrès. Geneviève lut dans ses pensées :

«Comment va le jeune comte de Montcalm?

— Il grandit, se fortifie, mange beaucoup. Ma mère s'endette pour le soutenir, moi aussi.»

Petit Louis se tourna alors vers Bougainville et lui demanda s'il venait du sud de la France, lui aussi.

«Non. J'ai grandi à Paris. Mon père était notaire au Châtelet. Avant de choisir la vie militaire, j'ai fait des études classiques.»

Cette fois, c'est Marie-Anne qui ajouta son grain de sel.

«Louis, vous a-t-on dit que le comte avait étudié les sciences exactes? À vingt-cinq ans, il a publié un *Traité de calcul intégral* qui lui a valu une belle notoriété!

— Je n'étais malheureusement pas à Paris pour en cueillir les lauriers, précisa l'intéressé. Mon ouvrage est paru tandis que je voguais vers vous, mesdames et messieurs.

— Pourquoi avez-vous choisi le métier des armes, si les sciences et la philosophie vous passionnaient tant?» voulut savoir Petit Louis.

Bougainville mordit dans une tranche de pain d'olives, avant de lui faire un aveu.

«Le goût de l'aventure, assurément.

— Et promptement, il a gravi les échelons », ajouta Marie-Anne, tout en préparant une assiette de canapés de poulet au fenouil et une autre de gruyère et radis.

Bougainville la gratifia d'un sourire reconnaissant, avant d'ajouter, l'œil moqueur :

« Hélas ! je ne parle pas le latin couramment comme monsieur le marquis !

— Mais vous vous débrouillez fort bien en anglais, le complimenta celui-ci.

— Je n'ai aucun mérite, puisque j'ai appris la langue à Londres, alors que j'étais secrétaire de l'ambassadeur de France. Aujourd'hui, cela me permet d'interroger les coloniaux.

— Saviez-nous que le comte de Bougainville m'a été recommandé par madame de Pompadour ? enchaîna Montcalm, soucieux de flatter son aide de camp.

— Mon général, précisai-je, vous parlez de la vraie Pompadour, la maîtresse du roi, et non sa pâle copie qu'est la nôtre…

— Catherine, je vous en prie, protesta Geneviève. Pas devant Petit Louis.

— Maman, je ne suis plus un enfant. Je connais bien notre Pompadour. »

Tout le monde rit de ma boutade et de sa réplique, même Geneviève. Marie-Anne servit le bœuf en gelée jardinière, pendant que Montcalm nous ramenait à la victoire de Carillon en faisant l'éloge de Tarieu. Petit Louis bomba le torse. Nous levâmes ensuite notre verre à la santé de l'invincible général. Celui-ci attribua son récent succès à Dieu et à la grande valeur de ses troupes.

« Vous sous-estimez vos talents de stratège », dis-je par souci de vérité, car je le savais un redoutable tacticien.

Il haussa les épaules, ma foi un peu gêné d'être ainsi complimenté. Le rôti de porc froid campagnard disparut en un clin d'œil. Il ne restait plus ni noix ni framboises quand je disposai les « petits cochons » de

Marie-Anne et les confitures sur un plateau. Nous la félicitâmes, il y avait des gâteries pour tous les palais. Compte tenu de la pénurie d'aliments, elle avait fait preuve d'ingéniosité. Le marquis déboucha une seconde bouteille de champagne. Rien ne nous pressait. Petit Louis s'épancha sur son quotidien au régiment en y mettant de l'humour.

« L'hiver, je porte trois couches de vêtements pour me protéger du froid ; l'été, je sue à grosses gouttes dans ma tenue de combat. »

Sa façon de manier l'ironie et la dérision nous amusa. Mais depuis un moment, Montcalm manquait d'entrain. Je l'entraînai dans le champ voisin. Tout en cueillant des tournesols, je lui fis remarquer que je l'avais connu plus enjoué.

« Réservez-vous votre bonne humeur pour vos rendez-vous amoureux ? » minaudai-je par habitude et non pour le séduire, en évitant cependant de faire référence à Geneviève.

Je me trompais. La veille, un compatriote tout juste arrivé de France lui avait appris la mort de sa sœur. Il avait songé à nous faire faux bond, mais s'était ravisé afin de ne pas nous décevoir. Généreux Montcalm ! Il me demanda de n'en parler à personne pour ne pas gâcher notre pique-nique. Il me confia que sa femme l'avait supplié de refuser ce poste au Canada. Au contraire, sa mère, soucieuse de son avancement, lui avait conseillé d'accepter. Quelle force de la nature, cette marquise de Saint-Véran ! « Une vraie Romaine ! » s'exclama-t-il, tandis que nous rejoignions le groupe. Et alors, il nous annonça qu'il avait sollicité son rappel à Versailles.

« Plaise à Dieu qu'on me l'accorde », soupira-t-il.

Les traits de Geneviève se rembrunirent. Suis-je la seule à l'avoir noté ?

Montcalm, le mal embouché

Après ce fabuleux pique-nique, je ramenai mes amis chez ma mère pour dîner. Au milieu de la soirée, sans que rien le laissât présager, Montcalm me tomba dessus avec une mauvaise foi surprenante. Qu'avais-je dit ou fait pour l'indisposer? Sur le coup, je mis sa méchanceté sur le compte du chagrin causé par la mort de sa sœur et je ne lui en tins pas rigueur.

Tout commença lorsque Tarieu me demanda des nouvelles de mon mari. Pierre me manquait et je m'en ouvris en toute simplicité. J'avais espéré son retour, mais il n'avait pas été autorisé à quitter son poste. Quelqu'un suggéra en badinant que Montcalm tirait avantage de son absence. Nous avions l'habitude de ce genre d'insinuations et j'en ris. Lui pas. J'avais glissé la dernière lettre de Pierre dans mon corsage pour en lire des extraits à mes amis. Voyant que j'en avais très envie, Geneviève m'invita à le faire. Je sautai les passages trop intimes et commençai à la deuxième page. Pierre évoquait le pillage commis par les Abénaquis dans le camp de Carillon après la victoire. Mon mari s'était démené pour les ramener à la raison en leur promettant des récompenses. Les Indiens avaient plutôt vidé les barils de vin, tiré à la carabine et dérobé des bestiaux. Bougainville reconnut sous la plume de Pierre la frénésie de nos alliés.

« De tous les sauvages, les jeunes Abénaquis sont les moins soumis, dit-il. Contrairement aux autres nations, ils n'obéissent pas à leurs aînés. » Se tournant vers Petit Louis, il ajouta en riant: « Ils m'incommodent mille fois plus que vos maringouins... »

La plaisanterie nous amusa tous. Sauf Montcalm, qui sortit de sa léthargie pour proférer une accusation à la fois gratuite et déplacée.

«Les interprètes sont les premiers responsables des désordres que commettent les sauvages. Ils ne font rien pour les arrêter.»

De toute évidence, il visait Pierre. Croyant avoir mal compris, je le priai de répéter. Il s'exécuta, cette fois en me fixant de ses yeux perçants. Jamais je n'aurais imaginé que mon ami oserait attaquer les hommes qui, comme mon mari, menaient les Abénaquis au combat.

«Vous êtes injuste, lançai-je en lui adressant un regard courroucé. Sans monsieur de Beaubassin et les autres interprètes, vous n'arriveriez à rien avec les Indiens.»

Comme s'il ne m'avait pas entendu, Montcalm renouvela son attaque:

«Je les accuse d'encourager les excès des sauvages, au lieu de les retenir.»

Contre toute attente, Bougainville remit de l'huile sur le feu:

«Le général n'a pas tort. Autrefois, on choisissait les interprètes parmi les officiers.»

Montcalm renchérit méchamment en gonflant les narines:

«À présent, on confie cette fonction à des âmes viles. Des mercenaires qui, loin de condamner leurs vices, en tirent eux-mêmes profit.»

C'en fut trop! D'un coup de dent, il m'avait égratigné le cœur et n'en éprouvait aucun regret. Cette fois, je donnai libre cours à mon indignation:

«Comment osez-vous? C'est mon mari que vous traitez de mercenaire. Quel culot!»

J'aurais voulu le congédier sur-le-champ, mais la main de Geneviève sur mon épaule me calma. Elle pria gentiment Montcalm de nuancer ses propos maladroits.

«Mon ami, vos paroles ont sûrement dépassé votre pensée.»

À sa grande stupéfaction et à la mienne, le général mena une charge virulente, cette fois contre Lacorne de Saint-Luc qu'il traita de «roi des sauvages». Sans doute conscient d'avoir lui-même alimenté ce tir nourri, Bougainville essaya de tempérer les ardeurs de son chef. Sans succès. Un murmure parcourut la pièce. Tour à tour, ma mère, Tarieu et d'autres amis se portèrent à la défense de Pierre et des interprètes canadiens. Même Geneviève s'indigna :

« Vous y allez fort, lui reprocha-t-elle. Vous rendez-vous compte que vous blessez Catherine ? Ni elle ni Pierre de Beaubassin ne méritent d'être traités de la sorte. »

Déstabilisé par cette réprimande sévère venant de Geneviève et surpris de cette belle unanimité, Montcalm se retira sans se départir de son assurance hautaine. Après son départ, Bougainville tenta de nous expliquer les raisons de l'hostilité du général :

« Les Abénaquis se sont plaints de sa rudesse au gouverneur. Leurs pères blancs les ont toujours traités avec respect et courtoisie. À présent, ils se sentent méprisés. Ils refusent de faire la guerre aux côtés des Français tant que Montcalm sera aux commandes. »

Vaudreuil avait pris fait et cause pour eux sans même entendre la version du général. Il lui avait ordonné de manifester de la douceur et de la complaisance à leur égard. Or, Montcalm croyait plutôt qu'il fallait se montrer ferme avec eux.

Contrairement à son habitude d'excuser le grand homme, Geneviève le blâma :

« Ce n'est pas une raison pour tomber à bras raccourcis sur des capitaines dévoués comme Pierre de Beaubassin et Lacorne de Saint-Luc », avança-t-elle sans mettre ses gants blancs.

Bougainville prit de nouveau la défense de Montcalm.

« Le général pense que les interprètes ont monté les Indiens contre lui. D'où sa hargne, qui a explosé malencontreusement. »

Cette accusation injuste de Montcalm m'aigrit, en plus de miner l'affection que je lui portais. Tout, chez lui, respirait la démesure. Il regardait de haut les Canadiens. Quand il ne déversait pas son mépris sur nous, il se livrait à la vindicte. Son caractère en dents de scie m'exaspérait. J'aurais dû prévoir qu'un jour ou l'autre il me prendrait pour cible. Comment avais-je pu m'enticher d'un homme pareil ? Comble de l'absurdité, Geneviève lui trouva un chapelet d'excuses. Montcalm m'avait insultée, mais c'est lui qui méritait sa compassion.

« Vous avez tort de couper les ponts avec lui, me sermonna-t-elle en voyant que je faisais tout pour l'éviter. Mettez-vous dans sa peau, il traverse une période noire. Le duel fratricide que le marquis de Vaudreuil lui livre l'aigrit à la longue.

— Ma chère Geneviève, jamais je ne vous ai vue plaider une cause avec autant d'ardeur. »

Voyant que je m'entêtais, elle affûta ses arguments. Nul doute dans son esprit, il m'appartenait de passer l'éponge, même si Montcalm avait insulté Pierre. Décidément, son jupon dépassait dès qu'on faisait des misères au grand homme.

« Ses nerfs sont mis à rude épreuve, plaida-t-elle encore. Il faut l'aider à surmonter ses déceptions au lieu de le condamner. »

En plus de me sermonner, elle me cassait les oreilles avec les indéniables qualités de cœur et d'écoute de Montcalm. Je n'en revenais pas.

« Que vous ne le descendiez pas en flammes, je peux comprendre. Mais comment pouvez-vous ignorer mes blessures avec tant de désinvolture ? »

Son admiration béate pour celui qui me les avait infligées me renversait. Comme si le chagrin de Montcalm l'autorisait à m'insulter ! De nature rancunière, je restai sur mes positions.

« Votre entêtement ne s'explique pas, sinon par l'égoïsme », se fâcha-t-elle.

À force de m'entendre répéter que je négligeais les devoirs de l'amitié, je me sentis piteuse. Et si elle avait raison ? Le général portait sur ses épaules le sort du pays. Qui étais-je pour le fustiger ? À moitié convaincue, j'en voulais à Geneviève de ne pas avoir mis plus d'ardeur à me défendre devant cette brute que pouvait parfois être Montcalm, à qui elle pardonnait tout.

Je ne décolérais pas. En voyant les arbres se dépouiller de leurs feuilles, signe du retour des officiers dans leurs quartiers d'hiver de Québec, Geneviève me rappela que Montcalm serait de toutes les fêtes. Elle ne voulait pas se retrouver à arbitrer nos différends.

« Soyez magnanime, grands dieux ! Je ne vous demande pas l'impossible ! Mettez de l'eau dans votre vin. »

J'insinuai malicieusement que cela serait plus facile pour elle que pour moi, étant donné ses liens particuliers avec Montcalm. Pesant chaque parole, elle s'en défendit.

« Louis-Joseph éveille en moi la tendresse du cœur. N'imaginez rien de plus.

— Ne serait-il pas plus juste de parler d'un amour impossible ? répliquai-je effrontément.

— Notre attachement s'exprime autrement, bégaya-t-elle. Nous avons noué ce que j'appelle une amitié chaleureuse comme il s'en présente rarement.

— Allons donc, Geneviève ! Pensez-vous que je gobe vos sornettes ? Je ne suis pas aveugle. Ah ! vos yeux quand vous le regardez ! Sa voix doucereuse quand il vous parle ! Combien de fois vous ai-je vus vous éclipser tous les deux, l'air de croire que personne ne s'en apercevait ? »

L'expression de douceur sur son visage disparut.

« Vous vous méprenez sur la nature de nos sentiments », se vexa-t-elle. Je vous parle d'amitié et vous songez au plaisir coupable. Seules les liaisons adultères vous intéressent.

— Comme si je me donnais au premier venu ! protestai-je.

— Je ne vous accable pas, je vous explique simplement ce que je ressens. »

Sa détermination à me convaincre de l'innocence de ses sentiments me parut suspecte. Pour éviter de déclencher une nouvelle brouille, j'en restai là. J'attendis que Montcalm me présente ses excuses. Il ne les présenta pas.

Le comte de Bougainville, au contraire, fit amende honorable au bout de quelques semaines. D'après mon journal intime, il nous arriva à Québec le 7 novembre au matin, à l'issue d'une nuit blanche. Sous un froid inhabituel en cette saison, le bateau qui le ramenait de Montréal était demeuré figé dans les glaces au large des Écureuils, passé Donnacona. Contraints d'abandonner l'embarcation, les voyageurs avaient grelotté pendant des heures, prisonniers sur une roche qui affleurait à marée basse. À l'aube, ils avaient pataugé dans la vase jusqu'à la terre ferme.

«Dieu du ciel! d'où sortez-vous? fit Marie-Anne en le voyant à la porte de sa maison. Vous êtes tout trempé.»

Elle lui fit avaler une boisson chaude et le couvrit de caresses brûlantes.

«Quel pays! quel voyage!» soupira-t-il en se laissant dorloter comme un enfant.

Il venait lui annoncer son départ pour la France, le jour même:

«Le général Montcalm m'envoie à Versailles instruire les ministres de la Guerre et de la Marine de la situation critique de la colonie.»

Chanceux dans sa malchance, il avait réussi à sauver du naufrage son porte-document contenant l'ébauche du mémoire qu'il devait présenter à Versailles. Pendant la traversée de l'Atlantique, il l'étofferait, en plus de préparer ses rencontres avec les émissaires de Louis XV.

«Pensez-vous être présenté à Son Altesse? s'enquit Marie-Anne.

— Peut-être, mais plus sûrement à madame de Pompadour. Le général m'a remis un mot d'introduction pour elle.»

La mission de Bougainville s'avérait délicate, car le gouverneur lui avait également confié des papiers secrets à remettre en mains propres au ministre de la Guerre. Ce qui n'empêchait pas Vaudreuil de se méfier de lui, une «créature du général», selon ses propres mots. Il n'avait pas complètement tort. Dans son mémoire, Montcalm désignait les responsables de l'état misérable de la colonie. Il n'épargnait pas le gouverneur et dénonçait, preuves à l'appui, les pratiques frauduleuses de l'intendant Bigot. C'est cette thèse que Bougainville entendait plaider devant madame de Pompadour, si influente auprès du roi.

Sans prendre le temps de se remettre d'aplomb, il enfila des vêtements secs et rassembla ses affaires. Avant de regagner le port, il me réitéra ses excuses sincères. Il regrettait ses propos excessifs à l'encontre des interprètes et du sieur de Beaubassin. La faute en incombait au soleil qui avait tapé fort en cette journée de pique-nique trop copieusement arrosée.

« Votre amitié m'est précieuse, Catherine. Je ne recommencerai plus, c'est promis. »

Marie-Anne et moi l'accompagnâmes au débarcadère. Amarrée au quai, la *Victoire*, un corsaire malouin de dix-huit canons, accueillait ses derniers passagers quand il s'embarqua. Il faisait un froid à pierre fendre et nous regagnâmes vitement la maison, serrées l'une contre l'autre, sans nous douter que notre ami se morfondrait pendant des heures sur la dunette. Les bancs de glace repérés en aval avaient retardé le départ du navire jusqu'à minuit. Une fine neige tombait alors, la première de l'année.

Une semaine plus tard, le navigateur canadien qui avait piloté l'embarcation jusqu'à l'océan était de retour à Québec avec, dans sa besace, deux lettres de Bougainville. Poétique, celle destinée à Marie-Anne décrivait les marsouins blancs, ces élégants nageurs au long cou qu'il avait aperçus à l'île aux Coudres. Les yeux fixés sur la pleine lune qui l'avait accompagné du cap aux Oies au cap au Diable, ses pensées s'étaient tournées vers elle. Marie-Anne en fut chavirée.

Bien que chaleureuses, les quelques lignes qu'il m'adressa n'avaient rien de lyrique. À Mont-Louis, tout près de Gaspé, il avait pris le temps d'observer les postes de pêche que les Anglais avaient incendiés au cours de l'été. Il ne restait plus qu'un amas de ruines. L'opération avait été menée dans le but de terroriser la population et notre ami pressentait la catastrophe à venir. L'un des officiers anglais qu'il avait connus à Londres – était-ce Townshend ou Abercromby ? – lui avait rapporté les paroles du brigadier James Wolfe à propos des Français, «les seules brutes et les plus peureux de la terre». Il se disait déterminé à écraser la «vermine canadienne». Je n'avais encore jamais entendu parler de cet Anglais qui ordonnerait bientôt à ses soldats de promener leur torche incendiaire sur tous les villages de la Côte-du-Sud.

Pour éviter de me trouver face à face avec Montcalm, je me fis rare dans les salons de Québec tout l'automne 1758. Voyant que je brillais par mon absence, la marquise de Vaudreuil demanda à me rencontrer. Je l'invitai à la maison un après-midi de la fin d'octobre.

«Pourquoi vous cachez-vous, madame de Beaubassin?»

Je lui déclinai mes raisons. Il n'en fallut pas plus pour qu'elle me raconte les plus récentes frasques de Montcalm. Assise sur le bout de son siège, elle se lança:

«Le général continue de régler ses comptes en vous écorchant au passage», affirma-t-elle.

La dernière fois, Charles avait subi ses sarcasmes. Louisbourg venait de tomber aux mains des Anglais et Montcalm le tenait pour responsable de la défaite. Il soutenait que le capitaine Boishébert avait manqué à son devoir à cause d'une histoire de cœur. Tandis qu'on l'attendait en Acadie, il traînait ses guêtres à Québec, où il prodiguait sa jeunesse et sa bourse «à qui vous savez». J'étais furieuse. Charles et moi, j'en conviens, partagions les délices d'une amourette passagère, mais jamais il n'aurait désobéi aux ordres pour mes beaux yeux.

«C'est faux, archifaux, protestai-je. Charles a retardé son départ à cause de sa mère. Elle a cassé maison pour aller pensionner à l'Hôpital général.»

Élisabeth, laissez-moi vous expliquer le fin fond de l'affaire. Madame-mère avait légué de son vivant sa fortune à ses enfants. La pratique était courante à l'époque et son fils unique s'était chargé de partager l'héritage entre ses sœurs et lui. Il avait dû vendre la résidence de la rue de Buade avant de retourner en Acadie. À son arrivée à Louisbourg, les

Britanniques achevaient de tout bombarder. Même l'hôpital était parti en fumée. Exsangue, la forteresse était tombée. C'est ce que j'expliquai à Jeanne de Vaudreuil:

« Charles et son détachement ont néanmoins mené des raids contre les lignes ennemies. Mais avec cent quarante soldats, comment aurait-il pu terrasser quatorze mille hommes? Il a résisté assez longtemps pour empêcher les Anglais de lancer une expédition sur Québec avant l'hiver. D'une certaine manière, il a sauvé la Nouvelle-France.

— Le général Montcalm prétend le contraire. D'après lui, le peu qu'il nous reste en Acadie a coûté horriblement cher à Louis XV. La faute en revient au capitaine Boishébert, qu'il considère comme l'un des plus grands pilleurs de la Nouvelle-France.

— Seigneur! m'exclamai-je. Geneviève l'a-t-elle entendu dénigrer son frère?

— Non, il n'aurait pas osé. Le général a, comment dirais-je, trop d'affection pour elle. Ma chère Catherine, savez-vous pourquoi il a pris monsieur de Boishébert en grippe? »

Dans mon for intérieur, je connaissais la réponse. Charles désapprouvait les amours secrètes de sa sœur, une fantaisie qui, prévoyait-il, la mènerait à sa perte. Montcalm lui en tenait rigueur. D'où ces calomnies. J'en vins à souhaiter son départ. La marquise de Vaudreuil m'assura qu'il avait officiellement réclamé son rappel à Versailles. Le gouverneur avait appuyé fortement sa demande.

« Mon mari a même recommandé sa promotion au grade de lieutenant-général. Il a pris soin de préciser au roi que les talents exceptionnels du marquis de Montcalm seraient mieux employés en Europe qu'en Nouvelle-France », me confia-t-elle, mi-figue mi-raisin.

En attendant la décision royale, nos deux coqs de village tâchaient de préserver la fragile harmonie qui imprégnait depuis peu leurs relations. Vaudreuil avait rentré ses griffes. Bon joueur, Montcalm ne le traitait plus de « tête à perruques » et n'insinuait plus qu'il signait sa correspondance sans la lire.

«Espérons qu'il persistera dans ses bonnes résolutions, fis-je en soupirant.

— Oh! mais il les a déjà enfreintes», m'informa-t-elle.

L'insatiable querelleur avait sévi une nouvelle fois lors d'une réunion improvisée à la résidence de la marquise. Elle ne m'épargna aucun détail:

«Le général nous est arrivé inopinément. Il a entendu mon neveu, monsieur Deschambault, reprocher aux officiers français de dénigrer les autorités canadiennes de la colonie. C'était la pure vérité, mais cela a suffi à le faire monter sur ses ergots.»

Toujours habile à éteindre les feux, la marquise, qui assistait à la rencontre, avait flatté Montcalm, histoire de le calmer.

«Je lui ai appris que, depuis son triomphe à Carillon, les Anglais le considéraient comme un excellent stratège, me précisa-t-elle. J'ai même ajouté que les gazettes de la Nouvelle-Angleterre l'avaient surnommé "l'invincible Montcalm".»

Le général avait apprécié son coup d'encensoir. Mais, comme disait Horace dans sa sagesse, *chassez le naturel, il revient au galop*.

«Mon mari a alors commis l'imprudence de remettre sur le tapis la désobéissance du général, lors du fameux siège de William-Henry, une violation qu'il n'a toujours pas digérée.»

Sa remarque ne manquait pas de civilité, mais elle irrita Montcalm. Après un soupir, il avait lâché, philosophe:

«Monsieur le marquis, quand on n'est pas content de ses seconds, on commande soi-même.

— Cela pourrait bien arriver, l'avait menacé insidieusement le gouverneur.

— J'en serais comblé et je servirais volontiers», avait approuvé Montcalm avec une touche d'humilité surprenante.

Difficile de deviner lequel des deux avait mis le plus d'efforts à se contenir. Là-dessus, la marquise de Vaudreuil avait gâché la sauce en condamnant, elle aussi, la stratégie militaire de Montcalm. Jugeant sa remarque peu éclairée, ce dernier l'avait arrêtée net :

« Marquise, avec tout le respect que je vous dois, j'ai l'honneur de vous dire que les dames ne doivent pas parler de la guerre.

— Monsieur, quand une dame veut s'exprimer, elle n'a pas de permission à demander, lui avait-elle rétorqué froidement.

— Si la marquise de Montcalm était ici et qu'elle m'entendait discuter avec monsieur de Vaudreuil, elle garderait le silence », avait-il lancé pour lui clouer le bec.

De son propre aveu, la marquise en était restée coite.

« Le lendemain, le général est venu me porter un œillet pour que je lui pardonne.

— Nonnnn… », fis-je, incrédule, car cela paraissait inconcevable que Montcalm ait insulté l'épouse du gouverneur et, plus encore, qu'il ait fait amende honorable.

Lorsque je racontai l'incident à Geneviève, elle prit la défense de Montcalm, comme toujours. Selon elle, il avait été parfaitement justifié de perdre patience. Vaudreuil, incapable de se délivrer de son obsession à propos de William-Henry, lui avait cherché noise. Et la marquise, quel besoin avait-elle d'attiser les braises ?

Doux Jésus ! la belle sauvageonne !

En dépit des menaces que les Anglais faisaient planer au-dessus de nos têtes, l'année 1759 commença sous le signe de l'insouciance. Elle donna lieu à des festivités à peine moins grandioses que par le passé. Le déjeuner des Rois se tenait habituellement au palais de l'intendant, mais, à la dernière minute, Bigot le déplaça pour s'éviter la répétition du cirque qu'une bande de mégères affamées lui avaient imposé au lendemain du jour de l'An. Ces mères lui tenaient rigueur d'avoir réduit la ration de pain de leurs familles et, plus encore, d'avoir fait sceller les portes des moulins. Une façon mesquine d'empêcher les paysans d'y moudre la farine à des fins personnelles. En apprenant qu'elles avaient apostrophé l'intendant, Montcalm n'avait pas manqué de le narguer :

« Monsieur, ces quatre cents femmes trépignant de colère vous ont fait trembler. Dieu fait bien tout ce qu'il fait ! »

La fête des Rois eut donc lieu chez la maîtresse de Bigot, rue Saint-Louis. En arrivant à l'hôtel Péan, je tombai nez à nez avec Montcalm. Il me sourit gauchement. Je crus qu'il s'arrêterait, mais il continua son chemin. Je le vis s'emparer de la main de notre Pompadour pour la baiser, non sans renifler son corsage dégrafé. Bijoutée de la tête aux pieds, la belle Angélique promena sa gracieuse silhouette parmi ses invités. Jamais la sultane n'avait si bien porté son surnom. Elle jouait les veuves éplorées depuis le départ de son mari parti se reposer à Paris. Je ris dans ma barbe. Nous savions tous que Vaudreuil avait expédié le Petit Péan en France pour faire contrepoids à l'influence de Bougainville, l'envoyé de Montcalm. Je faillis demander à notre hôtesse si son époux avait traversé l'océan à bord du nouveau navire de l'intendant baptisé *L'Angélique*.

C'était indécent de la voir tourner autour du général comme une mouche reluque du miel. Elle déployait une coquetterie à peine subtile. Geneviève, qui ne perdait rien de son manège, dissimulait mal son irritation. La rusée sultane connaissait le péché mignon de son distingué invité : la gourmandise. Sa galette des Rois, digne de nos années d'opulence, fondait dans la bouche. Une pâte feuilletée dorée au four, le tout dégoulinant de confitures. La fève qu'elle avait savamment cachée se trouva, par un hasard providentiel, dans la pointe servie à Montcalm. Galant, notre souverain d'un jour promena sa reine – notre hôtesse, bien entendu – à son bras dans toute la maison. Les convives se poussaient du coude, convaincus que Bigot avait désormais un rival de taille. Montcalm les laissa croire qu'il avait des vues sur Angélique.

Je captai le visage de Geneviève, qui était passé de la déception au chagrin. Un pli lui barrait le front. Je devinai, derrière son sourire forcé, qu'elle se sentait écartée au profit d'une autre. J'aurais préféré la voir feindre de s'amuser afin que personne ne décèle sa jalousie, un état jugé détestable dans notre société. La fête battait son plein et Montcalm ne paraissait pas conscient de sa tristesse. Ou peut-être ne s'en souciait-il pas ? On aurait pu croire qu'il faisait exprès. À peine lui adressait-il la parole. Lorsqu'une invitée voulut savoir s'il autorisait ses officiers à convoler en justes noces avec des Canadiennes pendant leur service en Nouvelle-France, il qualifia ces mariages de folies indécentes et déplora leur nombre élevé.

« Si ça continue, mes officiers me demanderont de les marier à des servantes ! » ajouta-t-il, un rien méprisant.

Sa répartie me sembla d'une banalité affligeante, en plus d'être insultante pour les jeunes demoiselles. Geneviève le remit à sa place. Jamais je ne l'en aurais crue capable :

« Je vous en prie, monsieur le marquis. Imaginez qu'un général traite ainsi l'une de vos filles. Personne ne mérite d'être tourné en dérision. »

Montcalm resta bouche bée, surpris d'être apostrophé de la sorte. Geneviève lui rendait la monnaie de sa pièce. À table, je me retrouvai assise en face de lui. Il me donna l'impression d'être bien disposé à mon égard, mais après l'accueil distant qu'il m'avait réservé lorsque j'étais arrivée, je l'ignorai à mon tour. On dit que le temps arrange les choses. Je n'en suis pas si sûre. Des mois s'étaient écoulés depuis notre querelle et je vivais toujours cette rupture comme un manque de loyauté de sa part.

Au milieu de l'après-midi, Geneviève prétexta un rendez-vous et quitta les lieux. Cela m'attrista de la sentir malheureuse et j'en voulus à Montcalm de sa cruelle indifférence. S'était-il déjà lassé d'elle ? Mon amie m'avait assurée qu'elle n'attendait rien de lui, mais ce jour-là, l'être aimé manquait de délicatesse. N'ayons pas peur des mots, il faisait le jars devant la Pompadour du Canada en présence de la femme qui le chérissait. Geneviève n'avait rien trouvé de mieux que de se sauver. J'aurais dû la suivre et lui procurer du réconfort. Mais je restai là, médusée, à me conforter dans ma certitude : encore une fois, Montcalm s'était montré sous son vrai jour.

J'en obtins une nouvelle preuve peu après le départ de Geneviève. Nous causions par petits groupes éparpillés au rez-de-chaussée. Montcalm jacassait comme une pie, c'en devenait étourdissant. Sa voix méridionale enterrait les autres. Lorsque Charles de Boishébert fit une entrée tardive dans le salon d'Angélique, le général se retourna :

« Tiens donc ! le héros de la colonie ! » tonna-t-il en riant sous cape.

Sa répartie créa un malaise. Charles, qui ignorait être l'objet d'un sarcasme, s'avançait vers nous tout sourire, quand Montcalm en rajouta :

« Le grand et galant Boishébert est de retour de Miramichi. Je l'avais pourtant envoyé se promener sur les glaces. »

C'en fut trop, je glissai mon bras sous celui de Charles qui, Dieu merci ! n'avait rien entendu et je l'entraînai vers l'autre salon.

Le lendemain des Rois, Montcalm se pointa chez Geneviève. Elle l'accueillit froidement, sans même se lever de son siège pour aller au-devant de lui. L'air penaud, il l'implora de lui pardonner son attitude désinvolte de la veille. Elle ne devait pas s'imaginer qu'il s'était amusé à l'hôtel Péan, il avait simplement cherché à s'étourdir. S'il n'en tenait qu'à lui, il passerait tout son temps rue du Parloir en sa délicieuse compagnie. Elle ne se laissa pas attendrir aussi facilement :

« Vous m'avez fait de la peine », lui reprocha-t-elle.

Il regrettait son opération de charme auprès d'Angélique et se défendit gauchement :

« Je voulais brouiller les cartes. Vous êtes mariée et j'ai à cœur de ne pas vous déshonorer. »

Cela sonnait faux et elle n'en fut pas dupe. Elle aurait préféré qu'il ne voie pas ses yeux se remplir d'eau. Pour échapper à son regard, elle alla fermer les portes du salon.

« Était-ce bien nécessaire d'en faire tant ? lui demanda-t-elle en revenant vers lui.

— Pardonnez-moi, Geneviève. J'ai le moral à plat. Vous et moi ne sommes plus jamais seuls. Alors, j'agis en fanfaron pour attirer votre attention. »

Après un moment d'hésitation, il s'approcha d'elle et la serra dans ses bras. Elle s'abandonna littéralement, prête à le croire sur parole. Il la couvrit de baisers.

« Je ne vous ferai plus jamais pleurer, c'est promis. » Il l'étreignit longuement avant de lui avouer son amour. « Ah ! Geneviève ! Vous occupez mes pensées jour et nuit. » Passant du vous au tu, il ajouta : « Je t'aime. »

Des mois plus tard, lorsqu'elle évoqua la scène devant moi, elle reconnut avoir fondu de plaisir. Le pouvoir de cet homme sur elle était hypnotique, ce sont ses propres mots. Elle refusa de partager avec moi la nature de leurs ébats, laissant simplement entendre qu'elle n'avait pas résisté à ses avances. Firent-ils l'amour pour la première fois ? Ou, comme j'en étais venue à le croire, cela s'était-il produit avant ? En dépit de mes questions qui frôlaient l'inquisition, elle demeura muette comme une tombe. Une chose est certaine, sa conscience la tourmentait. Pour autant, elle n'envisageait pas d'avouer son écart à Tarieu. Pareille confession l'aurait obligée à renoncer à Montcalm, ce dont elle se sentait incapable. Elle était assez lucide pour savoir qu'à la première occasion elle retomberait. À compter de ce jour, elle commença à souffrir.

Après ce moment de folie dont je ne sus rien de plus, Montcalm avait souri de la voir s'empourprer. Elle l'avait invité à s'asseoir et ils avaient conversé comme si de rien n'était.

«Je m'installe à Québec», lui avait-il annoncé.

Il comptait louer la propriété du secrétaire de l'intendant Bigot, rue des Remparts. Bourlamaque s'était chargé des négociations. L'affaire avait traîné et Montcalm l'avait crue compromise. Mais voici que, en arrivant dans la capitale, il avait examiné la maison de la cave au grenier et l'avait jugée conforme à ses souhaits. Il ne lui restait qu'à signer le bail.

«Ne vous ennuierez-vous pas seul dans cette grande maison?» lui demanda-t-elle, tout en lui laissant voir combien la nouvelle l'enchantait.

«Non, puisque vous serez tout près, l'assura-t-il en tendant le bras pour lui prendre la main. Vous voudrez bien rendre visite à votre nouveau voisin?»

Il lui lança un regard charmeur en exerçant une pression sur sa main. Peu habituée à ce genre de déclarations d'amour, elle se laissa gagner par sa sérénité.

«Vous regretterez peut-être la métropole, où la vie est plus trépidante.»

Il soutint le contraire: le quotidien dans une ville de garnison manquait de raffinement, tandis que Québec se comparait favorablement aux plus grandes cités de France.

«J'aspire à la tranquillité. Depuis quelque temps, j'ai tendance à exploser sans raison.

— Ne cherchez pas, votre travail vous épuise, dit-elle.

— Mes maux de gorge à répétition m'exaspèrent et je perds patience pour un rien.»

Il espérait recouvrer sa joie de vivre avant le retour de la saison des guerres.

«Vous serez ma seule distraction.»

Montcalm emménagea peu après dans ce pavillon prestigieux situé rue des Remparts, à petite distance de chez Geneviève. C'est dans ce refuge surplombant le fleuve qu'il élabora ses plans de campagne. Tous nos amis crurent qu'il avait tourné bride, car il se fit de plus en plus rare en société, mais moi, je savais ce qui le retenait loin des mondanités. Malgré son contentement, Geneviève regretta leur ancienne routine, du temps où il rédigeait sa correspondance dans l'étude de Tarieu. Montcalm n'avait plus d'excuses pour débarquer rue du Parloir quand bon lui semblait.

C'eût été d'autant plus commode que Tarieu se laissait accaparer par son commerce de fourrures dans le lointain Témiscamingue. Grâce à son sens aigu des affaires, il amassait une fortune, sans que cela impressionne Geneviève. Comme disait sa mère, elle avait la tête dans les nuages. Moi, en tout cas, la riche argenterie expédiée de Paris qui étincelait sur sa table me faisait drôlement envie.

À la mi-janvier, en l'absence de Tarieu retenu Dieu sait où, j'appris entre les branches que Geneviève préparait une partie de campagne hivernale au sault Montmorency. Tout se tramait dans mon dos, mais je ne m'en souciai pas, sûre d'avoir percé le mystère. Le 20 décembre précédent, jour de mes vingt-sept ans, un vilain rhume m'avait clouée au lit avec mes mouchoirs. J'étais maintenant rétablie et Geneviève organisait probablement une fête-surprise en mon honneur avec un peu de retard. Cela me sembla très excitant. Depuis le temps que je rêvais de découvrir cette merveille si près de la capitale !

Naturellement, personne ne mentionna cette escapade à venir en ma présence. Je me fis discrète, tout en glanant, mine de rien, des renseignements. J'appris que Montcalm se chargerait de l'illumination et des violons. Il fournirait en outre la bière et le vin. Aussi serviable que galant, il emmènerait quelques dames dans sa carriole. Pourquoi en ferait-il autant ? Pour clouer le bec à ceux qui lui reprochaient de profiter des largesses de la belle société sans contribuer à la dépense, pensai-je un peu méchamment.

L'aube se leva enfin sur le grand jour. J'avais prévu des vêtements chauds, car le temps s'annonçait frisquet. J'étais curieuse de savoir par quel subterfuge Geneviève m'amènerait à la campagne. Imaginez ma déconvenue! Je poireautai tout l'avant-midi devant la fenêtre à guetter le moindre bruit de sabot, le moindre claquement de fouet. Mon manteau fourré suspendu à la patère me narguait. À la mi-journée, je refusais encore d'admettre que j'avais été exclue de la fête, moi qui croyais en être l'héroïne. Je me creusai la tête pour essayer de comprendre ce qui m'avait valu un tel châtiment. Ma parfaite amie ne m'aurait pas causé de la peine sans raison. J'avais donc commis un acte répréhensible. Lequel? Grands dieux! N'avais-je pas toujours été là pour elle? Comme je ne suis pas une sainte, je laissai monter en moi la rancune contre cette ingrate à qui j'avais donné le meilleur de moi-même et qui me payait si mal en retour.

Au lendemain de cette escapade hivernale, je courus chez elle lui assener ses quatre vérités.

«Jamais je ne vous pardonnerai de m'avoir tenue à l'écart.

— Catherine, c'est un regrettable malentendu...» Elle s'empêtra dans des excuses sans queue ni tête. «Je vous croyais encore au lit avec ce rhume coriace.

— Alors, expliquez-moi, pourquoi n'êtes-vous pas passée prendre de mes nouvelles?

— J'avais peur d'attraper votre rhume.»

Je ricanai méchamment tellement l'explication sonnait faux. Après avoir tourné autour du pot, et voyant que je ne gobais pas ses mensonges, elle passa aux aveux:

«Montcalm aura quarante-sept ans le 28 février prochain, et j'ai voulu fêter son anniversaire à l'avance, au cas où il serait forcé de regagner Montréal à la hâte. Puisque vous vous regardez en chiens de faïence, j'ai tenu à vous épargner l'embarras d'avoir à lui offrir vos vœux.»

Loin de me soulager, son alibi m'offensa. J'étais triste à pleurer. Plus encore lorsque nos proches me racontèrent qu'après avoir admiré le «pain de sucre», ce cône de glace qui, par temps froid, se formait au pied du sault Montmorency, Montcalm et Geneviève s'étaient évaporés dans la nature. On les avait aperçus se promenant dans le bois dominé par des sapins géants. D'après nos amis, elle était pétillante et lui, il avait miraculeusement recouvré sa bonne humeur. Sur le chemin du retour, enveloppés dans une pelisse en peau de renard, ils s'étaient serrés l'un contre l'autre dans le traîneau à patins. Cette image ne cesserait pas de m'obséder. L'homme que j'avais longtemps chéri ne s'était pas contenté de me rejeter, il m'avait volé mon amie. Ce jour-là, Geneviève l'avait choisi, lui, plutôt que moi. J'en fus mortifiée. J'avais perdu ma place dans le cœur de ma sœur d'adoption. L'amitié est un sentiment fragile. Si un homme s'immisce entre deux amies, il y en a toujours une qui sort meurtrie, et j'étais cette malheureuse.

Le bel état d'esprit de Montcalm ne dura pas. Au bout d'une semaine de silence, il sonna chez Geneviève. Un domestique l'introduisit au salon, où elle brodait une nappe. Il prit place dans le fauteuil à côté du sien en se plaignant d'une fatigue accablante. Comme si cela ne suffisait pas, il digérait mal, ce qui le forçait à mâcher de la gomme du matin au soir. Il s'était drogué un peu, juste une petite médecine qui ne l'avait pas remis sur pied. Où était passée son indomptable énergie? Il manquait d'entrain et se montrait irascible. Il ne pimentait plus ses conversations de traits d'humour comme auparavant. Bonne raison pour s'enfermer chez lui avec son vague à l'âme. Des jours entiers, il lisait l'*Encyclopédie des Beaux-Arts du Christianisme*. Il achevait les mots commençant par un «c»: collège, colonie, comédie, comète, concile…

«Ah! que je vois noir! soupira-t-il. Je donnerais la moitié de mon bien pour retourner dans ma patrie.»

Jamais il n'avait autant ressenti le mal du pays. Geneviève, qui me relata la scène après coup, appréhendait son inéluctable départ. Son visage, elle en était parfaitement consciente, trahissait sa crainte de le perdre. Pour échapper à son observation – il ne la quittait pas des yeux –, elle se leva et tira le cordon. La bonne apparut avec le thé.

«Vous voulez vraiment quitter la Nouvelle-France? s'enquit Geneviève en tournant la cuillère dans sa tasse. Que deviendrai-je loin de vous?»

Surprise d'avoir osé se livrer ainsi, elle fit dévier la conversation sur un terrain moins personnel. « N'avez-vous pas à cœur de conserver la colonie à la France ? Votre avancement s'en trouverait derechef assuré.

— J'étouffe ici, lui confia-t-il. Ma vie devient chaque jour plus insupportable. » Après un temps d'arrêt calculé, il reprit d'une voix envoûtante : « Je savoure chaque heure passée avec vous, belle Geneviève. Toutefois, je ne peux plus cautionner la corruption qui gangrène la Nouvelle-France. Je refuse d'en être le témoin silencieux. »

Il enrageait de voir Bigot et son ramassis de sangsues mener grand train et amasser des fortunes indécentes aux dépens de la population. En se taisant et en participant à leurs amusements, il se conduisait comme leur complice.

« Même mes officiers volent comme des mandarins », ajouta-t-il sur un ton désabusé.

La bonne passa les mignardises. Il en avala deux, puis se couvrit le visage de ses mains.

« Titus disait qu'il avait perdu sa journée quand il l'avait passée sans accorder un bienfait, fit-il. Ici, un Européen a bien employé la sienne quand il la passe sans découvrir une concussion.

— Croyez-vous vraiment que le pays tombera ? s'inquiéta Geneviève.

— Ma chère, qui pourrait dire où nous serons dans un an d'ici ? répondit-il en levant les bras en l'air. À moins d'un miracle, si la paix n'arrive pas en Europe, la colonie est perdue. Je ne vois rien qui puisse la sauver. Ceux qui la gouvernent ont des reproches à se faire. Moi, non. »

Il accepta une nouvelle tasse de thé en se demandant quand finirait cette pièce sordide dans laquelle il jouait un rôle. Jusqu'alors, il avait su garder son innocence au milieu de tous ces fripons avides qui fraudaient le peuple. Geneviève l'écoutait sans broncher. Comme elle l'admirait, ce grand homme assez humble pour avouer son impuissance ! Lui aussi l'observait du coin de l'œil et devinait ses angoisses intérieures.

« Rassurez-vous, chère Geneviève, je ne partirai pas. Mon sens du devoir me commande de défendre la France jusqu'à la dernière goutte de mon sang. Puisque les affaires de la colonie vont mal, il me revient de les réparer ou d'en retarder la perte le plus longtemps possible. »

Geneviève aurait voulu effacer l'amertume qu'elle lisait sur son visage. Lui, il apprécia son empathie. Cela le soulageait de confier ses soucis à une si bonne amie.

« Vous me comprenez si bien, vous saisissez mes pensées sans que j'aie à les développer. Sans vous, je n'arriverais pas à surmonter autant de déceptions. »

Il se frotta machinalement les paupières. Elle les trouva bouffies et lui en passa la remarque. Il admit rester éveillé des nuits entières à ressasser les malheurs de la colonie devenus les siens.

« Mes yeux ont besoin de repos, reconnut-il. Mais je croule sous la correspondance.

— Laissez-moi tenir la plume à votre place. »

L'idée lui plut. Sitôt les gâteries avalées, ils se mirent au travail dans le bureau de Tarieu. C'est ainsi qu'en lui servant de secrétaire cet après-midi-là et les suivants, Geneviève réalisa à quel point notre pays courait un éminent danger. Ce fut une chance pour elle de partager ses préoccupations. Quand le prix de la farine atteignit vingt sols la livre, il explosa :

« Je ne peux pas multiplier les pains comme dans l'Évangile. Si cela continue, nous périrons par manque de vivres sans tirer un seul coup de fusil. »

À l'époque, les hommes répugnaient à aborder les questions de stratégie guerrière en présence du sexe faible. Trop souvent, ils nous laissaient dans l'ignorance. Si une dame s'avisait de les interroger, ils la repoussaient, l'air de dire : retournez à vos fanfreluches…

Pendant ce temps, je me rongeais les sangs. Ce froid stupide avec Montcalm empoisonnait ma vie sociale. Geneviève m'avait lâchée. Le général l'occupait tout entière. Pour ajouter à ma mélancolie, l'hiver s'éternisait. Je venais de me couvrir d'une petite laine d'agneau quand un bruit de sabots m'attira à la fenêtre. À travers les carreaux embués, je reconnus la silhouette de Pierre. Mon beau cavalier galopait vers moi. Une barbe embroussaillée garnie de poils argentés lui mangeait le visage et sa capote s'ouvrait sur le devant. Appuyée contre sa poitrine, une forme humaine bougea. Lorsqu'il descendit de sa monture, la forme – une jeune enfant – resta sur la bête. Il la prit dans ses bras pour la déposer sur ses deux petites jambes. Pendant une seconde, je crus avoir la berlue. Non, je ne me trompais pas, il s'agissait bien d'une fillette en robe d'Indienne, coiffée de deux épaisses tresses noires. Ses yeux inquiets parcoururent l'horizon avant de se fixer sur lui. Il la guida dans l'allée. Je courus à la porte. Pierre entra, la sauvageonne sur ses talons. Il prit le temps de me serrer dans ses bras. La petite baissa la tête, gênée par nos tendres effusions. Après, je me penchai à sa hauteur et lui souris. Elle rougit comme une pivoine. Avant même que je demande à Pierre à qui appartenait cette jolie enfant, il me dit en la regardant affectueusement :

« Je t'ai ramené une petite esclave.

— Une esclave ? répétai-je.

— Une domestique, une esclave, comme tu voudras.

— Que veux-tu que j'en fasse ? Je ne lui donne même pas dix ans.

— Confie-la à ta bonne. Je veux qu'elle vive avec nous. »

Je m'éventai, le temps de réfléchir au parti à prendre. Je connaissais mon homme et je lui lançai sur un ton gentiment narquois :

« Comme c'est étrange, elle a tes yeux marron !

— Mon amour, tu as tes secrets, j'ai les miens », fit-il, un peu gêné tout de même.

Bien qu'il ne m'en eût jamais parlé, je me doutais qu'une squaw lui avait tourné la tête dans la forêt profonde. Je ne me souciais pas de savoir s'il l'aimait, puisqu'il me revenait toujours et que ses caresses ne manquaient pas d'ardeur. Comme il vagabondait d'est en ouest, je trouvais rassurant de penser qu'il ne restait jamais suffisamment longtemps au même endroit pour s'attacher. Mais pourquoi me ramenait-il cette enfant ?

«La petite n'a plus personne», fit-il comme s'il avait deviné ma question.

C'était difficile à croire, étant donné le légendaire esprit de famille des Abénaquis. Sur le coup, l'arrivée de cette petite de sang mêlé que je n'avais pas souhaitée m'indisposa, même si je me gardai de le montrer. Avait-elle été conçue au premier temps de mon mariage? Cela m'effleura l'esprit que ma fille morte à la naissance aurait à peu près le même âge. Je n'osai pas embarrasser Pierre, même si ma question ne manquait pas d'à-propos. Quoi qu'il en soit, elle était si mignonne avec ses yeux marron qui me fixaient comme si son sort dépendait de moi. Je fis mine d'être d'accord pour la garder. Je trouverais bien le moyen de me débarrasser d'elle le moment venu.

«Bonjour, fillette, comment t'appelles-tu?» lui demandai-je.

Elle souleva les épaules en signe d'incompréhension et implora Pierre du regard.

«Elle s'appelle Donoma. Cela signifie "le soleil est là" chez les Abénaquis. Mais elle ne comprend pas le français.

— Alors, il faudra le lui apprendre. En attendant, on va décrotter son joli minois.»

Je tirai le cordon et Agathe apparut.

«Oui, madame?» Et alors, elle aperçut Donoma. «Doux Jésus! la belle sauvageonne!»

Chère Agathe, toujours aussi chaleureuse! songeai-je.

«Je vous la confie, lui dis-je. Donnez-lui un bain. Et voyez si elle est couverte de poux.

— Viens, ma petite!» dit Agathe, visiblement contente d'hériter de cette tâche.

Pierre fit signe à la fillette de suivre cette grosse femme attirante comme du bon pain qui lui tendait les bras.

Bien entendu, la ressemblance frappa Geneviève. L'enfant était la miniature de Pierre.

«Que ferez-vous de cette fillette de sang mêlé? me demanda-t-elle.

— Je ne sais pas encore, admis-je. Je la trouve bien trop jeune pour la mettre en service. Pour l'instant, je vais la prendre sous mon aile. »

La perspective de jouer à la poupée avec cette belle enfant me souriait. Geneviève ne s'en étonna pas. Elle connaissait mon cœur généreux et savait que mon mari et moi avions nos propres règles de vie. Mon coureur des bois recherchait l'aventure. Chaque heure du jour devait le mettre en contact avec les grands espaces. En société, il se languissait, impatient de regagner la forêt et ses ombres mystérieuses. À maints égards, nous étions pareils. Il fuyait la monotonie sur les routes, moi, dans les salons. Désormais, les yeux marron de Donoma me rappelleraient qu'une autre femme avait reçu les caresses de mon mari. Élisabeth, je m'en confesse, je m'efforçai de chasser cette pensée de mon esprit, car je ne voulais pas prendre la petite en grippe.

Bougainville chez le roi Louis XV

La *Victoire* accosta à Morlaix, en Bretagne, à la fin de décembre 1758, après une traversée de cinquante-deux jours. Comme Bougainville me le raconterait à son retour, le voilier avait évité de justesse les corsaires et frôlé le naufrage. Le comte grimpa dans la diligence pour Paris. Le trajet s'accomplit péniblement. Il n'aurait pas su dire ce qui, du cahotement ou du babillage discontinu des passagers, l'avait le plus incommodé. Il ne fut pas fâché de reconnaître la rue du Mail, à petite distance de la porte Saint-Honoré. Après avoir dormi sur des paillasses inconfortables dans les relais, il apprécia sa chambre à l'hôtel de l'Europe. Sa toilette faite, il réclama son dîner. Il avait hâte de voir madame de Hérault de Séchelles, qu'il considérait comme sa mère. Auparavant, il avait rendez-vous à Versailles avec Nicolas-René Berryer, récemment promu secrétaire d'État de la Marine. Louis XV le recevrait en audience. Bougainville lui décrirait l'état lamentable du Canada et lui ferait part de ses besoins criants. Il avait profité de la traversée pour rédiger quatre mémoires à partir des notes du général Montcalm. Naturellement, il tâcherait aussi de favoriser son propre avancement. De grandes ambitions le dévoraient, il ne se le cacha pas à lui-même.

Le lendemain, un jeudi ensoleillé, il se fit conduire à Versailles, au sud-ouest de Paris. Le parc lui était familier. Enfant, ce petit Parisien orphelin de mère avait été confié à madame de Hérault de Séchelles, une noble versaillaise. Elle l'avait souvent emmené admirer les jardins savamment créés sous Louis XIV par André Le Nôtre. Vingt-cinq ans après, ses fonctions l'y ramenaient. Passionné d'horticulture comme l'illustre souverain disparu, il s'amusa à imaginer combien de brouettes pleines de terre il avait fallu pour aménager les parterres, le canal et l'Orangerie. Combien de milliers d'hommes les avaient poussées ?

Au bout d'une allée plantée d'arbres taillés avec art, les grilles du château scintillaient au soleil. Louis XV y résidait avec sa famille et ses courtisanes. Appelé « le bien-aimé » au début de son règne, le monarque ne jouissait plus d'une grande popularité auprès des Français. En compagnie de monsieur Berryer, Bougainville traversa les salons en enfilade, riches de dorures et de bas-reliefs, pour gagner les appartements royaux. Quelle magnificence ! Les deux hommes furent admis dans le cabinet du conseil, après le déjeuner de Son Altesse. Des scènes de chasse, sport que pratiquait le roi, ornaient les murs aux boiseries sculptées. Les présentations se déroulèrent selon le protocole.

« Sire, le comte de Bougainville, porteur des mémoires du général Montcalm. »

L'officier s'avança d'un pas et s'inclina devant le roi. Louis XV esquissa un vague signe de tête, un sourire désabusé aux lèvres. Il était grand et son costume de velours noir le faisait paraître plus élancé encore. Son visage au teint olivâtre exprimait l'ennui. Il coula un regard indifférent sur son invité.

« On m'a dit que vous étiez un scientifique ? » commença-t-il sans enthousiasme, comme s'il s'acquittait d'une tâche répétitive.

Bougainville savait le roi passionné d'architecture, de mathématiques et d'astronomie. Sans tarder – chaque minute comptait –, il lui présenta la carte topographique de la Nouvelle-France sur laquelle figuraient les forts de Chambly, Carillon, Duquesne et ceux de la vallée de l'Ohio.

« Ah ! nos braves soldats du Canada ! » laissa échapper le souverain d'une voix éraillée.

Soudain, il s'anima en suivant avec son doigt les points indiqués en caractères gras. Rien ne lui plaisait comme de consulter des plans. Il en dessinait lui-même sur de grandes feuilles posées sur son secrétaire à cylindre. En découvrant Carillon, il l'interrogea :

« Parlez-moi de la dernière victoire du marquis de Montcalm. »

Bougainville s'exécuta. Il profita ensuite de l'occasion pour décrire les forces en présence :

« Nos trois vastes frontières vulnérables sont défendues par dix mille hommes mal nourris, qui manquent de munitions et de chaussures. En face, il y a soixante mille Britanniques. »

L'émissaire de Montcalm exagérait l'écart entre les deux armées dans l'espoir de convaincre le roi et son ministre des dangers qui menaçaient la Nouvelle-France. D'abord impressionné par le récit de la bataille, Louis XV perdit intérêt lorsque son visiteur enchaîna sur le drame de la colonie à bout de ressources.

« Comme vous le constaterez en parcourant les mémoires du général, insista Bougainville, seule la fin de la guerre en Europe pourrait empêcher le Canada de tomber. Celui qui dira le contraire trompera Votre Altesse.

— Le marquis de Montcalm semble-t-il découragé ?

— Il n'a pas perdu espoir de vaincre. Ses troupes sont résolues à l'emporter ou à s'ensevelir sous les ruines de la colonie. Le général sait que les guerres ont épuisé la mère patrie. Néanmoins, il espère qu'elle consentira le puissant effort nécessaire pour égaliser les chances en Amérique.

— Je veux bien faire la guerre, mais je ne peux la faire partout », s'impatienta le roi, avant d'énumérer les points du globe où ses armées étaient déployées.

Un peu las, il voulut ensuite savoir comment les Canadiens se comportaient au combat. Là encore, Bougainville noircit le portrait afin de lui démontrer l'utilité d'envoyer des recrues.

« Les miliciens canadiens sont braves dans les bois et bons pour l'attaque, quand tout va bien. Toutefois, ils se découragent dans l'infortune. En fait, ils manquent de discipline. »

Bougainville tendit les mémoires de Montcalm au roi, qui les remit à monsieur Berryer. Louis XV jugeait la défense du Canada irréaliste. D'abord, parce que la marine française était anémique ; aussi, à cause de l'éloignement de la colonie. Bougainville réclama néanmoins un dernier effort pour permettre à la France de conserver un pied en Amérique.

« Si vous me permettez, Majesté, risqua-t-il timidement, le Canada doit être traité comme un malade qu'on soutient avec des cordiaux. »

La rencontre s'acheva sur cette note peu encourageante. Avant de le laisser partir, Louis XV le nomma colonel des troupes. À ce brevet s'ajouta une autre bonne nouvelle : le roi lui accordait la croix de Saint-Louis. Pour une surprise, cela en fut toute une, car le jeune officier ne disposait pas de l'ancienneté requise pour accéder à cette dignité. Le mot de Montcalm vantant son zèle au combat avait pesé dans la balance. Louis XV se leva, signe que l'audience s'achevait. Bougainville suivit le secrétaire d'État Berryer vers la sortie.

Bougainville s'était-il montré trop défaitiste ? Il s'en inquiéta en se laissant conduire chez madame de Pompadour. Bien que la maîtresse du souverain fût une relation de sa famille, il ne l'avait jamais rencontrée. Grande et svelte, elle méritait sa réputation d'irrésistible séductrice, malgré ses trente-huit ans. Visage gracieux, peau magnifique et dents très blanches. Elle portait une robe turquoise et un collier de fleurs au cou. Des boucles d'or brillaient à ses oreilles. Au temps de leur liaison torride, Louis XV l'avait installée au château de Versailles, dans des appartements au-dessus des siens. Il la rejoignait en passant par l'escalier secret qu'il avait fait construire entre les deux étages. À présent, elle vivait dans une résidence à deux pas du palais royal. Même si elle ne partageait plus la couche du souverain, elle conservait son influence sur lui.

« Mon ami Berryer s'occupe bien de vous ? » demanda-t-elle à Bougainville.

La question laissa ce dernier pantois. Avec ses airs de justicier, l'ancien policier lui inspirait de la méfiance. Le chevalier de Mirabeau, un proche des Bougainville, l'avait mis en garde contre ce "vilain sac à charbon doté d'une âme aussi noire que sa peau". Après un moment d'hésitation, il jugea plus sage de garder pour lui ses premières impressions.

« Monsieur Berryer m'a simplement conduit chez le roi. Je le reverrai plus tard pour discuter. »

La marquise de Pompadour n'ignorait pas la mauvaise réputation qui collait à la peau du secrétaire d'État. Elle concéda d'emblée qu'il était grossier, mais précisa, comme pour s'excuser de l'avoir fait nommer à ce prestigieux poste, qu'elle comptait sur sa vigilance pour la protéger des intrigants qui pullulaient autour du roi.

« Il m'a souvent sauvé du poison, ajouta-t-elle sans approfondir le sujet.

— Malheureusement, dit Bougainville, gagné par la confiance, je n'ai pas senti chez lui beaucoup d'intérêt pour le Canada.

— Ne présumez de rien, colonel. Laissez-lui le temps de parcourir vos mémoires. Peut-être le convaincront-ils du bien-fondé de vos requêtes ? D'ailleurs, je lui en glisserai un mot.

— Le général Montcalm redoute le pire pour la Nouvelle-France », avança Bougainville.

Était-ce une bonne idée de glisser son nom dans la conversation ? Montcalm l'avait prévenu que madame de Pompadour ne lui pardonnait pas d'avoir refusé jadis d'épouser une de ses cousines. Bougainville vanta les mérites de son supérieur laissé sans ressources dans un pays chancelant. Il ne s'attarda pas sur les démêlés de ce dernier avec le gouverneur Vaudreuil.

Après l'avoir écouté énumérer les faits d'armes de Montcalm, la marquise se leva et se dirigea vers le fond du boudoir. Des tableaux de grands maîtres s'empilaient contre le mur. À leur place, elle avait épinglé des cartes de la Nouvelle-France. Chaque victoire et chaque défaite étaient marquées d'un petit carré de taffetas de couleur différente. Bougainville y vit la preuve qu'elle s'intéressait à ce qui se déroulait outre-Atlantique.

« Avez-vous informé Sa Majesté du tragique de la situation en Nouvelle-France ?

— Je n'en ai guère eu le temps, répondit-il.

— Alors, dites-moi tout. Ne suis-je pas son premier ministre ?

— Nous avons de bonnes raisons de croire qu'au printemps les Anglais vont attaquer avec trois armées, l'une par le Saint-Laurent, les deux autres par le lac Champlain et le lac Ontario. »

Il lui dévoila la stratégie du général. Elle la jugea audacieuse, mais fort judicieuse. Il ne manquait plus que les fonds.

« Je sais, s'affligea-t-il, les coffres du roi sont vides.

— Ne vous inquiétez pas, colonel, je trouverai les deux millions nécessaires, quitte à m'engager moi-même pour cette somme. »

Bougainville allait se retirer, quand elle lui offrit une coupe de champagne.

« C'est le seul boire qui laisse la femme belle après boire », dit-elle avant de lui proposer des chocolats réputés aphrodisiaques.

Il accepta sans y voir d'intentions peu vertueuses, car cela faisait partie d'un cérémonial de la cour que l'hôtesse observait toujours. Tandis qu'elle l'entraînait dans sa bibliothèque, elle évoqua les philosophes dont elle affirmait être la protectrice, notamment Montesquieu, qu'elle défendait contre ses adversaires, et Voltaire, élu grâce à elle à l'Académie française, après un refus humiliant de ses pairs. Le cher homme lui devait aussi sa réconciliation avec Louis XV.

« Voltaire et moi adorons le théâtre. J'ai fait construire une salle ici même. Nos meilleurs comédiens y jouent : Racine, Molière, Corneille. Venez assister à l'une de nos représentations avant votre départ pour le Canada. Vous y rencontrerez les gens les plus cultivés de France. »

Bougainville le lui promit. Il ajouta avec un sourire malicieux :

« Dans son essai sur les mœurs et l'esprit des nations, Voltaire décrit le Canada comme un pays couvert de glaces huit mois par année et peuplé de barbares, d'ours et de castors. »

Madame de Pompadour passa son bras sous le sien et le gronda gentiment :

« Soyez bon joueur, colonel. Accordez à Voltaire que ce pays est dur.

— Certes, mais de là à se demander tout haut combien de temps encore le pauvre genre humain s'égorgera pour quelques arpents de neige au Canada, il y a une marge. Il faudrait le convaincre d'y faire un séjour. Je lui servirais volontiers de guide.

— Que voilà un ardent défenseur de la Nouvelle-France ! »

Elle se rendit à son secrétaire en bois de rose, prit un portrait de Louis XV et le lui tendit :

« Remettez-le au marquis de Montcalm. Vous m'avez convaincue : il mérite mon estime. »

Les rencontres de Bougainville avec monsieur Berryer s'avérèrent moins fructueuses. L'ancien lieutenant général de police ne comprenait pas ou ne voulait pas comprendre ce qui se passait en Amérique. Après avoir lu les mémoires de Montcalm, il avertit Bougainville de ne pas fonder trop d'espoir. Sa courte vue désola ce dernier. Décidément, le sort de la Nouvelle-France était entre des mains bien insouciantes ! Peu avant son départ, à la mi-février, l'envoyé de Montcalm lui livra son ultime plaidoyer, car, malgré sa belle assurance, la Pompadour n'avait pas trouvé les fonds promis.

« Monsieur le ministre, il nous faut de la poudre, des armes, des vivres et une escadre pour défendre l'entrée du Saint-Laurent », le supplia-t-il.

Berryer se contenta de lui réitérer que la colonie ne recevrait pas grand secours de Versailles. Bougainville prêchait dans le désert. Il réclama tout de même de l'artillerie lourde et des soldats en lui jetant un regard rempli de désespoir.

« Si Québec tombe, toute la colonie sera perdue.

— Colonel, lui répliqua Berryer en refermant le dossier posé sur sa table, on ne cherche point à sauver les écuries quand le feu est à la maison. »

Son ton tranchant comme une lame heurta Bougainville. Le fonctionnaire hautain et méprisant faisait preuve d'autant de dureté que d'ignorance. Bougainville lui rétorqua vivement :

« Du moins, Monsieur, on ne dira pas que vous parlez comme un cheval. »

La parabole arrogante du secrétaire d'État lui resta en travers de la gorge. Il ne s'expliquait pas non plus le peu d'échos que trouvaient les inquiétudes de Montcalm à propos de la mauvaise administration de la colonie. Berryer savait que la folie dépensière de Bigot avait conduit la Nouvelle-France à sa perte. Le rapport du général, dévastateur pour l'intendant, levait le voile sur l'ingénieux stratagème de celui-ci : il achetait à fort prix, au nom du roi, ce qu'il aurait pu se procurer à moitié meilleur marché.

« Le sieur Bigot tient l'État le plus splendide au milieu de la misère publique, concéda le ministre. Plus de trente millions de dépenses, c'est exorbitant ! »

Berryer voulut se faire rassurant. Si rien ne changeait, des sanctions tomberaient.

« Autre chose ? demanda-t-il à Bougainville à l'issue de ce dernier tête-à-tête.

— Je pense que nous avons fait le tour de la question.

— Colonel, dites au général Montcalm que le roi examinera sa demande de rappel et son remplacement par le chevalier de Lévis. Toutefois, il ne recevra pas beaucoup d'aide. »

Louis-Antoine de Bougainville quitta Versailles fort contrarié. De retour à Paris, il emprunta la rue des Fossés et se dirigea à pied vers le café Procope, voisin de la Comédie-Française. C'était le lieu de rendez-vous des intellectuels et il ne voulait pas repartir en Amérique avant de s'être retrempé aux sources. L'établissement à moitié vide baignait dans une atmosphère poétique. Des glaces couvraient les murs de haut en bas et les tables tapissées de plaques de marbre frappaient l'œil. Il s'installa près de la cheminée et commanda une pâtisserie au garçon, un homme d'âge mûr, à qui il demanda où s'assoyait monsieur de Voltaire.

« Oh ! il ne vient plus au Procope depuis bientôt dix ans, se désola celui-ci.

— Je sais, fit l'officier, mais, dites-moi, quelle place préférait-il ?

— Là, tout près de la fenêtre. Il écrivait pendant des heures, parfois jusqu'à la tombée du jour, sans même se soucier du temps qui passait. »

Bougainville imagina Voltaire à la table voisine, occupé à livrer à sa feuille ses impressions assassines sur le Canada. En avait-il débattu avec les beaux esprits qui fréquentaient ce lieu mythique ? Pendant son séjour en France, le nouveau colonel s'était laissé entraîner dans le tourbillon des divertissements intelligents, allant au théâtre et dînant avec des personnages importants. Carillon et ses forêts impénétrables lui semblaient alors très loin. Dans les salons parisiens, les dames le félicitaient de sa promotion. Les hommes, eux, lui enviaient sa croix de Saint-Louis. Décidément, il avait bien servi ses propres intérêts.

En revanche, sa mission de sauvetage de la Nouvelle-France s'avérait un fiasco. L'allégorie chevaline de mauvais goût de Berryer ne passait pas. Pour sa pauvre « écurie », Bougainville avait obtenu quatre cents recrues, au lieu du millier réclamé. Louis XV n'avait guère fait preuve de plus d'écoute. Jamais le nouveau colonel n'oserait l'affirmer publiquement, mais il avait trouvé le souverain indifférent aux malheurs de la Nouvelle-France. Seule la Pompadour l'avait appuyé sans réserve. Toutefois, elle avait présumé de sa capacité à faire pousser l'argent. Grands dieux ! qu'avait-il espéré ? Que « la première putain de France », comme la raillait son entourage, couperait dans ses dépenses personnelles pour expédier plus de soldats à Montcalm ?

Il fit signe au garçon de café de lui apporter une plume et un encrier. Son message au général irait droit au but : *Le roi abandonne le Canada.* En France, pays exsangue miné par la corruption, les finances s'épuisaient et l'armée connaissait revers sur revers sur le continent. Il écrivit : *Versailles vous envoie des vivres, des munitions, mais peu d'hommes et aucun vaisseau de guerre. Berryer m'a prévenu que Québec serait attaqué par les forces de la Vieille Angleterre et celles de la Nouvelle. Il en serait de même des autres frontières. Et cependant, la cour ne veut aucune capitulation. Elle vous demande de conserver un pied au Canada, coûte que coûte.*

Bougainville lui résumait en trois lignes la complexité de la situation qu'il avait pu observer dans les officines ministérielles. Que d'âneries avait-on débitées en sa présence ! Ne restait plus qu'à chiffrer son message et à l'expédier par le prochain navire en partance pour le Canada.

Sa seconde lettre s'adressait à Marie-Anne. Il lui décrivit ses promenades solitaires dans Paris et ses rencontres avec des hommes de science en vue. Toutefois, il omit de lui mentionner les pressions de sa mère adoptive, madame de Hérault de Séchelles, sur lui. Cette grande aristocrate n'approuvait pas les liens affectueux qu'il entretenait avec une Canadienne. Elle se souciait trop de son avancement pour le laisser compromettre son avenir avec une femme de la bourgeoisie marchande, aussi noble fût-elle dans son pays. Dans l'espoir de lui dénicher une riche héritière française, elle avait épluché son carnet mondain. Elle avait argumenté si sensément que Bougainville s'en trouvait ébranlé. Devait-il rompre avec Marie-Anne ? En tout cas, sa façon de garder ses distances vis-à-vis de ma cousine me le donnerait à croire.

Le nouveau chevalier de Saint-Louis poussa un soupir en débarquant à Québec le 10 mai. Comme pour donner raison à Voltaire, le *Chézine*, une frégate de vingt-six canons partie de Bordeaux à la fin de mars, était resté figé dans les glaces pendant dix-huit jours. Sa lettre codée prévenant Montcalm du désengagement de Versailles l'avait précédé. Le général ne serait donc pas surpris de le voir arriver avec quelques centaines de recrues tout au plus. Sitôt débarqué, il se précipita chez Montcalm pour lui remettre les dépêches contenant les instructions du roi et du secrétaire d'État. Avant tout, il le remercia d'être intervenu pour lui obtenir de l'avancement :

« Mon général, vous portez bonheur à tout ce dont vous vous mêlez. »

Montcalm lui sourit en décachetant le premier pli confidentiel. Désappointement pour lui – mais quel soulagement ce serait pour Geneviève ! –, Louis XV refusait de lui accorder son rappel, malgré la recommandation contraire de Berryer. Sa Majesté le jugeait irremplaçable. Pour atténuer sa déception, le roi le nommait lieutenant général, soit le poste le plus élevé en Canada.

« J'ai pris sur moi de vous faire tailler un habit convenant à votre rang », lui annonça Bougainville en lui offrant ses vives félicitations.

Vaudreuil rétrogradé? Toute une surprise! Désormais, il n'était plus seul maître à bord. À défaut de commander les corps d'armée, le gouverneur se pavanerait dans un uniforme chamarré de décorations et exhiberait sa grand'croix de l'ordre de Saint-Louis. Montcalm parcourut les décrets confirmant les titres honorifiques et les promotions. Lévis devenait maréchal de camp et Bourlamaque, brigadier. Louis XV accordait aussi la croix de Saint-Louis à plusieurs officiers supérieurs, dont Tarieu de Lanaudière. En somme, au lieu d'envoyer des secours, Versailles exaltait l'orgueil de ses hauts gradés en leur décernant des médailles.

«Mon général, vous êtes l'homme du jour à Versailles, l'assura Bougainville. Les enfants connaissent votre nom. On a chanté un *Te Deum* dans tout le pays en apprenant votre victoire à Carillon. Sa Majesté est très satisfaite de vos services et ses ministres m'ont chargé de vous adresser leurs compliments. Vous serez bientôt fait maréchal de France.»

Ces louanges enchantèrent Montcalm, sans altérer son sens de l'autodérision:

«Eh! bien, en Canada, je ne suis pas l'homme du jour, si j'en ai l'air à Paris.»

Bougainville garda pour la fin une bien triste nouvelle. Dans le port de Bordeaux, un messager lui avait appris qu'une des quatre filles de Montcalm avait succombé à la maladie.

«Laquelle? voulut savoir le général, soudainement grave.

— Le messager qui m'a prévenu l'ignorait et j'ai manqué de temps pour enquêter.

— Il doit s'agir de la fragile Mirèle, dit-il. J'aimais tant cette petite. Elle me ressemblait.»

Pour oublier son chagrin, Montcalm s'absorba dans le travail. Sa promotion déclencha une chaîne d'imbroglios. Hiérarchiquement parlant, Montcalm devenait le supérieur du gouverneur Vaudreuil. Aïe! Aïe! Aïe!

Peu après, je laissai Donoma aux bons soins de la vieille Agathe, trop contente de pouvoir la câliner du matin au soir, et je pris la route de Montréal en compagnie de Geneviève. Nous avions hâte de féliciter le nouveau lieutenant général Montcalm, qui avait regagné ses quartiers d'été. Nous logions chez ma mère, d'où nous fûmes témoins de la pire débâcle de l'histoire de la métropole. Le spectacle des glaces en folie nous épouvanta. Il devait être sept heures du matin quand le vent commença à mugir sur le fleuve. De gigantesques icebergs aux allures de hautes montagnes s'élevaient dans les airs avant de se fracasser au sol. Le bruit assourdissant me réveilla. J'enfilai un peignoir de flanelle sur ma chemise de nuit, car l'humidité me transperçait jusqu'à la moelle. Geneviève était déjà rivée à la fenêtre, les yeux fixés sur le torrent qui se déversait furieusement dans la rue. C'était apeurant et ma mère, son bonnet de nuit enfoncé sur le crâne, lâchait des cris quand l'eau frappait la maison. Chaque printemps, lorsque la glace se rompait, des morceaux charriés par le courant semaient la dévastation. Les habitations construites trop près du Saint-Laurent s'écroulaient comme des châteaux de cartes.

Une fois le calme revenu, je m'habillai en vitesse pour aller dehors vérifier l'ampleur des dégâts. Maman s'énerva. N'avais-je donc pas une once de cervelle? Vous pensez bien, Élisabeth, que je ne me laissai pas arrêter par ses remontrances. Je ne le regrettai pas, puisque je croisai Bougainville dans la rue. Le nouveau colonel profita de l'occasion pour me faire le récit détaillé de son séjour en France que je viens de vous relater. Au moment de prendre congé, je m'ingéniai à lui soutirer des aveux qui me permettraient de rassurer Marie-Anne sur ses sentiments. Il accueillit mes questions avec réserve, ce que j'attribuai à la timidité propre aux amants discrets. J'en conclus qu'en France il avait compté les jours le séparant de ma cousine. Je me promis de lui rapporter notre conversation.

Ce même soir, ma mère invita Montcalm à veiller à la maison pour faire plaisir à Geneviève. Je montai à ma chambre sous prétexte de leur laisser le salon. En réalité, j'étais mal à l'aise à l'idée de me retrouver en sa présence. Au bout d'un quart d'heure, Geneviève envoya la bonne me prier de descendre. Au pied de l'escalier, elle me saisit par les épaules et dit :

« Ma petite Catherine, je vous laisse seule avec Louis-Joseph. Je m'attends à ce que vous fassiez la paix tous les deux. Cette brouille a assez duré, elle nous empoisonne la vie. »

C'était à la fois une requête et un ordre. Je m'y pliai de bonne grâce, contente d'enterrer la hache de guerre une fois pour toutes. En me voyant m'avancer vers lui, Montcalm me tendit ses deux mains. Au lieu de revenir sur ce qui nous avait séparés, nous fîmes table rase du passé. Notre réconciliation fut pour lui comme pour moi un soulagement. Geneviève s'en félicita. La soirée se poursuivit agréablement. Nous nous amusâmes de la folle rumeur qui circulait en ville : quelqu'un aurait tenté d'empoisonner Montcalm à l'arsenic. Jeanne de Vaudreuil avait fait ses choux gras de ce racontar. Le général rit en apprenant que les curés, anticipant sa mort, célébraient des messes pour le repos de son âme.

« Pour apaiser mes admirateurs, je vais me montrer en public comme l'Héraclius de Corneille », nous annonça-t-il.

Chère Élisabeth, je m'arrête ici, car les forces m'abandonnent. Il me tarde de me reposer l'esprit. J'attendrai vos commentaires avant de reprendre le collier.

Chère madame de Beaubassin,

Votre nouveau cahier a mis du temps à m'arriver, si bien que, ne les recevant pas, j'eus conscience de vous avoir offensée. Je le regrette sincèrement. Qui suis-je pour vous faire la morale ? Vous avez mené une vie tourmentée sans jamais vous laisser gagner par l'abattement. C'est tout à votre honneur et je m'en veux de ne pas vous avoir manifesté plus d'empathie.

Preuve que vous m'avez pardonné, vous avez repris la plume. Vous êtes maintenant réconciliée avec votre ami Montcalm, qui vous avait si méchamment égratigné le cœur. Votre quotidien de « deuxième violon » recommencera donc comme avant la dispute. Une question me brûle : d'après vos observations, Geneviève aimait-elle passionnément Montcalm ? Ou cherchait-elle simplement une aventure sans lendemain pour mettre du piquant dans sa vie monotone ? Avouez qu'elle ne partageait pas facilement ses secrets d'alcôve avec vous. Comme cela a dû s'avérer frustrant pour un esprit curieux comme le vôtre d'avoir à forcer ses confidences !

Vous semblez croire que Geneviève nourrissait encore des sentiments pour son mari, malgré ses liens avec Montcalm. J'en reste perplexe. Peut-on vraiment aimer deux hommes à la fois ? Et Montcalm ? Savez-vous s'il éprouvait de l'amour pour Geneviève ? Lui, en tout cas, ne cultivait pas la discrétion. Gageons que vous n'avez pas eu de difficulté à lui tirer les vers du nez.

Cela peut paraître futile de disséquer les états d'âme de ces deux êtres d'exception, alors que débutait le terrible été de 1759. Ne m'en veuillez pas d'insister. Le moment me semble bien choisi puisque vous aborderez maintenant la tragédie qui bouleversa leurs vies à jamais.

Mille amitiés,
Votre Élisabeth

Cinquième cahier
Printemps et été 1759

Les voiles anglaises se pointent à l'horizon

Mais non, mais non, Élisabeth, je ne suis pas fâchée. C'est la maladie qui m'a privée du bonheur de vous écrire. Je suis sujette à des malaises passagers qui m'obligent à écourter mes heures de travail. Mais je ne vous ferai pas languir plus longtemps. Entrons dans le vif du sujet. Oui, je crois sincèrement que Geneviève et Montcalm s'aimaient follement et je vous en apporterai bientôt la preuve. Pour l'instant, je m'en voudrais de ne pas vous décrire les appréhensions qui s'emparèrent de nous au fur et à mesure que se dessinait la catastrophe qui nous frappa à l'été 1759.

Je vous ai déjà parlé de Roch de Ramezay, l'oncle de Geneviève. Il refit surface dans sa vie au printemps de cette année-là. Cela peut surprendre, car sa famille avait rompu avec lui depuis huit ans. Ses sœurs, dont madame de Boishébert, ne lui pardonnaient pas de les avoir spoliées en s'appropriant les deux tiers de la succession de leur défunte mère, Charlotte de Ramezay. Pour y arriver, il avait fait prévaloir son droit d'aînesse devant la cour. Cette affaire d'héritage avait engendré querelle et frustration. Fatiguées des chicanes, elles lui avaient cédé leurs parts, tout en lui gardant rancune. À présent, la guerre occupait tous les esprits et leur ressentiment s'étiolait.

Toujours est-il que le sieur de Ramezay s'annonça chez les Lanaudière le 22 mai. Cette date est restée gravée dans ma mémoire parce que, le même jour, Montcalm avait reçu la confirmation qu'une flotte anglaise d'une dizaine de voiles remontait le Saint-Laurent et s'approchait du Bic. La nouvelle avait suscité un branle-bas de combat dans la capitale. Récemment nommé lieutenant du roi à Québec, Ramezay était chargé d'assurer la défense de la ville. À l'heure dite, il se présenta rue du Parloir.

Geneviève lisait au salon. Elle entendit sonner, puis la porte grinça. Lentement, elle leva les yeux. Son oncle restait là, planté dans l'embrasure.

« Quel bon vent vous amène, mon oncle ? Je vous en prie, assoyez-vous. »

Geneviève le trouva vieilli. Amaigri aussi. Il avait un teint gris de cendre et paraissait plus fragile que dans son souvenir. Voyant qu'il ne bronchait pas, elle se leva et alla au-devant de lui. Il posa un baiser sur son front et garda ses mains dans les siennes jusqu'à ce qu'ils prennent leurs places sur la causeuse. Il n'y aurait pas d'explication, ni lui ni elle n'en souhaitaient.

« Je n'ai pas encore eu l'occasion de vous féliciter, lui dit-elle. Vous êtes maintenant lieutenant du roi, à ce qu'on m'a appris.

— Eh oui ! Sa Majesté m'honore de sa confiance.

— C'est très impressionnant.

— Le roi n'a pas coutume d'avancer dans le service un officier dont il n'est pas content, acquiesça-t-il. J'en conclus qu'il est satisfait de moi. Me voilà au sommet. »

La fausse humilité de son oncle la fit sourire. Elle se dégagea et s'adossa au petit canapé.

« D'après Tarieu, vos nouvelles responsabilités pèsent lourd.

— Je ne suis pas appelé à des actions éclatantes, mais le défi est immense. D'ailleurs, ce sont mes fonctions qui m'amènent chez vous aujourd'hui. Votre mari n'est pas là ?

— Non, malheureusement. Tarieu avait rendez-vous avec le gouverneur pour lui présenter un projet visant à bloquer l'avancée des Anglais dans le fleuve. De quoi souhaitiez-vous lui parler ?

— Comme vous savez, les Anglais nous menacent. Je dois préparer la Ville à répondre en cas d'attaque. Or, votre maison se trouve parmi les plus exposées aux tirs provenant du fleuve. C'est pourquoi nous allons installer deux pièces de canon dans votre jardin. »

Geneviève mit ses deux mains sur son visage. Son oncle s'empressa de la rassurer :

«Ne vous affolez pas, ma petite Geneviève. Pour l'instant, il s'agit simplement d'une mesure de prudence. Mais je tenais à vous en aviser moi-même.

— Le général Montcalm dit que, dans l'état actuel, la ville ne pourrait pas soutenir un long siège, s'inquiéta Geneviève.

— Je vois, vous êtes déjà au courant. Dans l'éventualité d'un débarquement dans la basse-ville, nous avons prévu d'installer des palissades de manière à isoler le bas du haut de la ville.

— Où construirez-vous ce mur?»

Il se leva et alla à la fenêtre qui donnait sur le haut de la falaise.

«Au bout de la rue du Parloir. Nos ouvrages protégeront aussi le séminaire.»

Il se lança alors dans des explications techniques à propos des opérations militaires à venir. Geneviève avait perdu tout intérêt. Elle ne pensait plus qu'aux canons qui défigureraient son jardin. La menace se précisait. Jusque-là, elle avait préféré croire que Québec serait épargnée. À présent, elle se demandait ce qui nous attendait. La voix de son oncle la ramena à la réalité du moment. Il se levait pour prendre congé.

«Je dois vous quitter, ma chère nièce. Le général Montcalm est arrivé de Montréal hier et un conseil de guerre présidé par le gouverneur se tient à l'intendance en fin d'après-midi.»

La suite, je la tiens de Montcalm. Il était déjà dans la salle de réunion lorsque Ramezay prit sa place en face de l'intendant Bigot. Les officiers et les capitaines de frégate discutaient en attendant le gouverneur. Fidèle à lui-même, le général déplorait l'indolence de ce dernier.

«Il y a trois mois, attaqua-t-il, je lui avais recommandé de construire des redoutes le long de la Côte-du-Sud, au cap Tourmente et dans la ville de Québec. Chaque fois, j'ai eu droit à la même rengaine: "Rien ne presse." Résultat: il est minuit moins cinq et la colonie est mal protégée.»

Les officiers l'approuvèrent sans réaliser que le gouverneur venait d'entrer dans la pièce. Vêtu de son uniforme rouge tout galonné, celui-ci dissimulait mal sa nervosité.

« C'est officiel, le général Wolfe a reçu l'ordre de bombarder Québec », lança-t-il à l'état-major avant de s'asseoir au bout de la table.

Même s'il avait désormais préséance, Montcalm lui cédait le fauteuil sculpté à haut dossier. Sa récente accession au poste de lieutenant général indisposait le gouverneur, qui faisait ouvertement fi des ordres reçus de la cour. Au lieu de s'effacer devant son nouveau supérieur, il se montrait directif, à tel point que Montcalm l'avait surnommé le "généralissime".

« Comme vous êtes bien renseigné ! » lâcha-t-il d'un ton sardonique.

Il ne fallait pas beaucoup de génie pour avancer que les Anglais étaient sur le point d'entrer en action. La veille, le général avait vu flamber un bûcher sur la falaise de Lévis, signal avertissant l'état-major que les bâtiments anglais se rapprochaient. Il avait donné des directives afin que ses bataillons se tiennent prêts. Malgré l'injonction de Versailles l'obligeant à s'en remettre à Montcalm pour les questions militaires, le gouverneur annonça son intention de prendre la tête des troupes, ce que le ministre français de la Marine lui avait formellement interdit.

« Je forcerai les Anglais à se retirer », crâna-t-il d'un air suffisant.

Quelle présomption ! songea Montcalm. Cependant, l'heure était trop grave pour se quereller. La réunion débuta dans le brouhaha. D'emblée, Montcalm joua cartes sur table :

« Le roi ne croit plus la victoire possible. Néanmois, il exige de nous que nous gardions un pied dans la colonie coûte que coûte, afin d'empêcher la disparition de la Nouvelle-France. »

Dans les circonstances, le général préconisait l'obligation de s'enrôler pour tous les hommes en état de porter des armes. On laisserait le soin d'effectuer les travaux agricoles aux vieillards, aux femmes et aux enfants. Vaudreuil consentit au recrutement forcé sans faire d'histoire.

« Autant s'y résigner, puisque Versailles ne nous enverra pas de soldats en nombre suffisant.

— Le peu est précieux à qui n'a rien », répliqua Montcalm sans cacher son manque d'enthousiasme à l'idée d'intégrer les miliciens canadiens à ses régiments français. Il ajouta, pince-sans-rire : « Les Canadiens croient faire la guerre, mais ils font des parties de chasse. »

Côté stratégie, le désaccord porta sur la disposition des ressources. Montcalm était d'avis qu'il fallait concentrer tous les efforts à Québec, le point le plus vulnérable, plutôt que de s'éparpiller aux quatre coins de la colonie. Il suggéra d'abandonner les positions lointaines et ruineuses, afin de renforcer la défense de la capitale. Vaudreuil s'insurgea contre cette idée :

« Nous ne lâcherons pas l'Acadie ni l'Ohio », rétorqua-t-il avant d'expliquer son plan : Bougainville surveillerait le lac Champlain et le chevalier de Lévis se posterait à l'île aux Noix. L'ingénieur Pouchot garderait Niagara et Saint-Luc amènerait ses sauvages aux rapides de Lachine. « Nous ralentirons l'avance des Anglais pied à pied, dans l'espoir que la guerre finisse en Europe avant que tombe la colonie. Tout mouvement dans ces régions occupera l'ennemi. »

Montcalm jugea sa stratégie futile. Lui qui maniait si bien le sarcasme, il ne s'en priva pas :

« Inutile d'entretenir du monde dans les postes éloignés simplement pour engraisser les fripons. » Il passa à un cheveu de nommer les protégés de l'intendant pressés de faire fortune avant la chute de la colonie, mais se contenta de dire : « Les Canadiens savent ce qui se manigance dans leur dos, et c'est pourquoi ils haïssent le gouvernement.

— Messieurs, messieurs, gronda Vaudreuil, nous sommes réunis pour organiser la défense de la ville, non pour distribuer des blâmes. »

Les officiers et les capitaines de frégate ne se sentaient pas rassurés. Vu la puissance des forces anglaises, une ville aussi mal fortifiée que Québec ne résisterait pas longtemps à un siège. D'après de savants calculs, l'armée française affronterait une vingtaine de bataillons de troupes, trois mille miliciens anglais et une flotte formidable. Montcalm retint difficilement son courroux. Il rappela au gouverneur les mesures nécessaires pour défendre Québec qu'il lui avait présentées. Or, les travaux essentiels n'avaient pas été entrepris. Son pessimisme agaça Vaudreuil :

« Nous aurons bien le temps », rétorqua-t-il.

Bigot péchait aussi par excès de confiance. Sachant le général sensible aux flatteries, il dit :

« Vous avez sauvé la colonie l'an dernier, vous répéterez l'exploit.

— Mon succès tient quasi du prodige, protesta Montcalm. Je voudrais avoir un grain de foi pour être capable de multiplier les hommes et les vivres. »

Son tour venu, Roch de Ramezay dressa l'état des fortifications. Aux trois portes de la ville, des palissades et des batteries étaient déjà en place. D'autres, dont celles devant protéger le palais de l'intendant et l'Hôpital général, le seraient prochainement. Des ouvrages avaient été mis en chantier au château Saint-Louis, si exposé sur la pointe du cap Diamant. Cependant, en cas d'attaque, ces mesures ne suffiraient pas. Il recommanda d'entraver la circulation sur le fleuve.

« Nous pourrions couler une dizaine de navires pour empêcher le passage des gros bateaux anglais, suggéra-t-il. Ou encore armer des brûlots chargés de matières combustibles et enchaînés les uns aux autres. De vieilles goélettes et des bâtiments très inflammables feraient l'affaire.

— Il faudrait aussi construire des cajeux armés de canons pour bloquer les Anglais à la hauteur de l'île aux Coudres », proposa le gouverneur.

L'idée plut. On ordonnerait à un capitaine de frégate de préparer ces batteries flottantes. Chacune contiendrait un canon capable de lancer des projectiles sur les embarcations ennemies. Bigot autorisa la dépense.

« Le capitaine Lanaudière pourrait se charger de cette délicate mission, suggéra Vaudreuil. L'idée vient de lui. »

On s'entendit ensuite pour envoyer Bougainville en reconnaissance à l'île d'Orléans afin de vérifier si l'on pouvait arrêter les navires anglais en créant des obstacles. De là, il irait à la rivière Saint-Charles, à Beauport et à Montmorency pour planifier la défense de ces lieux. Ramezay se chargerait de former une cavalerie de deux cents hommes. Il avait réquisitionné tous les selliers pour fabriquer des selles. Le gouverneur dépêcherait du renfort à Québec et Bigot s'engagea à faire provision de biscuits pour nourrir tous les soldats. Dans un premier temps, il fallait procéder à l'évacuation des habitants de la Côte-du-Sud et de l'île d'Orléans particulièrement menacées. La question de la basse-ville souleva la controverse. Elle représentait une cible facile à attaquer. Autour de la table, les ingénieurs la jugeaient plus nuisible qu'utile. Montcalm le croyait aussi. Les bras qu'on y employait à des travaux de défense inefficaces serviraient mieux ailleurs.

« À mon avis, il faut évacuer la basse-ville », réitéra-t-il.

Vaudreuil refusa d'abandonner les citoyens d'en bas. Leurs maisons ne résisteraient pas. L'affaire en resta là. Avant de lever la séance, il enjoignit aux officiers de se présenter au château à cinq heures chaque jour pour y prendre leurs ordres. En quittant la salle, l'ingénieur Pouchot s'approcha de Montcalm et lui glissa à l'oreille, juste assez fort pour que Vaudreuil entende :

« Mon général, il y a apparence que nous nous reverrons en Angleterre.

— Messieurs, ne perdons pas espoir, protesta le gouverneur. Les Canadiens à droite, les Indiens à gauche et les Français au centre, nous battrons les Anglais à plate couture.

— *Amen !* » conclut Montcalm en ricanant.

Deux jours après, Vaudreuil ordonna à Tarieu de se rendre à l'île aux Coudres pour y construire des radeaux armés. Ça tombait mal, mon cousin avait une fièvre de cheval, vomissait et souffrait de diarrhée. Geneviève le supplia :

« Laisse le médecin te purger avant de prendre la route.

— Pas question. Le roi m'a honoré de la croix de Saint-Louis, je ne me défilerai pas. »

Il se tira du lit, accrocha sa sacoche à l'arçon de sa selle, enfourcha son cheval et prit la tête d'un petit détachement. Arrivé à l'île aux Coudres, il organisa le chantier. Grâce aux pêcheurs du village, experts dans l'art d'attacher solidement les pièces de bois les unes aux autres, le travail avança rondement. Ses hommes achevaient de hisser les canons sur les plates-formes, quand des vaisseaux anglais se pointèrent à l'horizon. Tarieu dépêcha un messager à Québec pour réclamer les instructions du gouverneur. Vaudreuil lui ordonna de brûler les barques et de quitter les lieux. Tarieu fut-il pris de panique? Voyant l'ennemi s'approcher, il décampa à vive allure.

De retour à Québec, il tenait à peine sur ses jambes. Seul son médecin fut autorisé à franchir la porte de sa chambre. Quand je me présentai rue du Parloir, Geneviève jouait les cerbères. Elle refoulait même ses amis.

«Que s'est-il passé à l'île aux Coudres?» dis-je.

Elle vasouilla, incapable de me fournir une explication plausible, m'obligeant à pousser mon enquête. Mes sources m'assurèrent que le sieur de Lanaudière avait laissé sans protection les fermiers de l'île qui l'avaient aidé. Lorsqu'il sortit de son mutisme, mon cousin nous livra sa version: à l'île, il avait aperçu des centaines de soldats à bord d'une flotte anglaise. Ce n'était qu'une question d'heures avant qu'elle mouille ses ancres. Après avoir brûlé les cajeux, afin qu'ils ne tombent pas entre les mains de l'ennemi, ses hommes et lui avaient déguerpi. C'était sa responsabilité de ne pas les exposer à être tués ou faits prisonniers.

«J'ai obéi aux ordres. Grands dieux! il ne s'agissait pas de défendre la patrie, mais de sauver ou non des radeaux bons à rien dans les circonstances», s'impatienta-t-il.

Le gouverneur lui avait envoyé deux courriers pour le sommer de se replier avec son détachement. Les saints Thomas n'avaient qu'à demander à Vaudreuil. Ses explications n'éteignirent pas les rumeurs. Vous savez comme les gens sont mal intentionnés. S'ils flairent une proie, ils ne se gênent pas pour lui jeter de la boue. On insinua que le nouveau récipiendaire de la croix de Saint-Louis avait pris ses jambes à son cou en abandonnant fusils et munitions à l'ennemi.

Tarieu de Lanaudière, un lâche? Quelle blessure pour son orgueil! La rage lui brouillait les esprits. Encore un peu et il aurait blasphémé le nom de Dieu. Sa fièvre augmenta au même rythme que sa susceptibilité. Geneviève l'implora de se calmer.

«Tarieu, je comprends ton indignation, mais il faut lâcher prise.»

Il la rembarra brutalement, avant même qu'elle ait terminé sa phrase :

«N'as-tu pas honte de te liguer contre moi avec mes détracteurs ?» hurla-t-il.

Comme chaque fois qu'il se sentait humilié, Tarieu déversait son fiel sur sa femme. Tout y passa : son indifférence, ses écarts de conduite inexcusables – songeait-il à Montcalm ? –, ses explications cousues de fil blanc. Geneviève demeura impassible devant lui, mais une fois seule entre les quatre murs de sa chambre, elle s'effondra. Elle resta fermée comme une huître pendant des jours. Vous n'avez pas idée des détours que j'ai dû prendre pour arriver jusqu'à elle. Certes, je compatissais avec Tarieu, il ne méritait pas de voir son amour-propre ainsi flétri. Rien, cependant, ne justifiait qu'il se montrât cruel à l'égard de sa femme. Malgré tout, Geneviève refusa de le blâmer. Je crois qu'elle l'aimait encore, même s'il lui infligeait des rebuffades. Toutefois, leur cohabitation devenait de plus en plus difficile. Si vous me demandez mon avis, Tarieu creusait sa tombe. Son union s'en allait à vau-l'eau et il ne semblait pas s'en soucier. Elle ? La détérioration de son mariage la mortifiait, mais sa passion pour Montcalm mettait du baume sur ses blessures.

Infirmière de guerre

Geneviève m'avait donné rendez-vous au coin de la rue de Buade, un peu avant la grand-messe. Après des semaines de pluie tenace, le soleil de juin nous réchauffait enfin. Je me pressai, car j'avais du retard. Elle m'attendait, plantée comme un piquet au milieu du tohu-bohu.

« Je n'ai jamais vu autant de miliciens en capot coiffés d'un bonnet drapé, s'exclama-t-elle. On se croirait dans une caserne militaire.

— Dites plutôt un chantier pharaonique, il n'y a pas moyen de circuler, fis-je en reprenant mon souffle. Tous ces paysans qui s'affairent aux fortifications, ça donne le tournis. »

Partout dans la ville, des palissades hautes de onze pieds s'élevaient. La veille, des hommes de bras avaient installé une rangée de pieux devant le palais de l'intendant et le magasin du roi, au bord de la rivière Saint-Charles. À présent, ils achevaient de boucher l'espace entre la rue de Buade et le mur de l'évêché. Même le dimanche, ils besognaient.

« Voyez, ils dorment à la belle étoile », repris-je en levant le menton en direction des miliciens qui bivouaquaient sur place.

Nous nous dirigeâmes vers l'église. Nos pas s'accordaient, cependant que nous débouchions devant la maison de madame de Boishébert demeurée inoccupée depuis son déménagement à l'hôpital. On avait percé des meurtrières dans le pignon afin de pouvoir tirer en cas de besoin. À la porte, un canon pointait vers le fleuve et, à l'intérieur, le rez-de-chaussée avait été transformé en corps de garde.

« Je vous en supplie, ne dites pas à maman que son ancienne maison a été réquisitionnée, m'implora-t-elle. Mieux vaut lui épargner ce chagrin. »

Sur le parvis de la cathédrale, des gentilshommes parlaient des voiles ennemies qui sillonnaient le fleuve de Gaspé à l'île d'Orléans. Le nom du major général Wolfe était sur toutes les lèvres. Il résonnait comme une menace. Il avait enlevé Louisbourg aux Français, ne laissant derrière lui que ruines fumantes et familles sans toit. Maintenant, il convoitait Québec avec la même fureur. On le disait téméraire, comme le sont les officiers à trente ans. Toutefois, il dépassait en cruauté tous les hauts gradés anglais que nous connaissions. Nous le redoutions, car il avait juré de propager sa folie meurtrière dans toutes les villes de la côte.

Nous entendîmes la messe depuis la nef centrale. Après l'Évangile, le curé Récher monta en chaire pour le prône. Au lieu de publier les bans et de recommander les malades à nos prières, comme d'habitude, il nous rappela la consigne du gouverneur Vaudreuil de nous tenir prêts à évacuer la capitale. Sans plus tarder, insista-t-il, les femmes devaient emmener les vieillards et les enfants dans les campagnes.

«Vous devriez peut-être éloigner Donoma de la ville», me glissa Geneviève à l'oreille.

Les mieux nantis se cherchaient un abri aux Trois-Rivières ou à Montréal. Nous subissions, nous aussi, les pressions de nos amis qui nous enjoignaient de partir. Contre tout bon sens, nous refusions d'admettre que l'indolente mère patrie nous avait abandonnés. Au moment de l'homélie, nous nous attendions à ce que le curé commente l'Évangile du jour. Il était excellent prédicateur et ses sermons suivaient religieusement le calendrier liturgique. Or, ce dimanche-là, il opta plutôt pour une exhortation morale inspirée du dernier mandement épiscopal. Monseigneur de Pontbriand attribuait à notre vie déréglée la menace qui planait sur la Nouvelle-France.

«Comme le déplore Son Excellence, nos malheurs sont la conséquence de nos péchés, martela le curé. L'ivrognerie et la débauche font des ravages dans la colonie. Il ne faudra pas se surprendre si ces abus provoquent notre défaite.»

Geneviève et moi échangeâmes un regard. Ce n'était pas un secret, le clergé condamnait les divertissements profanes auxquels se livrait avec frénésie la petite noblesse. Il réprouvait les excès de ceux qui s'adonnaient aux jeux de hasard ou qui endossaient des déguisements impies pour aller au bal masqué. En écoutant le curé nous imputer tous les péchés d'Israël, je pensai au dernier Mardi gras. Je m'étais costumée en religieuse et mon cavalier portait la soutane et la calotte violettes. Je me sentis gênée (ô si peu!), cependant qu'il poursuivait son prêche:

«Notre bon évêque a ordonné des prières pour demander à Dieu de convertir ses ouailles.»

La cloche sonna le *Sanctus*. Nous nous prosternâmes avant d'aller recevoir la communion. Le curé prononça ensuite l'*Ite missa est* et les fidèles refluèrent vers la sortie en commentant le dernier coup pendable de l'intendant. Plutôt que de céder à vil prix leurs grains moissonnés, les paysans les avaient cachés. Voyant les réserves de blé de l'armée s'épuiser, le cruel Bigot avait ordonné aux militaires de fouiller les greniers et de s'emparer de leurs céréales.

«Montcalm soupçonne l'intendant de s'en mettre plein les poches avant la chute de la colonie», dit-elle en m'entraînant à l'écart. «Prenez le problème des bottes pour les soldats. Eh bien! Bigot refuse de les remplacer sous prétexte que ses coffres sont à sec.

— Toujours la même excuse facile!»

Nous avions l'air de deux conspiratrices. C'était à qui sortirait le meilleur potin de son sac à nouvelles. Geneviève avait l'avantage de pouvoir compter sur Montcalm pour la mettre au parfum. Ne me demandez pas comment elle arrivait à le voir en cette période trouble, mais elle semblait bien informée.

«L'armée en est réduite à enrégimenter les étudiants du séminaire, m'annonça-t-elle. On leur fournit même l'uniforme.

— Normal, fis-je. Ils ne peuvent pas faire la guerre en culottes courtes. Ou en soutane.

— Savez-vous comment on a surnommé leur bataillon? Le Royal-Syntaxe!

— J'ai des ragots bien plus palpitants à vous confier, lançai-je en prenant un air mystérieux. Figurez-vous que le sieur Bigot a fait construire un abri militaire sous l'hôtel Péan.

— Une casemate pour la Pompadour? Qui a payé pour cette folle dépense?

— Certainement pas le sieur Péan, même s'il croule sous les millions.

— J'imagine mal Angélique cachée dans sa cave pendant que les obus pleuvent sur sa maison, ajouta-t-elle, un sourire narquois aux lèvres.

— Et vous avez parfaitement raison, l'assurai-je. Elle a filé à Montréal. Bigot va trouver le temps long.

— En tout cas, elle ne nous manquera pas», renchérit Geneviève.

Ç'avait été dit méchamment. Depuis que la Pompadour avait usé de ses charmes pour séduire Montcalm à la fête des Rois, mon amie ne se montrait guère magnanime à son endroit.

«Attendez, ce n'est pas tout», repris-je, car j'étais anxieuse de lui dévoiler un autre de mes savoureux commérages. «La marquise de Vaudreuil a pris le large, elle aussi.

— Ça, ma chère, je le savais.

— Vous ignorez sûrement qu'avant de s'éclipser, elle s'est présentée au magasin du roi pour s'approvisionner en... eau-de-vie. Le commis lui en a livré cinq pots.

— Un petit remontant pour se consoler de l'absence de son époux? Ou pour lui redonner de l'énergie, vu son âge vénérable?»

Nous étions vilaines, j'en conviens. Nous aurions dû avoir honte de vilipender notre prochain après la communion! Surtout Geneviève, toujours si bonne, si généreuse, si charitable. Petit à petit, le parvis de l'église se vida. Nous restâmes sur place. Le bruit se répandait que monseigneur de Pontbriand déserterait la ville et Geneviève voulait en avoir le cœur net. Bien que Français d'origine, notre évêque ne se sauverait pas comme un voleur, pensait-elle.

«Depuis quelque temps, on ne le voit plus. Je ne serais pas surprise d'apprendre qu'il est malade», me confia-t-elle en se dirigeant vers le curé pour lui demander si monseigneur de Pontbriand avait quitté la ville.

«Pas encore, madame de Lanaudière, mais Son Excellence a l'intention de se retirer à Charlesbourg.

— C'est donc vrai, il nous abandonne, soupira-t-elle.

— Allons donc, vous connaissez trop notre évêque pour croire qu'il déserterait ses brebis à l'heure du danger, répliqua-t-il. Simplement, sa santé décline et il juge plus sage de diriger son diocèse depuis un endroit moins exposé.

— Monseigneur de Pontbriand craint-il les événements qui se préparent ? insistai-je.

— Tout à fait, madame de Beaubassin. Son Excellence voit poindre la calamité au-dessus de nos têtes. Il croit que notre sort se décidera cette année. Advenant une reddition, il nous ordonne de supplier les Anglais d'épargner les églises et d'éviter de faire couler le sang. Si le vainqueur l'exige, Il nous recommande de prêter serment de fidélité au vainqueur.

— Son Excellence vous demande de trahir le roi de France ! se scandalisa Geneviève.

— Il faut nous résigner. On ne peut plus compter sur Louis XV et sur ses ministres. »

Le curé Récher, un Normand rougeaud, nous était arrivé huit ans plus tôt. Il avait alors à peine vingt ans, mais son franc-parler faisait déjà grincer des dents. Monseigneur Pontbriand lui avait souvent reproché de ne pas se tourner la langue sept fois dans sa bouche. Il leva les bras au ciel en signe d'impuissance :

« Pourvu qu'on ne m'oblige pas à prier pour George II, le roi des hérétiques, j'obéirai.

— Monsieur le curé, la Nouvelle-France ne tombera pas, le semonça gentiment Geneviève. L'armée du marquis de Montcalm n'a jamais été écrasée. »

Cette fois, mon amie versait dans un optimisme imprudent. En dépit des preuves qui s'accumulaient, elle refusait d'envisager la capitulation de Québec. Plus lucide, je commençais à admettre l'inéluctable. Le curé n'en pensait pas moins, mais pour des raisons différentes des miennes. Comme son évêque, il nous tenait pour responsables de nos malheurs. Cela me choqua :

«Je ne voudrais pas vous paraître effrontée, monsieur le curé, mais je vous trouve sévère à notre égard. Je ne vous ai jamais entendu désapprouver la conduite des exploiteurs de la misère du peuple comme l'intendant Bigot. Eux aussi mériteraient l'enfer.

— Madame, protesta-t-il, offusqué, le moment est mal choisi pour distribuer les blâmes.»

Là-dessus, il tourna les talons, plutôt que de continuer cette conversation mal engagée. Sur le chemin du retour, Geneviève se demanda s'il se mettrait à genoux devant les Anglais.

«Le curé Récher est un homme de devoir, dit-elle. Il s'interdit de critiquer son évêque, mais sa nature lui prescrit la résistance. Il est trop attaché à la France pour laisser les Anglais la bafouer.»

Au contraire, j'avais tendance à croire que les deux prélats se chauffaient du même bois.

«À mon avis, le clergé pactisera avec le diable plutôt que d'abdiquer ses prérogatives.

— Notre ami Montcalm vous donnerait certainement raison», conclut Geneviève.

⁂

L'ordre d'évacuation de la basse-ville tomba quelques jours après. Les citoyens d'en bas décampèrent sans se faire prier, convaincus que ni les maisons du Sault-au-Matelot ni celles du Cul-de-Sac ne résisteraient à une canonnade lancée depuis le fleuve. Certains ignoraient où ils passeraient la nuit. De la fenêtre de sa chambre, Geneviève observa pendant des heures la file des pauvres gens qui escaladaient à pas de tortue la côte de la Montagne. Les chariots débordaient de paillasses, de tables et de chaises empilées pêle-mêle. Sous une pluie diluvienne, elle trouva la scène lugubre. Les rues boueuses rendaient la montée vers la haute-ville harassante, mais il ne restait plus d'ouvriers pour réparer les dégâts causés par le torrent. À mi-chemin, des hommes de bras s'activaient à poser des pieux de manière à couper la ville en deux. La palissade irait du coin de l'évêché, au sommet de la falaise, jusqu'au château du gouverneur. Ces travaux obligeaient les citoyens lourdement chargés à emprunter un long détour.

Pour les habitants d'en haut, le danger paraissait moins immédiat. Il n'empêche, nichée sur la pointe dominant le fleuve, la maison des Lanaudière se trouvait dans la ligne de mire des vaisseaux anglais. Comme prévu, le lieutenant Ramezay y avait fait installer deux canons. Geneviève ne s'habituait pas à voir ces engins braqués vers le large. La chaîne des malencontreux événements dépassa bientôt nos plus pessimistes prédictions. Sur ordre du général Montcalm, toutes les personnes inutiles au service devaient quitter la haute-ville dans les meilleurs délais. Pour vaincre les plus fermes résistances, il fit transporter les provisions de vivres aux Trois-Rivières, là où affluaient les réfugiés, en ne conservant à Québec que l'indispensable pour nourrir l'armée. Dès lors, se sustenter devint un sacré casse-tête. Geneviève ne se laissa pas ébranler par le remue-ménage qui s'opéra sous nos yeux. Moi, je l'avoue, je commençais à flancher.

Bougainville passa embrasser Marie-Anne avant d'aller prendre son commandement à Beauport, où il devait construire des redoutes depuis le sault Montmorency jusqu'à Québec. Mon Pierre ne traîna pas longtemps dans les parages, lui non plus. À peine revenu de l'île d'Orléans, il repartit. Cette fois, le gouverneur l'envoyait au Long-Sault réquisitionner des combattants iroquois, algonquins et nipissings, en prévision de l'attaque anglaise. En s'arrachant à mes bras, il me supplia de quitter la ville avec Donoma.

« Pense à la petite. Elle n'est plus en sécurité. Toi non plus, ma belle. »

J'avais peu de goût pour la vie champêtre, surtout durant la saison des moustiques, mais je me résignai à faire monter ma grosse malle. J'irais donc m'ennuyer à la seigneurie de Sainte-Anne-de-la-Pérade. Bougainville avait convaincu Marie-Anne de s'y réfugier. Le manoir était moins exposé que sa maison de la rue des Jardins proche de la mienne. Depuis, elle m'inondait de messages me suppliant d'aller la rejoindre. Elle avait fait préparer ma chambre et celle de Donoma. Je m'y sentirais comme chez moi et ma petite sauvageonne s'amuserait ferme avec les enfants des censitaires. Tarieu avait prévenu Marie-Anne de l'arrivée de Geneviève et elle comptait les jours. Si nous étions les trois ensemble, cette réclusion serait plus supportable.

À quoi bon s'entêter ? Nos amis désertaient les uns après les autres et bientôt, Geneviève et moi serions les dernières en ville. C'est ce que je me tuais à lui répéter en citant en exemple mon voisin, un vieillard qui, lui aussi, avait juré de ne jamais quitter Québec. La veille, je l'avais vu entasser ses effets sur le toit de son cabriolet. N'ayant plus de cocher – tous les hommes en âge de se battre avaient été appelés aux armes –, il avait eu un mal de chien à atteler sa calèche. Sa femme était sortie de chez elle en étouffant ses sanglots. Sans doute redoutait-elle de ne jamais revoir sa maison debout ? De la main, elle m'avait adressé un signe d'adieu. Un coup de fouet, et la voiture avait pris son rang dans la file qui montait jusqu'à la rue Saint-Louis.

« Tu vas me faire pleurer », me dit Geneviève, mi-sérieuse, mi-ironique, quand je lui eus raconté l'incident, un trémolo dans la voix.

Elle se laissa finalement convaincre de boucler sa valise. D'un jour à l'autre, Montcalm fermerait sa résidence de la rue des Remparts. Il l'avait prévenue qu'il s'établirait à Beauport, où se trouvait son poste de commandement. Il dormirait dans une maison réquisitionnée à cette fin. Lévis, Bougainville et plusieurs autres officiers s'installeraient aux alentours. De tout l'état-major, seul son oncle, le lieutenant Roch de Ramezay, resterait dans la capitale. Vaudreuil lui avait confié le gouvernement de Québec.

Après avoir longuement tergiversé, nous convînmes de partir le surlendemain. Tarieu avait tout organisé. Une nouvelle assignation l'empêchait de nous accompagner à la seigneurie, mais son cocher nous y conduirait. Ma chambre à coucher avait l'air d'un champ frappé par un cyclone. Tout était sens dessus dessous. Une montagne de robes s'empilait sur mon édredon, des cerceaux dans un coin, mes chaussures de toutes les couleurs au pied du lit, des nœuds de ruban… Mon ombrelle et mes gants posés sur la causeuse. La grosse malle se remplissait à vue d'œil et il me restait encore tant d'accessoires indispensables à caser. Je n'en finissais plus de geindre.

« Ma pauvre Agathe, jamais je n'y arriverai, me lamentai-je à ma femme de chambre d'un ton désespéré. Il faut aussi une valise pour Donoma. »

La petite trottinait autour de nous, la mine rieuse, sans réaliser ce qui se passait. Elle n'avait retenu qu'une chose : à la seigneurie, elle pourrait courir dans les champs et attraper des papillons. Chère enfant ! Elle m'avait conquise ! Ni Agathe ni moi ne nous étions jamais résignées à la traiter comme une esclave. Ma servante lui avait cousu de jolies robes et l'appelait « mademoiselle ». J'étais sûre que ses bonnets blancs et ses tabliers lavés et repassés étaient déjà soigneusement pliés dans sa valise. À présent, la vieille, ses mains potelées sur les hanches et les bas de coton plissés aux chevilles, me fixait, l'air découragé.

« Mais, madame Catherine, c'est que vous emportez trop de choses. »

Je n'avais guère le choix. Depuis des semaines, on nous serinait que la Ville serait bombardée de fond en comble et qu'il valait mieux faire notre deuil de tout ce que nous laisserions derrière. Geneviève arriva sur les entrefaites.

« Agathe a raison. Vous ne pouvez pas tout emporter.

— Tiens, vous êtes là ? Je ne vous ai pas entendue monter, dis-je en tournant la tête dans sa direction. Assoyez-vous… enfin, si vous trouvez une place libre.

— Regardez-moi ce bazar ! se désola Geneviève en secouant la tête.

— J'exagère ? dis-je, convaincue du contraire. J'ai besoin de ma tenue de cheval, vous en conviendrez. De vêtements chauds aussi. Qui sait si nous ne resterons pas enterrées à la campagne tout l'hiver ? Je préfère ne pas y penser.

— Soyez raisonnable, Catherine, insista-t-elle. Les routes sont bondées de charrettes pleines à craquer. Ne faites pas comme ces gens qui perdent la tête et déménagent même leurs meubles. Si vous vous entêtez, la voiture croulera sous le poids.

— Moi et mes chiffons! Et vous? Avez-vous réussi à tout caser dans une seule malle?»

Elle hésita, regarda Agathe du coin de l'œil en se pinçant les lèvres.

«Justement, j'ai deux mots à vous dire à ce sujet.»

J'expédiai ma bonne à la cuisine pour nous préparer un chocolat chaud. En attendant que la porte se referme derrière elle, je m'assis sur ma malle, décidée à la boucler sans rien enlever. Peine perdue. Je commençai à contrecœur à déballer les vêtements dont je devrais me priver.

«Qu'y a-t-il, Geneviève? Vous m'intriguez.

— Écoute, Catherine, je ne pars pas avec toi», me dit-elle en passant au tutoiement, comme elle se le permettait parfois lorsque nous étions seules. «Je m'en vais rejoindre ma mère à l'Hôpital général. Il y a beaucoup de blessés et je veux me rendre utile.

— Toi, infirmière de guerre? Ne me fais pas rire, rétorquai-je du tac au tac. Tu n'as pas l'âme d'une bonne sœur. Je te vois mal panser des plaies sans perdre connaissance.

— C'est notre devoir de soigner ceux qui tombent, puisqu'ils défendent notre patrie.»

Pour qui se prenait-elle? J'hésitai à la défier, mais je n'allais quand même pas couper les cheveux en quatre.

«Tu restes à cause de lui, n'est-ce pas? Ose prétendre le contraire.»

Lui étant Montcalm et non Tarieu, bien entendu. Ma question la contraria. Ses joues s'empourprèrent. Elle réprima un mouvement d'impatience en s'assoyant lentement sur le seul coin du lit à peu près libre. Elle prit le temps de déposer son chapeau et ses gants sur ses genoux avant de dire, en me regardant dans les yeux:

«Tu me juges amorale? Venant d'une femme qui se permet tout, je trouve cela surprenant!

— Là, tu y vas un peu fort. Tu passes ton temps à me seriner combien votre amitié est amoureuse et tu t'étonnes que je te demande si c'est lui qui te retient en ville?

— Je n'ai jamais dit amoureuse mais chaleureuse.

— Amoureuse, chaleureuse, passionnée, c'est du pareil au même.

— Tu oublies que j'aime mon mari. »

Peut-on vraiment aimer deux hommes à la fois? Votre question, Élisabeth, ne manque pas de pertinence et je la posai à Geneviève, qui me la retourna sans y répondre. Je me lançai:

«J'aime follement Pierre de Beaubassin, mais cela ne m'a jamais empêchée de m'offrir des aventures, reconnus-je. Une femme avisée aime son époux d'amour et s'abandonne à une liaison torride avec son amant. Elle met du piquant dans sa vie, sans compromettre son union.

— À condition que son mari n'en sache rien.

— Il ne faut pas confondre amour et passion, poursuivis-je en me posant en fin connaisseur. La passion domine la raison. Elle nous trouble, nous dévore, nous égare, tant elle devient débridée. Mais le bonheur qu'elle procure est éphémère. À nous de garder la tête froide. »

Je n'avais pas fini d'exposer ma réflexion qu'elle la réfuta.

« Toi et moi, nous ne parlons pas le même langage, protesta-t-elle. Je n'aime pas Louis-Joseph d'amour, j'éprouve pour lui de l'affection, de l'attachement, de la tendresse. Admets qu'il n'y a rien de répréhensible dans ces sentiments innocents. Tu es bien placée pour me comprendre, toi qui as de l'amitié pour lui. »

La belle affaire! Elle omettait commodément de mentionner que, dans notre trio, je jouais les seconds violons. Oubliait-elle que Montcalm m'avait écartée? J'aurais volontiers poussé notre flirt, s'il y avait répondu, mais il l'avait choisie. Alors je m'étais retirée de la course.

« Ma chère, la véritable amie de Montcalm, c'est moi, et non toi, lui objectai-je. Il n'est pas amoureux de moi, il apprécie ma compagnie, c'est tout. »

Elle baissa les yeux, consciente de taire un pan essentiel de sa relation avec Montcalm. Elle refusa cependant d'affirmer qu'elle était éprise de lui de toutes les fibres de son être. Ses préjugés à l'égard des femmes mariées de notre entourage qui partageaient la couche d'un officier galonné l'empêchaient de regarder la vérité en face. Le chevalier de Lévis et l'intendant Bigot avaient en commun de courtiser l'épouse d'un autre homme. Ces séducteurs n'encouraient pas de blâme, tandis que leurs maîtresses se voyaient affublées du titre peu flatteur de cocottes. Le marquis de Montcalm n'était pas différent, même si elle refusait de l'admettre. De peur d'être comparée à Angélique Péan ou à Marguerite Pénissault, qui nourrissait ouvertement une passion adultère, elle s'était forgé un concept qui n'existait que dans sa tête.

« Appelons cela de l'amitié amoureuse, si tu insistes, me concéda-t-elle finalement. Un jour viendra où une femme pourra aimer deux hommes à la fois, sans que la société s'en offusque. N'est-ce pas déjà le cas de nos maris ? Le tien comme le mien, car tu n'ignores sûrement pas que Tarieu a, comment dirais-je ? des attaches à Montréal. »

La voilà qui empruntait une voie d'évitement. Bon gré mal gré, professa-t-elle, le sexe masculin serait un jour forcé de partager son privilège millénaire avec l'autre moitié de l'univers. J'allais exprimer de sérieux doutes à propos de sa théorie, quand elle mit fin à la discussion.

« Pense ce que tu voudras, cela m'est égal. Je ne pars pas avec toi demain, c'est tout. »

Bien égoïstement, je m'apitoyai sur mon sort.

« Comment vais-je me rendre à Sainte-Anne ? Il faut absolument éloigner Donoma de la ville. Mon cocher a été obligé de s'enrôler.

— Vous partirez dans ma voiture, comme prévu, me rassura-t-elle. Le vieux Jos est trop âgé pour le service militaire. Il me déposera à l'hôpital et vous conduira à la seigneurie. »

Elle avait pensé à tout. Sa décision me semblait tout de même risquée.

« Et Tarieu ? Sait-il que tu n'iras pas au manoir ?

— Mon mari a d'autres soucis », dit-elle. Elle fit une pause, puis ajouta : « Ce que le gouverneur exige de lui est inqualifiable. »

Pauvre Tarieu! Alors que sa femme se découvrait des talents d'infirmière de guerre, le gouverneur le chargeait d'une expédition déshonorante. Je le dis comme je le pense: mon cousin avait raison de fulminer contre lui. Vaudreuil lui avait donné l'ordre de parcourir tous les villages en amont et en aval de Québec pour réquisitionner les bœufs, vaches et taureaux des habitants. Comment pourrait-il sans honte arracher aux pauvres gens le peu qu'il leur restait?

«Monsieur de Lanaudière, vous êtes le meilleur homme pour remplir cette mission, lui avait dit le gouverneur pour l'amadouer.

— Vous voulez me punir, avait soutenu Tarieu en pensant à l'affaire des radeaux.

— Pas du tout, l'avait assuré Vaudreuil. Vous aurez le même mérite que si vous serviez dans l'armée.» Voyant que l'argument ne l'ébranlait pas, il avait fait appel à son sens des responsabilités: «Écoutez, je sens l'embarras que vous cause cette affectation et je sympathise avec les habitants dont le sort est triste, mais nous devons assurer la subsistance de l'armée. C'est prioritaire.»

La rencontre s'était éternisée. Le gouverneur était resté sur ses positions:

«Ne prenez personne en pitié et ne laissez qu'une charrue pour deux fermes, lui avait-il ordonné. Surtout, n'hésitez pas à menacer les récalcitrants de représailles.»

Cette tournée s'annonçait moralement pénible. Son incursion à l'île aux Coudres lui avait laissé un goût amer. Tarieu estimait avoir assez payé de sa personne. À ses protestations, le gouverneur n'avait opposé que flatteries:

«Monsieur de Lanaudière, les Canadiens ont confiance en vous, avait-il seriné en lui donnant son congé. Allez! Vous les convaincrez de faire leur devoir.»

Voyant son désarroi, Geneviève s'était rendue discrètement au palais pour persuader Jeanne de Vaudreuil d'intercéder au nom de son mari auprès du gouverneur. Pourquoi lui infliger ce châtiment? Tarieu n'avait-il pas mérité de la patrie? La marquise avait d'abord semblé sensible à ses considérations et, pendant un moment, mon amie avait cru pouvoir compter sur son support, comme elle me le confia à son retour :

« Jeanne a prié le gouverneur de venir au salon. D'un ton empreint de lassitude, il m'a affirmé avoir choisi Tarieu parce que, de tous ses officiers, il était le plus diplomate.

— Diplomate, Tarieu ? » m'exclamai-je, interloquée.

C'était la meilleure ! À n'en pas douter, mon cousin avait de belles qualités, mais personne ne lui reconnaissait une once de tact. Ses jugements étaient rarement empreints de discernement et il manquait cruellement du sens de la mesure. Geneviève était bien placée pour le savoir.

Tarieu se résigna à son sort. La veille de son départ, je passai le saluer. Il me sembla en grand désarroi. Je ne devais pas le revoir avant des semaines. Quant à Geneviève, elle ne pardonnerait jamais cette humiliation au gouverneur.

Élisabeth, je m'arrête ici, le temps de reprendre mon souffle. Soyez patiente, vous n'y perdrez pas au change. Après ma sieste, je vous raconterai l'étonnante visite de Geneviève à son cher Montcalm. Je n'en apprendrais les détails que beaucoup plus tard, mais je vous les rapporte dès maintenant, pour respecter la chronologie et afin que vous compreniez mieux les liens qui les unissaient.

Dîner d'adieu

Geneviève s'engouffra dans sa calèche, qui emprunta la rue du Fort. Elle se sentait fébrile au moment de commettre une imprudence. S'il fallait qu'on la voie franchir sans escorte le seuil de la résidence de Montcalm! Dieu merci, la rue des Remparts se perdait dans la brume. Sous cette pluie dégoulinante, personne ne mettrait le nez dehors. Tout en haut de la falaise, la voiture longea l'escarpement jusqu'au pavillon à dix cheminées. En face, on apercevait habituellement au loin les montagnes sans Nom; toutefois, par cet épais brouillard, on distinguait à peine les traces de roues. Geneviève n'en était pas à sa première visite chez lui. Elle y avait dîné plusieurs fois, mais jamais en tête-à-tête avec son célèbre locataire.

La calèche s'arrêta à droite de l'entrée. Le majordome de Montcalm se précipita pour lui ouvrir la portière et l'abrita sous son grand parapluie. Malgré la courte distance, l'étoffe de sa cape ruisselait quand il l'en débarrassa, avant de la conduire auprès du marquis. En passant devant la salle à manger, elle nota que Montcalm avait fait tirer les rideaux et dresser la table pour deux. Sous un éclairage feutré, la pièce devenait plus accueillante. Elle trouva son hôte au salon. Enfoncé dans un fauteuil de velours à côté de la cheminée, il parcourait un rapport des opérations en cours. «*Bene*», le surprit-elle à murmurer avant même qu'il l'aperçoive. Absorbé dans sa lecture, il tourna la tête en entendant ses pas. Ses yeux pétillèrent d'admiration, cependant qu'il venait vers elle. Elle portait une ravissante robe couleur de lilas. Il lui baisa la main et la pria de s'asseoir tout près de lui sur le canapé.

«La dernière fois que je suis venue dîner chez vous, mesdames de Beaubassin et Gaultier m'accompagnaient, lui dit-elle en prenant place.

Vous nous aviez menacées d'un menu de votre cru à base de viande de cheval.

— Finalement, j'ai eu pitié de vous.

— Ce soir-là, peut-être, fit-elle en riant de bon cœur. Une autre fois, vous nous avez servi votre fameux gratin de cheval.

— Vous me pardonnerez de vous recevoir plus chichement encore, enchaîna Montcalm. J'ai commandé un menu frugal. Vu la rareté des vivres, impossible d'agir autrement.

— N'est-ce pas notre lot à tous ? »

Il la trouva un peu tendue, sans doute à cause de la singularité de la situation.

« Vous et moi, seuls ici… Monseigneur de Pontbriand ne s'en remettrait pas, dit-il.

— Nous ne nous cachons pas, objecta-t-elle d'un ton mal assuré. Je viens en plein jour. Où est le mal ? » À croire qu'elle cherchait à s'en convaincre. « Pourquoi me regardez-vous ainsi ?

— Vous êtes si belle, prononça-t-il sans la quitter des yeux. Si belle et si désirable. »

Le maître d'hôtel alluma les bougies. Après avoir servi le champagne, il se retira, les laissant dans la mi-obscurité à se scruter du regard. Elle lui sourit gauchement, gênée d'être l'objet de tant d'attention. Comme pour le défier, elle le relança :

« Vous ne trouvez pas convenable qu'une femme mariée rende visite à un ami très cher ? »

Sa main courait le long de sa coupe, de haut en bas.

« Au contraire, l'assura-t-il. De gros nuages planent au-dessus de la colonie. Qui sait quand nous nous reverrons ? Autant profiter de ce moment volé. » Il s'arrêta, sembla hésiter, puis ajouta le visage sombre : « Je ne voudrais pas vous rendre triste, mais je suis assez pessimiste quant à l'avenir. Voilà pourquoi je tenais tant à passer cette soirée avec vous !

— Vous aviez l'air soucieux à mon arrivée. À quoi pensez-vous ?

— Au dernier conseil de guerre qui s'est tenu dans l'anarchie. Le désordre s'accroît au fur et à mesure que le dénouement s'approche.

— Comme je vous plains ! Le marquis de Vaudreuil vous cause-t-il des misères ?

— À Beauport, le généralissime me traite comme son secrétaire. Hier, je l'ai accompagné dans sa première tournée. Il n'avait jamais vu un camp ni un ouvrage de près. Tout lui a paru aussi nouveau qu'amusant. Imaginez un aveugle à qui on rend la vue !

— Cela vous a choqué ? lui demanda-t-elle.

— Il faut bien que jeunesse s'instruise.

— Parlez-moi du général Wolfe ? Que pensez-vous de lui ?

— J'ai l'impression de jouer aux échecs contre lui. Il bouge facilement ses pions, surtout ses tours. Moi, je déplace mes fous moins souvent et mes cavaliers n'agissent pas beaucoup. Mon roi a une marche grave et lente. Belle partie à gagner ! »

Elle le bombardait de questions pour dissimuler sa gêne.

« Croyez-vous l'attaque imminente ?

— Probablement. Je suis convaincu que les Anglais préparent une offensive aux abords du sault Montmorency. Un débarquement dans la basse-ville me paraît nettement improbable. Mon armée se tient prête à se déployer en tout temps. »

Il pouvait compter sur environ trois mille soldats. Sa milice et sa cavalerie représentaient plus de onze mille hommes. Les troupes de la marine regroupaient un millier de combattants et les sauvages, presque le double.

« Pensez-vous que cela suffira ? »

Il leva les deux bras en l'air. Geneviève n'avait jamais remarqué comme il gesticulait en parlant. Ce devait être un trait de son héritage méridional.

« Avec de la chance, Beaubassin me ramènera des Abénaquis du Long-Sault. J'attends aussi des recrues des campagnes avoisinantes. Trop peu, trop tard, se désola-t-il. Quelle sorte de combat puis-je mener avec une armée d'enfants et de vieillards? On m'ordonne de sauver cette malheureuse colonie sans m'en donner les moyens! Pauvre roi, pauvre France!»

L'horloge sonnait les quarts d'heure, comme un rappel constant que le temps s'envolait. Montcalm la guida jusqu'à la table et tira sa chaise.

«Si seulement cette maudite guerre pouvait finir! reprit-il en soupirant. Je m'embarquerais pour la France. Ici, ma santé s'use, ma bourse s'épuise. *Absque argento omnia vana.*

— Vous n'allez pas jouer au savant latiniste devant moi? dit-elle avec le sourire.

— C'est pourtant vrai: sans argent, tout effort est vain. Je vous l'avoue bien franchement, je m'ennuie de Saint-Véran!»

À son tour, elle fit une moue chagrine.

«Mais si vous partiez, je ne vous reverrais plus.»

L'aveu avait jailli comme une étincelle. Il la sentit un peu embarrassée, avança sa main sur la table et s'empara de la sienne posée à plat à côté de sa fourchette.

«Rien que d'imaginer ma vie sans vous, je n'ai plus envie de partir», dit-il avec une tendresse non feinte.

Sa révélation la laissa bouche bée. En venant chez lui, elle aussi avait projeté de lui ouvrir son cœur. Mais les phrases qu'elle avait tournées et retournées dans sa tête ne sortaient pas.

«Moi non plus, je ne vous oublierai jamais», articula-t-elle enfin, plutôt mécontente de sa pâle réplique. «Je... je n'avais pas prévu ce qui nous arrive.»

La flamme de la bougie vacilla, obscurcissant son visage. Tant mieux, pensa-t-elle en s'efforçant de lui dissimuler son embarras.

«Vous n'aviez pas prévu que vous pourriez m'aimer? la relança-t-il.

— Ni que vous m'aimeriez.» Elle se surprit de son audace. «Ai-je raison de le croire?

— Ah! Geneviève! Voilà deux ans que nous nous aimons. Deux ans de bonheur! Pourquoi faut-il que nos destins se soient croisés en des temps aussi incertains? à un moment de notre vie où nos engagements nous empêchent d'être heureux?

— Malgré tout, nous y parvenons, protesta-t-elle. Moi, en tout cas, je me laisse porter par notre amour. Je vis dans l'attente de nos rendez-vous secrets.

— Si j'avais une baguette magique, j'arrêterais le temps à ce moment précis et je m'assurerais que plus rien ne nous sépare. Vous m'êtes si chère. »

Il sembla tout à coup triste, cependant qu'il chipotait dans son assiette.

« Vous ne mangez pas? dit-elle enfin.

— Je n'ai pas beaucoup d'appétit. » Il sourit : « Les Anglais m'empêchent de digérer. Les Anglais et Bigot, précisa-t-il. Savez-vous quelle solution il a trouvée pour réduire le nombre de bouches à nourrir? Attaquer l'ennemi au plus vite. Il s'en tuera forcément des nôtres. Donc, il aura moins d'aliments à distribuer. Cet intendant me répugne. »

La conversation prenait une tournure moins personnelle. Geneviève jugea ce répit bienvenu.

« La volée de bois vert qu'il a reçue des femmes, l'hiver dernier, ne l'a pas corrigé, constata-t-elle en contrôlant de mieux en mieux sa tension.

— Pour le ramener à l'ordre, le ministre Berryer lui a envoyé un commis prétendument chargé de le seconder. En réalité, ce monsieur Pichon l'espionne.

— Comment l'intendant prend-il la chose?

— Comme il a fait disparaître les preuves écrites de ses malversations, peu lui importe. Et puisque le gouvernement change de ministre comme de chemise, il se dit que Berryer passera. Mais laissons ce ramassis de foutaises, ajouta-t-il en serrant la main de Geneviève qu'il avait gardée dans la sienne. Parlons plutôt de vous. »

Il déplaça le chandelier au milieu de la table. « Ça y est, je vous vois mieux à présent », dit-il doucement en détaillant ses lèvres humides, ses dents d'une blancheur éclatante, sa peau lisse. Elle portait au cou un bijou qui faisait ressortir la mélancolie sur son visage.

«Vous me gênez», avoua-t-elle avant d'avaler une cuillérée de potage aux petits légumes.

Les yeux du Méridional exprimaient l'ironie. Il adorait la voir rougir. Au fond, il était estomaqué qu'elle ait accepté son invitation. À son air, Geneviève comprit qu'il s'en félicitait.

« Si j'ai trouvé l'audace de venir aujourd'hui, c'est pour vous annoncer mon départ, lui dit-elle. Je quitte Québec demain.

— Vous partez? Ce n'est pas trop tôt. Cela me soulagera de vous savoir en sécurité! Vous irez à votre manoir de Sainte-Anne-de-la-Pérade, je présume?

— Non, je vais rejoindre ma mère à l'Hôpital général.

— N'est-ce pas risqué? C'est beaucoup trop près de la ville.

— Maman a besoin de réconfort. Vous la connaissez, depuis que son petit-fils est sous les drapeaux, elle vit dans la crainte.» Geneviève fit une pause. «Moi aussi, j'ai peur pour Louis.»

Il avala une gorgée de vin, puis la rassura:

«Ne soyez pas inquiète. Je vous ai promis de veiller sur lui.

— Madame de Beaubassin ne me croit pas capable de tenir le rôle d'infirmière.

— Au contraire, je vous imagine en bonne Samaritaine. Vous serez l'ange des blessés.»

Geneviève se sentit subitement détendue et attribua son bien-être à l'effet du vin. Se sachant épiée, elle trempa ses lèvres dans son verre pour se donner bonne contenance. Le maître d'hôtel apporta les côtelettes et le feuilleté aux épinards. La distraction lui sembla bienvenue.

«J'aimerais vous dire combien vous enjolivez mon séjour en Nouvelle-France, s'épancha Montcalm en posant sa fourchette au bord de son assiette. À part vous, rien ne me retient ici.» Il guetta sa réaction, elle se contenta de baisser les yeux. Il s'enhardit: «Votre mari ne semble pas prendre ombrage de notre... amitié.»

Elle haussa les sourcils, puis secoua la tête.

« Tarieu a d'autres chats à fouetter, ces temps-ci. Il ne se soucie pas beaucoup de mes relations affectueuses. »

La flamme de la bougie vacilla de nouveau. Il s'essuya la bouche avec le coin de sa serviette.

« Vous a-t-il recommandé d'être sur vos gardes ? reprit-il. Les maris jaloux se méfient des séducteurs. Une réputation surfaite, dans mon cas. »

Cette fois, elle éclata d'un rire joyeux qui convenait aux circonstances.

« Rassurez-vous, mon mari n'est pas jaloux, mentit-elle. Et moi, je suis bien trop sage pour me laisser ensorceler par les flatteries d'un don Juan comme vous.

— Ah ! Comme vous me méjugez ! Je ne sais pas si je vous pardonne. »

Elle s'appuya sur ses coudes, les mains croisées sous le menton.

« Du moment que les remords ne troublent pas votre sommeil.

— N'avez-vous pas compris que je vous vois dans mes rêves ? »

Il plaisantait et elle entra parfaitement dans son jeu. Le maître d'hôtel remplissait discrètement les verres. Nullement distrait par sa présence, Montcalm s'informa de leurs amis.

« Catherine m'a appris que madame Péan s'est réfugiée à Montréal, dit-elle. La casemate que l'intendant a fait bâtir sous sa maison n'aura pas servi longtemps à notre Pompadour !

— Ne m'en parlez pas, fit-il en levant les yeux au ciel. On manquait de charrettes pour les fortifications, mais l'intendant en a trouvé pour voiturer les matériaux nécessaires à la construction de cet abri militaire destiné à protéger la sultane régnante des bombes. Malgré tout, on ne peut pas s'empêcher d'en rire.

— Votre amie la marquise de Vaudreuil s'est éclipsée, elle aussi, reprit-elle, moqueuse.

— Elle a attendu au dernier moment pour ne pas déplaire à son mari. Ce qui inquiète le généralissime, ce n'est pas tant le combat que le désagrément de voir son dîner retardé d'un quart d'heure. »

Geneviève rit de bon cœur. Dehors, la pluie avait cessé, mais le vent agitait les feuilles et les branches claquaient dans les carreaux. On se serait cru en novembre.

«Ce vent du nord-est favorise l'ennemi», dit Montcalm, plus tourmenté par la situation qu'il ne voulait le laisser paraître. «Heureusement, les Anglais ne sont pas pressés d'attaquer.»

Il retrouva sa bonne humeur pour lui apprendre ce que ceux-ci disaient de lui:

«Apparemment, ils prédisent que l'invincible Montcalm succombera.

— Ne répétez pas ces sinistres prophéties, laissa-t-elle échapper. S'il vous arrivait un malheur, je pleurerais toutes les larmes de mon corps.»

Montcalm se sentit ému.

«S'il n'en tient qu'à moi, jamais je ne vous ferai pleurer.»

Il se leva, alla jusqu'au bahut de chêne et s'empara d'une rose dans le vase de Sèvres posé sur une table de marbre. Puis, se tournant vers elle, il huma le parfum de la fleur et la lui tendit.

«C'est pour vous, ma belle amie. Elle vous empêchera de m'oublier.

— Comment pourrais-je vous oublier?»

⁓⦾⦿⦾⁓

Arrivée à ce moment du récit qu'elle me conta bien après ce tête-à-tête amoureux, Geneviève eut un de ses fameux trous de mémoire. Elle se souvenait seulement que Montcalm l'avait entraînée à la bibliothèque pour lui montrer ses précieux livres. Combien de temps y restèrent-ils? Quand je lui demandai s'ils avaient fait l'amour, elle me reprocha mon indiscrétion et reprit sa narration en omettant précisément ce que je désirais savoir. Montcalm s'était dirigé vers son secrétaire et lui avait dit:

«C'est ici que je m'assois pour écrire des poèmes.» Il avait déplacé quelques feuilles pour s'emparer de celle du dessous. «Tenez, ces vers chantent votre beauté.»

Il s'apprêtait à lui en lire un quand un coup de sonnette l'avait surpris. La porte d'entrée avait grincé. La voix de son majordome, mêlée à une autre plus grave, s'était élevée.

«Allons bon! Qui cela peut-il bien être?» s'était impatienté Montcalm.

Il avait prêté l'oreille. Les pas s'étaient rapprochés, puis son valet avait frappé.

«Général, le comte de Bougainville aimerait s'entretenir avec vous. Il dit que c'est urgent.

— Faites-le entrer. Je vais le recevoir.»

Il avait déposé son poème sur le secrétaire, tandis que Geneviève s'éloignait de quelques pas. La magie du moment venait de s'envoler.

«Je suis désolé de me présenter à l'improviste», s'était excusé le comte, mal à l'aise d'interrompre cet instant d'intimité. «J'ai une affaire pressante à discuter avec le marquis.» Se tournant vers Montcalm, il avait annoncé: «Mon général, douze bâtiments anglais mouillent à l'île d'Orléans. Le général Wolfe a établi ses quartiers dans la paroisse de Saint-Laurent. Il y a débarqué son artillerie. Tout indique que l'attaque est imminente.»

Montcalm l'avait arrêté d'un geste de la main et l'avait prié de bien vouloir l'attendre au salon. Ensuite, il avait ajouté à l'intention de Geneviève:

«J'en ai pour quelques minutes, un quart d'heure tout au plus.

— Je préfère rentrer, avait-elle répondu. Je pars demain très tôt.»

Bougainville lui avait offert de la reconduire chez elle après son conciliabule, mais elle l'avait remercié, sa voiture l'attendait. Montcalm l'avait raccompagnée jusqu'à la porte. Les adieux avaient été plus tièdes qu'elle ne l'avait espéré. Il avait promis de passer la saluer à l'hôpital dès qu'il en aurait le loisir.

«M'enverrez-vous quelques-uns de vos poèmes? lui avait-elle demandé en remuant légèrement la poignée de porte.

— C'est entendu, ma chère Geneviève.»

Elle l'avait quitté sur cette promesse. Elle s'y accrocherait au cours des semaines à venir.

La folie meurtrière de Wolfe

À l'abri de la terrifiante menace qui se profilait, Marie-Anne et moi coulions des jours monotones à la seigneurie de Sainte-Anne-de-la-Pérade. Deux recluses dorlotant leur vague à l'âme dans un manoir déserté de ses habitants. Comme il nous semblait loin, le temps où nous passions nos nuits à danser le menuet et nos jours à reposer nos pieds endoloris! Il nous arrivait alors de nous mettre à table à midi et d'y traîner pendant des heures.

Seule Donoma et ses poupées réussissaient à me distraire de cet enfermement involontaire. Je défaisais ses nattes tressées à l'indienne pour la coiffer comme les fillettes de bonne famille. Je l'obligeais à passer une robe et lui apprenais à danser le cotillon, alors qu'elle ne rêvait que de courir les champs. Mes consignes la rebutaient parfois : «Donoma, fermez la bouche, sinon le diable viendra vous mordre la langue.» «Donoma, ne vous décrottez pas le nez, tenez la fourchette de la main droite, cessez de jacasser comme une pie…» Elle se pliait à mes caprices sans trop rechigner. Je crois qu'elle s'attachait à moi et ne voulait pas me contrarier. Mais, dès que j'avais le dos tourné, le naturel revenait au galop. Elle repartait chasser le lièvre et pêcher des grenouilles avec les enfants abénaquis des environs. Décidément, elle avait de qui tenir! À son retour, je l'appelais ma petite crasseuse. Elle riait de toutes ses dents.

Ces heures joyeuses me laissaient encore du temps pour m'apitoyer sur mon sort de citadine déracinée et je ne m'en privais pas. Geneviève promettait de venir nous rejoindre, mais reportait sans cesse son arrivée! À part les visites occasionnelles du comte de Bougainville à Marie-Anne, rares furent nos amis qui se présentèrent au manoir, si bien que nous ne savions pas trop comment occuper nos journées.

Je montais volontiers à cheval, Marie-Anne non. Elle restait les yeux rivés sur son tricot pendant une éternité, un passe-temps qui m'ennuyait souverainement. Les cartes? Ni l'une ni l'autre ne nous concentrions longtemps devant le valet de cœur ou le roi de trèfle. Nos promenades à pied le long du Chemin du Roi ressemblaient à un pensum. Beau temps, mauvais temps, nous marchions d'un pas lent jusqu'au relais des diligences, dans l'espoir de croiser un voyageur au courant des dernières nouvelles de la guerre. Déçues la plupart du temps, nous nous arrêtions à l'église pour réciter un *Ave Maria*. Puis nous faisions demi-tour. Durant les rares jours de canicule, nous avions un autre rituel. Pour fuir la chaleur, particulièrement suffocante après le déjeuner, nous nous enfoncions dans la forêt derrière le manoir. Donoma trottinait autour de nous. De là, nous débouchions aux chutes. Assises sur des roches, nous taquinions les petits poissons de la rivière Sainte-Anne en maugréant contre Geneviève qui nous avait abandonnées.

Les femmes ne sont jamais en panne de confidences. Entre nous, cela commença comme un jeu qui consistait à nous surprendre mutuellement, voire à nous scandaliser. Un jour, Marie-Anne me livrait une réflexion gênante, le lendemain, je prenais la relève. Ma cousine gagna une manche en m'apprenant qu'elle n'épouserait jamais le beau Louis-Antoine de Bougainville, même s'il l'en priait à genoux. Incrédule, je me redressai à moitié.

«Pourquoi? Ça saute aux yeux, il est fou de vous. Pas une semaine ne passe sans qu'il vous écrive des lettres enflammées. Sans qu'il vienne vous embrasser.

— À cause de la différence d'âge, répondit-elle. J'ai vingt-deux ans de plus que lui et je commence à me faner. Je ne veux pas qu'il gâche sa jeunesse à me courtiser.»

Ce genre d'abnégation me mettait en rogne. J'essayai de lui faire changer d'idée en citant un vers de Blaise Pascal, *l'amour n'a point d'âge; il est toujours naissant*. Je l'inondai d'exemples évocateurs. À commencer par celui de ma mère, toujours follement éprise de son jeune neveu. Je mentionnai la longueur d'avance de la marquise de Vaudreuil sur son mari. Cela ne les empêchait pas de filer le parfait bonheur depuis des lustres.

Marie-Anne s'entêta. Elle ne se voyait pas dans la peau de ces femmes vieillissantes se pavanant au bras d'un gentilhomme encore vert. Il lui importait peu de convoler en justes noces pour la quatrième fois. Du moment que Louis-Antoine continuait de pimenter sa vie, elle s'accommoderait de le recevoir chez elle, discrètement, sans jamais s'exhiber en public. Elle appréciait les moments qu'ils passaient ensemble. Avec le recul, je crois qu'elle commençait à sentir qu'il lui échappait et s'y préparait mentalement.

« Inutile de tenter le diable, dit-elle avant de me servir à son tour un proverbe. Vous connaissez celui de Jean de La Fontaine ? *Un tiens vaut mieux que deux tu l'auras.*

— Ça veut dire quoi, tenter le diable ? » demanda Donoma, plus écornifleuse que jamais.

Je ne me souviens pas de la réponse de Marie-Anne, mais je me rappelle avoir convaincu la petite d'aller lancer des cailloux dans le ruisseau. Nos propos ne convenaient pas aux chastes oreilles d'une enfant. Elle s'éloigna en turlutant un air que nous lui avions appris la veille : *Près de la fontaine un oiseau chantait. / Un oiseau, à la volette. / Un oiseau chantait.*

Mon tour venu, je confiai à ma cousine ce que je n'avais encore dit à personne :

« Je soupçonne Pierre d'avoir une liaison avec une sauvagesse. »

Des preuves, je pouvais lui en fournir. À commencer par Donoma, dont il suffisait de comparer les traits avec ceux de Pierre.

« Pourquoi vous forger des chimères ? répondit-elle sans conviction.

— Parce que Pierre ne m'a jamais parlé de la mère de Donoma. »

Tout contribuait à me convaincre qu'une idylle s'était tramée dans mon dos. Sinon, comment expliquer que l'homme de ma vie espaçait de plus en plus ses séjours à la maison ou les écourtait sans raison valable ? Il se montrait toujours aussi affectueux et nos ébats nocturnes ne manquaient pas de piquant. Mais… comment dire ? Il avait changé.

« Une nuit, pendant son sommeil, je l'ai clairement entendu prononcer des mots doux en langue indienne.

— Comment savez-vous qu'il s'agissait de langage amoureux?

— Une épouse avertie flaire le vent qui tourne. Cela me chagrine beaucoup. Je m'étais habituée à l'idée qu'en ne le privant pas de sa liberté, je me l'attacherais à jamais.

— Allons donc, Catherine, Pierre vous aime éperdument, protesta-t-elle avec vivacité.

— Je ne dis pas le contraire. Simplement, il m'a souvent parlé d'une squaw très gentille qui lui avait montré comment fabriquer le sirop d'érable dont je me délecte. Je me souviens de lui avoir répliqué du tac au tac: et moi alors, je suis la cruche?»

Marie-Anne s'amusa de ma boutade. Je poursuivis en décrivant les mœurs sauvages:

«Il paraît que les Peaux-Rouges prêtent leurs femmes et leurs filles aux étrangers.»

Ma cousine me rappela qu'il s'agissait peut-être du prix à payer pour être né dans ce pays. À force de côtoyer les sauvages, les Canadiens en venaient à adopter leur mode de vie. Quel homme privé de l'affection de sa femme pendant des mois refuserait la belle squaw qui s'offrait à lui?

«Habituellement, ces liaisons sont éphémères, insista Marie-Anne pour me rassurer.

— Les coureurs des bois appellent ça courir l'allumette.

— Nous, on dit courir la galipote. Une activité dont vous ne vous privez pas vous-même, ma chère Catherine. Vous cultivez aussi des amourettes éphémères et Pierre ne vous en a jamais tenu rigueur.»

Je voulais la croire. Mais, confinée dans ma prison dorée, sans nouvelles de mon mari, j'avais l'humeur morose. Je ne songeais plus à me départir de Donoma. Je l'aimais comme ma propre fille, même si sa vue me rappelait l'infidélité de Pierre.

«Allons, laissez-le folâtrer, votre don Juan des bois. Croyez-en une femme d'expérience, il vous reviendra toujours.

— Il n'empêche, je ne comprends pas pourquoi il m'a ramené cette petite sauvageonne.

— Il est peut-être arrivé un malheur à sa mère et Pierre, devenu son unique parent, a voulu se charger d'elle.»

Nous avions vidé la question. Lasse de tourner le fer dans la plaie, je lançai un sujet plus distrayant, alors que nous regagnions le manoir. Un sujet ô combien délicat: Geneviève, dont les sentiments pour le marquis de Montcalm étaient loin de s'émousser.

Drôle de hasard, au moment même où je prononçai son nom, un domestique nous apporta un mot d'elle. Je décachetai l'enveloppe et lus. Geneviève nous apprenait que, dans la nuit du 12 au 13 juillet, les Anglais avaient canonné Québec, à quelques lieues à peine de l'Hôpital général. Marie-Anne en laissa tomber son tricot.

De ma fenêtre, écrivait Geneviève, *j'ai vu les boules de feu percer les nuages et, la minute d'après, j'ai entendu le bruit terrifiant des obus pleuvant sur la ville. Une centaine de maisons ont été pilonnées, paraît-il. Les cloches des églises ne sonnent plus, même pour les enterrements. Quand elles résonnent, signal qu'une attaque est imminente, les citoyens se précipitent à la cave.*

Notre amie nous décrivait son quotidien rythmé par le grondement des canons. Elle ne s'y habituait pas, mais n'en continuait pas moins à distribuer les bols de soupe, à changer les pansements, à lire les lettres des blessés et à y répondre à leur place… En un mot, elle accourait là où les besoins se faisaient le plus sentir. Bien que situé à l'abri des tirs, l'hôpital construit au pied de la rivière Saint-Charles vivait à l'heure de la guerre. Tout était sens dessous dessus au domaine des religieuses. Les autorités avaient fermé les portes de la ville et les parents des malades, apeurés par l'imminence des attaques, affluaient au faubourg Saint-Vallier, leur maigre baluchon sous le bras. *Les bonnes sœurs, dont la générosité force l'admiration, permettent à ce dernier noyau de résistants de poser leur grabat à l'étable ou dans les hangars attenants,* écrivait-elle. *Même les greniers où elles étendent le linge après la lessive sont remplis d'indigents qui envahissent aussi le jardin et le cimetière.*

D'où l'indescriptible confusion à l'heure des repas. Car il faut nourrir tous ces infortunés.

Nous lisions et relisions sa lettre sans nous lasser. En ce temps-là, n'importe qui affirmait n'importe quoi. Un jour, nous pleurions la mort d'un ami et le lendemain, il réapparaissait bien en chair. Nous ne mettions jamais en doute les nouvelles consternantes rapportées par Geneviève, puisqu'elle les tenait des blessés qui arrivaient du front et des citadins passés hors les murs. Peut-être aussi de Montcalm. Allez savoir!

La fin de sa lettre nous émut particulièrement. Je vous la résume. Depuis ses quartiers à l'île d'Orléans, James Wolfe avait lancé une proclamation à donner la chair de poule. L'odieux placard affiché à la porte de toutes les églises en amont et en aval de Québec invitait les Canadiens à choisir entre la France, une patrie qui les avait lâchement abandonnés, et l'Angleterre, qui leur tendait la main. Le général anglais menaçait les récalcitrants des pires calamités. Pour prouver son sérieux, il avait fait flamber Beaumont, juste en face de l'île. *Afin d'échapper aux Habits rouges*, ajoutait Geneviève, *des mères se sont réfugiées dans la cave d'une maison avec leurs enfants. Le commandant a donné l'ordre d'y mettre le feu et les malheureux ont été brûlés vifs.*

Horrifiée, Marie-Anne s'indigna:

«Dire que Wolfe ordonne aux généraux français de mettre leurs barbares au pas! Nos sauvages ne sont pas des anges, mais ils ne détiennent pas le monopole de la cruauté.»

Geneviève s'inquiétait pour sa mère. En apercevant l'épaisse fumée dans le ciel au sud de Québec, signe de lointains bombardements, madame de Boishébert était tombée évanouie. Le bruit courait que les soldats de Wolfe avaient dévasté tous les villages de la Côte-du-Sud. À présent, ils se rapprochaient de la capitale. Ils avaient installé leur artillerie lourde à Pointe-Lévy et pilonnaient la ville. Pour ajouter au malheur, de puissants vents soufflaient, comme si le bon Dieu favorisait leurs desseins démoniaques. Tout un chacun s'interrogeait: où Wolfe donnerait-il l'assaut terrestre? D'après Geneviève, Montcalm s'attendait à le voir surgir à Beauport, où il avait rassemblé son armée.

Il ne fallait pas être grand devin pour suspecter Geneviève d'entretenir des rapports intimes avec le général, bien qu'elle ne le mentionnât pas. Sa prose regorgeait d'allusions à lui. Montcalm par-ci, Montcalm par-là… Ainsi, elle nous relata comment les Français avaient lamentablement échoué à incendier les navires anglais amarrés à l'île d'Orléans. Elle affirmait tenir l'affaire de la bouche *du plus farouche adversaire du gouverneur,* qu'elle avait croisé par hasard à l'hôpital. Voici les faits : après des mois de préparatifs, les six brûlots censés régler leur compte aux bâtiments anglais étaient enfin prêts. Cette supercherie imaginée par le « généralissime » Vaudreuil faisait sourire Montcalm. Par une nuit d'encre, à onze heures pile, les embarcations bourrées d'explosifs s'étaient dirigées à la queue leu leu vers la flotte ennemie. Malheur ! À deux lieues de leur cible, et alors que les yeux de tous les citadins étaient rivés sur le fleuve, le commandant de tête avait prématurément incendié sa chaloupe. Croyant qu'il s'agissait du signal, les autres avaient allumé leur torche, ce qui avait déclenché avant l'heure un gigantesque feu d'artifice. Au son des détonations, les flammes avaient jailli dans l'obscurité. Barils de poudre, grenades et vieux mousquets pétaradaient, cependant que les brûlots sombraient à tour de rôle, avant d'atteindre la flotte ennemie.

« Quel spectacle pitoyable offert aux Anglais ! dis-je à Marie-Anne en déposant la lettre de Geneviève sur le guéridon. Comme ils ont dû se tordre de rire ! »

J'aurais voulu être un petit oiseau pour voir la tête de Montcalm. Devant ce beau gâchis, il avait dû se moquer copieusement du gouverneur. Marie-Anne s'empara de la lettre et continua à la lire à haute voix : *Cet exploit raté aurait été désopilant si deux marins canadiens n'avaient pas péri dans l'explosion,* écrivait Geneviève. Le lendemain, Montcalm avait reçu un message du général Wolfe le menaçant de représailles. Les prochains radeaux enflammés qui prendraient l'armée anglaise pour cible serviraient à embraser les navires à bord desquels se trouvaient les prisonniers français et canadiens. Belle hécatombe en perspective !

« Marie-Anne, croyez-vous que Montcalm poursuit Geneviève de ses assiduités jusqu'à l'hôpital ? Se peut-il qu'il lui fasse la cour, alors que le pays est en guerre ? »

J'avais posé ces deux questions de manière anodine, comme si j'étais dénuée d'arrière-pensée. Ma cousine ne s'y trompa pas. Elle pointa l'index dans ma direction :

« Vilaine petite curieuse ! » me gronda-t-elle.

L'idée avait surgi dans mon esprit pendant que je parcourais la dernière lettre de notre amie qui n'en finissait plus d'évoquer Montcalm. Si j'avais été l'unique destinataire de cette missive, Geneviève ne m'aurait rien caché, pensai-je. Toutefois, elle ne pouvait pas tout dire à sa belle-sœur.

« Si le général passe la voir à l'hôpital et que cela fait plaisir à Geneviève, pourquoi pas ?

— Vous ne me ferez pas croire qu'il n'y a rien de plus entre eux ! dis-je. Ça crève les yeux.

— Telle que je vous connais, vous imaginez une liaison qui n'existe que dans votre tête. »

Je mourais d'envie de la ramener sur terre et, cette fois encore, je me retins de lui citer les paroles de Montcalm restées gravées dans ma mémoire. Nous enchaînions les parties de trictrac chez ma mère, deux ans plus tôt, quand il m'avait annoncé que Geneviève avait accouché d'un enfant mort. Et il avait ajouté : "C'est heureux." En quoi le décès de ce nourrisson pouvait-il lui inspirer ce commentaire, sinon parce qu'il en était le père illégitime ?

Depuis ce jour, je n'avais plus de doute sur la nature de leur relation, même si Geneviève persistait à me cacher la vérité. J'ignorais cependant si Marie-Anne avait reçu ses confidences. Lorsque je lui avais parlé de cet enfant mort, ma cousine avait prétendu qu'il n'avait existé que dans ma tête.

Québec sous les bombes

Tarieu s'arrêta à Sainte-Anne-de-la-Pérade au milieu de l'été. Obéissant aux ordres du gouverneur, il poursuivait sa tournée afin de convaincre les fermiers de lui céder leur bétail à des prix dérisoires. Il s'attira l'hostilité de ses censitaires qui, jusque-là, avaient toujours manifesté du respect envers leur seigneur.

Mon cousin battait la campagne depuis plusieurs semaines et partout il rencontrait la même résistance. À la rivière Jacques-Cartier, les paysans l'avaient qualifié de « grand bouvier » en le vouant à la damnation ; ceux du cap de la Magdelaine l'avaient traité de sans-cœur pour avoir consenti à dépouiller ses frères réduits à la misère ; à Grondines, on lui avait reproché de s'enrichir aux dépens des pauvres... Alors qu'il s'apprêtait à livrer le bétail à l'armée, un homme lui avait lancé : « Un coup de corne est moins à craindre qu'un coup de canon, hein, monsieur de Lanaudière ? » Tarieu aurait préféré se battre à bras nus plutôt que de passer pour un profiteur et un lâche.

« Tu n'as pas levé la main sur ce malotru, j'espère ? » s'inquiéta Marie-Anne.

Non, il s'était contenté de serrer les poings, un juron entre les dents. Sa résignation dénaturait son caractère belliqueux. Ce changement d'attitude nous frappa dès son arrivée au manoir. Il prétendit faire contre mauvaise fortune bon cœur :

« Le pays s'en va à vau-l'eau sous l'œil indifférent de la France. Mes petites misères ne pèsent pas lourd à côté des calamités qui s'abattent sur nous. »

Depuis deux mois, Québec subissait les bombardements presque sans interruption. Les citadins restés en ville ne connaissaient aucun répit. L'armée anglaise tirait des boulets sur ses cibles déjà atteintes pour empêcher quiconque d'éteindre les foyers d'incendie.

«Vous n'imaginez pas les dégâts que peuvent faire deux cents bombes, nous dit-il. La cathédrale a été bombardée trois fois. Le collège des Jésuites est fortement endommagé et l'église Notre-Dame-des-Victoires est partie en fumée.

— Pas la petite église de la Place royale! se désola Marie-Anne. Qu'on vise des objectifs militaires, je peux l'admettre. Après tout, nous sommes en guerre. Mais dans le monde civilisé, les armées épargnent les civils, les temples religieux et les couvents. Les Anglais ne sont-ils pas tenus de respecter le code d'honneur?

— Wolfe veut éliminer la population, peu importe les souffrances qu'il inflige à des innocents, lâcha-t-il.

— Quel boucher! fis-je, écœurée. Je prie pour que nos troupes terrassent les siennes.

— Ma pauvre Catherine, nous n'avons même pas assez de munitions pour riposter à leurs attaques, encore moins pour les écraser, m'objecta-t-il.

— Que les soldats de Wolfe attrapent le typhus, alors!» dis-je, la mine boudeuse.

Je ne me souviens plus qui, de Marie-Anne ou de moi, évoqua devant Tarieu l'angoisse de Geneviève et ses nuits d'insomnie passées à guetter les boules de feu dans le ciel. Il demanda à lire ses lettres. J'allai les chercher et les lui tendis, même si je savais qu'il n'approuvait pas la décision de sa femme de prêter main-forte aux religieuses de l'hôpital.

«Je suis passé la voir la semaine dernière, fit-il en hochant la tête. Elle s'épuise.»

Il lut sans les commenter les trois lettres de Geneviève. Comme il n'avait pas envie d'aborder la question de leurs relations en dents de scie, il fit dévier la conversation sur l'état déplorable des routes qu'il fallait désormais partager avec les fuyards et les brigands.

«Pour me rendre à l'hôpital, j'ai fait monter de vieilles religieuses dans ma voiture.

— Vous, avec des bonnes sœurs ? dis-je, ébahie. Vous voulez gagner votre Ciel ? »

— Ces pauvres ursulines avaient dû évacuer leur couvent à cause des bombes. Elles n'avaient personne pour les conduire à l'extérieur de la ville. En bon Samaritain, j'ai offert des sièges aux plus âgées. Faute de place, les plus jeunes ont continué à pied.

— Et Geneviève, comment l'avez-vous trouvée ? demandai-je, car je commençais à croire qu'il évitait le sujet délibérément.

— Ah Geneviève ! Elle ignorait qu'un pot-au-feu anglais avait endommagé notre maison, dit-il enfin. Elle a encaissé le coup, mais j'ai senti son désarroi. »

Un trou béant avait rendu inhabitable une aile de leur demeure. D'ailleurs, tout le faubourg était méconnaissable. La gorge serrée, il énuméra nos amis qui avaient perdu leurs biens.

« Une bonne partie de la rue Saint-Louis a été partiellement démolie, y compris l'hôtel Péan. Une bombe est tombée dans le hall menant à la chambre à coucher d'Angélique. Son armoire a été pulvérisée et ses cristaux de table fracassés. »

J'imaginai le pire. Le cœur me débattait quand je lui posai la question :

« Ma maison a-t-elle été frappée ? »

Comme par miracle, la rue des Jardins avait échappé aux bombardements. Ni la mienne ni celle de Marie-Anne n'avaient été touchées. En revanche, la rue de Buade avait complètement disparu et l'ancienne résidence de Madame-mère n'était plus qu'un amas de débris.

— Comment a réagi Geneviève en apprenant vos malheurs ? » demanda Marie-Anne.

Tarieu chercha à nous dissimuler son visage contrarié. D'une voix brisée, il reprit.

« Elle voulait que je l'amène chez nous. Je l'ai convaincue d'y renoncer. Moi-même, j'y étais resté à peine le temps de ramasser mes contrats notariés et quelques vêtements chauds. »

Pendant sa courte visite, les boulets pleuvaient sur la ville. Au bruit sourd du pilonnage, les vitres encore intactes vibraient. Les sifflements macabres se rapprochaient. Dans le ciel montaient des colonnes noires de fumée.

« C'était terrifiant. J'ai quitté la rue du Parloir sans même me retourner. »

Notre cher Tarieu, toujours prompt à la riposte et jamais à court de réparties cinglantes, n'était plus que l'ombre de lui-même. Je notai son teint blafard et ses cheveux en désordre.

« As-tu des nouvelles de Petit Louis ? s'informa Marie-Anne.

— J'ignore où il se trouve. Montcalm a promis de le tenir à l'écart du danger, mais dans le feu de l'action, tout peut arriver ! »

Jamais je n'avais senti mon cousin aussi désemparé. Nous voulions le garder à souper, nous insistâmes tant et plus, mais il préféra rejoindre son détachement avant la noirceur.

« Fais au moins seller un autre cheval, lui conseilla Marie-Anne. Le tien est surmené. »

Tarieu rejeta sa suggestion, déterminé à repartir le jour même sur sa fidèle monture. Il consentit néanmoins à boire le verre de l'amitié en notre compagnie. Le vin aidant, il se montra plus disert. Malgré ses esquives antérieures, je compris que l'entêtement de Geneviève à rester en ville l'ulcérait. Sa femme, autrefois si soumise, n'en faisait plus qu'à sa tête. Le gros bon sens lui commandait de venir prendre sa place au manoir de La Pérade, mais elle s'y refusait obstinément. Il consentait à fermer les yeux sur leurs désaccords passés, à condition qu'elle se pliât à sa volonté.

« Je n'exige pas l'impossible, pardieu ! Simplement qu'elle fasse preuve de discernement. »

Plus il se vidait le cœur, plus sa rancune se ravivait. Il voulut savoir si l'absence de Geneviève commençait à faire jaser à la seigneurie. Marie-Anne le rassura :

« Au contraire, son dévouement auprès des blessés lui vaut des éloges.

— Pourquoi m'expose-t-elle au discrédit? Car c'est bien ce qu'elle fait en traînant à Québec. Je n'ai rien ménagé pour la rendre heureuse.»

Il passa en revue sa conduite, qu'il jugeait exemplaire. À croire que ses sautes d'humeur, ses colères furieuses et ses échappées solitaires étaient le fruit de mon imagination!

«Essaie de la comprendre, plaida Marie-Anne. Elle se sent plus utile à l'hôpital. Avec tous ces éclopés, les religieuses sont débordées.»

Tarieu monta sur ses ergots.

«Tu n'as pas à excuser Geneviève. Rien ne justifie sa conduite», s'emporta-t-il.

Il aurait donné cher pour découvrir ce qui la retenait là-bas, alors que son devoir l'appelait auprès des siens. J'étais curieuse de savoir – et Marie-Anne aussi probablement – s'il soupçonnait Geneviève de déloyauté. Je risque une hypothèse, tant pis si je me trompe. À force de croiser Montcalm chez lui à toute heure du jour, le doute s'était forcément insinué dans son esprit. Tel que je le connaissais, il en éprouvait plus d'humiliation que de chagrin. L'infidélité de sa femme, si elle s'avérait, jetterait l'opprobre sur lui. Verrait-il sa carrière anéantie? sa réputation ternie? Deviendrait-il la risée de la société, comme le sieur Péan qui ne pouvait plus traverser la rue sans entendre chuchoter le mot cocu dans son dos?

«J'ai trop longtemps fermé les yeux, balbutia-t-il juste assez fort pour que je comprenne. Et vous, Catherine, naturellement, vous ne m'aiderez pas à y voir clair.»

Je le sentis plein de rancune envers moi, mais je ne trouvai rien pour le rassurer. Au crépuscule, il éperonna son cheval et partit au galop en se cramponnant à sa selle. Sous une tiédeur moite, nous scrutâmes l'horizon jusqu'à ce que notre cher cavalier disparaisse du paysage.

Une semaine complète sous la pluie! Le ciel ne se viderait donc jamais? Après m'avoir joué des tours pendables toute la journée,

Donoma s'était jetée dans les bras de Morphée. À présent, elle dormait à poings fermés et moi, je séchais sur pied entre les quatre murs de ma chambre. En bas, Marie-Anne recevait Bougainville au salon. Selon notre convention, je devais attendre qu'elle m'y invite avant de descendre me joindre à eux. Quand elle me fit enfin signe, je commençais à croire qu'elle m'avait oubliée.

« Le chevalier de Lévis me prie de vous dire que monsieur de Beaubassin va bien, m'annonça Bougainville en m'accueillant au bas de l'escalier. Le gouverneur l'a envoyé mater des sauvages à la quatrième concession, en face de Beauport.

— Ah bon ! m'exclamai-je », ravie d'apprendre où se trouvait mon mari. « Dites-moi ce que les Abénaquis ont encore inventé pour mettre le marquis de Vaudreuil en rogne. Je suppose qu'ils ont tué les bestiaux des fermiers de la région.

— Pire encore, ils ont enlevé leurs filles. Beaubassin a eu toutes les misères du monde à les convaincre de nous les rendre. »

Nous prîmes place au salon où Marie-Anne nous servit un cordial.

« Qu'est-ce qui vous amène dans notre paradis, comte ? » lançai-je sur un ton ironique.

Bougainville profitait de la trêve décrétée par les deux camps pour venir embrasser Marie-Anne et nous rapporter des nouvelles du front. Les officiers supérieurs des deux armées avaient accueilli ce répit avec soulagement, admit-il. Cynique ou simplement raffiné, le général Wolfe avait envoyé deux bouteilles de liqueur forte à l'intendant, ainsi qu'une missive de sa sœur interceptée en mer. Pour lui rendre sa politesse, Bigot lui avait fait livrer quelques panerées d'herbe. Marie-Anne et moi trouvions inconcevable que des ennemis qui se tiraient à boulets rouges à longueur de journée s'arrêtent pour échanger des civilités. Bougainville pouffa de rire.

« Qu'est-ce que vous croyez ? Les militaires sont aussi des gentilshommes. »

Lui-même entretenait des relations cordiales avec le général Abercromby, le vaincu de Carillon. Il avait parié avec lui un panier de champagne contre des brocs de bière que les Français reprendraient Louisbourg.

« J'ai perdu mon pari et j'ai payé mon dû », admit-il.

Les officiers français, nous apprit-il, poussaient la courtoisie jusqu'à présenter des « demoiselles » aux Britanniques. Cela me parut difficile à croire et je lui en réclamai la preuve.

« Hier, mon ami Abercromby m'a prié de lui envoyer du vin par les bons soins d'une… jolie Canadienne. »

Il refusa de nous confirmer s'il comptait exaucer le vœu du général britannique réputé bon vivant. La conversation tourna ensuite autour de cette pauvre Québec, si anémique, si menacée.

« Montcalm soupçonne l'ennemi de nous faire une guerre d'usure, dit-il.

— Vous ? Qu'en pensez-vous ?

— Mon intuition me dit que les événements se précipiteront bientôt. Après être restés longtemps amarrés à l'île d'Orléans, les vaisseaux anglais se déplacent maintenant vers Québec, vraisemblablement en prévision d'une attaque terrestre. Nos soldats couchent tout habillés afin d'être prêts à marcher au signal. À mon avis, le sort de la colonie se jouera dans les jours qui viennent. »

Marie-Anne et moi ne savions pas trop s'il fallait nous réjouir de la fin prochaine de notre exil à Sainte-Anne-de-la-Pérade ou craindre des lendemains amers. Bougainville resta à dormir. Au matin, il regagna Beauport.

Juillet achevait quand Geneviève nous annonça son arrivée pour la énième fois, les pressions de Tarieu l'ayant contrainte à revoir ses plans. Du moins, nous le croyions. Or, le jour dit, un censitaire de la seigneurie se présenta au manoir dans un état d'excitation surprenant. Les Anglais avaient débarqué tout près de Neuville et ils avaient enlevé deux cents femmes et enfants. Parmi eux, il y avait quelques dames de Québec fuyant la capitale.

Se pouvait-il que Geneviève ait été prise en otage? Avait-elle, comme ces malheureuses, passé la nuit à bord d'un navire ennemi? C'était bien la première fois que Marie-Anne et moi espérions que notre amie n'ait pas quitté l'hôpital. Le lendemain, nous apprîmes que le général Wolfe avait invité plusieurs prisonnières à dîner à sa table, avant de les libérer sans qu'il leur soit fait aucun mal. Je les enviai presque. J'avais un faible pour les hommes bien sanglés dans leur uniforme et je n'aurais pas repoussé les avances d'un élégant officier anglais. Marie-Anne trouva ma remarque de mauvais goût. Tant pis. À vingt-sept ans, je n'allais pas devenir prude.

Dieu merci! Geneviève ne se trouvait pas parmi les otages. Elle s'excusa dans un courrier pour l'inquiétude et le désagrément qu'elle nous avait causés. Ce qui l'avait retenue à l'hôpital? Son oncle Roch de Ramezay venait d'y être admis pour une inflammation des bronches. Il s'agissait d'un bien mauvais moment pour abandonner le commandement de la ville de Québec, mais il se sentait incapable de s'acquitter de ses obligations militaires. Geneviève avait reporté son départ pour veiller sur lui. Je soupirai. Notre patience était décidément mise à rude épreuve!

En août, le chevalier de Lévis nous fit une visite-surprise. Les Anglais encerclaient les Trois-Rivières et Montcalm l'avait chargé d'en organiser la défense. Comme il nous l'annonça sans ménagement, la flotte anglaise mouillait à une lieue de la ville. Une vingtaine d'embarcations étaient amarrées à Champlain. Autant dire à nos portes.

«Vous allez nous protéger, n'est-ce pas? minaudai-je en lui lançant un regard apeuré.

— Mesdames, vous pouvez dormir sur vos deux oreilles. J'ai relevé un défi bien pire à Montmorency, quand les grenadiers de Wolfe ont traversé la rivière à marée basse et débarqué au pied des chutes.»

Pour nous démontrer la complexité des lieux, il s'empara d'un crayon et dessina un croquis. Il traça un point noir où les Habits rouges avaient entrepris d'escalader la pente abrupte du Grand-Sault. Il les attendait de pied ferme. Fort heureusement, la pluie diluvienne avait gêné leur ascension, en plus de mouiller la poudre de leurs fusils.

« Nos tirs les ont forcés à battre en retraite. Ils ont retraversé la rivière Montmorency à gué, juste avant la marée montante. Le général Wolfe était furieux, paraît-il. Ses soldats en débandade ont passé un mauvais quart d'heure. »

Je le félicitai chaudement. Il accepta le compliment.

« Vous connaissez le lieutenant Boishébert, n'est-ce pas ? me dit-il sur un ton moqueur. À Montmorency, il s'est distingué à la tête d'un corps de volontaires acadiens. »

Je devinai qu'il était au courant de mon penchant pour Charles.

« Quand vous le verrez, exprimez-lui mon admiration, fis-je. Et puisque nous évoquons nos amis communs, comment va le général Montcalm ?

— Il travaille comme un forçat. Rassurez-vous, il n'a pas perdu son humour légendaire et continue d'étriller le gouverneur Vaudreuil chaque fois que l'occasion se présente. »

***

Nous amorcions la dernière semaine d'août quand Bougainville se décommanda pour la troisième fois. Marie-Anne, qui espérait ses visites comme les chrétiens attendent le Messie, rumina sa déception. Son amoureux invoquait toujours une bonne raison pour lui faire faux bond. Ce jour-là, la faute incombait à Montcalm, qui lui avait confié le régiment Languedoc composé de ses meilleurs brigadiers. À deux reprises déjà, ils avaient repoussé l'ennemi à Neuville. Tapis dans les bois, ils avaient forcé l'intrépide James Murray et son millier d'hommes à déguerpir.

« Des excuses, des excuses, encore des excuses, fit Marie-Anne, la mine dépitée.

— Je vous trouve injuste, lui reprochai-je. Vous devriez plutôt vous réjouir de ses succès. »

J'avais débité ma tirade sans conviction. Ma cousine n'avait pas tort de se tourmenter. Depuis son retour d'Europe, Bougainville se montrait peu empressé et moins affectueux. Après bien des hésitations, elle m'expliqua ce qui la tracassait tant :

« Madame Hérault de Séchelles, sa mère adoptive, s'oppose à notre relation. Il m'a dit qu'elle lui cherchait une épouse en France.

— Non... L'aurait-elle persuadé de rompre ?

— À force de l'observer, j'en viens à le croire. »

Le séjour à Paris de Bougainville l'avait transformé. Depuis, il ne songeait plus qu'à rentrer en France. Il pestait sans arrêt contre le Canada, un pays de désagréments où l'on manquait de tout. Notre climat hostile lui répugnait et il se plaignait d'être privé de plaisirs et de mal manger. Il enviait ses camarades qui menaient en Europe une carrière semée de fleurs, alors que lui, il végétait dans cet hémisphère peuplé de tristes vivants. Sans le temps passé en compagnie de Montaigne, Virgile et Montesquieu, l'ennui l'aurait consumé. Ses tête-à-tête avec Montcalm, prodigieusement savant et doté d'une mémoire phénoménale, l'aidaient à supporter l'épreuve. Ses tirades désobligeantes à l'endroit des habitants de la Nouvelle-France blessaient Marie-Anne. Elle n'en relisait pas moins ses lettres comme on tord un vêtement mouillé pour en extraire l'eau. Je la revois, la tête penchée sur la feuille, cherchant à deviner les sentiments qu'il n'avait pas jugé bon d'exprimer.

« Catherine, écoutez, Bougainville est tombé de cheval. Le croyant mort, les Anglais ont poussé un hourra triomphant. »

Je me penchai instinctivement pour lire par-dessus son épaule. Elle se recula sous prétexte que je n'avais pas à fouiner. Je protestai de ma bonne foi :

« Écoutez ! S'il lui est arrivé malheur, cela me touche aussi.

— Laissez-moi vous lire la suite, dit-elle en m'interdisant de m'approcher. Elle reprit sa lecture tout haut : *Je me suis levé comme un miraculé et j'ai crié "Vive le Roy !". Bien entendu, Montcalm et Vaudreuil m'ont complimenté.* »

C'était surprenant de la part du gouverneur, qui n'appréciait guère Bougainville, réputé une «créature» de Montcalm. Avait-il changé son fusil d'épaule? Apparemment oui, puisque depuis son dernier exploit – Bougainville avait forcé les Anglais à se rembarquer à Deschambault et à Saint-Augustin –, Vaudreuil s'en remettait à lui pour les tâches les plus difficiles. *Le gouverneur m'a affirmé que le salut de la colonie est entre mes mains*, écrivait-il.

Oh my God! comme disent les Anglais. J'ai pensé: pourvu que cette marque de confiance ne lui monte pas à la tête! Oubliant ses griefs, ma cousine, toujours éperdument amoureuse, célébra les prouesses de son amant, allant jusqu'à le comparer aux héros homériques dont nous lisions les faits d'armes dans les livres français. Une espèce d'Achille glorieux et immortel déterminé à ajouter cette nouvelle guerre de Troie à son tableau de chasse.

Mais son Achille devenait de plus en plus rare à Sainte-Anne et elle se languissait.

«Sans lui, je me sens perdue, laissa-t-elle échapper en soupirant. Je vieillis. À mon âge, l'amour n'est plus qu'un feu de paille trop vite éteint.»

Que répondre à cela? Sa liaison avec Bougainville n'avait guère d'avenir et elle était assez lucide pour en prévoir l'issue.

«Comment ai-je pu manquer de perspicacité au point de m'attacher à lui?» se reprocha-t-elle en posant ses mains sur son visage.

Son immense tristesse me chavira. Marie-Anne m'était toujours apparue comme une force de la nature. Neuf ans plus tôt, la mort lui avait ravi son grand amour. Elle avait tout supporté courageusement et avait réussi à rassembler les miettes de sa vie au point de retrouver le goût de continuer. À la voir redouter un nouveau coup du destin, je priai pour qu'elle se trompât.

Et maintenant, chère Élisabeth, je m'accorde un nouveau répit. Ne soyez pas triste, je vous reviendrai bientôt. Mon prochain cahier éveillera en moi de bien affligeants souvenirs. Je dois m'y préparer physiquement et mentalement.

Chère madame de Beaubassin,

J'espère que votre santé ne pâtit pas des efforts que je vous impose. Ce retour sur votre passé ravive, je le sens, des blessures qui saignent encore. Pardonnez-moi de vous encourager à persévérer, il reste tant de points obscurs. Tant d'énigmes troublantes.

Vous voilà presque arrivée à la fameuse défaite française sur les hauteurs d'Abraham (que les Anglais appellent maintenant plaines d'Abraham). Dites-moi d'abord par quel tour de passe-passe ces diables d'Anglais ont réussi à lancer leur attaque là où Montcalm ne les attendait pas. Car il faut bien le reconnaître, son erreur a eu des conséquences effroyables.

En feuilletant nos papiers de famille, j'ai découvert le mémoire que mon grand-oncle Roch de Ramezay nous légua à sa mort. En plus de décrire Québec sous les bombes, il laisse entendre que la mésentente opposant le gouverneur Vaudreuil au général Montcalm ne fut pas étrangère à l'issue fatale. Ai-je bien compris ? Alors que l'avenir de la Nouvelle-France se jouait, ces deux hommes chargés de lourdes responsabilités auraient refusé d'enterrer la hache de guerre et de travailler ensemble pour sauver le pays ? Je n'arrive pas à le croire. Puis-je compter sur vous pour démêler cet écheveau ? J'aimerais aussi connaître les faits et gestes de Geneviève, en cette journée du 13 septembre particulièrement tragique pour elle. Je tremble en songeant qu'elle occupait les premières loges.

Bien entendu, chère Catherine, je vous supplie de ménager vos forces. Cela peut sembler irréfléchi de vous donner ce conseil, alors même que je vous exhorte à poursuivre votre effort de mémoire. N'y voyez que mon profond intérêt pour tout ce qui me rapproche de Geneviève. J'ai envie de vous dire comme elle : vous possédez une si belle main d'écriture, ce serait dommage de vous arrêter en si bon chemin.

Croyez en mon indéfectible affection,

Votre Élisabeth

Sixième cahier

Septembre 1759

Montcalm sur son cheval noir

Vous avez raison, nous sentions que le moment crucial approchait. La Côte-du-Sud avait brûlé de Kamouraska à Pointe-Lévy et Québec n'était plus qu'un gigantesque brasier. D'après Geneviève, Montcalm ne débordait pas d'optimisme. L'été s'achevait sous des cieux désespérément gris, rien pour le remettre en humeur.

À la fin de juillet, il avait pris trois jours de repos, rue des Remparts, et en avait profité pour lui rendre une courte visite à l'hôpital. Il n'excluait plus une issue tragique à cette guerre qui s'enfonçait dans la violence et tournait à l'avantage des Anglais. Était-ce pour cela qu'au début de septembre, il chargea le capitaine Pierre Marcel, son secrétaire, de remettre un coffre rempli de papiers personnels à madame de Lanaudière? Advenant sa disparition, celle-ci devait confier cette cassette au chevalier de Lévis, son successeur désigné.

Monsieur Marcel, un homme circonspect, se présenta donc à l'Hôpital général. Il trouva Geneviève en compagnie de monseigneur de Pontbriand qui amorçait sa tournée des salles. Chaque jour, l'évêque quittait le presbytère de Charlesbourg, où le curé l'hébergeait, pour aller réconforter les blessés et les religieuses. La tension grimpait dans l'établissement. On entendait gronder les bombes qui, l'instant d'après, réduisaient en cendres les fermes du voisinage. De nouveaux blessés arrivaient sur des civières de fortune et la supérieure de l'hôpital – tante Charlotte, pour Geneviève –, ne savait pas où les caser. On les laverait et on les panserait, peu importait la couleur de leur uniforme. Une offrande de plus à déposer au pied de la croix! Touché par la compassion de la religieuse qui soignait sans distinction les soldats français et anglais, le général Wolfe lui avait promis de se souvenir d'elle après la victoire, qu'il jugeait imminente.

Seigneur! Combien de temps faudrait-il encore s'esquinter à la besogne? Ses sœurs ne manquaient pas de générosité, mais les plus âgées s'épuisaient. À l'heure des repas, pas une ne mangeait à sa faim. Les autorités leur avaient plus ou moins coupé les vivres et elles ne pouvaient même plus compter sur les légumes de leur potager, vandalisé par plus pauvres qu'elles. Outre leurs malades et les blessés des deux armées, elles devaient nourrir la centaine de réfugiés qui bivouaquaient à la ferme.

«La famine menace de nous réduire aux dernières extrémités», avança la supérieure en prenant à témoin le secrétaire de Montcalm que Geneviève venait de lui présenter. «À défaut de nous vaincre par les armes, les Anglais nous achèveront par la privation de nourriture.»

Là-dessus, monseigneur de Pontbriand s'épongea le front:

«Nos paroisses en auront pour vingt ans avant de retrouver leur état, prédit-il. Quand les pauvres habitants retourneront sur leurs terres, ils en seront réduits à vivre dans des cabanes, comme les sauvages.»

Pierre Marcel jeta un regard circulaire autour de lui. Des lits de camp envahissaient les corridors, des grabataires échappaient des cris, des draps maculés de sang traînaient dans les coins… Et ces mouches voraces qui tournoyaient sans jamais se poser, c'était insoutenable. Les sœurs hospitalières couraient d'une salle à l'autre, ulcérées par le délabrement. Pas de saletés repoussantes, simplement du désordre qu'elles n'avaient pas le temps de réparer. Geneviève s'excusa auprès de l'évêque et de la supérieure et entraîna son visiteur à l'extérieur de l'édifice où ils pourraient s'entretenir en tête-à-tête.

Marchant près d'elle, le capitaine Marcel observa sa frêle silhouette. Les traits de son visage trahissaient sa fatigue. Il l'avait connue toujours tirée à quatre épingles. Ce jour-là, elle portait une tenue relâchée.

«Vous êtes courageuse, madame», dit-il, déconcerté de la retrouver au milieu de ce chaos.

Elle prit alors conscience de son état. Comment n'avait-elle pas remarqué le désordre de sa coiffure? les faux plis dans sa robe? Elle replaça la mèche de cheveux tombée sur sa joue et passa sa main sur sa jupe pour en chasser les poussières imaginaires.

« J'essaie de me rendre utile, glissa-t-elle, gênée. Tant que le général Montcalm sera aux commandes, nous n'avons rien à craindre. Il nous conduira à la victoire. »

Le secrétaire voulait bien le croire, lui aussi. Il lui remit la cassette, dont elle s'empara sans manifester de surprise. Elle réclama des nouvelles de son « cher ami ». Il se fit rassurant. Au moment de prendre congé, il lui recommanda la prudence. Elle fut touchée de sa sollicitude. Loin de juger l'amitié particulière dont Montcalm l'honorait, elle, une femme mariée, cet homme bon et loyal lui témoignait de la bienveillance. Elle l'en remercia en le reconduisant à la grille.

Il regagna le camp avec, dans sa sacoche, une courte lettre de Geneviève à remettre au général. Elle l'avait tirée de son corsage, où elle la conservait en attendant une occasion. Plus tard, j'en retrouvai le brouillon dans ses papiers. Quelques mots tout au plus, écrits sur du temps volé à son sommeil : *J'éprouve mille frayeurs en pensant à vous. Je n'arrive plus à dormir tant je redoute un malheur. Je rêve de vous serrer dans mes bras. Si seulement ce cauchemar pouvait finir !* Elle profita d'un répit pour monter à sa chambre et lut le *Je t'aime* que Montcalm avait griffonné sur un bout de feuille. Ce n'était pas le poème promis, mais ces deux mots lui allèrent droit au cœur.

Vous vous demandez sans doute comment Montcalm vécut les jours ayant précédé l'invasion terrestre du 13 septembre ? Nous l'apprîmes seulement après les événements tragiques, quand Geneviève sollicita une rencontre auprès du secrétaire de Montcalm. Elle voulait connaître ses occupations jusqu'à la journée fatidique. Élisabeth, bien que cet entretien se fût déroulé quand tout fut fini, je vous le relate maintenant afin que vous ne perdiez pas le fil de l'histoire. J'y assistai avec Geneviève et j'en garde un vibrant souvenir.

Monsieur Marcel lui avait donné rendez-vous à la résidence du général, rue des Remparts. Elle n'avait pas remis les pieds dans ce lieu chargé de réminiscences depuis le début de l'été. J'avais eu raison d'insister pour l'accompagner. Je sentis ses muscles se contracter quand notre calèche s'arrêta devant la maison, et plus encore lorsque le marteau de bronze de la porte résonna. Le majordome nous conduisit à la bibliothèque. Des caisses encombraient le couloir. Elles contenaient l'argenterie, les armes et le cachet du général que son secrétaire devait expédier en France.

À des années de distance, la violence des émotions ressenties par Geneviève reste gravée dans ma mémoire. Des images de l'inoubliable soirée passée avec son amant en ce lieu même surgirent dans son esprit, cependant qu'elle se frayait un chemin dans ce désordre. Elle fit des prodiges d'efforts pour ne pas perdre son aplomb. Est-ce un hasard si, lorsqu'il la vit, les yeux du secrétaire de Montcalm se remplirent d'eau, lui pourtant d'un flegme imperturbable? Il se leva précipitamment pour l'accueillir.

«Je vous supplie d'excuser l'état des lieux, dit-il. J'aurais préféré vous recevoir dans d'autres circonstances.»

Il libéra deux chaises et nous invita à nous asseoir. Geneviève l'interrogea:

«Racontez-moi tout ce qui s'est passé après votre visite à l'hôpital.»

Le capitaine Marcel conservait le souvenir d'un conseil de guerre agité. Il nous le relata sans omettre le moindre détail. Le gouverneur Vaudreuil, l'intendant Bigot et le marquis de Montcalm s'étaient réunis au quartier général de Beauport pour analyser la situation. Tous trois savaient que Wolfe avait les yeux rivés sur Québec et que le général Amherst remontait le lac Champlain en vue d'attaquer l'île aux Noix défendue par Bourlamaque. Le conciliabule avait commencé dans la sérénité. D'emblée, ils avaient convenu d'un point: le Canada était cerné de toutes parts. Cependant, ils n'évaluaient pas pareillement les risques et chacun avait sa stratégie à proposer. L'un croyait l'assaut terrestre imminent, les deux autres pas. Ils ne s'entendaient pas davantage sur le lieu de l'éventuelle irruption de l'ennemi, ni sur la manière de la repousser. Confiant de nature, le candide Vaudreuil claironnait que les Britanniques repartiraient bredouilles avant les grands froids. Nul doute, ils n'attendraient pas les glaces pour lever l'ancre. On les aurait probablement sur les bras jusqu'au 15 octobre. Il suffisait de tenir assez longtemps.

« Écoutez, le général Wolfe admet que l'expédition du Canada est manquée, avait-il avancé d'un ton résolument persuasif.

— Le 15 octobre, avait prédit Montcalm, il ne restera plus rien à piller. Wolfe ne rentrera sûrement pas en Angleterre la tête basse et les mains vides. S'il ne rapporte pas une victoire à ses supérieurs, il laissera le pays en lambeaux. »

Selon son habitude, Bigot avait soufflé le chaud et le froid. Ses espions lui avaient confirmé que la santé de Wolfe se délabrait. Depuis la mi-août, le général anglais était alité avec des rhumatismes et une maladie pulmonaire.

« Son autorité se ressent de son absence aux commandes, dit-il. Malgré tout, il refuse de déléguer le pouvoir à ses brigadiers. D'ailleurs, ceux-ci ne s'entendent pas sur la marche à suivre. Vous avez raison, monsieur le gouverneur, le temps joue en notre faveur. »

L'intendant concéda cependant à Montcalm que Wolfe était un homme cruel capable de tout. Ne venait-il pas de faire tuer le curé de Saint-Joachim et scalper une dizaine de ses paroissiens, sous prétexte qu'ils s'étaient déguisés en Indiens pour mener un raid ?

« Le père René Robineau de Portneuf a eu la tête coupée en quatre devant tout le hameau », rappela-t-il en grimaçant.

Des exemples de barbarie anglaise, Bigot pouvait en citer *ad nauseam*. Montcalm n'avait pas tort de redouter le pire. D'ici son départ, Wolfe canonnerait tout sur son passage. À preuve, avant de lever son camp de la côte de Beaupré, il avait brûlé la plupart des maisons du village.

Comme nous le précisa le capitaine Marcel, témoin de ce conseil de guerre, la discussion bon enfant avait commencé à se corser au moment d'adopter la marche à suivre en cas d'attaque terrestre. Depuis le début du mois, les navires ennemis jouaient avec les nerfs des Français, se déplaçant de l'île d'Orléans jusqu'à l'ouest de Sillery, avant de regagner la rivière Montmorency. La veille, un bâtiment avait tenté un abordage à la pointe aux Trembles, près de Neuville, mais Bougainville l'avait repoussé. Ce remue-ménage avait convaincu Vaudreuil que Wolfe mènerait son incursion du côté de l'anse au Foulon ou de l'anse aux Mères, à un quart de lieue au-dessus de Québec. Or, le gouverneur jugeait insuffisants les effectifs maintenus dans ces deux postes. Que pouvaient une centaine d'hommes contre toute une armée ?

« Si descente il y a, elle se produira en amont de Québec », avait-il professé en déplorant l'imprévoyance de Montcalm.

Ce dernier avait mis l'affirmation de Vaudreuil en pièces. L'affrontement n'éclaterait pas au pied d'un escarpement rocheux aussi abrupt. Cela lui semblait complètement insensé.

« La falaise est inaccessible, avait-il objecté sans perdre patience. Les Anglais, j'en suis convaincu, débarqueront à Beauport. »

Pour une poignée de navires qui se déployaient au nord, il en dénombrait le double dans la rivière Montmorency et à l'île d'Orléans. C'est là, avait réitéré le général, qu'il fallait augmenter les effectifs. Des sauvages surtout, car les Anglais en avaient terriblement peur. Loin d'en être convaincu, Vaudreuil avait néanmoins proposé un compromis. Sans dégarnir le sault Montmorency, ne pouvait-on pas ajouter des soldats à l'anse au Foulon ? Montcalm avait perdu patience. Selon lui, le va-et-vient de Wolfe dans le fleuve visait à semer la confusion, rien de plus. Et si les Anglais tentaient un raid à l'ouest des remparts de Québec, Bougainville riposterait.

« Il n'y a qu'à renforcer les patrouilles déjà en place, avait-il argué. Une centaine d'hommes postés près du Foulon arrêteraient l'armée. Vous vous énervez pour rien.

— Vous êtes trop sûr de vous, général », l'avait houspillé Vaudreuil, exaspéré par son entêtement aveugle.

Montcalm avait ricané avant d'ajouter d'un ton persifleur :

« Vous ne me ferez pas croire que nos ennemis ont des ailes. Il leur en faudrait pour débarquer, monter des rampes et escalader l'anse au Foulon en pleine nuit. »

Le capitaine Marcel sembla mal à l'aise en nous rapportant cette affirmation à l'emporte-pièce du général. Geneviève, qui refusait encore d'admettre la responsabilité de l'homme qu'elle aimait dans la défaite, ne la commenta pas. Elle s'avança sur le bout de sa chaise lorsque le secrétaire de Montcalm en arriva au récit de la journée du 12 septembre. Les yeux fixés sur son interlocuteur, elle était prête à le ralentir ou même à l'arrêter, s'il escamotait un fait. Docile ou résigné, le capitaine se plia à ses questions, même si ces rappels d'un récent passé lui causaient du chagrin.

Ce matin-là, raconta-t-il, le moral des troupes se maintenait, malgré la nervosité croissante. Les soldats avaient dormi tout habillés et le ventre creux. Les chevaux de Montcalm étaient demeurés sellés. Lui-même s'était étendu botté sur son lit de camp.

« Parlez-moi de son quartier général », dit Geneviève, comme si elle voulait étirer la conversation afin de retarder le moment fatidique.

Montcalm avait établi son poste de commandement à Beauport, en haut d'un coteau d'où il pouvait observer les déplacements de l'ennemi de l'île d'Orléans au cap Diamant. Devant la maison des Juchereau-Duchesnay, réquisitionnée pour l'héberger, on avait creusé un fossé. La terre enlevée formait un monticule protecteur et une barricade de bois complétait la redoute. Les officiers logeaient dans trois bâtiments voisins vidés de leurs habitants. Les soldats avaient planté leurs tentes et leurs canonnières tout autour.

Afin de respecter l'émotion de Geneviève, le capitaine Marcel se livra à une surenchère de détails et de précisions. Le 12 au matin, Montcalm avait visité ses positions de défense. Ses aides l'accompagnaient. L'opération s'annonçait délicate, car l'armée française devait composer avec les éléments naturels. Les pluies torrentielles avaient rendu le sol boueux, ce qui, en cas d'assaut, contrarierait leurs déplacements terrestres, tout en favorisant les Anglais maîtres du fleuve.

« Par moments, avait reconnu le secrétaire de Montcalm, le doute s'immisçait dans nos esprits. Autrement dit, tantôt nous nous croyions invincibles, tantôt nous redoutions de perdre, admit-il en réprimant un sourire embarrassé.

— Et Montcalm, comment voyait-il la situation ? s'était enquise Geneviève.

— Étrangement, le général paraissait presque indifférent, affirma monsieur Marcel. Il voulait se convaincre que chaque jour écoulé nous rapprochait du départ des Anglais.

— Fatigué de tant d'efforts, peut-être aspirait-il au répit », supposa Geneviève.

Le secrétaire avait acquiescé d'un signe de tête. Une fois débarrassée de l'ennemi, la Nouvelle-France disposerait d'un an pour se remettre d'aplomb. Où logerait le général pendant l'hiver, maintenant que Québec était inhabitable ? Il s'était posé la question devant sa garde rapprochée. En attendant ce jour béni, il avait braqué sa longue-vue sur les troupes britanniques, qui semblaient s'ébranler. Leurs barges formaient un cordon jusqu'à la pointe de Lévis. « Wolfe joue au plus malin », avait-il calculé en comparant son adversaire à un joueur de tope. Après avoir topé à gauche, soit à Montmorency, puis à droite, à la pointe aux Trembles, il toperait entre les deux, c'est-à-dire à Beauport. Geneviève sourit. Montcalm avait soutenu la même comparaison devant elle.

Opposant la ruse à la ruse, il avait fait monter un détachement du régiment de Guyenne à bord de quelques bateaux, de manière à laisser croire aux Anglais qu'il s'apprêtait à débarquer à l'île d'Orléans pour les en chasser. Le capitaine Marcel avait jugé la stratégie astucieuse. Il grimaça en évoquant la dernière mesquinerie de Wolfe. L'Anglais s'était vanté d'avoir sous ses ordres un petit nombre d'excellents militaires, alors que son adversaire français était à la tête d'un grand nombre de mauvais soldats.

« La remarque blessa le général. Il se promit de lui montrer de quel bois il se chauffait.

— Avait-il confiance en son armée ? » avait voulu savoir Geneviève.

Monsieur Marcel hésita avant de répondre. J'eus envie de le faire à sa place. Montcalm ne donnait pas cher des soldats canadiens qui, rabâchait-il, ne connaissaient rien de la guerre telle qu'il fallait la mener. Son secrétaire évita d'aborder la question sous cet angle, préférant nous assurer que le général s'en remettait à ses officiers et à son état-major. Malheureusement, en ce début de septembre, il lui manquait de précieux joueurs, dont Roch de Ramezay qui, malade, avait cédé son commandement de Québec à un subalterne au pire moment.

« Je sais, se désola Geneviève. Mon oncle a été hospitalisé pendant trois semaines. »

Malgré tout, selon son secrétaire, Montcalm se sentait bien épaulé. Il se félicitait de pouvoir compter sur son nouvel aide de camp emprunté à Lévis. Il vantait aussi l'efficacité de Bourlamaque, posté à l'île aux Noix.

« Le général aurait eu grand besoin de lui à Québec, mais le gouverneur ne lui aurait pas pardonné d'affaiblir ce poste éloigné. »

De même, le chevalier de Lévis lui aurait été plus utile à Beauport qu'à Montréal, où le marquis de Vaudreuil tenait à le garder. Monsieur Marcel avait baissé les yeux, le temps de nous livrer le fond de sa pensée :

« Le général Montcalm n'acceptait pas de se soumettre au bon vouloir d'un homme comme le gouverneur. Le comte de Bougainville partageait cet avis.

— Ah Bougainville ! s'exclama Geneviève. Jamais le général ne mentionnait son nom sans éprouver une tendresse toute paternelle. »

Dans la nuit du 12 au 13 septembre, des coups de feu avaient retenti du côté de Québec. Montcalm les avait entendus à son quartier général de Beauport. L'état-major s'en était inquiété, puisqu'un convoi de ravitaillement provenant des Trois-Rivières devait longer les berges du fleuve. L'ennemi avait-il repéré les chaloupes remplies de vivres ? Les tirs perçus peu avant l'aurore le laissaient présager. Prenant les précautions d'usage, Montcalm avait envoyé un officier en reconnaissance et maintenu les troupes en alerte le reste de la nuit. À l'aube, comme tout paraissait tranquille, il avait libéré ses soldats, qui s'étaient retirés sous leurs tentes.

« Le général venait de prendre ses quartiers, lui aussi, avait poursuivi monsieur Marcel. Comme chaque soir, il avait gardé ses bottes et ordonné qu'on laisse son cheval sellé. »

Soudain, un milicien avait surgi dans un état d'excitation extrême. Il s'époumonait à crier que les Habits rouges avaient investi le poste de l'anse au Foulon. Surpris pendant leur sommeil, ses camarades avaient été faits prisonniers, y compris leur commandant, le capitaine Vergor. Pareil débarquement au pied d'une falaise aussi abrupte semblait si absurde que la garde rapprochée de Montcalm avait mis en doute ce récit. On avait tout de même dépêché un émissaire qui, à son retour, avait confirmé les faits. À cinq heures du matin, des soldats anglais avaient bel et bien grimpé la pente réputée inaccessible. Ils avaient tracé un sentier en écartant les arbrisseaux qui poussaient dans le roc. Derrière eux, les régiments avaient emprunté le même étroit chemin jusqu'en haut de l'escarpement. Sous le nez des Français endormis, des milliers de Britanniques avaient atteint le faîte et hissé des canons sur les hauteurs d'Abraham.

Montcalm avait rapidement donné l'alerte générale et organisé le départ des troupes qui se trouvaient à une heure de marche du lieu désigné. Peu avant sept heures, à la tête du régiment de Guyenne, il était arrivé aux buttes à Neveu, une colline dominant un champ de maïs. Il avait vu les Habits rouges en rangs de bataille sur le terrain détrempé. Ils trépignaient d'impatience. La pluie avait cessé. Montcalm se sentait fébrile. Ne manquaient plus que Bougainville et ses grenadiers pour lui prêter main-forte. Or, le temps commençait à presser. Les soldats anglais occupaient tout le promontoire. Ils étaient plus de quatre mille parfaitement alignés. L'aide de camp de Montcalm lui avait remis un billet de Vaudreuil. Le gouverneur le conjurait de patienter jusqu'à l'arrivée de Bougainville et de ses hommes d'élite. À dix heures, le général avait braqué sa jumelle sur l'horizon.

« Est-ce possible que Bougainville n'entende pas ça ? » avait-il lancé, sceptique.

C'était, en effet, inconcevable que le colonel ne fût pas déjà accouru. Ne le voyant pas venir, Montcalm s'était tourné vers son aide de camp pour lui donner ses ordres :

« Nous ne pouvons éviter le combat, lui avait-il dit. L'ennemi possède deux pièces de canon. Si nous lui laissons le temps de s'installer, jamais nous ne serons capables de l'attaquer. »

Voyant que monsieur Marcel arrivait au point culminant de son récit, Geneviève s'avança sur son siège et demanda :

« N'était-ce pas risqué de se lancer à l'attaque alors qu'il lui manquait autant d'hommes ?

— C'est pour cette raison que le général avait expédié un émissaire à Beauport afin de prier Vaudreuil d'accélérer l'envoi de troupes. »

Geneviève l'écoutait, les poings serrés. Après un silence, la gorge nouée, monsieur Marcel avait repris :

« Puis, il s'est hissé sur son cheval noir et a passé en revue ses bataillons. Il a demandé à ses hommes qui n'avaient pas dormi depuis trente-six heures : "Êtes-vous fatigués ?" Ceux-ci ont répondu en chœur : "Non." Le général a enfourché sa monture et, l'épée en l'air, a pris la tête de son armée. Au son des battements de tambour, les troupes se sont ébranlées en criant "Vive le roi". »

Le capitaine Marcel se tut. Geneviève n'insista pas. Elle connaissait la suite.

Ô mon Dieu ! ils ont tiré le marquis

Ce jeudi hanta Geneviève jusqu'à la fin de ses jours. Chaque détail de ce funeste 13 septembre surgissait des ténèbres au moment le plus inattendu. Le brouillard à couper au couteau, les coups de canon se rapprochant, la peur au ventre... Et cette odeur de brûlé provenant de la ville, où les maisons encore debout achevaient de se consumer. Une odeur qui montait à la gorge.

Quelle idée saugrenue d'aller se jeter dans la gueule du loup ! À vrai dire, Geneviève avait multiplié les impairs tout au long de cet été meurtrier. Comme nous, elle aurait dû prendre ses jambes à son cou sitôt l'ordre d'évacuation signifié. Tarieu l'en avait exhortée, Marie-Anne et moi, de même. Cela eût été infiniment plus prudent. Plus sage aussi. Mais elle s'était entêtée en invoquant toutes sortes de prétextes : Madame-mère vieillissante, Petit Louis sous les drapeaux, Tarieu à la tête d'un régiment... Tout bien pesé, je crois qu'elle tremblait surtout pour Montcalm.

Dans la matinée, après une nuit écourtée par le grondement des boulets anglais crachant du feu sur Québec, et alors que les armées française et anglaise comptaient leurs morts, après s'être affrontées sur les hautes terres d'Abraham, des centaines de blessés déferlèrent sur l'hôpital. Tout l'établissement était sur le qui-vive. Le simple fait de traverser l'enfilade de salles jonchées de civières s'apparentait à une course à obstacles. Geneviève ne manquait plus de s'évanouir devant une tache de sang, comme à son arrivée. La vue quotidienne des éclats d'obus incrustés dans les chairs l'avait aguerrie. Cependant, après des semaines de bombardements, ses réserves d'endurance fondaient. Le plus éprouvant, comme elle me le confierait plus tard, était de côtoyer la mort du matin au soir. De passer sa main sur les paupières d'un moribond. De faire enterrer le corps mutilé dans le terrain vague derrière l'hôpital. D'écrire à la famille une lettre bordée de noir.

On manquait d'infirmières et Geneviève prêtait main-forte là où les besoins le justifiaient. Ses tâches changeaient au gré des jours. Ce matin-là, comme il ne restait plus de pansements, elle découpait en lanières le linge finement brodé des religieuses. Tante Charlotte l'avisa qu'un blessé souhaitait lui parler. Il gisait sur une civière.

« Je suis madame de Lanaudière, lui dit-elle. Que puis-je faire pour vous ?

— J'arrive du front, répondit-il. Votre mari m'a sauvé.

— Où est-il ? Que savez-vous de lui ? Je suis tellement inquiète.

— Il m'a demandé de vous prévenir qu'il a échappé aux tirs. Votre fils aussi. À cette heure, tous les deux ont probablement regagné le camp de Beauport. »

Les yeux pleins d'eau, Geneviève le remercia en l'accompagnant à la salle des premiers soins. Elle aurait pleuré de soulagement, si on ne l'avait pas expédiée au chevet d'un milicien gravement atteint à une jambe. Vite, il fallait calmer sa douleur, car ses gémissements terrifiaient les autres. S'armant de courage, elle nettoya la plaie et appliqua des compresses propres, celles-là mêmes qu'elle venait de tailler. Tandis qu'elle lui épongeait le front, il répétait :

« Nous sommes perdus ! »

D'après ce qu'elle comprit de ses propos décousus, le champ de bataille s'était rapidement couvert de cadavres. Les Anglais, baragouinat-il, achevaient les blessés à la baïonnette. Le milicien parlait trop vite et prononçait des mots inintelligibles. Malgré l'effort, il remonta le fil, plus pour lui-même que pour elle. Un Habit rouge avait fondu sur lui avec l'impétuosité d'un gladiateur.

« J'ai dégainé mon sabre et je l'ai enfoncé dans sa chair. »

Le sang sur la lame, jamais il ne l'oublierait. Pour fuir, il avait dû enjamber les cadavres, cependant que les balles sifflaient à ses oreilles.

Il avait presque atteint le sous-bois, quand un tir d'obus avait retenti. Il s'était écroulé, le mollet déchiqueté.

«Comment vous êtes-vous extirpé de ce bourbier?» lui demanda Geneviève.

Il la regarda dans les yeux. Son cœur pompait.

«Votre mari m'a traîné jusqu'à la tanière pour me mettre à l'abri. Sachant qu'on me transporterait à l'hôpital, il a débité son message pour vous et il est reparti de sitôt.»

Pas très loin de sa cache, le gaillard avait remarqué un attroupement.

«J'ai compris qu'une chose terrible venait de se produire», articula-t-il difficilement.

Geneviève eut l'intuition que cette chose terrible la toucherait personnellement. Elle questionna le blessé en s'efforçant de maîtriser sa propre anxiété. Le pauvre bougre s'exprimait si laborieusement qu'elle peinait à saisir ses propos.

«Le gén… Montcalm… touché…», balbutia-t-il.

Cela fit à Geneviève l'effet d'un coup de poing au ventre.

«Est-il gravement blessé? réussit-elle à articuler, sans perdre son sang-froid.

— Je ne pense pas. Je l'ai vu remonter en selle, le bras en écharpe.»

Geneviève insista: qu'était-il arrivé après? Le milicien l'ignorait. Au même moment, des brancardiers l'avaient mis à l'abri.

«Ma jambe… le sang pissait…», bafouilla-t-il en s'excusant.

Il respirait bruyamment et Geneviève s'en inquiéta. Le chirurgien passa devant eux. Elle l'arrêta. Il examina la plaie du blessé et jugea urgent d'intervenir, peut-être d'amputer. On plaça le soldat sur la table d'opération, laissant Geneviève en proie à une vive frayeur concernant le sort de Montcalm. Avait-il été gravement atteint? Était-il toujours vivant?

Dans les couloirs, de grands blessés attendaient, appuyés sur des camarades parfois aussi mal en point qu'eux. Elle répartit les hommes dans les salles où l'on trouvait encore des lits libres, sans rien manquer de ce qui se disait alentour. De temps à autre, elle captait un nom, un détail lui permettant d'imaginer – bien imparfaitement – la frénésie meurtrière sur les hauteurs d'Abraham. C'est ainsi qu'elle apprit que les troupes de Montcalm, arrivées à la hâte, avaient combattu de manière chaotique. Une effroyable confusion régnait sur le champ de bataille. Confusion qui avait provoqué la débandade générale. Les soldats avaient détalé sans se soucier des ordres. Geneviève écouta sans broncher un milicien lui relater son épouvantable malheur :

« J'ai couru jusqu'au bas de la côte d'Abraham. Je suis entré dans une boulangerie, car je n'avais rien mangé depuis des heures. »

Un de ses compagnons d'armes, affamé lui aussi, avait réclamé un bout de pain. Le boulanger avait refusé de lui en donner. Enragé, l'homme avait empoigné son sabre et lui avait tranché la tête, qu'il avait déposée sur la pile de miches.

« J'avais tellement faim qu'avec mon couteau j'ai enlevé le sang sur la croûte et j'ai dévoré la mie », confessa le milicien.

Chavirée par ce récit, elle ne trouva pas les mots pour le réconforter. Plus que tout, le sort de Montcalm l'angoissait. Elle quêtait comme une mendiante la moindre information. D'après plusieurs combattants, le général Wolfe était tombé. Une première balle l'avait atteint au poignet, une seconde à l'aine, puis une troisième lui avait perforé les poumons. Il avait demandé à ses hommes de le porter à l'arrière afin qu'on ne le voie pas s'effondrer. Il était mort peu après.

Et le général français ? Quelqu'un pouvait-il lui dire où il se trouvait ? N'importe quel observateur aurait lu l'affolement croissant sur son visage, cependant qu'elle posait et reposait la même question. On lui confirma que la première balle lui avait fracassé le bras et que la deuxième lui avait transpercé la jambe. Une appréhension plus vive encore s'empara d'elle :

« Puisqu'il est vivant, pourquoi ne l'a-t-on pas amené à l'hôpital ? »

Personne ne sut répondre. Un milicien l'avait aperçu près de la porte Saint-Louis. Il avait le corps affaissé sur sa monture noire et sa culotte était souillée de sang.

«Il se tenait le ventre, ajouta-t-il, sûr de ce qu'il avançait.

— C'est impossible, vous vous trompez!» lui objecta Geneviève, comme si elle refusait d'envisager l'éventualité d'une blessure fatale.

Le milicien s'offusqua de son incrédulité. Il avait beau avoir le bras déchiqueté, il conservait toute sa tête. Geneviève implora son pardon. Elle ne mettait pas en doute son récit. Simplement, elle espérait qu'il se trompât.

«Non, je ne me trompe pas. Le général était blanc comme un drap, réitéra-t-il. Le sang coulait sur sa botte. Deux grenadiers le soutenaient. Dans la rue, une femme l'a reconnu. Elle a crié: "Ô mon Dieu, ils ont tiré le marquis." D'un filet de voix, il a répondu: "Ce n'est rien, ne vous effrayez pas pour moi…"»

Geneviève tâcha de maîtriser le tremblement qui la saisit. Voyant l'homme soulever son bras gauche en lambeaux enroulé dans un foulard taché, elle s'avisa de l'effort qu'elle exigeait de lui et l'aida à s'asseoir par terre – il ne restait plus de chaise. Il reprit son récit. On avait conduit Montcalm chez le chirurgien Arnoux. Un petit groupe l'avait suivi jusqu'à la porte. Impossible d'aller plus loin. Le gardien n'avait laissé entrer personne et ne répondait à aucune question.

Malgré tout, Geneviève garda espoir. Jusqu'à preuve du contraire, l'homme qu'elle aimait en secret était toujours vivant. Son ami Arnoux le sauverait.

À l'hôpital, le tohu-bohu se poursuivit pendant des heures. On sortait les morts pour faire de la place aux éclopés qui continuaient d'affluer. Geneviève se sentait déchirée entre son devoir de les soulager et son besoin obsessif d'aller vérifier si Montcalm avait la vie sauve. Un sentiment d'impuissance la gagna et elle dut se secouer pour le surmonter. Sur un coup de tête, elle décida de se rendre à Québec pour en avoir le cœur net. Elle se précipita dans la chambre de sa mère, où son oncle Roch de Ramezay était alité depuis deux semaines, faute d'espace ailleurs dans l'établissement. On l'avait probablement averti de la défaite française et il se préparait à rejoindre son poste dans la capitale. Geneviève lui ferait valoir l'avantage de ne pas entreprendre le trajet seul, vu son état de faiblesse. Elle frappa et, n'obtenant pas de réponse, entrebâilla la porte. La pièce était déserte. Le lieutenant du roi avait déjà rassemblé ses affaires et quitté les lieux.

Tant pis, elle se débrouillerait autrement. «J'y vais quand même», décida-t-elle en montant chercher sa cape. Ne restait plus qu'à déjouer la mère supérieure, peu encline assurément à laisser sa nièce prendre la route dans un moment pareil. Geneviève dégringolait l'escalier quand le son des cornemuses provenant de l'extérieur la fit sursauter. Trois coups violents sur le marteau de la porte achevèrent de la saisir. Une vieille religieuse venue des cuisines déposa sa chaudronnée de soupe sur le guéridon et se précipita à la fenêtre.

«Seigneur! les Écossais», s'écria-t-elle avec effroi.

Des murmures étouffés s'échappèrent des lèvres des sœurs qui refluaient de tous côtés. Un détachement de montagnards écossais encerclait l'édifice. Devant la porte, l'officier en kilt demanda la supérieure. Celle-ci, le corps bien droit et la tête haute, s'avança vers lui.

«Que puis-je pour vous?» demanda mère de Saint-Claude de la Croix, alias tante Charlotte. L'Écossais réclama un entretien à huis clos. Elle l'invita à la suivre jusqu'à son bureau, une pièce minuscule encombrée de matériel médical. Leur conciliabule dura quelques minutes à peine. L'officier l'avisa qu'il prenait possession de l'hôpital. D'ici au lendemain, ses mercenaires bloqueraient les routes des alentours. Les religieuses n'avaient rien à craindre à condition de soigner les blessés britanniques en priorité. Il lui emmenait les plus atteints. Comme il ne restait pas une pièce libre dans l'établissement, elle les installa dans la chapelle. L'officier accepta, la remercia poliment et se dirigea vers la sortie en faisant claquer ses bottes de cuir. Elle referma la porte derrière lui. Imperturbable, elle rassembla les religieuses dans le hall et leur annonça ni plus ni moins que le Ciel leur tombait sur la tête:

«Mes sœurs, nous sommes des prisonnières de guerre.»

Désormais, il leur était interdit de quitter l'hôpital sans détenir un passeport délivré par leurs nouveaux maîtres. De même, aucune charrette

n'était autorisée à circuler sans permis. Les voyageurs qui s'aventure-
raient sur les routes seraient soumis à une fouille minutieuse.

La mère supérieure du monastère des Ursulines ne perdit pas un
mot des explications de tante Charlotte. Mère de la Nativité – c'était
son nom – était venue se réfugier à l'Hôpital général pour échapper aux
bombes qui menaçaient la ville. Elle avait laissé six jeunes religieuses à
Québec pour garder le couvent. Les malheureuses se trouvaient sans
protection dans la ville assiégée. Il fallait aller les chercher avant que les
militaires anglais resserrent le contrôle des routes. La voyant dans tous
ses états, tante Charlotte consentit à prêter une voiture de l'hôpital à
l'âme dévouée qui se porterait volontaire.

L'expédition comportait des risques. Habituée à jouer les mata-
mores, sœur Saint-Joachim se déclara disposée à tenter l'aller-retour.
Geneviève y vit sa chance. Elle s'offrit à l'accompagner. Ce serait plus
prudent de se déplacer à deux en zone dévastée, plaida-t-elle. En cas de
menace, elle ferait valoir son titre d'épouse du seigneur de La Pérade.
C'est ainsi que, sans réclamer l'approbation de sa mère, qui la lui aurait
refusée, elle enfila la pèlerine noire à capuchon prêtée par les bonnes
sœurs et grimpa dans la charrette de l'hôpital, munie d'un laissez-
passer obtenu par tante Charlotte.

La voiture avança à pas de tortue sur le chemin menant à la ville.
Secouées dans tous les sens, les deux voyageuses n'en menaient pas
large. Des voleurs pullulaient à la croisée des routes et tiraient sur
n'importe qui, sous le regard affolé des estropiés abandonnés sur des
civières improvisées. Après leur interminable périple, elles pénétrèrent
dans la cour du monastère. Geneviève convainquit facilement sœur
Saint-Joachim d'attendre au lendemain pour retourner à l'hôpital. La
course avait épuisé leurs chevaux. Une nuit de repos leur ferait du bien
à elles aussi. Geneviève refusa la cellule que la religieuse lui proposa.
Elle préférait aller dormir chez son oncle Roch de Ramezay.

En quittant le couvent, elle remonta à pied vers la rue Saint-Louis. Le jour tombait et une demi-obscurité enveloppait la ville. Au lieu de tourner à gauche pour se rendre chez le lieutenant du roi, elle s'arrêta devant l'hôtel Péan, récemment acquis par le chirurgien Arnoux. Des badauds y étaient attroupés. Elle se mêla à eux, consciente de trembler comme une feuille. Le regard fixé sur la façade, elle reconnut la silhouette voûtée de Roch de Ramezay sur le perron en pierre.

La rue grouillait de passants pressés de rapporter ce qu'ils savaient aux curieux. De bouche à oreille, on se répétait que Montcalm avait fait preuve d'un incroyable courage. Dans un effort pour arrêter la débandade de ses soldats, il avait poursuivi les fuyards afin de les ramener au champ de bataille. Avant qu'il n'ait franchi la porte Saint-Louis, un coup l'avait atteint au ventre. Il tenait à peine sur sa monture. Deux grenadiers l'avaient aidé à se rendre chez Arnoux. Malheureusement, le chirurgien major n'était pas revenu du camp militaire de l'île aux Noix.

« Mais alors, qui soigne le marquis ? s'enquit Geneviève auprès d'une inconnue.

— C'est Joseph Arnoux, le frère cadet du chirurgien, à ce que j'ai compris.

— L'apothicaire ? C'est insensé. N'y a-t-il donc aucun médecin dans tout Québec ?

— C'est qu'ils sont débordés. À ce qu'on dit, le général a perdu beaucoup de sang. »

Un frisson glacé traversa Geneviève. Le capuchon de sa mante rabattu, elle se faufila jusqu'au perron de pierre, déterminée à se faire admettre auprès de Montcalm. N'était-elle pas sa chère amie ? La prenant pour une religieuse, les gens se tassaient afin de la laisser passer. Une fois devant la porte, elle se figea sur place. Allait-elle réellement se présenter au chevet d'un général auquel elle n'était même pas apparentée ? N'était-il pas inconvenant pour une dame mariée d'agir ainsi ? L'air humide la pénétra. Instinctivement, elle se couvrit le visage pour s'en protéger ou, plus sûrement, de peur d'être reconnue. Les idées s'emmêlaient dans sa tête. Pendant un moment, elle songea à battre en retraite. Non, elle ne pouvait pas s'enfuir alors que l'homme qu'elle adorait se mourait à l'intérieur. Jamais elle ne se pardonnerait cette lâcheté. Aussi promptement qu'elle s'était frayé un chemin dans la foule, elle contourna la sentinelle et, vive comme l'éclair, entra sans se soucier de ses protestations. Dans le hall, elle se heurta à son oncle.

« Vous ici ? dit-il, surpris de voir sa nièce si défiante.

— Je veux voir le marquis. »

Elle soutint son regard.

« Vous n'y pensez pas sérieusement ? Grands dieux, oubliez-vous qui vous êtes ?

— Montcalm est notre ami, à Tarieu et à moi, se défendit-elle.

— Le général ne veut voir personne à part ses proches collaborateurs », reprit-il d'un ton sévère et contrarié.

Geneviève se tourna vers le secrétaire de Montcalm et lui ordonna avec assurance :

« Monsieur Marcel, voulez-vous demander au marquis si je peux entrer ? »

Le secrétaire pénétra dans la chambre du grand blessé et en ressortit presque aussitôt.

« Venez, il vous attend. »

Ramezay en resta pantois. Sans un regard pour son oncle, Geneviève suivit monsieur Marcel. La pièce baignait dans la pénombre. Posée sur la commode couverte d'une nappe blanche, une bougie brûlait. Le secrétaire s'empara du broc d'eau sur le lave-main et versa quelques gouttes dans un gobelet qu'il approcha des lèvres de Montcalm. Ce dernier fit un effort pour se soulever, mais sa tête retomba. Le capitaine Marcel se retira ensuite en prenant soin de refermer la porte derrière lui. Geneviève marcha jusqu'au lit. Les yeux profondément enfoncés du blessé se posèrent sur elle. Il avança faiblement la main pour prendre la sienne.

« Je n'espérais plus vous revoir. Le temps qu'il me reste est court. Votre présence à mes côtés dans un moment pareil me procure un grand bonheur, articula-t-il faiblement.

— Vous me crevez le cœur », dit-elle en essuyant ses larmes du revers de la main.

Lui aussi avait les paupières mouillées. Sur son front perlait la sueur. Elle lui tamponna le visage avec son mouchoir.

« Vous êtes si belle… Je… »

Ses lèvres bougeaient, mais les sons ne sortaient pas. Il lâcha sa main et son bras retomba le long de son corps. Sa pâleur frappa Geneviève. Voyant ses forces diminuer, elle le pria de ne pas s'agiter.

« Ne parlez pas, vous vous affaiblissez. »

Dans un sursaut d'énergie, il balbutia :

« Tâchez d'être heureuse, Geneviève chérie. Ce serait une consolation pour moi si vous me le promettiez.

— Je vous en supplie, accrochez-vous à la vie. La mienne n'a aucun sens sans vous. »

Il esquissa un sourire résigné. Mais alors, une douleur aiguë au ventre le transperça. Un froid traversa le corps de Geneviève. Elle se pencha au-dessus de lui en s'emparant de sa main inerte :

« Vous souffrez beaucoup, n'est-ce pas ? »

Il fit non de la tête, mais elle voyait bien qu'il avait mal. Sa peau lui parut cireuse, ses joues creuses, sa respiration oppressée. En découvrant le coin du drap blanc barbouillé de sang, elle se sentit chanceler. Par un effort de volonté, elle se redressa, tout en chassant le trop-plein de larmes accumulées qui menaçait de s'échapper. L'intensité de son regard posé sur elle la frappa.

« Ne pleurez pas, la supplia-t-il.

— Comment voulez-vous que je ne pleure pas ?

— Amour ! Je meurs heureux. Vous avez réchauffé les dernières années de ma vie. Chaque moment passé avec vous m'a comblé. Je pars pour le grand voyage en emportant votre sourire. »

Ses traits se contractèrent et il ferma les paupières, épuisé par l'effort. Geneviève réalisa qu'il lui restait à peine quelques minutes pour lui confier ce qu'elle n'avait jamais osé lui avouer :

« Je ne pourrai pas vivre sans vous, Louis-Joseph. Je vous aime tant.

— Ah ! si j'eusse vécu ! balbutia-t-il. Aurais-je eu le courage de vous quitter ? »

Geneviève entendit chuchoter dans son dos. Des pas s'approchèrent. Sur un ton impérieux, Roch de Ramezay lui ordonna de partir :

« Laissez-le maintenant. Le général a des affaires urgentes à régler. »

Montcalm serra faiblement la main de Geneviève, avant de laisser retomber la sienne sur le drap. Elle l'embrassa à la commissure de ses lèvres et s'éloigna à contrecœur, dévastée. Après ce jour funeste, elle regretterait toujours d'être partie avant la fin. Comment avait-elle pu manquer de courage dans un moment pareil ? Elle aurait pu passer ses doigts sur ses beaux yeux pour les fermer à jamais. Elle gémit sans retenue dans la rue sale. Tant pis si on la voyait dans cet état ! De toute manière, tout le monde pleurait le général Montcalm, dont le destin si étroitement lié à celui des Canadiens s'accomplissait.

Roch de Ramezay habitait une maison de pierres un peu en retrait de la rue Saint-Louis, à quelques encablures de celle où Montcalm se mourait. Épargnée par les bombardements, elle lui servait de quartier général. Geneviève s'y rendit comme un automate, après avoir traîné dans la ville pendant une heure à ressasser inlassablement sa lâcheté. Elle se sentait à bout de forces. Impuissante à chasser de son esprit les dernières images qu'elle emportait de son amour, elle se répétait son ultime cri du cœur : « Ah ! si j'eusse vécu ! Aurais-je eu le courage de vous quitter ? » Et moi, se promit-elle, si par miracle il guérit, je le suivrai au bout du monde. Seule dans la nuit noire, elle n'en douta pas. Oui, elle renoncerait à sa réputation et sacrifierait sa famille plutôt que de le perdre. Comme elle s'était leurrée en affirmant qu'entre eux il existait simplement une amitié chaleureuse. Sa passion la dévorait.

La pluie des derniers jours avait cessé, mais la chaussée demeurait boueuse. Ses chaussures étaient crottées, le bas de sa robe aussi. Élisabeth, je ne suis même pas sûre qu'elle se soit rendu compte de son état de délabrement. La résidence de son oncle baignait dans l'obscurité. Elle sonna. Le majordome se confondit en excuses.

« Je suis désolé, madame de Lanaudière. Le lieutenant est absent. »

Le visage impassible, Geneviève lui mentit :

« Je sais, je l'ai vu chez le chirurgien Arnoux et il m'a dit de l'attendre ici. »

Le majordome lui fit préparer une chambre, mais Geneviève refusa de monter se coucher. Elle n'accepta pas davantage de prendre un léger goûter. L'horloge à balancier, un héritage de feu le gouverneur Claude de Ramezay à son fils unique, égrenait les heures. Étendue sur le canapé du salon, Geneviève luttait contre le sommeil. Son oncle tardait et l'attente devenait insupportable. Les yeux grands ouverts, elle fixait la petite aiguille qui tournait paresseusement autour de la grande. À présent, les douze coups annonçant le 14 septembre sonnaient. Une question, toujours la même, la hantait. Son cher Montcalm verrait-il ce nouveau jour ? Mon Dieu, sauvez-le, je vous en supplie...

Prier, comme on lance une bouée à la mer. Prier et pleurer en attendant le verdict que lui assènerait son oncle à son retour, telle l'amante d'un condamné qui espère un miracle. À un moment, ses nerfs lâchèrent et elle sanglota éperdument. Sa peine à elle, conjuguée à celle de toute la Nouvelle-France, était insurmontable. Mourir à quarante-sept ans quand on porte sur ses épaules le destin d'un peuple lui paraissait profondément injuste.

Le visage de Petit Louis lui apparut. Il était sain et sauf, comme Montcalm le lui avait promis. Tarieu aussi. Elle n'avait plus à s'inquiéter d'eux. Bientôt, la fatigue l'emporta. Enroulée en boule dans une couverture, elle sommeilla sur le canapé. L'aube pointait quand la porte grinça. En reconnaissant le pas traînant de son oncle, elle se leva d'un bond et se précipita au-devant de lui. Il sursauta en l'apercevant. Sa présence chez lui l'embarrassait-elle ? L'expression singulière de son visage le suggérait. Il se laissa tomber pesamment dans un fauteuil à l'entrée du salon et se passa la main sur le front, comme s'il cherchait les mots pour décrire la malédiction qui les frappait.

«Ma chère Geneviève, le général a rendu l'âme à cinq heures ce matin, lui annonça-t-il d'emblée. Ses blessures au bras et à la cuisse n'étaient pas fatales. Mais la troisième balle, celle reçue à la porte Saint-Louis, lui a traversé l'abdomen et a fait des ravages irrémédiables dans l'intestin et les reins. Il avait perdu beaucoup trop de sang.»

Incapable de remuer les lèvres, tant le coup l'assommait, même si elle l'avait pressenti, Geneviève baissa la tête. Surtout, ne pas se donner en spectacle. Ne pas prêter flanc aux reproches dont son oncle l'accablerait, si elle laissait paraître le sens profond de son chagrin.

«Laissez-vous aller, lui dit-il pour la mettre à l'aise, car il devinait ce qu'elle ressentait.

— Souffrait-il atrocement à la fin? articula-t-elle faiblement.

— Au fur et à mesure que l'infection se propageait, la douleur augmentait.

— Est-il demeuré conscient jusqu'au dernier moment?

— Tout à fait. Il m'a fait venir pour me demander de ménager l'honneur de la France. Après, il a profité de ses dernières heures de grande lucidité pour dicter un message au général Townshend afin de le prier de se montrer juste envers les prisonniers.

— Comme cela lui ressemble!»

Ramezay reprit son récit. Montcalm avait reçu un mot cordial – oui, cordial, insista-t-il – du marquis de Vaudreuil. Le gouverneur lui conseillait de ne penser à rien d'autre qu'à guérir. Geneviève baissa les yeux, contenant mal son émotion. Son oncle ne se démonta pas.

«Vous veniez de partir quand il a demandé à son secrétaire de me remettre les conditions de la capitulation qu'il avait trouvé la force d'approuver. Comme son pouls s'était ranimé légèrement, je lui ai réclamé ses instructions. Il m'a répondu qu'il n'en avait pas à me donner. Il avait à s'occuper de choses plus importantes! Puis, il a ajouté dans un murmure: "Je meurs content: je laisse les affaires du roi entre bonnes mains. J'ai toujours eu une haute opinion de monsieur de Lévis."»

Ramezay se racla la gorge pour chasser l'émoi qui s'emparait de lui.

«Ensuite? demanda-t-elle.

— Lorsqu'il a senti venir la fin, il s'est dit soulagé, parce qu'il ne verrait pas les Anglais dans Québec. Il m'a paru serein. Extrêmement faible, mais cohérent.»

Le tic tac de l'horloge résonna dans la pièce. Roch de Ramezay tombait de fatigue. Geneviève, suspendue à ses lèvres, redoutait de le voir monter se coucher. Elle se jeta dans ses bras et sanglota. Sa tête appuyée sur l'épaule de son oncle, elle attendit la suite. Le visage dans les mains, celui-ci poursuivit son soliloque, sans prêter attention à elle.

«Le général voulait savoir combien d'heures il lui restait à vivre. L'apothicaire l'a prévenu qu'il ne dépasserait pas trois heures du matin. Il a tenu deux de plus.»

Elle hésita avant d'avouer:

«J'aurais dû rester auprès de lui jusqu'à la fin. Si vous saviez comme je regrette.»

Ramezay se dégagea de son étreinte affectueuse et la regarda dans les yeux:

«Cela n'aurait pas été convenable. Avez-vous perdu la tête?

— Puisque je n'ai pas osé, vous voyez bien que je n'ai pas perdu la tête.»

Sans aucune pudeur, elle lui posa la question qui l'habitait:

«Montcalm a-t-il prononcé mon nom avant de mourir?»

Ramezay prétendit d'abord l'ignorer. Par discrétion, il s'était retiré de la pièce lorsque Montcalm avait communiqué ses dernières volontés à son secrétaire. Apparemment, le général lui avait ordonné de remettre ses papiers personnels au chevalier de Lévis. Geneviève n'aurait pas dû insister, mais fut incapable de s'en empêcher.

«A-t-il laissé quelque chose pour moi?»

Elle eut conscience d'avoir employé un ton anormalement aigu. Il la scruta du regard et dit, en mesurant ses paroles, mais sans lui faire de reproches:

« J'ai cru comprendre que vous conserviez chez vous des papiers lui appartenant. Il faudra les remettre au chevalier de Lévis, qui vous rendra vos lettres. »

Geneviève acquiesça d'un signe de tête. Son oncle venait d'appliquer un baume sur sa douleur. Montcalm avait eu une pensée pour elle avant de pousser son dernier soupir. Elle chérirait toujours cette présomption. Roch de Ramezay bâilla discrètement derrière sa main.

« Le chanoine Resche lui a administré les derniers sacrements, dit-il. Maintenant, Geneviève, laissez-moi me reposer. Les jours à venir pèseront lourd sur ma vie. »

Enterré dans un trou d'obus

Désertée pendant sa maladie, la résidence du lieutenant du roi s'anima le lendemain de la défaite. Après quelques heures d'un sommeil agité, Roch de Ramezay se cravacha. Sa fièvre redoublait, mais il refusa de lui céder. La journée s'annonçait chargée et il ne se déroberait pas à ses obligations. Tout l'avant-midi, ses aides défilèrent dans son bureau. Aucun d'entre eux ne connaissait le sort des soldats français faits prisonniers. Une fois les morts comptés, il fallut se rendre à l'évidence : dans la ville de Québec, il ne restait plus que des miliciens exténués et indisciplinés tentés par la défection.

Le lieutenant Ramezay frappa du poing sur sa table. On l'avait laissé sans ressources. Les autorités étaient demeurées sourdes à ses appels à l'aide répétés. Il n'espérait plus ni le secours militaire attendu du gouverneur Vaudreuil ni les vivres promis par l'intendant Bigot. Ses réserves s'épuisaient. Avec à peine de quoi nourrir six mille bouches – des citadins, des miliciens et les blessés de l'hôpital –, il pourrait tenir huit jours, pas un de plus. Naturellement, les Anglais empêcheraient tout ravitaillement. Comment résoudrait-il l'impasse ?

Penché sur sa table de travail, il examinait ses options, cherchant la lueur au bout du tunnel. Des citoyens parmi les plus éminents de Québec s'étaient présentés chez lui pour le sommer de capituler. Ils ne voyaient rien de honteux à permettre aux habitants de sauver le peu qui leur restait contre un ennemi implacable. Le lieutenant du roi n'avait pas refusé de faire preuve d'humanité, comme ces émissaires l'en avaient supplié, mais il jugeait la solution ultime prématurée. Il hésitait à prendre seul une décision aussi lourde de conséquences. L'après-midi même, il réunirait un conseil de guerre. De concert avec les principaux officiers de sa garnison, il aviserait de la marche à suivre. Pouvait-il encore assurer la défense de la ville? Il posa sur le coin de sa table le mémoire qu'il avait reçu du gouverneur afin d'en lire un extrait à son état-major. Ce serait sa carte maîtresse. Vaudreuil avait écrit noir sur blanc : *Nous prévenons monsieur de Ramezay qu'il ne doit pas attendre que l'ennemi l'emporte d'assaut. Ainsi, sitôt qu'il manquera de vivres, il arborera le drapeau blanc.*

Sur le coup de midi, il trouva sa nièce dans la salle à manger.

« Vous êtes pâle à faire peur. Avez-vous dormi ? s'enquit-il en posant un baiser sur son front.

— Mieux que je ne m'y attendais », mentit-elle.

À l'évidence, le sommeil n'avait pas soulagé sa détresse. Il ravala cependant son commentaire.

« Mangez, cela vous remettra d'aplomb. »

Elle n'avait pas faim. Il demanda qu'on lui apporte un potage et tenta de la convaincre de rentrer sagement à Sainte-Anne-de-la-Pérade. Ou, si elle préférait, il la ferait conduire à l'hôpital. Elle lui déclara ne pas être pressée de quitter Québec. Sans grand appétit lui non plus, il avala un petit pain, tout en lui racontant son avant-midi. Elle fut contente d'apprendre de sa bouche que Tarieu et Petit Louis avaient bel et bien regagné le camp de Beauport et le remercia de s'être renseigné. Puis, elle s'enquit du sort de son frère Charles et de Pierre de Beaubassin, car elle comptait m'écrire. Roch de Ramezay savait son neveu en sécurité, mais il ignorait où se trouvait mon mari. Elle ne devait pas se faire de souci pour lui.

« Les mauvaises nouvelles courent plus vite que les bonnes », lui fit-il remarquer.

Geneviève se força à avaler quelques cuillérées de potage, mais repoussa la mousse au chocolat qu'on lui apporta ensuite. Elle prit sa serviette et s'essuya les lèvres avant de dire, au risque d'importuner son oncle :

« J'ai encore une faveur à implorer. »

Il se leva – il n'avait presque rien mangé lui non plus – et l'entraîna dans son cabinet, dont il prit soin de refermer la porte. Curieux de savoir ce qui la préoccupait, il l'invita à lui livrer le fond de sa pensée. Par pitié, mais aussi par affection. De toutes ses nièces, Geneviève avait toujours été sa préférée. Après la mort de son beau-frère Louis Deschamps de Boishébert, il avait servi de père à sa seconde fille. Cette fois encore, il souhaitait l'aider. Son rôle exigeait cependant de la finesse. Comment arriverait-il à lui faire entendre raison sans la heurter ? Il soupira en attendant qu'elle ouvre son jeu.

« Savez-vous quand auront lieu les funérailles du marquis ? demanda-t-elle.

— Ce soir, à la chapelle des Ursulines. D'ici là, vous n'avez pas idée de la besogne qui m'attend. La confusion est telle que je n'arrive même pas à trouver un menuisier pour fabriquer un cercueil convenable.

— Ce soir, répéta-t-elle songeuse. J'aimerais vous accompagner.

— Je ne sais pas ce qu'en penserait votre mari…

— Je… je vous en prie, l'implora-t-elle. Tarieu considérait le marquis comme son ami. S'il était ici, il m'accompagnerait chez les Ursulines.

— Soit, céda-t-il, bien qu'il n'approuvât pas l'idée. Présentez-vous chez Arnoux à huit heures et demie. Je vous y attendrai. » Avant qu'elle puisse ajouter quoi que ce soit, il lui donna congé comme on met un enfant à la porte. « Bon, filez maintenant, petite imprudente. »

Le lieutenant de Ramezay avait deviné l'inavouable secret de Geneviève, j'en mettrais ma main au feu. Elle préféra toujours croire qu'elle avait su camoufler la raison profonde de ses émotions. C'est ce qu'elle se répétait, ce midi-là, en s'éloignant de la résidence de son oncle. Elle ressentait le besoin de se retrouver seule entre les murs éventrés de sa maison pour donner libre cours à son chagrin.

À peine commencée, la journée lui pesait. Le simple fait de poser un pied devant l'autre exigeait un effort. Ses corvées à l'hôpital ajoutées à sa nuit écourtée expliquaient sa fatigue. En premier lieu, elle passa au monastère des Ursulines afin de prévenir les religieuses qu'elle ne retournerait pas à Saint-Vallier avec elles. Ça tombait bien, celles-ci avaient reporté leur départ. Les funérailles du général se tiendraient dans leur chapelle et l'aumônier avait insisté pour qu'elles s'occupent des préparatifs. Les sœurs consacreraient aussi quelques heures à répéter les chants funèbres qu'elles réciteraient pendant la cérémonie.

Soulagée de ne pas les laisser dans l'embarras, Geneviève les quitta. Elle emprunta la rue Sainte-Anne qui la mena à la rue du Fort. La ville martyre portait les stigmates de la guerre perdue. Que des maisons percées de boulets, des murs lézardés, des cheminées branlantes. Au milieu de cette dévastation, le collège des Jésuites lui apparut si horriblement troué qu'elle n'osa pas s'en approcher. Elle marcha sans s'arrêter jusqu'au séminaire. De la magnifique cathédrale voisine, il restait seulement de larges pans calcinés et la tour du beffroi. L'évêché ? Disparu lui aussi. Plus loin, dans le cimetière profané, les pots à feu, en s'écroulant sur les tombes, avaient déterré les cercueils et, sacrilège ! des ossements éparpillés gisaient à même le sol. Au pied du cap, la basse-ville n'existait plus. À sa place, un amas de décombres.

Arrivée au coin de la rue du Parloir, Geneviève se figea en apercevant sa maison au bout de l'impasse. La suie recouvrait le mur de la façade et la plupart des vitres avaient volé en éclats. Un trou béant remplaçait la porte. Quelqu'un – probablement Tarieu – avait cloué des planches pour empêcher les rats d'aller couiner à l'intérieur. Elle s'inquiéta soudain de lui. Comment traversait-il ce cauchemar ? Se faisait-il du mauvais sang pour elle ? Réagirait-il vivement en apprenant qu'elle s'était précipitée au chevet de Montcalm ? Elle se le demanda en s'approchant du jardin où régnait la même désolation. Elle se faufila jusqu'au vieux pommier malgré les éclats de verre éparpillés au sol. Le feu avait carbonisé les fruits. Des pommes noires à la peau ratatinée pendouillaient aux branches.

Il lui fallut tasser les débris pour se frayer un chemin jusqu'à la porte arrière de sa demeure. D'un coup d'épaule, elle l'ouvrit et poussa un cri. Les bombes avaient rendu l'intérieur méconnaissable. Le peu qui avait résisté au canonnage, les voleurs s'en étaient emparés. De précieux tableaux avaient disparu. Des toiles lacérées pendaient en lambeaux. Tout était sens dessus dessous. Que restait-il de son passé ? Rien, sauf son vieux châle rouge suspendu à un crochet dans l'entrée. Elle le jeta sur ses épaules comme elle le faisait machinalement quand l'humidité suintait.

Au salon, la causeuse, cadeau de sa mère, gisait à l'envers, les bras écrasés et le tissu déchiré. Son beau tapis d'Orient souillé, ses petites chaises de coin défoncées, son vase d'albâtre ébréché. Dans le cabinet de travail de Tarieu, une épaisse couche de poussière recouvrait les étagères remplies de livres. Ses yeux se mouillèrent en fixant le secrétaire à cylindre dont une patte manquait. L'encrier d'étain de Montcalm était tombé par terre. Culbuté, le fauteuil qu'il approchait pour rédiger sa correspondance. Geneviève le releva. En un éclair, elle revit l'amour de sa vie dans la pièce lambrissée. Assis devant la table, le menton dans la paume de sa main gauche, la droite occupée à tremper sa plume d'oie, il réfléchissait, avant de se pencher sur sa feuille comme un étudiant appliqué. Savait-il qu'elle l'épiait avec tendresse ?

Elle s'approcha du secrétaire. D'un tour de clé, la serrure du tiroir céda. La cassette contenant les papiers de la famille avait disparu. Tarieu avait dû l'emporter. Par chance, elle conservait les missives de Montcalm à l'hôpital, où elles ne risquaient pas de tomber sous les yeux de son mari. Elle attendrait d'être au manoir de Sainte-Anne pour en faire le tri. Celles qu'il lui avait adressées iraient dans un coffre secret dont elle garderait la clé à son cou. Elle remettrait les autres au chevalier de Lévis, conformément au vœu du général.

Ressentant une profonde lassitude, elle voulut monter à sa chambre pour s'étendre, mais l'escalier qui menait à l'étage s'était écroulé. Plus tard, lorsqu'elle évoquerait ces quelques heures passées dans sa maison hantée, elle me jurerait ne pas s'être effondrée lamentablement. Elle prétendrait avoir souhaité que Tarieu la trouvât là et l'emmenât au manoir le jour même. Je n'en crus rien. Jamais elle n'aurait quitté Québec avant d'avoir conduit Montcalm à son dernier repos. J'ignore combien de temps elle resta au milieu des décombres de sa vie. Je sais simplement qu'à huit heures du soir, elle se pointa devant l'hôtel Arnoux, rue Saint-Louis, comme le lui avait indiqué son oncle. Un voile noir cachait son beau visage ravagé.

À l'heure dite, le cortège funèbre commença à se former. Les doigts de Geneviève se crispèrent lorsqu'elle vit le vulgaire coffre de bois grossièrement équarri contenant la dépouille du général. Le vieux menuisier des sœurs avait assemblé quelques planches trouvées dans son atelier pour en faire le cercueil du marquis de Montcalm.

Rue Donnacona, la colonne clairsemée s'ébranla un peu avant neuf heures pour se diriger à pied vers la chapelle des Ursulines. Partout, des amas de gravats, certains encore fumants. Les badauds s'attroupaient pour voir passer le convoi. Derrière la bière, le lieutenant Ramezay, flanqué de deux officiers de la garnison, marchait en silence, suivi de quelques citoyens honorables et d'une poignée de gens du peuple plus chichement vêtus. Geneviève se fondit dans le groupe, enveloppée dans la cape noire à capuchon des sœurs de l'hôpital.

À aucun moment, les cloches ne tintèrent. Autre dérogation à la coutume, le corps du général Montcalm, mort en héros, ne fut pas salué par une salve d'artillerie. On entendait certes des coups de canon, mais ils provenaient des bouches à feu anglaises qui continuaient à vomir sur Québec. Au bout de la rue se dressait la minuscule église, seul lieu de culte à peu près épargné dans la capitale en ruine. Un boulet en avait percé le toit pour aller se loger dans le plancher, entre le confessionnal et la grille du chœur derrière laquelle priaient les religieuses. À l'intérieur, le sanctuaire avait subi des dommages. Le beau retable en pin blanc sculpté du Sacré-Cœur était abîmé. Les autres trésors demeuraient intacts, les sœurs les ayant mis à l'abri.

La petite assemblée de fidèles éplorés se recueillit dans l'enceinte uniquement éclairée par les flambeaux placés autour de la bière montée sur des tréteaux. Au cours de l'émouvante messe de funérailles, le chanoine Resche, assisté de deux prêtres attachés à la cathédrale, chanta admirablement le *Libera*, auquel le chœur composé des huit ursulines restées au couvent répondit dans une envolée presque céleste. Agenouillées dans leurs stalles séparées des croyants par une grille, celles-ci répétèrent ensuite avec ferveur les invocations du célébrant.

« *De profundis clamavi ad te, Domine…* » (Du fond de l'abîme, je t'invoque, ô Éternel !)

Lorsque le murmure se tut, les porteurs descendirent le cercueil dans la fosse creusée sous la chaire par un obus. Le regard fixé sur les entrailles de la terre, Geneviève sentit son cœur défaillir. Ce serait la dernière demeure de son cher Montcalm. D'un geste discret, elle essuya les larmes qui ruisselaient le long de ses joues.

Quelques jours plus tard, le message de Roch de Ramezay trouva Tarieu au camp militaire de la rivière Jacques-Cartier. Il l'avisait que sa femme séjournait chez lui. Elle souhaitait qu'il vienne la chercher pour la conduire à la seigneurie de Sainte-Anne-de-la-Pérade. Tarieu se libéra de ses engagements et fila tout droit vers la capitale. Je ne sais pas comment il s'y prit, mais il réussit à déjouer les contrôles routiers. Geneviève lui parut amaigrie et chagrinée, ce qu'il mit au compte de sa tâche à l'hôpital et de sa maison dévastée. Elle ne le détrompa pas. Jamais il ne se douta qu'en fermant les yeux elle entendait le bruit cassant du cercueil de l'homme qui hantait ses pensées touchant le fond du trou. Ramezay, en revanche, lui sembla moralement anéanti. Son visage demeura impassible tout au long du dîner. Malgré ses efforts, le lieutenant du roi ne réussit pas à dissimuler son ressentiment. Après le dessert, Geneviève prétexta un violent mal de tête pour se retirer. Roch de Ramezay entraîna Tarieu au fumoir et, tout en buvant de l'eau-de-vie, donna libre cours à sa rancœur.

«Le gouverneur m'a abandonné», lui annonça-t-il d'un ton rancunier.

Immédiatement après la défaite, et sans le consulter, Vaudreuil avait ordonné aux troupes de quitter Québec. À peine lui avait-il laissé cent vingt soldats.

«Il m'en aurait fallu six mille, affirma Ramezay. Ceux qui restent sont profondément écœurés. On ne compte plus les déserteurs prêts à passer dans le camp ennemi. Je sais aussi qu'on m'espionne sournoisement et qu'on rapporte mes faits et gestes aux Anglais. »

Tarieu avait lui-même constaté combien l'état d'esprit des soldats s'était dégradé. Dans les casernes, à Beauport et à la rivière Jacques-Cartier, la grogne s'était répandue comme une traînée de poudre parmi les miliciens canadiens. On les avait entraînés dans une charge désordonnée qui s'était soldée par une cuisante défaite et ils refusaient d'en porter seuls l'odieux. Comme eux, Tarieu s'était senti trompé. Il jugea toutefois préférable de ne pas faire le procès du gouverneur Vaudreuil devant Ramezay.

« Les responsabilités des uns et des autres seront départagées, avança-t-il.

— Pour l'instant, lui objecta Ramezay, moi seul suis blâmé. » S'étant redressé sur son siège, il ajouta : « J'aurais, paraît-il, capitulé trop tôt. »

Il se justifia, comme il l'aurait fait au tribunal. Au lendemain de la défaite et de la mort du général, les commerçants de la capitale étaient passés chez lui pour le supplier de se rendre. Puis, lors d'un conseil de guerre extraordinaire tenu le même jour, quatorze officiers supérieurs, des Français pour la plupart, lui avaient recommandé à leur tour de négocier la reddition. Exhortation semblable du marquis de Vaudreuil, qui lui avait demandé de tenir bon tant qu'il lui resterait des vivres. Après, il avait ordre de hisser le drapeau blanc, plutôt que de laisser ses gens crever de faim.

« Comprenez-moi, Tarieu, je ne pouvais pas sacrifier les citoyens déjà fort éprouvés par soixante jours de bombardements. À Québec, il n'y a plus ni bois pour se chauffer, ni farine pour cuire le pain. Bigot prétend avoir essayé de m'en livrer, mais le mauvais temps aurait forcé le convoi à faire demi-tour. »

Ramezay sursauta quand Tarieu lui apprit que les régiments avaient quitté le camp de Beauport tels des lapins pourchassés par des chiens, sans emporter leurs provisions.

« Quel gaspillage ! Bigot aurait dû me prévenir, s'emporta-t-il. J'aurais envoyé chercher ces vivres dont nous avions un besoin pressant. »

Impuissant à soulager une population qui avait déjà tout sacrifié, et à qui on ne pouvait pas demander l'impossible, Ramezay s'était résigné à capituler. Le 17, il avait signé la reddition et dépêché un émissaire auprès du général Townshend pour lui remettre le document en établissant les conditions. La suite des événements dépassait l'entendement. Il avala une rasade et regarda Tarieu d'un air consterné :

« Mon cher Lanaudière, une demi-heure après le départ de mon émissaire, je recevais une dépêche du gouverneur contenant de nouvelles instructions qui annulaient les précédentes. Il me priait de reporter la reddition jusqu'à l'arrivée du chevalier de Lévis, déterminé à reprendre le combat. Pour tenir jusque-là, il m'envoyait une vingtaine de sacs de biscuits tout mouillés. »

Malgré sa stupéfaction, et sans perdre un instant, Ramezay avait chargé un officier de rattraper son émissaire. Hélas! à l'arrivée de celui-ci au camp anglais, le général Townshend avait déjà apposé sa signature au bas du document.

« J'en ai informé immédiatement le gouverneur, reprit Ramezay. Savez-vous ce qu'il m'a rétorqué? Que j'aurais à répondre personnellement au roi de mon geste. »

L'oncle de Geneviève vida son verre d'un trait et s'en servit un autre. Tarieu jugea sa frustration pleinement justifiée :

« Vous n'avez rien à vous reprocher. Vous avez suivi les ordres.

— Au moins, les Anglais m'ont arraché une capitulation honorable. Dans les circonstances, j'ai obtenu les meilleurs termes possibles. »

Tout avait été dit. Ils montèrent se coucher. Au matin, Ramezay quitta sa résidence tôt pour aller porter les clés de la ville au général Townshend. Geneviève le rattrapa sur le pas de la porte. Elle l'embrassa affectueusement et lui murmura merci à l'oreille. Ce serait leur dernière étreinte. Ils ne se reverraient jamais. Un mois plus tard, son oncle s'embarquerait pour la France et ne devait plus remettre les pieds au pays.

Après lui avoir serré chaleureusement la main, Tarieu regarda l'oncle de sa femme se diriger vers sa voiture pour se rendre à la cérémonie officielle. Dans la rue Saint-Louis désertée de ses habitants, des grenadiers britanniques défilaient. Au loin, des salves d'artillerie saluaient les nouveaux maîtres.

« Ils héritent d'une ville fantôme », lâcha-t-il en aidant Geneviève à monter dans la calèche.

Signe des temps, le drapeau anglais flottait en haut de la côte de la Montagne, lorsque les Lanaudière prirent la route de Sainte-Anne-de-la-Pérade.

Les traîtres démasqués

Sainte-Anne-de-la-Pérade, à quelques jours de là. La nouvelle de la blessure mortelle de Montcalm n'avait pas tardé à nous parvenir. Et à nous assommer, Marie-Anne et moi. Nous perdions notre sauveur, mais aussi – surtout – notre cher ami. Je me sentais orpheline. Mon beau général ne me ferait jamais plus sortir de mes gonds. J'avais fini par me résigner à n'être que sa confidente, mais il m'arrivait encore d'imaginer comment les choses auraient pu tourner s'il était tombé amoureux de moi et non de Geneviève. Sa manière bien à lui de me sourire, son humour indécent et même sa méchanceté gratuite me séduisaient. Malgré nos relations tourmentées, il me manquait et je fondais en larmes à tout moment. Mais qu'était mon chagrin à côté de celui de Geneviève ? Je m'inquiétais pour elle. Son silence n'annonçait rien de bon.

Les informations nous arrivaient au compte-gouttes. Je me rongeais les sangs pour mon Pierre, qui n'avait pas donné signe de vie depuis la défaite. Je le savais sous les ordres de Bougainville, dont l'absence sur le champ de bataille, le matin du 13 septembre, prêtait à conjectures. Mon mari commandait un détachement de sauvages chargé de surveiller la côte, tantôt à Cap-Rouge, poste situé à deux lieues du cap Diamant, tantôt à Neuville, plus à l'ouest. J'avais appris qu'un vaisseau de guerre anglais, le *HMS Sutherland*, mouillait au large et je multipliais les rosaires dans l'espoir que l'homme de ma vie ait évité les tirs visant la falaise. Intrépide comme je le connaissais, il ne s'était sûrement pas mis à couvert dans les sous-bois. Je l'imaginais courant au-devant du danger, lui devant, ses sauvages derrière. J'avais beau me répéter qu'il était trop habile pour tendre sa poitrine ouverte à l'ennemi, j'en tremblais.

Je passais mes soirées à me faire des peurs. Je redoutais l'irruption au manoir d'un parti de guerriers iroquois alliés aux Anglais armés de casse-têtes et de couteaux bien affûtés. La nuit, seule dans mon grand lit, je comptais les voitures qui roulaient sur le Chemin du Roi. Le galop des chevaux me tenait éveillée jusqu'à l'aube. Geneviève ne m'avait pas écrit, de sorte que j'ignorais si Tarieu et Petit Louis s'étaient tirés indemnes du combat sur les hauteurs d'Abraham. Bougainville? Marie-Anne ne prononçait plus son nom. Qu'avait-il fait pour l'amener à s'emmurer de la sorte? Quand je la questionnai, elle me rabroua. Comme j'avais, moi aussi, les nerfs à fleur de peau, nous nous prenions aux cheveux pour des pacotilles. Je tuais le temps en faisant des patiences avec Donoma. Ma petite sauvageonne préférait jouer au piquet, mais elle était trop mauvaise perdante et nous nous querellions comme deux gamines. De toute manière, elle aimait mieux courir les champs que de s'habiller en demoiselle pour écornifler au salon. J'étouffais dans ce hameau isolé du monde. Vous dire les interminables jours passés dans le fauteuil de rotin de ma défunte tante Madeleine à regarder les corbeaux tournoyer!

Un après-midi de septembre, la pluie cessa enfin et le temps se mit au beau. Je sortis les filets à papillons de Donoma et j'ouvris la fenêtre pour respirer l'air tiède. Je vis à travers les persiennes un cavalier solitaire descendre de sa monture au bout de l'allée et avancer à pied vers le manoir. Son cheval secouait sa crinière et hennissait, comme s'il sentait l'écurie. J'écarquillai les yeux. C'était bien mon Pierre, ce bourlingueur à la peau du visage hâlé par le vent et le soleil, mal rasé, les vêtements en haillons et les bottes maculées de boue. Je le détaillai de la tête aux pieds. Il ne boitait pas et ses bras bougeaient normalement. Dieu soit loué! Il n'avait pas été blessé. Seul le bandeau de pirate qu'il portait à l'œil gauche m'alarma.

Avant même que j'aie attrapé un châle pour sortir l'accueillir, Donoma dévalait l'allée bordée de fleurs à moitié fanées, filant à vive allure au-devant de ce vagabond tout débraillé qu'elle savait être son papa. Il retira sa casquette à visière de cuir et se plia en deux pour la cueillir dans ses bras. Son geste me remua.

J'accourus derrière, ma foi, aussi heureuse qu'elle de retrouver Pierre sain et sauf. Par chance, il n'avait qu'une simple écorchure sous l'œil. Il l'avait couvert pour le protéger de la poussière des chemins. Je l'étreignis longuement. La petite encercla de ses bras nos jambes imbriquées les unes dans les autres. Pierre attacha son cheval au crochet et nous regagnâmes le manoir, serrés de près, Donoma sautillant de joie autour de nous. Sitôt entré, Pierre réclama un bain et je le fis préparer. Il se glissa dans la cuvette et je le dorlotai comme un enfant. Je retirai son bandeau de pirate. Il avait du sang séché sous l'œil. Je plongeai un coin de la serviette dans un bac rempli d'eau propre et nettoyai la plaie. Il grimaça.

«Ça me chauffe!

— Ne fais pas la mauviette», le grondai-je tout en rinçant le linge.

Tandis que je lui savonnais le dos, il me raconta les dessous de l'attaque-surprise des Anglais à l'anse au Foulon. Je savais qu'une personne ébranlée par une expérience troublante a besoin de déballer son sac pour s'en libérer, mais jamais je n'avais vu Pierre aussi remonté.

«Nous avons été trahis», affirma-t-il d'entrée de jeu.

Des espions de mèche avec les Anglais avaient infiltré l'armée, il en avait acquis la certitude. Il faisait confiance aux Abénaquis, qu'il connaissait comme sa poche, mais se méfiait des Français et des Canadiens acoquinés avec la racaille qui nous gouvernait. Ses soupçons me semblaient exagérés et je réclamai des preuves. Une fois rincé et séché, il se glissa sous les draps et attendit que j'en fasse autant pour reprendre son récit là où il l'avait laissé en sortant de la cuvette.

Ce qui lui inspirait de la suspicion? La nuit du 12 au 13, tout baignait dans l'huile à Cap-Rouge. Même ses Abénaquis étaient sages comme des images. Les heures passèrent et les sentinelles chargées d'assurer le guet à tour de rôle ne relevèrent rien d'inhabituel. Au large, un gros bâtiment britannique les narguait depuis plus d'une semaine. Obéissant à un rituel quotidien, des barges s'en éloignaient au gré des marées. Elles montaient et descendaient le fleuve, laissant supposer une éventuelle attaque au-dessus de Québec. Notre ami Bougainville, qui commandait les postes avoisinants, n'y croyait pas. Le général Montcalm non plus.

À minuit, les frégates ancrées à Pointe-Lévy avaient recommencé à tirer sur la ville, dans le but d'opérer une diversion. Une nouvelle nuit de pilonnage débutait.

«L'infanterie britannique a profité de la confusion pour débarquer sur la grève, entre l'anse aux Mères et l'anse au Foulon. Les Habits rouges ont escaladé la falaise en s'accrochant aux arbustes et ont foncé sur le campement français endormi. Avec des canons, par-dessus le marché, martela-t-il. Personne ne me fera croire que cette incursion a été réalisée sans l'aide de complices.»

Intriguée, et ma foi un peu sceptique, je résolus de vider la question :

«Comment le commandant du poste a-t-il pu dormir comme un loir, alors qu'un millier de militaires lourdement armés grimpaient l'escarpement comme des singes ? Les veilleurs ne se sont donc rendu compte de rien ? Et les soldats couchés dans leurs tentes, avaient-ils tous les oreilles bouchées ?

— Il faudrait demander à cet imbécile de Vergor qui commandait le poste, répliqua Pierre en pressant son corps contre le mien. Aussi incroyable que cela puisse paraître, les montagnards écossais chargés de l'assaut l'ont tiré de sa couchette. Il dormait à poings fermés.

— Vergor, comment explique-t-il sa négligence ?

— Va savoir ! On ne l'a pas revu depuis son arrestation par les Anglais. »

Pierre avait déjà servi en Acadie sous le commandement de cet officier écervelé. Cette fois encore, son manque de jugement sautait aux yeux.

«Figure-toi qu'il avait autorisé les fermiers sous ses ordres à aller moissonner leur blé et couper leur foin. Sur un détachement d'une centaine de miliciens, il lui en restait à peine une trentaine pour assurer la défense de son poste. Difficile de croire qu'il n'a pas participé à un complot.»

J'avais déjà rencontré Vergor chez l'intendant Bigot. Je le trouvais franchement antipathique. De là à le ravaler au rang de traître…

«Tu penses vraiment qu'il a vendu son armée ?

— Ça saute aux yeux, ma belle. Il a fait semblant de dormir afin de laisser aux Anglais le temps de s'installer sur les hauteurs sans rencontrer la moindre résistance. »

Vergor avait reçu une blessure légère à la cheville juste assez apparente pour faire taire les soupçons, insinua-t-il. Mon cher mari avait tendance à tout simplifier et je le rappelai à l'ordre :

« Ce n'est quand même pas lui qui a convaincu le général Wolfe de débarquer à l'anse au Foulon », protestai-je.

Pierre reconnut volontiers qu'un officier médiocre comme Vergor n'avait pas assez d'esprit pour ourdir seul une telle machination. Il suspectait un dénommé Cugnet, que je ne connaissais ni d'Ève ni d'Adam, d'avoir effectué ce sale travail. Quelques jours avant le débarquement, un des Abénaquis de Pierre, prisonnier des Anglais à l'île d'Orléans, avait vu ce Cugnet discuter avec le général Wolfe. À ce moment de notre conversation, Pierre sortit un autre lapin de son chapeau :

« Ton ami Bigot a ourdi cette conspiration. »

Il s'était appesanti sur le « ton », ce qui me fit sourire. Je lui demandai d'étayer son accusation. Bigot volait le roi et rationnait les petites gens, personne n'en doutait. Mais pourquoi un homme comme lui précipiterait-il délibérément la disparition de la Nouvelle-France ? Pierre rejeta ma « logique de bonne femme » et poussa son raisonnement :

« Ça tombe sous le sens, l'intendant avait tout intérêt à voir les Français perdre Québec. Seul un changement de régime peut gommer les traces de ses détournements de fonds. »

C'était maigre comme explication, mais je m'en contentai. Une question plus intrigante me taraudait l'esprit et je la lui posai sans me douter que j'ouvrais une boîte de Pandore.

« Mon chéri, que pense notre ami Bougainville de ce bourbier ? Comment explique-t-il que, ce matin-là, il n'a pas foncé avec ses détachements sur les hauteurs d'Abraham ?

— Encore là, ma belle, je nage en plein mystère. Figure-toi que le colonel avait disparu. Comme il n'avait pas passé la nuit à Cap-Rouge, je le croyais à Neuville, où le gouverneur s'attendait à voir débarquer les Anglais pour nous couper de tout ravitaillement.

— Et alors ?

— Il ne s'y trouvait pas non plus. Si tu veux mon avis, il a dormi à la Canardière chez son cousin de Vienne. Il y passait souvent la nuit. »

Un frisson me traversa, cependant que les pièces du casse-tête s'assemblaient. Ce jour-là, sur le coup de midi, Marie-Anne avait fait avancer la voiture en prétextant une course du côté de Lorette. Elle allait porter les mitaines et les bas qu'elle avait tricotés tout l'été aux familles pauvres. Cela m'avait étonnée. L'automne s'annonçait frisquet, mais rien ne pressait. Les enfants ne mourraient pas de froid en septembre. Je lui avais proposé de l'accompagner pour désennuyer Donoma. Or, elle avait refusé net. Je n'avais pas insisté.

Que faisait Bougainville pendant que le sort de Québec se jouait ? Ignorait-il que Montcalm avait cruellement besoin de lui sur le champ de bataille ? Curieusement, Marie-Anne avait disparu, elle aussi, pour ne réapparaître au manoir que le lendemain. Seigneur ! Que dirait Geneviève en découvrant que, cette nuit-là, sa belle-sœur partageait la couche de l'officier qui aurait pu sauver le général ?

Le lendemain, un mot de Tarieu nous annonça leur arrivée à Sainte-Anne-de-la-Pérade.

Geneviève et Tarieu débarquèrent à la nuit tombante. Le soleil venait de s'éteindre derrière le manoir seigneurial. Elle, d'une beauté tragique, ses yeux verts ombrés de noir, les joues nacrées et les mâchoires résolument serrées, comme soudées l'une à l'autre pour faire barrage aux questions. Lui, l'air renfrogné, la peau du visage marquée de rides, il avait vieilli de dix ans en quelques mois. Quel accueil devions-nous leur réserver ? Après le chaos sanglant dont Tarieu venait d'émerger et qui avait secrètement endeuillé sa femme, ils auraient tous deux besoin de temps et de sérénité pour recoller les morceaux de leur vie.

Le premier soir, au souper, personne ne savait comment se comporter. Fallait-il revenir sur la mort de Montcalm ou éviter d'aborder le sujet ? La physionomie impassible, Geneviève paraissait ailleurs, si bien qu'*in petto* je la surnommai l'absente. Au beau milieu de la discussion animée, son attention se relâcha. Quand je lui demandai ce qui n'allait pas, elle esquissa un sourire évasif, l'air de dire « vous ne pouvez pas comprendre ». Son indifférence me froissa. Après tout, elle m'avait toujours honorée de ses confidences. Pourquoi m'en priver aujourd'hui ? J'évitai de l'affronter. Elle n'avait plus aucun ressort et je redoutais qu'au hasard d'une remarque ses yeux ne s'imprègnent de pleurs. Des larmes qu'elle ne pourrait pas expliquer devant son mari. Nous nous contentâmes d'échanger des banalités. Le prix des œufs à six francs la douzaine. Le mouton ? Soixante-dix francs. Et les souliers, trente francs. Absolument captivant ! Sentant dans sa petite tête que sa marraine filait un mauvais coton, Donoma lui proposa d'épingler avec elle les papillons rapportés de sa dernière expédition en forêt. La fillette se lassa vite du mutisme de Geneviève et profita de la première occasion pour déguerpir.

Tarieu était plus difficilement supportable encore. Avec nous, c'est bête à dire, il se fâchait mal à propos. À croire qu'il n'arrivait pas à sortir de sa torpeur. Cet homme à la personnalité complexe nous avait habitués à des éclats de voix à faire trembler les vitres, suivis de silences aussi réprobateurs qu'embarrassants. D'où ma surprise de le sentir étranger à ce qui se passait autour de lui. Il ne participait guère plus que sa femme à nos conversations, sinon pour glisser ici et là un commentaire désobligeant. Je m'en ouvris à Marie-Anne, qui se montra perplexe. Certes, son frère était de mauvais poil, mais il fallait mettre sa morosité et ses sautes d'humeur sur le compte de l'épuisement. De fait, Tarieu n'était pas sitôt assis dans le vieux fauteuil de sa défunte mère, la célèbre Madeleine de Verchères, que sa tête basculait sur le dossier. À table, son visage glissait dans le creux de son coude et il roupillait sans se soucier du brouhaha.

Contrairement à mes appréhensions, l'harmonie semblait régner entre Geneviève et lui. Ils conversaient ensemble sans élever le ton, se promenaient dans la cour et montaient se coucher à la même heure. « Vous venez ? » disait Tarieu de sa voix rauque. Elle lui avait manqué ces derniers mois. Sans doute n'avait-il pas aimé qu'elle affichât ouvertement son indépendance, mais il l'admirait de l'avoir fait. De son côté, elle évitait de le contrarier. En somme, ils avaient trouvé un *modus vivendi.*

Je finis par croire que mon cousin n'était pas au courant des écarts de conduite de Geneviève. Son mal de vivre venait assurément d'ailleurs. Il creva l'abcès le surlendemain de son arrivée et c'est mon Pierre qui, sans le vouloir, alluma la mèche en lui livrant son explication alambiquée de l'attaque-surprise des Anglais à l'anse au Foulon. Tout y passa, de la trahison du minable Vergor aux soupçons éclaboussant Bigot. Tarieu écouta d'abord distraitement, puis ses joues se colorèrent, comme si le sang lui montait au visage. Il quitta précipitamment son fauteuil à bascule et arpenta la pièce, les mains derrière le dos. Soudain, il lui coupa la parole.

«Mon cher Pierre, vous démasquez les traîtres. Et moi, j'en ai contre les lâches.»

Tarieu aimait beaucoup mon mari et son emportement n'était pas dirigé contre lui. En vidant son carquois, il faisait un geste libérateur. Les pans méconnus de la bataille qu'il nous révéla, à partir du moment où Montcalm, sabre au clair, avait sonné le rappel sur les hauteurs d'Abraham, jusqu'à la débandade finale, nous bouleversèrent.

«Pas un instant nous n'avions envisagé la défaite, commença-t-il calmement. Nous étions même impatients d'affronter l'ennemi.»

D'emblée, il reconnut que le site de l'attaque n'avait pas joué en leur faveur. Au milieu de ce champ détrempé, ses camarades pataugeaient dans les broussailles, glissaient, tombaient. Mitraillés par les Anglais, ils avaient dû enjamber des clôtures pour se mettre à l'abri. Puis, sa voix s'éclaircit et l'expression de son visage se durcit. D'un ton accusateur il lança:

«Nous avons servi de chair à canon.»

Qu'on ne se trompe pas, il ne blâmait pas Montcalm. Sa rancune était dirigée contre Versailles qui, en privant le Canada des renforts nécessaires, avait obligé le général à incorporer les Canadiens à ses bataillons français réguliers. Insuffisamment formés et peu habitués à se battre à l'européenne, c'est-à-dire à découvert, ces derniers avaient foncé sur l'ennemi avec impétuosité. Ils avaient fait feu dans l'anarchie, sans attendre qu'on leur en donnât l'ordre. Leurs balles, tirées de trop loin, mouraient avant d'atteindre l'objectif. En face, les détachements de Wolfe, jusque-là postés derrière des barricades, avançaient en rangs serrés sans contre-attaquer.

« À une quarantaine de verges de nous, ils ont riposté à l'unisson avec une redoutable précision, si bien que chaque coup a porté », dit-il.

Tarieu, qui se trouvait à la tête d'une compagnie, se surprenait d'avoir survécu au massacre.

« Wolfe a ordonné à ses grenadiers de nous charger à la baïonnette. L'effroyable boucherie a provoqué une hécatombe. »

Suspendue aux lèvres de son mari, Geneviève paraissait consternée, cependant qu'il évoquait les horreurs commises. Il avait vu des blessés se vider de leur sang sans pouvoir s'en approcher. D'autres, piétinés par des chevaux affolés. Le lot de cadavres gisant dans l'herbe mouillée avait eu un effet dévastateur sur les survivants. La terreur s'était emparée des soldats français, déclenchant leur déroute.

« Ils ont détalé, nous laissant seuls, nous, les Canadiens, pour affronter l'ennemi. »

Accoutumés à reculer à l'indienne, les miliciens épaulés par leurs tribus alliées s'étaient terrés dans les ravins, d'où ils avaient tiré. Ils avaient tenu bon jusqu'à ce que les Highlanders, des espèces de sauvages en tartans, les pourchassent tels des démons furieux au son de la cornemuse et les forcent à se replier à leur tour.

« Nous avons ralenti l'avance de l'ennemi, ce qui a permis aux soldats français de regagner le camp sans être importunés. »

Quand les armes se furent tues, les morts avaient été dépouillés de leur uniforme et leurs corps jetés nus dans une fosse commune. Les survivants s'étaient dirigés dans la confusion vers l'ouvrage à cornes, seule forteresse hors d'atteinte, d'où ils espéraient traverser la rivière Saint-Charles. Tarieu s'était arrêté près d'un tonneau d'eau fraîche pour remplir sa gourde. Il avait entendu des officiers français se dire prêts à se rendre aux Anglais. Il n'avait pas assez de mots pour décrire leur couardise.

« Non seulement ces lâches ont fui le champ de bataille en nous laissant nous battre seuls, nous, les Canadiens, mais ils voulaient capituler sans même prendre leur revanche. »

Se pouvait-il que les Français aient fait preuve de lâcheté devant les Anglais, comme le prétendait Tarieu ? Je trouvais difficile de prêter foi à cette version surprenante des faits. Je connaissais suffisamment les officiers en poste au Canada pour savoir qu'ils ne manquaient pas de courage. Pierre, qui avait eu vent de ce sauve-qui-peut, nuança les propos de mon cousin :

« Les Français ne sont pas les seuls à avoir déguerpi, Tarieu. Bon nombre de Canadiens et de sauvages ont aussi pris leurs jambes à leur cou. Franchement, quel mal y a-t-il à sauver sa peau quand l'ennemi s'apprête à vous égorger ?

— Et Montcalm ? s'enquit Geneviève, pétrifiée par ce compte-rendu. Qu'a-t-il fait ?

— Dès le début de l'affrontement, il a perdu le contrôle de son armée, assura Tarieu. En un quart d'heure, tout était fini ! Il a reçu le coup fatal en se lançant aux trousses des fuyards pour les ramener au combat. »

Comme Pierre, Tarieu pensait que l'absence de Lévis et de Bourlamaque sur le théâtre de la guerre avait contribué à sceller le sort de Québec. La responsabilité en incombait au gouverneur Vaudreuil. Sans blâmer ouvertement Montcalm, mon cousin avança que son refus d'attendre Bougainville et ses tireurs d'élite avait précipité la défaite.

« Où donc était le colonel Bougainville ? demanda Geneviève, soudainement animée.

— Bougainville, répéta Tarieu. À ce qu'on m'a raconté, il a passé la nuit à Lorette entre les draps de l'épouse de son cousin François-Joseph de Vienne. »

En entendant prononcer ce nom, je fixai Marie-Anne. Pas un muscle de son visage ne bougea. Geneviève refusa de prêter des intentions malveillantes à Bougainville simplement parce que personne dans la pièce ne pouvait expliquer son absence à l'heure fatale.

« Allons, allons, Tarieu, ce sont là des cancans assurément, protesta-t-elle.

— Des cancans ? Ma chère, ignorez-vous que la séduisante Antoinette de Vienne ne dédaigne pas la compagnie du colonel ? On chuchote que leur béguin est réciproque. »

Marie-Anne ne réagit pas davantage, cependant que Tarieu enfonçait le clou. Elle se comportait comme si la trahison de Bougainville l'indifférait. Je me demandai pourquoi Tarieu faisait preuve d'autant de cruauté, lui qui connaissait les sentiments de sa sœur pour le colonel. Je pensai : il se doute que Marie-Anne a dormi chez les de Vienne et veut lui épargner l'humiliation d'avoir détourné Bougainville de son devoir. Moi non plus, je ne gobais pas la prétendue aventure de l'amant de ma cousine avec Antoinette de Vienne, mais je ressentis un soulagement à entendre Tarieu reporter l'odieux sur cette dernière, plutôt que sur sa sœur.

Geneviève flaira le quiproquo. Elle était trop perspicace pour se laisser berner. Trop intelligente aussi pour questionner Marie-Anne devant la famille. Quand celle-ci monta à sa chambre, elle la suivit. L'affrontement eut lieu lorsqu'elles furent seules :

« C'est vous et non Antoinette de Vienne qui étiez avec Bougainville, n'est-ce pas ? » s'enquit Geneviève.

Marie-Anne fit signe que oui, sans manifester ni honte ni gêne. La lèvre tremblante, Geneviève la relança :

« N'avez-vous pas le moindre remords ?

— Comment aurais-je pu savoir que le sort de Québec se jouait au même moment ? rétorqua Marie-Anne ? Je n'étais pas dans le secret des dieux. »

Sa parfaite quiétude d'esprit choqua Geneviève.

« Vous n'ignoriez pas que nous étions en guerre. Vous avez choisi un moment inopportun pour jouer les mantes religieuses auprès de Bougainville et l'amener à oublier ses responsabilités.

— Vous êtes mal placée pour me faire des reproches.

— Qu'insinuez-vous ?

— Concocter un dîner d'amoureux avec le marquis de Montcalm, alors que les Anglais bombardaient Québec, ce n'était pas très inspiré. »

Bougainville avait rapporté à Marie-Anne qu'il les avait surpris lors d'un dîner d'amoureux, rue des Remparts. De nature discrète, ma cousine avait gardé la confidence pour elle seule jusqu'à ce que Geneviève la provoque mesquinement.

« Et alors, répondit Geneviève, votre informateur a dû vous dire que le général n'a pas perdu son sens du devoir pour autant. Moi non plus, d'ailleurs. Dès qu'on a eu besoin de lui, je me suis retirée.

— Restons-en là, voulez-vous, dit calmement Marie-Anne, craignant sans doute de regretter plus tard ce qu'elle avancerait. Vous n'avez pas à juger ma conduite, ni moi la vôtre.

— Que le diable vous emporte ! » avait lâché Geneviève en laissant claquer la porte.

Cette scène que l'une et l'autre me racontèrent ultérieurement me permit de découvrir un aspect de la personnalité de mes deux amies que je ne soupçonnais pas : la mesquinerie. Moi qui les croyais sans malice ! La solide affection qui les unissait depuis une quinzaine d'années fut fortement ébranlée par ce que Geneviève appellerait la trahison de Marie-Anne. Ce n'était pourtant qu'un mauvais coup du sort. Il n'empêche, Élisabeth, il m'en poussa trois cheveux blancs.

La hargne de Vaudreuil

Aux derniers jours de septembre, un messager nous arriva de bon matin pour nous prévenir que le marquis de Vaudreuil et monseigneur de Pontbriand, en route pour Montréal, arrêteraient nous saluer. Bel euphémisme pour nous signifier que le gouverneur et l'évêque s'invitaient à dîner et à coucher au manoir La Pérade. À mon grand étonnement, Tarieu ne rechigna pas. Le prélat lui avait emprunté une forte somme d'argent au nom des Ursulines des Trois-Rivières en mauvaise posture financière et mon cousin voyait là l'occasion de réclamer son dû. Il consentirait volontiers à effacer une partie de la dette des bonnes sœurs en échange de leurs prières, à condition que monseigneur de Pontbriand lui remboursât le solde. Il n'y avait rien comme les pièces sonnantes et trébuchantes pour lui redonner un semblant de sourire.

Singulière coïncidence, l'intendant Bigot s'annonça le même jour. Il ne s'éterniserait pas, promit-il. Et pour cause ! Sa chère Angélique l'attendait dans la métropole. Je n'étais pas mécontente de voir le manoir redevenir le rendez-vous des voyageurs distingués qu'il avait été autrefois. J'espérais en chasser pour de bon la grisaille. L'ambiance n'était pas franchement sinistre, mais nous étions constamment sur nos gardes, soucieux de ne heurter personne. Geneviève faisait bonne figure la plupart du temps. Je redoutais pourtant qu'elle s'effondre au hasard d'un blâme adressé à feu Montcalm. Sans doute était-ce le sujet le plus délicat. Il lui arrivait de disparaître pendant quelques heures. Je la trouvais au grenier, dans l'ancienne chambre de débarras de ma tante Madeleine. Au milieu de ce capharnaüm encombré jusqu'au plafond, elle s'assoyait sur l'une des malles remplies de vieilleries et jonglait au passé. J'usais de douceur pour la sortir de sa cachette.

Marie-Anne retrouva plus rapidement sa sérénité perdue. Je l'ai déjà mentionné, elle était douée pour le bonheur. En attendant la grande visite, elle fit installer les deux rallonges à la table, composa un menu copieux et surveilla la préparation du dîner. De mon côté, je déployai ma coquetterie à rechercher la toilette appropriée. J'aurais volontiers revêtu une de mes jolies robes de taffetas, mais je les avais laissées à Québec. Résultat : je n'avais rien à mettre. Je me résignai à faire repasser une jupe défraîchie et un corsage montant, une tenue convenable, la seule qui ne scandaliserait pas monseigneur de Pontbriand. Même si le dîner ne s'annonçait pas très festif, je me sentais excitée au moment de renouer avec les mondanités d'autrefois.

Le marquis de Vaudreuil se présenta au milieu de l'après-midi avec l'évêque. Il félicita chaleureusement mon mari pour ses exploits pendant le siège de Québec. Il l'avait chargé du transport des canots et des bœufs d'un point névralgique à un autre, une tâche risquée, soit dit en passant, et Pierre s'en était acquitté avec une redoutable efficacité. Cela me fit un velours d'entendre le gouverneur vanter son intelligence et sa dextérité. Pierre aspirait à la croix de Saint-Louis et nous espérions que les éloges de Vaudreuil feraient leur chemin jusqu'à la cour du roi.

Geneviève invita les deux hommes à la suivre au salon, une pièce meublée avec infiniment de goût. L'évêque se laissa choir dans un fauteuil datant du temps de Madeleine de Verchères. De style régence, il était recouvert d'une tapisserie fleurie et muni d'accoudoirs cambrés. Le marquis de Vaudreuil s'installa à sa droite, tout près de l'armoire à plis de serviette, dont il apprécia les reflets bleu de nuit. Le parquet ciré reluisait, faisant ressortir la patine du pin usé. Le jour déclinait. Dehors, le temps tardait à fraîchir – ce devait être l'été indien – et le soleil de fin d'après-midi pénétrait à travers les portes-fenêtres contiguës au jardin.

À voir l'air renfrogné de Tarieu, je compris qu'il n'avait pas encore digéré l'humiliation que le gouverneur lui avait infligée en lui ordonnant d'enlever leurs bovins aux fermiers. Le « grand bouvier » gardait une rancune tenace envers le responsable de sa honte. Geneviève se fit la même observation. Nous échangeâmes un signe de connivence qui m'incita à lancer la conversation. Mon cousin escomptait peut-être régler ses comptes, mais je ne le laisserais pas gâcher la soirée.

« Alors, marquis, où en est le pays ? dis-je sur un ton léger convenant mal aux circonstances dramatiques que nous vivions.

— Que vous répondre, madame de Beaubassin ? L'armée britannique nous défie avec insolence. Impossible de faire un pas dans Québec sans se heurter à un Habit rouge. Le collège des Jésuites est devenu un entrepôt militaire. L'état-major n'a aucun scrupule à emprunter la chapelle des Ursulines pour y tenir les services anglicans. Et quoi encore ? En regagnant l'Hôtel-Dieu, après des mois d'absence, les Augustines se sont trouvées nez à nez avec les Anglais qui occupent leur hôpital. Elles ne sont pas autorisées à y accueillir d'autres malades, peu importe leur état. En somme, les Anglais ne respectent rien. »

Recroquevillé sur son siège, monseigneur de Pontbriand gardait les yeux à moitié fermés. Je le trouvai prématurément vieilli pour un homme d'à peine cinquante et un ans. Son menton proéminent et sa mâchoire volontaire, qui m'avaient toujours causé une vive impression, ne m'intimidaient plus. Il se mêla à la conversation d'une voix chevrotante.

« Vous avez raison, monsieur le marquis, Québec ne nous appartient plus. Prenez le palais épiscopal, eh ! bien, il ne reste pas une seule pièce habitable. Même les voûtes ont été pillées. J'ai moi-même perdu tous mes effets. Maintenant, les Anglais s'emparent des maisons des bourgeois. Les moins endommagées, s'entend. La misère des pauvres est pire encore. Les loyers sont exorbitants, les denrées, inabordables. » Il hocha tristement la tête. « Je vous fais là une description bien imparfaite de nos misères. »

Geneviève eut peine à réprimer l'expression de pitié qui la saisit en observant l'évêque. Elle l'avait connu flamboyant, elle le retrouvait fragile et désemparé :

« Que ferez-vous à présent, Excellence ?

— Si messieurs les Anglais me laissent au milieu du troupeau, je resterai ; s'ils m'obligent à quitter mon diocèse, il faudra bien céder à la force. Je ne veux pas me brouiller avec eux.

— Est-ce vrai qu'ils ensevelissent leurs morts dans le cimetière catholique ? demandai-je.

— C'est exact, madame de Beaubassin. Je ne peux pas les en empêcher, alors je le tolère. »

Je reconnaissais bien notre évêque dans cette attitude conciliatrice. Il ferait en sorte de ne déplaire à personne. En attendant de savoir quel sort lui réserveraient les conquérants, il nous annonça son intention de séjourner temporairement au séminaire de Saint-Sulpice de Montréal.

« Vous avez raison, approuva Geneviève. S'il n'en tient qu'à moi, je ne remettrai pas les pieds à Québec avant longtemps. »

Moi, au contraire, j'avais hâte de regagner la capitale. Après ce long enfermement à Sainte-Anne-de-la-Pérade, je rêvais de retrouver ma maison de la rue des Jardins. J'allais le claironner quand mon élan se trouva brusquement interrompu par un bruit de piétinement de chevaux. L'équipage du sieur Bigot venait de franchir la grille. Il s'arrêta devant le manoir. À travers les murs, je reconnus la voix tonitruante de l'intendant – il donnait des ordres à ses gens –, puis son pas lourd qui grimpait les marches.

Je profitai des embrassades et des baisemains pour faire mes recommandations à Pierre dans le creux de l'oreille. Depuis son arrivée, il prenait un malin plaisir à traiter Bigot de tous les noms : parasite, retors, pansu débauché, fripon… Je suppliai mon gentil mari de lui relâcher la bride. Il me promit de mesurer ses paroles à condition que l'intendant ne se dévergonde pas. Cela ne risquait pas de se produire. En présence de monseigneur de Pontbriand, le salon de mon cousin Tarieu ne se métamorphoserait pas en tripot et personne ne roulerait sous la table.

Pour autant, nous n'étions pas à l'abri des algarades. À peine avions-nous pris nos places dans la salle à manger, et avant même que la fricassée de tourterelles à la crème et à l'ail atterrisse sur la nappe dans un magnifique plat de porcelaine blanc à rayures rouge foncé, que les choses se gâtèrent. N'en déplaise à Pierre, les indélicatesses ne vinrent pas de l'intendant Bigot mais plutôt du gouverneur. Vaudreuil entreprit de faire le procès du général Montcalm dont l'ambition démesurée, martela-t-il, avait conduit Québec à sa perte. Sans que personne lui ait demandé de justifier son accusation – au contraire, nous implorions le Ciel qu'il s'en abstînt –, il se lança dans une longue diatribe qui me coupa l'appétit. Je vidai mon verre de vin en espérant qu'un des convives ait la brillante idée de l'interrompre pour aborder un sujet moins explosif. Hélas! Vaudreuil mena sa charge à fond de train dans un silence embarrassé. Au bout d'un moment, Geneviève se redressa. Je la sentais à un cheveu d'éclater. Combien d'efforts lui en coûta-t-il pour réprimer un emportement qui eût paru déplacé à Tarieu? Elle se contenta de rappeler le gouverneur à l'ordre d'un ton ferme:

« De grâce, marquis, laissez les morts dormir en paix! »

Oh! me dis-je, de plus en plus anxieuse, nous sommes dans un joli pétrin. Tarieu aurait dû invoquer n'importe quel prétexte pour ne pas recevoir Vaudreuil à dîner. Ce dernier était assis en face de moi, entre l'intendant Bigot et Marie-Anne. À un bout de la table, Tarieu présidait; à l'autre, monseigneur de Pontbriand. Nous avions placé Geneviève à côté de l'évêque, de biais avec le gouverneur. Enfin, à ma droite, mon coureur des bois de mari, pour qui cette soirée était un pensum, comme il me le rappela en aparté.

Sans se laisser distraire par la mise en garde de Geneviève, Vaudreuil continua sa tirade. Naturellement, il s'attribua le beau rôle. À Beauport, le 13 au matin, lui seul avait prédit le désastre. Montcalm, souligna-t-il avec force, avait accumulé les erreurs de jugement. Le doré au fenouil accompagné de choux-fleurs au beurre fit son apparition sur la table. Y touchant à peine, le gouverneur se contenta d'aspirer une gorgée de vin avant d'égrener ses méchancetés. Il avait supplié Montcalm de patienter une heure, deux tout au plus, afin de laisser à Bougainville le temps d'arriver avec ses tireurs d'élite.

« Le général ne m'a pas écouté, lâcha-t-il d'un ton réprobateur. Il n'a pas attendu parce qu'il voulait vaincre seul afin de cueillir tous les lauriers. »

J'observai le visage fermé de Geneviève, tandis que le gouverneur déversait son fiel sur le dos de son amant secret avec une mauvaise foi évidente. Elle se tenait le corps raide et les poings serrés. Comme je la connaissais, elle ne laisserait pas calomnier un homme d'honneur qui n'était plus là pour se défendre. Je la savais trop fière pour causer de l'embarras à Tarieu, mais l'accusateur ne l'emporterait pas en paradis. Elle avala une bouchée de poisson, avant de poser sa fourchette et son couteau dans son assiette. Puis, elle releva le menton pour défier Vaudreuil.

« Monsieur, dit-elle d'un air offensé, le général Montcalm a donné sa vie pour notre patrie. Il mérite le respect. Nous, ses amis, ne tolérons pas que vous cherchiez à le diminuer à nos yeux.

— Chère madame, je suis au désespoir de tracer un portrait peu flatteur de lui après sa mort, mais la perte de Québec m'est trop sensible pour que j'en cache la cause. Sa haine personnelle contre moi a provoqué notre chute. Autant dire les choses comme elles sont, il me jalousait. »

Loin d'être « au désespoir », comme il le prétendait, le gouverneur paraissait satisfait de nous assener sa vérité. Si Montcalm s'attirait un concert d'éloges, insinua-t-il, c'est parce qu'il était mort au champ d'honneur. Pour autant, il ne fallait pas oublier que, de son vivant, il avait été mesquin. Donner sa vie en combattant bravement n'effaçait pas le passé.

« Depuis son arrivée en Nouvelle-France, le marquis de Montcalm n'a jamais cessé de semer la zizanie, pontifia-t-il. Il a tout fait pour que je perde la confiance des soldats, des habitants et des sauvages. La raison ? Il voulait ma place. Pour l'obtenir, il s'acharnait à me ridiculiser, à désobéir et à me diffamer.

— À vous diffamer, répéta Geneviève sans perdre son calme. N'est-ce pas exactement ce que vous faites en ce moment ? »

Le sieur Bigot tendit cavalièrement son verre pour qu'on le remplisse. Ayant fait cul sec, il se tourna vers le gouverneur et l'approuva bruyamment. Je n'en crus pas mes oreilles. Après s'être présenté comme l'ami de Montcalm, il l'accabla :

« Admettez, madame de Lanaudière, que le général s'est révélé un tacticien d'une faiblesse renversante. Au lieu d'attendre les brigadiers de Bougainville, il a lancé l'assaut tête baissée. Ses hommes, déjà épuisés par leur garde de nuit, n'avaient pas eu le temps de reprendre leur souffle. D'ailleurs, tout le monde s'entend pour dire qu'il a attaqué sans réfléchir. »

Surpris et, ma foi, ravi de compter un allié dans la pièce, Vaudreuil renchérit avec trop de vivacité. Tarieu se crispa en voyant le gouverneur faire le jars. Comme Geneviève, il trouvait déloyal d'accuser Montcalm de tous les maux dans le seul but de se mettre en valeur. Le feu de bois se mourait et il se leva pour aller brasser les bûches, tout en ruminant sa répartie. Autour de la table, il était le seul à avoir combattu à bras le corps sur les terres hautes d'Abraham. Si quelqu'un pouvait rétablir la vérité, c'était bien lui. Il n'hésita pas à contredire le gouverneur :

« Contrairement à ce que vous affirmez, le général Montcalm n'a pas agi par étourderie ou calcul ambitieux. Il a attaqué avant l'arrivée des renforts parce que tout retard aurait donné aux très nombreux soldats anglais le temps de se positionner.

— Vous, monsieur le marquis, que faisiez-vous pendant ce temps ? » enchaîna Geneviève.

Sa question n'était pas innocente. Nous savions que des miliciens accusaient le gouverneur d'avoir délibérément retenu au camp les troupes dont le général avait désespérément besoin. Vrai ou faux ? Ce matin-là, Tarieu avait vu la calèche du gouverneur déboucher en haut de la côte à la fin de l'affrontement, puis faire demi-tour pour repasser le pont de la rivière et reprendre la route de Charlesbourg. Mon cousin retourna s'asseoir, déplia sa serviette et le nargua à son tour :

« Oui, vous, monsieur le marquis, où étiez-vous quand le général Montcalm attendait du secours ? »

Vaudreuil s'en sortit par une pirouette :

« Je rassemblais le reste des détachements afin de lancer une nouvelle attaque, mais les troupes régulières françaises ont refusé de me suivre, allégua-t-il. Seuls les Canadiens ont répondu à mon appel. Quand je suis arrivé sur les hauteurs, tout était terminé. »

Je regardai Geneviève dans les yeux. Nous pensions la même chose. Le gouverneur nous servait son vieux refrain : les Français s'étaient conduits en lâches, tandis que les Canadiens avaient manifesté courage et héroïsme contre l'ennemi. À quelques nuances près, n'était-ce pas aussi la version de Tarieu quant à ce qui s'était passé le 13 septembre ?

Je m'attendais à voir mon cousin lui donner raison. Il l'attaqua plutôt sur un autre front.

« Soit. Mais une fois le général mort, vous aviez pleine autorité sur les troupes. Elles étaient sous vos ordres. Pourquoi n'avez-vous pas ordonné l'assaut le lendemain ? »

Vaudreuil avança son siège avant de s'expliquer posément. Après la défaite, il avait réuni un conseil de guerre avec l'intention d'organiser la contre-attaque. Là encore, il avait frappé un mur. Les commandants des corps d'armée, des Français pour la plupart, s'étaient prononcés à l'unanimité contre. Il haussa les épaules en signe d'impuissance. Tarieu insinua que le gouverneur avait manqué d'autorité. Bigot s'insurgea :

« Monsieur de Lanaudière, j'ai moi-même assisté à ce conseil de guerre. Comme le marquis, je souhaitais une riposte. Que voulez-vous ? Les officiers étaient abattus. Ils ont tous voté pour une retraite sur la Jacques-Cartier. Il a fallu se rendre à leur sentiment. »

L'assurance pontifiante de l'intendant exaspéra Geneviève. Elle l'ignora royalement pour mieux relancer le gouverneur :

« Tout de même, monsieur de Vaudreuil, Tarieu a raison. Vous étiez le commandant en chef. Les officiers français vous devaient obéissance. Cela me paraît invraisemblable d'avoir abandonné Québec à son sort. La situation ne pouvait pas être aussi désespérée. »

Vaudreuil réitéra sa conviction que la retraite constituait l'unique issue. Comment aurait-il pu se battre avec une armée commandée par des officiers français aussi démoralisés ? Ce faisant, il aurait compromis toute la colonie. Pour le moment, seule la ville de Québec était perdue.

« Nous étions à court de munitions, le ravitaillement devenait impossible et nous n'avions pas de charrettes pour transporter nos barils de poudre. C'est pourquoi j'ai donné l'ordre de fermer le camp de Beauport. »

Cinglant, Tarieu lança une flèche empoisonnée au gouverneur. Auparavant, il leva solennellement son verre de cristal à sa décision aussi hâtive qu'inattendue de fuir :

«Avec pour résultat que vos vaillants soldats ont déguerpi, laissant tout derrière eux: canots, tentes, provisions de bouche, artillerie et munitions. Les routes ont été le théâtre de scènes anarchiques et ô combien infamantes!»

Geneviève observait son mari, cependant qu'il évacuait ses frustrations trop longtemps contenues. À présent, elle comprenait pourquoi, depuis cette funeste journée, la nuit, en panne de sommeil, Tarieu arpentait la chambre comme un lion en cage. Dans cette guerre, au cours de laquelle il avait risqué sa vie, il avait vu le visage hideux de militaires dont l'Histoire retiendrait qu'ils s'étaient déshonorés.

«Monsieur le gouverneur, reprit-elle sans élever le ton, si je vous ai bien compris, pendant qu'à Québec le général Montcalm se vidait de son sang, son armée, dont vous aviez le commandement, fuyait à toutes jambes?»

Monseigneur de Pontbriand fronça les sourcils. Il trouvait ses hôtes franchement désobligeants. Sans les blâmer nommément, il les remit poliment à leur place:

«Mes amis, ce soir, on a beaucoup raisonné sur les événements. On condamne facilement.» Il se croisa les doigts, comme s'il priait. «Je ne me suis jamais éloigné de monsieur de Vaudreuil de plus d'une lieue. Je ne puis m'empêcher de dire qu'on a tort de lui attribuer tous nos malheurs. Certes, ce n'est pas de mon ressort, mais pour moi, seule la vérité compte.»

Au lieu de calmer les esprits, son commentaire causa un malaise. Le fantôme de Montcalm errait dans la salle à manger. Monseigneur de Pontbriand en était parfaitement conscient, puisqu'il nous promit d'ordonner des prières pour le repos de son âme. On nous servit la tarte aux poires, une spécialité de Marie-Anne, sans que l'atmosphère se détende. Pour créer une diversion, le gouverneur annonça à Pierre qu'il avait une nouvelle mission à lui confier. Cette fois, il l'envoyait à la baie de Missisquoi. En voyant le sourire épanoui de mon mari, toujours prêt à chausser ses mocassins et à passer en bandoulière son sac à plomb et sa corne à poudre pour aller rejoindre ses sauvages ripailleurs, je compris que je le perdrais de nouveau.

« Décidément, monsieur le marquis, vous n'avez pas le don de vous faire des amis », dis-je.

Tout le monde se coucha à bonne heure. Le règlement de comptes de Vaudreuil sur le dos de Montcalm et l'appui dont il avait bénéficié de la part de l'intendant et de l'évêque avaient gâché ma soirée. Dieu merci ! nos trois invités déguerpiraient tôt le lendemain. La goélette qui les conduirait à Montréal lèverait l'ancre à dix heures pile au quai des Trois-Rivières. Je me promis de ne quitter ma chambre qu'après leur départ de la seigneurie.

Une fois le manoir endormi, Geneviève s'attarda au salon. J'allais lui souhaiter bonne nuit quand elle me proposa de veiller un moment avec elle. Dévorée de curiosité pour tout ce qui la concernait, je ne me fis pas prier. Je m'étendis sur le sofa, cependant qu'elle se carrait dans le fauteuil Louis XIII devant la cheminée. Et alors que je ne l'espérais plus, elle se révéla avec une rare intensité. Pendant le dîner, les masques étaient tombés. L'acharnement du gouverneur contre Montcalm l'avait choquée, mais elle ne le lui reprochait pas. Peu lui importait le réquisitoire mesquin de Vaudreuil, elle emportait de son cher Louis-Joseph une image si parfaite ! Rien de ce que ses adversaires pouvaient inventer pour le salir n'y changerait quoi que ce soit.

« Je m'accroche à ce qui peut me consoler de son absence », me dit-elle en toute franchise.

En écoutant ses aveux, je saisis l'ampleur de son déchirement intérieur. La mort de Montcalm la dévastait plus encore que je ne pouvais l'imaginer. Elle s'y connaissait pourtant en deuils. La grande faucheuse avait emporté un à un ses nouveau-nés. N'était-ce pas la pire chose qui puisse arriver à une femme ?

« Catherine, vous avez été ma bouée de sauvetage. Jamais je ne l'oublierai. »

La disparition de Montcalm ne se comparait pas à la mort de ses petits anges. Elle lui infligeait une souffrance expiatoire impossible à soulager. Un mélange de vide insupportable et de culpabilité, parce qu'elle avait trompé Tarieu. Montcalm s'était glissé dans sa vie alors que la nature la contraignait à renoncer à la maternité. Pour oublier son désespoir de mettre au monde des enfants condamnés, elle avait cherché à s'étourdir en s'abandonnant aux plaisirs frivoles, même si son caractère répugnait à la légèreté. Dans cette société insouciante, la présence intelligente d'un homme comme Montcalm lui avait apporté douceur et réconfort. L'attention particulière qu'il lui portait flattait son orgueil. Qu'un général de son envergure s'intéressât à sa personne la renversait. Cela lui avait redonné confiance en elle.

« Je me suis laissé éblouir par ses connaissances, sa finesse d'esprit et, je l'admets, sa tendresse, reconnut-elle. Comment ne pas tomber sous le charme d'un tel séducteur ? »

Elle me jura avoir longtemps résisté à cet appel des sens. D'abord, parce qu'ils étaient tous deux mariés, un puissant frein à toute relation intime. Ensuite, elle savait que Montcalm ne faisait que passer dans sa vie. Des liens sacrés le retenaient ailleurs.

« Croyez-vous qu'il aimait encore son épouse ? lui demandai-je.

— Je pense qu'il la chérissait tendrement. Du temps où il rédigeait sa correspondance rue du Parloir, j'ai trouvé dans sa corbeille à papier le brouillon d'une lettre à la marquise. Il lui avait écrit : "Adieu, mon cœur, je vous adore et vous aime…" Si je vous le mentionne, c'est parce que je veux que vous sachiez que je suis demeurée lucide. Jamais Montcalm ne m'a fait d'accroires. »

Entre eux, les règles étaient bien établies. Ainsi était la vie et, tôt ou tard, Geneviève s'attendait à la fin de cette belle et chaleureuse « amitié amoureuse », comme elle disait maintenant, sans insister sur le mot amitié. Elle s'était résignée à le perdre un jour, mais pas si vite, pas si tragiquement ni si irrémédiablement. Elle me parla alors de leur ultime tête-à-tête. De la petite flamme dans le regard de son amant lorsqu'il l'avait vue à son chevet, comme un cadeau d'adieu. Elle s'en souviendrait jusqu'à son dernier souffle.

«Ses paroles me hantent, ajouta-t-elle tout bas. Il s'est demandé s'il aurait eu le courage de me quitter, eût-il vécu.» Ses yeux se remplirent d'eau. «Je ne le saurai jamais.»

Comment supporter de ne plus jamais le revoir? Lui vivant, même au bout du monde, elle aurait pu s'en accommoder. Ah les feux de l'imagination! Elle aurait cultivé le fantasme de leurs retrouvailles. Peut-être serait-il revenu à Québec en pèlerinage? Ou, plus sûrement, elle aurait traversé en France. Ne les avait-il pas invités, Tarieu et elle, à visiter son château de Saint-Véran? Sa mort absurde, inutile, tuait le rêve. Elle murmura:

«Désormais, son beau visage me poursuit. Je n'arrive pas à me le sortir de la tête.»

Le plus dur? Surmonter son chagrin et ravaler ses larmes. Ne pas pouvoir partager ses souvenirs avec Tarieu. Feindre le détachement, alors qu'en réalité elle luttait contre l'irrépressible désir de crier sa douleur sur tous les toits. Telle était sa punition pour avoir aimé un homme qui n'était pas son mari. Elle était condamnée à cacher sa peine. Elle pouvait paraître triste – qui ne l'était pas? –, mais elle n'avait pas le droit de vivre son deuil, encore moins de le porter devant les autres.

«Chaque fois que j'entends sauter un bouchon, je pense à notre dernier dîner, chez lui, rue des Remparts. Il m'avait fait goûter à son meilleur vin.» Elle s'arrêta, avala sa salive et reprit: «Je me souviens de chaque seconde de cet ultime rendez-vous.»

Cette douce évocation, comme tant d'autres, elle n'avait personne avec qui la partager.

«Mais je suis là, protestai-je, un peu triste de ne pas compter à ses yeux.

— Excusez-moi, Catherine. Si je ne vous avais pas, je deviendrais folle.»

Alors, comme si elle n'attendait qu'un mot de moi, elle replongea dans ce passé encore tout frais. J'eus droit au récit complet de sa dernière soirée chez Montcalm, tel que je l'ai racontée précédemment. M'a-t-elle tout confié? J'en doute. Une chose est certaine, cela la soulagea de briser le silence qui l'écrasait. Brusquement – elle en arrivait au moment où, le vin commençant à produire son effet, Montcalm, de plus en plus amoureux, lui avait offert une rose –, elle se redressa et me fixa de ses yeux verts langoureux et dit d'une voix tremblante :

« Je me livre à vous pour ne pas exploser devant...

— ... devant Tarieu ?

— Oui, Tarieu. Parce que je l'aime aussi. »

Elle me jura qu'elle avait toujours aimé son mari. Qu'elle l'aimait encore ! Son affection pour le marquis n'entachait en rien ses dix-sept années d'amour conjugal. Son union avec Tarieu demeurait l'axe immuable de sa vie. Cependant, elle ne pouvait pas lui confier sa peine.

« Parce qu'il en crèverait de jalousie ? avançai-je.

— Il ne comprendrait pas. »

Sur ce point, je lui donnai raison. Jamais Tarieu n'accepterait d'apprendre de sa bouche qu'il l'avait partagée avec Montcalm. Ni Geneviève ni moi n'avions oublié la désolante scène qu'il lui avait infligée à cause de ma lettre anonyme. Trois mots pour lui recommander de surveiller sa femme. Il s'était montré furieusement jaloux. Je peux me tromper, mais je pense que Geneviève s'est méprise sur le sens à donner à sa colère. Plus que son cœur blessé, c'est son orgueil offensé qui l'avait poussé à l'invectiver. Pour ne pas semer la méfiance dans l'esprit de mon amie, je n'abordai pas le sujet. Je me contentai de lui demander si son mari approuvait les liens affectueux qui existaient entre Montcalm et elle. Sans marquer la moindre hésitation, elle se lança dans une explication confuse.

« Cela vous étonnera, mais Tarieu le considérait comme son ami. Il savait qu'une relation aussi précieuse ne se refuse pas. »

Je pensai tout de suite : si Tarieu avait souvent fermé les yeux dans les derniers temps, s'il avait offert son cabinet de travail à son rival, c'est qu'il avait lui-même des choses à cacher. Je ne pus réprimer une moue dubitative en entendant Geneviève vanter l'ouverture d'esprit de son mari. Là encore, elle se trompa sur le sens de mon scepticisme.

« Vous doutez de mon amour pour lui ?

— Je vous l'ai déjà dit : une femme peut aimer deux hommes à la fois, la rassurai-je. Mais ce double amour la fera atrocement souffrir.

— Ô comme vous avez raison ! »

Dans l'âtre, le feu avait cessé de brûler. Elle se leva et m'attira vers elle pour me serrer dans ses bras. J'avais retrouvé mon amie perdue. Je sus alors, ma chère Élisabeth, que Geneviève me resterait fidèle jusqu'à la fin de sa vie. Je pris les mouchettes pour éteindre les chandelles et, un bougeoir à la main, je montai à l'étage voir si Donoma dormait bien. Sa petite tête creusait l'oreiller moelleux, on aurait dit un chérubin. Je déposai un baiser sur son front et refermai la porte de sa chambre, avant d'aller rejoindre Pierre dans notre grand lit.

Élisabeth, au moment de vous envoyer ce cahier, j'éprouve une profonde tristesse. Jamais avant ce jour je n'avais aussi bien senti la détresse de votre grand-mère. J'ai partagé avec vous les bonheurs nés de sa passion amoureuse, comme les tourments qui en ont accompagné la fin tragique. Mon récit s'appuie sur ses confidences obtenues après les événements et sur des témoignages glanés dans mon entourage.

Je ne m'attends pas à ce que vous approuviez la conduite de Geneviève. Vous verrez les choses autrement lorsque vous aurez vous-même connu le grand amour, celui qui enflamme le cœur et fait perdre la tête.

Très chère Catherine,

J'ai lu et relu votre dernier cahier. Vous n'imaginez pas les émotions qui m'ont envahie quand j'ai retrouvé Geneviève plongée dans la détresse. Quelle fabuleuse histoire d'amour elle a vécue avec le général Montcalm !

Mon grand-père Tarieu a-t-il fini par acquérir la preuve irréfutable que sa femme s'était consolée dans les bras d'un autre ? Parlez-moi de lui. Il avait beau avoir un caractère exécrable, l'écart de conduite de Geneviève ne pouvait que délencher sa fureur jalouse. Ne lui a-t-il jamais pardonné ? Et elle, comment aurait-elle pu lui dire qu'elle regrettait le passé sans trahir Montcalm ? Cruel dilemme ! Me reste l'espoir que le temps ait arrangé les choses. Vos dernières pages le laissent présager.

Autant vous l'avouer, j'ai fait sortir papa de ses gonds en l'interrogeant à propos des heurts entre ses parents. Selon lui, une jeune fille de bonne famille ne doit pas se mêler de ces choses-là. Réaction qui, bien entendu, allume ma curiosité. Je le sens réticent à me parler de son père, sinon pour me dire qu'ils ne s'entendaient pas, sauf le temps d'une partie de chasse.

Autre point délicat, cela m'a attristée de voir que la belle harmonie entre Geneviève, Marie-Anne et vous, les « trois fleurs du même bouquet », comme vous me l'écriviez plus tôt, n'a pas survécu à la tragédie qui a touché la Nouvelle-France. Vos deux amies ont-elles fini par faire la paix.

Pendant ce temps, l'étau se resserrait autour du Canada. Mon manuel d'histoire de la Nouvelle-France présente le successeur du général Montcalm, le chevalier de Lévis, comme le seul homme capable de sauver le pays des Anglais. J'ai hâte de savoir si le gouverneur Vaudreuil s'est montré plus respectueux de lui que de son prédécesseur.

Voilà qui devrait vous occuper encore quelque temps. J'ose espérer que vous aurez le cœur et l'énergie de continuer.

Avec toute mon affection,
Votre Élisabeth

Septième cahier

Automne 1759 — été 1760

Le nouveau sauveur de la colonie

Ah! ce cher Tarieu! Il en a fait voir de toutes les couleurs à sa femme. On vous a bien renseignée, sa nature profonde le portait à des changements d'humeur subits et Geneviève ne savait jamais sur quel pied danser avec lui. Après plusieurs semaines de sérénité, il monta de nouveau sur ses ergots. À l'évidence, sa jalousie rampante n'attendait que le moment d'éclater. L'occasion se présenta un jour exceptionnellement doux de l'automne 1759. La veille, le chevalier de Lévis avait annoncé sa venue au manoir de La Pérade. Il souhaitait rencontrer madame de Lanaudière et cela avait intrigué Tarieu. Que diable! voulait le nouveau général à sa femme? Il aurait volontiers remis à plus tard sa partie de chasse, mais Petit Louis insista pour l'amener en forêt. Comme votre père vous l'a confié, fusil en bandoulière, ils s'entendaient comme larrons en foire. Ils partirent donc à l'aube et passèrent la journée tapis dans leur cachette, prêts à tirer sur une proie.

Geneviève espérait la visite de Lévis depuis un certain temps. Désireuse de s'entretenir en tête-à-tête avec lui, elle descendit l'attendre dans le parterre où les fleurs fanées achevaient de sécher. Le soleil d'octobre inondait les allées envahies de feuilles mortes. Par ce ciel clément, qui aurait pu croire que les premières gelées seraient précoces? Dans les arbres, les pommettes trop mûres ne tenaient plus qu'à un fil. Des centaines de fruits flétris gisaient au sol. Le jardinier poussa sa charrette jusqu'au verger avec l'intention de les ramasser avant qu'ils pourrissent tout à fait. Geneviève lui demanda de repasser plus tard. Elle voulait être seule.

À deux heures, François de Lévis descendit de cheval. Geneviève nota qu'il avait pris un léger embonpoint. Son début de calvitie s'était accentué, laissant son front plus dégarni. Sur sa physionomie expressive, elle lut le contentement. À l'évidence, cette démarche ne lui pesait pas, même s'il occupait désormais les prestigieuses fonctions de commandant en chef des troupes françaises régulières. Comme son prédécesseur, il était originaire du Midi, mais là s'arrêtait la ressemblance. Autant Montcalm possédait le tempérament nerveux et enflammé des Méridionaux, autant Lévis surprenait par son flegme et sa modération. Bien qu'aussi ambitieux, il n'entretenait pas, comme lui, des rapports discourtois avec le gouverneur.

« Général, quel plaisir de vous recevoir ! dit Geneviève en s'avançant vers lui.

— Mes hommages, madame de Lanaudière, s'inclina-t-il. Je viens de la part du marquis de Montcalm. Dans ses dernières volontés, il m'a chargé de vous remettre ces lettres. »

Il sortit de sa sacoche de cuir un petit paquet bien ficelé. Ayant reconnu sa propre écriture fine et penchée, elle s'empara de la liasse en y mettant un peu trop de précipitation.

« Je vous remercie, dit-elle en s'efforçant de paraître naturelle. C'est très aimable de vous être déplacé. » Elle hésita avant de poser la question qui la brûlait : « Le gouverneur Vaudreuil a-t-il pris connaissance de ces papiers ? »

Lévis remarqua son appréhension.

« Absolument pas. Je suis le seul à les avoir vus et je me suis assuré que personne d'autre n'y ait accès. »

Geneviève en fut soulagée et le gratifia d'un sourire chaleureux. Elle n'aurait pas aimé que le contenu de ses missives soit révélé au grand jour. Lévis songea à lui dévoiler les dessous de l'affaire, mais décida finalement de s'abstenir. Nous apprîmes plus tard que le marquis de Vaudreuil avait fait apposer les scellés sur les coffres et valises du général. Il avait ensuite avisé Lévis qu'il l'attendrait avant de briser les cachets afin qu'ensemble ils parcourent sa correspondance. Jugeant sa requête contraire aux dernières volontés de Montcalm, l'exécuteur testamentaire avait refusé poliment mais fermement. Ces papiers ne concernaient pas la colonie et, par conséquent, ils ne seraient pas divulgués. Pour s'en assurer, Lévis avait placé un garde.

Geneviève prit le bras de son visiteur pour l'entraîner jusqu'à la véranda, où elle avait déposé le coffret contenant des documents ayant appartenu à Montcalm.

«J'ai, moi aussi, à vous rendre des copies de lettres du marquis adressées à différentes personnes, dit-elle. Le capitaine Marcel me les avait apportées à l'hôpital au début de l'été.

— Je sais, il m'a prévenu.

— Alors, nous sommes quittes, ajouta-t-elle sans le quitter des yeux. Êtes-vous pressé, général ? Voulez-vous marcher un peu avec moi dans l'allée ? Il fait si beau aujourd'hui.

— Volontiers, madame de Lanaudière. Vous me pardonnerez d'avoir tardé à vous rendre visite, enchaîna-t-il. Outre le chagrin d'avoir perdu un ami, son décès a décuplé mes responsabilités.

— On dit beaucoup de mal du marquis de Montcalm, ces temps-ci, ne trouvez-vous pas ?

— Les grands généraux sont malheureusement jugés par leurs défaites. Celles-ci font oublier leurs victoires.

— Nous assistons à une véritable chasse aux coupables, déplora-t-elle. Mon oncle Roch de Ramezay aurait jeté l'éponge trop hâtivement, le colonel Bougainville se serait évaporé dans la nature, le marquis de Vaudreuil aurait manqué d'autorité. C'est encore le général Montcalm qu'on critique le plus sévèrement. Pourtant, il a défendu la Nouvelle-France au prix de sa vie.»

Lévis en convint, leur entourage se montrait sans pitié à l'égard de son prédécesseur. À commencer par le gouverneur, qui le décrivait comme un tacticien d'une désolante faiblesse et l'accusait d'avoir agi sans réfléchir.

«Est-ce aussi ce que vous croyez ?» s'enquit Geneviève.

Discret de nature, le chevalier de Lévis ne partageait pas facilement ses impressions avec autrui. Dans son for intérieur, il ne rejetait pas tous les torts sur Vaudreuil. Peut-être même voyait-il en Montcalm un stratège trop impétueux et exagérément pessimiste. Le conflit opposant le gouverneur et le général, deux hommes qui se méprisaient, avait probablement amené Montcalm à lancer l'attaque précipitamment, le 13 septembre. Au cours des mois ayant précédé l'assaut des Anglais, leur différend avait pris des proportions démesurées. Depuis la chute de Québec, Vaudreuil ne ratait jamais une occasion de nous rappeler la réplique imprudente que lui avait servie le général pour lui démontrer l'inutilité de renforcer la défense à l'anse au Foulon : « Il ne faut pas croire que nos ennemis ont des ailes », avait dit Montcalm en ricanant. De là à conclure que la ville était tombée à cause de l'entêtement de l'un ou de la jalousie de l'autre, il y avait un pas que Lévis refusait de franchir. Il s'était tenu à l'écart de ce détestable duel, il ne l'alimenterait pas à présent. Après s'être alloué un temps de réflexion, il affirma :

« On reproche au marquis de Montcalm sa précipitation, je sais. Je dois à sa mémoire de dire qu'il a cru ne pas pouvoir agir mieux. »

Fin diplomate, il ne critiqua pas davantage le lieutenant Ramezay devant sa nièce Geneviève, même si sa reddition de Québec, hâtive et sans combat, l'avait ulcéré. Lévis trouvait franchement inconcevable que l'on eût capitulé, alors que la ville n'était ni attaquée ni investie. S'il garda ses impressions pour lui, il ne réussit pas à cacher son embarras.

« Je vois, dit Geneviève, vous préférez ne condamner personne. »

Il esquissa un geste d'impuissance. S'il fallait désavouer tous ceux qui avaient commis des fautes, il en aurait eu pour des heures. Il désapprouvait la conduite de Vergor à l'anse au Foulon et questionnait celle non moins louche de Cugnet, le présumé informateur du général Wolfe ; les deux officiers faisaient d'ailleurs l'objet d'une enquête. Il soupçonnait aussi trois pilotes canadiens de trahison. Sans leur aide, la flotte anglaise n'aurait jamais pu se faufiler dans les méandres marécageux du Saint-Laurent réputé infranchissable à cause de ses récifs et de ses hauts fonds. Il fallait en connaître parfaitement les profondeurs pour guider à l'estime un navire amiral, autrement dit sans compas ni cartes, dans l'étroit chenal en face du cap Tourmente. Il y avait lieu de se demander si ces marins avaient collaboré avec l'ennemi de plein gré.

Ou si on les avait forcés à choisir entre la déportation et la remontée du fleuve jusqu'au cap Diamant à bord d'un bâtiment anglais. Cela restait à vérifier.

« Certes, de graves erreurs ont été commises, concéda-t-il. Mais à qui les imputer ?

— On prétend que si vous aviez été aux commandes à la place du général Montcalm, l'armée française aurait écrasé les Anglais », avança-t-elle en le fixant de ses prunelles ardentes.

La plupart des officiers croyaient en effet que Lévis aurait triomphé sur les hauteurs d'Abraham. Cela flattait l'orgueil de ce dernier. Une chose était certaine, il ne leur aurait pas livré Québec sur un plateau d'argent.

« Je regretterai toute ma vie d'avoir été rappelé dans la capitale quand tout a été fini. »

Il devait être six heures du matin lorsqu'un courrier du marquis de Vaudreuil l'avait rejoint à Montréal pour lui annoncer la blessure mortelle de Montcalm. Le gouverneur l'avisait que cette malheureuse perte l'avait forcé à abandonner Québec et à se retirer à la rivière Jacques-Cartier avec les débris de ses troupes. Il avait ordonné à Lévis de venir prendre le commandement le plus rapidement possible.

« J'ai quitté la métropole à la hâte. Quatorze heures après, malgré les routes inondées, j'arrivais au campement. »

En chemin, il avait croisé des dizaines de soldats français en déroute. Une tache qui souillait l'armée tout entière. D'où sa colère, la plus homérique de sa vie.

« Je n'ai jamais rien vu d'aussi affligeant, admit-il. On avait malencontreusement distribué de l'eau-de-vie aux soldats. Ivres, ils avaient tout abandonné à Beauport, même leurs marmites. J'ai dû faire arrêter nombre de fuyards.

— J'imagine que ce n'était pas le comportement que vous attendiez de vos troupes.

— Vous avez raison. Notre campagne devait s'achever dans la gloire quand tout a basculé. J'en suis encore blanc de rage. »

Pour mettre fin au désordre, il avait alors décidé de foncer sur Québec avec son armée afin d'empêcher les Anglais d'y passer l'hiver. Vaudreuil avait approuvé son plan.

« À mon arrivée dans la capitale, le drapeau blanc flottait déjà dans le ciel.

— Et maintenant, général, avez-vous perdu tout espoir de reprendre bientôt Québec ? » s'enquit Geneviève.

Il fit signe que non. La capitale était assiégée, mais la France pouvait encore conserver la Nouvelle-France. À condition que le roi n'oublie pas ses sujets canadiens.

« Versailles ne peut plus se dispenser de nous expédier du secours, l'assura-t-il. Sinon, la misère nous obligera à nous rendre. Sans aucune ressource, notre courage serait bien inutile. Je suis tout surpris que nous existions encore. Il va falloir agir rapidement.

— N'est-ce pas prématuré d'enrégimenter de nouveau les hommes ? voulut-elle savoir. Le pays n'a-t-il pas besoin de souffler un peu ? de panser ses blessures ?

— Je pense au contraire que tout retard serait fatal. Il vaut mieux ne pas attendre que les Anglais reçoivent du renfort.

— Vos troupes vous suivront-elles ? On les dit démoralisées.

— Mes soldats me serviront loyalement, comme ils ont servi le général Montcalm.

— Vous l'aimiez beaucoup, n'est-ce pas ? risqua Geneviève. Il vous le rendait bien. Votre amitié lui était précieuse. Il a toujours eu la plus haute estime pour votre talent et vos capacités. »

Lévis sourit vaguement en regardant devant lui. Puis, ses yeux se détachèrent de l'horizon pour se fixer sur Geneviève :

« Il me parlait souvent de vous. De la rue du Parloir où il a passé de si belles heures en votre compagnie. De vos lectures, des conseils que vous lui prodiguiez. »

Geneviève leva les yeux au ciel. Lévis lui accordait trop d'importance. C'est Montcalm qui veillait sur elle. Mais elle se garda bien de le contredire, car ses bonnes paroles la réconfortaient.

« À mon retour à Québec, j'irai me recueillir sur sa tombe à la chapelle des Ursulines.

— Attendez avant de regagner la capitale, je vous en prie, lui recommanda-t-il. Les troupes britanniques logent au Palais de l'intendant et occupent nos casernes. On trouve des soldats partout, même chez les habitants. Cela ne durera pas éternellement, je vous le promets. »

Sur cette promesse, le chevalier de Lévis prit congé. Il avait rendez-vous au poste de commandement pour négocier l'échange des prisonniers. Un Anglais contre un Français. Après son départ, Geneviève monta à sa chambre et enfouit ses lettres au fond d'un tiroir.

À la tombée du jour, Tarieu et Petit Louis revinrent de la chasse avec un maigre gibier. Ils posèrent dans la remise leurs mousquets de calibre 1728, ceux-là mêmes qu'ils avaient chargés et rechargés sur les hauteurs d'Abraham. Après avoir retiré leurs vestes, enlevé leurs bottes et fait un brin de toilette, ils se présentèrent à table. Geneviève s'était déjà retirée à cause d'un mal de tête. Déçu de ne rien apprendre de sa rencontre avec Lévis, son mari avala son souper en vitesse et disparut à l'étage.

Que se passa-t-il exactement entre les quatre murs de leur chambre ? Une violente scène de ménage meubla le silence de la maison. La voix rauque de Tarieu enterrait celle plus claire de Geneviève. En bas, Petit Louis bondit. Ses parents s'exprimaient avec trop de vivacité pour qu'il s'agisse d'un malentendu anodin. Il se tourna vers moi, en quête d'une explication. Je n'en avais aucune à lui fournir. Il attrapa sa vareuse et sortit en claquant la porte. Dehors, un vent d'automne soufflait. Peu lui importait.

Seule au rez-de-chaussée, je tendis l'oreille pour saisir la nature de leur altercation. Ce ne fut pas sorcier à comprendre. Sur un ton faussement indifférent, Tarieu voulut d'abord connaître la raison de la visite du chevalier de Lévis. Geneviève l'exposa franchement. Son mari s'étonna que le marquis de Montcalm lui ait remis ses papiers personnels. Pourquoi à elle? N'avait-il pas, dans sa garde rapprochée, un collaborateur fiable? Elle haussa les épaules. Il réclama impérativement les lettres que Montcalm lui avait écrites, car il était convaincu qu'elle les avait conservées. Elle refusa sèchement.

« Je vous en prie, Tarieu, fit-elle, indignée. Cela ne vous regarde pas.

— Je suis votre mari », protesta-t-il d'une voix qui sonnait comme un avertissement.

Elle se montra intraitable et il explosa. Les récriminations fusèrent, cependant qu'il fouillait la commode. Elle se précipita pour l'en empêcher, mais il la repoussa violemment. Au bout de quelques minutes, et alors que, pétrifiée, elle restait debout derrière lui, il tomba sur le coffret bleu renfermant ses trésors. Il en déversa le contenu sur le dessus du meuble. Le petit tomahawk que Montcalm avait rapporté de Chouagan atterrit en premier. Tarieu se souvint de s'être mis en rogne en le voyant dans les mains de Geneviève. Elle avait prétendu qu'il m'appartenait. Leurs yeux se rencontrèrent, mais ni l'un ni l'autre ne desserra les dents. Il s'empara ensuite d'un livre à la reliure usée et l'ouvrit. Le titre lui sauta au visage: *Le fils naturel* de Diderot. À la page de garde, il lut *ex-libris* et reconnut la griffe de Montcalm. Puis, il découvrit une rose séchée glissée à la fin d'un chapitre. Par chance, il ne sut jamais qu'elle avait été offerte à sa femme lors de leur dîner intime, rue des Remparts. Une feuille de papier fin tomba par terre. Il la ramassa et s'arrêta aux deux lignes écrites sans ratures: *Adieu, mon cœur, je vous adore et vous aime.*

Sa découverte le stupéfia. Partagé entre le besoin d'entendre Geneviève reconnaître sa faute et les répercussions graves de cet aveu, il se figea soudain. Comment aurait-il pu savoir que les mots qui le heurtaient comme la lame d'un couteau ne s'adressaient pas à elle mais à la marquise de Montcalm? Il chiffonna la feuille et la lui lança en boule. Geneviève aurait voulu lui dire que cette preuve d'amour ne lui était pas destinée, mais alors il aurait fallu lui expliquer pourquoi elle la conservait précieusement. Ses lèvres se mirent à trembler. Elle se trouva incapable de se justifier, sinon pour murmurer qu'on ne traitait pas ainsi une honnête femme.

« Ah ! ma chère, votre honnêteté ne m'impressionne pas ! Savez-vous au moins ce que ce mot signifie ? » On aurait pu penser qu'il s'écoutait parler. « Vous voulez me faire croire qu'il n'y a rien eu entre lui et vous ? Dans ce cas, il eût mieux valu ne pas conserver des traces de votre liaison coupable.

— Puisque je vous assure qu'il ne s'est rien passé d'irréparable. »

Rien d'irréparable ? Tarieu blêmit en songeant aux conséquences fâcheuses qui auraient pu en découler, si des témoins les avaient pris sur le fait. Sa femme ne se souciait peut-être pas de sa réputation compromise, mais il en allait autrement de lui.

« Je vous avais prévenue, rétorqua-t-il, menaçant. Jamais je ne passerai l'éponge sur cette humiliation. Votre folie aurait pu entacher mon honneur. »

Tarieu pivota sur ses talons et, avant de perdre totalement son sang-froid, quitta la pièce. Le lendemain, il plia bagage en prétextant des affaires urgentes à régler. Il ne réapparut pas pendant des semaines, sinon quelques heures de temps à autre. Afin de ne pas se retrouver à dormir avec sa femme, il s'inventait des raisons pour s'éclipser avant la nuit. Les premiers temps, Geneviève parut sonnée. Coup sur coup, elle avait perdu les deux hommes de sa vie. Si l'un avait disparu à jamais, elle ne voyait pas comment elle pourrait se réconcilier avec l'autre. Quel gâchis !

Élisabeth, je vous en supplie, ne parlez pas de cette crise à votre père. Cela pourrait l'indisposer de savoir que je vous livre les secrets d'alcôve de ses parents. Il aurait raison de me gronder. Ce qui se passe entre les murs d'une chambre à coucher ne regarde personne.

L'année 1760 commença sur cette note peu encourageante. Nous reportâmes notre retour à Québec par obligation et non par choix. Le général écossais James Murray, notre nouveau pape, avait ordonné l'évacuation de la capitale. Les rares citadins restés sur place malgré la consigne souffraient les affres d'une occupation étrangère. La faim les tourmentait, le froid plus encore. À court de bois de chauffage, ils brûlaient les meubles trouvés dans les maisons abandonnées par leurs habitants.

C'est à Sainte-Anne-de-la-Pérade, sur la place de l'église, que nous eûmes l'infamante obligation de prêter serment de fidélité au roi des Anglais : *Je jure solennellement en la présence du Dieu tout-puissant que je ne prendrai pas les armes contre George le deuxième...*

Vous n'imaginez pas comme l'atmosphère était pesante au manoir. Depuis leur prise de bec, Marie-Anne et Geneviève s'ignoraient respectueusement. Si l'une s'assoyait au salon, l'autre quittait la pièce. Fini les parties de trictrac au cours desquelles nous nous bidonnions. Les deux belles-sœurs consentaient à partager leurs repas avec moi, mais ma cousine se levait de table plutôt que de demander à Geneviève de lui passer le pain. Exaspérée de vivre en moniale condamnée au silence, je pris Marie-Anne à part et lui servis un ultimatum :

« Si vous ne réglez pas vite cette fâcherie qui ne vous rapporte rien, sinon de la tristesse, je retourne vivre chez ma mère. »

Je m'attendais à ce qu'elle m'envoie promener. Au contraire, elle me donna raison.

« Je suis désolée de vous causer ce malaise. Mais je ne sais pas comment y mettre fin.

— La franchise est votre meilleur atout. Dites à Geneviève que l'été dernier vous passiez souvent la nuit avec Bougainville à Lorette. Le 12 septembre, vous ignoriez à quel point l'heure était grave. L'eussiez-vous su, assurez-la que vous ne seriez pas restée une minute de plus chez les de Vienne. »

Elle me promit d'y réfléchir. Je crus sincèrement l'avoir convaincue de s'expliquer. Ce soir-là, Geneviève mit les couverts comme d'habitude, car presque tous nos domestiques avaient déserté. Ignorant sa présence dans la cuisine, Marie-Anne garda les yeux rivés sur le plat qu'elle préparait. Nous nous attablâmes en silence et je commençai à désespérer. Soudain, ma cousine se gratta le fond de la gorge et dit d'une voix grave :

« Geneviève, j'ai à vous parler. »

Le visage impassible, presque menaçant, celle-ci leva le nez de son assiette. Je me sentis de trop dans la pièce. Je repoussai ma chaise, prête à m'esquiver.

— Je vous laisse, fis-je en me levant.

— Non, restez, Catherine, m'arrêta Marie-Anne. Je vous dois des excuses à toutes les deux. » Elle marqua une pause, puis se lança : « Contrairement à ce que je vous ai laissé croire, je n'ai pas passé la nuit du 12 au 13 septembre avec Bougainville. »

Son aveu m'intrigua autant qu'il m'embarrassa.

« Mais où étiez-vous ? Je m'en souviens, vous n'êtes pas rentrée au manoir.

— Vous avez raison, j'étais bien à la Canardière. J'étais arrivée à l'improviste et j'ai trouvé Louis-Antoine dans les bras d'Antoinette de Vienne, que je croyais mon amie. »

Il n'y avait pas eu d'explication orageuse entre eux, Marie-Anne n'aurait pas supporté de s'offrir en spectacle. Elle n'éprouvait aucun ressentiment à l'égard de Bougainville, mais leur rupture était définitive. Je réclamai des précisions qu'elle ne sembla pas pressée de nous fournir :

« Pourquoi nous avoir menti ? insistai-je. C'eut été si simple de rassurer Geneviève, qui vous croyait au lit avec lui, alors que Montcalm désespérait de le voir arriver sur les hauteurs d'Abraham.

— Orgueil, lâcheté, appelez cela comme vous voudrez. » Elle se tourna vers Geneviève, pour implorer sa clémence. « Le soir de notre explication, vous n'avez pas voulu croire Tarieu, qui vous disait pourtant la vérité : Bougainville était bel et bien avec Antoinette. Vous m'avez suivie dans ma chambre pour m'affronter. Je me sentais si humiliée ! Je n'ai pas réfléchi. Ce n'est pas facile d'admettre qu'on a été remplacée, alors j'ai préféré prendre le blâme. C'est bête, j'avais honte. »

Je lus sur le visage de Geneviève un mélange de soulagement et de déception. Marie-Anne lui avait caché la vérité par vanité. Elle avait compromis leur amitié tout bêtement parce qu'elle ne voulait pas passer pour une femme que l'on avait quittée. Ma cousine lui fit comprendre à demi-mot qu'elle ne souhaitait pas prolonger cette discussion. Geneviève n'insista pas. À compter de ce jour, nous évitâmes de prononcer le nom de Bougainville devant elle. En revanche, je pouvais désormais les laisser seules sans craindre qu'elles ne se donnent des coups de griffe.

Les glaces lâchèrent à la mi-avril. Peu après, une partie de l'armée de Lévis descendit le fleuve en bateau. L'espoir nous gagna tout à fait quand le reste de ses troupes passa à pied devant le manoir. Quelle consolation de voir ces milliers de soldats se diriger vers Québec ! Lévis n'avait pas oublié sa promesse à Geneviève. Nul doute, il nous vengerait. Ce n'était plus qu'une question de jours avant qu'il reprenne la capitale encore sous le joug des Anglais.

Sur les entrefaites, mon mari bénéficia d'un congé inattendu. J'en profitai pour organiser le baptême de ma jolie sauvageonne. Il eut lieu à l'église paroissiale le 20 avril. Obéissant à l'usage, les bourgeois s'attachaient leurs esclaves en leur transmettant leurs prénoms. Même si Donoma n'avait jamais été traitée comme une domestique, elle insista pour se voir attribuer le mien. Toutefois, elle voulait se faire appeler Catou et non Catherine, sous prétexte que cela sonnait mieux en langue abénaquise. Geneviève accepta d'être sa marraine, car la petite l'avait conquise. Pierre, son père naturel, joua le rôle de parrain, à défaut de reconnaître sa paternité publiquement.

Peu après la cérémonie, mon beau capitaine alla rejoindre son régiment. L'heure de la revanche approchait. La main sur le cœur, le gouverneur Vaudreuil avait assuré ses troupes qu'elles pourraient bientôt compter sur de puissants secours envoyés par la France. Cet éternel optimiste avait une autre raison de se regonfler le moral : le bruit courait que les rigueurs de l'hiver avaient décimé l'armée anglaise aux prises avec les fièvres, la dysenterie et l'abus d'alcool. Faute de viande, le scorbut avait affaibli la garnison. Les soldats britanniques ne connaissaient pas les bienfaits des infusions d'épinette tant vantées par le docteur Gaultier.

Le matin du 30 avril, je flânai au lit, la tête pleine de projets. La veille, nous avions appris qu'après trois jours d'affrontement l'armée de Lévis avait écrasé celle de Murray à Sainte-Foy. Des témoins avaient vu le drapeau français flotter au vent. Nous pouvions désormais envisager l'avenir de notre pays, même si le *Red Ensign* s'agitait encore au mât des navires amarrés au-dessus de Québec. La victoire française avait cependant coûté cher. Une trentaine d'officiers étaient morts en combattant. Dans les hôpitaux, on ne comptait plus les blessés à qui il manquait un bras ou une jambe ! Parmi nos proches, le brigadier Bourlamaque, toujours aussi malchanceux, avait eu une partie du mollet arraché et on avait évacué notre ami Lacorne de Saint-Luc sur une civière. Je savais que mon Pierre avait participé à la bataille de Sainte-Foy. Où était-il ? Vous dire comme je m'en voulais de l'avoir laissé partir sans sa capote doublée en peau de mouton ! La terre était encore couverte d'une neige printanière et la pluie tombait sans répit depuis des jours. J'imaginais mon chéri transi de froid pendant la longue marche de Neuville jusqu'à Québec. J'eus beau questionner les voyageurs de passage à Sainte-Anne, personne ne savait rien de lui ou de Charles de Boishébert qui, ce jour-là, commandait des grenadiers.

Je songeais à nos hommes dont la vie tenait à un fil, quand j'entendis frapper. Pour épargner le déplacement à la vieille Agathe percluse de rhumatismes, je dégringolai l'escalier et allai ouvrir la porte avant que la maisonnée se réveillât. Un messager apportait un pli adressé à Geneviève. Je remontai à l'étage, le billet serré dans ma main. Quelle macabre nouvelle se cachait sur la mince feuille de papier ? Je la tirai du sommeil sans manière. Elle se frotta les yeux et, avant même de passer un peignoir, décacheta l'enveloppe. Elle venait de l'Hôpital général. Madame de Boishébert lui apprenait que Petit Louis avait été blessé à la jambe.

Rien d'inquiétant, l'assurait-elle. Il recevait de bons soins et elle le veillait jour et nuit.

« Il faut que j'y aille, décida Geneviève en sautant hors du lit.

— Je vous accompagne », dis-je.

Attirée par le bruit, Marie-Anne nous avait rejointes dans la chambre de Geneviève.

« Que se passe-t-il ?

— Petit Louis a été blessé. Nous descendons à Québec. »

Marie-Anne, qui ne perdait jamais son sang-froid, fit appel à notre jugement.

« Comment réussirez-vous à vous faufiler jusqu'au faubourg Saint-Vallier ? Les routes sont infestées de soldats. Qui vous défendra contre les escarmouches ? Si par hasard vous parvenez à destination, ce qui relèverait de l'exploit, que ferez-vous au milieu des centaines de blessés ?

— Eh bien, nous les soignerons, déclara Geneviève sans se laisser démonter. J'ai l'habitude. »

Petit Louis à l'hôpital

La route menant au faubourg Saint-Vallier se trouva fort encombrée, comme l'avait prédit Marie-Anne, qui nous accompagna. Le trajet s'accomplit néanmoins sans encombre, grâce à l'ingéniosité du vieux cocher du manoir qui emprunta des chemins de traverse pour éviter les barricades, quitte à rallonger la course. Geneviève soupirait chaque fois qu'une charrette tirée par un cheval de trait nous ralentissait et moi, je pestais dès qu'un cavalier impatient soulevait devant nous un nuage de poussière. Nous arrivâmes à l'hôpital au début de l'après-midi. L'établissement, situé à bonne distance de la ville fortifiée, avait échappé cette fois encore aux canons anglais.

Quel tohu-bohu aux abords! Notre équipage franchit la grille de fer de peine et de misère. Tout paraissait à la traîne aux alentours de l'hospice. Les blessés en état de marcher allaient et venaient du corps principal aux bâtiments de ferme où s'entassaient leurs familles chassées de la capitale par l'impitoyable brigadier général James Murray. Pressée d'arriver au chevet de son fils, Geneviève nous guida jusqu'à une porte secondaire qu'elle connaissait, de manière à atteindre plus rapidement la salle des grands malades. Une vieille sœur affublée d'un nez pointu planté entre deux yeux creux nous accueillit dans une pièce chichement meublée. Sur l'unique table trônait une statue dont le plâtre s'écaillait au point de rendre le Sacré-Cœur hideux. Où était passé le crucifix jadis accroché au mur? Sa marque sur la cloison défraîchie parlait d'elle-même. Les religieuses avaient enlevé leur Jésus en croix pour ne pas contrarier les Anglais, maîtres des lieux depuis bientôt un an. J'ai dû commenter à haute voix l'état délabré du parloir, car la bonne sœur m'apostropha. Tel un perroquet, elle répéta presque mot pour mot l'admonestation de monseigneur de Pontbriand :

« Voilà où nos péchés nous ont conduits, ma petite dame. Il nous reste à espérer la clémence de notre sauveur. »

La vieille religieuse nous accompagna jusqu'au monumental escalier. Je marchais vite, de peur de croiser des malades contagieux. J'avais la hantise d'attraper le scorbut.

« L'épidémie ne sévit plus, m'assura-t-elle. Dieu a entendu nos prières.

— Le mérite n'en revient-il pas plutôt aux infusions d'épinette ? lui fit remarquer Marie-Anne. D'après mon défunt mari, ce remède accomplit des miracles.

— Nos prières aussi, ma fille.

— *Amen !* lançai-je pour me débarrasser d'elle. Ne vous dérangez pas, ma sœur, nous connaissons le chemin. »

Convaincue d'avoir affaire à une hérétique, elle se signa avant de tourner les talons. Marie-Anne leva les yeux en l'air en prenant Geneviève à témoin. Je ne changerais donc jamais ! Toujours aussi effrontée ! À l'étage, les salles étaient remplies à craquer et les draps sales s'empilaient dans les coins. Une jeune servante courait dans le couloir, un seau et une brosse à la main, cependant que les filles de cuisine ramassaient les assiettes sales des blessés étendus sur de misérables grabats. Dans une pièce minuscule, deux lieutenants français jouaient aux cartes avec leurs vis-à-vis anglais. Pour se comprendre, ils s'exprimaient en latin. Je n'allais pas rater l'occasion de sortir les seuls mots dont je connaissais le sens grâce à Montcalm.

« *Ave*, messieurs. *Adveniat regnum tuum…* »

Oui, *que votre règne arrive…* Naturellement, je le voulais français, ce règne ! Tant pis si les soldats anglais souhaitaient le contraire. Geneviève me tira par le bras. Mes impertinences de fillette écervelée ne l'amusaient plus. Autant de souffrances la ramenaient aux jours pas si lointains où elle-même s'échinait à soulager les victimes de cette guerre sans fin. Nous montâmes en silence au second étage et enfilâmes un couloir plus étroit d'où émergeaient des gémissements. La salle à gauche, habituellement réservée aux femmes, était remplie d'estropiés. Juste en face, des officiers galonnés occupaient des lits séparés par des rideaux. Petit Louis, un simple lieutenant dans le régiment de La Sarre, dormait dos au mur sur la dernière paillasse de la rangée, près d'une fenêtre. Je pensai : cela ne nuit pas d'avoir une grand-tante supérieure.

Geneviève s'approcha de sa couchette.

« Lieutenant, vous avez des visiteuses », chuchota l'hospitalière en lui touchant l'épaule.

Petit Louis se retourna. Il souleva légèrement la tête et articula d'un filet de voix :

« Maman, enfin vous êtes là ! »

Il était livide. Au premier coup d'œil, sa blessure me sembla plus grave que Madame-mère ne l'avait laissé entendre dans son pli. Geneviève blêmit en défaisant le bandage pour voir la plaie vive sur sa jambe. D'un geste pudique, Petit Louis se couvrit.

« Bof, ce n'est pas si grave, la rassura-t-il. Pensez au chevalier des Méloizes.

— Louis-François a été blessé ? m'écriai-je, car je connaissais le frère de madame Péan.

— Il a eu les deux jambes emportées. Il est mort ici, hier. »

Pauvre Angélique ! Je compatissais sincèrement au malheur de notre Pompadour. Petit Louis énuméra la liste des gentilshommes tombés sous les balles. Nous les avions croisés dans les salons sans savoir que leurs jours étaient comptés. Certains étaient revenus de Carillon ou d'Acadie tout émerveillés d'être indemnes. Leur destin avait finalement basculé à Sainte-Foy. Avaient-ils seulement réalisé que les Français avaient gagné la bataille ?

« Vous ne devinerez jamais ce qui est arrivé à un de mes camarades, dit Petit Louis en s'animant un peu. Il pleuvait des clous pendant sa dernière nuit de garde et il avait trouvé refuge dans un trou creusé par une bombe avec ses deux frères d'armes. Soudain, ayant entendu une voix, il est sorti pour aller voir qui appelait à l'aide. Une minute après, une grenade a explosé dans la cavité, tuant ses deux compagnons. »

C'était assez renversant, mais Geneviève était trop préoccupée par l'état de son fils pour se laisser distraire. Elle soumit Petit Louis à un interrogatoire minutieux. Que pensait le chirurgien Arnoux de sa blessure ? Conserverait-il l'usage de sa jambe ? La douleur l'empêchait-elle de dormir ? Il la tranquillisa.

« La plaie cicatrise vite, même si j'ai perdu beaucoup de sang. »

Ce qui le mettait en rogne ? Passer ses jours sur ce lit de misère. Impossible de fermer l'œil dans cette salle ouverte à tout vent. La bonne sœur chargée de veiller sur lui baissa la tête en l'entendant geindre. Elle fut soulagée de céder son siège à Geneviève et s'éloigna à pas feutrés. Je la rejoignis à l'écart afin d'obtenir plus de renseignements sur l'état du jeune malade. Devant mon insistance, elle finit par admettre que Petit Louis était in-sup-por-ta-ble :

« Il se plaint de tout. De sa paillasse éventée, de la soupe trop froide, du bavardage incessant qui l'empêche de dormir. Quand je refais son pansement, il beugle comme un veau.

— Il est bien jeune pour être cloué sur un lit, dis-je pour l'excuser.

— Cet enfant gâté nous donne plus de trouble que tous les blessés qui encombrent notre hospice, ajouta-t-elle en soupirant. Ses grand-tantes, sœur Saint-Alexis et sœur Sainte-Catherine, ont beaucoup de mérite, car il les tourmente du matin au soir. »

Je laissai Geneviève seule avec son fils ronchonneur pour aller avec Marie-Anne à la salle suivante dans l'espoir d'y trouver mon ami Saint-Luc.

❧

Chemin faisant, j'aperçus François de Bourlamaque debout devant une porte ouverte. Il marcha vers nous en s'appuyant sur une canne à pommeau. Sans doute nous avait-il vues arriver, car il semblait nous attendre. Marie-Anne s'enquit de sa blessure. Loin d'être superficielle, la déchirure au mollet ne l'affligerait cependant d'aucune infirmité.

« D'après le chirurgien Arnoux, je serai bientôt sur pied. Mon cheval a été moins chanceux. La pauvre bête s'est écroulée sous moi. »

L'animal appartenait à Bougainville, nous mentionna-t-il, sans savoir que ce nom faisait battre le cœur de Marie-Anne. Comme elle n'osait pas s'informer de ce dernier, je le fis à sa place :

« Le colonel est-il de retour à Québec ?

— Non, il m'a remplacé à l'île aux Noix.

— Il n'a donc pas participé à la bataille de Sainte-Foy ? Comme il a dû ronger son frein ! dit Marie-Anne, qui connaissait assez Bougainville pour deviner sa frustration d'avoir été écarté d'une aussi éclatante victoire.

— Il s'est consolé en pensant qu'au moins son cheval y était. »

Nous étions plusieurs à croire Bougainville en punition. Sa conduite, lors de l'assaut sur Québec, neuf mois plus tôt, lui avait valu de sévères blâmes. En l'expédiant au lac Champlain, ses supérieurs le sanctionnaient. J'avais appris entre les branches que Vaudreuil et Lévis avaient refusé toutes ses demandes de rappel. Bourlamaque tenta de corriger cette fausse impression :

« Le comte de Bougainville occupe là-bas un poste stratégique, précisa-t-il. Si nous perdions l'île aux Noix, les Anglais pourraient filer jusqu'à Montréal sans obstacle. Le général Lévis lui a confié ce commandement parce qu'il a confiance en lui.

— Comment va sa toux ? demanda Marie-Anne, moins indifférente qu'elle ne voulait le laisser paraître.

— Pas très bien, j'en ai peur.

— Ne me dites pas qu'il a attrapé une bronchite », se désola Marie-Anne.

Une demi-heure passa à parler des bronches obstruées de ce pauvre Bougainville. Je devais me hâter si je voulais voir Saint-Luc. Je laissai Marie-Anne avec Bourlamaque, qui m'indiqua la salle où trouver mon ami. En longeant le corridor, je reconnus son rire homérique bien avant d'arriver jusqu'à lui. Assis dans son lit, il se tapait frénétiquement sur les genoux, comme s'il venait de pousser la plaisanterie du siècle.

« Catherine ! s'écria-t-il en m'apercevant. C'est gentil de rendre visite à un vieil éclopé. »

Je le félicitai d'avoir échappé de justesse à la grande faucheuse. En réalité, il avait eu plus de peur que de mal. Autour de son lit, une délégation de sauvages badigeonnés de rouge et de jaune poussaient des petits cris de joie, tandis qu'il me racontait comment, à Sainte-Foy, ils avaient piégé la colonne de volontaires britanniques qui leur avaient tendu une embuscade :

« Mes hommes ont attendu que les Anglais soient coincés entre les parois de la falaise et l'eau glacée. Au signal, vous auriez dû les voir sortir leurs tomahawks et lever des chevelures. »

Je le soupçonnai d'émailler son récit de détails scabreux pour me scandaliser. Je grimaçai et cela le fit sourire. Je l'interrogeai sur le sort de mon mari. Saint-Luc avait vu Pierre foncer sur un détachement d'Écossais à la tête de ses Abénaquis. Après, il avait perdu sa trace.

« Rassurez-vous, Beaubassin ne figure ni sur la liste des morts ni sur celle des blessés. »

Je me sauvai tandis qu'il babillait comme une pie avec ses sauvages. Je me dirigeai vers les appartements de la sœur supérieure, où Geneviève m'avait donné rendez-vous.

⤶⤷

Au fond du couloir, l'escalier de service me mena tout droit au petit salon de la mère supérieure – tante Charlotte pour les intimes. Pour une religieuse, je la trouvais d'un commerce agréable et, ma foi, plutôt guillerette. Certes, il lui arrivait de nous chanter les louanges du Très-Haut, mais jamais de façon bigote. J'appréciais sa compagnie. Elle avait une tête bien vissée sur les épaules et un franc-parler à toute épreuve. Malgré son âge vénérable – plus ou moins soixante-trois ans –, elle riait comme une gamine. Même en ces temps difficiles, cela l'amusait de taquiner son entourage. À voir son large sourire et ses grosses joues qui se colorèrent lorsqu'elle m'aperçut le bout du nez dans la porte, je compris que mon irruption dans cette réunion familiale ne l'importunait pas.

La pièce baignait dans une lumière de mi-journée. Les yeux penchés sur son ouvrage, la mère de Geneviève brodait du linge d'église. Il n'y avait pas si longtemps, cette distinguée veuve aux cheveux blancs et à la peau lisse brillait dans les salons de l'intendant. Il lui arrivait même de passer la nuit au bal. À présent, elle se ratatinait au couvent.

Geneviève occupait le siège en face de celle-ci. Je pris place à côté d'elle sur un canapé usé à la corde. Madame de Boishébert nous confirma que Petit Louis faisait la pluie et le beau temps un étage plus bas. Elle nous suggéra de le ramener à Sainte-Anne dès qu'il obtiendrait son congé. Geneviève tenta d'excuser son fils de seize ans, un jeune lieutenant impressionnant de courage.

« De son vivant, le marquis de Montcalm l'a tenu en laisse. Sans son protecteur, il s'est montré trop téméraire et en paie le prix. Il faut lui pardonner ses petits caprices insolents. »

Madame-mère laissa échapper, juste assez fort pour que nous entendions :

« Petit sacripant ! Tout le portrait de son père ! »

Tante Charlotte n'appréciait pas qu'on lave le linge sale de la famille devant des étrangers, même si elle m'affectionnait sincèrement.

« Assez parler de nous. Madame de Beaubassin a certainement des nouvelles plus intéressantes à nous apprendre. Racontez-nous tout ce que vous savez, Catherine.

— Rien de bien spécial, en vérité », affirmai-je, consciente de la décevoir, car les personnes qui vous traitent de commères sont habituellement friandes de racontars. « Je ne vous apprendrai pas que les Anglais ont pendu un meunier de Saint-Michel de Bellechasse à une aile de son moulin à vent. Son cadavre est resté trois jours à se balancer au vent.

— Grands dieux! pourquoi lui infliger une mort aussi atroce? demanda Madame-mère.

— Parce qu'il a commis le crime de donner à manger à quelques soldats français», lui précisa Geneviève.

L'anecdote scabreuse tomba à plat. À l'évidence, la résistance héroïque des nôtres n'intéressait pas ces dames. Elles refusaient d'accabler l'occupant.

«Et vous, ma révérende? dis-je en prenant un air coquin. Vous êtes tombée sous le charme de messieurs les Anglais, paraît-il? Je me suis laissé dire que vous aviez reçu une déclaration d'amour du général Wolfe, peu avant qu'il passe l'arme à gauche.

— Pas une déclaration d'amour, protesta-t-elle comme si j'avais proféré un blasphème. Un simple mot de remerciement pour avoir pansé ses blessés et enseveli ses morts. Il m'avait promis de protéger l'hôpital si la fortune lui souriait. Le pauvre homme ignorait qu'il avait rendez-vous avec son Créateur.

— On m'a aussi rapporté que le général Murray se régale de vos confitures, repris-je. Il se vante en ville que vous l'approvisionnez en sucreries.

— Tsut, tsut, tsut, madame de Beaubassin, vous ne me ferez pas choquer avec vos insinuations venimeuses.» À présent, elle riait aux éclats. «Le brigadier général ne nous a jamais laissés crever de faim. Ce n'est que justice de lui offrir des gâteries.

— Avec vous, c'est donnant donnant, si je comprends bien.

— Ma chère Catherine, sachez que l'armée anglaise a payé rubis sur l'ongle la pension de ses soldats. On ne peut pas en dire autant de l'armée française.» Elle soupira: «Si la France nous avait envoyé des vivres, nous n'en serions pas réduites à mendier notre pain quotidien.

— N'exagérons rien, Charlotte, protesta madame de Boishébert. Nous mangeons à notre faim, nos pensionnaires aussi. Et nous avons un toit. À Québec, il ne reste plus pierre sur pierre.»

La bonne sœur secoua la tête, comme pour chasser ces images désolantes.

« Quoi qu'il en soit, la charité a triomphé et nous avons oublié nos fatigues. »

Geneviève vint à la rescousse de sa tante, dont j'avais mis en doute le patriotisme :

« Tante Charlotte, racontez à Catherine le vilain tour que vous avez joué à vos patients anglais. Elle verra que votre fibre française n'est pas éteinte. »

La supérieure esquissa un sourire embarrassé. Madame-mère piqua l'aiguille dans son ouvrage sans lever la tête. De vraies complices, ces deux-là !

« Allez, ma tante, ne faites pas languir Catherine, la pressa Geneviève, tout sourire.

— Je me suis permis une sotte plaisanterie », avoua la religieuse, gênée que l'affaire ait été rapportée au général Murray. « Mais je ne dirai rien devant madame de Beaubassin, qui ne sait pas tenir sa langue. Ma mésaventure ferait le tour de la ville. »

Je protestai avec véhémence :

« Allons, ma révérende, jamais je ne dirais de mal d'une sainte femme comme vous.

— Qu'ai-je fait au bon Dieu pour être harcelée de la sorte ? » soupira-t-elle avant de céder à nos pressions. « L'incident est survenu ici même, le lendemain de la chute de Québec.

— À l'hôpital, il n'y avait plus de lits, alors tante Charlotte a installé les officiers britanniques dans la chapelle, précisa Geneviève.

— Comme je comprends l'anglais, j'ai vite réalisé qu'ils ignoraient que les Anglais avaient gagné la bataille. Je leur ai tout bonnement fait accroire qu'ils avaient été vaincus.

— Nonnnn… J'aurais donné une fortune pour voir leurs têtes », couinai-je.

Jamais je n'avais vu la bonne sœur s'amuser ainsi.

« J'ai même prétendu que le général Wolfe avait hissé le drapeau blanc avant de rendre l'âme. Je ne vous mens pas, ils ont blêmi. De les voir aussi démoralisés, ça m'a quasiment consolée de notre mauvaise fortune.»

Madame de Boishébert lâcha son aiguille et s'empara de la main de sa sœur, qu'elle pressa chaleureusement.

«N'est-ce pas qu'elle est coquine, ma Charlotte?

— Tu as été éprouvée, toi aussi», dit à son tour la religieuse, attendrie.

Geneviève s'en émut:

«Je vous admire toutes les deux. Vous en aviez déjà plein les bras avec les blessés français, et James Murray vous a obligées à vous occuper des Anglais.

— Ma nièce, c'est notre mission de soulager les affligés, répondit la supérieure habituée à prêcher la résignation chrétienne. Français ou Anglais, ce sont tous des enfants du Seigneur. Ici, les officiers blessés des deux camps mangent à la même table.»

Je remarquai les poings serrés de Geneviève. Allait-elle éclater en sanglots? Chez elle, tout se passait au-dedans. La minute d'après, elle lança d'une voix aigüe:

«Cela me choque de vous entendre vanter cet affreux général anglais. C'est un homme cruel.

— Que reprochez-vous à James Murray? s'enquit Madame-mère. Compte tenu des circonstances, il traite convenablement les Canadiens.

— Ah! vous trouvez, la coupa Geneviève au bord de l'indignation.

— Pensez au sort inhumain que les Anglais ont infligé aux malheureux Acadiens, lui rappela sa mère, soudainement grave. Admettez que le nôtre est moins misérable. Avez-vous déjà oublié la tragédie du Grand Dérangement que votre frère Charles nous a relatée?

— N'avez-vous pas compris que Murray est déterminé à nettoyer le pays des Canadiens? s'impatienta Geneviève. Combien de pauvres gens a-t-il jetés à la rue? Il a fait fouetter sur la place publique des habitants dont le seul tort était d'avoir aidé leurs voisins. Un des nôtres a même été pendu sans procès.

— Soyez juste, lui objectai-je, dans l'espoir de ramener l'harmonie entre nous. Un soldat anglais pris à voler un cultivateur a aussi été fusillé. »

Mon amie détestait ma vilaine habitude de souffler le chaud et le froid pour ne déplaire à personne. Elle me lança sèchement :

« Pour un soldat passé par les armes, combien d'autres, coupables d'avoir pillé nos maisons et molesté les habitants, ont été condamnés à quelques coups de fouet ?

— Cent coups, ce n'était pas rien, protestai-je de nouveau.

— Ça ne vous enrage pas qu'un vainqueur déménage ses pénates dans la maison même où le vaincu a rendu l'âme ? me relança-t-elle.

— Plaît-il ? fit la supérieure en redressant la nuque.

— Oui, ma tante, votre Murray qui se sucre le bec avec vos confitures s'est installé dans la maison du chirurgien Arnoux, là où le marquis de Montcalm est mort. Je trouve cela indécent. »

« Ma pauvre enfant ! » s'apitoya madame de Boishébert d'un ton qui aurait mieux convenu dans un salon bourgeois. « Pourquoi revenir sur cette malheureuse tragédie ? » Elle laissa glisser sa main sur la joue de Geneviève. « Vous avez subi trop d'émotions ces derniers temps. Je compte sur madame de Beaubassin pour vous distraire. » Elle se tourna vers moi : « Vous allez redonner des couleurs à ma fille, n'est-ce pas, Catherine ? »

La cloche annonçant le souper sonna. Geneviève et moi n'avions nullement envie de partager la fricassée des bonnes sœurs dans l'austère réfectoire aux sombres boiseries. Geneviève promit à sa mère de revenir la voir jusqu'à ce que Petit Louis obtienne son congé. Dehors, je cherchai Marie-Anne des yeux. Le cocher du manoir nous avisa que madame Gaultier était déjà rentrée à Québec. Serrées l'une contre l'autre dans la calèche, Geneviève et moi jasâmes pendant tout le trajet. Le jour plongeait dans la noirceur. C'est à peine si nous pouvions différencier le chien du loup. Ni angoissées ni pressées, nous ressentions une immense fatigue après tant d'émotions. Je la félicitai. Certes, son malaise à l'évocation de Montcalm n'avait pas échappé à sa mère, mais, tout bien pesé, elle n'avait pas commis d'impair. J'étais prête à faire n'importe quelle pitrerie pour la voir sourire. J'allai jusqu'à imiter la sœur supérieure à la perfection. Je poussai la même exclamation: «Jésus, Marie, Joseph!» À son tour, Geneviève exagéra les manières d'aristocrate de Madame-mère en mimant à merveille sa moue dédaigneuse.

Le charme fut rompu à la porte de la ville. Une sentinelle réclama nos passeports. Je gratifiai le militaire d'un sourire, car il était joli garçon. Geneviève, que cette mascarade humiliait, l'ignora comme s'il s'agissait d'un vulgaire garde-chiourme. Après avoir consulté son collègue, le grenadier anglais nous autorisa à pénétrer *intra muros*. Je foulais le sol de Québec pour la première fois depuis onze mois. La destruction me parut pire que tout ce qu'on m'avait rapporté. J'en pleurai, et Geneviève me consola. Que nous réservait l'avenir? Nous étions fébriles. L'armée britannique avait perdu la bataille de Sainte-Foy, mais la guerre était loin d'être gagnée.

La souricière se referme

Depuis notre retour à Québec, au printemps 1760, Geneviève et moi accomplissions un rituel chaque matin. Sur le coup de dix heures, nous montions en voiture et roulions jusqu'à la pointe de la falaise, en face de l'île d'Orléans. Là, le brouillard se levait tout doucement et alors, sous nos yeux éblouis, surgissaient au loin les majestueuses montagnes sans Nom.

Nous ne nous imposions pas ce trajet simplement pour admirer la féerie du décor. L'idée de cette équipée quotidienne avait jailli après la victoire du général Lévis à Sainte-Foy, le 28 avril. Pour la première fois depuis la chute de Québec, la Nouvelle-France paraissait en mesure de se tirer des griffes des Anglais. Les derniers mois avaient été éprouvants pour les soldats ennemis, peu habitués à la rigueur de nos hivers, et la maladie avait éclairci leurs rangs. La rumeur publique prétendait qu'il leur restait des munitions pour une quinzaine de jours tout au plus. En attendant, nous guettions l'arrivée des secours promis par l'indolente France. Geneviève n'avait pas oublié les appréhensions de Lévis, au moment de son passage au manoir : sans l'aide de la mère patrie, la misère nous forcerait à nous rendre.

Le 9 mai, je m'en souviens comme si c'était hier, nous partîmes à l'heure habituelle. Geneviève avait plutôt bonne mine, malgré son teint blême et ses cheveux coiffés avec moins d'art qu'à l'accoutumée. Elle portait un corsage dont les devants agrafés s'évasaient en découvrant sa veste ajustée sur le corps, pour ensuite descendre en arrière sur la jupe. Ses bras cachés par des manches en sabot étaient croisés sur sa poitrine. J'enviai son élégance, moi qui, en ces temps incertains, m'attifais n'importe comment. Elle posa sur moi ses yeux verts empreints d'une douceur chagrine. Dans un geste qu'elle faisait habituellement lorsqu'elle se sentait observée, ses doigts remontèrent de l'oreille jusqu'à son chignon, comme pour replacer une mèche de cheveux imaginaire. Devinait-elle que notre bonne chance tournait ?

Une fois que nous fûmes rendues au bout du cap, Geneviève frappa deux petits coups et le cocher s'arrêta. Les yeux braqués sur l'horizon, nous épiâmes le mouvement de l'eau pendant un long moment. Notre sort dépendait du premier bâtiment à atteindre Québec. S'il arborait le pavillon français, nous étions sauvés. Dans le cas contraire, nous étions perdus. Soudain – il devait être onze heures –, un trois-mâts sans étendard émergea du brouillard. L'angoisse nous oppressa. Jamais nos cœurs n'avaient battu si fort à l'unisson. Au bout d'un moment, je me souviens d'avoir lu tout haut le nom du navire : *Lowerstoft*. Le visage de Geneviève se rembrunit.

« Vous êtes sûre qu'il s'agit d'une voile ennemie ? » demanda-t-elle.

J'ajustai ma lunette d'approche. Refusant d'y croire, moi aussi, je fixai le lointain dans l'espoir de m'être trompée. Hélas ! aucune frégate française ne surgit miraculeusement. Un moment ranimé, notre optimisme se refroidit pour de bon. Geneviève lança un cri de désespoir :

« La France nous a abandonnés à notre sort, nous en recevons une nouvelle confirmation. »

Je me souvins du mot que Bougainville avait reçu de son ami, James Abercromby. Le général écossais lui avait cité Voltaire en martyrisant son nom : *Je suis du même opinion que Volontaire dans* Candide *que nous faisons la guerre pour quelques arpents de neige dans ce pays.*

Voltaire avait ajouté que la France dépensait pour cette guerre beaucoup plus d'argent que le Canada n'en valait. Je répétai ses paroles à Geneviève, qui les avait oubliées.

« Son opinion a prévalu à la cour, dit-elle en écarquillant les yeux. Plongée dans les frivolités, Versailles manque de vision et ne se soucie plus de ses possessions américaines. »

Nous regagnâmes la ville en silence. À voir la jubilation de la garnison anglaise, la nouvelle s'était déjà répandue. Debout sur les remparts, les Habits rouges poussaient des hourras à gorge déployée en lançant leur chapeau dans les airs. Leurs vociférations joyeuses durèrent plus d'une heure. Une éternité pour nous.

À partir de là, l'étau se resserra. Dans la soirée du 15, si je me fie à mon journal intime, deux gros navires britanniques entrèrent en rade à la pointe de Lévis. Puis, à l'aube du lendemain, une frégate parut, suivie d'un vaisseau armé d'une soixantaine de canons. Les bombardements reprirent de plus belle le long de la côte. Le dernier espoir du chevalier de Lévis d'assiéger la capitale s'envola. La puissance de la force ennemie et la faiblesse de ses propres troupes laissées à elles-mêmes par le velléitaire Louis XV le convainquirent de jeter son artillerie de fer en bas de la falaise de l'anse au Foulon et d'abandonner sur place ses engins les plus lourds. La nuit venue, tandis qu'une dizaine de bâtiments anglais s'approchait, notre nouveau sauveur quitta la capitale avec son armée. Pour la seconde fois, Québec tombait aux mains des Anglais.

Nous étions pétris d'amertume. Parmi nos amis, plusieurs songeaient à s'exiler. Plus tôt ils mettraient leur fortune à l'abri, mieux ce serait. Pendant ce temps, les gens du peuple gagnés par l'impuissance se résignaient placidement à vivre sous le joug britannique. Ils n'étaient pas certains d'y perdre au change. Pour eux, cela revenait à troquer un maître contre un autre.

Le jeune mari de ma mère, Jean-Baptiste Levrault de Langis, n'aurait pas pu choisir pire moment pour se noyer devant l'île Saint-Paul. Rien, pas même les Anglais, n'aurait pu m'empêcher d'assister à ses obsèques. Jean-Baptiste était mon beau-père, mon frère adoptif et mon cousin. Présentés comme cela, nos liens paraissent insolites. Toutefois, sa mort me causait du chagrin. Il faisait partie de ma vie depuis ma plus tendre enfance. Certes, son mariage avec ma mère m'avait choquée, mais avec le temps, ma rancune s'était évanouie. J'imaginais maman recroquevillée sur son sofa, effondrée. Je savais que ma présence la réconforterait.

Geneviève consentit à m'accompagner aux funérailles de Jean-Baptiste, qui seraient célébrées le 1er juin en l'église de Longueuil. En l'absence de Tarieu, qui n'avait pas donné signe de vie depuis belle lurette, elle ne voulait pas rester seule à Québec, désormais infestée de voyous. Plus personne, d'ailleurs, ne s'aventurait dans les rues désertes, depuis que le curé de la cathédrale avait été attaqué un soir en rentrant au séminaire. Plongé dans ses méditations, il n'avait pas remarqué qu'on le suivait. Soudain, un soldat anglais l'avait roué de coups de poing et lui avait volé le maigre pécule enfoui au fond de sa sacoche. Secoué, le prêtre s'était traîné jusqu'au monastère des Ursulines, qui avaient pansé ses blessures et lui avaient offert le gîte. Cet assaut nocturne avait ralenti nos ardeurs à circuler sans escorte à la tombée du jour. Nous n'étions pas fâchées de quitter la ville.

Comme je le pressentais, je trouvai ma mère plongée dans ce nouveau deuil :

« Pourquoi Jean-Baptiste ? Il n'avait que trente-sept ans. C'est lui qui aurait dû m'enterrer. Je n'ai plus qu'une envie : le rejoindre dans la mort.

— Maman, vous n'y pensez pas sérieusement ? protestai-je. De quoi aurez-vous l'air quand saint Pierre vous demandera de choisir entre papa et Jean-Baptiste ? »

Ma boutade la dérida à peine. Cela m'ennuie de l'admettre, mais elle trouvait plus réconfortante la compagnie de Geneviève, si sage, si posée, et dotée d'une âme cent fois plus compatissante que la mienne. Elle et moi décidâmes d'un commun accord de prolonger notre séjour à Montréal bien après les obsèques, afin de donner à maman le temps de se remettre. J'avais une autre bonne raison de demeurer dans les parages. Le défunt m'avait couchée sur son testament. Sans être fortuné, mon beau-père me laissait un petit bas de laine. J'en étais bigrement contente, car mes réserves fondaient comme neige au soleil. Geneviève se rallia volontiers à mes vues. Mai avait été pluvieux et la perspective d'aller s'enterrer à Sainte-Anne-de-la-Pérade, en ce frisquet début de juin, ne lui souriait guère.

Sur les entrefaites, monseigneur de Pontbriand s'éteignit au séminaire des Sulpiciens de Montréal. Bien qu'âgé d'à peine cinquante-deux ans, il se savait perdu. Jusqu'à la fin, il n'avait pas dérogé à ses principes de bonne entente. Il avait formellement interdit à son clergé de se brouiller avec les Anglais, en plus de menacer de ses foudres les prêtres qui indisposeraient le brigadier Murray ou se conduiraient mal envers l'occupant. C'était lui tout craché, toujours prêt à pactiser avec le plus fort. Nous escortâmes ma mère à l'église pour ses obsèques solennelles. Dans sa robe de veuve, sa mantille de dentelle lui cachant le visage, je la sentais fragile comme la porcelaine. Je lui pris le bras jusqu'à la voiture qui nous mena à la place d'Armes. Nous en descendîmes à temps pour voir passer le cortège funèbre venant du séminaire de Saint-Sulpice voisin.

La haute tour de l'église écrasait la façade, mais l'ensemble impressionnait. On aurait dit une cathédrale. Le parvis était bondé. En digne représentante de la famille Jarret de Verchères, ma mère se faufila jusqu'aux premières rangées. L'orgue fort mal en point ronfla à pleins tuyaux pendant toute la cérémonie funèbre. Comble de l'impiété, les chantres chantaient faux. De part et d'autre du catafalque, le gouverneur Vaudreuil, le général Lévis et l'intendant Bigot s'avancèrent dans l'allée centrale, sérieux comme des papes. Notre évêque eut droit à des obsèques de pauvre, soit dit sans blâmer quiconque. Dans cette Montréal menacée de tous côtés, le chef de l'Église canadienne fut privé du protocole dû à son rang. En plus, il avait fallu précipiter la cérémonie, car, faute d'aromates, le corps n'avait pas été embaumé.

À l'issue de ce très maigre service funèbre, ma mère tomba nez à nez avec la marquise de Vaudreuil, qui insista pour nous ramener dîner chez elle.

Ce fut notre dernière réception chez un gouverneur de la Nouvelle-France. Je ferme les yeux pour mieux observer la tablée : autour de Vaudreuil et de sa « chère Jeanne », je vois ma mère, mince comme un fil dans sa robe noire sans fioritures extravagantes ; à côté d'elle, Geneviève, son beau visage à la fois digne et sombre encadré de boucles noires soyeuses. Il me semble entendre les mauvaises langues sur son passage :

«Où est son mari? On ne les croise plus souvent ensemble.» En face, nos deux éternels célibataires, Lévis et Bigot, accompagnés de leurs maîtresses, et moi, excédée par nos malheurs, en quête de la moindre occasion de plaisir.

Même si le gouverneur gardait un moral d'acier, son humeur enjouée tomba à plat. Il n'en finissait plus de nous seriner que rien n'était perdu.

«Nous touchons à la fin de nos misères, ânonna-t-il. De puissants secours arriveront bientôt. Je refuse de penser que le roi de France a abandonné la colonie.»

Personne ne goba ses prédictions. Surtout pas Bigot, qui fulmina du début à la fin du dîner. Ses grands airs m'exaspérèrent. Il tempêtait contre la mère patrie qui nous avait envoyé des soldats «ex-ac-te-ment» un mois après l'arrivée de la flotte anglaise et railla les voiliers français venus à notre rescousse. Et pour cause! En longeant la baie des Chaleurs, ils avaient cédé à la panique devant l'ampleur des forces ennemies et rebroussé chemin.

«Il est malheureux qu'un peuple ayant sacrifié sa vie et ses biens pour son pays ne soit pas secouru comme il le mérite!» s'exclama-t-il d'une voix traînante et affligée.

Jusque-là, j'étais d'accord avec lui. Je ne m'attendais cependant pas à le voir prendre une pose théâtrale pour claironner:

«Je me suis saigné à blanc pour ce pays.»

Quel Tartuffe! pensai-je. Il eût été plus juste de dire qu'il avait saigné à blanc la colonie. Geneviève n'allait pas le laisser nous conter des sornettes! Elle lui servit une riposte cinglante:

«Monsieur l'intendant, demandez donc aux pauvres gens ce qu'ils pensent de votre extrême générosité.»

Elle s'était éclairci la voix pour appuyer sur les deux derniers mots.

«Madame, je ne vous permets pas de douter de ma sincérité et de mon intégrité, protesta-t-il. Le peuple n'a pas vu tous les ressorts que j'ai employés pour lui permettre de vivre.»

L'irritation se lisait sur son visage. Voyant qu'elle le défiait, il fronça les sourcils, avant de frapper là où cela ferait mal :

« Je vois, madame de Lanaudière, que vous suivez les traces de votre maître à penser, le marquis de Montcalm. Allez, faites comme lui, dénoncez-moi à Versailles ! En ces temps calamiteux, les délateurs trahissent même leurs amis. »

En entendant le nom de Montcalm associé à un acte aussi répréhensible que la délation, Geneviève demeura interdite. Moi, j'en développai un nœud à l'estomac. Cela chauffait trop au goût d'Angélique Péan, dont le généreux décolleté n'attirait plus les regards. Contre toute attente, elle se porta à la défense de cette pauvre Geneviève encore très affectée par les événements. L'incident n'eut pas de suite et le dîner s'étira en longueur, mortifiant et sans surprise. Réconfort fugace, l'agneau rôti arrosé de beurre fondait dans la bouche. Le général Lévis, réputé ripailleur, vida pourtant son assiette sans enthousiasme. Il avait sa tête des mauvais jours. Même l'ironie insolente et le charme envoûtant de sa maîtresse n'opéraient pas. Ce jour-là, je fus la seule à apprécier les traits d'esprit de l'ensorceleuse Marguerite Pénissault.

Après le repas, le marquis de Vaudreuil s'entretint avec le chevalier de Lévis et l'intendant Bigot à la porte du fumoir. J'inventai un prétexte pour m'en approcher. En deux temps trois mouvements, ils réglèrent le sort de l'espion Cugnet, soupçonné d'avoir soufflé à Wolfe l'idée de débarquer à l'anse au Foulon, là où personne n'attendait les Anglais. Le gouverneur suggéra au général Lévis de lui intenter un procès :

« S'il est prouvé qu'il a renseigné l'état-major anglais, qu'on lui casse la tête. »

Bigot approuva la méthode forte préconisée par Vaudreuil.

« Oui, si Cugnet a trahi, envoyez-le dans l'autre monde après lui avoir donné un confesseur. Si les preuves manquent, gardez-le aux fers à bord d'une frégate. »

L'affaire s'annonçait délicate, car l'un des frères de Cugnet avait été élevé au rang de chanoine et l'autre siégeait au conseil supérieur. Cela requérait donc un certain doigté et Lévis n'en manquait pas.

« Je l'aurai à l'œil », promit-il.

Là-dessus, il se prépara à quitter les lieux. Voyant cela, Geneviève s'avança vers lui :

« Chevalier, je n'ai pas eu l'occasion de vous féliciter pour votre victoire à Sainte-Foy. Vous avez tenu votre promesse de venger le marquis de Montcalm. Il s'en est fallu de peu pour que la colonie soit sauvée.

— Nous avons fait ce que nous avons pu », l'assura-t-il.

Il lui sourit et s'empara de sa main qu'il baisa.

« Vous savez, n'est-ce pas, que j'ai demandé une gratification pour votre fils, ajouta-t-il en se relevant. Louis a démontré son courage à Sainte-Foy. J'ai confiance, il sera récompensé.

— Je ne vous remercierai jamais assez, dit Geneviève. À présent, il est tout à fait remis de sa blessure. Il a cependant regagné son régiment un peu trop tôt à mon goût. »

Lévis s'étant éclipsé, nous prîmes congé à la première occasion. Ma mère prétexta la fatigue accumulée et moi, l'obligation de la raccompagner. Avant de nous laisser monter dans la calèche, le marquis de Vaudreuil nous exhorta de regagner Sainte-Anne-de-la-Pérade au plus vite. L'ennemi cernait Montréal et nous risquions de nous retrouver au milieu de la mêlée. À son tour, l'intendant Bigot mit tout son poids pour nous convaincre de quitter la métropole. La population civile serait bientôt privée de tout, car sa dernière opération de ravitaillement avait connu l'échec. Il avait tout juste ramassé de quoi nourrir l'armée. Dans les circonstances, nous serions moins à plaindre au manoir.

Bien qu'elle ait refusé de nous suivre à Sainte-Anne, comme Geneviève l'en priait, ma mère remercia le gouverneur de nous avoir obtenu un sauf-conduit. Nous bouclâmes nos valises à la hâte le soir même et prîmes la route tôt le lendemain, le cœur serré de la laisser derrière.

Je vous épargne nos états d'âme pendant les grandes chaleurs. Tout ce que je pourrais en dire paraîtrait redondant. Recroquevillées sur nous-mêmes, Geneviève, Marie-Anne et moi passions nos jours à brasser nos souvenirs comme on remue le couteau dans une plaie. Nos frayeurs peuvent sembler exagérées aujourd'hui. Pourtant, notre sort se jouait à Montréal, à la fois si près et si loin de Sainte-Anne-de-la-Pérade.

Vaudreuil se trompait à moitié. À bonne distance de la métropole, nous étions à l'abri des tirs mais non des inquisiteurs médiévaux du brigadier général James Murray. Ses sbires ratissaient les villages pour vérifier si les hommes se trouvaient chez eux. Ils épargnaient les cultivateurs occupés à leurs moissons. Par contre, les bâtiments des absents partaient en fumée. Comme Tarieu servait sous les drapeaux français, nous redoutions la vengeance anglaise. Son statut de seigneur ne lui conférait aucun privilège. Marie-Anne, la plus sereine de nous trois, garda la tête froide. Elle dirigea la maisonnée avec efficacité. Les provisions de bouche ne manquèrent pas, les repas se prirent à l'heure, la lessive fut lavée et essorée. Geneviève lui donnait un coup de main dans la cuisine. De mon côté, je mettais la table et passais le balai. C'était la moindre des choses, car nos domestiques s'éreintaient au champ, en l'absence de leurs maris appelés aux armes. Seule ma fidèle Agathe était restée avec nous, mais à son âge, elle pouvait tout juste se charger de menues besognes.

Chaque jour, j'attelais la calèche pour aller glaner des informations au village. Les yeux verts de Geneviève s'écarquillaient quand je lui rapportais une lettre de Petit Louis. Pierre m'écrivait aussi de temps à autre. Des mots courts allant droit au but : *Ma belle Catherine, fais-moi passer des souliers. Les miens sont usés. Mes sauvages me donnent du fil à retordre. Dès que j'ai le dos tourné, ils font leurs paquets pour rejoindre les Anglais. Dis à Donoma d'être bien sage.* À la fin, son *je t'aime* me chavirait.

Au milieu de juillet, alors que nous pêchions à la ligne, perchées sur des roches là où la rivière Sainte-Anne se jette dans le fleuve, des navires anglais défilèrent sous nos yeux. Donoma qui apprenait le calcul en compta quatre, en plus de neuf galères voguant tranquillement vers

Montréal. Avec ma longue-vue, je repérai au loin une quarantaine d'autres bâtiments. Cela nous inquiéta vivement. D'autant plus que, ce dimanche-là, lorsque nous arrivâmes à la messe, un placard cloué sur la porte de l'église nous frappa comme une gifle. James Murray nous avait habitués à ses ordonnances fixées sur les édifices publics dans le but de nous intimider. Son dernier décret revêtait un caractère effrayant : *Vous êtes encore, pour un instant, maîtres de votre sort. Ce moment passé, une vengeance sanglante punira ceux qui oseront prendre les armes contre nous. Le ravage de leurs terres et l'incendie de leurs maisons seront les moindres de leurs malheurs.*

Misère ! Jusque-là, nous nous tourmentions pour nos hommes. À présent, le danger se rapprochait de nous. Avant d'entrer dans l'église, Geneviève nous fit une sombre prédiction :

« Les Anglais vont nous charger dans de vieux rafiots et nous déporter, comme ils l'ont fait des Acadiens. »

À l'intérieur, j'observai mes deux amies agenouillées devant l'autel. Le dos courbé et les mains posées sur le prie-Dieu, elles répétaient les invocations pieuses. Les lèvres de Marie-Anne bougeaient, celles de Geneviève s'entrouvraient à peine. N'eût été la crainte d'attirer l'attention, je les aurais suppliées de rentrer se cacher au manoir.

Après la messe, le diable en personne surgit. James Murray, tout juste débarqué de son navire, s'avança vers nous, sous prétexte de faire connaissance avec ses nouveaux sujets. Vu de près, cet Écossais bedonnant de quarante ans en imposait. Il affichait un air arrogant, tandis qu'il s'adressait aux Canadiens, tout surpris de cette apparition intimidante. Dans un français convenable, il nous intima de bien réfléchir, si nous souhaitions conserver nos maisons et nos récoltes. En apercevant le curé dans l'attroupement, il pointa sur lui un doigt accusateur.

« Le clergé est la source de tous les malheurs qui se sont abattus sur les pauvres Canadiens, s'emporta-t-il. Vous, les prêtres, vous les gardez dans l'ignorance, vous les excitez à la méchanceté et les menez à leur ruine. »

Le curé baissa la tête. Il s'écrasait comme feu monseigneur de Pontbriand le lui avait ordonné.

« Prêchez l'Évangile, c'est votre domaine, lui ordonna le major général. Ne vous mêlez pas des affaires militaires ni de la querelle entre les deux couronnes. »

Ses menaces tombées, il salua poliment les paroissiens et regagna son navire. Personne ne bougea jusqu'à ce que l'embarcation se détache du quai. Peu après, un cavalier nous arriva de Batiscan, le village voisin, tout fier de nous annoncer que des Canadiens s'étaient jetés à l'eau pour tirer du mousquet sur l'armada du brigadier Murray qui passait devant chez eux. Les Anglais n'avaient pas répliqué. Même chose à Grondines et à Deschambault, où les nôtres avaient canonné sa flotte, laquelle n'avait pas davantage fait feu. Geneviève admira le courage de ces hommes prêts à risquer leur vie pour sauver leur patrie. Je les blâmai plutôt de nous mettre en péril, étant donné le rapport de force qui nous désavantageait.

« Si ces écervelés veulent s'immoler, grand bien leur fasse, tempêtai-je. Toutefois, ils n'ont pas le droit d'exposer leurs voisins à des châtiments non mérités. »

Marie-Anne me supplia de me calmer. Inutile d'ameuter le voisinage.

« Et si Murray revenait sur ses pas pour mettre ses menaces à exécution ? lui objectai-je.

— Eh bien ! je lui en ferais voir de toutes les couleurs », ronchonna-t-elle en indiquant le fusil de chasse de son défunt père que les occupants ne lui avaient pas encore retiré.

Dieu merci, elle n'eut pas à viser l'Anglais. Les Habits rouges du gouverneur Murray continuèrent d'ignorer les pitoyables assauts terrestres lancés contre eux à la hauteur des Trois-Rivières, comme s'il s'agissait de banales piqûres d'insectes. Notre ami Bourlamaque n'avait rien négligé pour les arrêter aux chenaux du lac Saint-Pierre, mais, affaibli par une épidémie de désertions et lâché par les habitants, il avait dû retraiter. Tour à tour, Varennes, Boucherville, Laprairie et combien d'autres villages tombèrent. Partout, nos miliciens, redoutant de voir flamber leurs fermes, remettaient leurs armes à l'ennemi. Murray avait la réputation d'exécuter ses menaces. Ce fut un sauve-qui-peut !

Pendant que Murray remontait le Saint-Laurent, le brigadier William Haviland prit l'île aux Noix, Saint-Jean et Chambly défendus par Bougainville et s'avança sur le Richelieu. De son côté, le lieutenant général Jeffery Amherst descendit les rapides depuis le lac Ontario et marcha jusqu'à Lachine. Leurs noms, je les avais inscrits dans mon journal intime pour ne pas les oublier, car je pressentais la fin.

De fait, dans la nuit du 6 septembre, presque un an après la chute de Québec, tous les canons anglais se pointèrent sur Montréal toujours sous la gouverne française. Pour combien de temps encore ? La souricière se refermait sur les quelque soixante-cinq mille habitants de la Nouvelle-France.

Le manoir flambe

Il faut maintenant se reporter au 14 septembre, un an jour pour jour après la mort de notre cher Montcalm. L'après-midi me sembla interminable. Pour tuer le temps, ma cousine et moi jouions aux cartes, pendant que Geneviève, d'une patience angélique, enseignait l'alphabet à Donoma. La petite s'appliquait à former les lettres sur une page blanche et tapait des mains de joie chaque fois que sa marraine la félicitait. Nous soupâmes de quelques tranches de tomates garnies de laitue cueillies dans notre potager, d'un peu de fromage et d'une miche de pain. En sortant de table, Donoma sautilla à cloche-pied jusqu'à nous étourdir, avant de monter se coucher. Une fois au lit, elle réclama à Geneviève une histoire de son cru. J'ignorais d'où lui venait l'inspiration, mais je sais que les fées et les princes charmants s'en donnaient à cœur joie dans les récits improvisés de mon amie. Je n'exagère pas en affirmant que les heures passées avec sa filleule la consolaient de ses chagrins et Dieu m'est témoin qu'elle les collectionnait.

À présent, nous écoutions chanter les grillons en nous berçant sur la galerie du manoir. Ce serait la dernière soirée douce de l'été. Je multipliais les calembours pour aider Geneviève à oublier ce triste anniversaire. Pas une fois, depuis le matin, elle n'avait prononcé le nom de Montcalm, même si, je n'en doutais pas, il occupait son esprit. À ce souvenir douloureux se mêlaient de vives appréhensions qui nous alarmaient aussi, Marie-Anne et moi. Six jours plus tôt, Montréal était tombée. Nous ignorions si, comme le présageait Geneviève, le bras vengeur des Anglais nous préparait un sort semblable à celui réservé aux Acadiens lors du Grand Dérangement.

Imaginez trois douairières impuissantes à changer le cours des événements à la recherche de distractions susceptibles d'endormir leurs angoisses. Quand reverrais-je Pierre? Tarieu gisait-il quelque part, blessé? Bougainville était-il sur la ligne de feu? Lorsque je me sortais la tête de l'eau, c'est Geneviève qui sombrait dans la morosité. Je la requinquais juste à temps pour empêcher Marie-Anne de s'écrouler à son tour. Un châle jeté sur les épaules, nous prenions le frais depuis une heure quand j'entrepris de dérider mes amies:

«Nous sommes les dignes émules des demoiselles de Verchères, avançai-je.

— Ah oui! Vos anciennes voisines, acquiesça Marie-Anne. Trois vieilles filles de la plus pure tradition, si je me rappelle bien.

— Exactement. Sans vouloir vous offenser, mesdames, nous leur ressemblons à bien des égards, même si aucune de nous n'a coiffé la Sainte-Catherine, ajoutai-je pince-sans-rire.

— Comment ça? demanda enfin Geneviève, plus par désœuvrement que par intérêt.

Je lui décrivis Joséphine, Adélaïde et Hortense veillant sur le perron de leur imposante maison verchéroise située à côté du manoir où, enfant, je coulais de mornes étés. Au lieu de réciter leur rosaire pour le salut de leur âme, elles s'enfonçaient dans leur chaise – chacune avait la sienne – et pratiquaient leur passe-temps favori: manger leur prochain à belles dents. Je les entends encore commenter les rumeurs qu'elles contribuaient à répandre. Sans une once de charité chrétienne, ces langues de vipères faisaient trembler tout le village.

Marie-Anne saisit rapidement où je voulais en venir. Elle ouvrit le bal en voyant passer la couturière de Sainte-Anne en calèche découverte:

«Mon Dieu! lui avez-vous vu l'accoutrement? Son corsage est bien trop échancré pour une femme sur le retour d'âge!»

J'en remis en désignant le vicaire qui filait d'un pas décidé en direction opposée de l'église:

«Tiens! le serviteur du bon Dieu s'en va chez sa poule!»

Nous étions lancées. La paroissienne qui marchait tête baissée regrettait ses vieux péchés ; l'ivrogne appuyé sur sa canne cuvait son vin ; le jeune couple s'engouffrait dans le bois pour se bécoter... Geneviève ne participait pas vraiment au jeu, mais se contentait de sourire de temps à autre. C'était déjà beau ! Soudain, alors que nous rivalisions de gauloiseries, un cavalier remonta l'allée obscurcie du manoir. Qui pouvait bien arriver à cette heure ? Nous n'attendions personne. Marie-Anne s'avança sur sa chaise, comme si elle voulait être sûre de ne pas se tromper.

« Je n'en crois pas mes yeux ! » s'écria-t-elle.

Sous nos regards incrédules, Bougainville galopa sur le chemin battu et s'arrêta devant nous. Il portait l'uniforme et, comme d'habitude, était tiré à quatre épingles.

« Mesdames ! » fit-il en s'inclinant devant nous.

Après les salutations d'usage, Geneviève se leva pour se retirer. Depuis la mort de Montcalm, dont elle tenait son ancien aide de camp responsable, elle gardait ses distances vis-à-vis de lui. Sans se montrer impolie, elle lui témoignait une froideur calculée. Je la suivis, car je soupçonnais le beau colonel de vouloir rester seul avec ma cousine.

« Attendez, madame de Beaubassin, me dit-il en montant les marches.

— Moi ? » Mon cœur se mit à battre à tout rompre. « M'apportez-vous de mauvaises nouvelles de Pierre ?

— J'en ai bien peur. »

Dans ces cas-là, on envisage le pire.

« Ne me dites pas...

— Non, rassurez-vous, monsieur de Beaubassin n'a pas été tué. Cependant, un de ses Abénaquis l'a vendu aux Anglais, qui l'ont arrêté. Ils l'ont embarqué *manu militari* à bord d'une vieille embarcation et expédié en Angleterre. À cette heure, il vogue sur l'océan. »

Je faillis m'écrouler de tout mon long. Geneviève se précipita pour me soutenir et Marie-Anne me fit respirer les sels.

« Pardonnez-moi », dit Bougainville, navré de m'avoir assené ce coup de massue.

Mes sens retrouvés, je le bombardai de questions. Il ignorait où l'arrestation avait eu lieu, mais la déportation de Pierre ne faisait pas l'ombre d'un doute. D'ailleurs, sur ordre de James Murray, tous les soldats français et canadiens ayant pris les armes contre les Anglais seraient bientôt bannis. D'ici quelques jours, on les expulserait.

« Je m'en vais à Québec organiser l'embarquement de nos troupes », ajouta-t-il, dépité.

La panique s'empara de Geneviève.

« Voulez-vous dire que mon mari et mon fils seront chassés du pays ?

— Je le crains, en effet.

—. Tarieu est le seigneur de Sainte-Anne-de-la-Pérade. Cette règle infâme ne souffrira-t-elle aucune exception ? demanda-t-elle.

— Aucune », affirma-t-il en esquissant un geste d'impuissance.

Geneviève, sur le point de défaillir à son tour, s'appuya contre le mur. Mal à l'aise, Bougainville se reprocha de nous avoir bouleversées, bien malgré lui. Marie-Anne se rendit compte qu'il n'arrêtait pas de tousser depuis son arrivée. Elle avait d'abord cru à une réaction nerveuse, étant donné la tension que son annonce avait exacerbée, mais il était secoué par des quintes de toux de plus en plus violentes.

« Toujours ce mal à la poitrine qui vous afflige depuis des années, compatit-elle en s'approchant de lui.

— Mon état a empiré à l'île aux Noix, réussit-il à dire en s'essuyant la bouche dans son mouchoir de batiste déjà à moitié souillé. Je suis prodigieusement échauffé. »

Je ne discernai aucune lueur de rancune chez Marie-Anne. Au contraire, elle se montrait attentionnée, comme si leur brouille était chose du passé.

« Entrez, lui ordonna-t-elle. Je vais vous servir une petite eau-de-vie. »

Pendant que Marie-Anne lavait délicatement le filet de sang à la commissure de la bouche de son ancien amant, Geneviève tâchait de me rassurer, car pour l'instant j'étais la plus à plaindre. Elle me répéta sans trop y croire que les Anglais n'étaient pas des barbares, qu'il leur restait une once d'honneur. Je m'accrochai à cet espoir.

❧

Une fois sa toux apaisée, Bougainville nous suivit au salon et entama le récit des événements ayant mené à la capitulation de Montréal. Un récit teinté de rancune qu'il nous livra sans cacher sa vive indignation. De son séjour à l'île aux Noix, il conservait une impression d'injustice et de dégoût. Comme Marie-Anne l'avait deviné, loin de Sainte-Foy où se jouait le sort de la colonie, il s'était senti laissé-pour-compte. Malgré tout, il avait défendu son fort avec l'énergie du désespoir. Vaudreuil, friand de miracles, l'avait exhorté à tenir bon. Ce qu'il avait fait avec un détachement de miliciens affamés, épuisés et peu qualifiés.

« Le gouverneur m'avait laissé le rebut, dit-il. Pas un de mes canonniers ne savait pointer un fusil ou tirer une bombe. »

L'artillerie anglaise avait bombardé sans relâche ses retranchements et labouré ses baraques, les obligeant, lui et ses soldats, à dormir à la belle étoile. Marie-Anne le dévorait des yeux, oscillant entre l'admiration et l'empathie. Lui ? Je restai sous l'impression qu'il évoquait sa descente aux enfers juste pour elle. Après avoir reçu des ordres contradictoires de Vaudreuil et de Lévis, et comme ses ressources en hommes et en munitions ne lui permettaient pas de soutenir un siège, il avait organisé à contrecœur l'évacuation de ses troupes. À son arrivée à Montréal, une nouvelle secousse l'attendait :

« Le gouverneur avait décidé de capituler. Il était déterminé à tout céder aux Anglais : le Canada, l'Acadie, les postes de l'Ouest, jusqu'au pays des Illinois.

— Pourquoi tant de précipitation ? l'interrogea Geneviève.

— Son conseil de guerre en avait décidé ainsi, rétorqua-t-il, encore sous le coup de l'incompréhension. Sans le secours de Versailles, Bigot et les officiers supérieurs considéraient la situation comme sans issue. »

Vaudreuil avait envoyé Bougainville négocier les conditions de la reddition avec l'intransigeant commandant en chef des troupes britanniques en Amérique du Nord, Jeffery Amherst. Les tractations avaient donné lieu à un va-et-vient incessant entre les deux camps. Amherst leur avait refusé les honneurs de la guerre sous prétexte que nos alliés sauvages avaient commis des atrocités.

« Il a exigé que nous lui remettions nos drapeaux, dit-il en baissant la tête.

— Comme c'est humiliant ! fit Geneviève. Le chevalier de Lévis a dû en être ulcéré.

— Et comment ! il a même envisagé de rompre les négociations. »

Pour Lévis, cela revenait à capituler dans la honte. De plus, il voulait obéir à la consigne du roi. Louis XV avait ordonné à ses généraux de sauvegarder l'honneur de la France à tout prix. Bougainville donnait raison à Lévis. Mais il comprenait le dilemme de Vaudreuil.

« Le gouverneur était conscient de l'affront qu'il infligeait à Son Altesse en capitulant. Toutefois, il ne voyait pas d'autre issue. Avec deux mille hommes et six pièces d'artillerie, comment ses troupes auraient-elles pu affronter dix-huit mille soldats britanniques ? »

Au bout du compte, Vaudreuil n'avait pas retenu les arguments de Lévis. Fort de l'appui de l'intendant Bigot, il avait ordonné au général de se soumettre aux conditions d'Amherst. C'est ainsi que, le 8 septembre au soir, les Anglais étaient entrés en triomphe dans Montréal.

« Voilà, mesdames, comment la Nouvelle-France est tombée ! conclut Bougainville, sans cacher son dépit.

— Lévis devait ruer dans les brancards, commenta Geneviève en songeant au tempérament jupitérien du général.

— Il a obéi aux ordres à moitié seulement, lui précisa Bougainville. Ses bataillons ont déposé leurs pièces d'artillerie à la place d'Armes. Par contre, il a préféré brûler nos drapeaux, plutôt que de les rendre.

— Je ne suis pas experte en art militaire, mais il me semble que Montréal aurait pu tenir encore », avança Geneviève, dont la rancune contre Vaudreuil se ravivait à tout moment.

Derrière elle, une voix familière la força à tourner la tête.

« Vous avez tort, Geneviève. Si Vaudreuil s'était obstiné, Montréal aurait été pillée et sa population écrasée. Il a jugé que les Canadiens avaient consenti suffisamment de sacrifices. On les avait dépouillés de tout, il leur conserverait la vie. Pour sauver l'honneur de la mère patrie qui nous a lâchés sans état d'âme, fallait-il les laisser se faire massacrer? Décision lourde de conséquences! Je n'aurais pas voulu être dans ses souliers.

— Tarieu? Vous êtes là? Je ne vous ai pas entendu arriver», s'exclama Geneviève en s'élançant vers lui.

Debout sur le seuil de la porte, son mari avait les yeux hagards et sa tenue laissait à désirer. Un homme en fuite, brisé de fatigue. Geneviève lui sauta au cou. J'eus l'impression qu'il accueillait tièdement ses manifestations de tendresse. Pas question pour lui de s'asseoir avec nous, pas même le temps de reprendre son souffle. Chaque heure comptait. Pourchassé par les Anglais, il s'était arrêté simplement pour nous sommer de quitter la seigneurie au lever du jour.

«Écoutez-moi, les Anglais incendient toutes les maisons de la région. Le manoir ne sera pas épargné. J'ai tenté de le sauver, mais Murray s'est montré intraitable. Partez d'ici.

— Restez avec nous, le supplia Geneviève. Nous partirons demain tous ensemble.»

Il refusa. À regret, je pense, car il posa sur elle un regard chargé d'intensité.

«Je vous retrouverai à Québec dès que je le pourrai, promit-il en glissant sa main sur la joue de sa femme.

— Vous ne serez pas déporté, n'est-ce pas? Ni vous ni Petit Louis?» l'implora-t-elle.

Il haussa les épaules, comme pour lui signifier que cela ne dépendait pas de lui, et s'éloigna dans la nuit sans se retourner. Bougainville refusa l'hospitalité de Marie-Anne. Il la quitta à onze heures pour aller rejoindre son bateau en rade à Batiscan.

Je dormis mal, en proie à des angoisses terrifiantes. J'imaginais Pierre dans la cale d'un vieux rafiot, ballotté, affamé, épuisé… Je m'éveillai au petit matin. La maison grouillait déjà d'activité. Tels des automates, nous bouclâmes nos valises à la hâte. Je rassemblais mes derniers effets lorsque j'entendis les premiers coups de feu au loin. Les chiens du voisinage hurlèrent. Je dégringolai l'escalier et m'engouffrai dans la voiture, la main de Donoma dans la mienne. J'avais d'abominables crampes d'estomac. Malgré notre détermination à n'emporter que l'essentiel, les malles s'empilaient. Il y en avait tant qu'il fallut asseoir ma sauvageonne sur l'une d'elles. Nous allions partir quand elle fondit en larmes. Son chaton tigré demeurait introuvable. Geneviève courut jusqu'à l'étable, ramena la bête effarouchée et la déposa sur les genoux de la petite, qui l'agrippa. Puis, elle grimpa à côté de moi dans la calèche attelée par notre unique cocher, un vieil homme dont l'armée n'avait pas voulu. Marie-Anne aida Agathe, ralentie par les rhumatismes, à monter dans la seconde voiture tout aussi encombrée et, ayant saisi les rênes, fit claquer son fouet. Nous étions tendues comme des cordes de violon lorsque notre équipage s'ébranla.

Élisabeth, vous ne pouvez pas imaginer ce qu'il m'en coûte de revivre cette scène pénible. Trente-cinq ans ont passé et j'entends encore battre mon cœur. Les cavaliers en tenue de campagne rouge émergèrent du sous-bois au grand galop. Au lieu du tricorne, ils portaient une calotte piquée de deux plumes et avaient négligé de boutonner leurs redingotes. Ces miliciens anglais ou continentaux se dirigèrent vers le poulailler et s'emparèrent de nos oies et de nos volailles avant de mettre le feu au bâtiment. Pressés d'en finir, ils lancèrent ensuite leurs torches allumées sur le manoir. Pas de clémence pour les Canadiens de la noblesse !

Ce n'était guère prudent, mais Marie-Anne tira sur les guides, et sa voiture s'arrêta au milieu de l'allée seigneuriale. Geneviève ordonna à notre vieux cocher de l'imiter. Nous nous retournâmes à temps pour voir une partie du toit s'embraser. Dans la seconde voiture, Marie-Anne éclata en sanglots. À côté de moi, Geneviève pâlit. Des larmes glissèrent sur ses joues et c'est Donoma qui les essuya avec son mouchoir. Le feu se propageait déjà à l'étage et les flammes sortaient par les fenêtres. Geneviève avait laissé la porte de sa chambre grande ouverte et le rideau de mousseline en lambeaux, poussé par le courant d'air, flottait au vent. Ma cousine se ressaisit la première en voyant le brasier s'attaquer au rez-de-chaussée. Vite, il fallait fuir. Nos voitures s'élancèrent sur la route à vive allure.

À mi-chemin entre Sainte-Anne-de-la-Pérade et Québec, Geneviève me demanda si je pouvais l'héberger chez moi jusqu'au retour de Tarieu.

«Dites oui, maman Catherine», me supplia Donoma, ses petites mains entourant les miennes.

Je fis mine d'accepter parce qu'elle me le demandait si gentiment. En réalité, cela m'arrangeait drôlement. Je n'avais pas particulièrement envie de me retrouver seule avec une enfant, alors que l'inquiétude de savoir Pierre en mer me dévorait. Son mot d'adieu m'attendait à la maison. Il avait réussi à me l'expédier moyennant quelques pièces de monnaie qui lui auraient pourtant été fort utiles en Angleterre. Il ignorait quel sort l'attendait à Plymouth. Sitôt débarqué, on le jetterait sûrement en prison. Toutefois, pensait-il, les Anglais ne s'embarrasseraient pas longtemps des Canadiens. Ils les feraient traverser la Manche. Pierre aboutirait probablement à Dieppe, en France. De quoi vivrait-il au pays de nos ancêtres? Il avait confiance en sa bonne étoile. La fin de sa missive me creva le cœur. Il me suppliait de renvoyer Donoma dans sa tribu. *Elle y sera plus en sécurité*, m'écrivit-il. *À Québec, la vie d'une sang-mêlé s'annonce hasardeuse sous le nouveau régime.*

«Pourquoi serait-elle mieux dans une tribu indienne qu'ici? m'interrogea Geneviève.

— Parce que les Anglais en veulent à nos alliés à plume, répondis-je. Ils n'hésiteront pas à se venger des cruautés infligées à leurs soldats. Œil pour œil, dent pour dent!

— Voyons donc! Vous dites n'importe quoi.

— C'est malheureusement vrai, insistai-je. Je connais des bourgeois qui ont remis leurs esclaves à l'Hôpital général, dans l'espoir de leur épargner de mauvais traitements. Même sous la protection des bonnes sœurs, rien ne nous garantit que les sbires de Murray ne s'empareront pas d'eux. Pierre ne veut pas de cette vie de misère pour sa fille.

— C'est insensé, reprit-elle en s'emportant. Montcalm nous a assez répété qu'il vaut mieux ne pas faire confiance aux Abénaquis, car ils sont incontrôlables. Ils volent et pillent comme les Iroquois. Imaginez ce qu'ils peuvent faire à une petite sauvagesse élevée comme une Blanche.

— Et vous, ignorez-vous que les Blancs traitent les sang-mêlé comme des parias ? Les sauvages se montrent nettement plus accueillants envers eux. »

Elle prit alors un ton autoritaire pour me sermonner :

« Catherine, je vous interdis d'abandonner cette enfant aux sauvages. » Elle grimaça. « Des hommes qui se font piquer la peau du corps avec une aiguille pour ensuite la brûler avec de la poudre. Je vous trouve bien égoïste. Vous ne pensez qu'à vous. Vous n'aimez donc pas cette enfant ? »

En écoutant la tirade de sa marraine, les yeux de Donoma devinrent ronds comme des billes. Je suppliai Geneviève de lui épargner ses commentaires malveillants susceptibles de la troubler. Puis, d'une voix douce, je demandai à Donoma si cela lui plairait de retourner chez les Abénaquis. Elle éclata de joie. Puis, réalisant brusquement que nous serions séparées, elle se jeta dans mes bras et me supplia de partir avec elle. J'essayai de la raisonner. Elle me connaissait assez pour savoir que je n'avais pas l'âme d'une squaw. Je pleurai, bien entendu, moi aussi. Nous passâmes un long moment, pelotonnées sur le sofa, à tourner la question dans tous les sens. Geneviève ne lâcha pas prise.

« Donoma doit demeurer dans sa famille blanche », martela-t-elle.

Nous nous obstinions toutes les deux comme si la petite n'était pas là. S'ensuivit une interminable dispute que nous n'aurions pas dû tenir en présence de la pauvre enfant, à qui nous imposions de si cruels déchirements.

« Vous avez entendu Donoma, rappelai-je à Geneviève. Elle veut retourner dans sa famille sauvage. Vous la connaissez, quand elle a une idée en tête, impossible de l'en faire changer.

— Avez-vous perdu la raison ? Donoma est trop jeune pour savoir ce qui lui convient.

— Peut-être, mais c'est Pierre qui l'a voulu. Et... »

Elle me coupa la parole avant que j'aie la chance de terminer ma phrase.

« Pierre n'est plus là pour s'occuper de sa fille. Pense-t-il seulement à elle là où il est ?

— Ne soyez pas mesquine, Geneviève. Pierre a toujours cherché son bien. S'il n'a pas voulu la couper de ses racines, il avait ses raisons.

— Ah! il veut son bien, votre Pierre. Alors, pourquoi la laisserait-il grandir dans un monde sans hygiène? un monde où les jeunes filles se donnent à qui les veut?

— Vous êtes dure, Geneviève, laissai-je tomber pour clore la dispute. Vous pourriez au moins vous retenir devant Donoma.»

◈◈◈

Une chose en amenant une autre, Lacorne de Saint-Luc s'arrêta rue des Jardins soi-disant pour m'annoncer sa décision de rester au pays. Murray autorisait les officiers désireux de régler leurs affaires à retarder leur départ, malgré leurs états de service dans l'armée française. Mon vieil ami se prévaudrait de cette offre. Avec le recul, je comprends qu'il s'agissait d'un simple prétexte pour se pointer chez moi. En réalité, il venait s'enquérir du sort de Donoma, comme Beaubassin l'en avait prié. D'ailleurs, il n'avait pas sitôt mis les pieds dans le salon qu'il s'informait d'elle. J'en profitai pour lui demander conseil.

«En gardant Donoma avec moi, croyez-vous que je l'expose à une vie d'esclave, comme s'en inquiète Pierre? Devrais-je la renvoyer dans sa famille abénaquise? D'après Geneviève, il faut plutôt la laisser grandir ici.»

Sans hésiter, il pencha en faveur de mon mari. Pas tant à cause de la menace anglaise qu'en raison de la nature farouche de la petite. Voyant cela, Geneviève se mêla de la conversation.

«Dites-moi, Saint-Luc, pourquoi Pierre a-t-il confié sa fille à Catherine, si c'est pour la lui enlever un an et demi après? Oublie-t-il qu'elle s'est attachée à l'enfant?

— Il n'avait guère de choix.

— Comment ça? le coupai-je. Pierre ne m'a jamais fourni ses raisons.

— Ah! Catherine, c'est une histoire bien compliquée. En temps normal, il ne m'appartiendrait pas de vous la révéler. Mais si Beaubassin était là, je suis sûr qu'il ne vous cacherait rien.»

Geneviève s'avança sur son siège pour écouter.

« Donoma doit-elle sortir de la pièce ? demandai-je à Saint-Luc.

— Non, elle peut rester. Donoma sait que Beaubassin vous l'a confiée parce que sa maman sauvage se mourait des fièvres. »

Donoma fit oui d'un signe de la tête. Les larmes lui montèrent aux yeux. Saint-Luc reprit :

« Sur son lit de mort, sa mère a demandé à Pierre de l'amener avec lui chez les Blancs.

— Puisque c'était le souhait de sa mère, raison de plus pour la laisser à Catherine.

— Madame de Lanaudière, vous auriez raison si…

— Si quoi ? dis-je, exaspérée par sa lenteur.

— Vous auriez raison si sa mère était morte. Or, elle s'est rétablie et, aujourd'hui, elle réclame sa fille. Puisque Pierre n'est plus là, l'enfant doit être rendue à sa mère. »

Un frisson me traversa. Je guettai la réaction de Donoma.

« Quoi ? Ma maman sauvage est vivante ? bien vivante ? »

Ses yeux allaient de Saint-Luc à moi, comme si elle n'arrivait pas à le croire. Dès lors, elle n'eut plus qu'une idée : retourner à la mission. Il offrit de l'y conduire. Elle accepta de partir avec le « grand manitou blanc », comme elle l'avait surnommé. Le cœur serré, je l'aidai à passer la robe que Pierre lui avait rapportée de son dernier séjour dans les pays d'en haut. Confectionnée d'une peau de cerf, avec une seule couture le long du côté droit, des franges et des piquants de porc-épic rouges, bleus, jaunes et roses ornaient le bas de l'empiècement. Avec ses longs cheveux noirs nattés, on aurait pu croire qu'elle n'avait jamais quitté sa tribu. Elle insista pour emporter ses toilettes de demoiselle, ses poupées et son coffre à jouets. Les yeux gonflés, Agathe prépara sa valise. Au moment des adieux, mon adorable Donoma me fit promettre d'aller lui rendre visite à la mission. En embrassant Geneviève, elle lui confia qu'elle ne croyait plus aux fées, mais qu'elle se souviendrait toujours des personnages imaginaires que sa marraine avait inventés pour peupler ses rêves.

Avant que l'émotion nous gagne tout à fait, Saint-Luc hissa Donoma sur le siège de la voiture en lui parlant en abénaquis. À ma grande surprise, elle lui répondit dans sa langue maternelle, qu'elle n'avait pas oubliée.

Cette rupture m'anéantit, moi qui, jusque-là, n'avait jamais perdu le goût de vivre. Je versai un torrent de larmes. Tantôt, le beau visage de Pierre surgissait dans mon esprit, tantôt, celui de Donoma, sa copie miniature. Marie-Anne regagna Sainte-Anne, déterminée à rafistoler la maison incendiée de ses ancêtres, et je restai seule à Québec avec Geneviève. Sans elle, jamais je n'aurais surmonté ma douleur. Juste retour des choses, elle veilla sur moi, même si elle avait désapprouvé ma décision de laisser partir la petite.

Je garde en mémoire sa résignation les jours précédant le départ de Tarieu. S'il lui avait ouvert les bras, elle aurait traversé l'océan avec lui, malgré sa hantise. J'insistai tant et plus, même si je savais que son exil me condamnerait à vivre dans une profonde solitude :

« Demandez-lui de vous emmener. Il n'attend probablement qu'un mot de vous.

— Vous vous trompez. J'ai bafoué son orgueil et il m'en veut. Dès qu'il ouvre la bouche, je le sens prêt à m'inonder de reproches. Alors, il se retient et s'emmure.

— Lui avez-vous demandé pardon ? »

Elle se laissa tomber de tout son long sur le sofa et dit sur un ton désespéré :

« Mon pardon ? Il n'en a cure. Je n'existe plus pour lui. Il m'a rayée de sa vie. »

C'était là, Élisabeth, la conviction de votre grand-mère. Un mot de Tarieu aurait décidé de son départ. Il ignora son appel.

Très chère Catherine,

À ce moment précis de votre récit, Tarieu s'apprête à quitter le pays sans Geneviève. L'a-t-elle rejoint en France ? Loin de leurs douloureux fantômes, je veux croire qu'ils ont pansé leurs blessures. Je serais désolée si la rancune et la colère avaient incité mon grand-père à sacrifier la femme qu'il aimait !

Une chose encore, avez-vous fini par découvrir qui, de Montcalm ou de Tarieu, était le père du mystérieux enfant de Geneviève ? Comme je vous connais, vous avez dû déployer vos talents de magicienne pour délier la langue de la trop secrète Geneviève. J'ose espérer que vous avez réussi.

Une fois déportés en France, certains de vos amis ont probablement dû rendre compte de leur conduite passée. Je pense, bien sûr, à l'affreux Bigot, mais aussi au gouverneur Vaudreuil, dont l'administration ne fut pas sans tache, si j'en crois votre récit. Ont-ils subi un procès ?

Un mot enfin à propos de votre vieil ami Lacorne de Saint-Luc. Vous n'ignorez pas qu'il fut mon grand-père, votre petit Louis ayant épousé sa fille,

Geneviève-Élisabeth. Ma mère me parle souvent de sa force herculéenne et de son humour décapant. Mon père, lui, se rappelle comme il s'était attaché à votre chère Donoma. Qu'est devenue cette enfant qui vous a inspiré des sentiments maternels ? Je vous l'avoue candidement : si j'avais été des vôtres, lorsque vous avez décidé de son sort, j'aurais, comme Geneviève, cherché à vous convaincre de la garder avec vous.

À présent, il vous reste la plus douloureuse de toutes les tâches : me dire comment est morte Geneviève. Chaque année, mon père se recueille sur sa tombe le 4 juillet. Je vous en supplie, ne me cachez rien.

Je vous serre contre mon cœur et vous laisse travailler en paix.

Votre Élisabeth

Huitième cahier

Automne 1760 — juillet 1762

Quelques gouttes de laudanum...

Vous avez sans doute remarqué les ratures dans mes dernières pages et j'enrage à vous les imposer. Je réclame votre indulgence, chère Élisabeth. J'ai la main lourde et ma plume grince sur le papier. Je manque de temps pour recopier ma prose. Ma santé se délabre, je dois me hâter, car mon cœur peut lâcher n'importe quand.

La boucle est presque bouclée. Me voilà revenue aux funestes jours des grands départs dont je vous ai parlé au début de mes mémoires. La détermination des Anglais à se débarrasser des *French and bad subjects* ne souffrait pas d'ambiguïté. Plus vite les «croix de Saint-Louis» s'en iraient avec le reste de la noblesse fainéante, mieux s'en porterait le pays! baragouinaient-ils dans un mauvais français. Autrement dit: bon débarras! Même hostilité à l'égard du clergé catholique, cette haute bourgeoisie de noir vêtue qu'ils se promettaient de mettre au pas. Bigot? Le brigadier général James Murray aurait volontiers pendu par le cou comme un vulgaire bandit ce grand responsable de la banqueroute financière de la colonie. Il jugeait presque aussi sévèrement le gouverneur. Vaudreuil devait être bien aveugle pour n'avoir rien vu des friponneries de l'intendant. Comme me le fit remarquer Geneviève, cela n'empêcha pas notre conquérant anglais d'accorder à Bigot des passe-droits refusés aux autres expatriés. À commencer par le traitement de faveur qui lui fut réservé à bord du *Jenny*.

Sacré Bigot! Tandis qu'il voguait allégrement vers la France, nous découvrîmes qu'avant de prendre la mer il avait fait main basse sur le peu de biens qu'il nous restait. Au magasin du roi, il laissa les étagères vides. Maître après Dieu de toutes les marchandises, notre intendant bien-aimé avait distribué les produits de pacotille à ses anciens associés demeurés au pays, remis les objets de valeur à des négociants chargés de les écouler à son profit et emporté les fourrures invendues. Des charriots traînés par des bœufs avaient transporté son butin au port. Sa vaisselle, sa verrerie et ses vases en porcelaine émaillée furent embarqués. Et vogue la galère !

«Comment ce diable d'homme a-t-il réussi à mettre l'état-major anglais dans sa poche?» se demandait Geneviève.

Question futile. Rien ne nous surprenait plus chez ce scélérat capable des pires entourloupettes. Dans sa première lettre, Petit Louis, qui avait traversé l'Atlantique en sa compagnie, nous apprendrait que l'intendant et la Pompadour du Canada avaient fait bombance à bord du *Jenny* comme durant les années de vaches grasses. Le menu fretin, c'est-à-dire le reste des passagers, avait dû se contenter de pois et de biscuits.

Le marquis de Vaudreuil s'en alla plus discrètement. Décrié par une partie de son état-major pour ses mauvaises décisions prises aux dernières heures de la Nouvelle-France, notre gouverneur avait le caquet silencieux. La marquise, plus hautaine qu'à l'accoutumée, essayait de le conforter dans l'idée qu'il avait rempli admirablement le rôle que lui avait confié le roi.

De son côté, le chevalier de Lévis, solide comme le roc, monta à bord du *Marie*, un bateau racheté aux Anglais par Louis Pénissault, le mari de sa maîtresse. Nous ne devions jamais revoir ce trio dont la singulière amitié ne survécut pas à la transplantation parisienne, la séduisante Marguerite ayant reporté son affection sur un influent haut fonctionnaire français. Et pas n'importe lequel ! L'omnipotent duc de Choiseul, secrétaire d'État aux Affaires étrangères.

Chargé d'assurer l'embarquement des troupes avec Bougainville, Bourlamaque s'arrêta un court instant pour me faire ses adieux. Il évoqua nos belles soirées, sans toutefois mentionner la déception amoureuse que je lui avais infligée. Je me sentis honteuse de l'avoir éconduit comme un imposteur et me montrai plus avenante qu'à l'accoutumée. Je lui devais bien cela.

«J'ai toujours eu de l'admiration pour vous», lui confessai-je.

Nous causâmes de son séjour parmi nous. Il me confia avoir rencontré au Canada plus de soldats courageux que partout ailleurs en Europe. Cela me toucha. Avant de clopiner jusqu'à son régiment, il se permit une prédiction qui allait s'accomplir :

« Vous verrez, les bons traitements des Anglais inciteront les Canadiens à se rallier. »

Ne restait plus que Bougainville. Je le vis s'avancer vers Marie-Anne. Quelle grande dame ! Elle profita de cet ultime tête-à-tête avec son amant infidèle pour l'embrasser sur les deux joues et lui souhaiter une fructueuse carrière dans les armes, une vie amoureuse grisante et une flopée d'enfants. Pas un sanglot, pas la moindre larme. Il conserverait d'elle son plus charmant sourire.

Nous ne devions plus revoir nos deux amis. Ils montèrent à bord du *Joanna* qui partit le surlendemain. De tous ces départs, celui de Tarieu fut le plus bouleversant, comme je l'ai raconté dans les premières pages de mes mémoires. Geneviève ne se remit jamais de la séparation. Toute à son affliction d'avoir été laissée derrière, elle n'eut pas le cœur à jouer les bonnes Samaritaines auprès de sa mère affectée par l'expulsion de son fils Charles. Je multipliai mes visites à la vieille dame, comme je m'efforçai de sécher les larmes de Geneviève, de plus en plus encline à se voiler dans la mélancolie. Je n'ai pas honte de le dire, mon propre chagrin fut relégué à l'arrière-plan.

L'automne 1760 s'installa pour de bon avec son orgie de feuilles jaunes et rouges couvrant le sol. Sous les arbres nus, Québec, vidée de la petite aristocratie française, baignait dans une atmosphère lugubre. Ironie du sort, le palais de l'intendant où nous avions tant festoyé avait des allures de caserne militaire depuis que les régiments anglais y logeaient.

Je n'avais pas revu Geneviève depuis un mois. Je la soupçonnais de vouloir me dissimuler son abattement. Après le départ de son mari et de son fils, elle n'en menait sûrement pas large. Au bout de quelque temps, je me dis : ça suffit. Quelle sorte d'amie serais-je si je ne cherchais pas à la tirer de sa léthargie ? Je me présentai chez elle. Sa maison était dans un état lamentable, même si Tarieu avait fait réparer l'escalier menant à l'étage et remplacé les carreaux. L'approche des grands froids n'augurait rien de bon, car les murs fissurés avaient été replâtrés à la hâte.

J'entrai dans le salon sur la pointe des pieds, consciente de tomber comme un cheveu dans la soupe. En visite chez sa fille, madame de Boishébert lui infligeait le supplice de la question. Avez-vous reçu des nouvelles de votre époux ? Non, maman. Croyez-vous que Tarieu vous fera venir en France ? Je l'ignore, maman. Ne craignez-vous pas la traversée ? Oui, maman. Périr dans un naufrage, quel cauchemar ! Tous ces vaisseaux perdus en mer ! Cette année, deux ; l'an dernier, trois. Je sais, maman. Pouvez-vous imaginer un continent entre nous ? M'entendez-vous, Geneviève ? Répondez, voyons… Seul le tic tac de la pendule résonna. Mon amie avait une peur bleue des flots et je doutai qu'elle songeât sérieusement à braver seule l'océan réputé se déchaîner à la saison des pluies. Madame de Boishébert n'insista pas, plutôt contente, je présume, de garder sa fille avec elle à Québec.

L'après-midi ne nous réserva rien de palpitant. Entre nous, il fut surtout question de nos proches expédiés en France contre leur gré. Pendant le thé, l'humeur morose de Geneviève me gagna, alors que j'étais venue pour la requinquer. Nous cherchions à nous convaincre que la vie en pays conquis ne serait pas la catastrophe annoncée. Cependant, séparée de Tarieu et de Petit Louis, mon amie ressentait un profond vide et moi, sans Pierre et Dodoma, j'étais seule au monde.

« Je traîne mes savates du matin au soir, nous avoua-t-elle. Chaque geste me pèse.

— Essayez d'oublier le passé, dis-je pour l'encourager.

— Catherine a raison, opina Madame-mère. Il faut sortir, vous divertir, rencontrer des amies.

— Pour aller où ? La ville n'est plus qu'un cimetière de maisons à moitié écroulées. »

Elle avait un peu raison. Nous vivions en effet entourées d'un amas de décombres que personne n'avait le cœur de déblayer. Quand même !

L'inertie la clouait à son siège, on aurait dit qu'elle se décomposait sous nos yeux. Sa tristesse, je pouvais la comprendre, je ressentais la même depuis le départ de Pierre. Pour elle, c'était pire encore, puisqu'elle pleurait Montcalm. Mais plus je l'observais, moins elle me semblait dans son état normal. Molle comme une chique, le débit lent, l'œil éteint. Je connaissais sa nature mélancolique, mais je ne l'avais jamais vue aussi affalée. L'apothicaire lui avait recommandé de mettre trois gouttes de laudanum dans ses infusions pour soulager ses douleurs menstruelles et cela la rendait confuse. Se pouvait-il qu'elle en ait ingéré une forte dose pour calmer ses souffrances morales ? Je n'ignorais pas les ravages causés par l'abus de la teinture d'opium. Sans le dire en autant de mots, Madame-mère partageait mes craintes. Avant de regagner l'hôpital, elle me glissa à l'oreille :

« Geneviève n'est pas dans son assiette. Aidez-la à se ressaisir, je vous en supplie. »

Après son départ, Geneviève se recroquevilla sur le canapé en prétextant une migraine atroce. Dans l'espoir de me voir déguerpir, elle ferma les yeux et ignora ma présence.

« J'aimerais que tu viennes habiter chez moi », lui lançai-je de but en blanc.

Je l'avais tutoyée, comme je le faisais dans les moments graves, quand nous étions en tête-à-tête. Elle fit signe que non. J'insistai, je l'aimais trop pour me contenter d'un refus :

« Nous avons tout partagé, toi et moi, lui dis-je en lui prenant la main. L'espoir comme la détresse. J'ai besoin de toi, comme toi de moi.

— Tarieu m'a demandé de m'installer à Sainte-Anne.

— Au manoir ? Tu n'y penses pas sérieusement ? Les Anglais l'ont brûlé.

— Marie-Anne m'assure que le feu n'a pas tout détruit.

— Elle n'en est pas moins rentrée à Québec. L'entreprise de le remettre en état était au-dessus de ses forces. »

Je refusais de laisser Geneviève aller s'enterrer là-bas avec ses chagrins et ses remords. Elle n'aurait pas survécu dans un milieu aussi chargé de souvenirs. Je ne l'imaginais pas davantage vivant seule dans sa maison délabrée de la rue du Parloir. Je revins à la charge tant et plus. Pour finir, j'invoquai mon propre chagrin. Elle hésita un moment encore, puis accepta mon hospitalité. Ce ne furent pas tant mes arguments qui la convainquirent, que sa fatigue d'esprit. Elle n'avait plus l'énergie de gérer les tracas quotidiens. La perspective de s'en remettre à moi la soulageait.

Ce que je vous raconte à présent, Élisabeth, s'est passé à la fin d'avril 1761. Nous avions connu *a very severe winter*, pour paraphraser les Anglais. Cinq mois s'étaient écoulés depuis le début de notre vie commune et, comme tous les Canadiens restés au pays, nous vivions dans l'attente de nouvelles d'outre-mer. J'en recevais rarement de Pierre, qui maniait mieux les raquettes que la plume. Tarieu n'écrivait pas davantage à Geneviève.

Un matin chargé de parfums printaniers, nous nous engageâmes dans la rue d'un pas pressé, sous un ciel bleu plombé de taches grises. Geneviève tenait à se présenter au bureau de poste pour récupérer son courrier. Cela peut sembler incroyable, mais les autorités anglaises examinaient à la loupe toutes nos lettres, celles reçues comme celles envoyées. Il fallut nous livrer à des tours de passe-passe pour déjouer la censure. C'était risqué, car nos nouveaux maîtres ne toléraient aucun écart au règlement.

Geneviève me serrait le bras. Je nous revois toutes les deux dans nos robes en étoffe noire, sans dentelle, les mains gantées et les pieds chaussés de souliers de chamois de même couleur. On aurait dit des nonnes. La garnison anglaise venait d'annoncer la mort de George II, d'où l'avalanche d'*Union Flag* en berne déferlant sur la ville. Le roi était décédé l'automne précédent, mais nous l'avions appris seulement à la reprise de la navigation. Déterminé à faire de nous de parfaits Anglais, le gouverneur Murray avait décrété un deuil collectif avec l'obligation de nous vêtir en conséquence, sous peine de châtiment. Encore un peu et il nous aurait imposé le voile de crêpe. Cette orgie de noir qui n'épargna pas les hommes nous semblait excessive, étant donné que les

Anglais n'avaient guère pleuré leur roi, trop allemand à leur goût. Autrement dit, Murray ordonnait aux Canadiens de paraître accablés de chagrin, alors qu'en Grande-Bretagne les vrais sujets de Sa Majesté avaient accueilli sa mort sans émotion.

À la poste, nous prîmes notre place dans la file. Au bout d'une heure à faire le pied de grue, un fonctionnaire boutonneux portant des lunettes à monture d'acier remit une lettre à Geneviève. À tout hasard, je réclamai mon courrier. Je lui épelai mon nom – Beaubassin, ce n'est pas sorcier, sauf pour un Anglais –, mais il n'y avait rien pour moi. Geneviève attendit notre retour à la maison avant d'ouvrir le pli dont le cachet avait été rompu. Elle déplia les feuilles en tremblant, car elle avait reconnu l'écriture toute en griffons de son Petit Louis.

D'entrée de jeu, Élisabeth, votre père lui narrait son épouvantable traversée sur une mer houleuse : *J'avais peur de me casser le cou en me promenant sur le pont*, écrivit-il. *Le vent gorgé d'eau me fouettait le visage.* Seuls bons moments, ceux consacrés à la pêche, à laquelle il s'était adonné pour améliorer son menu quotidien composé de potage de semoule de seigle et de pois. En débarquant dans le port de La Rochelle, il avait retrouvé son père, arrivé la veille. Tarieu manquait d'entrain, mais Geneviève ne devait pas s'en inquiéter. Il se remettait d'une légère indisposition contractée en mer. Comme la plupart des officiers canadiens en exil, il espérait être incorporé à l'armée française, conscient, cependant, que son âge – il avait cinquante ans – diminuait ses chances. S'il pouvait toucher ses appointements, cela le ragaillardirait.

De son côté, Petit Louis avait repris du service. *Mon régiment pourchasse une bande de contrebandiers qui ravagent les campagnes. Ne craignez pas, ma chère maman, je ne fais pas de zèle. Les fermiers que nous sommes chargés de protéger sont d'aussi grands coquins que les brigands que nous combattons.* Il avait suivi son régiment à Paris. Ah ! le Louvre, le Pont Neuf... Même Notre-Dame l'avait impressionné. Cela fit sourire sa mère, car il ne raffolait pas des cathédrales. La vie mondaine l'attirait davantage. *Dans ce pays, je suis comme un poisson dans l'eau*, l'assura-t-il. *Figurez-vous qu'en Normandie la duchesse de Mortemart, une amie de mon oncle Charles, m'a présenté à la noblesse. Son salon est très couru et j'y ai mes entrées.*

Geneviève soupira d'aise. Elle pouvait se tranquilliser l'esprit, son cher fils se débrouillerait en France. J'étais soulagée, moi aussi, car je redoutais les écarts de conduite d'un jeune homme qui, laissé à lui-même, avait tendance à se mettre dans de jolis pétrins. Je notai que les yeux de mon amie se remplissaient d'eau. À moitié convaincue d'avoir perdu Tarieu à tout jamais, elle reportait tout son amour sur Petit Louis, désormais son unique raison de vivre. Je me mouchai bruyamment pour camoufler l'émotion qui me gagnait. Nous étions constamment à fleur de peau. Elle replaça le coussin de velours dans son dos et, la nuque appuyée contre le dossier, reprit sa lecture, cette fois à haute voix. Petit Louis lui annonçait que Bigot et sa bande de profiteurs allaient bientôt répondre de leur administration coloniale devant la justice française.

L'intendant déchu était apparemment dans l'eau bouillante. Accusé d'actes contraires aux intérêts du roi, son manutentionnaire Joseph Cadet avait été mis aux arrêts. Cet ancien boucher qui, dans sa jeunesse, avait gardé les pourceaux à Charlesbourg n'avait pas l'intention de porter seul le chapeau. *On a interrogé Cadet pendant trois jours*, écrivit Petit Louis. *Au deuxième, il a craqué. Moyennant sa grâce, il a promis de dévoiler les dessous des dépenses engagées par l'intendant au Canada.*

«Bigot doit en être malade de peur», commenta Geneviève en tournant les pages.

Soudain, la feuille qu'elle lisait lui tomba des mains. Je la ramassai pour voir la suite : *Ma chère mère*, écrivait encore son fils, *j'aime autant vous prévenir : le tribunal souhaite entendre père comme témoin.* Tarieu, nous le savions, avait brassé des affaires profitables avec les membres de la bande à Bigot. *Pour l'instant, il n'est accusé de rien*, conclut-il.

Il nous fallut attendre au milieu de l'été avant d'apprendre que Tarieu avait comparu au Châtelet de Paris. À l'issue d'un interrogatoire de moins de deux heures, on ne l'avait pas incriminé. Geneviève en fut soulagée. Tarieu semblait s'ajuster à sa nouvelle existence, comme sa première lettre le donnait à croire. Il avait loué une maison à La Rochelle et y avait aménagé avec son serviteur, un dénommé Jean. Il annonçait à Geneviève le mariage de son frère Charles avec leur cousine Charlotte-Antoinette de Boishébert et de Raffetot.

« Vous demande-t-il d'aller le rejoindre ? m'enquis-je auprès d'elle.

— Non, il n'y fait pas allusion. Sa vie continue, la mienne s'est arrêtée », murmura-t-elle.

Allongée sur le canapé de velours de mon salon, Geneviève somnolait. Elle avait l'habitude de faire la sieste après le repas du midi et je profitai de ce moment de solitude pour monter fureter dans la chambre d'amis qu'elle occupait. Je voulais savoir si elle avait vidé le contenu de sa fiole de laudanum, comme cela lui arrivait de temps à autre. Je trouvai le petit flacon de sa fameuse drogue libératrice à demi rempli sur sa table de chevet, preuve qu'elle n'en avait pas abusé ce jour-là. Soudain, je sursautai en entendant le piaffement de chevaux. Je courus à la fenêtre, d'où je vis un carrosse ralentir, puis s'arrêter devant chez moi. Le colosse qui en descendit ne pouvait être que mon vieil ami Saint-Luc. Je me précipitai dans l'escalier et, avant même que le coup de sonnette retentisse, je lui ouvris la porte.

« Cher ami, que me vaut cette belle visite ?

— Ça y est, je pars en France ! »

Sa voix tonitruante fit sursauter Geneviève dans la pièce d'à côté. Elle s'appuya sur son coude pour écouter ses explications. Le délai de dix-huit mois accordé par le gouverneur anglais aux officiers canadiens ayant de la fortune, afin de leur permettre de vendre leurs possessions, était écoulé. Saint-Luc avait épuisé tous ses recours, si bien qu'il devait quitter la colonie et aller grossir les rangs de nos compatriotes exilés. Geneviève se leva et se traîna les pieds jusqu'à la porte.

« Je vous félicite d'avoir profité de ce privilège, lui dit-elle. Mon mari a préféré s'embarquer immédiatement en me laissant derrière. »

Son ressentiment envers Tarieu suintait. Saint-Luc ne releva pas le blâme qui visait son bon ami Lanaudière.

« Chacun voit les choses à sa façon, se contenta-t-il de répliquer. Quoi qu'il en soit, tôt ou tard, nous sommes tous forcés de nous expatrier.

— Où avez-vous puisé le courage pour prendre la mer après ce que vous avez vécu ? » lui demanda-t-elle.

Je jugeai sa remarque déplacée. Trois ans plus tôt, les deux fils aînés de Saint-Luc avaient disparu lors du naufrage du *Diamant*, pulvérisé en pleine mer. Il ne releva pas l'allusion à cette tragédie, mais se contenta de dire que seul son âge l'inquiétait. À cinquante ans passés, il se sentait un peu usé pour repartir à zéro. Néanmoins, il ferait contre mauvaise fortune bon cœur. Ses deux derniers garçons voyageraient avec lui.

« Et votre épouse ? l'interrogea Geneviève.

— Une fois installé là-bas, je la ferai venir avec mes filles.

— C'est aussi ce que Tarieu m'avait laissé croire avant son départ, dit-elle de plus en plus abattue. J'ai bien peur que ce projet n'aboutisse pas. Plaise à Dieu que vous vous souveniez de votre promesse à madame Lacorne de Saint-Luc !

— Pourquoi dites-vous ça, Geneviève ? protestai-je. Tarieu n'a pas changé d'idée. Simplement, il vient de s'établir à La Rochelle. Et encore, il n'est pas sûr d'y rester. »

Elle ne répliqua pas. À l'évidence, elle n'en avait pas fini avec Saint-Luc :

« N'est-ce pas un peu tard dans la saison pour prendre la mer ? Nos amis partis à pareille date l'an dernier ont essuyé des vents impétueux. »

Qu'est-ce qui lui prenait d'évoquer pour la deuxième fois un possible naufrage devant un homme déjà secoué par le malheur ? Elle manquait de tact et cela me plongea dans l'embarras. Lui ? En apparence, il ne s'en formalisa pas. Il lui rétorqua aussi sec :

« Impossible de faire autrement, ma chère. » Se tournant vers moi, il ajouta : « Je voyagerai à bord de *L'Auguste*, un trois-mâts capturé par les Anglais pendant la guerre. »

L'avant-veille, il avait visité ce voilier vétuste. Il l'avait trouvé en si mauvais état qu'il avait proposé à Murray d'en acheter lui-même un autre pour sa traversée. Le gouverneur anglais avait poliment refusé son offre. Il ne l'avait pas davantage autorisé à retenir les services d'un pilote capable de guider *L'Auguste* jusqu'à la mer. Il avait reconnu que le capitaine désigné connaissait mal les eaux fluviales, mais il comptait sur sa dextérité pour manœuvrer entre les récifs et les hauts fonds. L'éclair de mépris dans le regard de Murray avait irrité Saint-Luc.

« Il se dit probablement que plus il y aura de passagers qui crèveront, mieux ce sera.

— Quel odieux calcul ! dis-je, franchement outrée.

— Vous voyez bien que j'ai raison de vous mettre en garde », insista Geneviève.

Il sortit son billet de sa sacoche et le déposa sur le coin de la table :

« N'essayez pas de me faire changer d'idée. J'ai réservé mon passage. La chambre du bâtiment que j'occuperai avec mes fils, une cabine de luxe qui n'en a que le nom, m'a coûté trois mille livres. Je compte en avoir pour mon argent. Pourvu que j'aie des compagnons avec qui prendre le coup d'appétit ! Peut-être même un adversaire redoutable aux échecs ? »

J'attendis d'être seule avec lui pour lui poser la question qui me hantait depuis son arrivée :

« Avez-vous revu Donoma ? Savez-vous si elle s'ennuie de moi ? »

Saint-Luc me rassura. Il s'était arrêté deux fois déjà à la mission et la petite lui avait semblé s'adapter parfaitement. Comme il disposait d'une semaine avant l'embarquement, il me proposa d'aller lui rendre visite chez les Abénaquis. Un an plus tôt, en la ramenant à la mission, il lui avait promis de m'y conduire. J'étais folle de joie.

La mère sauvage de Donoma

Le lendemain, nous devions partir à l'aurore. La journée s'annonçait exquise et, après bien des tergiversations, Saint-Luc obtint que Geneviève nous accompagnât à la mission de Saint-François. Faut-il vous le confesser? Cela me désappointa joliment. Son moral à plat commençait à me peser et je rêvais secrètement d'un congé, pour notre plus grand bien à toutes les deux.

De bon matin, imaginez ma déconvenue lorsque je la vis au mieux de sa forme. La veille, je l'avais laissée lasse et toussoteuse, je la retrouvais enjuponnée, corsetée et parfumée. Elle portait une jolie robe de couleur prune et s'était crêpé les cheveux à la dernière mode. Je l'interrogeai sur cette métamorphose en montant dans le carrosse de Saint-Luc. Elle m'avoua candidement s'être mise sur son trente et un pour aller voir sa princesse des bois. Son attachement à Donoma ne faisait aucun doute. Elle avait enveloppé dans du papier vélin son livre préféré, *Don Quichotte*, et le lui apportait. Combien de fois lui avait-elle lu le célèbre roman de Cervantes? Je ne saurais le dire. En tout cas, la petite avait fini par l'apprendre par cœur.

J'ignorais alors qu'en nous accompagnant, Geneviève nourrissait l'espoir de la ramener à la maison. La route nous parut interminable jusqu'à la réserve abénaquise établie au pied de la rivière Saint-François. J'avais hâte d'embrasser mon adorable sauvageonne. Comment m'accueillerait-elle?

«Cessez de vous faire du mouron, Donoma vous adore», m'assura Saint-Luc. Il en profita pour m'avertir de l'état déplorable de la mission: «Ce n'est pas la misère noire, mais le délabrement vous surprendra. Après le massacre, les survivants ont reconstruit les cabanes avec des matériaux de fortune.

— Quel massacre ? » l'interrogea Geneviève.

Elle ignorait – tout comme moi d'ailleurs – qu'à l'automne 1759, les Anglais avaient rasé la mission des Abénaquis restés neutres pour ne pas déplaire aux Français. L'opération avait viré au carnage. Une effroyable panique s'empara de Geneviève en entendant cela :

« Catherine, vous ne pouvez pas laisser Donoma dans cette tribu ! me supplia-t-elle. Elle n'est pas à l'abri d'une nouvelle attaque. Je vous en prie, ramenons-la avec nous.

— Mais non, mais non, protesta Saint-Luc. Les Abénaquis ont fait la paix avec les Anglais. Donoma a été accueillie dans la réserve comme l'enfant prodigue. Elle vit dans la maison longue de la mère de clan. Vous verrez, elle y est très heureuse. »

Mon regard se porta de l'un à l'autre. Qui devais-je croire ? J'étais tellement influençable. Comme pour donner raison à Geneviève, notre arrivée créa tout un émoi. Les chiens aboyèrent à l'unisson, ce qui effaroucha nos chevaux. Au même moment, nous aperçûmes une bande de sauvages presque nus au milieu d'un champ situé à gauche d'une série d'habitations. La tête ceinte d'un bandana, ils se menaçaient avec des bâtons recourbés. Je sursautai :

« Ma parole, ils s'entretuent ? »

Geneviève serra le bras de Saint-Luc pour le forcer à rebrousser chemin. Il éclata d'un grand rire.

« Allons, mesdames, calmez-vous. Ces jeunes Abénaquis ne feraient pas de mal à une mouche. Ils jouent une partie de crosse. Voyez la balle. Avec le bâton, ils cherchent à la mener à leur but, tout en empêchant leur adversaire de la détourner vers le leur. »

Notre calèche s'arrêta devant une hutte de forme ovale recouverte d'écorce de bouleau, en retrait de la route. Je n'avais pas sitôt mis le pied à terre que des cris fendirent l'air.

« Maman Catherine ! Maman Catherine ! »

Mon cœur se serra. J'aurais reconnu la voix chaude de Donoma même dans un tumulte assourdissant. Elle sortit du wigwam comme une flèche et atterrit dans mes bras en baragouinant des mots dans une langue inintelligible. Saint-Luc traduisit :

« Elle prévient sa famille abénaquise que vous êtes sa mère blanche. »

Je l'examinai sous toutes ses coutures. Comme elle avait changé en un an ! J'avais vu partir une gamine aux longues tresses noires et je retrouvais une jolie jeune fille aux cheveux noués sur la nuque. Ses beaux yeux marron – les yeux de Pierre – se remplirent d'eau.

« Je savais que vous viendriez, je le savais », répétait-elle en tapant des mains et, alors, je reconnus ma petite chérie. Puis, elle se tourna vers Saint-Luc et ajouta : « Le grand manitou blanc a tenu sa promesse. »

Tout souriant, Saint-Luc lui pinça affectueusement la joue :

« Le grand manitou blanc n'a qu'une parole. »

La petite se jeta ensuite au cou de Geneviève.

« Marraine, vous êtes là aussi. Comme je suis heureuse !

— Et moi donc, ma belle Catou ! » fit celle-ci, presque aussi émue que moi.

Geneviève était la seule à l'appeler de son nom de baptême. Elle aurait tant souhaité en faire une demoiselle. La petite revint vers moi en sautillant. Elle portait aux pieds de ravissants mocassins ornés de minuscules perles de verre. Main dans la main, nous entrâmes dans la hutte. Il faisait une chaleur étouffante et l'habitation baignait dans une atmosphère feutrée. Au bout d'un moment, je distinguai un grabat au fond de la pièce plongée dans la pénombre. Une vieille femme y gisait, inerte. On l'entendait à peine geindre. Donoma s'agenouilla à son chevet.

« C'est ma grand-maman », dit-elle tout bas, les yeux rivés sur la moribonde.

Elle lui souleva la tête délicatement et lui fit boire une décoction d'herbes censée la soulager. Je remarquai les grosses veines bleues sur les mains de la vieille. Tout en épongeant son front fiévreux, Donoma me lança un regard désespéré.

« Pourquoi faut-il que je perde toujours les êtres que j'aime le plus ? »

Ma pauvre chérie! Je ne pouvais que lui donner raison. Son père était sorti de sa vie sans un adieu. Et moi, je n'avais pas cherché à la retenir. À présent, la vie de sa grand-mère ne tenait plus qu'à un fil. Cela faisait beaucoup de chagrins à supporter pour une si jeune fille.

— Tu l'aimes beaucoup, n'est-ce pas? s'enquit Geneviève.

— Oh! oui. Elle me dit souvent que je ressemble à ma maman sauvage.»

À l'autre extrémité du tipi, se trouvait une femme qui me fixait avec insistance. Donoma lui dit dans sa langue que j'étais sa maman blanche. Surprise, elle aussi, par cette présence inopinée, Geneviève l'interrogea.

«Qui êtes-vous?

— C'est ma maman sauvage», répondit Donoma à sa place.

Assise par terre, cette belle squaw était vêtue d'une robe en peau de cerf. Une large ceinture d'un bleu vif lui enserrait la taille. Elle portait des mocassins décorés de piquants de porc-épic. C'était donc elle, la sauvagesse à qui mon mari avait fait un enfant! J'éprouvai une émotion longtemps refoulée. Année après année, Pierre était revenu dans ce village pour se livrer à une passion épisodique que je croyais sans importance. L'était-elle? Il ne m'était jamais venu à l'esprit qu'il puisse avoir des sentiments pour une indigène. Du désir, oui, mais de l'amour? La beauté de cette femme me subjugua. Comment Pierre aurait-il pu lui résister?

Sur sa poitrine dormait un enfant emmailloté. J'interrogeai Saint-Luc du regard. Il me glissa à voix basse: non, non, non, le nourrisson n'est pas le fils de Pierre. Ouf! Le visage grave, l'œil perçant, la squaw s'adressa à lui sans me quitter des yeux. Je reconnus les intonations chantantes de Donoma. C'est à peine si ses lèvres remuaient.

«Que veut-elle? s'enquit Geneviève.

— Elle dit que Donoma est sa fille et elle ne veut pas que nous la ramenions chez les Blancs, traduisit Saint-Luc. Le grand Sagamo ne la laissera pas repartir. Je l'ai assurée que nous n'avions pas l'intention de lui prendre la petite.»

Geneviève s'interposa encore:

« N'est-ce pas à Catou de décider où elle préfère vivre ? »

La fillette bondit sur ses pieds. La pupille de ses yeux s'agrandit. Nul doute, les idées se bousculaient dans sa tête. Elle m'aimait de tout son cœur et ne voulait pas me faire de peine. Après un temps de réflexion, elle nous avoua qu'il lui arrivait de rêver à sa vie d'avant. Elle s'ennuyait de nos promenades dans Québec et, plus encore, du manoir de Sainte-Anne-de-la-Pérade, où elle avait le bonheur d'être tantôt une demoiselle, tantôt une sauvagesse. À présent, le soir en se couchant dans le tipi, elle s'inventait des histoires de prince charmant, comme celles que Geneviève lui racontait en la mettant au lit. Naturellement, son héroïne ressemblait comme deux gouttes d'eau à sa marraine. Elle portait sa belle robe bleu ciel pour aller au bal. Donoma riait à travers ses pleurs et je reconnus son rire d'enfant. Elle nous confia que nous lui manquions. Puis, elle baissa les yeux et, le visage grave, reprit en me fixant :

« Quand papa Pierre a été banni du pays, il vous a demandé de me confier à ma famille sauvage. Il avait ses raisons et je les ai acceptées, même si, au début, je me suis sentie comme un petit animal que l'on transplante dans un autre monde. »

Ç'avait été une sage décision, nous assura-t-elle, puisque, aujourd'hui, elle était là pour recueillir le dernier souffle de son aïeule, la mère du clan, et pour consoler sa mère indienne qui restait seule avec un très jeune enfant. Elle sécha gauchement ses larmes et soupira tristement :

« Je vous aimerai toujours, maman Catherine. Mais il faut me comprendre, j'aime aussi ma maman sauvage et elle a besoin de moi. »

Geneviève me supplia du regard : je devais la ramener à la maison. J'implorai la petite, sans réaliser à quel point je lui déchirais le cœur.

« Moi aussi, je suis toute seule, Donoma. Moi aussi, j'ai besoin de toi.

— Vous avez madame de Lanaudière.

— Ta marraine ira bientôt rejoindre son mari en France. »

Elle répéta d'une voix éteinte :

« Alors, vous n'aurez vraiment plus personne… »

Pendant un moment, je crus l'avoir convaincue de me suivre. Mais la vieille râla sur sa couche et Donoma oublia ma présence. Saint-Luc nous entraîna à l'extérieur en nous expliquant à voix basse le rite de passage, chez les Abénaquis. On inhumerait la mère de clan avec tout l'attirail dont elle aurait besoin dans l'au-delà. Sa famille lui préparerait aussi un festin d'adieu. Je trouvais ces coutumes bizarres, mais les yeux de Saint-Luc me supplièrent de me retirer. Je saluai poliment la mère de Donoma et me dirigeai en silence vers la calèche. Nous allions prendre nos places quand Donoma sortit de la hutte et se précipita vers moi.

« Attendez… Revenez… » Son regard se porta sur moi, puis sur Geneviève. « Je vous aime tant. »

Je lus le désespoir sur son beau visage cuivré. C'eût été cruel de m'acharner. Je lui expliquai doucement que j'étais simplement venue l'embrasser et m'assurer qu'elle allait bien. Je ne voulais pas l'enlever à sa maman sauvage, qui l'aimait autant que moi. Je lui promis de revenir bientôt.

« Ma belle Donoma, tu auras toujours ta place dans mon cœur. »

Dévorée de chagrin, je grimpai dans la voiture. Des hommes peinturlurés et drôlement accoutrés l'encerclaient. Je me rappelais avoir demandé à Pierre ce qu'il trouvait d'attirant chez ces Indiens portant une corde de cuir ajusté autour des reins et dont les jambes enveloppées de mitasses bougeaient sans arrêt. Il m'avait répondu sans l'ombre d'une hésitation : « La liberté, ma belle. L'enivrante sensation de liberté. » Il admirait aussi leur esprit fraternel, leur patience et leur tolérance, des qualités que possédait Donoma. Si elle tenait sa beauté de sa mère, côté caractère, elle était le portrait tout craché de son père. Il n'empêche, j'étais désespérée d'abandonner ma fille adoptive dans un monde infiniment éloigné du nôtre.

Sur le chemin du retour, la pluie commença à tomber et il fallut remonter la capote de la voiture. Je me recroquevillai sur mon siège, la larme à l'œil. Saint-Luc prit ma main dans sa grosse patte. Habituelle-ment tapageur, mon vieil ami me traita avec une douceur inattendue. J'avais tort de me faire du mauvais sang, me consola-t-il. Je n'avais pas abandonné Donoma. Un jour, elle me serait reconnaissante de l'avoir laissée pousser là où la nature l'avait plantée. Comme Pierre, il était convaincu que la petite devait grandir auprès de sa famille sauvage. Cela m'encouragea, car il s'y connaissait en mœurs indiennes.

Geneviève l'entendait autrement. Elle me gratifia d'une douche froide :

« En vérité, votre mari vous croit incapable de protéger Donoma, attaqua-t-elle. Il vous juge trop superficielle pour assumer la responsa-bilité d'une enfant. »

Un flot de larmes monta, tandis qu'elle me lançait pêle-mêle ses remontrances en me toisant. À l'en croire, je porterais la responsabi-lité des malheurs qui frapperaient tôt ou tard Donoma. Elle semblait tellement sûre d'elle qu'un doute s'immisça en moi. J'étais sous son emprise. M'étais-je séparée de ma fille adoptive par pur égoïsme, comme elle l'insinuait ? N'avais-je pas plutôt pris en compte son bien-être ? Au fond de moi-même, une voix me disait que Pierre avait raison. Le sang indien qui coulait dans les veines de sa fille l'attirait naturelle-ment en forêt. Son père l'avait conçue à son image. Je serais peut-être arrivée à l'élever comme une demoiselle, mais son cœur l'aurait tou-jours ramenée auprès des siens.

Quand, enfin, je cessai de hoqueter, Saint-Luc se tourna vers Geneviève :

« Madame de Lanaudière, vous êtes pâle à faire peur. Vous n'avez plus que la peau et les os. Êtes-vous malade ? »

C'est moi qui répliquai :

« Mon cher, si vous voulez mon avis, c'est dans sa tête que ça ne tourne pas rond. Depuis le départ de Tarieu, elle est insupportable. Et méchante. »

Geneviève n'apprécia pas ma remarque. Elle me tourna le dos et regarda la route se dérouler. Saint-Luc l'interrogea sur son humeur irri-table, sans obtenir d'explication. De toute manière, il connaissait la rai-son de son mal-être. Il n'ignorait pas son attachement pour Montcalm et savait que Tarieu avait découvert le pot aux roses. Combien de couples sur le point de chavirer à cause d'une passade amoureuse se raccommodaient? Avec du temps et de la bonne volonté, Geneviève et son mari panseraient leurs blessures.

«Vous êtes trop jeune et trop belle pour vous laisser aller, dit-il afin de l'amadouer. Vous devriez aller rejoindre Tarieu à La Rochelle. J'ai ouï dire qu'il n'en mène pas large, lui non plus.

— Tarieu ne m'attend pas. Sinon, il me le ferait savoir.»

Ignorant sa remarque, Saint-Luc y alla d'une suggestion qui me parut sage:

«Pourquoi ne partiriez-vous pas avec moi? Il reste des places à bord de *L'Auguste*. Ce n'est pas un bâtiment de grand luxe, mais j'exagère en le comparant à une épave.»

Elle ne nous donna pas l'impression d'y réfléchir sérieusement. Saint-Luc insista:

«Je prendrai soin de vous pendant la traversée.» Puis, il s'adressa à moi sur un ton feutré: «Catherine, tâchez de convaincre votre amie.

— Je veux bien essayer, si madame de Lanaudière ne me rabroue pas.» Et comme je ne restais jamais en froid bien longtemps, je dissimulai mon dépit sous un flot de paroles creuses. Pour dissiper le malaise, Saint-Luc débita le premier couplet d'une chanson à répondre: *À la claire fontaine / M'en allant promener / J'ai trouvé l'eau si belle / Que je m'y suis baignée.*

À mon tour, je chantai le refrain: *Il y a longtemps que je t'aime / Jamais je ne t'oublierai.*

Il reprit en forçant sa voix: *J'ai perdu mon Pierre / Sans l'avoir mérité / Pour un bouton de rose / Que je lui refusai...*

Saint-Luc arrangeait à sa façon les paroles, car il aimait m'entendre rire.

«Pendant la guerre, nous expliqua-t-il, les soldats chantaient cette complainte qui appelle à la résistance.»

Il nous la déclina strophe par strophe. La *claire fontaine* représentait le Saint-Laurent. *Que je m'y suis baignée* signifiait que les Français s'installaient dans la vallée. *Il y a longtemps que je t'aime* évoquait la France, tout comme *Jamais je ne t'oublierai.*

« Et les Anglais ? demanda Geneviève, moins boudeuse tout à coup.

— La rose les symbolise, lui dit-il. À cause des épines, bien entendu. »

Sitôt entrée chez moi, je gagnai ma chambre en silence. Pendant que je boutonnais ma chemise de nuit, le vilain côté de mon caractère reprit le dessus. J'aurais voulu effacer le souvenir de cette dispute comme un mauvais rêve, mais les paroles blessantes de Geneviève m'obsédaient. Notre cohabitation devenait écrasante et je regrettais de l'avoir invitée à partager ma vie. Quand ma colère s'apaisait, le chagrin me minait et, alors, je me reprochais de ne pas avoir ramené Donoma à la maison. Soudain, j'entendis deux petits coups dans ma porte. Geneviève l'entrebâilla sans attendre que je l'en prie. Le visage décomposé, elle dit :

« Ma pauvre Catherine, comme je vous plains de m'avoir sur les bras ! Vous ne l'admettrez pas – vous êtes trop bonne ! –, mais je suis devenue un poids pour vous. »

Hébétée, je doutai de sa sincérité. Qu'allait-elle encore inventer pour me blesser ? J'en avais assez d'essuyer ses attaques et j'étais déterminée à me défendre à coup de flèches, au besoin. En me voyant froncer les sourcils, elle se laissa tomber sur une chaise, ses deux mains lui cachant le visage.

« Vous m'avez ouvert généreusement votre porte et je vous traite d'égoïste sans ménagement. C'est trop injuste, vous êtes si généreuse à mon endroit. Au lieu de m'en prendre à moi-même, je tape sur vous. Je suis impardonnable. »

Elle s'arrêta, s'avança vers moi et effleura de sa main mon visage mouillé de larmes.

«Catherine, je n'implorerai pas votre pardon, j'en suis indigne, ajouta-t-elle, sincèrement honteuse. Je n'ai même pas le courage de disparaître de votre vie.» Elle fit une moue. «Ma lâcheté me dégoûte. Quand vous en aurez assez de moi, jetez-moi à la rue.»

Naturellement, le lendemain, je lui avais tout pardonné. *L'Auguste* était sur le point d'appareiller et, comme je l'avais promis à Saint-Luc, j'encourageai ma malheureuse amie à s'embarquer avec lui. Je n'insistai pas trop, elle aurait pensé que je cherchais à me débarrasser d'elle. Je me contentai de l'assurer qu'avec un aussi généreux protecteur, rien ne lui arriverait. Elle ne se laissa pas fléchir et persévéra dans sa résolution. À tort ou à raison, elle croyait qu'à La Rochelle Tarieu s'était refait une vie dont il l'avait exclue.

«Il a toujours eu la rancune tenace», admit-elle devant moi pour la première fois. Je croyais qu'il finirait par me pardonner. Après tout, il n'est pas sans tache, lui non plus.

— Essayez de le comprendre. Son orgueil est blessé et il vous le fait payer.

— Je sais et j'étais prête à accepter ma punition. Mais j'ai assez attendu. Puisqu'il ne veut plus de moi, je resterai de ce côté-ci de l'océan.»

Elle m'accompagna au port, où nous fîmes de touchants adieux à Saint-Luc. Une fois le bateau disparu, nous ne reparlâmes plus de cette occasion ratée.

***

Quel hiver nous essuyâmes! J'ai toujours détesté février, le mois le plus court et le plus long de l'année. Même les jours de franc soleil, le froid nous transperçait. Et cette neige épaisse qui nous tenait prisonnières du reste du monde! À ce rythme-là, le pont de glace devant Québec ne se romprait pas avant la mi-avril. Nous surchauffions, quitte à mourir asphyxiées à cause d'un âtre trop bourré. Nous n'avions pas mis le nez dehors depuis le début de janvier.

Vous n'imaginez pas l'horreur qui nous gela les os lorsque nous apprîmes qu'à la mi-novembre, exactement un mois après son départ de Québec, *L'Auguste* avait coulé au large de l'île du Cap-Breton. Les autorités coloniales avaient transmis l'information au gouverneur Murray, qui nous la relaya : il n'y avait aucun survivant parmi la centaine de passagers et l'équipage. Nous étions atterrées. Saint-Luc et ses fils avaient péri dans des circonstances atroces. Geneviève et moi avons pleuré notre ami dans les bras l'une de l'autre. Je n'arrêtais pas de penser au péril auquel elle-même avait échappé :

« Quel pressentiment vous avez eu de ne pas monter à bord de *L'Auguste* ! lui dis-je. Pour une fois, vous avez eu raison de ne pas m'écouter. »

Elle ne réagit pas. Figée comme une statue de sel, elle regarda dans le vide. J'insistai :

« Rien que de vous imaginer sur ce bateau-cercueil, j'en ai froid dans le dos. »

Elle me réserva alors une de ses remarques empoisonnées qui m'arracha le cœur :

« J'aurais mieux fait de prendre mon passage sur *L'Auguste*. Si j'avais partagé la fatalité des noyés, Tarieu serait enfin libre. » Elle se tourna vers moi et ajouta : « Vous aussi ! »

Répit inespéré, Geneviève se montra moins cassante les semaines suivantes. Moins irritable aussi, mais sa langueur me piquait à vif. J'avais toujours autant d'affection pour elle et, pourtant, sa présence me pesait de plus en plus. Le 23 février, je m'en souviens parfaitement, nous étions à table et je rongeais mon frein en silence. Agathe nous avait servi le reste de la tarte aux pommes de la veille. J'achevais de manger la croûte quand la vieille, tout énervée, accourut dans la pièce :

« Madame Catherine, un homme vous demande à la porte.

— Qui est-ce ? Faites-le entrer.

— C'est qu'il est en haillons, madame. Habituellement, je ne vous dérange pas pour un gueux ou un vagabond. Il en a l'air, mais…

— Mais quoi ? Parlez, voyons.

— … Il m'a appelée par mon petit nom.

— Comment ça ?

— Il a dit : Agathe, apportez-moi un coup d'eau-de-vie pour me remonter.

— Bizarre », dis-je en me dirigeant vers l'entrée, suivie de Geneviève.

Agathe avait laissé la porte entrouverte, malgré le froid perçant. La silhouette de l'homme, une espèce de géant maigre à faire peur, me parut familière et pourtant je ne pouvais pas mettre un nom sur ce visage émacié, mangé par une longue barbe poivre et sel. En m'apercevant, l'intrus m'interpella d'une voix caverneuse :

« Allons, ma belle Catherine, vous ne reconnaissez pas votre vieil ami ? »

Toute à ma surprise, je restai bouche bée, cependant que Geneviève s'écriait :

« Luc Lacorne de Saint-Luc ? C'est impossible, la mer vous a englouti. Vous êtes mort !

— Eh bien, ça m'a tout l'air que non, madame de Lanaudière. »

Je faillis m'évanouir. Ma bonne m'attrapa au vol. Je n'eus pas besoin des sels pour me remettre, l'odeur fétide de Saint-Luc me ranima.

« Vous empestez, mon cher, dis-je en l'embrassant. Vous n'avez pas idée comme je suis contente de vous revoir. Même si vous avez l'air d'un vrai gibier de potence ! »

Il voulut faire un brin de toilette avant d'aller rencontrer le gouverneur Murray pour lui remettre sa déclaration de naufrage. Je le confiai à Agathe, après lui avoir servi une eau-de-vie bien corsée et l'avoir supplié de nous dire s'il y avait d'autres survivants de *L'Auguste*.

« De tous les passagers et de l'équipage, nous sommes sept miraculés. Mes fils ont péri. »

Une fois attablé avec nous pour prendre une bouchée – il était à peine plus présentable –, il nous raconta la tragédie. À vrai dire, la fatalité avait poursuivi *L'Auguste* du début jusqu'à la fin. À la hauteur de l'île aux

Coudres, le bateau s'était abîmé sur les récifs, puis les flammes avaient embrasé la cuisine. Le four n'étant plus en état, le maître-coq avait nourri les passagers de biscuits. Après un court répit, une tempête avait balayé l'entrée du golfe Saint-Laurent. La situation s'était améliorée près des côtes gaspésiennes, mais, au matin du 15 novembre, le vent avait poussé le navire vers l'île Royale. Les mains crispées sur la barre, le capitaine avait évité un rocher. Hélas ! il n'avait pas réussi à redresser le bateau secoué par d'énormes vagues.

« Le mât était cassé et les voiles, déchirées, dit Saint-Luc. Nous nous attendions à une mort certaine. Seule la main de la Providence aurait pu nous conserver. »

Le capitaine avait prié Saint-Luc d'avertir les passagers que le navire allait s'échouer. À ce point de son récit, gagné par l'émotion, il avala d'un trait sa coupe de vin avant de poursuivre.

« Sous le choc, *L'Auguste* a fait un demi-tour sur lui-même, puis s'est couché sur le côté. »

Les craquements du bateau qui se disloquait affolaient les passagers agglutinés sur le pont. Terrifiés, certains s'étaient jetés à l'eau. La plupart avaient péri noyés.

« Même si je vivais jusqu'à cent ans, je n'oublierais jamais les lamentations de ces désespérés », nous confia-t-il, la gorge serrée.

Il avait attrapé la main d'un de ses fils et se souvenait d'avoir sauté avec lui dans l'unique chaloupe de sauvetage. L'enfant avait lâché prise en touchant l'eau glacée.

« Il m'a échappé. J'ai entendu son cri d'épouvante. Une lame de fond l'a englouti. »

Saint-Luc plaqua ses grosses pattes sur son visage. Les rares survivants entassés dans la barque avaient péniblement atteint le rivage. Impossible de dépeindre l'horreur qui l'avait saisi quand il avait vu la centaine de corps vomis par la mer bouillonnante gisant déjà sur le sable. Transi de froid, les vêtements mouillés collés à la peau, il était retourné vers l'océan dans l'espoir de retrouver ses fils, mais n'avait croisé que des cadavres gorgés d'eau qu'il avait ensevelis le lendemain.

« Depuis, chaque nuit, dans mon insomnie, je revois leur visage exsangue. »

Muni d'un simple couteau de chasse et d'un pistolet, il avait organisé le retour et pris la tête de l'expédition. Les sept rescapés avaient marché comme des automates, les pieds ensanglantés, de l'île Royale jusqu'à Québec.

Élisabeth, nous avions encore mille questions à lui poser, mais votre grand-père maternel se leva, pressé de se rendre au château Saint-Louis.

« Tant pis si le gouverneur Murray croit voir arriver un fantôme », ajouta-t-il avec un flegme imperturbable.

Bigot à la Bastille

Petit Louis ne s'était pas trompé : Bigot fut écroué à la Bastille, prison d'État de sinistre réputation. Soupçonné d'avoir ruiné les habitants du Canada et accusé d'avoir pigé dans la caisse de Sa Majesté, il risquait la peine de mort ou, ce qui nous semblait à peine plus réjouissant, une condamnation aux galères. Ma chère Élisabeth, de tous mes souvenirs, le récit de son arrestation, tel qu'il nous fut livré par nos parents expatriés, demeure l'un des plus vivaces. Il fut malaisé de démêler le vrai du faux, car les informations nous arrivaient par bribes. Je reconstituai tant bien que mal le fil des événements en les mettant bout à bout.

La descente policière avait eu lieu chez lui à la mi-novembre 1761, mais nous ne l'apprîmes qu'à la reprise de la navigation, au printemps suivant. Jusque-là, tout avait bien été pour lui. Il avait séjourné brièvement au domaine que sa maîtresse Angélique Péan avait acquis dans les environs de Blois grâce à la fortune de son mari. Puis, l'intendant avait regagné Paris, où il avait vécu discrètement, sans savoir que les dénonciations s'accumulaient contre lui. Tôt le matin du 17, un avocat et un inspecteur s'étaient présentés à son appartement de la rue de Cléry, munis d'un mandat d'arrêt qui les autorisait à perquisitionner son domicile. Ils avaient viré sens dessus dessous ses commodes et emporté des papiers incriminants. D'après nos correspondants, le sieur Bigot avait perdu sa superbe. Il tremblait de tous ses membres, cependant qu'on le conduisait à la Bastille située entre Le Marais et le faubourg Saint-Antoine. Étant donné son rang, on le traitait comme un détenu de classe supérieure et non comme les gens du commun désormais admis dans cette prison anciennement réservée à l'élite. On l'avait même autorisé à garder son valet de chambre. Toutefois, il demeurerait isolé des autres accusés jusqu'à la fin des interrogatoires.

Des rumeurs saugrenues enflaient. Au Châtelet de Paris, où se tenait son procès, on l'avait jugé coupable avant de l'entendre. Certains prétendaient qu'il se déplaçait fers aux poings. On nous rapporta qu'il avait été exhibé à la porte principale des Tuileries, une corde au cou et, au bout du bras, une torche allumée en cire jaune. Sur sa poitrine, l'inscription en grosses lettres indiquait «voleur perfide». Tête et pieds nus, on l'avait forcé à s'agenouiller devant la foule pour confesser qu'il avait fraudé et extorqué le bon peuple de la Nouvelle-France. Ce racontar se révéla faux, mais l'image de sa déchéance aiguillonna la belle société de Québec – enfin, ce qui en restait –, qui en prit prétexte pour exagérer ses méfaits. Dans nos cerveaux embrumés, nous nous le représentions les mains nouées dans le dos, conduit à l'échafaud dans un tombereau.

J'en vins à le prendre en pitié, Marie-Anne aussi. Sa culpabilité ne faisait aucun doute, mais nous trouvions excessif de lui trancher la gorge. Sans vouloir passer l'éponge, je plaidais la clémence. Était-ce un crime d'avoir goûté les plaisirs et de les avoir partagés avec ses amis? J'admettais qu'il s'était enrichi par le négoce, mais ses prédécesseurs logeaient à la même enseigne. Je commis l'erreur de lui témoigner de la compassion en présence de Geneviève, qui monta sur ses grands chevaux:

«Il s'est enrichi par le négoce, dites-vous? N'est-ce pas plutôt par le vol et la rapine?»

Elle ne mâcha pas ses mots: l'intendant méritait sa déchéance et ses juges ne devaient pas fermer les yeux sur sa conduite passée.

«Vous y allez un peu fort, lui reprochai-je, dans l'espoir de l'amener à nuancer son jugement.

— Retors comme je le connais, je vous parie qu'il se fait passer pour une victime, insinua-t-elle d'un ton assuré. Ou alors, il feint d'être malade pour attirer la pitié.»

Entre elle et moi, la discussion s'envenima, comme cela se produisait de plus en plus souvent. Je n'ai pas présent à l'esprit le lieu où nous nous trouvions, mais la scène me revient clairement. Ce devait être chez moi, puisque nous faisions de la musique, comme chaque après-midi. Geneviève au piano, Marie-Anne au violon et moi à la harpe. Ce jour-là, après avoir rangé nos instruments, nous buvions une infusion de tilleul en grignotant des petits fours que Marie-Anne avait apportés. Geneviève se lança dans cette charge à fond de train contre l'intendant dont je venais maladroitement d'excuser la conduite.

«Avec ses mœurs corrompues, le sieur Bigot nous a perdus», lâcha-t-elle.

Son manque de loyauté envers notre ami Bigot m'irrita.

«N'avez-vous pas, comme moi, bénéficié de ses largesses, mangé à sa table et dégusté son vin de champagne?» lui dis-je en tournant lentement la cuillère dans ma tasse.

Elle déposa la sienne sur le guéridon et s'avança vers moi, le visage sévère. J'avais touché une corde sensible. Pendant un moment, je crus qu'elle me giflerait. Mais déjà, reprenant le contrôle sur elle-même, elle se contentait d'énumérer les malversations de l'intendant:

«Bigot est riche à millions. Comment croyez-vous qu'il a fait fortune? C'est tout simple: en affamant la population. En s'appropriant ce qui ne lui appartenait pas.»

Je reconnaissais dans ses propos l'influence de Montcalm et je souris intérieurement.

«À ce que je sache, il n'est pas le seul à avoir amassé une petite fortune», dis-je.

L'allusion à peine voilée au portefeuille bien garni de Tarieu était franchement insultante. Geneviève se figea. J'aurais dû me taire, mais sa façon hautaine de juger Bigot, tout en refusant de reconnaître notre complicité passive, m'agaça. Calmement, elle défendit l'intégrité de son mari:

«Tarieu n'a pas prospéré en volant les citoyens.»

Là, je passai à deux doigts d'évoquer l'épisode du «grand bouvier» qui avait entaché la réputation de Tarieu, juste avant la défaite de Québec. Mon cousin ne méritait pas ce sobriquet, toutefois il avait consenti à arracher leur bétail aux fermiers. Geneviève lut dans mes pensées. Elle répliqua sèchement:

«C'est une chose d'obéir aux ordres du gouverneur, c'en est une autre de dépouiller les pauvres gens à des fins personnelles. Auriez-vous déjà oublié les mères désespérées qui s'arrachaient le pain dans les boulangeries ? À quoi s'occupait votre cher intendant pendant ce temps ? Il faisait charger le blé sur les bateaux de ses amis qui le vendaient aux îles.

— Impossible, ma chère, m'entêtai-je. Il avait interdit les exportations.

— Allons, Catherine, ne soyez pas naïve. François Bigot violait ses propres ordonnances. »

Je me tus, à bout d'arguments. Marie-Anne avait disparu, lasse de ce énième combat de coqs. Nous étions tristes comme deux petites filles après une chicane puérile.

« Tu penses encore à lui ? » dis-je en chuchotant presque.

Elle fit signe que oui et me sourit gentiment :

« Ça se voit tant que ça ? Montcalm affirmait que Bigot était un ennemi mille fois plus dangereux que les Anglais. Il croyait aussi que l'intendant nous aurait ravi l'air que nous respirions s'il avait pu le taxer. »

Ah Montcalm ! Elle n'arrivait pas à se le sortir de la tête. Un puissant désir l'avait poussée dans ses bras. Sa douce folie avait duré le temps d'une rose, comme celle qu'il lui avait offerte lors de leur dernier rendez-vous amoureux. Elle n'avait pas mesuré les conséquences funestes de leur liaison. Malgré tout, elle ne regrettait rien, même si la secousse avait ébranlé son mariage.

« Si c'était à refaire, je recommencerais.

— Et Tarieu ? »

C'était maladroit de ma part de lancer le nom de son mari, alors qu'elle me révélait un inavouable secret. Elle souleva les paupières.

« Tarieu me hante, lui aussi. Vous comprenez, je les aime tous les deux. Je ne me remets pas de la mort de Montcalm et je me reproche d'avoir gâché la vie de Tarieu.

— Arrêtez, Geneviève, je vous en supplie. Vous vous faites du mal.

— Vous voulez savoir le plus absurde ? reprit-elle comme si elle ne m'avait pas entendue. Je n'imagine pas le reste de ma vie sans Tarieu. On n'efface pas dix-neuf ans d'un trait. Il est le père de mon fils. J'aurais volontiers passé le reste de ma vie à essayer de m'amender, s'il m'avait fait venir auprès de lui en France. »

Mandée d'urgence à l'Hôpital général, Geneviève fit atteler son coupé, tôt un matin de ce même printemps. Madame Deschamps de Boishébert était tombée en syncope. Mon amie patienta une heure au chevet de sa mère avant de réussir à lui faire dire ce qui avait provoqué sa défaillance. Une lettre arrivée la veille lui avait apporté une nouvelle troublante : son fils Charles avait rejoint Bigot et ses misérables complices à la Bastille.

Il pleuvait des clous lorsque Geneviève regagna la maison, trempée jusqu'aux os et complètement démoralisée. Sans prendre la peine de retirer ses vêtements mouillés, elle se laissa tomber sur le sofa. Elle n'en revenait pas. Son frère, considéré comme un héros par les Acadiens dont il avait défendu le territoire au péril de sa vie, était accusé de s'être enrichi à leurs dépens. Elle ne tolérait pas qu'on soupçonne Charles d'avoir commis un aussi odieux méfait. Qui pouvait être assez malveillant pour le dénigrer avec tant d'aigreur ? Ce vent de délation qui soufflait sur Paris n'épargnait donc personne, pas même ceux qui avaient le mieux servi leur patrie ? Je la conjurai de se calmer avant de l'interroger :

« Que lui reproche-t-on exactement ?

— D'avoir détourné des vivres destinés aux Acadiens. »

J'éprouvai un malaise en l'écoutant qualifier cette accusation d'abjecte. Certes, je partageais ses appréhensions, car je débordais d'affection pour Charles. Cependant, je me souvenais d'avoir entendu Montcalm dire que le lieutenant de Boishébert prenait sans scrupule ce qui appartenait au roi. Bougainville prétendait, lui aussi, qu'il avait ce talent commun à tous les gens de ce pays de s'enrichir aux dépens de Louis XV. Vrai ou faux, cela m'affola d'imaginer le beau Charles embastillé. Au fur et à mesure qu'accostaient les bateaux et qu'on déchargeait les poches de courrier, nous en apprenions davantage à propos de cette sombre prison appelée dérisoirement « le château ». Un fossé boueux isolait totalement l'édifice massif flanqué de huit tours. Quant aux conditions de vie, elles demeuraient mystérieuses, puisque les accusés n'étaient pas autorisés à recevoir la visite de leurs proches ni à leur écrire. Nous passâmes la soirée à imaginer Charles confiné dans une cellule grillée de barreaux de fer, sans air ni lucarne. Comme il devait pâtir! Le rudoyait-on? Lui servait-on du pain noir et du bouillon maigre? Nous savions que les gardiens tutoyaient les prisonniers pour ajouter à leur humiliation.

Cette nuit-là, vers trois heures du matin, Geneviève fit un cauchemar. En entendant ses cris, j'accourus. Elle était tout en sueur. Dans son mauvais rêve, Charles croupissait sur sa paillasse d'une saleté repoussante au fond d'un cachot humide. D'épaisses toiles d'araignée pendouillaient du plafond. Ses cerbères essayaient de lui arracher des aveux. Il dépérissait, mendiait le secours de sa grande sœur. Elle poussait la grille de fer de la prison de toutes ses forces. Celle-ci grinçait sur ses gonds, mais ne s'ouvrait pas suffisamment pour la laisser passer. Je la secouai pour la réveiller. À moitié consciente, elle me réclama son laudanum, soi-disant pour se remettre d'aplomb. Je fis mine de ne pas trouver la fiole. Elle se fâcha et je me crus obligée de lui en verser quelques gouttes dans du lait. Cela la calma. Je lui épongeai le front avec une serviette mouillée. Elle en éprouva du bien-être.

«Charles est solide et débrouillard, dis-je pour l'encourager. Il ne se laissera pas éclabousser et se défendra vigoureusement.»

Alors, elle me parla de l'inséparable compagnon de jeu de son enfance. Nous échangeâmes des confidences jusqu'à l'aurore. À un moment, elle s'informa de Pierre. Risquait-il d'être accusé de détournement de fonds? Sûrement pas, l'assurai-je. Pendant que nos proches s'enrichissaient, il vivait sous la tente avec ses Abénaquis. En revanche, je m'inquiétais de le savoir sans le sou. Il ne me restait pas assez de louis d'or pour lui en envoyer. Geneviève me promit de demander à Tarieu de prêter une jolie somme à son ami Beaubassin afin de lui permettre de se tirer d'affaire.

Rue de l'Escale, à La Rochelle. Tarieu avait loué un logis dans l'une des maisons de couleur ocre reconnaissables entre toutes à cause des arcades médiévales qui les soutenaient. Au-dessus de la porte, une gargouille mi-femme mi-animale servait à détourner l'eau de pluie qui dégouttait du toit sur la façade. L'étroite rue avait été pavée de galets du Saint-Laurent entassés dans la cale des bateaux revenus en France et délestés de leur cargaison. Chaque fois qu'il l'arpentait en allant faire ses courses, rue du Temple, Tarieu se demandait si ces cailloux polis par les marées et le sable provenaient de Québec ou de la Côte-du-Sud maintenant dévastée. La journée déclinait lorsqu'il regagna son modeste intérieur. Bien que le printemps, plus hâtif qu'en Nouvelle-France, ait ramené la douceur, son serviteur alluma le feu pour absorber l'humidité accumulée durant l'hiver. (Élisabeth, vous voulez savoir d'où je tiens ces détails ? Ne cherchez plus, c'est mon Pierre qui, dans ses lettres me dépeignait le quotidien de son ami.)

Ce jour-là, Tarieu arrivait d'un rendez-vous d'affaires chez Thouron Frères, dont les bureaux occupaient un édifice près de l'Hôtel de la Bourse. Il avait examiné ses livres de comptes avec ses agents chargés d'obtenir le paiement des sommes qui lui étaient dues. Comme il le pressentait, plusieurs de ses débiteurs étaient insolvables, le papier-monnaie de la Nouvelle-France n'étant plus racheté. Mais mon cousin n'était pas le plus à plaindre. Aussi, quand ses proches le sollicitaient, il ne se dérobait pas. Il avait endossé Charles de Boishébert pour lui permettre d'acquérir une terre en Normandie. Son beau-frère, un honnête homme, le rembourserait à sa sortie de la Bastille. À présent, il attendait son ami Beaubassin, à qui il voulait prêter quarante louis d'or.

Pierre le trouva au salon en train de siroter son petit remontant quotidien en jonglant à son avenir, comme le lui avait recommandé le sieur Thouron. Étant donné son âge, ses chances de servir dans l'armée française s'amenuisaient de jour en jour. Son agent d'affaires l'avait encouragé à déménager à Tours. Tarieu aurait préféré prolonger son séjour rue de l'Escale, d'autant plus que son propriétaire rochelais, monsieur de Selines, se montrait accommodant. Mais le roi ne lui en laissait guère le choix. Pour avoir droit à une demi-solde, les officiers canadiens en attente d'un poste en France devaient s'établir en Touraine. Plusieurs compatriotes avaient emménagé dans ce «Petit Canada», plus précisément à Loches, sur les rives de l'Indre. Or, la plupart s'en mordaient les pouces, même si la vie en Touraine coûtait moins cher qu'à Paris ou à La Rochelle. Certes, les Canadiens appréciaient l'esprit d'entraide qui y régnait. Toutefois, le mal du pays était contagieux et la nostalgie engendrait un nuage de tristesse difficile à supporter quotidiennement. Tout bien pesé, Tarieu resta sur ses positions. Jamais il ne vendrait ses terres, comme la plupart des seigneurs qui avaient rapatrié leurs capitaux en Europe avec l'intention de s'y établir définitivement.

«S'il n'en tenait qu'à moi, je réserverais mon passage sur le prochain voilier et j'attendrais tranquillement chez moi que tout redevienne comme avant», avoua-t-il à Pierre.

Il se plierait volontiers aux exigences du gouverneur anglais, puisque c'était le prix à payer pour vivre au Canada. Il achèverait d'abord de réparer sa maison de la rue du Parloir et remettrait ensuite son manoir de Sainte-Anne-de-la-Pérade en état. Pierre n'en revenait pas de l'entendre ressasser ses projets utopiques. Tarieu était bien le seul Canadien expatrié à croire encore que l'Angleterre rendrait le Canada à la France. Aussi tenta-t-il de le raisonner:

«Soyez réaliste. Au Canada, nous sommes des indésirables. Il faut vous résigner à vous établir à Tours ou à Loches. Le roi ne vous aidera pas ailleurs.

— Pourquoi pas ici, à La Rochelle, où j'ai déjà mes habitudes?

— Tout simplement parce que le ministre de la Guerre et de la Marine, le duc de Choiseul, est le gouverneur de la Touraine et qu'il compte sur l'arrivée des exilés qui ont, comme vous, de la fortune pour stimuler l'économie de sa région.»

Tarieu se demanda alors si Geneviève se plairait dans le Petit Canada. Ne devait-il pas plutôt suivre l'exemple de Roch de Ramezay, qui songeait à se fixer à Blaye, près de Bordeaux? Louis XV l'ayant mis à la retraite, l'oncle de sa femme avait fait une croix sur son avenir dans les armes. Depuis son arrivée à La Rochelle, Tarieu prenait souvent le coup d'appétit avec lui.

« Comment va-t-il ? » s'informa Pierre.

La plupart du temps, Ramezay semblait abattu, comme si le poids des événements l'écrasait. Il gardait une rancune tenace au gouverneur Vaudreuil. Pour faire oublier ses propres turpitudes, ce dernier lui attribuait une lourde responsabilité dans la perte de Québec. Il reprochait au lieutenant du roi d'avoir cédé la ville aux Anglais dans la précipitation.

Élisabeth, pour laver son honneur, votre grand-oncle avait passé ses premiers mois d'exil à rédiger le mémoire que vous avez retrouvé dans vos papiers de famille et dont vous me parliez dans une de vos lettres. Il y relatait la reddition de la ville de Québec et démontrait noir sur blanc que le gouverneur Vaudreuil lui avait ordonné de capituler.

« Figurez-vous que le duc de Choiseul, à qui Ramezay a remis son mémoire, lui a interdit de le publier.

— Pourquoi ? Si cela rétablit la vérité, tout le monde y gagnera, dit Pierre, intrigué.

— Pour ne pas ternir la réputation du gouverneur, ni souiller la mémoire du général Montcalm, lui expliqua Tarieu. Le ministre a besoin d'un coupable, alors il montre Ramezay du doigt. »

Roch de Ramezay se plaignait aussi d'en être réduit à vivre chichement. Tous les hommes étaient exposés aux revers de fortune, mais il ne s'attendait pas à finir ses jours dans une telle médiocrité. D'ici à l'arrivée de sa femme Louise, retenue au pays par la vente de leurs biens, il se serrait la ceinture. Tarieu lui avait prêté trois mille livres en billet d'ordonnances du Canada. Geneviève, se disait-il, apprécierait cette délicatesse, car elle chérissait son oncle.

Ah ! Geneviève, il y pensait tout le temps. Comme elle devait se sentir désemparée dans ce Québec envahi par les Habits rouges ! Il se réjouissait de sa décision de vivre chez moi, même si cela ne le rassurait qu'à moitié. Il me trouvait un peu légère, malgré mon grand cœur. Surtout, il connaissait assez sa femme pour savoir qu'elle s'abandonnait facilement à la mélancolie et il redoutait que je ne me lasse de ses sombres états d'âme.

Tarieu se laissa aller aux confidences et Pierre eut la bonne idée de m'en faire part. Mon cousin lui avoua écrire dans sa tête des lettres pleines de tendresse à Geneviève, mais il ne les lui envoyait pas. Pourquoi lui cachait-il que leur séparation l'affectait moralement et qu'aucun jour ne s'achevait sans qu'il rêve de la serrer dans ses bras? C'était plus fort que lui. Dès qu'il trempait sa plume dans l'encrier, sa jalousie se réveillait et le spectre de Montcalm lui apparaissait. Ses mots sonnaient alors froids comme des glaçons. Il n'arrivait tout simplement pas à tourner la page sur l'épisode le plus pitoyable de sa vie conjugale. Par moments, le doute s'insinuait en lui. Exagérait-il les liens entre sa femme et le général? Son rival était mort. Était-ce donc si difficile de passer l'éponge, comme le lui suggérait Pierre?

À défaut de livrer à Geneviève ses véritables états d'âme – ah! ce détestable orgueil qui empoisonnait son existence! –, il partageait avec elle les appréhensions de leurs compatriotes empêtrés dans l'interminable procès qui se tenait à Paris. L'affaire du Canada, comme on l'appelait désormais, commençait à ressembler à un vaudeville égrillard. Roch de Ramezay avait raison: pour faire oublier la défaite honteuse de Montcalm, hissé au rang de héros en France, et la débandade de son armée, Versailles, première responsable de la chute de la Nouvelle-France, cherchait des boucs émissaires. On reprochait les pires vilénies aux officiers canadiens. Certains, il est vrai, n'avaient pas la conscience en paix et Tarieu trouvait choquant de les voir s'incriminer les uns les autres pour dissiper les soupçons qui pesaient sur eux. Plus aguerri qu'eux à ce jeu, Bigot se débattait comme un lion dans l'arène. Il égratignait ses complices d'hier, calomniait Montcalm de façon outrancière et traînait Vaudreuil dans la boue.

«Vous êtes au courant, n'est-ce pas, de l'arrestation du marquis de Vaudreuil», annonça-t-il à Pierre au milieu de leur conversation.

Le dernier gouverneur de la Nouvelle-France était incarcéré comme un être malfaisant. Tarieu tenait l'information de la bouche du sieur Thouron. Le dégoût s'était emparé de lui quand il avait appris la nouvelle, comme chaque fois qu'une injustice se commettait. Certes, il n'oubliait pas leurs démêlés, mais il estimait son déshonneur immérité. D'après les frères Thouron, Vaudreuil jouissait de certains privilèges à la Bastille. Le ministre Berryer avait ordonné qu'on lui remette ses hardes, sa bouteille de lavande et ses livres pour le désennuyer. De plus, son fidèle nègre ramené de Louisiane, et qui l'avait servi en Nouvelle-France, demeurait auprès de lui. Malgré ces petites faveurs, l'humiliation le marquerait au fer rouge, à n'en pas douter.

« Pendant que le pauvre Vaudreuil se morfond en prison, les escrocs s'en tirent blancs comme neige, ragea Tarieu. Le traître Vergor ne sera ni incriminé ni sanctionné. »

Ce vil officier, qui avait délibérément fermé les yeux tandis que les Anglais du général Wolfe débarquaient sur les hauteurs d'Abraham, se la coulait douce en Charente. Dans son aveuglement, le roi lui avait octroyé la pension des invalides pour une blessure à la cheville subie à l'anse au Foulon. Tarieu pensait comme mon Pierre que ce judas s'était mutilé volontairement afin d'écarter les soupçons sur son rôle dans la défaite.

Le jour plongeait dans la noirceur. Nos deux maris n'en finissaient pas de s'apitoyer sur le sort de leurs épouses restées à Québec. Pour tout dire, ils se languissaient de nous. Ni l'un ni l'autre ne se résignait à tourner le dos à son cher pays, mais ils étaient conscients de se trouver dans une impasse. Il leur faudrait du temps avant de pouvoir rentrer au Canada et l'impatience les gagnait.

« Je suis tenté de faire venir Geneviève à La Rochelle, avoua Tarieu. À deux, l'exil serait plus supportable.

— Qu'attendez-vous pour le lui proposer ? » s'enquit Pierre, à qui j'avais confié les espoirs de mon amie.

Au même moment, à Québec, Geneviève recouvra miraculeusement sa bonne humeur. Pour s'occuper, elle avait entrepris de redonner de l'éclat à mon salon. Je ne m'y opposai pas, car j'y trouvais mon compte. Mes moyens ne m'auraient jamais permis les extravagances auxquelles elle se livra. Tout d'abord, ma pensionnaire au grand cœur et à la bourse généreuse fit rafraîchir les murs et dénicha une superbe tapisserie dont elle me cacha le prix. Ensuite, elle organisa le déménagement de ma commode à tiroirs multiples entre les deux fenêtres s'ouvrant sur la rue. Une bonne idée, car ce meuble joliment galbé passait inaperçu à son ancien emplacement. Au-dessus, elle suspendit un miroir ovale sauvé de ses décombres. Le sort de mon sofa se régla le même jour. Il n'était ni défoncé ni aussi usé que Geneviève le prétendait, mais elle m'avait convaincue que son canapé de damas offrirait un plaisant contraste. J'émis des réserves pour la forme – elle n'avait pas à déshabiller sa maison pour habiller la mienne –, avant d'acquiescer, puisque cela la remplissait de joie. Je remisai mon sofa dans la chambre de débarras. Par la même occasion, elle transporta chez moi sa bergère héritée de sa grand-mère Charlotte de Ramezay.

Quand tout fut à son goût, nous décidâmes d'inviter quelques dames par un bel après-midi du début de l'été. Depuis l'irruption des Anglais à Québec, les bourgeois prenaient l'*afternoon tea* dans de délicates tasses chinoises et nous souhaitions introduire cette coutume. Tant pis si les jaloux insinuaient que nous voulions «faire l'Anglaise»! Marie-Anne se procura du thé canadien baptisé Gaultheria en l'honneur de son défunt mari et prépara des petits puits d'amour. Personne ne réussissait comme elle ces bouchées en pâte feuilletée garnies de gelée de groseille!

Les feuilles de thé trempaient dans l'eau bouillante quand madame de Boishébert se joignit à nous. Arrivée peu après, sa belle-sœur Louise de Ramezay nous annonça son départ pour la France, où son cher Roch comptait les jours.

«Comment va mon frère? s'informa Madame-mère. Il ne m'écrit pas.

— Roch a le mal du pays. Je pense qu'il regrettera le Canada jusqu'à la fin de ses jours.

— Mon oncle s'habitue-t-il à vivre à la française? demanda à son tour Geneviève.

— Il se plaint qu'on lui sert du vin jusqu'à l'en fatiguer, dit Louise, cette fois en riant. J'ai promis de lui envoyer une caisse de sirop d'érable.»

Avant de réserver sa place à bord d'un bateau de bonne tenue, Louise de Ramezay devait liquider leurs propriétés. Cela se révélait plus ardu que prévu. Les acheteurs se comptaient sur les doigts de la main. Geneviève s'intéressa vivement à sa traversée de l'Atlantique. Je l'ignorais alors, mais ma pensionnaire jonglait avec l'idée d'aller rejoindre Tarieu. Ce n'était pas parce que *L'Auguste* avait coulé que le même sort guettait tous les navires.

Nos amies, de plus en plus rares sous le régime anglais, ne manquaient pas d'entrain. Entre nous, il fut surtout question du «procès du siècle». Louise de Ramezay avait réuni la correspondance de son mari dans un cahier attaché avec du ruban et elle nous lut tout ce qui s'y rapportait. Nous apprîmes avec stupéfaction l'arrestation du sieur Péan. Un de plus!

«Pauvre Angélique! Son mari et son amant enfermés dans la même prison... Quel destin!» dis-je peu charitablement.

D'après Louise, il ne fallait pas trop s'apitoyer sur le malheur de l'époux de notre Pompadour, car le «château» de la Bastille n'avait rien d'un donjon médiéval. Nos amis écroués se faisaient livrer des pièces de gibier et de la volaille préparées par des traiteurs parisiens. Le sieur Péan s'offrait des bouteilles de vin de Bordeaux à la douzaine. Il en vidait tant qu'on le comparait à Bacchus. Louis Pénissault, écroué lui aussi, profitait de privilèges grâce à sa femme, la séduisante Marguerite, qui avait reporté sur le duc de Choiseul ses faveurs jadis réservées au chevalier de Lévis. De fil en aiguille, Louise nous apprit que la marquise de Vaudreuil était atteinte d'une grave maladie. Ses jours étaient comptés.

«Qui prend soin d'elle pendant la détention de son mari? demanda Geneviève.

— Le gouverneur a obtenu une libération provisoire afin de rester à son chevet.»

J'éprouvai de la compassion pour Jeanne. J'avais accumulé des griefs contre cette vieille chipie, mais il n'y a pas lieu de se réjouir quand la fatalité s'acharne contre une personne.

«Le marquis n'est pas au bout de ses peines, enchaîna Louise. En plus de veiller sa femme, il doit se défendre des accusations de son ancien ami Bigot.

— Le gouverneur récolte ce qu'il a semé», lança Geneviève.

Ce jugement sans nuances déplut aux dames. Geneviève s'en expliqua. Du temps qu'il pérorait, Vaudreuil avait lui-même distribué injustement les blâmes. N'avait-il pas attribué la perte de la Nouvelle-France aux erreurs de Montcalm et à la précipitation de Ramezay, alors que lui-même avait signé la reddition de Montréal sans échanger un seul coup de feu ? Elle n'avait aucune pitié pour un homme qui éclaboussait les plus honorables, surtout s'ils n'étaient pas là pour se défendre. Louise lui donna raison. Sans doute pensait-elle à son mari, que le gouverneur salissait injustement.

« Si Roch avait quelque chose à se reprocher, il serait inconsolable, dit-elle. Dieu merci ! Il va partout la tête haute. »

L'après-midi s'acheva à évoquer les absents. Louise de Ramezay venait de faire avancer sa calèche quand son regard se posa sur la bergère de Geneviève qui trônait dans mon salon.

« Il me semble avoir déjà vu ce fauteuil au château des Ramezay, dit-elle. Je me trompe ? »

Cela crevait les yeux, elle n'aimait pas savoir l'héritage de la famille dispersé à tout vent. Que faisait cette bergère dans le salon d'une pure étrangère ?

« Geneviève me la prête pendant son séjour en France », risquai-je en caressant le dossier, sans savoir si mon amie me reprocherait cette indiscrétion.

Louise de Ramezay se désintéressa de la bergère, toute à sa surprise d'apprendre que sa nièce songeait à prendre la mer.

« Enfin, vous vous êtes décidée ! s'exclama-t-elle en détachant ses yeux du fauteuil pour les poser sur Geneviève. Tarieu doit être content. Mon mari m'écrit qu'il s'ennuie de vous.

— Qui sait ? Je partirai peut-être avec vous. »

J'attendis que nous fussions seules pour assouvir ma curiosité :

« Alors, Geneviève, vous partez ? Tarieu vous a convaincue de le rejoindre ? »

Elle me confirma son intention de prendre le prochain bateau avec ou sans Louise, mais Tarieu n'était pour rien dans sa décision. C'est Petit

Louis qui l'appelait au secours. Il avait besoin d'une avance de fonds pour payer ses dettes de jeu. Il avait déjà englouti son pécule et devait de fortes sommes que son père refusait de lui prêter. À présent, ses créanciers menaçaient de le faire jeter en prison.

«Comment a-t-il pu perdre autant d'argent en si peu de temps?» m'informai-je.

Geneviève l'excusa, comme d'habitude:

«C'est de son âge. Tarieu aurait été mieux inspiré de le garder auprès de lui, au lieu de le laisser courir la galipote à Paris.

— Ce n'est pas plus brillant de la part de votre mari de lui couper les vivres, avançai-je. Un jeune homme indiscipliné comme lui cherchera refuge auprès de prêteurs sans scrupules pour honorer ses dettes et en contracter de nouvelles.»

Petit Louis avait raconté à sa mère une tout autre version des faits. Il prétendait avoir gagné la confiance des officiers supérieurs du régiment de La Sarre, lesquels avaient proposé à Tarieu de lui acheter le grade de capitaine. Une charge fort avantageuse pour lui, s'il poursuivait un jour sa carrière militaire au Canada.

«Croyez-vous qu'il dit vrai?» demandai-je à Geneviève.

Elle fit signe que oui. Mais Tarieu ne voulait rien entendre. Il ne gaspillerait pas douze mille livres pour un jeune homme aussi irresponsable. Petit Louis lui avait déjà coûté assez d'or. Voilà pourquoi, malgré la terreur que lui inspirait la traversée, Geneviève avait décidé de partir.

«Je veux sauver mon fils.

— Avez-vous prévenu Tarieu de votre arrivée?

— Oui. Je lui ai écrit hier soir.»

Laissez-moi dormir...

La grosse malle de Geneviève trônait dans sa chambre, même si, pour l'instant, rien n'indiquait que Tarieu approuvât sa décision. Elle l'en avait avisé, mais il ne lui en avait pas touché mot dans sa réponse. Il s'apprêtait à regagner La Rochelle, mécontent de son bref séjour à Tours, où il ne s'était pas senti le bienvenu. Les Tourangeaux témoignaient de la compassion aux Canadiens bannis, tout en pâlissant d'envie devant l'aide que Versailles leur accordait. Plusieurs de ses compatriotes avaient attisé leur courroux en quittant leur pension sans payer de loyer à ceux qui les avaient hébergés. D'autres avaient remboursé leur dette avec de la monnaie du Canada fortement dévaluée. Il répugnait à Tarieu, un chevalier de Saint-Louis, d'être associé à des Canadiens aussi ingrats et malhonnêtes.

Voilà tout ce qu'il avait à lui raconter. Rien qui ressemblât à un encouragement à venir le rejoindre. Je la sentais déçue, voire tentée de remettre son projet aux calendes grecques. Elle hésitait à partir sans son approbation, comme elle me l'avoua.

« Au moment de nos adieux dans le port de Québec, Tarieu m'avait promis de me faire venir quand sa colère ne l'étoufferait plus. Il faut croire que la cicatrice ne se referme pas. »

Nous avions déjà eu cette conversation. Consciente d'être responsable du fossé qui s'était creusé entre eux, elle craignait de brusquer son mari. Moi, au contraire, je connaissais assez mon cousin pour savoir qu'il n'effectuerait pas les premiers pas. Elle avait fini par me donner raison. Du moins le crus-je.

Juin passa à vaquer aux préparatifs. Je la revois pliant soigneusement, mais sans grand enthousiasme, sa mante à capuchon, ses jupons brodés et ses coiffes de nuit garnies de dentelle, avant de les enfouir dans sa malle. Elle étala sa jupe de taffetas violette et sa robe de satin cramoisi à fleurs d'or sur le lit, comme si elle hésitait entre l'une et l'autre pour, finalement, les ranger toutes les deux dans le garde-manteaux. Elle me fit cadeau de son bel ensemble en mousseline qui m'allait comme un gant et qui, je le pressentais, me rendrait dangereusement attirante. Pour la taquiner, je lui fis accroire que je le porterais au bras d'un séduisant officier anglais. J'acceptai aussi son manchon de martre en prévision de l'hiver. En fait, tout ce qu'elle laissait derrière me revenait. Ses bas, ses tours de gorge, ses rubans, absolument tout.

Juillet arrivait et elle n'avait toujours pas payé son passage. Je voulais me convaincre qu'elle partirait. Toutefois, son comportement en dents de scie dénotait une indécision agaçante et je commençais à m'impatienter. Elle devenait de plus en plus malcommode et il fallait la prendre avec des pincettes. J'en vins à la soupçonner d'avoir renoncé au voyage sans oser m'en aviser. Ses commentaires pleins de sous-entendus m'exaspéraient. À bout de nerfs, je l'affrontai.

« Que me cachez-vous, Geneviève ? Avez-vous changé d'idée ? »

Elle me servit des explications tirées par les cheveux et je m'en offusquai. Finalement, elle admit du bout des lèvres que le silence de Tarieu avait refroidi son enthousiasme.

« S'il avait souhaité que je le rejoigne, il me l'aurait signifié. »

Ma déception devait se lire sur mon visage, je n'ai jamais su feindre.

« Vous êtes déçue, dit-elle. Puisque ma présence vous pèse, j'irai vivre chez moi. »

Je protestai en poussant les hauts cris :

« Je ne souhaite pas me débarrasser de vous. Ce qui m'irrite, c'est d'avoir été tenue dans l'ignorance. Vous auriez dû m'avertir en toute franchise. J'ai, moi aussi, des décisions à prendre et il eût été plus courtois de me faire part de vos intentions. »

Je ne pense pas l'avoir convaincue de mon entière bonne foi, elle était trop intelligente pour ne pas avoir saisi l'ampleur de mon désappointement. Malgré mes dénégations, elle s'excusa de me gâcher la vie. Nous ne reparlâmes plus de son départ.

À compter de ce jour, nos relations se refroidirent. Elle devint plus distante et sujette à des accès de mélancolie. Un jour, elle m'ignorait, le lendemain, elle m'honorait de ses confidences. Je ne savais jamais sur quel pied danser. Les visages du passé surgissaient au fond de sa mémoire. Elle cherchait des explications à son comportement. Notre vie déréglée d'antan, avec ses frivolités, ses liaisons dangereuses et ses belles saouleries, l'écœurait. Elle avait honte d'avoir adopté des mœurs aussi relâchées. Honte ! Ce mot revenait souvent dans sa bouche. Certains jours, elle n'arrivait pas à ravaler son dégoût d'elle-même.

« Pendant que mon pays courait à sa perte, je dansais le menuet des nuits entières, je buvais le meilleur champagne, je singeais les courtisanes…

— C'était dans l'air du temps, lui objectai-je, car je me sentais visée.

— Je ne vous juge pas, Catherine. Ni vous ni nos complices du temps. Je suis la seule responsable de mes gestes. »

Élisabeth, c'est bête à dire, elle masquait la vérité, comme si elle n'osait pas la regarder en face. Ainsi, elle se demandait tout haut comment son mari en était venu à s'éloigner d'elle. Oblitérant la réelle source du dépit de Tarieu – sa liaison avec Montcalm –, elle désigna son incapacité à lui donner des enfants.

« Je l'ai perdu par ma faute », s'entêtait-elle.

En somme, elle s'autoflagellait pour les mauvaises raisons. Jamais, devant moi, elle ne se reprocha sa passion adultère. Contre tout bon sens, elle persistait à affirmer que sa soi-disant amitié amoureuse avec Montcalm n'avait en rien altéré l'harmonie entre Tarieu et elle. Pas plus qu'elle n'admettait s'être montrée imprudente ou inconséquente. Une écorchée vive niant la réalité. Vint un moment où je n'essayai même plus de la ramener sur terre.

N'importe qui à ma place aurait perdu patience. J'ai longtemps espéré que sa joie revienne. J'aurais tout donné pour retrouver mon âme sœur d'autrefois. Ah ! la belle Geneviève, sans malice et prodigieusement intelligente. Que lui arrivait-il ? Je ne m'expliquais pas comment j'avais pu me laisser envoûter par cette femme confuse et à fleur de peau qui, à présent, m'insupportait. Certains soirs, pour endormir son chagrin, elle buvait jusqu'à l'ivresse et se déplaçait sous l'effet de l'alcool. Je comprenais son désarroi – elle ne se consolait pas d'avoir perdu les deux hommes qu'elle aimait –, mais je ne tolérais plus d'entendre ses propos décousus, de toucher sa main trop moite, de la voir trébucher dans l'escalier… Tout, chez elle, m'exaspérait. La vieille Agathe m'aidait à la mettre au lit. Nous la bordions comme une enfant et refermions la porte de sa chambre avec d'infinies précautions. Personne d'autre que ma domestique et moi ne l'aperçut dans cet état. Au petit matin, Geneviève prenait conscience de ses excès de la veille et se méprisait doublement. Pour calmer sa migraine causée par l'abus d'eau-de-vie, elle avalait quelques gouttes de laudanum – dans quelle officine d'apothicaire s'approvisionnait-elle? – et tout recommençait.

« Laissez-moi dormir… Je ne vous demande rien d'autre », répétait-elle, la bouche pâteuse.

Un jour sur deux, elle traînait au lit, faisait à peine sa toilette, ne descendait pas déjeuner. L'odeur de la nourriture la dégoûtait. Il m'arrivait de lui monter des fleurs – des roses, elle les aimait tant – pour parfumer sa chambre. Elle me remerciait distraitement. Mes gestes d'affection ne la touchaient pas. Au début de l'été, sous une chaleur accablante, elle passa une semaine entière étendue, la tête tournée contre le mur, le drap tiré jusqu'aux yeux. Seule sa chevelure noir d'encre ressortait sur l'édredon de soie. La voir se négliger ainsi me rendait malade, mais je n'avais plus l'énergie de l'empêcher de s'enfoncer dans la dépression. Je pris un amant anglais, histoire de me délivrer d'elle de temps à autre. Mon Pierre traînait en France, sous le prétexte commode qu'il brassait des affaires lucratives avec Tarieu. Et moi, plutôt que de songer à aller le rejoindre, je m'exerçais à la patience auprès de Geneviève, maussade et sans ressort. J'avais besoin de respirer un air moins suffocant et il m'arriva de rentrer tard la nuit. S'aperçut-elle seulement de mon absence?

Elle abusait dangereusement du laudanum, qu'elle mélangeait avec du vin pour lui donner bon goût. Les yeux fixés sur le fond de son verre, elle tenait des propos lyriques, larmoyants. Certains soirs de canicule, elle se laissait bercer par le chant des cigales et alors, le rire enfantin de

Donoma, tout excitée de pêcher une grenouille, remontait dans sa mémoire. D'autres fois, elle croyait entendre le craquement des arbres, comme pendant ses promenades avec Tarieu à la seigneurie de La Pérade. Elle finissait par s'endormir en rêvant de lui.

D'immuables souvenirs la ramenaient sur les traces de Montcalm. Combien de fois l'ai-je vue quitter furtivement la maison pour aller errer dans la rue des Remparts ? Elle revenait à temps pour dîner, mais je la sentais perdue dans ses pensées. Elle revivait son idylle avec cet homme hors du commun. Tout chez lui l'ensorcelait. Sa façon de poser les yeux sur elle, comme une caresse ; son accent méridional, lorsqu'il prononçait son nom ; sa douceur et sa tendresse. Elle s'attardait à des détails anodins. Avec quelle volupté il trempait ses lèvres dans le champagne ! Et comme il sentait bon la lavande ! Son bel esprit l'avait séduite et son érudition avait stimulé sa curiosité intellectuelle. Elle ne pouvait pas ouvrir un livre sans penser à lui. Il lui avait tant appris.

De leur plaisir charnel, je ne sus presque rien. J'enrageais à la voir si avare de confidences intimes, alors que moi, je lui disais tout, même l'indicible. Elle refusait de partager son jardin secret avec moi, sa meilleure amie. Un soir où je la sentais sereine, je revins à la charge en me promettant que ce serait la dernière fois. Nous étions encore à table. J'avais envoyé Agathe se coucher pour être certaine que nous ne serions pas dérangées. Une conversation avec Montcalm venait de surgir dans sa mémoire et elle souriait en me la relatant.

« Vous ne me ferez jamais croire que vous n'éprouviez pas une passion dévorante pour lui. »

Elle haussa les épaules, l'air de dire que cela ne me regardait pas. Voyant que je ne lâcherais par prise, elle s'impatienta :

« Pourquoi veux-tu que je te dise ce que tu sais déjà ? Jamais je n'avais connu un tel amour et je n'en connaîtrai pas d'autres. Je me suis abandonnée corps et âme, sans une arrière-pensée.

— As-tu des remords ?

— Aucun. Je n'ai pas cherché ce qui m'est arrivé. J'aurais sans doute dû l'empêcher, je n'en ai pas été capable. »

Elle se remémora sa lutte intérieure pour se soustraire à son emprise naissante. Un combat perdu d'avance.

« Et l'enfant, il était de Montcalm, n'est-ce pas ? Tu peux bien me le dire à présent. »

Elle baissa les yeux et se croisa les mains comme pour prier. Je compris qu'elle hésitait à se commettre. Après un moment, elle secoua la tête en signe de dénégation.

« L'enfant mort-né était de Tarieu », affirma-t-elle finalement d'une voix tremblante.

Pauvre Geneviève, elle mentait si mal ! Au lieu d'avoir pitié d'elle, je revins à la charge :

« Curieux ! Montcalm pensait en être le père.

— Il te l'a dit ? »

Non, bien entendu. Mais je prétendis le contraire. Elle se prit la tête dans les mains et s'effondra ni plus ni moins.

« Je ne sais plus…, vasouilla-t-elle, accablée de lassitude. Quelle importance maintenant ? »

Montcalm ou Tarieu, qu'est-ce que cela pouvait bien changer ? Elle mêlait tout, confondait leurs sourires, leurs colères ; leur façon de se glisser contre son corps ; le geste enveloppant de l'un, brusque de l'autre ; les cheveux frisottés de Montcalm, les mèches rebelles de Tarieu qu'elle caressait du bout des doigts. Elle me lança un regard désespéré. Voyant que je ne croyais pas son baratin, elle se mit à nu :

« Tu te souviens de la colère absurde de Tarieu à propos du tomahawk chez la marquise ?

— Si je m'en souviens ! dis-je simplement en me croisant les doigts pour qu'elle continue.

— Eh bien ! Le lendemain, je suis allée seule chez Montcalm pour le lui remettre. Je sais, tu devais m'accompagner et je t'ai laissée en plan.

— Et alors ? dis-je, pressée d'entendre la suite.

— Il m'a invitée à entrer et m'a offert une liqueur. Tu sais comme je ne supporte pas l'alcool quand je suis énervée. Il m'a embrassée, m'a enlacée, m'a caressée… J'ai perdu la tête. »

Ils avaient fait l'amour pour la première fois ce jour-là. Elle n'avait ressenti aucune gêne, juste un immense bonheur. À compter de cet instant, ni l'un ni l'autre n'avaient laissé passer une seule occasion de revivre ce moment magique.

« Naturellement, je suis tombée enceinte. Je savais que l'enfant était de lui. Tu ne peux pas imaginer comme je le voulais, ce petit ! J'ai accouché au manoir de Sainte-Anne. Marie-Anne ne t'a donc rien dit ?

— Non. Tu la connais, toujours discrète et loyale.

— Elle m'a accompagnée pendant la délivrance. » Geneviève s'arrêta, les yeux pleins d'eau. « Mon enfant est mort, comme les autres. Je m'étais juré de ne jamais révéler mon lourd secret à Montcalm, cependant les circonstances m'y ont obligée.

— Tu lui as avoué que l'enfant était de lui ?

— Il m'a dit qu'il aurait reconnu son fils, eût-il vécu.

— Je crois en effet qu'il ne se serait pas défilé. »

Je tâchai de la consoler, mais rien de ce que j'avançais n'allégeait son chagrin. La coupe était pleine.

« Mieux vaudrait que je sois morte avec mon enfant. »

Je sursautai. Elle grimaça.

« Ne crains rien, je suis trop lâche pour me pendre. »

Après cette confession qui me remua, elle se referma comme une huître. Son regard se porta sur la fiole de laudanum. Il lui aurait suffi de la vider, elle y pensait tout le temps.

« Je suis au bout du rouleau », lançait-elle comme un appel au secours.

Malgré certains signes qui, aujourd'hui, me semblent évidents, je n'ai vraiment pas vu venir son déclin inéluctable. Avec le recul, je crois sincèrement qu'elle ne souhaitait pas que je la tire d'affaire. Élisabeth, je ne dis pas cela pour qu'on me pardonne mon manque de vigilance.

En vérité, elle avait renoncé au bonheur avec Tarieu, mais elle ne se résignait pas à vivre seule dans son pays. Un pays de vaincus. À son image.

Un matin du début de juillet, j'émergeai du sommeil d'assez bonne humeur. La veille, toujours avide de nouvelles émotions, j'avais fait une longue balade avec mon soupirant anglais. Je maîtrisais sa langue de mieux en mieux et nous avions passé d'agréables moments à faire des choses que la pudeur me commande de taire. À mon retour, peu après minuit, la maison baignait dans le silence et je n'avais pas pris la peine de vérifier si tout était normal. Au réveil, je poussai le volet et la lumière traversa les rideaux de lin qui drapaient ma fenêtre. Ce serait une magnifique journée. J'enfilai un peignoir pour descendre déjeuner. Geneviève n'était ni à sa place à table ni dans sa bergère. Je remontai à sa chambre et je prêtai l'oreille. Tout semblait silencieux. J'entrebâillai la porte et l'appelai doucement :

« Geneviève ? Vous êtes réveillée ? »

La pièce était vide, son lit fait, sans un pli. À croire qu'elle n'y avait pas dormi. Sa chemise de nuit et ses mules n'avaient pas bougé. En redescendant, je croisai Agathe dans l'escalier, une pile de draps propres dans les bras.

« Où est passée madame de Lanaudière ?

— Ah ! madame Catherine, ne m'en parlez pas », répondit-elle en hochant la tête de gauche à droite.

La veille, elle avait vu Geneviève à la chapelle des Ursulines. Rien là de bien surprenant. Mon amie avait l'habitude de se recueillir sur le tombeau de Montcalm. Après la messe, ma bonne l'avait saluée, mais Geneviève n'avait pas remarqué sa présence. Elle paraissait absente. Agathe n'avait pas insisté. Cependant, elle l'avait trouvée si bizarre qu'elle l'avait suivie dans la rue.

« Madame de Lanaudière est entrée à l'hôtel des encans », murmura-t-elle comme on révèle un secret. « Elle portait un petit sac à la main gauche. Elle le tenait serré, on aurait dit qu'elle avait peur de le perdre. »

Agathe était restée en retrait, prête à accourir au cas où mon amie aurait eu besoin de son aide. On ne savait jamais quand son esprit se dérangeait.

« En allongeant le cou, j'ai remarqué que madame de Lanaudière déposait un objet dans le panier d'osier. Ensuite, elle a repris son siège et s'est tenue bien droite, comme figée, ses mains vides plaquées sur sa jupe. La séance a commencé. Je me suis glissée jusqu'à elle pour lui demander si je pouvais lui être utile. Elle a paru étonnée de me trouver là, a esquissé un sourire gêné et a secoué la tête. Je me suis retirée. »

Debout au fond de la salle des ventes, Agathe avait pu observer Geneviève sans attirer son attention. Au milieu de brocantes de peu de valeur, elle avait reconnu le collier d'ambre que mon amie portait les grands soirs. Il brillait entre les doigts de l'encanteur, qui l'exhibait parmi d'autres trésors que ma bonne ne distingua pas nettement. Sa bague de diamants à rosette, probablement, car je ne l'ai pas retrouvée. Le marteau s'était levé une première fois, puis une seconde.

« Attendez, je vous en supplie, j'ai changé d'idée… », s'était écriée Geneviève d'une voix tremblante.

Trop tard. Le marteau était retombé. Le collier d'ambre et les diamants avaient disparu. Geneviève, tête baissée, s'était dirigée vers la sortie sans se soucier des regards posés sur elle. Une larme coulait sur sa joue, tandis qu'elle froissait quelques billets dans sa main. Comme c'était déchirant ! Cela me traversa l'esprit qu'elle avait vendu ses bijoux pour envoyer de l'argent à Petit Louis. Je m'habillai en vitesse et me précipitai rue du Parloir, en espérant l'y trouver.

« Geneviève, où êtes-vous ? »

Je n'obtins aucune réponse. Posée sur la console à l'entrée, à côté du bouquet de fleurs séchées, témoin d'un passé révolu, une lettre adressée à son fils. C'était assez indiscret de ma part, mais je la tirai de son enveloppe et lut :

Mon Louis chéri, tu me manques. Je me sens si seule. Catherine fait de son mieux pour m'égayer. Sans grand succès, j'en ai bien peur. Loin de toi et de ton père, je n'ai pas le cœur aux réjouissances. Je puisais un réconfort dans tes lettres. Mais tu ne m'écris plus. Toi aussi, tu m'abandonnes. Ici, commence le second été sans vous. Je voulais m'embarquer sur le prochain voilier. Au diable mes folles craintes ! Dieu ne m'en a pas donné le courage. Je t'envoie de quoi régler tes dettes de jeu. J'ai confiance en toi, tu te ressaisiras.

Ta mère

Je glissai la lettre dans l'enveloppe et la remis sur la table. Il faisait anormalement chaud dans la maison. Je grimpai à l'étage et poussai la porte du boudoir, cette pièce chaleureuse où nous avions si souvent épanché nos âmes. Un feu brûlait dans la cheminée. Un 3 juillet ? Les flammes léchaient un paquet de feuilles recroquevillées posées sur des chenets de cuivre. D'où je me trouvais, je reconnus le ruban bleu qui entourait les lettres de Montcalm et ses poèmes qu'elle avait toujours refusé de me faire lire. Me tournant vers le canapé, je la vis étendue de tout son long, une fiole de laudanum renversée à côté d'elle. Avait-elle pris trente ou quarante gouttes pour engourdir sa souffrance morale ? De plus fortes doses pour être sûre de ne jamais se réveiller ? Je m'accroupis pour la secouer doucement. Elle était molle comme du chiffon. Gagnée par la panique, je la giflai, mais elle resta complètement inerte. Je tentai de lui soulever la tête. Celle-ci retomba sur le côté.

« Geneviève, réveille-toi, tu ne peux pas mourir. Allez, ouvre les yeux, je t'en supplie. »

Elle posa sur moi un regard vide et ses lèvres balbutièrent quelques paroles inintelligibles. Je la secouai de nouveau et lui administrai cinq ou six petites tapes dans le visage pour la ramener à la réalité. Dans sa divagation, je saisis quelques mots :

« Mon passé part en fumée… »

Je voulus l'aider à se lever, mais elle ne tenait pas sur ses jambes. Vite, j'ouvris la fenêtre en hurlant. Mon cocher accourut en entendant mes cris. Il porta Geneviève jusqu'à la calèche. Dès que la voiture s'engagea dans la rue, mon amie fut prise de fortes nausées et des convulsions l'agitèrent. Il ne manquait plus que ça ! Sitôt arrivée à la maison, j'envoyai chercher le médecin, qui se présenta à son chevet une heure après. Je crus bon de le prévenir :

« Elle a pris du laudanum. J'ignore quelle quantité, mais la fiole à côté d'elle était vide.

— Elle est encore sous l'influence de l'opiat, constata-t-il. En a-t-elle l'habitude ?

— Oui. Le laudanum lui a été prescrit pour soulager les douleurs de l'accouchement. Jusqu'à récemment, elle en faisait un usage modéré. Mais, depuis quelque temps, elle en abuse.

— Bon sang ! »

L'examen confirma ses craintes. Il lui administra une potion qui devait lui vider l'estomac. Je croyais que cela l'aiderait à se rétablir. Il me mit en garde contre de faux espoirs. De trop fortes doses de laudanum provoquaient souvent des dommages irréparables.

« Mandez le prêtre », m'ordonna-t-il.

Eut-elle conscience de recevoir l'extrême-onction ? Elle dormit paisiblement pendant les heures qui suivirent le départ du curé. La nuit venue, elle eut des hallucinations. Je ne m'en inquiétai pas outre mesure, le médecin m'ayant prévenue qu'elles surviendraient. Sur le coup, je jugeai ses propos incohérents, mais en prêtant attention, j'en saisis l'essentiel.

« Laissez-le-moi, mon Dieu, je vous en supplie, balbutia-t-elle. Ne me l'enlevez pas… »

Parlait-elle de Montcalm? de Tarieu? Elle commença à s'agiter. On aurait dit qu'elle voulait se lever. Ses cheveux étaient détrempés. Sa voix se fit suppliante:

«Non non… ne partez pas, j'ai encore tant de choses à vous dire.»

Croyant qu'elle me suppliait de rester, je m'assis à son chevet en lui promettant de ne pas la quitter. Mais son cri s'adressait à son cher disparu. À Louis-Joseph, marquis de Montcalm. J'écoutais ses divagations sans réussir à la calmer. Je lui massai le front. Elle se rendormit couchée à plat sur le dos, la bouche ouverte. Par moments, ses yeux se révulsaient et, alors, je la pensais morte. Je m'approchais pour sentir son souffle. Il s'écoulait un temps infini entre chacune de ses respirations. S'il lui arrivait de reprendre connaissance, elle demeurait confuse. Dans un éclair de lucidité, elle souleva les paupières et articula faiblement:

«Pardonne-moi, Catherine, je voulais dormir. Tout oublier…»

Je m'emparai de sa main et la serrai très fort.

«Je suis là, Geneviève, et je t'aime de tout mon cœur.

— Ah! ma très chère amie, je ne te méritais pas.»

Ce furent ses dernières paroles. Sa respiration devint de plus en plus irrégulière, on aurait dit qu'elle cherchait son souffle. Chaque fois qu'elle s'arrêtait, je croyais la fin venue. Tout au long de son agonie, je murmurai des mots d'amour à son oreille. Soudain, ses beaux yeux vert émeraude, dont les pupilles s'étaient rétrécies sous l'effet du laudanum, se refermèrent pour ne plus jamais se rouvrir. La pâleur extrême de son visage m'effraya et je sentis son pouls ralentir. L'angoisse m'étreignit quand elle amorça le redoutable passage d'un monde à l'autre.

L'âme de Geneviève s'échappa de son corps à l'aube du 4 juillet, un matin plein de soleil. Un jour sans nuages. Longtemps, je restai au pied de son lit. Elle paraissait minuscule. Libérée de ses tourments, une impression de sérénité se dégageait de ses traits sans vie. Ses mains aux doigts fins étaient posées à plat sur l'édredon. J'ouvris toute grande la fenêtre afin de laisser son esprit s'envoler, puis je sonnai Agathe pour procéder à sa toilette mortuaire. Ma bonne mit une gaze pour lui soutenir le menton, lui épongea le corps avec de l'eau fraîche et lui passa une chemise de nuit brodée au cou. J'allumai deux cierges, avant de la couvrir d'un drap blanc.

Mourir à trente-sept ans, quelle pitié ! Je la fis enterrer le lendemain sous la chapelle des Ursulines. Je voulais qu'elle repose à côté de Montcalm pour l'éternité. Quelques jours après, un mot de Tarieu lui arriva. Il la croyait en mer et s'étonnait de son retard. Se pouvait-il que la tragédie de *L'Auguste* l'ait dissuadée d'entreprendre la traversée ? Il la suppliait de se hâter, il l'attendait, il l'aimait… Sa dernière phrase m'arracha des larmes : *Venez vite, nous nous sommes fait assez de mal.*

Voilà, ma très chère Élisabeth, la douloureuse histoire de votre grand-mère. Pendant quelque temps, je me suis glissée dans sa peau. Je l'ai sentie renaître, s'émerveiller, vivre et souffrir jusqu'à ce qu'elle s'avoue impuissante à affronter son destin. À ce jour, je continue de croire qu'elle n'a pas délibérément mis fin à ses jours. Par la magie du laudanum, elle cherchait à apaiser son chagrin. Je me reproche encore de ne pas avoir capté ses signaux de détresse.

Fascinante Geneviève de Lanaudière !

J'éprouve une incommensurable tristesse au moment de me séparer d'elle une seconde fois. Pourquoi l'aimais-je tant ? Bonne question. Elle incarnait tout ce que j'aurais voulu être. Intelligente, énigmatique, élégante… Eût-elle écouté la voix de la sagesse, elle se serait accrochée à la vie. Finalement, Montcalm aura été son grand amour, mais Tarieu fut son ancre. C'est lui qui la possédait. Coupée de lui, elle sombra.

Je ne remis jamais les pieds dans son boudoir de la rue du Parloir, où nous avions connu d'inoubliables heures. Vous êtes la première à y pénétrer avec moi en pensée.

Ici s'achèvent mes mémoires. J'ai rattaché les fils du passé en me replongeant dans mes souvenirs et en questionnant mes proches. Certains vous objecteront que les choses ne se sont pas déroulées tout à fait comme je l'ai écrit. On prétendra qu'une dame de la Nouvelle-France n'aurait pas apostrophé aussi vivement le gouverneur Vaudreuil ou l'intendant Bigot. Qu'elle n'aurait pas prodigué ses faveurs à un général investi d'une mission sacrée comme Montcalm! Ceux qui voudront vous en convaincre n'ont pas connu ces temps troubles. Moi, je les ai vécus. Je vous les ai révélés sans rien déguiser ni travestir. Ce sera ma parole contre la leur.

Je ne rajeunis pas et mon cœur manifeste des signes de faiblesse. Je quitterai bientôt ce monde pour un meilleur. Qui sait? J'y retrouverai peut-être ma Geneviève. Mais avant de refermer ce cahier, il me reste à m'acquitter d'un dernier devoir, celui de vous dire ce que sont mes amis devenus. Cela me sera d'autant plus facile que je leur ai tous survécu. Comme quoi le bon Dieu pardonne aux pécheresses repentantes!

Avec ma gratitude. Ces quelques mois passés avec Geneviève m'ont réchauffé le cœur.

Catherine de Beaubassin

Que sont mes amis devenus...

Geneviève disparue, Tarieu ne traîna pas longtemps en France. Un an après le décès de sa femme, il débarqua à Québec et, six mois plus tard, il épousa Marie-Catherine LeMoyne de Longueuil, qu'il reluquait depuis belle lurette. De vingt-quatre ans sa cadette, elle lui donna dix enfants, vos oncles et vos tantes de Lanaudière. Sous le nouveau régime anglais, votre grand-père continua d'édifier sa fortune. De quoi me rendre verte de jalousie! Connu comme *a very good kings's subject*, il fut nommé au conseil législatif en 1775. Il mourut à soixante-six ans.

Un mois avant, sa sœur Marie-Anne s'était éteinte à l'Hôpital général où elle s'était retirée. Ma chère cousine ne se remaria pas. Elle avait enterré trois époux, c'était bien assez. Ne me demandez pas si elle a espéré le retour de Bougainville ni s'il lui a écrit. Une chose est certaine, il ne revint jamais à Québec, même s'il retraversa l'Atlantique pour participer à la guerre de l'Indépendance américaine. Fidèle à Louis XVI, il fut arrêté au début de la Révolution française et libéré, l'an dernier, à la chute de Robespierre. Grand botaniste, il donna son nom au bougainvillier, une espèce d'arbustes grimpants qu'il a découverte lors d'un voyage d'exploration au Brésil.

Vous connaissez mieux que moi les bons et les mauvais coups de votre père. Petit Louis rentra au pays en 1768, juste à temps pour réclamer sa part de la succession de sa mère. Auparavant, il avait séjourné à la cour du roi George III, à Londres. Apprécié des autorités britanniques, il fut promu aide de camp du gouverneur de la *Province of Quebec*, Guy Carleton. Saviez-vous que nous le surnommions « l'Anglais » à cause de ses manières très *british*? Tant pis si cela vous choque, je garde de lui le souvenir d'un bagarreur-né, comme sa grand-mère Madeleine de Verchères. À preuve, il se brouilla avec son père, fit un procès à sa belle-mère et finit par se prendre aux cheveux avec les Anglais, pourtant bien disposés à son égard. Par chance, votre mère, Geneviève-Élisabeth de Lacorne, la fille de mon vieil ami Saint-Luc, sut tempérer ses ardeurs belliqueuses.

Ah ce cher Saint-Luc! Il a longtemps cru que la Conquête serait éphémère, en dépit des signes contraires. C'est pourquoi il s'employa à « monter » les sauvages contre les Anglais. Vint un moment où il dut se résigner à vivre sous le nouveau régime. Comme il ne faisait jamais les choses à moitié, il vira capot et, à la tête de son régiment d'Indiens, participa à la guerre de l'Indépendance américaine, sous les ordres du général anglais John Burgoyne. Il s'éteignit à soixante-treize ans.

Le beau Charles Deschamps de Boishébert passa quinze mois à la Bastille avant d'être acquitté des charges qui pesaient contre lui. Son séjour derrière les barreaux avait cependant compromis ses chances de servir dans l'armée française. Il se retira sur le domaine de Raffetot, propriété de sa femme, près de Rouen en Normandie, où, à ma connaissance, il vit toujours.

Le gouverneur Vaudreuil fut, lui aussi, exonéré de tout blâme dans l'affaire du Canada. Pour compenser l'humiliation d'avoir été emprisonné sans raison, le roi lui accorda un supplément de pension. À l'automne 1763, sa chère Jeanne s'éteignit dans d'atroces souffrances. Il laissa la vie publique et, pendant quatorze ans, vécut à Paris, où il décéda à quatre-vingts ans.

Moins heureux, Bigot fut reconnu coupable d'abus et de malversations en Nouvelle-France. Notre dernier intendant fut banni de France à perpétuité et vit ses biens confisqués. Soulagé malgré tout – il s'attendait à une sentence plus sévère –, il s'établit en Suisse et mourut à Neuchâtel à soixante-quinze ans. Cousue d'or, sa belle Angélique vécut à Blois, même si son mari, le petit Péan, avait été condamné à restituer au roi les gains illégitimes que ses magouilles lui avaient rapportés. Elle expira à soixante-dix ans, après avoir racheté sa vie passée en secourant les exilés canadiens réfugiés en Touraine. Ici, ceux qui l'ont connue parlent encore de la Pompadour du Canada.

Le chevalier de Lévis fut accueilli en France comme un héros. Promu maréchal et fait duc, il rendit l'âme juste avant la Révolution française, au cours de laquelle sa veuve et deux de ses filles furent guillotinées.

Pierre, mon amour, me revint avec Tarieu en 1763. Il reprit ses activités d'interprète auprès des sauvages, cette fois pour le compte du régime anglais. Nous coulâmes des jours heureux jusqu'à son décès, en 1780. Cependant, il me laissa dans la dèche et je fus forcée de demander une pension de veuve d'officier au gouverneur anglais, qui me la refusa. Donoma m'est revenue après le décès de sa maman sauvage. Nous vivons ensemble comme une mère et sa fille. Elle est ce que j'ai de plus précieux.

La mort de Geneviève m'a-t-elle assagie? Peut-être bien. Quoi qu'il en soit, les mauvaises langues ne colportèrent plus jamais de légendes à propos de mes liaisons amoureuses. Mes rêves de renouer avec ma vie d'antan comme aux belles heures de la Nouvelle–France s'envolèrent en 1763, quand, avec la signature du Traité de Paris, la France céda mon cher pays à l'Angleterre pour une bouchée de pain.

Mot de l'auteure

Catherine de Beaubassin a poussé son dernier soupir le 5 novembre 1795. Elle aurait eu soixante-quatre ans le mois suivant. L'Histoire a retenu qu'elle avait été la maîtresse du marquis de Montcalm. Tour à tour, chercheurs et échotiers du passé l'ont affirmé ou laissé entendre, sans jamais être démentis. Jusqu'au jour où l'historienne Sophie Imbault, dans un ouvrage consacré à la famille Tarieu de Lanaudière (Septentrion, 2004), a écrit que Geneviève de Lanaudière « devait avoir beaucoup de charme puisque, après avoir été l'objet de la passion de l'intendant Bigot, elle attira l'attention de Montcalm ».

Dès lors, la curiosité m'emporta. Était-ce Geneviève de Lanaudière ou Catherine de Beaubassin, cette femme à qui Montcalm trouvait « trop d'esprit et trop de charme pour [sa] tranquillité », comme il l'a lui-même écrit à François Bourlamaque, le 20 février 1757 ? Après avoir dépouillé sa correspondance, j'ai acquis la conviction que c'est Geneviève qui occupait ses pensées. Pourquoi ? Parce que, dans cette même lettre, il avoue ses sentiments pour la dame qui habite à l'extrémité de la rue du Parloir. Or, Catherine de Beaubassin demeurait rue des Jardins. Plus concluant encore, Montcalm ajoute à l'intention de Bourlamaque : « [...] vous aurez son frère peu de jours après ma lettre ». Catherine n'avait pas de frère. Geneviève, oui : Charles de Boishébert, officier dans les troupes de la Marine sous les ordres du général Montcalm. Ma certitude se trouva confortée quand ce dernier accorda à monsieur La Mothe du régiment de Béarn une permission afin qu'il puisse aller faire sa cour à... madame de Beaubassin. S'il avait été épris d'elle, Montcalm n'aurait pas permis à son rival d'essayer de la séduire.

Autre mystère jamais éclairci, celui de l'enfant que Geneviève aurait mis au monde en 1757, si l'on en croit Montcalm. Le 23 mai de cette année-là, il écrit à Bourlamaque : « Mme de la Naudière a accouché heureusement d'un enfant mort, elle s'en tirera. » Puis, le 16 juin, il dit que, depuis sa couche, elle « est plus belle que jamais ». À part lui, personne n'a jamais évoqué ce nouveau-né dont on ne retrouve aucune trace dans les registres et pour lequel il n'existe pas d'acte de baptême. Ce qui amène l'historienne Sophie Imbault à poser la question « Cela peut-il cacher un enfant illégitime ? », avant de préciser qu'il manque trop d'éléments pour conclure à une naissance hors mariage.

Ah ! les secrets de l'Histoire ! Comme ils font les beaux jours des écrivains ! *Rue des Remparts* est un roman inspiré de faits réels, mais une œuvre de fiction tout de même. Madame de Beaubassin n'a jamais signé les cahiers qui relatent le destin brisé de Geneviève de Lanaudière, je lui ai simplement prêté ma plume. Et si Élisabeth, qui lui donne la réplique, était bel et bien la petite-fille de Geneviève, elle n'a jamais, à ma connaissance, demandé à Catherine de lui raconter la vie de sa grand-mère. Tout ce que je sais d'Élisabeth, c'est qu'elle demeura célibataire et vécut jusqu'en 1823.

J'ai fait une large place à l'amitié entre femmes dans ce roman. La relation qu'ont partagée Catherine et Geneviève fut bien réelle, puisque, après la déportation de leurs maris, elles ont habité ensemble. Cependant, les circonstances de la mort de Geneviève à trente-six ans n'ont jamais été élucidées. Elle s'est éteinte le 4 juillet 1762 chez son amie Catherine, qui l'a fait enterrer sous la chapelle des Ursulines où Montcalm reposait depuis septembre 1759.

Privilège de romancière, j'ai revisité les événements politiques survenus entre 1747 et 1762, tout en m'efforçant de respecter la vérité historique. Là où les chercheurs avaient laissé des blancs, j'ai opté pour la version la plus vraisemblable. Devant l'impossibilité de trancher, j'ai intégré les autres interprétations crédibles. Où était Louis-Antoine de Bougainville au matin du 13 septembre 1759, pendant que le général Montcalm l'attendait sur les plaines d'Abraham ? Deux thèses s'affrontent. D'après le juge Adolphe-Basile Routhier, essayiste et écrivain du XIXe siècle, Bougainville était peut-être en train « de flirter quelque part avec Marie-Anne Tarieu de Lanaudière ». Une descendante de cette famille, madame Alice Neilson, lui avait confié que sa grand-tante était alors sur le point d'épouser Bougainville. Une autre source désigne Antoinette de Vienne. Dans *Québec 1750*, l'historien Charles Perry Stacey soumet l'hypothèse du général R. H. Mahon, biographe de James Murray, selon laquelle la femme du garde-magasin François-Joseph de Vienne avait détourné le colonel de son poste, la nuit de l'attaque. Bougainville, quant à lui, n'a jamais précisé son emploi du temps, se contentant d'affirmer qu'il ne fut averti du débarquement des Anglais «qu'à neuf heures du matin».

Par souci d'authenticité, j'ai fabriqué les dialogues entre les personnages marquants à l'aide de leur correspondance et de leurs journaux de campagne. Ainsi, quand, dans mes pages, Vaudreuil et Montcalm se querellent, voire s'invectivent, ils utilisent leurs propres mots. Cette façon de faire m'a permis de donner la parole aux Lévis, Bougainville, Bigot et Ramezay sans trahir leur pensée.

Certaines figures historiques m'ont stupéfiée. Ce fut le cas du lieutenant-colonel George Washington, père fondateur des États-Unis et premier président américain. Je n'arrivais pas à croire qu'il avait pu, au début de sa carrière militaire, tirer à bout portant sur le messager canadien des troupes françaises, Joseph de Jumonville, qui arborait un drapeau blanc. Pourtant, de nombreuses sources le confirment. Même Voltaire a écrit : « J'étais Anglais alors, je ne le suis plus depuis qu'ils assassinent nos officiers en Amérique. » Si Washington a, par la suite, ravalé ses aveux, sa volte-face n'a convaincu personne.

Au risque de passer pour rabat-joie, j'ai terni l'image de l'héroïque Madeleine de Verchères. Son courage face aux Iroquois, à quatorze ans, n'est pas remis en cause, mais son caractère bagarreur et sa dureté envers les petites gens sont solidement documentés dans les ouvrages savants. Quant à la chanson grivoise du curé Lefebvre, je l'ai recopiée au Domaine seigneurial Sainte-Anne, appelé aussi Manoir Madeleine de Verchères.

J'ai voulu redonner vie à tous ces êtres fascinants qui, deux cent cinquante ans avant nous, ont emprunté les mêmes rues de Québec et de Montréal, aimé à mort leur patrie qui deviendra la nôtre et enterré leurs proches tombés au champ d'honneur dans nos cimetières. La chute de la Nouvelle-France, une tragédie dont les répercussions sont interprétées différemment selon les écoles de pensée, m'a inspiré ce roman. J'en suis ressortie profondément triste. Nul doute dans mon esprit, la France de Louis XV, désinvolte et ingrate, a cédé la Nouvelle-France à l'Angleterre sans se soucier du sort des Canadiens qui l'avaient défendue au prix de leur sang.

J'en ai acquis la certitude en dévorant nombre d'anciens ouvrages historiques. Merci Thomas Chapais, Pierre-Georges Roy, François Daniel, Philippe-Aubert de Gaspé et Joseph Marmette. Telle une mante religieuse, j'ai aussi emprunté aux œuvres monumentales de Guy Frégault et Marcel Trudel, afin d'en tirer un roman vrai à bien des égards. De même, j'ai puisé aux sources plus récentes consacrées à la guerre de Sept Ans et à la Conquête, en particulier l'anthologie de Charles-Philippe Courtois et les études de Gaston Deschênes, Peter MacLeod, C. P. Stacey et Marcel Fournier, comme aussi les articles publiés sous la direction de Sophie Imbault, Denis Vaugeois et Laurent Veyssière. Je m'en voudrais de passer sous silence la chronologie d'Hélène Quimper et Jacques Lacoursière et les différentes versions du *Journal du siège de Québec en 1759*, dont celle mise à jour par Bernard et Patrica Andrès. Côté portraits, la biographie de Bigot par Guy Frégault, celle de Lacorne Saint-Luc signée Marjolaine Saint-Pierre et celle de Pierre de Beaubassin par Thomas Charland m'ont particulièrement éclairée.

L'historienne Sophie Imbault ne s'étonnera pas d'apprendre que mon exemplaire de son ouvrage, *Les Tarieu de Lanaudière*, est sérieusement écorné, preuve que j'en ai usé et abusé. Je lui dois beaucoup.

Parfois, le vocabulaire que j'emploie peut surprendre le lecteur. Par exemple, il est entraîné sur les « hauteurs d'Abraham », plutôt que sur les « plaines d'Abraham », appellation que seuls les Anglais utilisaient. D'autres fois, j'ai pu le heurter. En lieu et place des autochtones et des noirs, on croise des sauvages et des nègres, car c'est bien ainsi que les militaires et les gens du pays les désignaient au XVIIIe siècle. Et s'il est de mauvais ton, aujourd'hui, d'évoquer la cruauté des Indiens pendant les guerres en Nouvelle-France, cruauté désormais bannie de nos manuels d'histoire, il n'en reste pas moins qu'elle s'est véritablement exercée, comme en font foi les descriptions de Bougainville et de ses contemporains. Les exactions commises à William Henry ont été racontées par le romancier américain Fenimore Cooper dans le grand classique *Le dernier des Mohicans*, publié en 1826. Cela dit, les récits de la guerre de Sept Ans, qui se déroulait en Europe au même moment, démontrent que nos alliés à plume ne détenaient pas le monopole de la barbarie.

De tous les personnages, seule Donoma est née de mon imaginaire. Catherine de Beaubassin a bel et bien eu une «esclave» indienne baptisée de son prénom. J'en ai fait une petite sang-mêlé et je lui ai forgé un destin grâce aux ouvrages de mon ami disparu, Georges-Hébert Germain, pour qui les Indiens blancs et les Autochtones n'avaient pas de secret.

Je confesse avoir déplacé un événement. L'escale de l'administrateur colonial anglais James Murray dans un village riverain du Saint-Laurent, halte au cours de laquelle il a admonesté le curé, ne s'est pas déroulée à Sainte-Anne-de-la-Pérade, mais bien en face, devant les citoyens de Sainte-Croix et de Lotbinière. Dernier aveu, je me suis inspirée de la chanson de Barbara, *Drouot*, pour imaginer la vente à l'encan à laquelle participe Geneviève à la fin du roman.

Voilà, en bref, comment est né *Rue des Remparts*. Je remercie du fond du cœur mon éditrice Martine Podesto pour ses commentaires constructifs et ses conseils avisés. Sa patience et son sens aigu de l'observation m'ont impressionnée. Je suis reconnaissante à l'équipe de Québec Amérique, en particulier à Myriam Caron Belzile, Mylaine Lemire et Éric St-Pierre, ainsi qu'à Diane Martin, réviseure, pour leur grand professionnalisme. Merci aussi à Caroline Fortin, directrice générale, qui a cru à ce livre dès le départ.

Enfin, je veux témoigner ma vive gratitude à ma petite-fille Éliane Gilain et à mon amie Marie Duhamel pour leur lecture méticuleuse de mon manuscrit. Par chance, cette fois encore, j'ai pu compter sur l'œil attentif et critique de mon premier lecteur, Pierre Godin, l'amour de ma vie. La genèse de *Rue des Remparts* lui a donné presque autant de fil à retordre qu'à moi.

Table des matières